Französische Märchen

Auswahl und Einleitung
von Jack Zipes

Insel Verlag

Auswahl und Einleitung von Jack Zipes
Übersetzung von mehreren

Erste Auflage 1991

Printed in Germany

Einleitung

Der Aufstieg des französischen Märchens und der Niedergang Frankreichs

> Ihre Untertanen... die Sie wie Ihre Kinder lieben sollten und die Ihnen bislang leidenschaftlich ergeben gewesen sind, sterben Hungers. Der Akkerbau ist nahezu aufgegeben worden; Stadt und Land entvölkern sich; das Handwerk liegt darnieder und ernährt die Handwerker nicht mehr. Der Handel ist ruiniert... Ganz Frankreich ist nichts als ein riesiges Spital, verheert und mittellos.
>
> Fénelon,
> ›Brief an König Ludwig XIV.‹ (1694)

Bis in die neunziger Jahre des siebzehnten Jahrhunderts hielt man in Frankreich die mündlich überlieferten Volksmärchen nicht für wert, festgehalten und in Literatur verwandelt, also aufgeschrieben und unter Gebildeten in Umlauf gebracht zu werden. Abgesehen von einigen bedeutenden Märchensammlungen in Italien, den ›Ergötzlichen Nächten‹ (1550 bis 1553) des Gianfrancesco Straparola und dem ›Pentamerone‹ (1634-1636) des Giambattista Basile, betrachtete in der Tat der größte Teil der europäischen Aristokratie und Intelligenz das Volksmärchen als einen Teil der Überlieferungen des gemeinen Volkes, der unter der Würde kultivierter Menschen stehe und mit heidnischem Glauben und Aberglauben verbunden sei, die im christlichen Europa nicht mehr von Belang seien. Wenn die Gebildeten der oberen Stände dem Volksmärchen überhaupt eine Existenzberechtigung zuerkannten, dann war es die eines rohen Vergnügens, einer Anekdote oder einer Moralpredigt, die in mündlicher Form

durch Vermittler wie Ammen, Gouvernanten, Diener, Bauern, Händler und Dorfpriester weitergetragen wurde.
Vom Mittelalter bis zur Renaissance erzählten des Lesens und Schreibens unkundige Bauern einander Märchen am Herd, in Spinnstuben oder auf dem Feld. Priester flochten sie in der Volkssprache in ihre Predigten, um bei den Bauern Gehör zu finden. Händler und Reisende trugen diese Geschichten in Schenken und Tavernen zu Menschen aller Stände. Den Kindern der oberen Stände wurden sie von Ammen und Gouvernanten erzählt. So wurden sie von allen Mitgliedern der Gesellschaft in verschiedenen Formen und Versionen im Gedächtnis behalten und weitergegeben und immer der Situation entsprechend erzählt – als ›Plauderei‹. Diese Plaudereien wurden freilich nach und nach immer kultivierter, wurden akzeptabel und fanden in der Mitte des siebzehnten Jahrhunderts Eingang in die französischen Salons. Erst 1690 befand man sie in der Tat für wert, veröffentlicht zu werden, und 1696 hatten gedruckte Märchen eine veritable Popularität erlangt: das Kunstmärchen war in seine Rechte eingetreten, und vor allem französische aristokratische Schriftsteller etablierten die Konventionen und Motive eines Genres, das in der westlichen Welt vielleicht das beliebteste ist – und nicht nur bei Kindern.
Wie kam das? Wieso änderte sich die Einstellung gegenüber dem bescheidenen mündlich überlieferten Volksmärchen? Welcher Art waren die Kunstmärchen, die geschaffen wurden?
Obwohl es unmöglich ist, einen genauen Zeitpunkt für das Auftreten des Kunstmärchens in Frankreich anzugeben, können seine Ursprünge in der Konversation vermutet werden, die hochgebildete adlige Damen in den Salons entwickelten, die sie um 1630 in Paris begründeten und die bis zum Beginn des 18. Jahrhunderts beliebt waren. Ausgeschlossen von Schulen und Universitäten, begannen die genannten Damen, Zusammenkünfte in ihren Häusern zu organisieren, zu denen

sie andere Frauen und nach und nach auch Männer einluden, um über Gegenstände zu diskutieren, die ihnen wichtig waren, wie: Kunst, Literatur, Liebe, Ehe und Freiheit. Vor allem wollten die Frauen sich als Individuen auszeichnen, die über der übrigen Gesellschaft standen und besondere Aufmerksamkeit verdienten. Im allgemeinen nannte man diese Frauen ›die Preziösen‹, und sie versuchten, einen preziösen Stil des Denkens, Sprechens und Schreibens zu entwickeln, um ihre eingeborenen Talente zu offenbaren und zu zelebrieren, die sie von den ›gewöhnlichen Teilen‹ der Gesellschaft unterschieden. Das Wichtigste dabei war die Bedeutung, die sie einer geistreichen und einfallsreichen Konversation beimaßen. Die ›Preziösen‹ (und viele Männer gehörten zu dieser Bewegung) waren fähig, das banalste Klischee in ein brillantes und einmaliges Bonmot zu verwandeln. Obwohl diese Frauen zum Blutlosen und Elitären neigten, waren sie keinesfalls Dilettantinnen. Im Gegenteil. Einige der begabtesten Schriftstellerinnen jener Zeit, wie Mademoiselle de Scudéry, Mademoiselle de Montpensier, Madame de Sévigné und Madame de Lafayette entstammten dieser Bewegung, und es war ihr Ziel, größere Unabhängigkeit für Frauen ihres Standes zu erreichen und als Intellektuelle ernster genommen zu werden. In der Tat war eine der wichtigsten Wirkungen der ›préciosité‹ ihr Einfluß auf die Frauen des niederen Adels und des Bürgertums, die sie anregte, nach mehr Rechten zu streben und gegen die willkürlichen Beschränkungen zu kämpfen, die in einer patriarchalischen Gesellschaft ihrem Leben auferlegt wurden.

Die Frauen, die die Salons frequentierten, suchten beständig nach neuen Wegen, ihre Bedürfnisse auszudrücken und Form und Stil ihres Sprechens und Kommunizierens auszuschmücken. Stellt man in Rechnung, daß sie als Kinder alle mit Volksmärchen in Berührung gekommen waren und daß sie einander mit Konversationsspielen unterhielten, die die Modelle für das Gelegenheitsgedicht und den Fortsetzungs-

roman abgaben, so ist es kein Zufall, daß sie sich dem Märchen des Volkes als einer Quelle des Vergnügens zuwandten. Um die Mitte des siebzehnten Jahrhunderts begannen diese Damen, sich auf Märchenhandlungen basierende Gesellschaftsspiele auszudenken, um einander zum freundschaftlichen Wettstreit herauszufordern, wer wohl die spannendere Geschichte erzählen könnte. Solche Herausforderungen führten insbesondere dazu, daß die Frauen die Qualität ihrer Dialoge, Bemerkungen und Vorstellungen über Moral, gute Manieren und Bildung verbesserten und gelegentlich männliche Normen in Frage stellten, die ihr Leben beherrschten. Themen solcher Konversationen waren Literatur, Sitte, Geschmack, Liebe und Etikette, wobei die Sprecherinnen alle bestrebt waren, mit wirkungsvollster Rhetorik ideale Situationen zu schildern, die nach und nach in literarische Formen gebracht wurden und die Normen des *conte de fée* oder, wie wir heute sagen, des Kunstmärchens setzten.
Um 1670 finden wir in Briefen viele Hinweise darauf, daß in den Salons das Märchen als akzeptables ›jeu d'esprit‹ galt. In derartigen Spielen griffen diese Frauen Volksmärchen auf und benutzten im Gespräch spontan gewisse Motive. Schließlich begannen sie, Märchen zu erzählen, als literarisches Divertimento, als Intermezzo, als eine Art Dessert – etwas, das man erfand, um die Zuhörer zu ergötzen. Zur sozialen Funktion des Amusements kam noch die Selbstdarstellung und die Darstellung angemessenen aristokratischen Betragens hinzu. Das Märchenerzählen ermöglichte es den Damen, sich selbst sowie gesellschaftliche Umgangsformen und Beziehungen auf eine Weise darzustellen, die ihre Interessen und die des Adels wiedergab. So legten sie großen Wert auf gewisse Regeln des freien Sprechens wie Natürlichkeit und Spontaneität und auf Themen wie freie Gattenwahl, Treue und Gerechtigkeit. Die Erzählerin mußte das Märchen so erzählen, als erfinde sie es gerade und als folge es nicht vorgegebenen Regeln. Ausschmückung, Improvisation und das Experimen-

tieren mit bekannten Motiven aus der volkstümlichen Überlieferung oder aus der Literatur standen im Vordergrund. Das Erzählen eines Märchens als Unterhaltungsstück ging folgendermaßen vor sich: Die Erzählerin wurde gebeten, sich zu einem bestimmten Motiv eine Geschichte auszudenken. Die Gewandtheit der Erzählerin wurde daran gemessen, wie erfindungsreich und wie natürlich sie erzählte. Die Zuhörer spendeten höflich ihre Komplimente, dann wurde eine weitere Anwesende gebeten, eine Geschichte zu erzählen, nicht in direktem Wettstreit mit ihrer Vorrednerin, sondern um das Spiel weiterzutreiben und die Möglichkeiten der Erfindung und des symbolischen Ausdrucks zu variieren, wobei ›galanterie‹, ›tendresse‹ und ›esprit‹ häufig benutzte Codeworte waren, die die Eigenschaften der Protagonisten signalisierten.

Um 1690 hatten die ›Salon‹-Märchen eine solche Anerkennung gefunden, daß Frauen wie Männer begannen, ihre Märchen für die Veröffentlichung aufzuschreiben. Die ›Natürlichkeit‹ der Geschichten war selbstredend fingiert, denn jeder bereitete seine Märchen sehr sorgfältig vor und übte ihren Vortrag, bevor er einen Salon besuchte. Die meisten der bemerkenswerten Märchenschriftsteller lernten ihre Kunst, indem sie die Salons oder Häuser derjenigen Frauen besuchten, denen die Pflege einer intellektuellen Konversation am Herzen lag. Und manche Schriftstellerinnen, Madame d'Aulnoy, Madame de Murat und Mademoiselle L'Héritier etwa, unterhielten sogar eigene Salons. Mehr noch, vor allem zur Karnevalszeit verkleidete man sich zu Festlichkeiten am Hofe Ludwigs XIV. oder in den Adelspalästen als Nymphe, als Satyr, als Faun oder als irgendeine andere Märchengestalt. Es gab spektakuläre Balletts und Schauspiele mit Märchenmotiven, zum Beispiel die Aufführung von Molières und Corneilles ›Psyché‹ (1671), die für die Entwicklung des Motivs der Schönen und des Tieres in den Werken der Madame d'Aulnoy von Bedeutung war. So gesehen, hatte die Attraktivität des

Märchens viel mit dem Wunsch des Sonnenkönigs zu tun, seinen Hof zum glänzendsten Europas zu machen, denn der französische Adel und das französische Bürgertum suchten nach kulturellen Mitteln, diesen Glanz in Form und Stil für sich selbst und die übrige Welt zu übertragen und darzustellen. So wurden die bäuerlichen Gehalte und Szenerien der mündlich überlieferten Volksmärchen umgeformt, damit sie ein aristokratisches und bürgerliches Publikum ansprachen.

Die Umformung des Volksmärchens zum Kunstmärchen war keine oberflächliche oder dekorative Veränderung. Die Ästhetik, die die Damen der Aristokratie in ihren Konversationsspielen und ihren schriftlich festgehaltenen Märchen entwickelten, hatte einen ernsten Aspekt: Obwohl diese Geschichten sich in Stil und Gehalt voneinander unterschieden, waren sie alle antiklassisch und in unausgesprochener Opposition gegen Nicolas Boileau geschrieben, den führenden Kritiker des literarischen Establishments, der im berühmten ›Streit der Alten und der Modernen‹ (1687-1696) die griechische und die römische Literatur als die Modelle verfocht, denen die zeitgenössischen französischen Schriftsteller folgen sollten. Statt dessen benutzten die frühen französischen Märchenschriftsteller Modelle aus der französischen Folklore und der mittelalterlichen höfischen Tradition. Außerdem zeigte sich in diesen Geschichten, da die meisten Verfasser und Erzähler von Märchen Frauen waren, insofern ein gewisser Widerstand gegen männlich rationale Regeln und patriarchalische Sphären, als sie heidnische Welten vorstellten, in denen weibliche Feen das letzte Wort hatten, außerordentlich majestätische und mächtige Feen, wenn man so will. In gewissem Maße ›modernisierten‹ alle französischen Märchenschriftsteller, Männer und Frauen, ein orales Genre, indem sie es literarisch institutionalisierten, mit utopischen Visionen, die ihrem Wunsch nach besseren sozialen Verhältnissen entsprangen.

Trotz der Tatsache, daß ihre bemerkenswerten Märchen den Ton und die Normen für die Entwicklung der meisten erinnernswerten Kunstmärchen bis zum heutigen Tage festlegten, sind sie und ihre utopischen Visionen nahezu vergessen. Der wichtigste heute bekannte Repräsentant dieses Genres ist Charles Perrault, der 1694 die in Versen gehaltenen Märchen ›Die Eselshaut‹ und ›Die törichten Weiber‹ veröffentlichte und 1697 ein schmales Bändchen mit acht Prosamärchen, ›Histoire ou contes du temps passé‹. Obschon gut geschrieben, sind diese Geschichten weder bezeichnend für die große Märchenmode, die damals im Schwange war, noch repräsentativ für die utopische (und manchmal dystopische) Verve jener Märchen. Um den Wert der Perrault'schen Märchen und ihre Andersartigkeit einschätzen zu können, muß man sie in ihrem historischen Kontext sehen.
Innerhalb der französischen Märchenmode sind etwa drei Wellen zu verzeichnen: das experimentelle Salonmärchen (1690-1703?), das orientalische Märchen (1704-1720) und das konventionelle und komische Märchen (1721-1789). Diese Wellen überlagern sich etwas, aber wenn wir die Gründe ihres Entstehens und ihrer Wandlungen verstehen, begreifen wir etwas von der eigentlichen Bedeutung der Symbole jener Märchen, das nicht einfach auf der Hand liegt.

Das Salonmärchen

Als Marie-Catherine d'Aulnoy 1690 das Märchen ›Die Insel des Glücks‹ in ihren Roman ›Histoire d'Hippolyte, Comte de Douglas‹ aufnahm, war sie sich nicht bewußt, daß sie dabei war, einen Trend in Frankreich zu begründen. Innerhalb von fünf Jahren sprach man in allen literarischen Salons vom Kunstmärchen, beziehungsweise das, wovon man in den Salons gesprochen hatte, wurde jetzt gedruckt: auf Madame d'Aulnoys Märchen folgten Mademoiselle L'Héritiers ›Œuvres Meslées‹ (1695), Mademoiselle Bernards ›Inès de Cordoue‹ (1695), ein Roman, der eine Version von ›Riquet à la houppe‹ enthält, Mademoiselle de la Force's ›Les Contes des Contes‹ (1697), Perraults ›Histoires ou contes du temps passé‹ (1697), Madame d'Aulnoys vierbändiges Werk ›Les Contes des fées‹ (1697-1698), die ›Illustres Fées, contes galans‹ (1698) des Chevalier de Mailly, Madame de Murats »Contes des fées‹ (1698), Nodots ›Histoire de Mélusine‹ (1698), Prechacs ›Contes moins contes que les autres‹ (1698), Madame Durands ›Comtesse de Mortane‹ (1699), Madame de Murats ›Histoires sublimes et allégoriques‹ (1699), Eustache Le Nobles ›Gage touché‹ (1700), Madame d'Auneuils ›Tiranie des fées détruite‹ (1702) und Madame Durands ›Petits Soupers de l'annee 1699‹ (1702).

Der Hauptgrund für die Veröffentlichung dieser Märchen – und vielleicht sollte der Akzent darauf gelegt werden, daß man diese Märchen ›öffentlich‹ machte oder sie einem größeren Publikum außerhalb der Salons zur Kenntnis brachte – ist die Tatsache, daß Frankreich um 1688 in eine tiefe Krise geraten war und daß sich die Lebensverhältnisse auf allen Ebenen der Gesellschaft zu verschlechtern begannen. In der Tat blieben selbst die Aristokratie und das Großbürgertum davon nicht unberührt. Weil Ludwig XIV. weiterhin kostspielige Kriege führte und weitere Ländereien für Frankreich annektieren wollte, wuchsen für alle Stände die Steuern ins Unermeßliche, und während der zweiten Hälfte seiner Regierungszeit verursachten Unwetter verschiedene Mißernten, und die Kriege vernichteten Menschenleben. Ständig steigende Schulden, Steuern und schlechte Lebensverhältnisse trieben die Bauern in äußerstes Elend und ließen auch das Bürgertum und die Aristokratie nicht ungeschoren. Überdies wurde in jener Zeit Ludwig XIV. unter dem Einfluß der Madame de Maintenon in seiner katholischen Frömmigkeit immer orthodoxer, in seinem Geschmack immer rigider und als absolutistischer König immer willkürlicher und halsstarriger. Seine Herrschaft, die in einem ›Zeitalter der Vernunft‹ begonnen hatte, verkehrte die Vernunft immer mehr, um seine Begierden, seinen Geschmack und seine Ruhmsucht zu rechtfertigen, und dieser Solipsismus führte zu einer irrationalen Politik, die für das französische Volk verheerend war und die der hochangesehene Fénelon, der Erzbischof von Cambrai, der gleichsam zum moralischen Gewissen des im Niedergang begriffenen Ancien régime wurde, einer gründlichen Kritik unterzog.

Angesichts dieser finsteren Zeiten und angesichts der Tatsache, daß die Zensur es den französischen Schriftstellern nicht gestattete, Ludwig XIV. direkt zu kritisieren, galt das Märchen als ein Mittel, mit dem man seiner Unzufriedenheit Luft machen und gleichzeitig Hoffnung auf eine bessere Welt ausdrücken konnte. Gerade das erste Märchen, das Madame d'Aulnoy 1690 schrieb, zeigt sehr gut, wie die Schriftsteller das Märchen als narrative Strategie betrachteten, mit der man den Sonnenkönig kritisieren und einen Codex der Integrität erarbeiten konnte, denn viele französische Schriftsteller jener Zeit wollten Normen für gutes Betragen, korrektes Sprechen, Gerechtigkeit und Liebe aufstellen. In Madame d'Aulnoys ›Glücklicher Insel‹ vermag es Prinz Adolph nicht, vollkommene Glückseligkeit zu erlangen, weil er die Liebe dem Kriegsruhm opfert. Eben weil er die Zärtlichkeit der Prinzessin Felicitas nicht genug schätzt, um ihr treu zu bleiben, zerstört er sich selbst. ›Die glückliche Insel‹ ist ein utopisches Märchen, weil es dem männlichen Verlangen als einer zerstörerischen Kraft entgegentritt und darauf hinweist, daß dem Leben ein Element fehlt, das die Frauen geben können, wenn denn Utopia gewonnen und behauptet werden soll. Das mit Prinzessin Felicitas verbundene Paradies wird unerreichbar bleiben, und eben diese Sehnsucht nach dem Paradies, nach einem Reich, das gerecht ist und in dem natürliches Fühlen sich frei entfalten kann, war die Grundlage der meisten Kunstmärchen, die um 1690 in Frankreich geschrieben wurden. In dieser Hinsicht unterschied sich der utopische Impuls nicht sehr von jenem, aus dem heraus die Bauern ihre Volksmärchen erzählten. Aber die Wunscherfüllung in den mündlich überlieferten Märchen der Landbevölkerung erwuchs aus einer gänzlich andersgearteten Unterdrückung und gänzlich andersgearteten Sehnsüchten. Die Salonmärchen waren von den Kämpfen um Anerkennung, um eine vernünftige Politik und um Macht innerhalb der oberen Stände gekennzeichnet.

Interessanterweise waren fast alle großen Märchenschriftsteller der neunziger Jahre des siebzehnten Jahrhunderts Randfiguren am Hofe Ludwigs XIV. und hatten oft Schwierigkeiten mit ihm oder den Behörden. So wurde zum Beispiel Madame d'Aulnoy 1670 vom Hofe verbannt, kehrte 1690 nach Paris zurück und wurde in einen großen Skandal verwickelt, als einer ihrer Freunde ihren Mann tötete. Madame de Murat wurde 1694 vom Hofe verbannt, nachdem sie eine politische Satire auf Madame de Maintenon, auf Scarron und auf Ludwig XIV. veröffentlicht hatte. Mademoiselle de la Force wurde 1697 ins Kloster geschickt, weil sie pietätlose Verse publiziert hatte. Catherine Bernard wurde bei Hofe nicht empfangen und blieb unverheiratet, um sich ihre Unabhängigkeit zu erhalten. Der Chevalier de Mailly war ein unehelicher Sohn eines Mailly, und obwohl er bei Hofe empfangen wurde, verursachte er Schwierigkeiten, weil er darauf bestand, als Bastard den ehelichen Söhnen der Maillys gleichgestellt zu sein. Selbst Charles Perrault, der ein loyaler Beamter gewesen war, solange sein Protektor, der Oberintendant der Finanzen Jean Baptiste Colbert, lebte, fiel 1683 in Ungnade und opponierte bis zu seinem Tode im Jahre 1701 gegen die offizielle Kulturpolitik Ludwigs XIV.

Es wäre übertrieben, zu sagen, alle Schriftsteller der ersten Salonmärchenwelle seien Unzufriedene gewesen, die gegen das Regime Ludwigs XIV. opponiert hätten, denn sie alle verkehrten in den besten Kreisen und galten als sehr respektable und begabte Autoren. Jedoch gehörten sie, Perrault ausgenommen, nicht zum literarischen Establishment und

machten sich einen Namen in einem neuen Genre, das man mit Mißtrauen betrachtete. Selbst der respektable Fénelon, der zum inneren Kreis des Hofes gehörte, veröffentlichte die Märchen, die er als Erzieher des Duc de Bourgogne, des Enkels Ludwigs XIV., während der neunziger Jahre in dem Versuch geschrieben hatte, den Horizont des Dauphin durch unterhaltsame Lektüre zu erweitern, erst um 1730. Mit anderen Worten, der Entwicklung des Kunstmärchens haftete etwas Verdächtiges und vielleicht Subversives an, und die französischen Schriftsteller fühlten sich immer gezwungen, sich ein wenig dafür zu entschuldigen, daß sie ausgerechnet Märchen schrieben. Obwohl sie Reue zeigten, wußten sie, was sie taten. Die meisten frühen Märchenschriftsteller kamen aus der Provinz nach Paris und waren tief in der Folklore ihrer Region verwurzelt. Erinnern wir uns, daß sie zuerst den Vortrag ihrer Märchen übten und sie in den Salons erzählten, bevor sie sie veröffentlichten. Wenn sie sie niederschrieben, ließen sie sie unter ihren Freunden zirkulieren – und sie waren alle miteinander bekannt und bewegten sich in den selben Kreisen – und nahmen Veränderungen vor, bevor die Märchen gedruckt wurden. Manche, wie Perrault und Mademoiselle L'Héritier, waren miteinander verwandt und tauschten ihre Ideen aus. Perrault hatte außerdem erwiesenermaßen Kontakt zu Catherine Bernard, wie beider Fassungen des Märchens ›Riquet mit dem Haarbüschel‹ zeigen. Vor allem die Frauen tauschten die Ideen zu ihren Geschichten untereinander aus und diskutierten privatim und brieflich ihre Träume und Hoffnungen miteinander. Als Madame Murat in die Provinz verbannt worden war, pflegte sie bis in die frühen Morgenstunden aufzubleiben und ihren Freundinnen Märchen zu erzählen. Zu ihrem Kreis gehörte auch Mademoiselle de la Force, die, bevor man sie ins Kloster steckte, ihre Märchen unter ihren Freundinnen verbreitete und diskutierte.
Alle Schriftsteller feilten ihre Märchen aus, um einen ›précieux ton‹ zu erreichen, einen einzigartigen Stil, der nicht nur

galant, natürlich und geistreich sein sollte, sondern auch einfallsreich, verblüffend und modern. Ihre Märchen sind äußerst provokativ, außergewöhnlich, bizarr und unlogisch. Sie übertrieben, um auf sich und ihre mißliche Lage aufmerksam zu machen, und sie scheuten sich nicht, in ihren Märchen auch sadomasochistische und makabre Elemente zu verwenden.

Viele Kritiker und Pädagogen haben sich darüber beklagt, daß die Grimmschen Märchen zu hart und zu grausam seien, als daß man sie Kindern vorlesen könne, und manche haben sogar behauptet, die deutschen Märchenschriftsteller schwelgten in Grausamkeiten. In Wahrheit nehmen sich die Märchen der Grimms neben den Salonmärchen der vornehmen französischen Damen geradezu prüde aus. Besonders Madame d'Aulnoy war ein Genie im Ersinnen von Foltern für ihre Heldinnen und Helden. Sie verwandelte sie in Schlangen, weiße Katzen, Widder, Affen, Hirsche und Vögel. Manche ihrer Heldinnen werden von grotesken Feen oder finsteren Prinzen ausgepeitscht, eingekerkert und gequält. Manche ihrer Helden werden von häßlichen Feen brutal behandelt, die sie verachten, weil sie eine unschuldige schöne Prinzessin heiraten wollen. Ein beträchtlicher Teil ihrer Märchen endet tragisch, weil die Helden sich nicht vor den Kräften schützen können, die ihre natürliche Liebe untergraben.

Die grausamen Vorfälle, die Foltern und die grotesken Verwandlungen in den Märchen der Madame d'Aulnoy sind für die von Frauen verfaßten Märchen nichts Außergewöhnliches. In Mademoiselle L'Héritiers ›Gewandter Prinzessin‹ (1695) behandelt Finette den Prinzen bei drei verschiedenen Gelegenheiten unmenschlich, bevor sie ihm gnädig gestattet, zu sterben. Mademoiselle Bernard beendet ›Riquet mit dem Haarbüschel‹ (1696), indem sie ihre Heldin vor ein höchst grausames Dilemma stellt, in dem zwei Gnome eine Rolle spielen. Mademoiselle de la Force schildert in der ›Guten

Frau‹ (1697) einen brutalen König als Mörder, dessen Grausamkeit keine Grenzen kennt, und in ›Schöner als eine Fee‹ (1697) werden ein Prinz und eine Prinzessin erniedrigt und müssen schwere Prüfungen bestehen, bevor sie heiraten und in Frieden leben können. Madame de Murat läßt am Schluß des ›Palastes der Rache‹ (1698) einen sadistischen Kobold zwei Liebende in eine unerträgliche Situation bringen, und sie läßt oft Liebende einander betrügen und mißhandeln, wie in ›Anguilette‹ (1698) oder in der ›Vollkommenen Liebe‹ (1698).

Freilich waren es nicht nur die Schriftstellerinnen, die Gewalt und Grausamkeit in ihre Märchen einflochten. Perrault behandelte in der ›Eselshaut‹ (1694) den Inzest und schilderte im ›Kleinen Däumeling‹ (1697), wie ein Menschenfresser seinen Töchtern die Gurgel durchschneidet. Der Chevalier de Mailly hatte einen Hang dazu, seine Helden in Tiere zu verwandeln, und in der ›Königin der Blumeninsel‹ (1698) läßt er eine Prinzessin sadistisch quälen.

Die Grausamkeit und der Sadomasochismus französischer Märchen können zwiefach gedeutet werden. Auf der einen Seite ist es augenscheinlich, daß der Held oder die Heldin leiden müssen, damit er oder sie ihren Adel und ihre ›tendresse‹ beweisen können. Darum wurden grausame Prüfungen oder Leiden zum konventionellen Märchenmotiv, zum Teil der kompositorischen Technik, um den Leser zur Sympathie für den Protagonisten zu bewegen. Auf der anderen Seite steht ein großer Teil der Grausamkeiten in Verbindung mit erzwungener Heirat oder der Trennung zweier Liebender, die zueinander finden, weil sie zärtliche Gefühle füreinander hegen und nicht, weil ihre Verbindung arrangiert worden ist. Da viele der Schriftstellerinnen Opfer einer erzwungenen Heirat geworden waren oder sich geweigert hatten, zu heiraten, um ihre Unabhängigkeit zu wahren, enthalten diese Märchen einen augenscheinlichen Kommentar zum Thema Liebe, Werbung und Ehe, der trotz aller Sentimentali-

tät von den Schriftstellerinnen und ihren Lesern ernst genommen wurde.
Im allgemeinen waren die Märchen der ersten Phase der Märchenmode sehr ernst in Ton und Absicht. Nur gelegentlich finden wir in den Werken der Madame d'Aulnoy und in denen Perraults Anflüge von Ironie und Humor. Die Leser sollten durch diese Märchen erkennen – verglichen sie ihr Leben mit den in ihnen geschilderten Ereignissen –, wie sehr sie betrogen worden waren. Der Hof Ludwigs XIV. bot kein glanzvolles Paradies, keine wahre Liebe, keine Versöhnung, kein Zartgefühl. All dies konnte man aber in den Märchen finden, und insofern war die symbolische Darstellung des Unmöglichen ein rationales Unterfangen seitens der Schriftsteller, um die irrationalen und destruktiven Tendenzen ihrer Zeit zu erhellen.

Das orientalische Märchen

Die zweite Phase der Märchenmode hing nur teilweise mit der utopischen Kritik der ersten Phase zusammen. Die große Veränderung, das Angezogensein durch orientalische Märchen, rührte von zwei Faktoren her: die Salons hatten die Märchenspiele aufgegeben, und um 1704 waren die großen Märchenschriftsteller entweder schon gestorben oder aus Paris verbannt worden. Sozusagen um die Lücke auszufüllen, begannen manche Schriftsteller, sich der orientalischen Literatur zuzuwenden (interessanterweise ist anzumerken, daß die klassische griechische und römische Literatur wieder ignoriert wurde). Das bedeutsamste Werk jener Zeit war Antoine Gallands ›Les Mille et une Nuits‹ (1704-1717), eine Übersetzung der arabischen Märchensammlung ›Tausendundeine Nacht‹. Galland (1646-1715) hatte den Nahen Osten bereist und dort gelebt, er beherrschte Arabisch, Hebräisch, Persisch und Türkisch. Nachdem er die ersten Bände von ›Tausendundeine Nacht‹ veröffentlicht hatte, wurden sie äußerst populär, und er fuhr bis zu seinem Tode fort, die

Märchen zu übersetzen. Die beiden letzten Bände erschienen postum. Galland schuf mehr als eine Übersetzung. Er paßte in der Tat die Märchen dem Geschmack seiner französischen Leser an, er erfand einige der Handlungen und faßte Material zusammen, um daraus ein paar eigene Märchen zu machen. Seinem Beispiel folgte Pétis de La Croix (1653-1713), der 1710 unter dem Titel ›L'Histoire de la Sultane de Perse et des Visirs. Contes turcs‹ (Die Geschichte des Sultans der Perser und der Vesire. Türkische Geschichten) ein Werk Sheikh Zadahs, des Erziehers Amriaths II., aus dem Türkischen übersetzte. Außerdem übersetzte er auch eine persische Imitation von ›Tausendundein Tag‹, die Stoffe aus indischen Komödien übernommen hatte. ›Les Aventures d'Abdalla, fils d'Anif‹ (1712-1714) schließlich, die Sammlung des Abbé Jean-Paul Bignon, gab vor, die Übersetzung eines authentischen arabischen Werkes zu sein, war aber tatsächlich eine schöpferische Adaption mit französischer Folklore vermengter orientalischer Märchen aus Bignons Feder.

Woher rührte dieses Interesse an orientalischen Märchen? Eine Erklärung ist, daß die verblassende Großartigkeit des Hofes Ludwigs XIV. und der Niedergang Frankreichs ganz allgemein die Schriftsteller zwangen, in der Schilderung exotischer Länder Kompensation zu suchen. Für die Leser jener Zeit waren orientalische Märchen gewiß deshalb von einer so einzigartigen Anziehungskraft, weil sie so wenig über den Nahen Osten wußten, und als die Franzosen ausgedehnte Handelsbeziehungen zum Orient entwickelt hatten, wurde diese Anziehungskraft sogar noch stärker. Natürlich waren die Männer, die das Interesse für orientalische Märchen anregten, Gelehrte, und die Gründe, aus denen sie sich der arabischen, persischen und türkischen Folklore zuwandten, hatten mehr mit wissenschaftlichem Interesse zu tun als mit Kompensation für den verblassenden Ruhm Frankreichs.

Welche Ursachen die zweite Phase auch immer haben mag, es ist wichtig, anzumerken, daß Frauen nicht mehr die dominante Rolle spielten und daß die Märchen nicht mehr mit den unmittelbaren Interessen des Adels und des Großbürgertums in Verbindung standen.

Das komische und konventionelle Märchen

Um 1720 war das Interesse am Kunstmärchen so zurückgegangen, daß Schriftsteller begannen, das Genre zu parodieren und es in konventionellen Geleisen weiterzuentwickeln oder für die Kinderliteratur zu verwerten. Claude-Philippe de Caylus' Märchen in den ›Féerie nouvelles‹ (1741) und den ›Contes orientaux tirés des manuscrits de la bibliothèque du roi de France‹ (1743) sind charakteristisch für die Versuche, sich über das Märchengenre lustig zu machen. De Caylus ist nicht übermäßig sarkastisch, aber er verkehrt die traditionellen höfischen Typen in ihr Gegenteil, um zu zeigen, wie lächerlich sie und der Hof sind. Die meisten seiner Geschichten sind kurz, trocken und witzig und hängen mit dem karikierenden Stil zusammen, den er zu jener Zeit entwikkelte. Tatsächlich war ihm Anthony Hamilton (1644-1719) vorausgegangen, der mit Märchen wie ›Fleur d'Epine‹ und ›Les Quatre Facardins‹ sehr viel längere Satiren auf die orientalische Mode geschrieben hatte, die erst 1730, nach seinem Tode, veröffentlicht wurden.

Die ernster gestimmten Mademoiselle de Lubert und Madame de Villeneuve führten die Salon-Tradition fort. Mademoiselle de Lubert beispielsweise, die die Ehe ausgeschlagen hatte, um sich dem Schreiben widmen zu können, verfaßte von 1743 bis 1755 eine Reihe langer, verwickelter Märchen. Ihre ›Prinzessin Camion‹ (1743) ist ein bemerkenswertes Beispiel für ein sadomasochistisches Märchen, bestrickend wegen der verschiedenen Qualen und Verwandlungen, die sie fortgesetzt erfand, um das Leiden ihrer Protagonisten zu dramatisieren. Madame de Villeneuves großer Beitrag zum Kunstmärchen hat mehr mit ihrer Fähigkeit zu tun, einen Diskurs über wahre Liebe und Standesunterschiede in der

Ehe in ein klassisches Märchen – ›Die Schöne und das Tier‹ (1704) – einzuschreiben, als damit, daß sie ein Horrormärchen à la Mademoiselle de Lubert schuf. Madame de Villeneuves Märchen benutzt fast alle traditionellen Märchen- und Folklore-Motive auf konventionelle Manier, aber man muß ihr zugute halten, daß sie die erste war, die die Handlung von der Schönen und vom Tier so ausarbeitete, wie wir sie heute im allgemeinen kennen, und daß sie Traumsequenzen hinzufügte, war ein innovativer Zug, den spätere Märchenschriftsteller wie Novalis und E. T. A. Hoffmann weiterentwickelten.

Die ›Konventionalisierung‹ des Salonmärchens bedeutete, daß das Genre Teil des kulturellen Erbes Frankreichs und, wie wir gesehen haben, Gegenstand der Parodie, aber auch ernsthafter Kultivierung geworden war, etwa in den Werken Mademoiselle de Luberts und Madame de Villeneuves. Überdies bedeutete sie, daß das Kunstmärchen Normvorstellungen von Schicklichkeit und Moral vermitteln konnte, die den Sozialisationsprozeß in Frankreich stärkten. Was im Salonmärchen irgendwie hätte subversiv sein können, wurde bis zur Mitte des achtzehnten Jahrhunderts oft ›konventionalisiert‹, um dem Geschmack und den Wertvorstellungen der herrschenden Stände und des Regimes zu entsprechen. Es war die Zeit, in der es eine große Debatte um die Bedeutung der ›civilité‹ gab und in der Literatur als Mittel zur Sozialisation betrachtet wurde, mit dem Normen, Sitte und gutes Betragen verbreitet werden sollten. Deshalb war es kein Zufall, daß das Kunstmärchen für Kinder von Madame Leprince de Beaumont im 18. Jahrhundert etabliert wurde und nicht von Madame d'Aulnoy oder von Perrault. Sowohl die Debatte über die ›civilité‹ und die Akzeptanz des Märchens als eigenes literarisches Genre mußten ein gewisses Stadium erreicht haben, bevor das Märchen als Kinderliteratur konventionalisiert werden konnte.

Es muß unbedingt gesagt werden, daß Madame Leprince de

Beaumonts gekürzte Fassung von Madame de Villeneuves Märchen ›Die Schöne und das Tier‹ 1757 in einem pädagogischen Buch mit dem Titel ›Le Magasin des Enfantes‹ erschien. Tatsächlich veröffentlichte sie in diesem Band mehrere Märchen, die alle den didaktischen Zweck verfolgten, kleinen Mädchen zu demonstrieren, wie sie sich in verschiedenen Situationen zu verhalten hätten. Deshalb predigt ihre ›Schöne und das Tier‹ den Frauen Häuslichkeit und Selbstaufopferung, und ihr ›Prinz Désir und Prinzessin Mignone‹, das auf einem alten bretonischen Volksmärchen basiert, erteilt eine Lektion über Schmeichelei und Narzißmus. Eine der Gefahren, die in Madame Leprince de Beaumonts Konventionalisierung des Märchens für pädagogische Zwecke liegen, führte zur Unterminierung der subversiven und utopischen Qualitäten der älteren Märchen. Freilich brachte die Konventionalisierung nicht notwendigerweise eine völlige Verwässerung und Aushöhlung der ungewöhnlichen Ideen und Motive des Kunst- und des Volksmärchens mit sich. Tatsächlich führte sie zu einer allgemeinen Akzeptanz und Institutionalisierung des Kunstmärchens als Genre für Leser jeden Alters und jeden Standes. Diese Institutionalisierung schuf den Rahmen, in dem andere Schriftsteller schreiben, mit den bereits entwickelten Motiven, Charakteren und ›topoi‹ spielen und sie innovativ verändern konnten, um neue Formen, Ideen und Motive zu schaffen.

Zum Beispiel fanden viele Kunstmärchen in den neunziger Jahren des siebzehnten und den ersten Jahrzehnten des achtzehnten Jahrhunderts Eingang in billige, populäre Bücher, die in einer Serie mit dem Titel ›Bibliothèque Bleue‹ erschienen (in England kennt man sie als ›chapbooks‹) und die von fliegenden Buchhändlern, sogenannten ›colporteurs‹, vertrieben wurden. Die Märchen wurden (oft drastisch) in einfacherer Sprache umgeschrieben und gekürzt, so daß die Märchen, wenn sie auf den Dörfern gelesen wurden, wieder von den Bauern aufgenommen und der Folklore einverleibt wurden.

Diese Märchen wurden tausende Male erzählt und wiedererzählt und fanden wiederum Eingang in das Genre Kunstmärchen durch Märchenschriftsteller, die mit dieser ›amalgamierten Folklore‹ in Berührung gekommen waren. Die Wechselwirkung zwischen dem mündlichen und dem literarischen Märchenerzählen wurde zu einem der wichtigsten Züge in der Entwicklung des Genres, wie es im 18. Jahrhundert institutionalisiert worden war. Den offensichtlichsten Beleg dafür, daß das Kunstmärchen in Frankreich zu einer Institution geworden war, stellt das ›Cabinet de fées‹ (1785-1789) dar, eine 41bändige Sammlung der bekanntesten Salon-, komischen und konventionellen Märchen des voraufgegangenen Jahrhunderts, die Charles Meyer veröffentlichte. Von da an verbreiteten sich die französischen Märchen und fanden ihren Weg durch tausende von Übersetzungen in fast alle Teile der Welt.
Tatsächlich sind also die originalen französischen Märchen nie vergessen worden, obwohl sie nur noch selten gelesen werden. Sie sind in vielfältiger Form auf uns gekommen und haben Schriftsteller wie Wieland, Goethe, die Gebrüder Grimm, Andersen, George Sand und viele andere inspiriert. Insofern blüht das Kunstmärchen und macht sich nicht nur literarisch bemerkbar, etwa in Werken solcher zeitgenössischer Autoren wie Angela Carter, Margaret Atwood oder Michael Ende, sondern auch in Bühnenfassungen und Filmen. Die besten modernen Märchen halten auch die utopische Suche und den kritischen Geist der alten Salonmärchen lebendig. Aus dem Ungenügen an ihrer Zeit entstanden, haben diese Märchen noch immer einen gewissen bezwingenden Zauber, der nicht an die besondere historische Periode gebunden ist, in der sie erdacht und niedergeschrieben wurden. Sie umfassen die Zukunft. Sie antizipieren Hoffnungen und Wünsche, die wir selbst noch erfüllen müssen. In diesem Sinne sind sie immer noch modern und können vielleicht sogar – wer mag das wissen – Alternativen zu unseren postmodernen Dilemmata eröffnen.

Charles Perrault

Rotkäppchen

Es war einmal ein Bauernmädchen, so hübsch und niedlich, als man nur eins in der Welt sehen kann. Ihre Mutter war ganz in sie vernarrt, und ihre Großmutter noch mehr. Diese gute Frau ließ ihr nun ein rotes Käppchen machen, das ihr so gut stand, daß man sie deswegen allenthalben nicht anders als Rotkäppchen nannte.

Nun hatte ihre Mutter einmal Brotkuchen gebacken. »Da«, sagte sie zu ihr, »bring der Großmutter ein Stück Kuchen und das Butterbüchschen und sieh, was sie macht! Denn ich hörte vorhin, sie wäre krank.«

Nun machte sich Rotkäppchen geschwind auf zur Großmutter, die in einem anderen Dorfe wohnte. Da sie nun unterwegs durch einen Wald ging, kam der Meister Wolf und wollte sie fressen; aber er getraute es sich doch nicht wegen etlicher Holzfäller, die in der Nähe waren. Er fragte sie daher nur, wohin sie denn ginge. – »Ach«, sagte das gute Mädchen, das noch nicht wußte, wie gefährlich es ist, sich mit einem Wolfe einzulassen, »ich will zur Großmutter und ihr ein Stück Kuchen und ein Butterbüchschen von meiner Mutter bringen.«

»Ei, wo wohnt sie denn?« fragte der Wolf wieder. »Ist's denn noch weit dorthin?«

»Ei freilich«, versetzte Rotkäppchen, »sie wohnt noch über der Mühle draußen, die du dort unten, ganz unten siehst, gleich im ersten Hause, wenn man zum Dorfe hineinkommt.«

»Nun gut«, sagte der Wolf, »ich will sie doch auch besuchen. Weißt du was; ich will den Weg da gehen, und du gehst jenen Weg, und dann wollen wir sehen, wer als erster hinkommt.«

Nun fing der Wolf aus Leibeskräften zu laufen an und nahm den kürzesten Weg; Rotkäppchen aber hatte den längsten Weg genommen und hielt sich noch dazu allenthalben auf, suchte Haselnüsse, lief den bunten Schmetterlingen nach und band sich Sträußchen von Blumen, die sie hie und da pflückte. Der Wolf war gar bald vor dem Haus der Großmutter. Er pochte an: poch, poch.

»Wer ist da?« rief die Großmutter.

»Macht nur auf, liebe Großmutter«, antwortete der Wolf mit verstellter Stimme, »ich bin's, euer Rotkäppchen, ich bring Euch Brotkuchen und ein frisches Butterbüchschen, das Euch meine Mutter schickt.«

Die gute Großmutter, die im Bette lag und krank war, rief: »Zieh nur an der Klinke und der Riegel geht gleich auf!« Der Wolf zog an der Klinke, und die Haustür ging auf. Nun fiel er über die arme Frau her und fraß sie, mir nichts dir nichts, rein auf, denn er hatte ganze drei Tage nichts gefressen. Er machte darauf die Tür wieder zu, legte sich ins Bett der Großmutter und wartete nun auf Rotkäppchen, die bald darauf kam und an die Tür klopfte: Poch, Poch!

»Wer ist da?«

Rotkäppchen, welche die grobe Stimme des Wolfs hörte, fürchtete sich anfangs davor; sie dachte aber hernach, daß die Großmutter vielleicht einen heiseren Hals hätte, und antwortete: »Macht nur auf, ich bin's, das kleine Rotkäppchen. Ich bringe Euch frischen Kuchen und ein Butterbüchschen, das Euch meine Mutter schickt.«

»Zieh nur an der Klinke«, rief der Wolf und machte seine Stimme so klar, als er nur konnte, »zieh nur an der Klinke, liebes Rotkäppchen, und der Riegel wird gleich aufgehen.«

Rotkäppchen zog an der Klinke, und die Tür ging auf. Als der Wolf sie hereinkommen sah, kroch er unter die Bettdecke und sagte zu ihr: »Stelle den Kuchen und das Butterbüchschen nur auf den Mehlkasten, dann komm her und leg dich ein bißchen zu mir ins Bett.« Rotkäppchen tat es, zog sich aus und wollte sich ins Bett legen, aber wie erschrak sie, da sie die Decke aufschlug und sah, wie ihre Großmutter im Bette aussah. »Ach, liebe Großmutter«, fing sie an, »was Ihr für große Arme habt!«

»Die habe ich, meine Tochter, daß ich dich besser umarmen kann.«

»Ach, liebe Großmutter, was Ihr für große Beine habt!«

»Die habe ich, meine Tochter, daß ich besser laufen kann.«

»Ach, liebe Großmutter, was Ihr für große Ohren habt!«

»Die habe ich, daß ich besser hören kann.«

»Ach, liebe Großmutter, was Ihr für große Augen habt!«

»Die habe ich, meine Tochter, daß ich besser sehen kann.«

»Ach, liebe Großmutter, was Ihr für große Zähne habt!«

»Und die habe ich, daß ich dich fressen kann.«

Und wie er das sagte, fiel der böse Wolf über das arme Rotkäppchen her und fraß es.

Die Feen

Es war einmal eine Witwe, die hatte zwei Töchter. Die Älteste glich ihr von Gesicht und Naturell so sehr, daß sie die leibhafte Mutter war und man eine mit der anderen hätte verwechseln können. Sie waren beide so widerwärtig und hochmütig, daß kein Mensch mit ihnen auskommen konnte. Die Jüngste aber war das leibhafte Ebenbild von ihrem Vater an Sanftmut und Gutherzigkeit, und bei alledem noch das hübscheste Mädchen, das weit und breit zu finden war. Da man nun meistens nur seinesgleichen liebt, so war die Mutter auch in die älteste Tochter ganz vernarrt und konnte die Jüngste hingegen gar nicht leiden, tat ihr alles zuleide, ließ sie nicht mit am Tische, sondern nur in der Küche essen und gab ihr unaufhörlich zu arbeiten.

Das arme Kind mußte unter anderem auch alle Tage zweimal eine gute halbe Stunde weit vom Hause zum Wasser gehen und einen großen Krug voll holen. Da sie nun einmal eben an dem Brunnen war, kam eine arme alte Frau zu ihr und bat sie, sie möchte sie doch einmal trinken lassen. »Ei herzlich gerne, gutes Mütterchen«, sagte das hübsche Mädchen, spülte gleich ihren Krug recht sauber aus und schöpfte am hellsten Flecke in der Quelle frisches Wasser, reichte ihr den Krug und hielt ihr ihn immer, während sie trank, damit es ihr nicht zu schwer würde, ihn selbst zu halten.

»Hab Dank, liebes Kind!« sagte das Mütterchen, da sie getrunken hatte. »Du bist so schön, so lieb und so gut, daß ich dir etwas schenken muß.« Denn es war eine Fee, die nur die Gestalt einer alten armen Bauersfrau angenommen hatte, um zu sehen, wie weit die Gutherzigkeit dieses jungen Mädchens gehen würde. »Ich schenke dir also die Gabe«, fuhr die Fee fort, »daß dir, wenn du sprichst, mit jedem Worte eine schöne Blume oder ein Edelstein aus dem Munde fallen soll.«

Da nun das hübsche Mädchen nach Hause kam, zankte die Mutter sie gewaltig aus, daß sie so spät vom Brunnen wiederkäme. »Ich bitte um Verzeihung, liebe Mutter«, sagte das arme Mädchen stammelnd, und zugleich fielen ihr zwei schöne Rosen, zwei Perlen und zwei große Diamanten aus dem Munde. »Ei, was ist denn das?« rief die Mutter ganz erstaunt, »sieh doch nur, ich glaube gar, es fallen dir Perlen und Diamanten aus dem Mund? Sag mir doch, wie geht denn dies zu, meine Tochter?« Und dies war zum erstenmal in ihrem Leben, daß sie sie ›meine Tochter‹ nannte. Das gute Kind erzählte ihr darauf ganz unschuldig, was ihr am Brunnen begegnet war, und spuckte dabei eine gewaltige Menge Diamanten mit aus.

»Mein Treu!« sagte die Mutter, »da muß ich deine Schwester auch hinschicken. Komm her, Fanchon, und sieh einmal, was deiner Schwester da für schöne Sachen aus dem Munde fallen, wenn sie redet! Wär dir's nicht lieb, wenn du diese Gabe auch hättest? Hör einmal, du kannst sie auch kriegen; du mußt nur hingehen und Wasser holen, und wenn eine arme Frau kommt und um einen Schluck Wasser bittet, brauchst du ihr nur gutwillig einmal zu trinken geben.«

»Ei nun, das würde mir schön stehen, wenn ich da mit dem Kruge auf dem Kopfe an den Brunnen gehen und Wasser holen sollte!« versetzte die Älteste ganz protzig.

»Du sollst aber gehen; ich will's so haben«, sagte die Mutter, »und dies augenblicklich!«

Da sie nun sah, daß es nicht anders war, ging Fanchon zwar, aber immer murrend und brummend, und nahm die schönste silberne Flasche dazu, die nur im Hause war. Sobald sie nun an den Brunnen kam, sah sie eine prächtig gekleidete Dame aus dem Walde kommen und sie um einen Trunk Wasser ansprechen. Und das war die nämliche Fee, die zuvor ihrer Schwester erschienen war, die aber jetzt die Gestalt einer Prinzessin angenommen hatte, um zu sehen, wie weit die Bosheit dieses ungezogenen, hochmütigen Mädchens gehen würde.

»Nun«, versetzte das böse Stück auf die Bitte der Dame, »als hätte ich sonst nichts zu tun, als für Sie Wasser zu schöpfen! Und meine schöne silberne Flasche da, die habe ich auch bloß dazu hergebracht, um Madame zu bedienen! Doch meinethalben, Sie können sie nehmen, wenn Sie gar zu durstig sind, und sich selber einschöpfen.«

»Du bist nicht sehr höflich, meine Tochter«, versetzte die Fee, ohne böse zu werden. »Wohlan, da du doch so wenig dienstfertig und gefällig bist, so schenk ich dir zur Gabe, daß dir, wenn du sprichst, bei jedem Worte eine Schlange oder Kröte aus dem Munde kommen soll.«

Sie ging wieder heim, und als ihre Mutter sie kommen sah, rief sie ihr entgegen: »Nun, meine Tochter, wie steht's?«

»Nun ja, wie soll's stehn«, versetzte das Brummeisen und spie zugleich zwei Schlangen und drei Kröten aus.

»Ach, daß Gott erbarm!« schrie die Mutter. »Was ist das? An dem Unglück ist kein anderer schuld als ihre Schwester. Aber warte, dafür sollst du büßen!« Und damit sprang sie hin und wollte die Jüngste prügeln. Das arme Mädchen aber lief aus dem Hause fort und versteckte sich in dem benachbarten Walde. Da fand sie der Sohn des Königs, der eben von der Jagd zurückkam. Und da er sah, daß sie schön war, so fragte er sie, was sie denn da so allein mache und was sie zu weinen hätte.

»Ach, gnädiger Herr«, versetzte das arme Mädchen, »ich weine, weil meine Mutter so böse zu mir ist und mich aus dem Hause gejagt hat.«

Als der Prinz sah, daß ihr beim Sprechen immer fünf oder sechs Perlen und Diamanten aus dem Munde fielen, staunte er darüber und fragte sie, woher denn dies käme. Sie erzählte ihm darauf das ganze Abenteuer. Da sie so schön und so gut war, verliebte sich der Prinz in sie, und als er nun bedachte, daß sie mit dieser Gabe so reich und noch viel reicher sei als irgendeine andere Prinzessin, die man für ihn wählen könnte, so nahm er sie mit an des Königs, seines Vaters, Hof und vermählte sich mit ihr. Was aber ihre Schwester betrifft, so machte diese sich bei aller Welt so verhaßt, daß auch endlich ihre eigene Mutter sie aus dem Hause jagte, und nachdem sie weit und breit herumgelaufen war, ohne einen Menschen zu finden, der sie aufnehmen wollte, starb sie endlich Hungers hinter dem Zaune.

Blaubart

Es war einmal ein Mann, der hatte die schönsten Häuser in der Stadt und auf dem Lande, Gold und Silberzeug in Menge, kostbare Möbel und vergoldete Karossen; aber unglücklicherweise hatte dieser Mann einen blauen Bart, der ihn so abscheulich häßlich machte, daß, wo er sich nur sehn ließ, Frauen und Mädchen ihm aus dem Wege liefen. Eine vornehme Dame in seiner Nachbarschaft hatte zwei wunderschöne Töchter. Er hielt um eine von beiden an und überließ der Mutter die Wahl, sie möchte ihm geben, welche sie wollte. Aber sie wollten ihn alle beide nicht. Und wenn die eine sagte: »Nimm du ihn«, so sagte die andre: »Ei, behalte du doch den Blaubart selbst!« Genug, es konnte sich keine entschließen, einen so häßlichen Mann zu heiraten. Dazu kam auch noch, daß er schon mehrere Frauen gehabt hatte, von denen kein Mensch wußte, wo sie hingekommen waren. Eines Tages nun kam Blaubart hin zu ihnen, um sie näher kennenzulernen, und nahm sie mit ihrer Mutter und drei oder vier von ihren besten Freundinnen und einigen jungen Leuten aus der Nachbarschaft auf eins von seinen Landhäusern, und sie blieben da ganze acht Tage zusammen. Da wurde nun an nichts gedacht als an Spaziergänge, Jagdpartien, Bälle, Redouten, Diners und Soupers; kein Mensch tat die ganze Zeit über ein Auge zu, denn man trieb die ganze Nacht Scherz und Kurzweil. Die Sachen gingen so gut, daß endlich die jüngste Schwester den Bart ihres Wirts so gar blau nicht mehr fand und daß sie zugab, er sei doch ein recht braver Mann. Mit einem Worte, die Sache wurde richtig, und da sie wieder in die Stadt gekommen waren, machten sie Hochzeit.

Nach Verlauf eines Monats sagte Blaubart zu seiner Frau: »Mein Schatz, eine wichtige Angelegenheit nötigt mich, eine Reise zu machen und Dich auf sechs Wochen zu verlassen. Laß Dir in meiner Abwesenheit die Zeit nicht lang werden, sondern bitte deine guten Freundinnen zu Dir. Nimm sie mit aufs Land, wenn Du willst, und laß Dir nichts abgehn. Hier«, fuhr er fort, »hast Du die Schlüssel zu den beiden Vorratskammern; diese da sind zu dem Silbergewölbe; der ist zu meinem Geldkasten, wo ich all mein Gold und Silber habe; dieser hier schließt den Kasten, wo die Juwelen liegen; und dies ist der Passepartout zu allen Zimmern. Dieser kleine Schlüssel aber ist zu dem Kabinett, das am Ende der langen Galerie im Parterre liegt. Du kannst allenthalben hingehn; aber in das kleine Kabinett untersteh Dich nicht den Fuß zu setzen. Du hast alles von meinem Zorne zu fürchten, wenn Du diesem Befehle nicht nachkommst.« Sie versprach, alles, was er ihr gesagt hatte, auf das pünktlichste zu befolgen, und so umarmte er sie, setzte sich in seinen Wagen und fuhr fort. Die Nachbarinnen und guten Freundinnen warteten nicht, bis die junge Frau sie bitten ließ, sondern Blaubart war kaum fort, als sie die Neugierde trieb, einen Besuch bei seiner Frau zu machen, um das schöne Haus und all die kostbaren Sachen zu sehn. Denn solange der Mann zu Hause war, getraute sich keine hinzugehn, weil sie sich alle vor seinem blauen Barte fürchteten. – Nun ging es treppauf treppab, durch Zimmer und Kammern, von denen immer eine schöner und prächtiger war als die andre. Hierauf gingen sie in die Vorratsgewölbe und gerieten ganz außer sich über die Menge von prächtigen Tapeten, Betten, Sofas, Schränken, Tischen und Spiegeln, in denen man sich vom Kopfe bis auf die Füße besehen konnte und die alle prächtige Rahmen von Glas, Silber und Email hatten. Bei jedem neuen Stück, das ihnen in die Augen fiel, priesen sie das Glück ihrer Freundin und beneideten sie wegen ihrer schönen Sachen. Aber sie fand an all den Herrlichkeiten wenig Vergnügen, denn sie konnte vor Ungeduld nicht erwarten, bis sie die Kammer in dem untersten Stockwerk gesehn hätte. Endlich konnte sie ihrer Neugierde nicht länger Gewalt antun, sondern war so unhöflich, von der Gesellschaft wegzulaufen; und nun ging es eine heimliche Treppe hinunter, Hals über Kopf, so daß sie dreimal mit den Absätzen hängenblieb und beinahe den Hals gebrochen hätte. Da sie an die Türe kam, bedachte sie sich einige Minuten, ob sie ihrem Manne gehorchen oder ob sie sich seinem Zorne aussetzen wollte. Aber die Versuchung war zu stark, und es war ihr unmöglich, Herr darüber zu werden. Sie nahm also den kleinen Schlüssel und öffnete zitternd die Tür. Anfänglich sah sie nichts, weil die Fensterladen alle fest, sehr fest zu waren; aber als sie einige Minuten gewartet hatte, sah sie, daß der Fußboden mit geronnenem Blute bedeckt war. In diesem Blute spiegelten sich die Leichname von mehrern Frauen, die der Reihe nach an der Wand hingen. Dies waren alle die Frauen, die Blaubart geheiratet und die er alle nach der Reihe ums Leben gebracht hatte. Nun stelle man sich vor, wie die arme Frau erschrak, die schnell den Schlüssel abzog und ihn fallen ließ. Sie hob ihn schnell wieder auf, schloß die Tür zu und ging in ihr Zimmer, um sich ein wenig zu erholen. Aber sie konnte gar nicht zu sich selbst kommen, so außer sich war sie. Da sie sah, daß der Schlüssel blutig geworden war, wollte sie ihn abwischen; aber das Blut ging nicht ab; sie wusch ihn, sie scheuerte ihn mit Sand, es blieb immer Blut daran; denn der Schlüssel war verzaubert, und es war unmöglich, ihn ganz rein zu machen. Wenn das Blut auf der einen Seite weg war, kam es auf der andern wieder zum Vorschein. Unglücklicherweise kam Blaubart noch am Abend von seiner Reise zurück und sagte, er habe unterwegs Briefe bekommen und daraus ersehn, daß die Geschäfte, um derentwillen er verreist sei, glücklich geendigt wären. Seine Frau stellte sich über seine unverhoffte Rückkehr gar freudig an. Aber am andern Morgen forderte ihr Blaubart die Schlüssel ab, die sie ihm auch gab, aber mit so zitternder Hand, daß er gleich erriet, was vorgefallen war.

»Wie kommt es denn«, frug er, »daß der Schlüssel zum Kabinett nicht mit dabei ist?«

»Ich muß ihn etwa eben auf meinem Tische haben liegen lassen«, sagte sie.

»Nun«, antwortete Blaubart, »so vergiß nicht, mir ihn hernach zu geben.«

Sie schob es zwar von einem Augenblicke zum andern auf; aber endlich mußte sie doch damit herausrücken. Blaubart sah den Schlüssel an. »Wie kommt denn das Blut daran?« frug er.

»Ich weiß es nicht«, antwortete die arme Frau und wurde dabei so blaß wie der Tod.

»Du weißt es nicht?« war die Antwort. »Aber ich weiß es. Du hast also doch Lust bekommen, in das Kabinett zu gehn?

Nun wohl, Du sollst hineinkommen und den Damen Gesellschaft leisten, die Du darin gesehn hast.«
Sie warf sich ihrem Gemahl zu Füßen, weinte, bat um Verzeihung und bezeigte die lebhafteste Reue über ihren Ungehorsam. Ihr Kummer und ihre Tränen hätten einen Felsen erweichen können, aber Blaubarts Herz war unempfindlicher als ein Fels. »Ohne Gnade, Madame«, antwortete er, »Sie müssen auf der Stelle sterben!«
»Ach«, erwiderte sie mit Tränen, »wenn ich denn also sterben muß, so vergönnt mir wenigstens noch einige Augenblicke, um Gott meine Seele zu befehlen und meine Sünden abzubitten!«
»Ich gebe Dir eine halbe Viertelstunde Zeit«, antwortete er, »aber auch keinen Augenblick länger.«
Er ging fort, und da sie nun allein war, rief sie ihre Schwester und sagte ihr: »Schwester Ännchen« – denn so hieß sie –, »steige doch geschwind auf den Turm und sieh zu, ob etwa meine Brüder kommen. Sie haben mir versprochen, mich heute zu besuchen, und wenn Du sie siehst, so winke ihnen, damit sie eilen.«
Schwester Ännchen stieg auf den Turm, und die arme Frau rief ihr von Zeit zu Zeit zu: »Ännchen, Schwester Ännchen, siehst Du noch nichts?«
Und Ännchen antwortete: »Ich sehe nichts als den Sonnenstaub, ich sehe nichts als das grüne Laub.«
Unterdessen stand Blaubart mit einem großen Schlachtmesser unten und schrie aus Leibeskräften: »Komm herunter oder ich komme hinauf.«
»Nur noch einen Augenblick«, antwortete sie, und dann rief sie wieder ganz leise: »Ännchen, Schwester Ännchen, siehst Du noch nichts?«
Und Ännchen antwortete: »Ich sehe nichts als den Sonnenstaub, ich sehe nichts als das grüne Laub.«
»Komm herunter«, rief Blaubart noch einmal, »oder ich komme hinauf.«

»Ich komme ja schon«, antwortete ihm seine Frau, und rief dann wieder leise: »Ännchen, Schwester Ännchen, siehst Du noch nichts?«
Und Ännchen antwortete: »Ich sehe einen großen, großen Staub dort auf der Straße.«
»Sind es meine Brüder?«
»Ach, nein, Schwesterchen«, antwortete Ännchen, »es ist eine Herde Schafe.«
»Kommst Du denn noch immer nicht?« rief Blaubart zum drittenmal.
»Noch einen Augenblick Geduld«, sagte sie; und dann rief sie: »Ännchen, Schwester Ännchen, siehst Du noch immer nichts?«
Und Ännchen antwortete: »Ich sehe zwei Reiter, aber sie sind noch weit, sehr weit.«
Und da sie näher kamen, rief sie: »Gottlob, es sind meine Brüder. Ich will ihnen winken, damit sie eilen.«
»Nun«, schrie Blaubart zum vierten Male, daß das ganze Haus zitterte, und die arme Frau kam herunter mit verweinten Augen und zerrauften Haaren.
»Das hilft alles nicht«, sagte Blaubart, »Du mußt sterben.« Dann packte er sie mit der einen Hand bei den Haaren und mit der andern holte er aus, um ihr den Kopf abzuhauen. – Die arme Frau wandte sich ihm zu, sah ihn mit sterbenden Augen an und beschwor ihn, ihr nur noch einen Augenblick zu schenken, um sich zu sammeln. – »Nein, nein«, sagte er, »die Gnadenzeit ist vorbei!« Und nun holte er aus ... In diesem Augenblick schlug man stark an die Türe, und Blaubart hielt ein. Die Türe öffnete sich, und zwei Reiter traten herein, mit dem Degen in der Hand, und liefen auf Blaubart los. Er erkannte sie als die Brüder seiner Frau, von denen der eine ein Dragoner, der andre von des Königs Leibwache war. Er fand nicht für gut, sie zu erwarten; aber die beiden Brüder verfolgten ihn und holten ihn ein, ehe er die Treppe erreichen konnte. Sie machten kurzen Prozeß, stießen ihm den Degen

in den Leib und ließen ihn liegen. Die arme Frau war auch beinahe tot, und sie hatte nicht soviel Kräfte, um aufzustehn und ihre Brüder zu umarmen.
Es fand sich, daß Blaubart keine Erben hatte und daß also seine Frau in dem Besitz aller seiner Reichtümer blieb. Sie wendete einen Teil davon an ihre Schwester Ännchen, um sie mit einem jungen Edelmanne zu verheiraten, den sie schon seit langer Zeit geliebt hatte; ferner kaufte sie jedem ihrer Brüder eine Hauptmannsstelle und verheiratete sich endlich selbst an einen sehr rechtschaffnen Mann, bei dem sie die bösen Tage vergaß, die sie mit Blaubart zugebracht hatte.

Die schlafende Schöne

Es war einmal ein König und eine Königin, die hatten keine Kinder und waren darüber gar sehr betrübt. Sie gingen zwar in alle möglichen Bäder; sie sparten keine Gelübde und Geschenke; aber nichts wollte helfen. Endlich wurde die Königin dennoch guter Hoffnung und kam mit einer Tochter nieder. Das war eine Freude! Und um diese Tochter recht glücklich zu machen, bat man alle Feen aus dem ganzen Lande – es waren deren sieben – zu Gevatterinnen, damit ihr jede, so wie es damals unter den Feen üblich war, ein Geschenk machen und die Prinzessin auf diese Weise alle nur möglichen Vollkommenheiten erhalten sollte. Nach der Taufe ging die ganze Gesellschaft in den königlichen Palast, wo man den Feen ein herrliches Gastmahl gab. Jeder legte man ein prächtiges Couvert auf, mit einem Futteral von gediegnem Golde, in welchem Messer, Gabel und Löffel steckten, alles von dem feinsten Golde, mit Diamanten und Rubinen besetzt. Da sich die ganze Gesellschaft schon zu Tische gesetzt hatte, öffnete sich die Tür und eine alte Fee trat herein, die nicht eingeladen worden war, weil sie nun seit länger als fünfzig Jahren nicht mehr ausging und weil man glaubte, sie wäre in ihrem Turme gestorben oder fest verzaubert. Der König ließ ihr auch ein Couvert auflegen; aber es war unmöglich, ihr ein goldenes Gedeck zu geben wie den andern, weil er nur sieben für die sieben Feen hatte machen lassen. Die Alte glaubte, es geschehe ihr zum Affront, und murmelte etwas zwischen den Zähnen. Eine junge Fee, die neben ihr saß, hörte es und vermutete gleich, daß sie der kleinen Prinzessin irgendein schlimmes Geschenk machen würde. Sie versteckte sich daher nach aufgehobner Tafel hinter die Tapete, um ihr Geschenk zuletzt zu geben und allenfalls das Böse wiedergutzumachen, welches die Alte dem Kinde antun könnte. Hierauf fingen die Feen an, die Prinzessin zu beschenken. Die jüngste verlieh ihr vollkommene Schönheit; die zweite Verstand wie ein Engel; die dritte Reiz und Anmut in allem, was sie sich vornähme; die vierte das Talent, schön zu tanzen; die fünfte, wie eine Nachtigall zu singen; die sechste, alle Arten von Instrumenten auf das vollkommenste zu spielen. Als die Reihe an die Alte kam, schüttelte diese den Kopf und sagte, die Prinzessin solle sich mit einer Spindel in die Hand stechen und daran sterben. Die ganze Gesellschaft erschrak über dieses schreckliche Geschenk, und sie weinten alle wie die Kinder. Aber in dem Augenblicke trat die junge Fee hinter der Tapete hervor und sagte ganz laut zu dem König und der Königin: »Verzweifelt nicht; Eure Tochter wird nicht sterben. Es steht zwar nicht in meiner Gewalt, die boshafte Absicht dieser Alten ganz zu vereiteln; die Prinzessin wird sich mit einer Spindel in die Hand stechen; aber statt zu sterben, wird sie in einen tiefen Schlaf fallen, aus welchem sie nach Verlauf von hundert Jahren durch den Sohn eines Königs aufgeweckt werden wird.«

Zur Sicherheit ließ der König einen Befehl bekanntmachen, durch welchen er jedermänniglich verbot, an der Spindel zu spinnen oder nur, bei Lebensstrafe, eine Spindel im Hause zu haben. Eines Tages, da die Prinzessin schon etwa fünfzehn oder sechzehn Jahre alt war, begaben sich der König und die Königin auf eines ihrer Lustschlösser, und da trug sich's zu, daß die Prinzessin im ganzen Hause, treppauf treppab, aus einem Zimmer in das andre lief, und endlich auch in ein kleines Dachstübchen oben im Turme kam, wo sie ein altes Mütterchen fand, das da saß und spann. Das alte Mütterchen hatte in seinem Dachstübchen von dem Befehle des Königs kein Wörtchen erfahren.

»Was macht Ihr denn da?« fragte sie die Prinzessin.

»Ei, ich spinne, schönes Kind«, versetzte die Alte, die die Prinzessin nicht kannte.

»Ach, das ist ja allerliebst!« antwortete diese. »Laßt mal sehn, wie Ihr's macht! Ich will doch sehn, ob ich es nachmachen kann.«

Die Alte gab ihr die Spindel, und wie die Prinzessin dieselbe in die Hand nahm, stach sie sich damit, denn sie war etwas lebhaft und unachtsam, und überdies war es der Wille der Fee, daß es so gehn mußte. Sie stach sich also und sank ohnmächtig nieder. Die Alte war vor Schrecken außer sich und schrie nach Hilfe. Man eilte von allen Seiten herbei; man spritzte der Prinzessin Wasser ins Gesicht; man löste ihr die Schnürbrust auf; man rieb ihr Hände und Schläfe mit starken Wassern; alles war umsonst; sie kam nicht wieder zu sich. Der König war indes auch zurückgekommen und erinnerte sich der Prophezeiung der Fee; und da er wohl einsah, daß man sich dem Willen einer Fee nicht widersetzen könne, so ließ er die Prinzessin in das schönste Zimmer des Palasts tragen und auf ein prächtiges, mit Gold und Silber durchwebtes Bett legen. Sie war schön wie ein Engel, denn die Ohnmacht hatte ihrer Farbe nichts von ihrem Glanze genommen; ihre Wangen blühten wie Rosen und ihre Lippen wie Korallen. Nur die Augen hatte sie geschlossen. Aber man hörte sie leise atmen und sah daraus gar wohl, daß sie nicht tot war. Der König befahl, sie ruhig schlafen zu lassen, bis die Stunde ihres Erwachens gekommen wäre. Die gute Fee, die ihr das Leben gerettet hatte, indem sie sie zu einem hundertjährigen Schlafe verdammte, befand sich eben in dem Königreich Mataquin, zwölftausend Meilen von dem Orte, wo sich diese Begebenheit zutrug; aber sie erhielt in wenig Augenblicken durch ihren Zwerg Nachricht davon, der Siebenmeilenstiefel anhatte, Stiefel, mit denen man bei jedem Schritt sieben Meilen machte. Die Fee reiste nun nach erhaltener Nachricht sogleich ab und kam in weniger als einer Stunde auf einem feurigen, mit Drachen bespannten Wagen an. Der König reichte ihr die Hand und hob sie aus dem Wagen. Sie billigte alles, was er getan hatte; aber bei ihrer außerordentlichen Vorsicht fiel ihr ein, daß, wenn die Prinzessin aufwachte und sich in dem alten Schlosse allein fände, sie in große Verlegenheit geraten würde. Sie fand auch dafür ein Mittel. Sie berührte, außer dem Könige und der Königin, alles mit ihrem Zauberstabe: die Oberhofmeisterin, die Hofdamen, die Kammerfrauen, Kammerherrn, Offiziere, Haushofmeister, Köche, Küchenjungen, Schweizer, Pagen und Lakaien. Sie berührte auch alle Pferde im Marstalle samt den Reitknechten, die Hofhunde und den kleinen Mimi, das Schoßhündchen der Prinzessin, das neben ihrem Bette lag. Sowie sie etwas berührte, schlief es ein, um zugleich mit der Prinzessin wieder aufzuwachen und sie zu bedienen, wenn sie etwas nötig hätte. Auch die Bratspieße in der Küche, die voll Rebhühner und Fasanen staken, schliefen ein, und auch das Feuer schlief ein. Alles das geschah in einem Augenblicke; denn die Feen machen in allem, was sie tun, kurzes Federlesen. Hierauf küßten König und Königin ihre Tochter noch einmal, ohne daß sie davon aufwachte, verließen das Schloß und geboten durch ein Edikt, daß sich niemand demselben nähern sollte. Aber auch dieses Verbot war unnötig. Denn in weniger als einer Viertelstunde wuchs rund um das Schloß eine so große Menge Bäume und Sträucher, Dornen und Disteln, und diese waren alle so ineinander verflochten, daß weder Menschen noch Vieh passieren konnten. Nur noch die Turmspitze schaute heraus, und auch die sah man nur in einer ziemlichen Entfernung. Man hatte allen möglichen Grund zu glauben, daß auch dieses ein Werk der Fee sei, damit die Prinzessin während ihres Schlafs nichts von neugierigen Leuten zu fürchten hätte.

Nach Verlauf von hundert Jahren ging der Sohn des regierenden Königs, der aus einer anderen Familie war als die schlafende Prinzessin, auf die Jagd, und da es sich traf, daß er in die Gegend des Waldes kam, wo das Schloß lag, fragte er, was das für Türme wären, die aus dem Dickicht des Waldes hervorragten. Jeder antwortete ihm, so gut er konnte und was er selbst davon gehört hatte. Der eine sagte, es wäre ein altes Schloß, worin es spukte; der andere, es wäre der Sammelplatz aller Zauberer aus dem ganzen Lande; die gemeinste Meinung aber war, daß ein Menschenfresser darin wohnte, der alle kleinen Kinder raubte, die ihm in die Fänge kämen, und sie dort ruhig verzehre, weil ihm niemand nachfolgen könnte und er allein den Weg durch das dicke Gebüsch wußte. Endlich aber nahm ein alter Bauer das Wort und sagte zu dem Prinzen: »Durchlauchtiger Prinz, es ist nun länger als fünfzig Jahre, daß ich meinen Vater habe sagen hören, es läge in diesem Schlosse eine wunderschöne Prinzessin, welche hundert Jahre schlafen und dann von einem Prinzen aufgeweckt werden sollte, dem sie bestimmt wäre.« Als der Prinz dieses hörte, geriet er in Feuer und Flamme und zweifelte keinen Augenblick, daß er bestimmt sei, dieses schöne Abenteuer zu bestehen. Er beschloß, sich auf der Stelle näher davon zu überzeugen. Er näherte sich dem Gebüsch, und bei jedem Schritte, den er tat, machten ihm die Dornen und Disteln von selbst Platz und ließen ihn durch. So kam er endlich an das Schloß, welches er an dem äußersten Ende einer langen Allee liegen sah. Keiner von seinen Leuten hatte ihm folgen können, weil die Bäume und Sträucher es ihnen nicht erlaubt hatten, sondern immer näher zusammengerückt waren. Ungeachtet er sich ein wenig hierüber wunderte, so setzte er dennoch seinen Weg weiter fort, denn einem jungen und verliebten Prinzen fehlt es niemals an Mut. Er kam hierauf in einen großen Vorhof, wo ihm doch beinahe der Mut vergangen wäre. Allenthalben herrschte das schrecklichste Stillschweigen; überall sah man das Bild des Todes. Eine Menge Körper von Menschen und Tieren lagen hier ausgestreckt. Er hielt sie anfänglich für tot; aber an den kupfrigen Nasen der Schweizer und ihren roten Gesichtern sah er, daß sie nur schliefen; und aus den Gläsern, die neben ihnen standen und in welchen sich noch einige Tropfen befanden, sah er, daß sie während des Trinkens eingeschlafen waren. Er kam hierauf in einen andern großen Hof, der mit Marmor gepflastert war. Er stieg die Treppe hinauf; und kam in den Wachsaal, wo die Garden in einer Reihe standen, die Karabiner auf den Schultern hatten und laut schnarchten. So ging er durch mehrere Zimmer, in denen er eine Menge Herren und Damen fand, die alle schliefen, einige sitzend, andere stehend. Endlich kam er in ein schönes Zimmer, das über und über vergoldet war; hier sah er auf einem Bette, dessen Vorhänge auf allen Seiten offen waren, das schönste Schauspiel von der Welt; eine Prinzessin von etwa fünfzehn oder sechzehn Jahren, die in ihrem Gesicht etwas Zärtliches und Verklärtes zu haben schien. Zitternd und voll Verwunderung näherte er sich ihr und sank neben dem Bette auf die Knie. In diesem Augenblick ging die Verzauberung zu Ende. Die Prinzessin wachte auf und sah ihn mit so zärtlichen Augen an, als hätte sie ihn schon seit langem gekannt.

»Sind Sie es, mein Prinz«, sagte sie zu ihm; »Sie haben lange auf sich warten lassen.«

Der Prinz war entzückt über diese Worte und noch mehr über die Art, mit der sie sie vorbrachte. Er wußte gar nicht, wie er ihr seine Freude und Erkenntlichkeit bezeigen sollte. Er versicherte also, daß er sie mehr als sich selbst liebte. Seine Worte waren schlecht gewählt, aber sie gefielen der Prinzessin nur um so mehr; denn je verliebter man ist, desto unberedter ist man. Er war überhaupt in weit größerer Verlegenheit als sie, und das war auch nur zu sehr verständlich, denn sie hatte Zeit genug gehabt, über ihre Worte nachzudenken, und es ist sehr wahrscheinlich, obgleich die Geschichte nichts davon sagt, daß die gute Fee sie die ganze Zeit über mit angenehmen Träumen unterhalten habe, um ihr den langen Schlaf zu verkürzen. Und in der Tat hatte sie diese Zeit so gut angewandt, daß sie vier Stunden lang miteinander sprachen, ohne sich auch nur die Hälfte von dem gesagt zu haben, was sie sich zu sagen hatten.

Indessen war zugleich mit der Prinzessin alles im Schlosse aufgewacht; jeder war wieder an seine Arbeit gegangen, und da sie nicht alle verliebt waren, so fühlten sie einen schrecklichen Hunger. Die Hofdame, welche den Dienst hatte und ebenso hungrig war wie die andern, sagte der Prinzessin einmal über das andre, die Suppe wäre aufgetragen. Der Prinz half ihr endlich vom Bett auf. Sie war ganz angezogen und in den reichsten Kleidern; aber er sagte ihr freilich nicht, daß sie mit der Zeit etwas altmodisch geworden wären; denn sie hatte noch einen hohen, steif stehenden Kragen, wie ihn seine Urgroßmutter getragen hatte. Sie war aber deswegen nicht weniger schön. Sie gingen nun zusammen in den Spiegelsaal und setzten sich zur Tafel, wobei die Hofbedienten der Prinzessin aufwarteten. Während der Mahlzeit wurde Musik gemacht, und die Kapelle spielte einige Stücke, die vortrefflich waren, obgleich man sie seit hundert Jahren nicht mehr gespielt hatte. Nach aufgehobner Tafel traute sie der Hofkapellan in der Schloßkirche, und die Hofdamen brachten die Prinzessin zu Bett. Sie schliefen wenig, denn die Prinzessin hatte des Schlafs nicht nötig, und der Prinz stand bei Anbruche des Tages auf und kehrte nach der Stadt zurück, wo sein Vater wegen seines Ausbleibens in großer Angst war. Der Prinz gab vor, sich auf der Jagd in dem Walde verirrt zu haben und daß ihn ein Köhler in seiner Hütte aufgenommen und mit schwarzem Brot und Käse bewirtet habe. Der König war ein sehr guter Mann und glaubte es, aber die Königin war nicht so leicht zu täuschen. Und da sie sah, daß er fast alle Tage auf die Jagd ging und immer eine Ausrede hatte, wenn er zwei oder drei Nächte nicht nach Hause gekommen war, so schöpfte sie Verdacht und kam auf die Vermutung, er müsse irgendwo ein Liebchen haben; denn er lebte länger als zwei Jahre mit der Prinzessin auf diesem Fuße, und sie schenkte ihm zwei Kinder, von denen sie das erste, welches ein Mädchen war, Prinzessin Morgenrot und das zweite, einen Sohn, Prinz Tag nannten, weil er noch schöner war als seine Schwester. Die Königin, um ihren Sohn zum Geständnisse zu bringen, sagte mehrmals zu ihm, daß man sein Leben genießen müsse und daß man sich seiner Schwachheit in gewissen Punkten nicht zu schämen habe; aber er wagte es nicht, ihr sein Geheimnis anzuvertrauen; denn er fürchtete sie, sosehr er sie auch liebte; weil sie aus einer Familie von Menschenfressern war. Sein Vater hatte sie bloß ihrer ungeheuren Reichtümer wegen geheiratet. Man flüsterte sich auch am Hofe zu, daß sie alle Begierden der Menschenfresser hätte; und wenn sie kleine Kinder vorbeigehen sähe, sie sich kaum enthalten könnte, sie zu fressen. Darum wollte ihr der Prinz nichts sagen. Aber da der König nach Verlaufe von zwei Jahren gestorben war und der Prinz nun freie Hand bekam, deklarierte er seine Heirat und holte seine Gemahlin mit großen Zeremonien aus ihrem Schlosse. Sie zog mit vielem Pomp in die Hauptstadt ein und hatte ihre beiden Kinder neben sich. Kurze Zeit darauf bekriegte ihr Gemahl den Kaiser Cantalabutte, seinen Nachbar. Die Verwaltung des Reichs überließ er seiner Mutter und empfahl ihr seine Gemahlin und Kinder auf das dringendste. Er mußte den ganzen Sommer über ausbleiben, und sobald er abgereist war, schickte seine Mutter ihre Schwiegertochter und ihre Enkel in ein entlegenes Landhaus mitten im Walde, um dort ihr abscheuliches Gelüst besser befriedigen zu können. Einige Tage darauf folgte sie ihnen selbst nach, ließ vorm Schlafengehen ihren Haushofmeister zu sich kommen und sagte zu ihm: »Morgen mittag will ich die kleine Morgenrot verspeisen.«

»Um Gottes willen, Eure Majestät!« rief der Haushofmeister.

»Ohne Widerrede«, versetzte die Königin (sie sagte dies mit dem Tone eines Werwolfs, der nach frischem Fleische lüstert), »und zwar will ich sie mit einer sauren Zwiebelbrühe essen.«

Der arme Mann, der wohl sah, daß die Königin in diesem Punkt keinen Spaß verstand, nahm sein großes Messer und ging in die Kammer der kleinen Morgenrot. Sie war damals vier Jahre alt und sprang ihm lächelnd an den Hals und bat ihn um Zuckerwerk. Er fing an zu weinen, und das Messer fiel ihm aus der Hand. Er begab sich in den Hof, schnitt einem jährigen Lamme die Gurgel durch und machte eine so gute Brühe daran, daß ihm die Königin sagte, sie hätte zeit ihres Lebens etwas so Gutes nicht gegessen. Zu gleicher Zeit hatte er die kleine Morgenrot mitgenommen und sie seiner Frau gegeben, um sie in einer geheimen Kammer zu verbergen, welche er unten im Hofe hatte.

Acht Tage darauf sagte die Königin wieder zu ihrem Haushofmeister: »Ich will morgen abend den kleinen Tag essen.«

Er antwortete nichts, sondern beschloß, sie wie das erstemal zu betrügen. Hierauf ging er zu dem kleinen Tag, der eben ein Rapier in der Hand hatte und mit einem großen Affen herumfocht, gleichwohl er erst drei Jahre alt war. Er brachte auch ihn seiner Frau, um ihn zu der kleinen Morgenrot zu tun, und statt des kleinen Tags tischte er der Königin ein junges zartes Reh auf, das ihr außerordentlich gut schmeckte.

Bis dahin ging alles gut. Aber eines Tages sagte die Königin wieder zu ihrem Haushofmeister: »Morgen will ich die Königin essen, und zwar mit derselben Brühe wie bei ihren Kindern.« Diesmal geriet der arme Haushofmeister in eine wahre

Verzweiflung, weil er nicht wußte, wie er sie betrügen sollte. Die junge Königin war, ohne die hundert Jahre, die sie verschlafen hatte, etwas über zwanzig Jahre alt; ihre Haut war etwas hart, obgleich weiß und schön. Wo sollte er in dem ganzen Wildpark ein Tier finden, das ihr gliche? Er faßte also den Entschluß, der Königin ohne Barmherzigkeit die Kehle durchzuschneiden, um sein eignes Leben zu retten, und begab sich in dieser Absicht auf ihr Zimmer. Er suchte sich, soviel es ihm möglich war, in Wut zu setzen und trat mit dem Dolche in der Hand in das Zimmer der jungen Königin. Indessen konnte er es doch nicht über das Herz bringen, sie so sehr zu überraschen, sondern überbrachte ihr den Befehl ihrer Schwiegermutter mit dem größten Respekte.
»Wohlan«, sagte sie und reckte ihm den Hals hin, »vollbringt den Befehl, den man Euch gegeben hat; ich werde meine Kinder wiedersehn, meine armen Kinder, die ihr Raub geworden sind und die ich so sehr geliebt habe.« Denn sie hielt sie für tot, weil sie ihr heimlich entführt worden waren.
»Nein, nein, Madame«, antwortete der arme Haushofmeister gerührt, »Sie sollen nicht sterben und sollen Ihre Kinder doch wiedersehn. Ich will die Königin noch einmal betrügen und ihr eine junge Hirschkuh an Ihrer Stelle auftischen.«
Er führte sie hierauf in die Kammer, wo ihre Kinder waren, die ihr um den Hals fielen, und er ließ sie hier, um eine Hirschkuh zurechtzumachen, die die Alte auch mit dem größten Appetit aß, als wenn es die junge Königin selbst gewesen wäre. Sie freute sich im stillen über ihre Grausamkeit und machte sich gefaßt, dem Könige bei seiner Rückkehr zu sagen, daß seine Gemahlin und seine beiden Kinder von den Wölfen gefressen worden wären.
Als sie aber eines Abends in den Höfen des Schlosses umherschlich, um ihrer Gewohnheit nach frisches Menschenfleisch aufzustöbern, hörte sie unten im Saale den kleinen Tag weinen, dem seine Mutter die Rute geben wollte, weil er unartig gewesen war, und zu gleicher Zeit hörte sie auch, daß die

kleine Morgenrot für ihren Bruder um Verzeihung bat. Die Königin erkannte die Stimme ihrer Schwiegertochter und ihrer Enkel und geriet in Wut, weil sie sich betrogen sah. Sie befahl sogleich am andern Morgen mit einer fürchterlichen Stimme, vor welcher alles zitterte, eine große Kufe in den Hof zu bringen und sie mit Kröten, Schlangen und Ottern anzufüllen, um die Königin, ihre Kinder, den Haushofmeister, seine Frau und seine Magd hineinzuwerfen. Sie hatte Befehl gegeben, sie mit gebundenen Händen herbeizuführen. Die Henker waren schon im Begriffe, sie in die Kufe hineinzustürzen, als der König, den man so bald nicht erwartet hatte, in den Hof geritten kam. Er war ganz erstaunt über das Schauspiel, zu welchem er hier kam, und fragte, was es bedeuten solle. Niemand wagte es, ihm Auskunft darüber zu geben, als seine Mutter sich wütend in die Kufe stürzte und sogleich von den giftigen Tieren aufgefressen wurde. Der König betrübte sich darüber, denn sie war seine Mutter; aber er tröstete sich bald in den Armen seiner schönen Gemahlin und seiner geliebten Kinder.

Der gestiefelte Kater

Ein Müller hinterließ, als er starb, seinen drei Söhnen nichts weiter als seine Mühle, seinen Esel und seinen Kater. Die Teilung war bald gemacht, und man brauchte weder Gerichtsschreiber noch Advokaten dazu, die von dieser kleinen Erbschaft gewiß nichts übriggelassen hätten. Der älteste Sohn bekam die Mühle, der zweite den Esel und der jüngste den Kater. Der letzte war mit seinem kleinen Erbteil wenig zufrieden. »Meine Brüder«, sprach er, »können ihr Leben auf eine gute Art verbringen, wenn sie beide gemeinschaftliche Sache machen; aber wenn ich meinen Kater verzehrt und mir einen Muff aus seinem Fell gemacht habe, so bleibt mir nichts übrig, als Hungers zu sterben.« Der Kater hörte diese Reden aufmerksam mit an und sagte mit einer wichtigen und einer ernsthaften Miene zu seinem Herrn: »Lieber Herr, bekümmert Euch nicht so sehr. Gebt mir nur einen Sack und laßt mir ein Paar Stiefelchen machen, damit ich in den Wald gehen kann, und Ihr werdet finden, daß Ihr nicht so arm seid, als Ihr glaubt.«

Der arme Müllerssohn rechnete nun zwar nicht sehr auf diese Versprechungen, indes wußte er, daß sein Kater gar sehr schlau war und die Ratten und Mäuse mit mancherlei List übertölpelte; und so hegte er einige Hoffnung, daß er ihm vielleicht in seinem Unglück nützlich sein könnte. Er gab ihm also, was er verlangte, und dieser zog mutig seine Stiefelchen an, hing den Sack an seinen Hals, nahm die Riemen in seine Vorderpfoten und marschierte so auf einen Berg, wo es eine große Menge Kaninchen gab. Er steckte Kohl und Kleie in seinen Sack, streckte sich aus, als wäre er tot, und erwartete, daß ein junges, mit der List der Welt unbekanntes Kaninchen hineinkriechen würde, um den Kohl darin zu fressen. Er brauchte nicht lange zu warten. Kaum hatte er sich hingelegt, so kroch ein junges unbedachtsames Kaninchen in den Sack. Der Kater zog sogleich die Riemen zu, packte und würgte es ohne Umstände. Nun ging er, stolz auf seine Beute, zum König und bat um Audienz. Man ließ ihn in das Gemach Seiner Majestät, wo er einen tiefen Bückling machte und sagte: »Ich bringe Eurer Majestät hier ein Kaninchen, welches der Herr Graf von Carabas (diesen Namen fand er für gut, seinem Herrn zu geben) mir aufgetragen hat, Ihnen zu überreichen.«

»Sage deinem Herrn«, antwortete der König, »daß ich ihm danke.«

Ein andermal ging der Kater ins Korn, mit seinem offnen Sacke am Halse. Zwei Rebhühner krochen hinein; er zog die Riemen zu und fing sie alle beide. Hierauf ging er wieder zum König und brachte sie ihm, wie vorher das Kaninchen. Der König nahm auch die beiden Rebhühner gnädig an und ließ ihm ein Trinkgeld geben. So fuhr der Kater zwei oder drei Monate fort, dem Könige immer von Zeit zu Zeit Wildbret aus dem Forst seines Herrn zu bringen. Als er nun eines Tages erfuhr, daß der König mit seiner Tochter, die eine wunderschöne Prinzessin war, eine Spazierfahrt am Ufer des Flusses machen wollte, sagte er zu seinem Herrn: »Wenn Ihr heute meinem Rat folgen wollt, so ist Euer Glück gemacht. Badet Euch in dem Flusse an der Stelle, die ich Euch zeigen werde, und dann laßt mich nur machen.«

Der vorgebliche Graf von Carabas tat, was ihm sein Kater riet, ohne zu wissen warum. Als er sich nun badete, kam der König vorbei; und der Kater schrie aus Leibeskräften: »Hilfe, Hilfe, der Herr Graf von Carabas ertrinkt.« Auf dieses Geschrei steckte der König den Kopf zum Wagen heraus und erkannte den Kater, der ihm so oft Wildbret gebracht hatte, und befahl seiner Leibwache, dem Herrn Grafen beizuspringen. Währenddessen man ihn nun aus dem Flusse zog, näherte sich der Kater dem Wagen und sagte dem König, daß, während sein Herr sich gebadet hätte, Diebe gekommen wären und ihm seine Kleider gestohlen hätten, obgleich sie aus allen Kräften um Hilfe gerufen. Aber die Kleider hatte er wohlweislich unter einem großen Steine versteckt, um sie nicht sehen zu lassen. Sogleich befahl der König seinem Bedienten, das schönste Kleid aus seiner Garderobe für den Herrn Grafen Carabas zu holen. Der König erzeigte ihm alle nur möglichen Höflichkeiten. Da nun die schönen Kleider, die er jetzt bekam, ihm sehr wohl standen – denn er war von Natur schön und wohlgebaut –, so fand ihn die Prinzessin sehr nach ihrem Geschmacke, und da sie der Graf von Carabas einigemal ebenso zärtlich als ehrfurchtsvoll angeblickt hatte, wurde sie verliebt in ihn bis über die Ohren. Der König bot ihm seinen Wagen an und ersuchte ihn, an seiner Promenade teilzunehmen. Der Kater war außer sich vor Vergnügen, da er sah, daß seine List so wohl gelang, und lief voraus; und als er einige Bauern antraf, die eine Wiese mähten, sagte er zu

ihnen: »Ihr guten Leute, wenn ihr dem Könige nicht sagt, daß die Wiese, die ihr hier mäht, dem Herrn Grafen von Carabas gehört, so werdet ihr in Kochstücken zerhackt, das will ich euch nur sagen!«
Da nun der König kam, fragte er die Mäher, wem die Wiese gehört, die sie mähten. »Dem Herrn Grafen von Carabas«, antworteten sie alle einmütig; denn die Drohung hatte sie bange gemacht. »Sie haben hier eine schöne Besitzung, Herr Graf«, sagte der König.
»Wie Eure Majestät sehen«, antwortete der Graf, »diese Wiese trägt alle Jahre eine artige Summe ein.«
Der Kater lief immer voraus und traf Schnitter an. Zu denen sagte er wieder: »Ihr guten Schnitter, wenn ihr dem Könige nicht sagt, daß das Feld, auf dem ihr schneidet, dem Herrn Grafen von Carabas gehört, so werdet ihr in Kochstücken zerhackt werden, das will ich euch nur sagen!«
Da nun der König kam, wollte er wissen, wem all das Getreide gehört. »Dem Herrn Grafen von Carabas«, antworteten die Schnitter, und der König freute sich darüber. Der Kater lief immer so vor dem Wagen voraus und sagte immer dasselbe zu allen, die ihm begegneten; und der König ward ganz erstaunt über die vielen Güter des Herrn Grafen von Carabas. Schließlich kam der Kater in ein schönes Schloß, das einem gewaltigen Zauberer gehörte, der ganz unmäßig reich war; denn das ganze Land, durch das der König gekommen war, gehörte zu diesem Schlosse. Der Kater erkundigte sich sorgfältig, wer dieser Zauberer wäre und worin seine Kräfte beständen, und bat dann um die Erlaubnis, ihm seine Aufwartung machen zu dürfen. Da er vor ihn kam, sagte er, er habe an seinem Schloß nicht so vorbeigehen wollen, ohne die Ehre zu haben, ihm seinen Respekt zu bezeigen. Der Zauberer nahm ihn mit aller Höflichkeit auf, deren nur ein solcher fähig ist, und ließ ihn niedersetzen. »Man hat mir die Versicherung gegeben«, hub der Kater hier an, »daß Sie die Gabe besäßen, gnädiger Herr, sich in alle Arten von Tieren zu

verwandeln; daß Sie zum Beispiel die Gestalt eines Löwen oder Elefanten annehmen könnten.«

»Das ist auch wahr«, antwortete der Zauberer, »und um es dir zu beweisen, will ich mich gleich in einen Löwen verwandeln.« Der Kater tat ganz erschrocken, da er einen Löwen vor sich stehen sah, und kletterte auf die Dachrinne mit großer Mühe und Gefahr, weil er Stiefel anhatte, mit denen es sich nicht gut auf den Ziegeln marschiert. Als aber der Zauberer seine Löwengestalt abgelegt hatte, kam er wieder herunter und versicherte ihm, er wäre in Todesangst gewesen. »Man hat«, fuhr er fort, »noch darüber gesagt, was ich aber kaum glauben kann, daß Sie auch die Kraft besäßen, die Gestalt der kleinsten Tiere anzunehmen, zum Beispiel sich in eine Ratte oder Maus zu verwandeln. Ich muß Ihnen gestehen, daß ich dies für ganz unmöglich halte.«

»Für unmöglich?« versetzte der Zauberer; »wir wollen sehn!« Und in dem Augenblicke verwandelte er sich in eine Maus und lief auf dem Fußboden hin und her. Sobald ihn der Kater in dieser Gestalt sah, fuhr er auf ihn zu, haschte und fraß ihn. Unterdessen war der König an dies schöne Schloß gekommen und wollte wissen, wie es innen aussehe. Der Kater hörte den Wagen über die Zugbrücke rollen, lief ihm entgegen und sagte zu dem König: »Eure Majestät sei willkommen in dem Schlosse des Herrn Grafen von Carabas.«

»Wie, Herr Graf«, rief der König, »auch dieses Schloß gehört Ihnen? Ich habe in meinem Leben nichts Schöneres gesehn als diesen Hof und die Gebäude, die ihn einschließen. Ich will doch, mit Ihrer Erlaubnis, auch das Innere besehn.« Der Graf reichte der Prinzessin die Hand, hob sie aus dem Wagen und folgte dem König.« Sie gingen hierauf in einen großen Saal, wo sie ein prächtiges Gastmahl fanden, das der Zauberer für seine Freunde hatte zurichten lassen, die nicht hineinzugehn wagten, weil sie den König hatten kommen sehen. Der König war über die guten Eigenschaften des Grafen ganz entzückt, und seine Tochter war gar in ihn vernarrt. Und da der König sah, daß er so reich war, sagte er zu ihm, nachdem er fünf oder sechs Pokale geleert hatte: »Es kommt nur auf Sie an, Herr Graf, ob Sie mein Schwiegersohn werden wollen.« Der Graf machte einen großen Bückling und nahm von Herzen die angebotene Ehre an. Und er wurde noch an demselben Tage mit der Prinzessin getraut. Meister Kater wurde ein großer Herr und fing nun keine Mäuse mehr, nur manchmal aus Liebhaberei und zum Spaße.

Aschenbrödel

Es war einmal ein Edelmann, dem starb seine Frau, und er heiratete eine andre, die hochmütig und eitel war. Sie hatte zwei Töchter, die waren ebenso und glichen ihr auch sonst in allen Stücken. Der Mann hatte seinerseits auch eine Tochter, die war aber ein gar sanftes und gutes Kind. Sie hatte dies Temperament von ihrer Mutter geerbt, die auch eine gar gute Frau gewesen war. Kaum war die Hochzeit vorbei, so ließ die neue Frau ihre üble Laune an ihrer Stieftochter aus. Die guten Eigenschaften dieses Kindes waren ihr unausstehlich, weil der boshafte Charakter ihrer eignen Töchter so sehr davon abstach. Sie ließ sie also die niedrigsten Arbeiten im Hause tun; sie mußte aufwaschen, die Treppe scheuern und die Zimmer der gnädigen Mama und ihrer Fräulein Schwestern fegen. Sie schlief auf dem Oberboden, auf einem elenden Strohsacke, während ihre Schwestern in tapezierten Kammern schliefen, wo sie die schönsten, modischsten Betten und die prächtigsten Spiegel hatten. Das arme Mädchen trug dies alles mit einer unbeschreiblichen Geduld und wagte es nicht, sich bei ihrem Vater zu beklagen, wo sie doch nur von neuem Geschmähtes bekommen hätte; denn die böse Frau vermochte alles über ihn. Wenn sie mit ihrer Arbeit fertig war, setzte sie sich in den Winkel des Kamins, in die Asche; darum nannte man sie im ganzen Hause nur Aschenbrödel. Indessen

war Aschenbrödel in ihren schlechten Kleidern dennoch hundertmal schöner als ihre Schwestern, wenn sie auch noch so prächtig angezogen waren.
Eines Tags gab der Sohn des Königs einen Ball und lud alle Leute von Stande dazu ein. Die beiden Fräulein wurden auch gebeten, denn sie machten große Figur in der Gegend. Man kann sich leicht denken, daß sie eine große Freude darüber hatten und an nichts anders dachten, als was sie für Kleider anziehen und wie sie sich aufsetzen wollten, um recht schön zu sein. Für Aschenbrödel gab es dabei auch etwas zu tun, denn sie mußte ihren Schwestern die Wäsche plätten und ihre Manschetten in Falten legen. Man sprach die ganze Zeit über von nichts anderem als von dem bevorstehenden Balle. »Ich«, sagte die älteste Schwester, »ziehe mein rotsamtenes Kleid mit der englischen Garnierung an.«
»Und ich«, sagte die jüngere, »ziehe meinen Alltagsrock an, aber dafür lege ich den Mantel mit den goldenen Blumen um und binde mein Steinband in die Haare, das auch nicht schlecht ist.«
Man schickte nach der besten Putzmacherin, um ihnen die neumodischsten Hüte zu bringen, und sie suchten die schönsten Bänder und Spitzen aus. Dabei fragten sie immer Aschenbrödel um Rat, denn sie hatte einen sehr guten Geschmack. Aschenbrödel riet ihnen aufs beste und bot ihnen an, sie selbst anzuziehen, was sie mit großem Vergnügen annahmen. Während sie nun damit beschäftigt war, sie anzuziehen, fragten sie sie: »Aschenbrödel, möchtest du wohl auch auf dem Balle sein?«
»Ach, gnädige Fräulein, Sie scherzen!« erwiderte Aschenbrödel. »Ich darf daran nicht denken.«
»Du hast recht«, antworteten sie, »man würde schön lachen, wenn ein Aschenbrödel auf den Ball käme.«
Jede andere würde sie krumm und schief angezogen haben, aber Aschenbrödel hatte ein viel zu gutes Herz und machte sie recht schön zurecht. – Sie hatten vor großer Freude bei-

nahe in zwei Tagen keinen Bissen gegessen und hatten fast ein Dutzend Schnürbänder zerrissen, weil sie sich eine recht schmale Taille machen wollten. Vom Morgen bis in die Nacht standen sie vor dem Spiegel. Endlich kam der glückliche Tag; sie fuhren fort, und Aschenbrödel sah ihnen so weit nach, als sie konnte. Da sie sie nun nicht mehr sah, fing sie an zu weinen. Ihre Patin, die sie weinen sah, frug, was sie hätte.

»Ich möchte gern ... Ach, ich möchte gern ...« Sie konnte es vor Tränen nicht aussprechen. Da sagte ihre Patin, die eine Fee war: »Du möchtest wohl gerne mit auf den Ball gehn, nicht wahr?«

»Ach ja!« antwortete Aschenbrödel mit einem tiefen Seufzer.

»Nun wohl«, sagte die Patin, »weil du eine so gute Tochter bist, sollst du hingehn.«

Sie führte sie hinauf in ihre Kammer und sagte zu ihr: »Gehe in den Garten und hole mir eine Melone herauf.« Aschenbrödel ging sogleich in den Garten, holte die schönste, die sie finden konnte, und brachte sie ihrer Patin. Aber sie konnte sich gar nicht denken, wie sie durch eine Melone auf den Ball kommen sollte. Aber ihre Patin schnitt sie auf und höhlte die Schale ganz aus, berührte sie dann mit ihrem Zauberstabe, und augenblicklich war die Melone in einen schönen, vergoldeten Wagen verwandelt. Dann suchte sie die Mausefalle und fand sechs lebendige Mäuse darin. Sie befahl Aschenbrödel, das Türchen aufzuziehn, und jeder Maus, die herauslief, gab sie einen Schlag mit dem Zauberstabe; und augenblicklich war jede Maus in einen schönen Apfelschimmel verwandelt. Nun wußten sie aber nicht, wo sie einen Kutscher herbekommen sollten. »Ich will sehn«, sagte Aschenbrödel, »ob sich etwa eine Ratte in der Rattenfalle gefangen hat; da wollen wir einen Kutscher daraus machen.«

»Du hast recht«, sagte die Patin, »geh hin und schau!«

Aschenbrödel brachte ihr die Rattenfalle, und es waren drei große Ratten drin. Die Fee nahm die mit dem größten Barte, und nachdem sie sie berührt hatte, ward ein dicker Kutscher daraus, der einen schönen großen Schnurrbart hatte. Ferner sagte die Patin: »Geh noch einmal in den Garten; da wirst du hinter der Gießkanne sechs Eidechsen finden, die bringe herbei.«

Sie brachte sie, und ihre Patin verwandelte sie in sechs Lakaien, die mit ihren schönen besetzten Röcken hinten auf den Wagen stiegen, als wenn sie zeit ihres Lebens nichts anders getan hätten. Nun sagte die Fee zu Aschenbrödel: »Sieh, nun hast du alles, was du brauchst, um zum Balle zu fahren.«

»Ja«, sagte sie, »aber kann ich denn so in diesem Kittel hingehn?«

Ihre Patin rührte sie nur mit ihrem Zauberstabe an und augenblicklich wurden die kostbarsten Kleider daraus, mit Gold durchwirkt und mit Edelsteinen besetzt. Schließlich gab sie ihr auch ein Paar allerliebste Glaspantöffelchen. So ausstaffiert stieg sie in den Wagen; aber ihre Patin gab ihr noch den guten Rat, ja nicht über Mitternacht auf dem Balle zu bleiben; denn wenn sie einen Augenblick länger bliebe, so würde ihr Wagen wieder zur Melone, ihre Pferde zu Mäusen, ihre Lakaien zu Eidechsen und ihre schönen Kleider zu einem Kittel werden. Sie versprach ihrer Patin, vor Mitternacht gewiß wegzugehn. Die Kutsche fuhr fort, und Aschenbrödel kannte sich nicht vor Vergnügen. Als sie an das Schloß kam, meldete man dem Prinzen, es halte unten eine vornehme Dame, die niemand kenne. Der Prinz ging selbst hinab, hob sie aus dem Wagen und führte sie in den Tanzsaal. Alles schwieg, da sie hineintrat; die Tänzer hörten auf zu tanzen und die Musikanten zu spielen; denn aller Augen waren auf die schöne Unbekannte geheftet. Ein dumpfes Gemurmel erhob sich im ganzen Saale: »Ach, wie schön sie ist! Wie schön sie ist!« Selbst der König, der doch schon sehr alt war, betrachtete sie durch die Lorgnette und sagte leise zur Königin, er habe in langer Zeit keine so schöne und so liebenswürdige Person gesehen. Die Damen betrachteten mit großer Aufmerksamkeit ihre Koiffüre und ihre Kleider, um sich am andern Tag ebenso anzuziehn, wobei sie nur besorgt waren, keinen so schönen Stoff und so geschickte Schneider zu finden, die das machen könnten. Der Prinz setzte sie zuvorderst, und dann tanzte er selbst mit ihr vor. Sie tanzte mit so vielem Anstand, daß man sie nur noch mehr bewunderte. Man ging hierauf zur Tafel, welche prächtig serviert war; aber der Prinz aß keinen Bissen, denn er betrachtete die schöne Unbekannte ohne Unterlaß. Sie setzte sich neben ihre Schwestern und sagte ihnen die schönsten und höflichsten Sachen von der Welt. Sie gab ihnen von den Zitronen und Orangen, die sie von dem Prinzen bekommen hatte, und setzte sie dadurch in große Verwunderung, denn sie kannten sie nicht. Mitten in ihrem Gespräche hörte Aschenbrödel Viertel vor zwölf schlagen, sie stand auf, machte der Gesellschaft eine Verbeugung und eilte davon. Als sie nach Hause gekommen war, ging sie gleich zu ihrer Patin, dankte ihr und äußerte zugleich den Wunsch, morgen wieder auf den Ball zu gehen, weil der Prinz sie dazu eingeladen hätte. Während sie ihrer Patin erzählte, was auf dem Balle vorgegangen war, klopften ihre beiden Schwestern an die Türe, und Aschenbrödel machte ihnen auf.

»Sie sind lange ausgeblieben«, sagte sie, gähnte dabei und rieb sich die Augen und dehnte sich, als wenn sie eben erst aufgewacht wäre.

»Ja«, sagte die eine von ihnen, »wenn du mit auf dem Ball gewesen wärst, du würdest wahrlich keine Langeweile gehabt haben. Es kam eine schöne Prinzessin hin; die war erstaunlich höflich gegen uns und hat uns Orangen und Zitronen gegeben.« Aschenbrödel kannte sich nicht vor Vergnügen. Sie frug, wie denn die Prinzessin heiße; aber sie sagten, man wisse es nicht, und der Sohn des Königs wäre darüber in Verlegenheit und würde alles in der Welt darum geben, zu erfahren, wer sie wäre. Aschenbrödel fragte lächelnd: »War sie denn gar so schön? Wie glücklich müssen Sie sein, daß Sie

sie gesehn haben! Ach, Fräulein Adelheid, borgen Sie mir doch morgen Ihr gelbes Kleid, das Sie sonst alltags anziehn...«

»Nun ja«, sagte Adelheid, »das wäre ja noch schöner, dir meine Kleider borgen! Ich glaube du bist nicht gescheit!«

Aschenbrödel hatte dies erwartet und war sehr froh darüber; denn sie würde in große Verlegenheit geraten sein, wenn ihr ihre Schwester das Kleid hätte borgen wollen.

Am andern Tag fuhren die beiden Fräulein wieder zum Balle und Aschenbrödel auch, und diese war noch schöner geputzt als das erste Mal. Der königliche Prinz war ihr immer zur Seite und sagte ihr eine Menge schöner Sachen, wobei Aschenbrödel keine Langeweile hatte. Sie hätte darüber beinah die Warnung ihrer Patin vergessen; denn der erste Glokkenschlag von zwölf Uhr tönte, da sie glaubte, es wäre erst elf Uhr. Sie stand auf und eilte davon, flüchtiger als ein Reh. Der Prinz folgte ihr nach; aber er konnte sie nicht einholen. Aber da sie eines von ihren Glaspantöffelchen verlor, so hob er es sorgfältig auf. Aschenbrödel kam ganz außer Atem nach Hause, ohne Wagen, ohne Lakaien, mit ihren alten Kleidern, und von ihrer ganzen Herrlichkeit war ihr nichts geblieben als der eine Pantoffel. Man hielt Nachfrage bei der Torwache, ob sie nicht eine Prinzessin hätte aus dem Schlosse gehen sehn; diese sagte aber, es sei niemand hinausgegangen als ein Mädchen in schlechter Kleidung, die eher wie eine Bäuerin als eine Prinzessin ausgesehen hätte. Als die beiden Schwestern vom Balle nach Hause kamen, fragte sie Aschenbrödel, ob sie sich heute wieder so gut amüsiert hätten und ob die schöne Dame auch dagewesen wäre. Sie sagten ja, aber sie wäre mit dem Glockenschlag Zwölf fortgegangen und wäre so eilfertig gewesen, daß sie einen allerliebsten kleinen Pantoffel von Glas verloren hätte. Der Prinz hätte ihn aufgehoben und ihn den ganzen Ball über betrachtet; es wäre nichts gewisser, als daß er in die schöne Dame, welcher der Pantoffel gehörte, verliebt sei. Damit sagten sie nun keine Unwahrheit, denn wenige Tage darauf ließ der Prinz unter Trompeten- und Paukenschall bekanntmachen, daß er die Person heiraten wolle, deren Fuß in diesen Pantoffel passe. Man probierte ihn zuerst den königlichen Prinzessinnen an, dann den Herzoginnen, dann dem ganzen Hofe, aber alles war umsonst. Man brachte ihn schließlich auch den beiden Schwestern, die sich alle mögliche Mühe gaben, um den Fuß hineinzubringen, aber kaum der große Zeh paßte hinein. Aschenbrödel, die ihnen zusah und den Pantoffel erkannte, sagte schließlich lächelnd: »Ich will doch sehen, ob er mir etwa paßt.«

Ihre Schwestern lachten sie aus; aber der Kavalier, der die Proben vornahm und das Mädchen sehr schön fand, sagte: Es sei nicht mehr als recht und billig, daß sie den Versuch auch anstelle, da er Befehl habe, allen Frauenzimmern das Pantöffelchen anzuprobieren. Er ließ Aschenbrödel niedersetzen, und sieh da, ihr Füßchen glitt ohne Mühe hinein, und der Schuh saß ihr wie angemessen. Man denke sich das Erstaunen der beiden Schwestern und was sie vollends für Augen machten, da Aschenbrödel das andere Pantöffelchen aus der Tasche nahm und es anzog. In diesem Augenblick trat die Patin ins Zimmer, die mit einer Berührung von Aschenbrödels Kleidern sie ebenso schön machte als die, in welchen sie auf dem Balle erschienen war.

Jetzt erkannten sie die beiden Schwestern als die Dame des Balls. Sie warfen sich ihr zu Füßen und baten sie tausendmal wegen der ihr zugefügten Beleidigungen um Verzeihung. Aschenbrödel hob sie auf, umarmte sie und verzieh ihnen von ganzem Herzen. Ja, sie bat sie sogar um ihre Freundschaft und Liebe. Man brachte sie hierauf zu dem Prinzen, der sie schöner als je fand und sie wenige Tage darauf heiratete. Aschenbrödel, welche ebenso gut als schön war, gab ihren Schwestern eine Wohnung im Schlosse und verheiratete sie an demselben Tage mit zwei vornehmen Herren vom Hofe.

Riquet mit dem Haarbüschel

Es war einmal eine Königin, die bekam einen Sohn, der so häßlich und mißgebildet war, daß man lange nicht wußte, ob er eine menschliche Gestalt hätte oder nicht. Eine Fee, die bei seiner Geburt zugegen war, versicherte indessen, daß er demungeachtet durch seinen Verstand sehr liebenswürdig werden würde. Und sie setzte hinzu, daß er mittels der Gabe, welche sie ihm verliehen habe, seiner Geliebten dereinst ebensoviel Verstand mitteilen könne, als er selbst besäße. Diese Versprechungen beruhigten die arme Königin ein wenig, die sehr bekümmert war, Mutter eines so häßlichen Geschöpfs zu sein. Nun ist es wahr, sobald das Kind zu reden anfing, hatte es tausend allerliebste Einfälle, und es war etwas Geistreiches in allem, was er vornahm, so daß man ihn liebhaben mußte. Ich habe vergessen zu sagen, daß er mit einem kleinen Haarbüschel auf die Welt kam, daher man ihn nur Riquet mit dem Haarbüschel nannte; denn Riquet war der Familienname.

Nach Verlauf von sieben oder acht Jahren kam die Königin eines benachbarten Reichs mit zwei Töchtern nieder. Die erste war schön wie der Tag, und die Königin hatte eine so unmäßige Freude darüber, daß man fürchtete, sie möchte sich Schaden tun. Dieselbe Fee, die bei der Geburt des kleinen Riquet mit dem Büschel zugegen gewesen, war auch hier dabei und sagte der Königin, um ihre Freude zu mäßigen, daß die kleine Prinzessin keinen Funken Verstand haben und ebenso dumm als schön sein würde. Dies war nun der Königin gar nicht recht; aber sie hatte einige Minuten darauf ein weit größeres Herzleid, denn das zweite Kind, mit dem sie niederkam, war außerordentlich häßlich.

»Lassen Sie sich das nicht so gar sehr zu Herzen gehn«, sagte die Fee zu ihr, »der Mangel an Schönheit wird Ihrer Tochter auf einer andern Seite ersetzt werden. Sie wird soviel Verstand haben, daß man ihre Häßlichkeit kaum noch bemerken wird.«

»Gott gebe das!« versetzte die Königin. »Aber könnte man der Ältesten, die so schön ist, nicht auch noch zu etwas Verstande verhelfen?«

»In dieser Hinsicht kann ich nichts für sie tun«, erwiderte die Fee, »aber Schönheit kann ich ihr geben, soviel ich will; und da ich gerne alles tun möchte, um Ihnen gefällig zu sein, was nur in meinen Kräften steht, so will ich ihr die Gabe verleihen, dem Manne, der ihr Herz gewinnt, ihre Schönheit mitzuteilen.«

Die beiden Prinzessinnen wuchsen nun heran, und ihre Talente wuchsen mit ihnen. Allenthalben sprach man von der Schönheit der ältesten und dem Verstande der jüngsten. Aber mit den Jahren vermehrten sich aber auch ihre Fehler. Die jüngste wurde von Tag zu Tag häßlicher und die älteste von Tag zu Tag dümmer. Sie antwortete entweder gar nicht, wenn man sie etwas fragte, oder sie sagte etwas Albernes. Sie war dabei so ungeschickt, daß sie nicht vier Tassen auf den Tisch stellen konnte, ohne eine davon zu zerbrechen; und daß sie kein Glas Wasser trank, ohne die Hälfte davon über ihr Kleid zu gießen. So sehr man also auch immer der Schönheit eines jungen Frauenzimmers huldigt, so war dennoch die jüngere Prinzessin immer weit beliebter als die ältere. Zuerst näherte man sich gemeiniglich der ältesten, um sie zu betrachten und zu bewundern; bald aber schloß man sich an die an, welche den meisten Verstand hatte, um sich an ihren Einfällen und ihren gescheiten Bemerkungen zu ergötzen. Und so stand gewöhnlich in weniger als einer halben Stunde die älteste allein, und alles hatte sich um die jüngste versammelt. So dumm die älteste auch war, so bemerkte sie dies doch und hätte gern all ihre Schönheit darum gegeben, wenn sie nur die Hälfte von dem Verstande ihrer Schwester gehabt hätte. Die Königin, die sonst eine kluge Frau war, konnte sich zuweilen nicht enthalten, ihr ihre Dummheit vorzuwerfen; und dies verursachte der armen Prinzessin jederzeit die heftigste Bekümmernis.

Eines Tages nun ging sie im Wald spazieren, um in der Einsamkeit ihr Unglück zu beweinen, als sie einen kleinen, ungestalteten, aber sehr prächtig gekleideten Mann auf sich zukommen sah. Es war Prinz Riquet mit dem Haarbüschel, der sich in ihr Porträt verliebt hatte; denn allenthalben fand man ihr Bildnis. Er hatte das Königreich seines Vaters verlassen, um das Vergnügen zu haben, sie zu sehen und zu sprechen. Welche Freude, da er sie ganz allein antraf! Er näherte sich ihr mit aller ersinnlichen Ehrfurcht und Höflichkeit. Da er aber nach den ersten Komplimenten bemerkte, daß sie sehr niedergeschlagen war, sagte er zu ihr: »Ich begreife nicht, wie eine so schöne Person so niedergeschlagen sein kann, als Sie zu sein scheinen. Ich kann mich zwar rühmen, eine große Zahl von schönen Damen gesehen zu haben, aber ich kann aufrichtig versichern, daß keine es wagen dürfte, sich mit Ihnen zu messen.«

»Sie belieben zu scherzen«, antwortete die Prinzessin und schwieg still.

»Die Schönheit«, fuhr Riquet fort, »ist ein so großer Vorzug, daß man jeden andern Mangel dabei übersehen kann; und da Sie jene in einem so hohen Grade besitzen, so begreife ich nicht, was es in der Welt geben kann, das Sie so sehr zu bekümmern scheint.«

»Ach«, antwortete die Prinzessin, »ich wollte lieber so häßlich sein wie Sie und etwas mehr Verstand haben; als so schön und so dumm zu sein, als ich jetzt bin.«

»Man kann seinen Verstand nicht mehr zeigen«, war die Antwort, »als wenn man keinen zu haben glaubt; und es liegt in der Natur der Seele, daß je mehr sie hat, desto weniger glaubt sie zu besitzen.«

»Ich weiß das nicht«, erwiderte die Prinzessin, »aber ich bin mir sehr wohl bewußt, daß ich dumm bin, und dies Bewußtsein bereitet mir tödlichen Kummer.«

»Wenn Ihr Kummer in weiter nichts besteht«, sagte Riquet, »so kann ich ihm leicht ein Ende machen.«

»Und wie das?« fiel die Prinzessin ein.
»Ich habe das Talent«, antwortete jener, »der Person, welche ich am meisten liebe, soviel Verstand mitzuteilen, als ich will; und da Sie diese Person sind, so hängt es bloß von Ihnen ab, soviel Verstand zu bekommen, als Sie wollen, wenn Sie mir versprechen, mich zu heiraten.«
Die Prinzessin wußte nicht, was sie antworten sollte.
»Ich sehe wohl«, fuhr Riquet fort, »daß es Ihnen schwerfällt, in diesen Vorschlag einzuwilligen, und ich wundere mich nicht darüber; aber ich gebe Ihnen ein ganzes Jahr Bedenkzeit, um mit sich selbst zu Rate zu gehen.«
Die Prinzessin war so einfältig und hatte doch gleichwohl ein so großes Verlangen, klüger zu werden, daß sie sich einbildete, das Ende dieses Jahres würde niemals kommen. Sie nahm also den Vorschlag an. Und kaum hatte sie dem Prinzen versprochen, daß sie ihm nach Ablauf eines Jahrs an eben dem Tage ihre Hand geben wollte, als sie eine außerordentliche Veränderung in sich wahrnahm. Sie war ganz anders als vorher; sie fühlte eine ungewöhnliche Leichtigkeit, alles zu sagen, was sie wollte; und alles, was sie sagte, war verständig, leicht und natürlich. In diesem Augenblicke fing sie mit Riquet ein langes Gespräch an, wo sie mit soviel Fertigkeit und Nachdruck sprach, daß Riquet anfing zu fürchten, er könnte ihr mehr Verstand mitgeteilt haben, als er selbst behalten hätte. Als sie in das Schloß zurückkam, wußte niemand am Hofe, was er von dieser plötzlichen und außerordentlichen Veränderung denken sollte. Denn statt daß sie sonst lauter verkehrtes Zeug geantwortet hatte, sprach sie jetzt ungewöhnlich vernünftig und mit vielem Geiste. Man kann sich vorstellen, wie groß die Freude über diese Veränderung war, an der jedermann Anteil nahm, ihre jüngere Schwester ausgenommen, welche nun nicht mehr den Vorzug des Geistes hatte und neben ihrer Schwester eine sehr schlechte Rolle spielte. Der König richtete sich nun in allen Dingen nach ihrer Meinung und hielt oft selbst in ihren Zimmern Beratun-

gen ab. Auch verbreitete sich der Ruf von dieser Veränderung sehr geschwind, und fast alle Prinzen der benachbarten Königreiche strömten herbei und bewarben sich um ihre Gunst und hielten um sie an. Aber keiner hatte ihr Verstand genug. Sie hörte sie an, ohne einem von ihnen besonders Hoffnung zu machen. Schließlich aber kam ein so mächtiger, reicher, geistvoller und wohlgebildeter Freier, daß sie in der Tat einige Neigung für ihn faßte. Ihr Vater bemerkte es und sagte ihr, daß er ihr gern freie Hand ließe, einen Gemahl zu wählen, welchen sie wollte, und daß sie ungescheut ihre Erklärung aussprechen könnte. Ein fester Entschluß in dieser Angelegenheit fällt einem gemeinhin um so schwerer, je mehr Verstand man hat, und so dankte sie dem König für seine Güte und bat ihn um die Erlaubnis, sich noch einige Tage bedenken zu dürfen. Ganz von ungefähr ging sie in dem Wald spazieren, wo sie Prinz Riquet mit dem Haarbüschel zum erstenmal getroffen hatte, um über ihren zu fassenden Entschluß reiflich nachzudenken. Während sie hier in tiefen Gedanken spazierenging, hörte sie unter ihren Füßen ein dumpfes Geräusch, als wenn mehrere Personen kämen und gingen. Sie ward aufmerksam und hörte, wie jemand sagte: »Bringe mir dort den Kessel her!« Und ein anderer: »Gib mir die Pfanne!« Und noch ein anderer: »Lege Holz an das Feuer!« Zu gleicher Zeit öffnete sich die Erde, und sie sah unter ihren Füßen eine Art von Küche, worin eine Menge von Köchen, Küchenjungen und anderen Bedienten mit Zurüstungen irgendeines Festes beschäftigt waren. Eine Schar von zwanzig bis dreißig Köchen kam heraus und setzte sich in einer Allee an eine lange Tafel, die Spicknadel in der Hand, und arbeitete nach dem Takte eines Liedchens, das sie zusammen anstimmten. Die Prinzessin erstaunte über das, was sie sah, und fragte, was dies bedeuten solle und für wen sie arbeiteten.

»Für den Prinzen Riquet mit dem Haarbüschel«, sagte der angesehenste von der Gesellschaft. »Der Prinz hat morgen Hochzeit.«

Hierüber erschrak die Prinzessin und entsann sich auf einmal, daß es gerade eben ein Jahr her wäre, da sie dem Prinzen versprochen hätte, ihn zu heiraten. Sie hatte nicht wieder daran gedacht; denn als sie dies Versprechen gab, war sie noch einfältig; und da sie ihren neuen Verstand bekam, vergaß sie alle ihre vorhergehenden Torheiten. Sie setzte indes ihren Spaziergang fort; aber kaum hatte sie dreißig Schritte getan, als Riquet mit dem Haarbüschel vor sie trat, mit aller Keckheit und Pracht, die einem Prinzen geziemt, der sich verheiraten will. Er sprach sie an. »Sie sehen«, sagte er zu ihr, »daß ich mein Wort sehr genau halte; und ich zweifle nicht, daß Sie in der Absicht hierhergekommen sind, auch Ihr Versprechen zu erfüllen und mich zum glücklichsten Mann zu machen.«

»Ich muß Ihnen offen gestehen«, versetzte die Prinzessin, »daß ich über diesen Punkt noch zu keinem festen Entschlusse gekommen bin, und ich glaube nicht, daß er jemals nach Ihrem Wunsche ausfallen wird.«

»Sie setzen mich in Erstaunen«, erwiderte der Prinz.

»Ich glaube es Ihnen«, war die Antwort, »und ich würde in großer Verlegenheit sein, wenn ich mit einem Manne von weniger Lebensart und Verstande zu tun hätte. Er würde mir sagen, daß eine Prinzessin ihr Wort halten müsse und daß ich verpflichtet sei, ihn zu heiraten, weil ich es ihm versprochen hätte. Aber da ich mit einem Manne von so großem Verstande spreche, so bin ich im voraus überzeugt, daß er meine Gründe anhören wird. Sie wissen, daß ich mich nicht entschließen konnte, Sie zu heiraten, da ich noch dumm war. Wie können Sie erwarten, daß ich bei dem Verstande, den Sie mir mitgeteilt haben und der mich weit heikler gemacht hat, einen Entschluß fassen werde, den ich damals nicht fassen konnte? Wenn es Ihr Ernst war, mich zu heiraten, so haben Sie sehr übel getan, mich von meiner Dummheit zu heilen und mich einsichtsvoller zu machen, als ich damals war.«

»Wohlan«, sagte der Prinz, »wenn Sie es einem Mann ohne

Verstand verzeihen würden, wenn er Ihnen, wie Sie eben gesagt haben, Ihre Wortbrüchigkeit vorwirft, warum wollten Sie mir nicht diese Freiheit gestatten, da es jetzt auf das Glück meines Lebens ankommt? Soll ein Mann von Verstand übler dran sein als ein Dummkopf? Können Sie das von mir verlangen, da Sie selbst soviel Geist besitzen und es sich so sehr wünschten? Erlauben Sie mir also, Ihnen einige Vorstellungen zu machen. Haben Sie, außer meiner Häßlichkeit, etwas an mir auszusetzen? Sind Sie unzufrieden mit meiner Geburt, meinem Verstand, meiner Aufführung und meiner Laune?«

»Im geringsten nicht«, antwortete die Prinzessin. »Alles, was Sie mir hier aufzählen, verdient meine Achtung und Liebe.«

»Wenn das so ist«, unterbrach sie Riquet, »so bin ich glücklich; denn es steht in Ihrer Gewalt, mich zum liebenswürdigsten Manne zu machen.«

»Wie ist das möglich?« versetzte sie.

»Nichts leichter als das«, antwortete der Prinz. »Wenn Sie mich nur genug lieben, um diese Verwandlung zu wünschen! Denn Sie müssen wissen, daß dieselbe Fee, die mir am Tage meiner Geburt die Gabe verlieh, einer anderen Person, die mir gefallen würde, Verstand und Geist mitzuteilen, auch Ihnen das Talent gegeben hat, Ihrerseits den Mann, welchen Sie lieben, schön zu machen.«

»Wenn das so ist«, sagte die Prinzessin, »so wünsche ich von ganzem Herzen, daß Sie der liebenswürdigste Prinz von der Welt werden mögen, und teile Ihnen die Gabe der Schönheit so sehr mit, als nur irgend in meinen Kräften steht.«

Kaum hatte die Prinzessin diese Worte ausgesprochen, als ihr Riquet schön und liebenswürdig erschien.

Einige versichern, daß dies nicht so sehr die Wirkung des Zaubers war, sondern daß vielmehr die Liebe allein diese Verwandlung möglich machte. Sie behaupten, daß die Prinzessin über den guten Eigenschaften ihres Liebhabers – seinen Verstand, seine Bescheidenheit und Treue – die Ungestaltheit seines Körpers und die Häßlichkeit seines Gesichts vergessen habe. Sein Buckel kam ihr vor wie das Achselzucken eines Mannes von Welt; und statt, daß er sonst entsetzlich hinkte, so fand sie jetzt, daß er sich nur auf eine sehr liebenswürdige Art ein wenig nach der einen Seite neige. Auch seine schielenden Augen kamen ihr darum nur noch glänzender vor; und die kleine Unordnung, die in seinen Blicken herrschte, schien ihr ein Zeichen seiner heftigen Liebe zu sein; und seine große, rote Nase endlich bekam in ihren Augen etwas Heroisches. Dem sei nun, wie es wolle, die Prinzessin versprach ihm ihre Hand auf der Stelle, wenn er die Einwilligung ihres Vaters erhalten könnte. Dieser kannte Riquet schon als einen Prinzen von großem Verstande, und da er nun noch erfuhr, daß seine Tochter so viele Achtung für ihn hegte, nahm er ihn mit dem größten Vergnügen zu seinem Schwiegersohn an. Die Hochzeit war am anderen Tag, wie es Riquet vorausgesehen und lange Zeit vorher angeordnet hatte.

Der kleine Däumling

Es war einmal ein Holzhauer, der hatte mit seiner Frau sieben Kinder, und zwar lauter Knaben. Das älteste war erst zehn Jahr und das jüngste noch nicht sieben. Man wird sich wundern, wie der Holzhauer in so kurzer Zeit so viele Kinder haben konnte; aber seine Frau hatte sich ein wenig getummelt und war immer mit Zwillingen niedergekommen. Die guten Leute hatten nun gar nicht viel zu leben, und ihre sieben Kinder wurden ihnen schwer zu erhalten, weil noch keins davon etwas verdienen konnte. Am meisten waren sie darüber bekümmert, daß der jüngste Bub so zart war und fast gar nicht sprach; und obgleich dies ein Zeichen seines Verstandes war, so hielten sie ihn doch für dumm. Es war auch ein gar kleiner Knabe; und da er auf die Welt kam, war er kaum so groß als ein Daumen. Darum nannten sie ihn auch

nur den kleinen Däumling. Der arme Junge war das Marterholz im Hause, und wenn es etwas gab, so mußte er immer Unrecht haben. Gleichwohl war er der verschlagenste und aufgewecktеste von seinen Brüdern. Auch wenn er wenig sprach, so hörte er doch desto aufmerksamer zu. Nun kam ein Mißjahr, und es entstand eine Hungersnot, und die armen Leute sannen auf Mittel, ihre Kinder loszuwerden. Als die Kinder eines Tags zu Bette waren und der Holzhauer mit seiner Frau noch am Feuer saß, sagte er voll Bekümmernis zu ihr: »Du siehst, wir können unsere Kinder nicht länger ernähren; aber ehe ich sie vor meinen Augen will Hungers sterben sehen, so will ich sie lieber morgen in dem Walde lassen. Denn während sie Reisig zu Wellen suchen, können wir uns heimlich davonmachen, ohne daß sie es merken.«
»Ach«, versetzte die Frau, »kannst du es über das Herz bringen, Mann, dich deiner Kinder zu entledigen?«
Ihr Mann stellte ihr noch einmal die große Armut vor, in der sie lebten, aber er predigte tauben Ohren; sie wollte nicht einwilligen; denn ob sie schon arm war, so war sie doch ihre Mutter. Da sie aber überlegte, was für Kummer es ihr machen würde, wenn sie sie Hungers sterben sähe, so willigte sie endlich unter vielen Tränen ein und ging zu Bette. Aber sie konnte die ganze Nacht kein Auge zutun. Der kleine Däumling hatte das ganze Gespräch mit angehört; denn da er in seinem Bett merkte, daß seine Eltern etwas Wichtiges besprachen, war er ganz leise aufgestanden und unter den Schemel gekrochen, auf dem sein Vater saß, damit sie ihn nicht sehen sollten. Er legte sich hierauf wieder ins Bett, konnte aber ebensowenig schlafen als seine Mutter, sondern sann die ganze Nacht darauf, was zu tun sei. Ganz früh stand er auf und ging an den Bach und las kleine weiße Kiesel auf, die er in die Tasche steckte, und ging so wieder nach Hause. Am Morgen zogen sie alle los, und der kleine Däumling sagte seinen Brüdern kein Wort von dem, was er gehört hatte. Sie kamen in einen dichten Wald, wo man keine zehn Schritte weit vor

sich sehn konnte. Der Holzhauer hieb Holz, und seine Kinder lasen Reisig auf, um Wellen zu machen. Da ihre Eltern sie so beschäftigt sahen, entfernten sie sich anfänglich ganz leise, aber dann liefen sie auf einem gewundenen Fußsteige aus Leibeskräften weiter. Die Kinder merkten bald, daß sie allein waren, und fingen an zu rufen und zu weinen. Aber der kleine Däumling ließ sie immer rufen, und es war ihm gar nicht bange, wie er wieder nach Hause kommen wollte; denn als sie in den Wald gegangen waren, hatte er auf dem ganzen Wege die kleinen weißen Kiesel gestreut, die er in der Tasche hatte. Er sagte daher zu seinen Brüdern: »Laßt euch nur nicht bange sein; unsre Eltern haben uns hiergelassen; aber ich will euch schon wieder nach Hause bringen. Geht mir nur nach!« Sie gingen ihm nach, und er führte sie bis an ihr Haus. Anfänglich wagten sie es nicht hineinzugehen, sondern setzten sich vor die Tür, um zu hören, was ihr Vater und ihre Mutter zusammen sprächen.
Als der Holzhauer und seine Frau nach Hause gekommen waren, hatte ihnen der Gutsherr zehn Taler geschickt, die er ihnen seit langer Zeit schuldig war und auf die sie nicht mehr gerechnet hatten. Dies gab ihnen das Leben wieder, denn die armen Leute starben beinahe vor Hunger. Der Holzhauer schickte seine Frau sogleich in die Fleischbank. Und da sie seit langer Zeit nichts gegessen hatten, so kaufte sie dreimal mehr Fleisch ein, als für zwei Leute nötig war. Da sie sich nun satt gegessen hatten, sagte die arme Frau: »Ach, wo werden jetzt unsere armen Kinder sein? Die könnten sich nun noch satt essen an dem, was uns übrigbleibt. Da bist du nur schuld daran, Mann; ich habe dir gleich gesagt, daß es uns gereuen würde. Was mögen sie nun jetzt in dem Walde machen? Ach, du lieber Gott, wenn sie nur die Wölfe nicht schon gefressen haben! Du bist doch ein rechter Rabenvater, deine eignen Kinder so im Stich zu lassen.«
Der Holzhauer wurde schließlich ungeduldig; denn sie sagte ihm noch hundertmal, daß es ihn gereuen würde und daß sie

es gar wohl gesagt hätte. Und er drohte ihr am Ende mit Schlägen, wenn sie nicht stille schwieg. Im Grunde tat es dem Holzhauer ebenso leid wie seiner Frau; aber sie ließ ihm auch gar keine Ruhe, und es ging ihm wie andern ehrlichen Leuten, die es auch wohl gerne sehen, wenn ihre Frauen recht haben, aber die nur nicht leiden können, wenn sie immer recht gehabt haben wollen... Die Frau hörte nicht auf zu heulen und zu schreien: »Ach, daß Gott erbarm! Wo sind jetzt meine Kinder, meine armen Kinder?«

Sie wurde dabei einigemal so laut, daß die Kinder es an der Türe hörten und alle auf einmal riefen: »Da sind wir; da sind wir!«

Sie lief gleich hin und machte die Tür auf, herzte und küßte sie und sagte einmal über das andre: »Wie danke ich meinem lieben Gott, daß ihr wieder da seid! Ihr seid wohl recht müde und habt großen Hunger? Ach, wie hast du dich dreckig gemacht, Peter! Komm her, ich will dich abwischen...«

Peter war der Älteste, und sie hatte ihn am liebsten, weil er rote Haare hatte wie sie auch. Sie setzten sich hierauf zu Tische und aßen mit gutem Appetit und erzählten ihren Eltern, wie sie sich gefürchtet hätten und wie angst ihnen im Walde geworden wäre. Und dabei redeten sie immer alle auf einmal. Die armen Leute waren sehr froh, daß sie ihre Kinder wieder hatten, und diese Freude dauerte so lange, als die zehn Taler reichten. Aber als das Geld alle war, ging die Not von neuem an, und sie beschlossen nun wieder ernstlich, ihre Kinder im Stiche zu lassen. Und um ihrer Sache gewiß zu sein, wollten sie sie noch tiefer in den Wald führen als das erstemal. So leise sie dieses Vorhaben auch besprachen, so merkte der kleine Däumling es doch und beschloß, sich wie das erstemal zu helfen. Er stand deshalb wieder ganz früh auf, um Kieselsteine aufzulesen; aber es war nicht möglich, denn die Haustür war fest zugeschlossen. Er wußte nun nicht, was er machen sollte; aber als ihm seine Mutter das Morgenbrot gab, fiel ihm ein, daß er das Brot statt der Steine brauchen könnte, indem er es stückchenweise auf den Weg streute. Er steckte es also in die Tasche. Ihre Eltern führten sie nun an den dichtesten und finstersten Ort des Waldes und gingen dann davon wie das erstemal. Der kleine Däumling bekümmerte sich wenig darum, denn er glaubte, mit Hilfe des ausgestreuten Brots den Weg leicht wiederzufinden. Aber er erschrak nicht wenig, als er kein Krümchen mehr fand; denn die Vögel waren gekommen und hatten alles aufgepickt. Nun waren sie in großer Not, denn sie verirrten sich und kamen immer tiefer in den Wald. Schließlich wurde es gar Nacht, und es erhob sich ein Sturm, der ihnen angst und bange machte. Von allen Seiten glaubten sie das Heulen der Wölfe zu hören, die sie fressen wollten. Sie getrauten sich kaum, den Mund aufzutun oder sich umzusehn. Dann kam ein starker Platzregen, der sie bis auf die Haut durchnäßte; bei jedem Schritt glitten sie aus und fielen in den Schlamm, wobei sie sich über und über schmutzig machten. Der kleine Däumling stieg auf einen Baum, um sich umzusehn; und nachdem er lange umhergeschaut hatte, erblickte er endlich einen schwachen Schein, wie von einer Lampe; aber das war noch weit, weit vom Walde. Er stieg wieder vom Baume herab, und als er auf den Boden kam, sah er nichts mehr. Da war nun guter Rat teuer. Indes marschierte er mit seinen Brüdern immer drauflos, nach der Gegend zu, wo er das Licht gesehen hatte, und endlich kamen sie aus dem Walde heraus und sahen das Licht wieder. Bald kamen sie gar an das Haus, worinnen das Licht war, aber mit Zittern und Zagen; denn wenn sie in die Tiefe kamen, verloren sie es immer wieder aus dem Blick. Sie klopften an, und es kam eine Frau, machte auf und fragte, was sie wollten. Der kleine Däumling antwortete, sie wären arme Kinder, die sich im Walde verirrt hätten, und bäten sie um ein Nachtlager. Da die Frau sah, daß es lauter hübsche Kinder waren, fing sie an zu weinen und sagte: »Ach, ihr armen Kinder, wo seid ihr hingeraten! Wißt ihr denn nicht, daß dieses Haus einem Menschenfresser gehört, der kleine Kinder frißt?«

Das fuhr den Kindern eiskalt über den Leib, und sie zitterten und bebten. »Ach«, sagte der kleine Däumling, »liebe Mutter, was sollen wir in aller Welt anfangen? Wenn Sie uns nicht aufnehmen, so fressen uns die Wölfe ganz gewiß noch diese Nacht; und da wollen wir doch lieber von diesem Herrn gefressen werden. Vielleicht erbarmt er sich unser, wenn Sie ihn recht schön darum bitten ...«

Die Frau hoffte, sie bis an den andern Morgen wenigstens vor ihrem Manne zu verbergen, und ließ sie ein. Sie ließ sie ums Feuer herumsetzen, welches lichterloh brannte, denn es steckte ein ganzer Schöps am Bratspieße zum Abendessen für den Menschenfresser. Sie waren kaum wieder ein wenig aufgetaut, als sie drei- oder viermal tüchtig an die Türe schlagen hörten; es war der Unhold, der wieder nach Hause kam. Da steckte die Frau die Kinder geschwind unter das Bett, dann lief sie und machte die Türe auf. Der Menschenfresser trat herein, und seine erste Frage war, ob das Abendessen fertig wäre und ob sie den Wein abgezogen hätte. Sodann setzte er sich gleich zu Tische. Der Schöps war noch halbroh; aber das war ihm eben recht, und er schmeckte ihm nur um so besser. Darauf schnupperte er rund um sich her und sagte: »Frau, ich rieche Menschenfleisch.«

»Ach«, sagte die Frau, »es wird das Kalb sein, das ich eben ausgeweidet habe.«

»Ich rieche frisches Menschenfleisch, sag ich dir«, meinte der Menschenfresser noch einmal und sah seine Frau gefährlich dabei an. »Es steckt hier etwas drunter, wohinter ich noch nicht kommen kann.« Bei diesen Worten stand er auf und ging gerade auf das Bett zu. »Aha«, sagte er, »du glaubst mich anzuführen, du Zeterhexe. Ich werde kurzes Federlesen machen und dich zuerst fressen und die Jungen hinterdrein. Ei, ich hätte doch nicht gedacht, daß ich so delikates Wildbret finden würde; das kommt mir eben zupasse, um drei von meinen guten Freunden damit zu traktieren, die mich in kurzem besuchen werden.« Dabei zog er einen nach dem andern unter dem Bette vor. Die armen Kinder fielen auf die Knie und baten um Gnade; aber sie wußten nicht, daß sie gerade an den allerunbarmherzigsten Menschenfresser gekommen waren, der sie schon mit den Augen verschlang und zu seiner Frau sagte, wenn sie da eine gute Brühe daran machte, so würde es eine leckre Mahlzeit geben. Er ging auch schon hin und holte ein großes Messer, um sie abzuschlachten, und wetzte es auf einem großen Stein, den er in der linken Hand hielt. Als er eben einen angepackt hatte, sagte seine Frau zu ihm: »Was willst du ihn denn noch so spät abschlachten? Hast du denn nicht morgen noch Zeit genug dazu?«

»Halt's Maul«, antwortete der Menschenfresser, »was gehen dich die Krabben an?«

»Aber du hast ja noch Fleisch die Menge«, erwiderte die Frau; »ein Kalb, zwei Schöpse und ein halbes Schwein.«

»Du hast recht«, antwortete der Menschenfresser, »füttre sie nur gut, damit sie nicht mager werden, und dann laß sie zu Bette gehen.«

Die gute Frau war darüber sehr vergnügt. Sie gab ihnen tüchtig zu essen; aber sie konnten vor Angst nichts hinunterbringen. Der Menschenfresser hielt sich seinerseits an den Wein und freute sich im stillen, daß ihm der Himmel eine so gute Mahlzeit für seine Freunde beschert hatte. Er trank ein Dutzend Becher mehr als gewöhnlich; der Wein stieg ihm in den Kopf, und er mußte sich zu Bette legen.

Der Menschenfresser hatte sieben Töchter, die noch klein waren. Sie waren alle rund und fett, denn sie aßen auch rohes Fleisch wie ihr Vater. Aber sie hatten kleine, runde, graue Augen, gebogene Nasen und große Mäuler mit langen, scharfen Zähnen, die weit auseinander standen. Sehr schlimm waren sie eben noch nicht; aber sie versprachen alles mögliche, denn sie bissen schon die kleinen Kinder, um ihnen das Blut auszusaugen. Sie waren beizeiten schlafen gegangen und lagen alle in einem großen Bett, und jede hatte eine goldne

Krone auf dem Kopfe. In derselben Kammer stand noch ein anderes Bett von derselben Größe. In dieses Bett brachte die Frau die sieben Knaben und legte sich dann selbst zu ihrem Manne. Der kleine Däumling, der gleich gesehen hatte, daß die kleinen Blutsaugerinnen goldene Kronen auf den Köpfen trugen, und dem bange war, es möchte dem Menschenfresser gereuen, sie nicht noch am Abend abgeschlachtet zu haben, stand um Mitternacht auf, setzte den sieben Mädchen seine und seiner Brüder Mützen auf und nahm ihnen dafür die Kronen ab, die er sich und seinen Brüdern aufsetzte, damit der Menschenfresser sie für seine Töchter und seine Töchter für die Jungen halten möchte, die er schlachten wollte. Es kam gerade so, wie er sich's gedacht hatte. Der Menschenfresser war um Mitternacht aufgewacht, und es hatte ihn gereut, die Abschlachtung bis auf den andern Tag aufgeschoben zu haben. Er sprang also aus dem Bette, nahm sein großes Messer und sagte: »Ich will doch sehen, was die jungen Bengel oben machen. Diesmal soll's gewiß das letzte Mal sein.«

Er tappte die Treppe hinauf und kam in die Kammer, wo seine Mädchen schliefen. Darauf ging er an das Bett, wo die Jungen lagen und schnarchten. Nur der kleine Däumling schlief nicht, sondern fühlte gar wohl, wie ihm der Menschenfresser den Kopf betatschte, so wie er es auch bei seinen Brüdern getan hatte. Da er die Kronen fühlte, sagte er: »Nun, da hätte ich ja beinahe etwas Schönes angestellt. Ich merke wohl, daß ich gestern abend über den Durst getrunken habe.« Dann ging er an seiner Töchter Bett, und da er hier die Jungenmützen fühlte, sagte er: »Da sind sie ja, die kleinen Bälger! Nun frisch ans Werk!« Bei diesen Worten schnitt er, mir nichts, dir nichts, seinen sieben Töchtern die Kehlen durch. Und wie er damit fertig war, legte er sich voller Zufriedenheit wieder zu seiner Frau ins Bett. Als ihn der kleine Däumling schnarchen hörte, weckte er geschwind seine Brüder auf und sagte ihnen, sie sollten sich schnell anziehen und ihm folgen. Sie taten es, gingen ganz leise hinab in den Garten und sprangen über die Mauer. Dann liefen sie die ganze Nacht unter Zittern und Zagen und ohne zu wissen, wo sie hinkämen.

Am anderen Morgen wachte der Menschenfresser auf und sagte zu seiner Frau: »Geh hinauf und mache die kleinen Jungen zurecht!«

Die Frau wußte gar nicht, was sie von der großen Güte ihres Mannes denken sollte; denn da er ihr befahl, die Kinder zurechtzumachen, meinte sie nicht anders, als daß sie sie anziehn sollte. Sie ging also hinauf und war beinahe des Todes, da sie ihre sieben Töchter im Blute schwimmen sah. Sie fiel in Ohnmacht; denn das ist immer das erste, was die Frauen tun, wenn sie nicht weiter wissen. Der Menschenfresser ging ihr nach, um ihr zu helfen, damit sie nicht zu lange trödelte. Er erschrak beinahe ebensosehr wie seine Frau beim Anblick seiner geschlachteten Töchter.

»Ach«, schrie er, »was habe ich da getan! Aber ich will sie dafür bestrafen, die Schurken!« Er goß hierauf seiner Frau einen Eimer Wasser ins Gesicht, wodurch sie wieder zu sich kam; dann sagte er zu ihr: »Bringe mir gleich meine Siebenmeilenstiefel, ich will sie schon einholen.« Er machte sich auf den Weg; marschierte bald dahin, bald dorthin und kam endlich auf die Straße, auf welcher die armen Kinder zogen, die nur noch hundert Schritte von ihres Vaters Hause entfernt waren. Sie sahen den Menschenfresser von ferne, der über die breitesten Ströme hinwegschritt, als wenn es Bäche wären. Der kleine Däumling bemerkte zum Glück eine Felshöhle in der Nähe, in die er mit seinen sechs Brüdern kroch und achtgab, was der Menschenfresser tun würde. Dieser war von dem langen, unnützen Laufen so müde (denn die Siebenmeilenstiefel nahmen ihren Mann auch tüchtig mit), daß er ein wenig ausruhen mußte. Und durch Zufall setzte er sich gerade auf den Felsen, unter welchen die Knaben sich versteckt hatten. Vor großer Müdigkeit schlief er bald darauf ein und fing so schrecklich an zu schnarchen, daß den armen Kindern ebenso bange dabei wurde, als wenn er ihnen das Messer an die Kehle setzte. Dem kleinen Däumling war am wenigsten angst, und er sagte zu seinen Brüdern, sie sollten nur nach Hause gehen, während der Menschenfresser schliefe. Seinetwegen sollten sie unbekümmert sein. Sie folgten seinem Rat und eilten ins Haus. Der kleine Däumling aber kroch aus der Höhle heraus und schlich sich auf den Zehen zu dem Menschenfresser hin, zog ihm ganz vorsichtig die Stiefel von den Beinen und zog sie selbst an. Die Stiefel waren zwar sehr groß und weit, aber da sie verzaubert waren, so konnte sie jedermann anziehen, und sie paßten gleich an jeden Fuß. Und so saßen sie auch dem kleinen Däumling, als wenn sie ihm angemessen wären. Er lief geradewegs in des Menschenfressers Haus, wo er die Frau bei ihren toten Kindern in Tränen fand.

»Euer Mann«, sagte der kleine Däumling, »ist in großer Gefahr. Räuber haben ihn überfallen und drohen, ihm das Leben zu nehmen, wenn er nicht all sein Gold und Silber herausgibt. Da sie ihm eben das Messer an die Kehle setzten, bemerkte er mich und bat mich, Euch die Nachricht von diesem unglücklichen Zwischenfall zu bringen und mir alles von Euch geben zu lassen, was er von Wert besitzt, ohne etwas zurückzubehalten. Denn sonst werden sie ihn ohne alle Barmherzigkeit töten. Da die Sache keinen Aufschub litte, hat er mir seine Siebenmeilenstiefel gegeben, wie Ihr seht, um geschwinder hierherzukommen und um mich bei Euch zu legitimieren.«

Die gute Frau gab ihm im ersten Schrecken alles, was sie hatte; denn sie liebte ihren Mann, auch wenn er kleine Kinder fraß; und der kleine Däumling kam, mit den Reichtümern des Menschenfressers beladen, in seines Vaters Hause an und ward mit offenen Armen aufgenommen.

Über diesen letzten Umstand ist man indes nicht recht einig, und manche behaupten, der kleine Däumling habe den Menschenfresser nicht bestohlen, sondern ihm nur seine Siebenmeilenstiefel ohne Bedenken abgenommen, weil er den kleinen Kindern damit nachlief. Diese Leute versichern, dies aus guter Quelle zu wissen und selbst in dem Hause des Holzhauers bekannt zu sein. Sie erzählen, der kleine Däumling habe die Stiefel angezogen und sei damit an den Hof gegangen, weil er wußte, daß man daselbst über den Zustand einer Armee, die zweihundert Meilen entfernt war, und über den Ausgang einer Schlacht unterrichtet zu sein wünschte. Der König versprach ihm eine große Summe Geldes, wenn er ihm Nachricht brächte; und Däumling brachte sie noch denselben Abend. Hierdurch machte er sich bekannt und verdiente unsägliches Geld; denn der König bezahlte ihn reichlich, um seine Befehle an die Armee zu bringen. Und eine Menge Damen gaben ihm, was er wollte, damit er ihnen Nachricht und Briefchen von ihren Liebhabern brächte. Dies trug ihm das meiste ein. Es fanden sich auch einige Frauen, die ihm Briefe an ihre Männer mitgaben; aber diese bezahlten nicht sonderlich, und er schlug diese Einnahme nicht hoch an. Nachdem er eine Zeitlang den Boten gemacht und unermeßliches Geld gesammelt hatte, kam er wieder zu seinen Eltern, die eine ganz unbeschreibliche Freude hatten, als sie ihn wiedersahn. Er teilte der ganzen Familie von seinen Reichtümern mit, kaufte seinem Vater und jedem seiner Brüder eine einträgliche Stelle, setzte sie alle in gute Umstände und vergaß sich auch selbst bei der Gelegenheit nicht.

Marie-Jeanne L'Héritier

Die gewandte Prinzessin oder Die Begebenheiten der Finette

Zur Zeit der ersten Kreuzzüge zog ein König aus ich weiß nicht welchem Lande Europas gleich anderen ins Gelobte Land wider die Ungläubigen in den Krieg. Ehe er diese weite Reise antrat, bestellte er alles in seinem Reiche so gut und übergab die Regierung einem so geschickten Minister, daß er in dieser Hinsicht ohne alle Sorge sein konnte. Den einzigen Kummer machte ihm noch seine Familie. Nicht lange zuvor war ihm die Königin, seine Gemahlin, verstorben, und obwohl er keinen Sohn hatte, so hatte er dagegen drei Prinzessinnen, welche schon im heiratsfähigen Alter waren. Die Chronik, aus welcher ich diese Geschichte habe, meldet ihre richtigen Namen nicht; weil aber in den damaligen glücklichen Zeiten die Völker noch so natürlich waren, daß sie hohen Personen Beinamen gaben, welche ihre guten oder schlechten Eigenschaften anzeigten, so hatte man die älteste Prinzessin Indolente, die Nachlässige, die mittlere Babillarde, die Schwatzhafte, und die jüngste Finette, die Scharfsinnige, genannt. Und alle diese Benennungen paßten vollkommen zum Charakter dieser drei Schwestern.

In der Welt ist vielleicht noch keine trägere und nachlässigere Person gewesen, als Indolente war. Jeden Mittag um ein Uhr schlief sie noch. So wie sie aus dem Bett kam, schleppte man sie in die Kirche: Haar und Kopfputz waren unordentlich, das Kleid nicht geschnürt, auch zuweilen der eine Pantoffel rot, der andere grün. Den Tag lang sorgte man zwar dafür, daß sie zwei von einerlei Farbe haben mußte, aber daß Indolente jemals anders als in Pantoffeln hätte gehen wollen, dazu war sie gar nicht zu bringen, denn Schuhe zu tragen, das war für sie eine unerträgliche Last. Wenn sie mittags gespeist hatte, so setzte sie sich an ihren Toilettentisch, und da blieb sie bis abends sitzen. Die übrige Zeit, bis um Mitternacht, spielte und aß sie. Hernach währte es wieder ebensolange, sie auszuziehen, als man sie angezogen hatte; und es war allemal schon heller Tag, wenn sie zu Bett ging.

Ein ganz anderes Leben führte Babillarde. Sie wandte zwar auch nur wenig Zeit auf ihre Person, aber sie hatte eine so unerhörte Begierde zu reden, daß sie von früh an, wenn sie erwachte, bis in die Nacht, wenn sie einschlief, den Mund nicht zutat. Sie wußte alle Geschichten aus Häusern, wo üble Wirtschaft geführt wurde, alle Liebesverhältnisse und Galanterien, nicht allein des ganzen Hofes, sondern auch der geringsten Bürgersleute in der Stadt. Sie besaß eine Liste über alle Ehefrauen, die ihre Männer bestahlen, damit sie größeren Staat machen konnten, und sie wußte aufs genaueste nachzurechnen, wieviel das Kammermädchen der Comtesse de N. oder der Haushofmeister des Marquis de N. N. jährlich verdiente. Um nun von allen diesen wichtigen Kleinigkeiten recht gründliche Nachricht zu haben, hörte sie ihrer gewesenen Amme und ihrer Näherin lieber und aufmerksamer zu als dem größten Redner und Abgesandten. Und hernach plauderte sie mit diesen schönen Histörchen allen und jedem, vom König an bis auf die Lakaien, den ganzen Tag die Ohren voll. Denn wenn sie nur reden konnte, so war es ihr einerlei, mit wem sie redete. Diese Plaudersucht hatte noch andere üble Folgen für sie. So hoch auch ihr Stand war, so bewirkten doch ihre allzu gemeinen Manieren, daß ihr die jungen galanten Herren am Hofe verliebte Dinge vorschwatzten. Und sie hörte alles ohne Umstände an, bloß damit sie ihnen antworten konnte; es mochte daraus entstehen, was nur wollte, sie mußte von früh an bis in die Nacht reden hören und plappern. Sie sowohl als Indolente dachte niemals, überlegte nichts, las auch nichts. Ebensowenig kümmerte sie sich um eine häusliche Pflicht, machte sich auch weder mit der Nähnadel noch mit der Spindel einigen Zeitvertreib. Kurz, sie

und ihre Schwester lebten beide in einem beständigen Müßiggang und gaben weder ihrem Verstand noch ihren Händen einige Arbeit.
Die dritte und jüngste Prinzessin war von ganz anderer Art. Sie beschäftigte stets sowohl ihren Geist als auch ihren Körper. Sie besaß eine erstaunlich große Lebhaftigkeit und suchte sie für einen guten Zweck anzuwenden. Sie tanzte schön, sang und spielte verschiedene Instrumente ungemein gut, sie verstand alle Arten der kleinen Handarbeiten, die gemeiniglich den Frauen zum Zeitvertreib dienen, hielt auf gute Ordnung im königlichen Hause und verhinderte mit ihrer scharfen Aufsicht viel Diebereien der geringeren Bedienten, denn sie pflegten schon damals Könige und Fürsten zu bestehlen.
Sie hatte außer diesen noch viele andere gute Eigenschaften. Sie besaß viel Urteilskraft und eine so erstaunliche Geistesgegenwart, daß sie sich aus allen Schwierigkeiten geschwind zu ziehen wußte. So entdeckte sie einst mit ihrem durchdringenden Verstande einen hinterlistigen Streich, welchen ein treuloser Abgesandter ihrem königlichen Vater in einem schriftlichen Vergleich zu spielen gesucht hatte, und fast in dem Augenblick, da der König denselben unterschreiben wollte. Um nun die Hinterlist des Gesandten zu bestrafen, änderte der König diesen Artikel des Vertrages so, wie es ihm diese Prinzessin angab, und betrog den Betrüger selbst. Zu einer anderen Zeit entdeckte sie einen Schurkenstreich, welchen ein Minister begehen wollte, und gab dem Könige einen so guten Rat dawider, daß der Minister durch seine Untreue selbst bestraft wurde. Sie gab noch bei verschiedenen anderen Gelegenheiten so viele Proben von ihrem durchdringenden und feinen Verstande, daß ihr das Volk den Namen Finette, die Scharfsinnige, beilegte. Der König liebte diese Prinzessin, nur zu verständlich, mehr als seine beiden anderen Töchter und verließ sich so sehr auf ihren guten Verstand, daß er sich bei seiner Abreise nicht den mindesten Kummer um sie

machte, desto mehr aber um ihre beiden Schwestern. Damit er also, nachdem er sich wegen seiner Untertanen in Sicherheit gesetzt hatte, auch ohne Sorge um seine Familie sein konnte, tat er, was ich jetzt erzählen will.

Die Macht der Feen war zur Zeit der Kreuzzüge noch sehr groß. Der König reiste zu einer, welche seine gute Freundin war. Er vertraute ihr an, wie sehr er seiner Töchter wegen besorgt war. »Nicht etwa«, sagte er, »als hätten meine beiden älteren Töchter, um die ich mir Kummer mache, schon irgend etwas wider ihre Ehre und Pflicht getan, aber sie sind so unvorsichtig und gehen so müßig, daß ich fürchte, sie könnten sich vielleicht in meiner Abwesenheit, bloß zum Zeitvertreib, in dumme Liebeshändel einlassen. Was Finette anbelangt, so bin ich ihrer Tugend sicher; jedoch soll sie nicht mehr Freiheit als ihre Schwestern haben, damit es nicht scheint, als zöge ich sie den anderen beiden vor. Also bitte ich dich, weise Fee, drei gläserne Spinnrocken für meine Töchter zu machen, und zwar so kunstvoll beschaffen, daß, sobald eine etwas wider ihre Ehre begeht, ihr Spinnrocken im Augenblick in Stücke springt.«

Die Fee, welche keiner anderen an Zauberkunst etwas nachstand, machte drei solche Spinnrocken, die sie aufs beste bezauberte und den Absichten des Königs gemäß einrichtete. Aber auch hiermit ließ es der König noch nicht bewenden. Er führte die drei Prinzessinnen in einen hohen Turm, welcher in einer großen Einöde lag. Er befahl ihnen, die ganze Zeit, solange er abwesend sein würde, darinnen zu bleiben und keinen einzigen Menschen zu sich zu lassen. Er nahm ihnen alle ihre Bedienten, sowohl männlichen als weiblichen Geschlechts, gab einer jeden einen bezauberten Spinnrocken und erklärte ihnen seine geheimen Eigenschaften. Zum Abschied umarmte er sie, schloß die Türen des Turmes fest zu, nahm die Schlüssel an sich und reiste bald hernach fort.

Vielleicht befürchtet man, die eingesperrten Prinzessinnen hätten verhungern können? Nicht im geringsten. An einem

Fenster war eine Winde mit einem langen Seil, an welchem die Prinzessinnen alle Tage einen Korb herabließen; darein legte man ihr Essen und Trinken, soviel sie täglich brauchten; und wenn sie den Korb heraufgezogen hatten, so zogen sie sorgfältig das Seil ein.

Indolente und Babillarde führten hier ein betrübliches Leben, denn die Zeit wurde ihnen unaussprechlich lang. Aber sie mußten sich in Geduld fassen, weil man ihnen ihre Spinnrocken so schrecklich beschrieben hatte, daß sie befürchteten, sie möchten auch bei der geringsten Kleinigkeit zerbrechen.

Was Finette betrifft, so wurde dieser die Zeit gar nicht lang. Ihre Spindel, ihre Nähnadel und ihre Musikinstrumente bereiteten ihr den angenehmsten Zeitvertreib. Man legte auch auf Befehl des Statthalters fast täglich in den Eßkorb Briefe, aus welchen sie alles, was in und außer dem Reiche vorging, erfahren konnten. Der König hatte dieses selbst befohlen, und der Minister kam seinem Befehle genau nach, um sich bei den Prinzessinnen in Gunst zu erhalten. Finette las diese Neuigkeiten mit vielem Vergnügen, aber ihre Schwestern sahen sie nicht an; sie gaben vor, sie wären viel zu verdrießlich, als daß sie sich an solchen Kleinigkeiten amüsieren könnten. Spielkarten hingegen brauchten sie in großer Menge, um sich während der Abwesenheit des Vaters die Langeweile erträglich zu machen.

So brachten sie denn ihr Leben sehr mißvergnügt zu und beklagten sich über ihr Verhängnis. Ich glaube, daß sie gar oft gesagt haben, es sei besser, glücklich als fürstlich geboren zu sein. Sie lagen fast immer an den Fenstern, um wenigstens zu sehen, was in der benachbarten Gegend vorging. Als einst Finette in ihrem Zimmer fleißig arbeitete, da lagen indessen ihre Schwestern an den Fenstern und sahen unten am Turme eine arme Frau in zerrissenen Kleidern, welche ihnen ihr Elend sehr beweglich klagte. Sie bat mit erhobenen Händen, sie in ihr Schloß einzulassen, sie sagte, sie wäre eine unglückliche Fremde, die aber tausenderlei wüßte, und sie wollte ihnen recht gute Dienste leisten. Sie erinnerten sich zwar an ihres Vaters Befehl, daß sie keinen einzigen Menschen einlassen sollten; aber Indolente war es müde, sich selber aus- und anzuziehen, und Babillarde überdrüssig, nur mit ihren Schwestern reden zu können, daß jene aus Begierde, sich bedienen zu lassen, und diese aus Verlangen, noch eine dritte Person zum Plaudern zu bekommen, miteinander einig wurden, die arme Frau einzulassen.

»Denkst du denn«, sagte Babillarde zu Indolente, »daß der König solche armen, elenden Weiber im Sinne gehabt hat, als er uns niemand einzulassen befohlen hat? Ich bin sicher, wir können sie ohne alle Gefahr hereinlassen.«

»Mache es, wie du willst«, sagte die träge Indolente.

Babillarde war froh, daß ihre Schwester dareinwilligte, und ließ geschwind den Korb hinunter. Die arme Frau setzte sich hinein, und die beiden Prinzessinnen zogen sie mit der Winde herauf.

Als das Weib vor ihnen stand, ekelte ihnen nicht wenig vor ihrer schmutzigen Kleidung. Sie wollten ihr sogleich andere geben, aber sie bat, bis morgen damit zu warten, und unterdessen wollte sie die Prinzessinnen bedienen. Indem sie noch hiervon sprachen, kam Finette aus ihrem Zimmer und war über die Maßen erschrocken, da sie die fremde Frau bei ihren Schwestern sah. Sie sagten ihr, warum sie dieselbe zu sich genommen hatten. Weil es einmal geschehen und nicht zu ändern war, so verbarg Finette den Verdruß, welchen sie über die Unvorsichtigkeit ihrer Schwestern empfand.

Unterdessen durchkroch die neue Kammerfrau der Prinzessinnen alle Winkel des Turmes unter dem Vorwande, ihnen besser dienen zu können, in Wirklichkeit aber, um dessen ganze Lage und alle Zugänge kennenzulernen; denn meine Leser und Leserinnen werden schon fast erraten, daß ein Geheimnis hinter der Sache steckt. Es war dieses Bettelweib in dem Schlosse unserer Prinzessinnen ebenso gefährlich als der

Graf Ory in jenem Kloster, in das er sich in der Verkleidung einer vertriebenen Äbtissin einschlich.
Um es kurz zu sagen: Es war dieses lumpige Bettelweib der älteste Sohn eines benachbarten mächtigen Königs. Dieser junge Prinz, der arglistigste Mensch seiner Zeit, beherrschte seinen Vater gänzlich, jedoch brauchte er hierzu eben nicht die größte List von der Welt, denn dieser König war so sanftmütig und willfährig, daß man ihm den Beinamen Herzensgut gegeben hatte. Den Erbprinzen aber, weil er in allen Dingen betrügerisch und hinterlistig verfuhr, hatte man Riche-en-cautèle, Fintenreich, oder, wie man gemeiniglich die Namen abkürzt oder verändert, Riche-cautèle, Fintrich, genannt.
Er hatte noch einen jüngeren Bruder, welcher ebenso viele gute Eigenschaften als der ältere schlechte an sich hatte. Ob nun wohl diese Brüder so ungleichen Sinnes waren, herrschte doch eine so vollkommene Eintracht unter ihnen, daß alle Welt darüber erstaunte. Außer seinen schönen Charaktergaben besaß der jüngere Prinz auch soviel Schönheit und Annehmlichkeit an seiner ganzen Person, daß man ihm den Namen Bel-à-voir, Augenlust, beigelegt hatte. Der Prinz Fintrich war der Urheber des vorhin erwähnten betrügerischen Artikels in dem Vertrag mit dem königlichen Vater der Prinzessinnen gewesen, welchen boshaften Streich aber Finettes Scharfsinnigkeit bemerkt und abgewendet hatte. Fintrich, welcher schon vorher dem Vater der Prinzessinnen nicht günstig gesonnen war, suchte sich nunmehr endlich an ihm zu rächen. Da er nun hörte, was für große Vorsicht er mit seinen Prinzessinnen gebraucht hatte, so machte jener sich das boshafte Vergnügen, die Klugheit eines so argwöhnischen Vaters zu hintergehen. Er erhielt von seinem Vater die Erlaubnis, in fremde Länder zu reisen, wozu er mancherlei Gründe vorwandte, und schlich sich auf die bereits erzählte listige Art in der Prinzessinnen Schloß ein.
Indem er nun alle Gelegenheiten darinnen auskundschaftete,

so sah er, daß die Prinzessinnen die unten Vorbeigehenden hätten rufen können. Er schloß daraus, daß er den ganzen Tag verkleidet bleiben müsse, weil sie, wenn sie es so für gut befänden, leichtlich um Hilfe rufen und ihn bestrafen lassen konnten. Er behielt also den ganzen Tag seine Lumpen an, aber abends, als die drei Prinzessinnen gespeist hatten und bald zu Bett gehen wollten, warf er sie weg und zeigte sich ihnen in seinen richtigen Kleidern, welche von Gold und Diamanten blitzten. Die armen Prinzessinnen erschraken über diesen Anblick so sehr, daß sie sich nur durch Flucht zu retten suchten. Finette und Babillarde, weil sie flink waren, erreichten geschwind ihr Zimmer, aber Indolente, welche kaum ihre Füße zu gebrauchen wußte, wurde vom Prinzen ergriffen und festgehalten.

Er warf sich ihr zu Füßen. Er entdeckte ihr, wer er war, und sagte, er habe um ihrer Schönheit willen, welche er auf einem Bildnis gesehen, allen Vergnügungen seines Hofes den Rükken gekehrt und sich, aus zärtlicher Liebe zu ihr, in ein elendes Bettelweib verkleidet, um ihr seine eheliche Treue anzubieten. Indolente war dermaßen außer sich, daß sie dem Prinzen im Anfang nichts antworten konnte. Er blieb beständig auf den Knien vor ihr, er sagte ihr unzählige verliebte Dinge vor und schwor dabei wohl hunderttausendmal. Schließlich bat er sie, sie möchte ihn, weil er sie gar so herzlich liebe, gleich auf der Stelle zu ihrem Gemahl annehmen. Aus großer Trägheit, die ihr eigen war, mochte sie ihm nicht widersprechen. Sie antwortete nur ganz nachlässig, sie wolle ihm alles gern glauben und sein Eheversprechen hiermit annehmen. Mehr Umstände machte sie nicht, und die Ehe wurde auch allsobald vollzogen, aber ihr gläserner Spinnrokken sprang dabei in tausend Stücke.

Unterdessen waren sowohl Babillarde als auch Finette in größter Bekümmernis. Eine jede war in ihr Zimmer gelaufen und hatte sich darinnen eingeschlossen. Diese Zimmer lagen ziemlich weit voneinander, und weil nun keine von beiden recht wußte, wie es um die andere stand, so taten sie die ganze Nacht kein Auge zu. Am folgenden Morgen führte der boshafte Prinz Indolente in einen Saal am Ende des Gartens. Hier sagte ihm die Prinzessin, wie sehr sie um ihre Schwestern besorgt sei, obgleich sie auch nicht gern vor sie kommen wolle, weil sie befürchte, daß sie ihre Ehe tadeln möchten. Der Prinz Fintrich war geschwind mit der Antwort fertig, sie solle ihn nur dafür sorgen lassen, er wolle schon alles so einrichten, daß sie nichts dawider einzuwenden haben sollten. Nachdem er noch ein wenig mit ihr gesprochen hatte, ging er fort und schloß Indolente ein, ohne daß sie es gewahr wurde. Hernach suchte er die anderen Prinzessinnen überall.

Nachdem er sie lange vergebens gesucht hatte, hörte er, als er an einem Zimmer vorbeiging, daß Babillarde darinnen redete; sie sprach nämlich mit sich selber – denn reden mußte sie – und beklagte sich über ihr Schicksal. Der Prinz horchte an der Tür und sah sie durch das Schlüsselloch. Nunmehr sprach er sie durch die Türe an und sagte ihr alles, was er schon ihrer Schwester gesagt hatte, nämlich, daß er bloß in der Absicht, ihr sein Herz und seine eheliche Treue anzubieten, die beschwerliche Unternehmung gewagt, in ihren Turm zu kommen. Er gab ihrer Schönheit und ihrem Verstand die größten Lobsprüche, und Babillarde, weil sie schon ohnedies keine schlechte Meinung von sich selber hatte, war so einfältig und glaubte ihm alles. Sie antwortete ihm mit einem ganzen Strom von Worten, welche alle sehr liebreich lauteten. Babillarde mußte in der Tat eine recht rasende Lust zum Reden haben, da sie jetzt so viel redete, denn sie war damals nicht allein sehr niedergeschlagen, sondern sie hatte auch den ganzen Tag nichts gegessen, und zwar aus dem Grunde, weil sie in ihrem verschlossenen Zimmer nichts zu essen gehabt hatte. Denn weil sie fast so faul wie Indolente und auf nichts in der Welt bedacht war, als wie sie nur immer reden könnte, so sorgte sie niemals fürs Zukünftige. Wenn sie etwas brauchte, so nahm sie ihre Zuflucht zu Finette, und diese

liebenswürdige Prinzessin, welche in ebendem Grade arbeitsam und vorsichtig war, als es ihre Schwestern nicht waren, hatte in ihrem Zimmer beständig eine Menge Marzipan, Pasteten und Eingemachtes, welches sie alles selber zubereitete. Weil nun Babillarde keinen solchen Vorrat bei sich hatte und jetzt sowohl vom Hunger als auch von den zärtlichen Liebesversicherungen, die ihr der Prinz durch die Türe gab, gereizt und in Versuchung geführt wurde, so öffnete sie endlich diesem Verführer die Tür. Da jener hereinkam, spielte er zu ihren Füßen die Rolle eines Verliebten noch weiter fort, so daß man gestehen mußte, er habe sie recht gut auswendig gelernt.
Hernach gingen sie miteinander in die Speisekammer, wo sie allerlei Erfrischungen fanden, denn der Speisekorb gab den Prinzessinnen allemal reichen Vorrat. Babillarde war anfangs noch immer bekümmert, wo ihre Schwestern geblieben sein könnten; aber bald darauf setzte sie sich's in den Kopf, ich weiß selber nicht warum, daß sie sich beide in Finettes Zimmer verschlossen haben müßten, vermutlich weil sie dachte, sie hätten dort alles, was sie brauchten. Der Prinz Fintrich bestärkte sie, so gut als er konnte, in dieser Meinung und sagte, er wolle am Abend mit ihr zu ihnen gehen. Babillarde war anderer Meinung. Sie sagte, sie müßten sie suchen, sobald sie gegessen hätten.
Der Prinz und die Prinzessin ließen es sich also recht gut schmecken. Als sie satt waren, bat Fintrich, sie möchte ihm das Staatszimmer zeigen. Er reichte ihr den Arm, und sie führte ihn dorthin. Hier sagte er ihr aufs neue, wie erstaunlich lieb er sie habe, rühmte auch die großen Vorteile, die sie dabei hätte, wenn sie ihn heiratete. Er sagte ihr, was er schon Indolente gesagt hatte, daß sie nichts Besseres tun könne, als wenn sie seine eheliche Zusage sogleich annähme, weil, wenn sie vorher zu ihren Schwestern ginge und sich mit ihnen darüber bespräche, diese notwendig viel dawider einzuwenden haben würden. Er sei, wie sie selbst nicht leugnen könne, der

Mächtigste unter allen benachbarten Prinzen; also werde ihn die Älteste lieber für sich haben wollen und nimmermehr zugeben, daß er sie, seines Herzens einziger Wunsch, zur Ehe bekäme. Babillarde erwiderte hierauf mit einer großen Menge von Worten, die alle nicht viel besagten, und war endlich ebenso dumm wie ihre ältere Schwester. Sie machte den Prinzen gleich auf der Stelle zu ihrem Gemahl und dachte nicht eher an den verräterischen gläsernen Spinnrocken, als bis er in kleine Stücke zersprungen war.

Gegen Abend ging Babillarde mit dem Prinzen wieder in ihr Zimmer. Das erste, was sie sah, war der zerbrochene Spinnrocken. Das war ein betrüblicher Anblick für sie. Der Prinz fragte, warum sie so erschrocken aussähe. Weil sie nun aus großer Begierde zum Reden nichts verschweigen konnte, entdeckte sie Fintrich das ganze Geheimnis mit den Spinnrocken. Der Prinz empfand darüber eine boshafte Freude, weil er sah, daß der König, der Vater der Prinzessinnen, die artige Aufführung seiner Töchter gewiß erfahren würde.

Nunmehr war Babillarde die Lust, ihre Schwestern zu suchen, ganz vergangen, weil sie leichtlich voraussehen konnte, daß sie ihr Verhalten nicht billigen würden. Der Prinz, ihr neuer Gemahl, hingegen erbot sich freiwillig, dieselben zu suchen, und sagte, er wolle wohl Mittel finden, sie zu überreden, daß sie alles billigen sollten. Nicht lange hernach überfiel die Prinzessin, welche die ganze Nacht gewacht hatte, ein sanfter Schlaf, und als sie eingeschlafen war, ging der Prinz fort und schloß die Prinzessin im Zimmer ein, wie er Indolente eingeschlossen hatte.

Man muß gestehen, daß dieser Fintrich ein ruchloser Mensch war, aber auch die beiden Prinzessinnen waren leichtsinnige und unvorsichtige Personen. Ich erzürne mich über alle drei, und meine Leser und Leserinnen werden vermutlich ein gleiches tun. Aber man mache sich nur keine Sorgen: Zuletzt wird die kluge und mutige Finette siegen.

Nachdem dieser hinterhältige Prinz Babillarde in ihr Zimmer

eingeschlossen hatte, lief er zu allen Zimmern des Turmes. Da er sie alle offen und nur ein einziges von ihnen zugeschlossen fand, so schloß er daraus, daß Finette darinnen sein müsse. Er fing also an, seine auswendig gelernte Zirkular-Liebeserklärung vor der Tür herzusagen, vor welcher er Finette ebenden Antrag machte, welchen er ihren Schwestern mit glücklichem Erfolg gemacht hatte. Aber Finette, die nicht so einfältig war wie ihre älteren Schwestern, ließ ihn lange reden, ohne ein Wort zu antworten. Endlich, da sie sah, daß er sah, daß sie im Zimmer war, antwortete sie ihm, wofern er wirklich eine so große und aufrichtige Liebe zu ihr hätte, als er vorgäbe, so möchte er hinunter in den Garten gehen und die Tür hinter sich zuschließen; hernach wolle sie, so lange, als er es begehre, durch das Gartenfenster mit ihm reden.

Fintrich wollte diesen Vorschlag nicht annehmen. Und weil die Prinzessin schlechterdings nicht aufmachen wollte, so ward dem boshaften Prinzen schließlich die Zeit zu lang: Er holte ein großes Scheit Holz und schlug damit die Türe auf. Als er ins Zimmer trat, saß die Prinzessin mit einem großen Hammer da, welchen sie zufällig in der Ankleidekammer neben ihrem Zimmer gefunden hatte. Ihre heftige Gemütsbewegung hatte ihr Gesicht gerötet, und obwohl ihre Augen voll Zorn waren, kam sie doch dem Fintrich bezaubernd schön vor. Er wollte sich ihr zu Füßen werfen, aber Finette trat weit zurück und sagte: »Prinz! Wofern Sie mir näher kommen, so schlage ich Ihnen mit dem Hammer den Kopf entzwei.«

»Wie, schönste Prinzessin!« rief er mit heuchlerischen Gebärden. »Verdient die Liebe, die man für Sie hegt, einen so grausamen Haß?«

Jetzt fing er seine einstudierte Lügenpredigt von neuem an, doch stand er dabei an dem einen Ende des Zimmers und die Prinzessin am anderen. Er rühmte seine unaussprechliche Liebe zu ihr, zu welcher er, wie er vorgab, schon in der Ferne,

bloß durch den Ruf von ihrer Schönheit und von ihrem großen Verstande, bewogen worden sei. Er sagte, er habe sich bloß in der Absicht verkleidet, um ihr sein Herz und seine eheliche Treue anzubieten. Er bat, sie möchte es seiner unmäßigen Liebe vergeben, daß er so kühn gewesen, die Tür einzuschlagen. Zum Schluß wollte er sie überreden, daß sie zu ihrem eigenen Besten nicht zögern solle, ihn zu ihrem Gemahl anzunehmen. Schließlich sagte er auch, er wisse nicht, wo die Prinzessinnen, ihre Schwestern, geblieben seien, denn er habe sich nicht die Mühe genommen, an sie zu denken, weil nur sie, die allerschönste Finette, ihm im Sinne gelegen habe. Die schlaue Prinzessin stellte sich, als ließe sie sich besänftigen. Sie antwortete ihm, er müsse ihre Schwestern suchen, hernach wollten sie die Sache miteinander überlegen. Fintrich sagte dagegen, er könne sich unmöglich eher entschließen, nach ihren Schwestern zu suchen, bevor sie ihn nicht zu ihrem Gemahl gemacht habe, weil beide, als die älteren Prinzessinnen, eine so vorteilhafte Partie, wie er wäre, gewiß nicht würden aus den Händen lassen wollen.
Finette, welche, nur recht und wie billig, großes Mißtrauen in diesen falschherzigen Prinzen setzte, schöpfte nach dieser Antwort noch größeren Argwohn wider ihn. Sie zitterte, wenn sie sich vorstellte, was vielleicht schon mit ihren Schwestern geschehen sein könnte, und nahm sich vor, etwas zu tun, wodurch sie nicht nur dieselben an dem Prinzen rächen, sondern sich auch vor einem gleichen Unglück, wie es ihnen vermutlich begegnet war, in Sicherheit bringen könnte. Sie sagte also zum Prinzen Fintrich, sie hätte sich nach reiflicher Überlegung endlich entschlossen, ihn zum Gemahle anzunehmen. Weil sie aber in der festen Meinung stünde, daß Ehen, die man des Abends schließe, allemal unglücklich abliefen, so bitte sie ihn, er möchte mit der Zeremonie des Eheversprechens bis morgen früh warten. Sie versicherte ihm übrigens, daß sie ihren Schwestern nichts von der Sache entdecken wolle, und bat ihn schließlich, er möchte sie ein wenig

allein lassen, damit sie vorher an den Himmel denken könne. Hernach, so sagte sie, wolle sie ihn in eine Kammer führen, wo er ein schönes Bett finden würde, und danach wolle sie sich wieder bis zum Morgen in ihr Zimmer einschließen. Fintrich, welcher eben nicht der beherzteste Mensch von der Welt war, da er sah, daß Finette ihren großen Hammer nicht aus der Hand ließ, denn sie wedelte beständig damit, wie man sonst mit einem Fächer tut, Fintrich, sage ich, ließ sich endlich den Vorschlag der Prinzessin gefallen und ging fort, um ihr Zeit zur Andacht zu lassen. Kaum war er weg, so lief Finette hurtig in eine Kammer, in deren Fußboden eine große Öffnung über einer Gosse war, welche man darunter angelegt hatte. Es war diese Kammer so rein wie andere Zimmer, aber sie war zur Bequemlichkeit so eingerichtet, daß man darin allen Unrat aus dem Schlosse durch dieses große Loch in die Gosse schütten konnte. Finette legte über diese Öffnung zwei dünne Stäbchen, machte ein schönes Bett darüber und ging hernach in ihr Zimmer. Bald darauf kam Fintrich wieder; die Prinzessin führte ihn dahin, wo sie das Bett für ihn gemacht hatte, und ging fort. Der Prinz, ohne sich auszuziehen, warf sich geschwind darauf. Die Schwere seines Körpers machte, daß die Stäbchen zerbrachen. Er fiel tief in die Gosse, ohne sich helfen zu können, und bekam mehr als zwanzig Beulen und Wunden am Kopfe und am ganzen Körper. Sein Fall machte ein großes Geräusch in der Gosse, und weil die Kammer nahe bei der Prinzessin Zimmer war, so konnte sie alsobald hören, wie glücklich ihre List abgelaufen war. Sie hatte eine unbeschreibliche Freude darüber, da sie ihn unten im Kot planschen hörte. Fintrich verdiente allerdings eine solche Strafe, und die Prinzessin hatte recht, daß sie sich daran ergötzte.

Jedoch war ihre Freude nicht so groß, daß sie darüber ihre Schwestern vergessen hätte. Ihre erste Sorge war, sie zu suchen. Es wurde ihr nicht schwer, Babillarde zu finden, denn Fintrich hatte sie zwar eingeschlossen, aber den Schlüssel

steckenlassen. Finette ging geschwind hinein, und das Geräusch, das sie verursachte, machte, daß Babillarde mit Schrecken vom Schlafe erwachte und sich kaum besinnen konnte. Finette erzählte ihr, auf welche Art sie sich von dem hinterlistigen Prinzen, welcher aus böser Absicht zu ihnen gekommen war, befreit hatte. Babillarde erschrak über diese Nachricht, als ob der Blitz einschlüge, denn trotz ihrer Schlagfertigkeit des Mundes war sie doch dermaßen einfältig, daß sie dem Fintrich alle Worte geglaubt hatte. Es gibt noch jetzt Jungfern in der Welt, welche ebenso einfältig sind. Inzwischen ließ sie sich doch die große Betrübnis, so sie darüber empfand, nicht anmerken, sondern ging mit Finette fort, um die dritte Schwester zu suchen. Sie durchsuchten alle Zimmer und Winkel des Turmes, aber da war keine Indolente. Endlich fiel Finette ein, daß sie vielleicht im Gartensaale sein könnte. Sie eilten dahin, und dort fanden sie sie, halbtot vor Gram und vor Mattigkeit, weil sie den ganzen Tag nichts gegessen hatte. Ihre Schwestern halfen ihr auf die entsprechende Weise, hernach erzählten sie einander alles, was vorgegangen war. Indolente und Babillarde hörten Dinge, darüber sie vor Schrecken des Todes hätten sein mögen. Endlich gingen sie alle drei schlafen.
Fintrich hingegen brachte in der Gosse eine sehr unruhige Nacht zu, und auch als es Tag wurde, waren seine Umstände noch wenig gebessert. Er stak in Höhlen, deren Abscheulichkeit er nicht recht sehen konnte, weil es niemals darinnen hell wurde. Endlich, nachdem er im stinkenden Schlamme lange fortgekrochen war, kam er an den Ausgang der Gosse an einen Fluß, nicht weit vom Turm entfernt. Er schrie allda so lange, bis ihn einige Fischer hörten, welche sich seiner erbarmten und ihn herauszogen.
Er reiste hernach, ohne sich lange aufzuhalten, wieder an seines Vaters Hof, um sich heilen zu lassen. Sein Unfall gab ihm einen so schrecklichen Haß wider Finette, daß er fast nicht soviel an seine Heilung dachte als an Rache.

Finette brachte unterdessen ihre Zeit sehr traurig zu. Die Ehre war ihr viel lieber als das Leben, und die schändliche Schwachheit, die ihre Schwestern gehabt hatten, machte sie fast untröstlich. Noch ärger wurde es, da diese beiden Prinzessinnen, wie es jungen vermählten Frauen zu ergehen pflegt, anfingen, immer unpäßlich zu sein. Unterdessen nahm Fintrich, der listige Schelm, nach dieser Begebenheit alle seine Arglist zusammen, um ein Erzschelm zu werden. Die Gosse und alle seine Beulen und Wunden schmerzten ihn nicht so sehr, als daß die List der Finette über seine gegangen war. Er vermutete einigermaßen die Folgen seiner doppelten Ehe; um also den beiden Prinzessinnen die Gelüste zu reizen, ließ er bei Nachtzeit Bäume mit den schönsten Früchten in Kästen unter die Fenster des Turmes stellen. Indolente und Babillarde, weil sie immer aus den Fenstern sahen, bekamen alsobald großen Appetit, davon zu essen. Sie plagten Finette alle Augenblicke, sich im Korbe hinabzulassen und ihnen Obst zu holen. Diese Prinzessin war so gefällig gegen sie, daß sie es tat; und ihre Schwestern speisten die schönen Früchte mit großer Begierde.
Den folgenden Tag war anderes Obst unter den Fenstern zu sehen. Da war nun wieder neuer Appetit bei den Prinzessinnen, und Finette war wieder so gefällig wie vorher. Aber der Prinz Fintrich hatte nicht weit von den Bäumen Leute versteckt. Diese hatten Finette schon das erste Mal fangen wollen, waren aber zu spät gekommen; jetzt hingegen ergriffen sie sie und führten sie vor ihrer Schwestern Augen fort, welche sich beide aus Verzweiflung die Haare rauften.
Diese Spione des Prinzen Fintrich machten ihre Sache so gut, daß sie mit Finette auf einem Landhaus, wo der Prinz sich heilen ließ, glücklich ankamen. Weil er im höchsten Grade wider sie ergrimmt war, sagte er ihr, da er sie vor sich sah, die entsetzlichsten Grobheiten, und sie beantwortete alles so standhaft und mit einem so edlen Mute, wie es einer solchen Heldin gemäß war. Nachdem er sie etliche Tage als eine Ge-

fangene gehalten hatte, ließ er sie auf einen hohen Berg bringen, wohin er bald hernach selbst kam. Hier kündigte er ihr an, daß sie zur Strafe für das, was sie ihm angetan, sterben würde. Er zeigte ihr, um eine barbarische Freude an seiner Rache zu haben, ein bereitstehendes Faß, das inwendig mit Federmessern, Schermessern und spitzigen Nägeln wie bespickt war, und sagte, daß er sie zur wohlverdienten Strafe darein stecken und hernach das Faß den Berg hinabrollen lassen wolle. Finette, obgleich sie keine Römerin war, entsetzte sich doch über diese ihr bevorstehenden Martern ebensowenig als ehemals Regulus, da ihm fast das gleiche Schicksal vor Augen schwebte; sie behielt vielmehr ihre Standhaftigkeit völlig, auch sogar alle ihre Geistesgegenwart. Fintrich, anstatt ihren Heldenmut zu bewundern und sich dadurch rühren zu lassen, ergrimmte nur immer mehr wider sie und beeilte sich, sie ums Leben zu bringen. In dieser Absicht bückte er sich nach der Öffnung des Fasses, um zu sehen, ob alles darin in recht gutem Zustand wäre. Als der Prinz aufmerksam so hineinschaute, besann sich geschwind Finette; sie stieß ihn Hals über Kopf ins Faß und rollte dasselbe, ehe er sich helfen konnte, den Berg hinab. Hierauf lief sie fort, so hurtig, als sie konnte. Die Bedienten des Prinzen, weil sie schon seine Grausamkeit, die er an dieser liebenswürdigen Prinzessin ausüben wollte, mit heimlichem Widerwillen angesehen hatten, ließen sie laufen. Vielleicht freuten sie sich darüber, oder vielleicht waren sie vor großem Schreck jetzt nur darauf bedacht, wie sie dem Prinzen helfen und das Faß, weil es gewaltig fortrollte, aufhalten möchten. Aber alles war vergebens. Das Faß rollte bis zum Tale des Berges, wo sie den Prinzen, mit unzähligen Wunden bedeckt, herauszogen.
Das Unglück des Prinzen Fintrich schmerzte sowohl seinen Vater, den König Herzensgut, als auch seinen jüngeren Bruder, den Prinzen Augenlust. Aber die Untertanen bedauerten ihn nicht im geringsten, vielmehr haßten sie ihn deswegen noch stärker als vorher. Man konnte sich nicht genug wun-

dern, wie der jüngere Prinz, der doch so edel gesinnt war, seinen nichtswürdigen Bruder so lieben konnte. Aber der Prinz Augenlust war von Natur so gutherzig, daß er allen seinen Blutsverwandten mit Liebe zugetan war; und Fintrich war auch jederzeit so schlau gewesen, sich so freundschaftlich gegen ihn zu stellen, daß dieser edelmütige Prinz sich ein Gewissen daraus gemacht haben würde, wenn er ihm nicht wieder die größte Freundschaft bezeigt hätte. Augenlust war also herzlich betrübt, daß sein Bruder so gefährlich verwundet worden war, und tat alles, was in seinem Vermögen stand, damit er bald völlig geheilt werden konnte. Wie sehr sich aber auch jedermann darum bemühte, so wollte doch alles nichts helfen; es schien vielmehr, als würden seine Wunden immer gefährlicher, damit er nur recht lange Qual ausstünde.

Die Prinzessin Finette, nachdem sie sich aus der schrecklichen Gefahr, in der sie geschwebt, herausgerissen hatte, war unterdessen glücklich wieder in den Turm, wo ihre Schwestern waren, zurückgekommen. Allein, es währte nicht lange, so ging ihre Not von neuem an. Ihre Schwestern brachten nicht lange hernach eine jede einen Sohn zur Welt, welche der guten Finette zur nicht geringen Last gereichten. Dennoch ließ sie den Mut nicht sinken. Sie suchte auf alle mögliche Art ihrer Schwestern Ehre zu retten und entschloß sich daher, sich nochmals in Gefahr zu begeben, obgleich sie die Größe dieser Gefahr vollkommen einsah. Ihren Anschlag wohl auszuführen, wandte sie alle mögliche Behutsamkeit und kluge Vorsicht an. Sie verkleidete sich in eine Mannsperson, steckte die kleinen Prinzen in zwei Schachteln und machte Löcher darein, damit sie frei atmen konnten. Hernach stieg sie zu Pferde und packte diese beiden Schachteln nebst noch einigen anderen darauf. In diesem Aufzuge kam sie in der Hauptstadt des Königs Herzensgut an, wo Fintrich in der Kur lag.

Bei ihrer Ankunft in dieser Stadt erfuhr sie, daß, weil der Prinz Augenlust alle Linderungs- und Arzneimittel, die man für seinen Bruder brachte, so herrlich belohnte, alle Marktschreier aus ganz Europa sich allda versammelt hatten. Denn es gab schon damals eine Menge Glücksritter, welche nirgends zu Hause waren und nichts verstanden und doch vorgaben, sie hätten vom Himmel die wundertätige Kraft bekommen, alle Krankheiten zu heilen. Diese Leute, deren ganze Kunst bloß darin bestand, unverschämt zu lügen und zu betrügen, fanden gleichwohl viel Glauben beim Volke. Sie wußten den Leuten mit ihrem seltsamen Aufzug und mit wunderlichen Namen ein Blendwerk vorzugaukeln. Solche Wunderärzte bleiben niemals in ihrem Vaterland, und statt aller Geschicklichkeit ist es für den Pöbel insgemein genug, wenn sie nur von weit her kommen.

Die sinnreiche Prinzessin, nachdem sie von allen diesen Umständen genaue Nachricht eingezogen, gab sich einen Namen, welcher in diesem Reiche ganz fremd war, und nannte sich Doktor Sanatio. Sie ließ überall verkündigen, daß der Herr Doktor Sanatio aus fremden Ländern angekommen sei und daß er wundertätige geheime Heilmittel wider die allergefährlichsten Wunden und bösartigsten Schäden besitze. Den Augenblick war ein Bote vom Prinzen Augenlust an den Herrn Doktor Sanatio da. Finette kam. Sie spielte die Person eines Quacksalbers so schön als möglich, brachte etliche griechische und lateinische Kunstwörter mit galanter Art vor, so daß es nicht besser hätte sein können. Die Prinzessin, da sie vor den Prinzen Augenlust kam, erstaunte über dessen schönes Aussehen und angenehme Manieren. Sie brachte eine Menge Erklärungen über die Wunden des Prinzen Fintrich vor und sagte endlich, sie wolle eine Flasche mit gar vortrefflichem Lebenswasser holen. Unterdessen ließ sie ein paar Schachteln da, worinnen herrliche Salben sein sollten.

Hernach ging der angebliche Herr Doktor fort, kam aber nicht wieder. Nachdem man lange Zeit ungeduldig auf ihn gewartet hatte und ein Bote über den anderen nach ihm geschickt worden war, so hörte man im Zimmer kleine Kinder schreien. Jedermann erstaunte darüber, weil man keine Kinder sah. Endlich hörte jemand scharf hin, und da zeigte es sich, daß das Geschrei aus den Schachteln des Herrn Doktor Sanatio kam.

In der Tat waren es die jungen Vetterchen der Prinzessin Finette. Ehe sie mit ihnen in den königlichen Palast ging, hatte sie sie recht satt gemacht, jetzt aber, da schon etliche Stunden vorbei waren, wurden sie wieder hungrig und klagten mit Weinen ihre Not. Man öffnete die beiden Schachteln, und da fand man zum größten Erstaunen ein Paar artige kleine Knäblein darinnen. Der Prinz Fintrich erriet alsobald, daß dieses eine neue List von Finette war. Er geriet darüber in einen so grimmigen Zorn, daß seine Krankheit dadurch noch ärger wurde und daß jedermann bemerkte, wie er daran sterben würde.

Der Prinz Augenlust wollte sich vor Kummer kaum zufrieden darüber geben. Aber Fintrich, welcher bis an sein letztes Ende ein Bösewicht war und blieb, dachte nur noch daran, wie er seines Bruders Liebe zu ihm mißbrauchen und Böses dadurch stiften könne.

»Mein lieber Bruder«, sagte er zu ihm, »du hast mich jederzeit sehr geliebt, und du betrübst dich, daß du mich verlieren sollst. Freundschaftsproben, die mir im Leben nützen könnten, habe ich nicht mehr nötig, denn ich muß sterben, aber wenn du mich jemals wahrhaftig geliebt hast, so schwöre mir, daß du tun willst, worum ich dich bitten werde.«

Augenlust, welcher seinem Bruder in den Umständen, darin er ihn sah, nichts in der Welt abschlagen konnte, tat ihm die schrecklichsten Schwüre, daß er alles tun wolle, was er verlangen würde. Hierauf umarmte der boshafte Kranke seinen Bruder und sagte: »Nun sterbe ich gern, weil mein Tod gerächt werden wird. Die Bitte, so ich an dich habe, ist, daß du bald nach meinem Tod um Finette zur Ehe anhalten sollst. Sie wird dir nicht abgeschlagen werden, und sobald du sie in deiner Gewalt hast, so stich ihr einen Dolch in das Herz.«

Augenlust zitterte und entsetzte sich, da er diese Reden hörte, aber es war nicht mehr Zeit, sein Wort zurückzunehmen, und er wollte auch seinem Bruder nicht sagen, wie sehr ihn sein Versprechen reute. Dieser starb bald hernach. Der König Herzensgut grämte sich sehr über dessen Tod; was aber die Untertanen anlangt, diese betrübten sich nicht im geringsten darüber, vielmehr freuten sie sich, daß nunmehr der Prinz Augenlust, dessen Tugenden und Vorzüge so beliebt waren, dereinst zur Regierung kommen würde.

Finette, da sie zum zweiten Male glücklich wieder zu ihren Schwestern gekommen war, erfuhr bald darauf, daß Fintrich gestorben war. Nach kurzer Zeit kam auch der König, ihr Vater, von seinem Kreuzzuge nach Hause. Er eilte zu seinen Prinzessinnen in den Turm, und sein erstes war, daß er fragte, wie es um die gläsernen Spinnrocken stünde. Indolente ging, holte Finettes Spinnrocken, zeigte ihn dem König, machte ihm hernach eine tiefe Reverenz und trug den Spinnrocken wieder fort. Babillarde machte es ebenso, und Finette, da die Reihe an sie kam, brachte ihren Spinnrocken auch. Der König, welcher ein wenig argwöhnisch war, wollte auch gern alle drei Spinnrocken beisammen sehen. Jetzt war Not vorhanden! Finette war die einzige, welche einen ganzen Spinnrokken aufweisen konnte. Der König erzürnte sich dergestalt über die beiden älteren Prinzessinnen, daß er sie alsobald zur Fee, von welcher er die verräterischen Spinnrocken bekommen hatte, bringen ließ, mit der Bitte, sie möchte sie beide, so lange, als sie lebten, bei sich behalten und sie nach Verdienst bestrafen.

Dieses zu bewerkstelligen, führte die Fee die beiden Prinzessinnen in eine Galerie ihres verzauberten Palastes. Hier waren sehr viele Gemälde von vornehmen Frauen, welche durch ihre Tugenden und durch ihre arbeitsame Lebensweise berühmt geworden waren. Durch ein Wunderwerk ihrer Zauberkunst waren alle diese Bilder vom Morgen an bis in die Nacht in ständiger Bewegung. Überall standen Ehrenmäler,

Sinnbilder und Denksprüche zum Ruhme dieser tugendhaften Personen, und es war keine geringe Kränkung für die Prinzessinnen, wenn sie das Siegesgepränge dieser Heldinnen mit den verächtlichen Umständen verglichen, worein sie durch ihre abscheuliche Dummheit geraten waren. Um sie noch mehr zu demütigen, sagte die Fee zu ihnen, daß, wenn sie sich so beschäftigt hätten wie die Personen, deren Bildnisse sie vor sich sähen, sie nicht in solche Niederträchtigkeiten verfallen wären; aber der Müßiggang sei aller Laster Anfang, auch der Ursprung allen Unglückes. Damit sie also, fuhr sie fort, nicht aufs neue in solches Unglück gerieten und auch ihre verlorene Zeit wieder einbringen möchten, so wolle sie ihnen tüchtig zu arbeiten geben. Sie tat es, und die beiden Prinzessinnen mußten die gröbste und verächtlichste Arbeit treiben, zum Exempel Erbsen und Bohnen im Garten pflükken und Unkraut ausjäten. Indolente konnte es nicht ausstehen, daß sie so wider ihres Herzens Neigung leben mußte, und starb, halb aus Ermüdung, halb aus Verdruß. Babillarde entlief der Fee des Nachts aus dem Schlosse, zerstieß sich aber im Finstern den Kopf an einem Baum und starb in einer Bauernhütte.

Finette betrübte sich aus gutem Herzen sehr schmerzlich über das unglückliche Schicksal ihrer Schwestern. Indem sie noch um sie trauerte, erfuhr sie, daß der Prinz Augenlust bei ihrem Vater um sie zur Ehe angehalten, welcher sie ihm hatte versprechen lassen, ohne sie darüber zu befragen, denn schon damals war die Neigung der Kinder das, was man beim Heiraten am wenigsten in Betracht zog. Finette zitterte, da sie diese Neuigkeit hörte, denn sie besorgte sich nicht ohne Ursache, es möchte der Haß, welchen Fintrich wider sie gehabt, einen Bruder, der ihn so blindlings geliebt hatte, angesteckt haben, und daß er sie vielleicht nur heiraten wolle, um dieses Bruders Tod an ihr zu rächen. In ihrer großen Bekümmernis ging sie zu der weisen Fee, welche Finette in ebendem Grad hochschätzte, als sie Indolente und Babillarde verachtet

hatte, und fragte dieselbe um Rat, wie sie sich verhalten solle.
Die Fee fand es nicht für gut, ihr etwas Deutliches zu weissagen, sondern sagte ihr nur dieses: »Prinzessin, Sie sind klug und verständig. Sie haben sich bisher nur deswegen so klug aufgeführt, weil Sie beständig die Regel vor Augen gehabt haben, daß das Mißtrauen eine Mutter der Sicherheit ist. Vergessen Sie keinen Augenblick die Wichtigkeit dieses Grundsatzes, so werden Sie glücklich werden, ohne meine Kunst nötig zu haben.« Etwas Genaueres konnte Finette nicht erfahren, und sie begab sich in größter Unruhe wieder nach Hause.
Etliche Tage hernach wurde Finette einem Abgesandten des Königs Herzensgut, in des Prinzen Augenlust Namen, angetraut und mit großer Pracht zu ihrem neuen Gemahl geführt. Mit nicht geringer Pracht hielt sie ihren Einzug in den zwei ersten Grenzstädten des Königs Herzensgut, und in der dritten Stadt, durch welche sie reiste, traf sie schon ihren Gemahl an, welcher auf Befehl seines Vaters sie allda einholen mußte. Jedermann wunderte sich, daß der Prinz so traurig war, da er doch diese Heirat so sehr gewünscht hatte. Selbst der König, sein Vater, tadelte ihn deswegen und schickte ihn, wider seinen Willen, der Prinzessin entgegen.
Als der Prinz Augenlust Finette zu sehen bekam, erstaunte er über ihre Schönheit, gab es ihr auch mit den artigsten Ausdrücken zu verstehen; aber er ließ sich dabei eine solche Verstörung anmerken, daß die Hofleute aus beiden Gefolgen, welche zugegen waren und wohl wußten, wie geistreich und galant dieser Prinz war, nicht anders meinten, als wäre er aus großer Liebe so zerstreut und tiefsinnig. Die ganze Stadt erschallte von Freudengeschrei, und man hörte und sah überall nichts als Musik und Feuerwerk. Abends war großes Hochzeitsmahl, nach dessen Ende machte man Anstalt, das hohe Brautpaar ins Schlafzimmer zu führen.
Die Prinzessin behielt die gute Lehre, welche ihr die Fee aufs

neue gegeben hatte, beständig im Gedächtnis und hatte ihre Anschläge danach eingerichtet. Sie vertraute sich einer von ihren Kammerfrauen an, welche den Schlüssel zur Brautkammer hatte. Diese trug auf ihren Befehl eine Schütte Stroh, eine Blase mit dem Blute sowie Eingeweide eines Hammels in dasselbe Zimmer. Ehe es noch Zeit war, schlafen zu gehen, begab sich Finette unter irgendeinem Vorwande dahin. Sie machte eine weibliche Gestalt von Stroh, worein sie das Eingeweide und die mit Blut gefüllte Blase steckte, zog ihr hernach Nachtkleider an und setzte ihr eine Schlafhaube auf. Nachdem sie diese Puppe aufs beste angeputzt hatte, begab sie sich wieder zur Gesellschaft. Bald hernach führte man sie und ihren Bräutigam in die Kammer. Nachdem sie noch, so lange, als es nötig war, am Toilettentisch zugebracht hatte, nahm die ihr zugeordnete Ehrendame die Lichter und ging. Alsobald legte Finette die Strohjungfer ins Bett und versteckte sich in einem Winkel des Zimmers.
Der Bräutigam tat etliche tiefe Seufzer, nahm seinen Degen und stach ihn der vermeintlichen Braut mitten durch den Leib. Den Augenblick spürte er, wie das Blut lief, und fühlte auch, daß keine Bewegung mehr in ihr war. »Ach«, rief er, »was habe ich getan! Nachdem ich so lange mit mir selbst gekämpft und unschlüssig gewesen, ob ich meinen sündigen Eid halten sollte, habe ich doch endlich die schöne Prinzessin, die ich gewiß herzlich würde geliebt haben, ums Leben gebracht! Sie gefiel mir den Augenblick, als ich sie sah, und dennoch habe ich einen Schwur gehalten, welchen mein rachgieriger Bruder so schändlich von mir zu erschleichen gewußt hat! O Himmel! Ist ein Weib strafwürdig, wenn sie allzu tugendhaft ist? Nun, Fintrich, ich habe deine ungerechte Rache vollzogen, aber jetzt will ich auch die unschuldige Finette durch meinen Tod rächen. Ja, du unglückliche Prinzessin, ich will mich mit ebendem Degen ...«
Bei diesen Worten hörte Finette, daß er den Degen, welchen er aus Angst hatte fallen lassen, wiedersuchte und sich er-

stechen wollte. Sie rief also, damit er keine solche Torheit begehen möchte: »Prinz, ich bin nicht tot, ich bin frisch und gesund! Ihr gutes Gemüt ließ mich vermuten, daß Sie diese Tat bereuen würden. Ich habe Sie also auf eine unschuldige Art betrogen und Sie vor einem entsetzlichen Verbrechen bewahrt.«

Hierauf erzählte sie dem Prinzen, was für eine Vorsicht sie mit dem Strohweibe gebraucht hatte. Der Prinz freute sich unaussprechlich, daß sie noch lebte. Er bewunderte ihre Klugheit, die sie bei allen Gelegenheiten zeigte, und dankte es ihr tausendmal, daß sie ihn vor einer so grausamen Tat, an die er nicht ohne Entsetzen denken konnte, bewahrt hatte. Er konnte jetzt gar nicht begreifen, wie er die Schwachheit hatte haben können, nicht einzusehen, daß solche bösen Eidschwüre, zu welchen er hinterlistigerweise genötigt worden war, nicht die geringste Verbindlichkeit hatten.

Wenn also Finette nicht stets bedacht hätte, daß ein kluges Mißtrauen die Mutter der Sicherheit ist, so wäre sie ermordet worden, und ihr Tod wäre zugleich schuld an ihres Bräutigams Tod gewesen, und hernach hätte man von den wunderlichen Gesinnungen dieses Prinzen viel zu schwatzen gewußt. Klugheit und Geistesgegenwart gehen über alles. Hier bewahrten sie diese jungen Eheleute vor schrecklichem Unglück und verhalfen ihnen zu großem Glück. Der Prinz und die Prinzessin lebten lange Jahre höchst vergnügt beisammen, erwarben sich Ruhm und genossen eine vollkommene Glückseligkeit.

Marie-Catherine d'Aulnoy

Der gelbe Zwerg

Es war einmal eine Königin, der von mehreren Kindern nur noch eine Tochter übriggeblieben war. Diese einzige Tochter war indes mehr wert als hundert andere; aber da ihre Mutter Witwe war und auf der Welt nichts lieber hatte als ihre kleine Prinzessin, so ließ sie ihr alle möglichen Fehler hingehen; so daß diese, mit aller ihrer Schönheit, Geburt und Reizen durch ihren Stolz und ihre Eitelkeit das unerträglichste Geschöpf von der Welt ward.

Ihre Mutter trug nun nicht wenig dazu bei, ihren Übermut zu vermehren. Sie sagte ihr täglich, daß sich nichts in der Welt mit ihr vergleichen lasse und daß ihr nichts gut genug sein könne. Sie ließ sie fast immer als Minerva oder Diana kleiden, und ihre Hofdamen stellten dann die Nymphen vor. Und damit endlich gar nichts fehlte, um sie ganz zur verwöhnten Zierpuppe zu machen, gab sie ihr den Namen Wunderschönchen. Sie ließ sie von den geschicktesten Malern konterfeien und schickte ihr Bildnis an einige Könige, mit denen sie in guten Verbindungen stand. Keiner sah dies Porträt, ohne die Macht der Liebe zu fühlen; einige wurden krank; andere verloren den Verstand; und die, welche noch am besten davonkamen, eilten an den Hof der Königin, sahen ihre Tochter und wurden Sklaven ihrer Reize.

Kein Hof war diesem zu vergleichen. Zwanzig Könige wetteiferten, Wunderschönchen zu gefallen; aber wenn sie drei- oder vierhundert Millionen für eine Festlichkeit ihr zu Ehren verwendet hatten, mußten sie sich für hinreichend belohnt halten, wenn es hieß: Das ist ganz artig. Diese Huldigungen entzückten die Königin. Es verging kein Tag, an welchem nicht einige tausend Sonette, Madrigale und Elegien an ihrem Hofe erschienen, die hier aus der ganzen Welt zusammenka-

men; denn der einzige Gegenstand aller Schöngeister der damaligen Zeit waren Wunderschönchens Verdienste und Vollkommenheiten. Alle Freudenfeuer an ihrem Hofe wurden mit diesen Versen gemacht, die schöner brannten als irgendeine andere brennbare Materie in der Welt.
Die Prinzessin war nun fünfzehn Jahre alt, aber niemand wagte es, auf die Ehre Anspruch zu erheben, ihr Gemahl zu werden. Und doch war niemand, der es nicht wünschte. Aber wie war es möglich, ihr Herz zu rühren? Ihre Liebhaber murrten zwar sehr gegen ihre grausame Kälte; und die Königin, der selbst daran gelegen war, sie zu verheiraten, wußte nicht, wie sie es anfangen sollte, um sie zu einem Entschlusse zu bewegen. »Willst du dich denn gar nicht entschließen«, sagte sie bisweilen, »etwas von deinem unmäßigen Stolze nachzulassen? Ich wünschte, daß du einen von den Königen, die dir den Hof mit so vielem Eifer machen, den Vorzug gäbest. Aber du hast nicht die mindeste Gefälligkeit für mich.«
»Ich bin glücklich so«, antwortete ihr dann Wunderschönchen; »erlauben Sie mir doch in dieser ruhigen Gleichgültigkeit zu bleiben, die ich so ungern verlieren möchte. Vielleicht würde es Ihnen selbst unangenehm sein, wenn ich sie verlöre.«
»Allerdings«, erwiderte die Königin, »wenn du dich in jemand, der unter deinem Stande wäre, verliebtest; aber siehe selbst deine Freier an und sprich, ob du je hoffen kannst, vornehmere, edlere und schönere Liebhaber zu bekommen?«
Alle diese Bedenken waren fruchtlos bei Wunderschönchen. Sie war nun einmal so sehr von ihrem außerordentlichen Werte überzeugt, daß es, ihren Gedanken nach, unmöglich war, an denselben heranzureichen. Ihre Mutter fing nun an einzusehen, daß sie zuviel Nachsicht für sie gehabt hätte; aber diese Einsicht kam ihr zu spät; und weil sie sah, daß sie durch eigene Kräfte nichts bei ihr ausrichten konnte, kam sie auf den Einfall, um fremde Hilfe nachzusuchen.

Sie begab sich in dieser Absicht zu einer Fee, die man die Fee der Einöde nannte. Sie war rundum von Löwen bewacht und also nicht sehr zugänglich; aber die Königin wußte, daß man diesen Löwen nur Kuchen von Hirsemehl, mit Kandiszucker und Krokodileiern vermischt, vorzuwerfen brauchte, um sie zu besänftigen. Solche Kuchen buk sie also mit eigenen Händen und tat sie in einen Korb, den sie am Arme trug. Hierauf machte sie sich ganz allein auf den Weg. Und da sie vom Gehen müde war, denn sie war das Gehen freilich nicht gewohnt, setzte sie sich unter einen Baum, um auszuruhen. Allmählich schlief sie ein, und als sie wieder aufwachte, fand sie zwar ihren Korb wieder, aber die Kuchen waren alle fort; und zum größten Unglück hörte sie von allen Seiten Löwen herbeikommen, die den Kuchen gerochen hatten und ihm aus Leibeskräften entgegenbrüllten.
»Ach, ich Unglückliche«, rief sie aus, »was soll aus mir werden! Mein Kuchen ist fort, die Löwen kommen heran und werden mich auffressen.« Sie weinte, und da sie nicht so viel Kräfte hatte, einen einzigen Schritt zu ihrer Rettung zu tun, so hielt sie sich fest an den Baum, unter welchem sie geschlafen hatte. Zu gleicher Zeit hörte sie ein Geräusch über sich, und als sie hinaufsah, erblickte sie auf dem Baume ein kleines Männchen, das nicht größer war als eine Elle und süße Orangen schmauste. »Ich kenne Euch gar gut, Königin«, sprach es. »Ich sehe wohl, es ist Euch bange vor den Löwen; und es ist auch kein Spaß, denn sie haben schon manchen anderen den Garaus gemacht. Was das größte Unglück ist, so habt Ihr keinen Hirsenkuchen mehr.«
»Ach, ich muß also sterben!« schrie die Königin. »Der Tod würde mir weniger schwer werden, wenn ich meine Tochter nur verheiratet wüßte.«
»Wie«, rief der gelbe Zwerg – denn so nannte man die kleine Figur wegen seiner Farbe und weil er auf einem Orangenbaume wohnte –, »Ihr habt also eine Tochter? Das ist ja ganz allerliebst! Ich suche schon wer weiß wie lange eine Frau zu

Wasser und zu Lande; und da wäre Eure Tochter nun gerade eine Partie für mich. Seht zu, ob Ihr sie mir versprechen könnt; und ich verspreche Euch meinerseits, daß die Löwen Euch kein Haar krümmen sollen.«

Die Königin sah ihn bei diesen Worten noch einmal an, und seine kleine häßliche Gestalt kam ihr beinahe ebenso fürchterlich vor als das Brüllen der Löwen. Sie überlegte und überlegte und antwortete nicht.

»Nun in aller Welt«, rief der Zwerg, »Ihr bedenkt Euch noch? Es muß Euch wahrlich wenig am Leben gelegen sein!«

In diesem Augenblicke erschienen die Löwen auf der Höhe eines nahen Hügels; jeder mit zwei Köpfen und Schwänzen, acht Füßen, doppelten Reihen Zähnen; ihre Haut war so hart wie Horn und so rot wie Saffian. Bei diesem Anblick fing die arme Königin an, am ganzen Leibe zu zittern, wie eine Taube, wenn sie den Geier sieht, und schrie aus Leibeskräften: »Ach, Herr Zwerg, Wunderschönchen soll Ihre Frau sein!«

»O nein«, erwiderte er mit einem verachtenden Tone, »Wunderschönchen ist gar zu schön für mich. Ihr könnt sie behalten; ich will sie nun nicht.«

»Ach, liebster Herr Zwerg«, fuhr die Königin fort, »erweisen Sie mir doch die Gnade und schlagen Sie sie nicht aus; sie ist in der Tat die liebenswürdigste Prinzessin von der Welt.«

»Nun gut«, versetzte er. »Aus Mitleid für Euch will ich sie nur annehmen. Aber vergeßt nicht, was Ihr mir versprochen habt.«

In dem Augenblick öffnete sich der Orangenbaum, auf dem er saß; die Königin sprang hinein; er schloß sich wieder zu, und die Löwen bekamen nichts.

Die Angst der Königin war so groß, daß sie nicht gleich gesehen hatte, daß eine Tür in dem Orangenbaum war. Endlich ward sie sie gewahr und machte sie auf. Diese Tür führte auf ein Feld, auf welchem Dornen und Disteln standen. Rundum zog sich ein sumpfiger Graben, und ein wenig weiter stand

ein kleines Häuschen mit einem Strohdach. Der Zwerg trat aus diesem Häuschen hervor. Er hatte Holzschuhe an, eine Jacke von gelbem grobem Tuche, keine Haare, große Ohren, mit einem Worte so häßlich wie – ein Zwerg.
Er schien sehr guter Laune zu sein. »Ich freue mich, meine liebe Schwiegermutter«, sprach er, »daß Ihr das kleine Schloß zu sehen bekommt, in dem Wunderschönchen mit mir leben soll. Sie kann sich einen Esel halten, auf dem sie spazierenreiten kann, und ihn mit den Disteln hier füttern. Ich stehe ihr dafür, daß sie unter diesem ländlichen Dache die Rauheit der Jahreszeiten nicht fühlen soll. Ihre Nahrung werden die fetten Frösche dieses Grabens sein, dessen Wasser vortrefflich ist und ihr wohl bekommen wird. Außerdem wird sie das Vergnügen genießen, mich Tag und Nacht um sich zu haben; meine Reize und mein guter Humor werden sie vergnügen, und ich versichre Euch, daß ihr Schatten sie nicht getreuer begleiten soll als ich.«
Die unglückliche Königin sah nun auf einmal das schreckliche Schicksal, das sie ihrer Tochter bereitet hatte. Sie sank ohnmächtig nieder, ohne die Kraft zu haben, ihrem künftigen Schwiegersohne nur eine Silbe zu antworten. Während sie sich in diesem Zustande befand, ward sie ganz sauber wieder zurück in ihr Bett gebracht, in einem schönen Nachthabit und einer zierlichen Nachthaube. Als sie erwachte und sich dessen, was vorgegangen war, erinnerte, glaubte sie kein Wort mehr davon, sondern meinte, die ganze Geschichte mit der Einöde, den Löwen und dem gelben Zwerge sei ein Traum gewesen. Gleichwohl gehörte die Haube, die sie aufhatte, und das Band, mit dem sie festgebunden war, nicht zu ihr; und dies setzte sie in eine Verwunderung, die sich bald in eine heftige Unruhe verwandelte und am Ende in eine Schwermut überging, die ihr alle Lust zum Essen und Trinken benahm.
Die Prinzessin, die, ihre übrigen Fehler abgerechnet, ein sehr gutes Kind war und ihre Mutter von ganzem Herzen liebte

und nicht wußte, was sie von diesem außerordentlichen Zustande halten sollte, beschwor sie wiederholt, ihr zu sagen, was ihr fehlte. Aber die Königin wußte immer Ausflucht zu finden, und bald antwortete sie, sie sei krank, bald, sie fürchte, von einem ihrer Nachbarn bekriegt zu werden. Wunderschönchen, die wohl sah, daß dieses bloßer Vorwand war und daß ihr die Königin ein Geheimnis aus ihrem Kummer mache, beschloß endlich, die Fee der Einöde zu besuchen und sie wegen ihrer Mutter um Rat zu fragen; zu gleicher Zeit auch, sich bei ihr zu erkundigen, ob sie besser täte, zu heiraten oder ledig zu bleiben. Sie buk also einen Kuchen mit eignen Händen, um sich gegen die Löwen zu sichern, die die Wohnung der Fee bewachten; stellte sich dann, als legte sie sich frühzeitig zu Bett, ging eine Geheimtreppe hinab, um sich nach der Grotte zu begeben, in welcher die Fee wohnte.

Als sie nun an den unglücklichen Orangenbaum kam, von dem ich schon erzählt habe, bekam sie Lust, von den herrlichen Früchten zu essen, mit denen er vollhing, setzte ihr Körbchen mit dem Kuchen auf die Erde, pflückte einige Orangen ab und verzehrte sie. Als sie aber das Körbchen mit dem Kuchen wiedernehmen wollte, war beides fort, und indem sie nachsuchte und sich ängstigte, siehe da!, so steht der häßliche kleine Zwerg neben ihr. »Was fehlt Euch denn, schönes Kind?« fragte er. »Was habt Ihr denn zu weinen?«

»Ach, warum sollte ich nicht weinen?« antwortete sie. »Ich habe meinen Korb mit dem Kuchen verloren, den ich so notwendig brauche, um zu der Fee der Einöde zu gelangen.«

»Ei, was sucht Ihr denn bei ihr, schönes Kind?« fing der Zwerg wieder an. »Ich bin ein naher Anverwandter von ihr und weiß wenigstens ebensoviel wie sie.«

»Lieber Himmel«, versetzte die Prinzessin, »meine Mutter ist seit einiger Zeit in eine schreckliche Melancholie verfallen, die mich für ihr Leben zittern läßt. Es ist mir eingefallen, daß ich vielleicht die Ursache davon bin; denn sie wünscht sehr, mich zu verheiraten. Ich gestehe Euch, daß ich noch keinen gefunden habe, der meiner würdig gewesen wäre. Diese Gründe bewogen mich, die Fee um Rat zu fragen.«

»Ihr könnt Euch die Mühe ersparen«, antwortete der Zwerg, »ich kann Euch darüber so gut als irgend jemand anderes Auskunft geben.

Der Kummer Eurer Mutter rührt von nichts anderem her, als daß sie Euch versprochen hat.«

»Mich versprochen?« rief Wunderschönchen aus. »Ihr müßt Euch irren; sie hätte mir ganz gewiß etwas davon gesagt. Wie kann sie mich denn ohne meine Einwilligung versprechen?«

»Schöne Prinzessin«, antwortete der Zwerg, indem er vor ihr auf die Knie fiel, »ich schmeichle mir, daß Euch ihre Wahl nicht mißfallen wird, wenn ich Euch sage, daß ich es bin, dem sie das Glück bestimmt hat, Euer Gemahl zu werden.«

»Ihr mein Gemahl?« antwortete Wunderschönchen und trat einige Schritte zurück. »Ich glaube, Ihr seid nicht klug.«

»Es liegt mir sehr wenig an dieser Ehre«, antwortete der Zwerg zornig; »aber dort kommen die Löwen, die mich in dem Augenblicke an Euch rächen werden.«

Zu gleicher Zeit hörte die Prinzessin das Brüllen der Löwen, die immer näher und näher kamen. »Was soll aus mir werden?« schrie sie in voller Angst. »Ich Unglückliche! Soll ich denn auf eine so schreckliche Weise in der Blüte meiner Jahre umkommen?«

Der boshafte Zwerg sah sie an und sagte mit höhnischem Lächeln: »Ihr werdet wenigstens den Ruhm genießen, Eure Ehre dem Leben vorgezogen zu haben. Ihr habt recht. Es ist immer besser, von Löwen gefressen zu werden, als sich durch eine Mesalliance mit einem Zwerge, wie ich bin, zu beflekken.«

»Nein, nein«, erwiderte die Prinzessin mit gefalteten Händen, »ich will lieber alle Zwerge in der Welt heiraten, als auf eine so schreckliche Weise umkommen.«

»Wohlan«, antwortete der Zwerg, »seht mich vorher genau an, damit Ihr nicht etwa nachher sagt, ich hätte Euch hintergangen.«

»Ich habe Euch zur Genüge angesehen«, antwortete sie. »Die Löwen kommen; meine Angst ist unbeschreiblich! Ich bitte Euch, um Gottes willen, rettet mich, oder ich sterbe vor Angst.«

In der Tat sank sie bei diesen Worten ohnmächtig nieder; und ohne zu wissen wie, fand sie sich zu Hause in ihrem Bett wieder, mit der schönsten Wäsche von der Welt, mit schönen Bändern und einem kleinen Ringe am Finger, der von einem einzigen roten Haare gemacht war und ihr so fest saß, daß sie eher die Haut als den Ring hätte abziehen können.

Da die Prinzessin alles dies sah und sich des Vorgangs der Nacht erinnerte, fiel sie in eine tiefe Melancholie, die den ganzen Hof beunruhigte, und vorzüglich die Königin, die sie wohl hundertmal des Tags fragte, was ihr nur fehle. Aber die Prinzessin war fest entschlossen, ihr Abenteuer nicht zu entdecken. Schließlich versammelten sich die Landstände, denen daran gelegen war, ihre Prinzessin verheiratet zu sehen, und baten die Königin, ihrer Tochter sobald als möglich einen Gemahl zu bestimmen. Sie antwortete, daß sie denselben Wunsch schon seit langer Zeit gehegt habe, daß aber ihre Tochter eine so heftige Abneigung gegen das Heiraten bezeige, daß sie ihnen riete, sich selbst zu ihr zu begeben und zu versuchen, was sie bei ihr ausrichten könnten. Sie befolgten ihren Rat auf der Stelle. Wunderschönchen hatte seit dem Abenteuer mit dem gelben Zwerge etwas von ihrem Stolze nachgelassen; und sie glaubte, das beste Mittel, sich aus der Verlegenheit zu ziehen, sei, daß sie sich an irgendeinen großen König verheiratete, dem der kleine Zwerg seine Eroberung nicht streitig machen könne. Ihre Antwort fiel daher weit günstiger aus, als man erwartet hatte. Sie versicherte zwar, daß sie keinen größeren Wunsch gehegt hätte, als immer unverheiratet zu bleiben; daß sie aber aus Rücksicht auf

die Vorstellungen der Landstände sich entschließen wolle, den König der Goldminen zu heiraten.
Dieser König war mächtig und schön; er liebte die Prinzessin seit mehreren Jahren mit der heftigsten Leidenschaft und hatte bis jetzt noch nicht die mindeste Hoffnung erhalten, seine Liebe erwidert zu sehen.
Seine Freude war daher unaussprechlich, als er diese herrliche Neuigkeit erfuhr, und ebensogroß war die Verzweiflung seiner Nebenbuhler, die nun alle ihre Hoffnungen auf immer verschwinden sahen. Gleichwohl konnte Wunderschönchen nicht zwanzig Könige auf einmal heiraten; sie hatte Mühe genug gehabt, einen einzigen zu wählen; denn ihre Eitelkeit blieb sich immer gleich, und sie war noch immer fest überzeugt, daß kein Mensch auf der Welt sich mit ihr messen könne.
Der glückliche Bräutigam drang nun auf Beschleunigung der Heirat, und man machte alle Anstalten zum prächtigsten Fest von der Welt. Der König der Goldminen ließ ungeheure Summen aus seinem Lande kommen, so daß das ganze Meer mit seinen Silberflotten bedeckt war. Nichts war ihm zu teuer, wenn es Wunderschönchen erfreuen konnte, die er nun fast nie mehr verließ.
Der genaue Umgang mit ihm entdeckte der Prinzessin, was sie bisher noch nicht bemerkt hatte, daß er ein Mann von dem feinsten Verstande, dem lebhaftesten Gefühle und dem vollkommensten Charakter war. Sie fing an, ihn zu lieben und sich in seiner Liebe wohlzubefinden. Welche glücklichen Augenblicke brachten sie zusammen in dem schönen Garten der Königin zu! Sie gestanden sich ihre Liebe; sie unterhielten sich von ihrer Zärtlichkeit; und die Aussicht auf eine frohe Zukunft erfüllte sie mit entzückender Freude.
Die beiden Liebenden waren auf dem Gipfel des Glücks. Die Nebenbuhler des Königs, für die nun nichts mehr zu hoffen war, hatten den Hof verlassen und waren, mit Schmerz und Verzweiflung erfüllt, in ihre Staaten zurückgekehrt. Der so

lange gewünschte Tag erschien endlich; alles war zu Wunderschönchens Vermählung bereit. Die Straßen waren mit Bändern behangen und mit Blumen bestreut; das Volk strömte haufenweis nach dem Palaste, um die schöne Braut zu sehen, die auf das prächtigste gekleidet war. Eine reiche Krone schmückte ihr Haupt, ihre Haare flossen bis zu ihren Füßen herab, und ihre Reize verdunkelten die aller Damen, die sie begleiteten. Der König der Goldminen zeichnete sich nicht weniger unter seinen Begleitern aus. Die Freude strahlte auf seinem Gesicht und äußerte sich in allen seinen Handlungen. Niemand näherte sich ihm, den er nicht mit Geschenken und freundlichen Worten entließ.

Die Königin und die Prinzessin verließen nun ihr Zimmer, um sich mit dem König dem Volke zu zeigen, als sie zwei große Truthähne, die eine schlechte Schachtel zogen, die Galerie heraufkommen sahen. Hinter ihnen her hinkte ein altes, abgelebtes, häßliches Weib. Sie stützte sich auf eine Krücke; eine Kappe von rotem Samt bedeckte ihr Haupt, und eine altmodische Schleppe zog sie nach. Der ganze Zug ging gerade auf die Königin zu. Die Alte hob ihre Krücke gegen sie auf und rief mit drohender Miene: »Ho, ho, Frau Königin! Ho, ho, Jungfer Prinzessin! Nicht so rasch! Denkt Ihr denn, meinem guten Freund, dem gelben Zwerge, Euer Wort aus lieber Langeweile gegeben zu haben? Ich bin die Fee der Einöde. Habt Ihr denn schon vergessen, daß Euch, ohne ihn und seinen Orangenbaum, die Löwen mit Stumpf und Stiel aufgefressen hätten? Solche Verhöhnungen sind in dem Königreich der Feen Konterbande. Entschließt Euch also bald, was Ihr tun wollt! Denn ich schwöre Euch bei meiner Kappe, Ihr müßt ihn heiraten, oder ich will meine Krücke verbrennen.«

»Ach, meine Tochter«, sagte die Königin mit Tränen, »was höre ich? Was hast du versprochen?«

»Ach, meine Mutter«, erwiderte die Prinzessin, »was haben Sie versprochen?«

Der König der Goldminen, der sich über diesen Vorgang ärgerte, ging mit dem Degen in der Hand auf die alte Hexe los, die sich seinem Glücke widersetzen wollte. »Unglückliche«, rief er ihr zu, »entferne dich auf immer von hier, oder ich schicke dich dorthin, von wo du nie wieder zurückkehren wirst.«

Kaum hatte er diese Worte ausgesprochen, als der Schachteldeckel mit einem entsetzlichen Getöse bis an die Decke sprang. Der gelbe Zwerg kam auf einer großen spanischen Katze herausgeritten und postierte sich zwischen den König und die Fee. »Tor«, sagte er zu ihm, »nimm dich in acht, diese erhabene Fee zu beleidigen. Mit mir allein hast du zu tun, ich bin dein Feind; die ungetreue Prinzessin, die du deine Braut nennst, hat mir ihr Wort gegeben und hat dagegen das meinige empfangen. Trägt sie nicht einen Ring von meinen Haaren an ihrem Finger? Versuche es, ihn abzuziehen, und du wirst aus dieser Probe lernen, daß deine Macht der meinigen weichen muß.«

»Elendes Ungeheuer«, versetzte der König, »kannst du es wagen, dich den Liebhaber dieser anbetungswürdigen Prinzessin zu nennen und auf einen so ruhmvollen Besitz Anspruch zu erheben? Weißt du wohl, wie häßlich du bist? Wahrlich, ich selbst hätte dich schon längst in die andere Welt geschickt, wenn du einen so rühmlichen Tod verdientest.«

Der gelbe Zwerg schäumte vor Wut und gab seiner Katze die Sporen, die so fürchterlich zu heulen anfing und solche entsetzlichen Sprünge machte, daß jedermann zur Seite wich, den tapferen König ausgenommen, der den Zwerg nahe zu Leibe trat. Dieser zog ein breites Schlachtmesser heraus, forderte den König zum Zweikampfe heraus und ritt mit schrecklichem Getöse auf den Hof des Palastes.

Der König folgte ihm mit großen Schritten nach. Aber kaum standen sie einander gegenüber, als die Sonne auf einmal so rot wurde, daß man kaum noch drei Schritte vor sich hinsehen konnte. Schreckliche Blitze erleuchteten diese fürchterliche Nacht; der Donner rollte; die Stürme heulten; der Augenblick schien nahe, in welchem die Natur in ihr Nichts zurückkehren sollte. Dem Zwerge zur Seite zeigten sich die beiden Hähne, die ihn gezogen hatten, als zwei ungeheure Riesen und spien dem Könige Ströme von Feuer entgegen; dieser blieb unerschrocken, er zeigte in seinen Blicken und Handlungen einen Mut, der sich den Zuschauern mitteilte, die sich auf dem Balkon versammelt hatten. Aber bald ward seine Beherztheit durch eine schreckliche Szene erschüttert, die sich auf diesem Balkon zutrug. Die Fee hatte die Gestalt einer Furie angenommen: Ihr Haupt war mit zischenden Schlangen bedeckt; sie ritt auf einem geflügelten Greif, in ihrer Hand trug sie eine fürchterliche Lanze; und in diesem Aufzug stürzte sie auf Wunderschönchen los und durchbohrte sie. Wunderschönchen sank ihrer Mutter ohnmächtig in die Arme und befleckte sie mit ihrem Blute, das heftig aus der Wunde quoll. Die Königin tat einen lauten Schrei; und als der König seine Geliebte in ihrem Blute schwimmen sah, ließ er seinen Gegner stehen, um ihr zu Hilfe zu eilen oder mit ihr zu sterben. Aber der gelbe Zwerg war schneller als er. Er spornte seine Katze an, schwang sich mit ihr über den Balkon, riß Wunderschönchen aus den Armen ihrer Mutter und flog in aller Angesicht mit seiner Beute über das Dach weg.

Der König stand bei diesem schrecklichen Abenteuer wie versteinert; aber er hatte nicht lange Zeit, sich zu besinnen; denn auf einmal fühlte er, daß seine Augen sich verdunkelten und eine unwiderstehliche Kraft ihn in die Luft hinaufzog.

Die boshafte Fee, welche den gelben Zwerg begleitet hatte, um seine Ansprüche zu unterstützen, hatte nämlich den König kaum erblickt, als sie eine heftige Leidenschaft für ihn faßte, die ihr den Entschluß eingab, ihn zu entführen. Sie trug ihn in eine tiefe fürchterliche Höhle, an deren Wänden Ketten befestigt waren, mit denen sie den König fesselte. Die Furcht vor dem nahen Tode, meinte sie, werde ihn Wunderschönchen vergessen lassen und ihren Wünschen geneigt machen. Sie gab ihm also das Augenlicht wieder, damit er die Schrecknisse seines Aufenthalts erkennen möchte; und sie selbst stellte sich ihm, durch die Kraft ihrer Zaubermittel, als eine reizende Nymphe dar, die der Zufall in diese Gegend geführt hätte.

»Was sehe ich?« rief sie aus. »Bist du es, reizender Prinz? Welches Mißgeschick bringt dich hierher und hält dich an diesem schreckensvollen Orte gefangen?«

Dieser schmeichelnde Ton täuschte den König. »Ach, schöne Nymphe«, antwortete er, »ich weiß nicht, welche Furie mich hierher geführt hat. Ich ward geblendet durch die Lüfte weggerissen; aber ich sah nicht, von wem. Doch am Tone der Stimme glaubte ich die Fee der Einöde erkannt zu haben.«

»Wenn diese Vermutung wahr wäre«, versetzte die Nymphe, »so kannst du sicher darauf rechnen, daß du nicht eher aus deiner Gefangenschaft befreit wirst, bis du sie heiratest. Sie hat diesen Streich mehr als einem Helden gespielt; und was sie sich in den Kopf setzt, das führt sie auch zuverlässig aus.«

Während sie so sprach und an seinen Leiden den größten Anteil zu nehmen schien, sah er ihr auf die Füße und bemerkte, daß sie den Füßen des Greifs ähnlich sahen. An diesem Teil des Leibes erkannte man die Fee unverfehlbar, sie mochte eine Gestalt annehmen, welche sie wollte; denn ihre Klauen konnte sie nicht verwandeln.

Der König wußte nun, wen er vor sich hatte, aber er ließ sich nichts anmerken. Er fuhr mit einem Tone der Vertraulichkeit fort: »Ich habe eben keine Abneigung gegen die Fee; aber das ist doch unerträglich, daß sie meinen Feind, den gelben Zwerg, in ihren Schutz nimmt und mich wie einen Missetäter gefangenhält. Was habe ich ihr denn zuleide getan? Ich habe einer liebenswürdigen Prinzessin Gerechtigkeit wiederfahren lassen! Wenn sie mich freiläßt, so wird mich die

Dankbarkeit verpflichten, dasselbe in Rücksicht auf sie zu tun.«

»Meinst du das aufrichtig?« fragte die verkleidete Nymphe.

»Warum sollte ich es nicht aufrichtig meinen?« versetzte der König. »Ich kann mich nicht verstellen; und ich muß noch überdies gestehen, daß eine Fee meiner Eitelkeit mehr schmeichelt als nur eine Prinzessin. Aber wenn ich auch gleich aus Liebe für sie sterben müßte, so werde ich ihr immer mit Verachtung begegnen, solange sie mich in Ketten und Banden hält.«

Die Fee ließ sich durch diese Worte täuschen und faßte den Entschluß, den König in eine Gegend zu versetzen, die ebenso reizend wär, als sein gegenwärtiger Aufenthalt schrecklich war. Sie ließ ihn einen Wagen besteigen, den für diesesmal Schwäne zogen, da er sonst mit Fledermäusen bespannt war; und mit denselben erhob sie sich hoch in die Lüfte.

Aber ach, welche Empfindungen stiegen jetzt in dem König auf, als er bei dieser Wolkenreise seine Geliebte in den Ringmauern eines Schlosses sah, dessen stählerne Wände ebensoviel Brennspiegel bildeten, die jeden zu Asche brannten, der sich ihm näherte. Die Prinzessin lag in einem Gebüsche am Ufer eines Baches ausgestreckt; sie hatte ihren Kopf in die Hand gelegt; mit der andern wischte sie ihre Tränen ab; und da sie zufällig ihre Augen gen Himmel richtete, sah sie den König mit der Fee vorüberfahren, die alle ihre Kunst aufgeboten hatte, um ihrem Geliebten schön zu erscheinen. »Ach!« rief die Prinzessin aus, der diese erborgten Reize noch weit bewundernswürdiger vorkamen, als sie wirklich waren; »ach, bin ich denn noch nicht unglücklich genug in diesem unzugänglichen Schlosse, wohin mich der scheußliche Zwerg geführt hat? Muß mich auch noch der Dämon der Eifersucht verfolgen? Muß ich durch einen so außerordentlichen Zufall die Untreue des Königs der Goldminen erfahren? Er glaubt also, von all seinen Eidschwüren entbunden zu sein? Aber wer ist denn diese Nebenbuhlerin, deren Reize die meinigen so sehr verdunkeln?«

Den Augen der Fee entging Wunderschönchen nicht, und sie sah dem König genau ins Gesicht, um die Wirkungen zu entdecken, die ihr Anblick auf ihn machen würde. Er erriet ihre Gedanken. »Niemand«, sagte er zu ihr, »kann Ihnen besser sagen als ich, was Sie zu wissen wünschen. Der unerwartete Anblick einer unglücklichen Prinzessin, für die ich ehemals Neigung empfand, bevor ich das Glück hatte, Sie kennenzulernen, hat mich in der Tat ein wenig gerührt. Aber Sie sind ihr an Liebenswürdigkeit und Reizen so weit überlegen, daß ich lieber sterben als eine Untreue an Ihnen begehen wollte.«

»Ist es möglich, mein König? Kann ich mir schmeicheln, Ihnen so günstige Empfindungen für mich eingeflößt zu haben?«

»Die Zeit wird Sie von der Wahrheit meiner Versicherungen überzeugen«, fuhr er fort; »aber wenn Sie mir einen Beweis Ihrer Gewogenheit geben wollen, so versagen Sie mir Ihre Hilfe für Wunderschönchen nicht.«

»Wissen Sie auch, was Sie sagen?« versetzte die Fee. »Ich sollte meine Kräfte gegen den gelben Zwerg anwenden, der mein bester Freund ist, und eine Prinzessin seinen Händen entreißen, die ich als Rivalin ansehen kann?«

Der König seufzte, ohne zu antworten.

So kamen sie auf eine weite Wiese, die mit den mannigfaltigsten Blumen geschmückt war. Sie war rundum mit einem tiefen Flusse umgeben, und viele kleine Bäche sprudelten unter schattigen Bäumen hervor. In der Ferne erhob sich ein prächtiger Palast, dessen Mauern von durchsichtigen Smaragden waren. Sobald die Schwäne sich unter eine der Galerien niedergelassen hatten, traten von allen Seiten eine Menge der schönsten Mädchen hervor, die sie mit lauten Zurufen empfingen und diese Worte sangen:

Eitel ist des Herzens Widerstand,
rüstet Amor sich, es zu bekriegen;
schimpflich ist's, in diesem Streit zu siegen;
denen, welche rühmlich unterliegen,
wird der Lorbeer zuerkannt.

Die Fee war entzückt, da sie ihre Liebe besingen hörte. Sie führte den König in eines der schönsten Zimmer des Palastes und ließ ihn hier einige Augenblicke allein, um ihm den Gedanken von Gefangenschaft vergessen zu lassen, der ihm so drückend schien. Er merkte wohl, daß sie sich nicht weit entfernt hatte. Er trat also vor einen großen Spiegel und besah sich darin: »Treuer Ratgeber der Schönheit und Liebe«, sagte er, »zeige mir, was ich tun kann, um der reizenden Fee noch mehr zu gefallen. Das Verlangen, ihre Liebe zu gewinnen, beschäftigt mich mit jedem Augenblicke mehr.« Hierauf kämmte er sich; streute etwas Puder in die Haare, und da er auf dem Tisch einen prächtigen Anzug liegen sah, zog er ihn in aller Eile an.

Die Fee trat mit einem Entzücken herein, das sie nicht imstande war, zu verbergen. »Ich danke Ihnen«, sprach sie ihn an, »daß Sie einige Sorge tragen, mir zu gefallen. Sie haben den Schlüssel zu meinem Herzen gefunden, ohne ihn zu suchen.«

Der König antwortete der alten Fee alles, was ihm einfiel. Er überhäufte sie mit den zärtlichsten Lobsprüchen; er sprach von seiner Ergebenheit und Liebe. Nach und nach erhielt er die Erlaubnis, am Strand des Meeres spazierenzugehen. Die Fee hatte das Meer in dieser Gegend durch ihren Zauber so stürmisch zu machen gewußt, daß kein Seefahrer es wagte, sich diesen Küsten zu nähern; und sie sah also keine Gefahr dabei, wenn sie ihrem Gefangenen diese Freiheit erlaubte.

Als er nun eines Tags am Strand auf und ab ging, in seine Betrachtungen und in das Andenken seiner Geliebten versunken, schrieb er mit seinem Stabe diese Worte in den Sand:

Hier, wo die Bosheit nichts von meinen Seufzern hört,
will ich mein herbes Leid den wilden Stürmen klagen;
ihr Fittich wird vielleicht mein Seufzen zu ihr tragen,
zu ihr, die das Geschick zu sehen mir verwehrt.
Den wilden Fluten gleich, die, von dem Sturm empört,
des Himmels Feste schäumend schlagen,
stürmt dieses Herz, zu schwach, den Kummer zu ertragen,
den jeder neue Morgen mehrt.
Wie lange wird mich noch die schwarze Schwermut quälen?
O Schicksal, das mir sie entführt,
warum ach, konntest du mich nicht zugleich entseelen?
Ihr Göttinnen der Flut, wenn euch mein Leiden rührt,
so kommt herbei aus euern Felsenhöhlen,
und helft dem Liebenden, der hier verzweifelnd irrt!

Während er so schrieb, hörte er eine Stimme, die seine ganze Aufmerksamkeit auf sich zog. Er warf seine Blicke auf das Meer: Die Wellen schwollen an, und bald sah er eine weibliche Gestalt von außerordentlicher Schönheit heranschwimmen. Ihr ganzer Leib war mit ihrem langen blonden Haare bedeckt, mit dem die sanften Wellen spielten und es über das Wasser ausbreiteten. In der einen Hand hielt sie einen Spiegel, in der andern einen Kamm; ihr Leib ging in einen langen Fischschwanz mit Flossen aus. Als sie dem Könige nahe genug war, sprach sie ihn an: »Ich weiß, in welchen traurigen Zustand dich die Trennung von deiner Geliebten und die törichte Leidenschaft der Fee versetzt hat. Wenn du es zufrieden bist, so will ich dich von diesem gefährlichen Orte wegbringen, in dem du vielleicht noch dreißig Jahre hindurch schmachten müßtest.«

Der König wußte nicht sogleich, was er auf diesen Vorschlag antworten sollte. Er fürchtete überlistet zu werden. Vielleicht hatte die Fee selbst diese Gestalt angenommen, um seine geheimsten Gedanken zu entdecken. Die Sirene erriet, was in seinem Herzen vorging, und sagte zu ihm: »Glaube nicht etwa, daß ich dir eine Falle stelle; ich bin zu rechtschaffen, um dich deinen Feinden auszuliefern. Das Betragen der Fee und des gelben Zwergs gegen dich hat meinen Unwillen gereizt. Täglich sehe ich deine unglückliche Geliebte; ihre Schönheit und Leiden rühren mich. Noch einmal, wenn du kein Mißtrauen in mich setzest, so will ich dich retten.«

»Wohlan«, antwortete der König, »ich überlasse mich dir! Ich werde alles tun, was du mir befiehlst; aber da du meine Geliebte gesehen hast, so beschwöre ich dich, mir zu sagen, wie es ihr geht.«

»Von Herzen gern«, versetzte die Sirene, »nur jetzt nicht. Ich will dich nach dem stählernen Schlosse bringen, das du kennen wirst; und hier an dem Strand will ich eine Gestalt zurücklassen, die dir so vollkommen ähnlich sein soll, daß die Fee nicht den mindesten Argwohn schöpfen wird.«

Bei diesen Worten schnitt sie ein Bündel Schilfrohr ab, blies dreimal darauf und sagte dazu: »Schilfrohr, liebes Schilfrohr, bleibe hier auf dem Sande liegen und gehe nicht fort, bis die Fee dich abholen wird.«

Auf einmal bekam das Schilfrohr eine menschliche Gestalt und sah dem Könige der Goldminen so ähnlich wie ein Ei dem andern. Es hatte die nämlichen Kleider an; sah blaß und abgezehrt aus und lag am Strand ausgestreckt, als wenn er von dem Meere ausgeworfen worden wäre. Nun nahm die Sirene den König auf ihren großen Fischschwanz, und sie segelten zusammen in Ruhe und Frieden mitten durch die Fluten.

»Jetzt«, sagte sie, »kann ich deinem Verlangen Genüge tun, da wir von den Nachstellungen der Fee nichts mehr zu fürchten haben. Wisse denn, daß der gelbe Zwerg Wunderschönchen hinter sich auf seine Katze nahm und mit ihr davonritt, als wenn sie sich bei vollkommnen Wohlsein befunden hätte. Indes vergoß sie aus ihrer Wunde soviel Blut, daß sie ihr Bewußtsein verlor und den ganzen Weg über in einer tiefen

Ohnmacht lag. Der Zwerg kümmerte sich nicht eher um ihren Zustand, als bis er sie in sein Schloß in Sicherheit gebracht hatte. Eine Menge schöner Frauen empfingen sie, welche der Zwerg hier gefangenhielt; und alle bezeigten den größten Eifer, ihr zu helfen. Sie ward in ein kostbares Bett gelegt...«

»Ach Gott«, rief der König, »er hat sie geheiratet!«

»Nein, nein«, versetzte die Sirene. »Er hat sie nicht geheiratet. Wunderschönchens Standhaftigkeit hat sie gegen alle Angriffe des häßlichen Zwergs geschützt.«

»Nun, so fahre fort«, sagte der König...

»Ich habe dir nichts weiter zu sagen«, versetzte die Sirene. »Sie war in dem Gebüsche, als du mit der Fee vorüberfuhrst. Die Fee war so prächtig geschmückt, daß Wunderschönchen sie für ein Wunder von Schönheit hielt und darüber in die größte Verzweiflung geriet. Sie hält dich für ungetreu.«

»Mich für ungetreu?« rief der König aus. »Gerechter Himmel! In welchen unglücklichen Irrtum ist sie gefallen! Was kann ich tun, um sie aus demselben zu ziehen?«

»Frage dein Herz«, antwortete die Sirene. »Es fehlt einem nie an Einfällen, wenn man aufrichtig liebt.«

Bei diesen Worten langten sie an dem Schlosse an. Die Meerseite war die einzige, welche der gelbe Zwerg nicht mit den schrecklichen Stahlspiegeln bekleidet hatte.

»Wunderschönchen«, sagte die Sirene, »sitzt am Ufer desselben Bachs, an dem du sie neulich gesehen hast. Aber ehe du zu ihr gelangen kannst, hast du viele Feinde zu bekämpfen; und ich beschenke dich deshalb mit diesem Degen, mit dem du den größten Gefahren trotzen kannst, wenn du ihn nicht aus der Hand fallen läßt. Lebe wohl! Ich will mich hinter diesem Felsen verbergen. Rufe nach mir, wenn du mich brauchst, um dich mit deiner geliebten Prinzessin weiterzubringen; denn ihre Mutter ist meine beste Freundin, und ich habe dich ganz vorzüglich deswegen aufgesucht, um ihr einen Dienst zu erweisen.« Hierbei gab sie ihm einen Degen, der aus einem einzigen Diamanten verfertigt war und heller als ein Sonnenstrahl glänzte. Der König konnte keine Worte finden, um ihr für alle diese Beweise ihrer Güte zu danken.

Wir müssen nun einen Augenblick zu der Fee der Einöde zurückkehren. Da sie ihren Liebhaber nicht zurückkommen sah, machte sie sich auf den Weg, um ihn zu suchen. Sie eilte nach dem Strand des Meeres, von hundert Mädchen begleitet, welche kostbare Geschenke trugen. Sie kamen bald an den Ort, wo das Schilfrohr ausgestreckt lag. Die Fee erblickte es und glaubte den König der Goldminen zu sehen. Sie tat einen lauten Schrei, daß die Berge erzitterten und es in den Höhlen der Erde widerschallte. In der Verzweiflung glich sie der schrecklichsten Furie. Sie warf sich auf den Leichnam des Königs; sie benetzte ihn mit ihren Tränen; dann kehrte ihre Wut von neuem zurück, und sie opferte fünfzig von ihren Begleiterinnen seiner Seele auf. Schließlich lud sie zwölf von ihren Schwestern ein, welche allesamt Feen waren, und bat sie, ein Mausoleum für ihren Geliebten zu bauen. Alle zwölf wurden durch die Ähnlichkeit getäuscht, denn so klug auch die Feen waren, so war die Sirene doch noch klüger.

Während man dem Könige ein Grabmal erbaute, rückte er gesund und mutig gegen das stählerne Schloß an. Er sah sich auf allen Seiten nach seiner angebeteten Prinzessin um; aber er blieb nicht lange in Untätigkeit. Vier schreckliche Sphinxe umringten ihn und stürzten mit ihren scharfen Klauen auf ihn los. Aber der diamantene Degen zeigte hier sogleich seine Wirkung. Der König schwang ihn in seinen Händen, und die vier Ungeheuer sanken, wie vom Blitze getroffen, entseelt zu seinen Füßen. Als er noch weiter vordrang, traten ihm sechs Drachen in den Weg, deren Leib mit Schuppen, härter als Stahl, bedeckt war. So fürchterlich ihr Anblick war, so blieb dennoch der König unerschrocken; denn sein verzauberter Degen zog ihn aus jeder Verlegenheit. Mit sechs Streichen waren sie alle getötet. Er glaubte nun die größten Gefahren überstanden zu haben. Aber er irrte sich; das Schwerste stand ihm noch bevor. Vierundzwanzig Nymphen, jede strahlend und schön wie der Morgenstern, kamen ihm entgegen und versperrten seinen Weg mit Blumengirlanden.

»Wohin willst du?« sagten sie zu ihm mit der lieblichsten Stimme von der Welt. »Die Wache über diese Gegend ist uns übertragen; unsägliches Unglück würde dich und uns treffen, wenn wir dich ziehen ließen. Gib dein Vorhaben auf, junger Held! Wir werden unserer Pflicht treu sein. Wirst du es wagen, deine siegreichen Hände mit dem Blute unbewaffneter Mädchen zu beflecken?«

Der König ward über diese Anrede betroffen; er wußte nicht, was er antworten, noch wie er sich aus dieser Verlegenheit ziehen sollte. Aber als er noch stand und überlegte, vernahm er eine Stimme, welche ihm zurief: »Gebrauche dein Schwert; schone niemand oder deine Geliebte ist dir auf ewig verloren!«

In demselben Augenblicke stürzte er sich unter sie, zerriß ihre Girlanden und verjagte sie durch den bloßen Glanz seines unvergleichlichen Degens. Nun fand er kein Hindernis mehr. Er begab sich in das Gebüsch, wo er Wunderschönchen finden sollte. Sie lag am Ufer eines Bachs, in tiefes Nachdenken versunken, bleich und schmachtend. Er nahte sich zitternd; er wollte sich zu ihren Füßen werfen. Aber da sie ihn erblickte, tat sie einen Schrei und floh vor ihm, nicht anders, als ob er der gelbe Zwerg gewesen wäre.

»Sprechen Sie mein Urteil nicht, ohne mich zu hören«, rief er ihr zu, »ich bin nicht untreu, aber ich bin unglücklich. Ist es möglich, eine andere zu lieben, wenn man Wunderschönchen gekannt?«

»Ach, Grausamer«, antwortete sie ihm, »ich habe dich mit einer Göttin von unglaublicher Schönheit durch die Luft fliegen sehen. Willst du mich überreden, daß du sie wider deinen Willen begleitet hast?«

»Ja, Prinzessin«, erwiderte der König, »ich begleitete sie wider meinen Willen. Die boshafte Fee der Einöde begnügte sich nicht, mich an einen Felsen angeschmiedet zu haben; sie

entführte mich bis an das Ende der Erde, wo ich noch schmachten würde, wenn eine wohltätige Sirene sich meiner nicht erbarmt und mich hierher gebracht hätte. Ich komme, schönste Prinzessin, Sie den Händen Ihres Tyrannen zu entreißen. Erhören Sie die Bitten des treusten und zärtlichsten Liebhabers; verschmähen Sie seinen Beistand nicht!«
Bei diesen Worten warf er sich zu ihren Füßen, faßte sie am Rocke und – ließ den Degen auf die Erde fallen. Der Zwerg sah seine Zeit für gekommen; er sprang hinter einer Kohlstaude hervor, wo er sich versteckt gehalten hatte, und in einem Augenblick bemächtigte er sich des kostbaren Degens, dessen Macht er sogleich beim ersten Blicke erkannt hatte. Die Prinzessin stieß einen fürchterlichen Schrei aus, als sie den Zwerg erblickte; ihr Schmerz vermehrte nur seine Wut. Er zog sogleich ein Zauberbuch aus der Tasche, murmelte einige Worte, und zwei greuliche Riesen erschienen, die den König fesselten.
»Das Schicksal meines Rivalen hängt jetzt von mir ab«, sagte der Zwerg; »aber ich will ihm Leben und Freiheit schenken, wenn du auf der Stelle einwilligst, mich zu heiraten.«
Bei diesem Vorschlag entstand ein Wettstreit der Großmut zwischen dem Könige und der Prinzessin; jedes wollte für das andre leiden und sein Leben und Glück dem Leben und Glücke des Geliebten aufopfern.
»Nein«, sagte schließlich der gelbe Zwerg, der über diesen Streit ungeduldig ward; »nein, ein geliebter Nebenbuhler ist mir allzu gefährlich.«
Indem er diese Worte sagte, durchbohrte er dem Könige das Herz und streckte ihn zu Boden. Die Prinzessin überlebte den Tod ihres Geliebten nicht. Sie sank ohnmächtig auf seinen Leichnam, und in kurzer Zeit waren ihre Seelen vereinigt. Die Sirene konnte ihr Unglück nicht verhindern; denn die Kraft des Zaubers lag in dem diamantenen Degen.
Den boshaften Zwerg betrübte der Tod seiner Schöne nicht; sein Herz war nicht für das Mitleid gemacht. Als die Fee der

Einöde von diesem Abenteuer erfuhr, stürzte sie das Mausoleum des Königs der Goldminen wieder ein, und sein Andenken wurde ihr ebenso verhaßt, als seine Person ihr teuer gewesen war. Die hilfreiche Sirene konnte nichts von dem Schicksale erhalten als die Erlaubnis, sie beide in Palmbäume zu verwandeln, die bis an den Himmel emporwuchsen, und noch in dieser Gestalt verschlingen sie ihre Arme und verewigen das Andenken der zärtlichen Vereinigung ihrer Herzen.

Die weiße Katze

Es war einmal ein König, welcher drei schöne und mutige Prinzen hatte, von denen man sagte, sie suchten sich Anhänger, um das Königreich an sich zu ziehen. Der König war zwar alt, aber seine Lebensgeister waren noch munter und sein Verstand noch ungeschwächt; auch hatte er noch gar keine Lust, einen Thron zu verlassen, auf dem er sein Ansehen noch immer behauptete. Die Absichten seiner Söhne waren ihm indes nicht unbekannt, und er glaubte, das beste Mittel, sein Leben in Ruhe zu beschließen, sei, sie mit leeren Versprechungen hinzuhalten.

Er ließ sie also eines Tages in sein Zimmer kommen, und nachdem er sich sehr gnädig mit ihnen unterhalten hatte, sagte er: »Ihr werdet selbst sehen, meine lieben Kinder, daß mir mein hohes Alter nicht mehr erlaubt, die Angelegenheiten des Staates mit dem Eifer und der Tatkraft zu verwalten, die ich ehemals besaß. Ich wünsche das Glück meiner Untertanen und glaube, ich werde besser daran tun, meine Krone einem von euch aufzusetzen. Indessen ist es nur recht und billig, daß ihr euch für dieses Geschenk dankbar gegen mich erweist und mir die Trennung vom Getriebe der Welt zu erleichtern sucht. Ich glaube, daß mir ein artiger, geschickter und treuer Hund gute Gesellschaft leisten würde. Meine Meinung geht also dahin, denjenigen von euch zu meinem Thron-

erben zu erklären, der mir den schönsten kleinen Hund bringt.« Die jungen Prinzen hörten diesen Vorschlag mit Vergnügen, und der älteste von ihnen wagte es nicht, Einwände dagegen vorzubringen. Sie empfahlen sich also dem König, der sie mit Geld und Edelsteinen versah und ihnen befahl, sich nach Verlauf eines Jahres, zu der nämlichen Stunde und an dem nämlichen Tage, mit ihrem Hunde bei ihm einzufinden.
Ehe sie abreisten, versprachen sich die drei Brüder ewige Freundschaft, der Erfolg ihrer Nachforschungen möchte sein, welcher er wollte, und machten aus, nach einem Jahre in einem Schlosse zusammenzukommen, welches eine Stunde von der Stadt entfernt lag und von wo aus sie ihre Reise antraten. Sie machten sich hierauf auf den Weg, der eine dahin, der andere dorthin, ein jeder ohne Begleiter und unter anderem Namen.
Ich werde mich nunmehr nur bei den Abenteuern des jüngsten Bruders aufhalten. Dieser war schön, groß, wohlgebaut, munter, gewitzt und immer guter Laune und in allen Leibesübungen geschickt. Er hatte eine angenehme Stimme und spielte die Laute und Theorbe mit ebensoviel Anstand wie Geschicklichkeit. Er zeichnete und malte; auch besaß er Geistesgegenwart und Mut; mit einem Wort, er war ein vollkommener Mann.
Kein Tag verging, da er nicht einen Hund kaufte. Wenn er glaubte, einen recht schönen zu haben, so fand er bald einen noch schöneren. So reiste er eine geraume Zeit, als er eines Tags gegen Einbruch der Nacht in einem Walde von einem Ungewitter überrascht wurde. Er sah weder Weg noch Steg, und so blieb ihm nichts anderes übrig, als sich aufs Geratewohl durch das Unterholz zu schlagen. Er war lange Zeit gegangen, als er endlich ein Licht in der Ferne schimmern sah. Er schritt darauf los und kam an das Tor eines Schlosses, das mit Karfunkel gedeckt war und ein helles und reines Licht in der ganzen Gegend verbreitete. Die Mauern waren von durchscheinendem Porzellan und mit den schönsten Gemäl-

den verziert, welche die Taten der Feen darstellten. Der Prinz hatte keine Lust, sich lange mit der Betrachtung dieser Wunder aufzuhalten, denn der Regen hatte ihn bis auf die Knochen durchnäßt, und er sehnte sich nach einem Obdach, wo er sich vor dem Ungewitter schützen könnte. Er sah an dem Tor einen Rehfuß, der an einer diamantenen Kette hing; an dieser zog er und hörte den Klang einer silbernen Schelle, die mit dem Rehfuß zusammenhing. In dem Augenblick öffnete sich das Tor. Ein Dutzend Hände erschien in der Luft, davon jede eine Fackel hielt. Dieses Schauspiel setzte den Prinzen in Erstaunen. Er bedachte sich einen Augenblick, ob er hineingehen sollte, als ihn andere Hände mit Gewalt hineinstießen. Er ging nun auf gut Glück weiter und kam bald in ein Vorhaus, das mit Porphyr und Lapislazuli verkleidet war. Hier hörte er zwei reizende Stimmen, welche folgende Worte sangen:

Der Zauber, der, o Prinz, mit Staunen dich erfüllet,
Droht keinem Heldenherz Gefahr;
Doch hüte dich vor einem Augenpaar,
In welchem sich der liebe Gott verhüllet.

›Wenn es weiter nichts ist‹, dachte der Prinz und folgte nun unbesorgt den sanften Stößen, die er von Zeit zu Zeit von den unsichtbaren Händen in den Rücken bekam. Diese trieben ihn zunächst an ein großes Portal von Korallen, das sich, als er näherkam, sogleich öffnete und in einen Saal führte, der mit Perlenmutter verkleidet war. Von hier ging es durch mehrere Zimmer, alle mit den herrlichsten Gemälden ausgeschmückt. Der Prinz glaubte verzaubert zu sein. Unzählige Lichter leuchteten von den Wänden und dem Gewölbe der Säle und verbreiteten einen Glanz, der den der Sonne übertraf.

Sechzig Zimmer hatte der Prinz durchschritten, als die Hände ihn aufhielten. Er sah um sich und erblickte einen Lehnstuhl, der sich von selbst dem Kamin näherte, so wie sich in dem Kamin das Feuer von selbst anzündete. Eine

Menge von weißen, kleinen und niedlichen Händen waren nun beschäftigt, den Prinzen auszukleiden, denn er war, wie gesagt, gänzlich durchnäßt. Man brachte ihm ein feines Spitzenhemd, einen seidenen Schlafrock, mit Zeichen aus kleinen Smaragden bestickt. Ein Toilettentisch wurde vor ihn gerückt, und die Hände kämmten ihn mit einer Leichtigkeit und Geschicklichkeit, von der man sich keine Vorstellung machen kann. Als man damit fertig war, erschien ein anderer kostbarer Anzug, den man ihm anlegte, und in kurzem war er vollkommen gekleidet und so schön wie ein Adonis.

Nun ging die Reise weiter. Die Hände führten ihn in einen kostbaren Saal, der auf das schönste geschmückt und möbliert war. An allen Wänden sah man das Leben und die Taten der berühmtesten Katzen, welche jemals in der Geschichte aufgetreten sind: Rodillardus, auf Anordnung der Ratten an den Beinen aufgehängt; der gestiefelte Kater des Marquis de Carabas; die Katze, welche zur Frau wird; und der Zauberer, welcher zur Katze wird. Alles auf das schönste und natürlichste abgebildet.

In diesem Saale stand eine Tafel mit zwei Gedecken, einem Büffet, mit den schönsten Gefäßen von Bergkristall aufgeputzt, und außerdem noch eine Menge goldener und silberner Becher und Vasen. Er war kaum eingetreten, als ein ganzer Zug Katzen erschien und seinen Platz auf dem Orchester nahm. Sie nahmen die Instrumente auf, legten Noten auf und fingen eine Musik an, über die sich der Prinz beinahe totlachte. Etwas Närrischeres als ihre Grimassen kann man unmöglich sehen, so wie man auch wohl unmöglich eine abscheulichere Musik wird hören können.

Der Prinz war ganz mit der Betrachtung der Wunder beschäftigt, die ihm in diesem Palaste begegnet waren, als eine Figur eintrat, die nicht größer als eine Elle war. Diese Marionette war in einen langen schwarzen Schleier gehüllt und wurde von zwei Katzen geführt, beide ebenfalls in Trauer und

schwarzen Mänteln. Ihnen folgte ein ansehnlicher Zug von Katzen, die zum Teil Ratten- und Mausefallen trugen.
Der Prinz wußte nicht, was er von diesem närrischen Aufzuge denken sollte, als die Hauptperson sich ihm näherte, den Schleier aufhob und ihm das niedlichste Katzengesichtchen zeigte, das jemals mit grünen Augen geboren worden ist. Sie war ganz weiß und dem Anscheine nach noch sehr jung, aber in ihrer Miene war ein unverkennbarer Zug von Melancholie. Sie fing an zu miauen, und ihre Töne waren so rührend, so einschmeichelnd, daß sie sehr zu Herzen gingen.
»Sei mir gegrüßt, Königssohn«, sagte sie zu ihm, »ich sehe dich mit Vergnügen bei mir.«
»Sie sind sehr gnädig, Madame«, antwortete der Prinz, »mich auf diese Art aufzunehmen. Sie scheinen mir gar keine Katze von gewöhnlichem Schlage. Das Talent zu sprechen, mit welchem Sie begabt sind, und das herrliche Schloß, das Sie bewohnen, spricht für Ihre außerordentliche Geburt.«
»Du bist ein Schmeichler«, antwortete die Katze. »Ich bin nicht gewohnt, mir Komplimente sagen zu lassen oder sie zu erwidern. Ich liebe Natürlichkeit und Herzlichkeit. – Man lasse auftragen«, fuhr sie fort, »und die Musik soll aufhören; der Prinz versteht doch nicht, was gesungen wird.«
»Gesungen?« fragte der Prinz ganz erstaunt.
»Allerdings«, antwortete die Katze. »Wir haben hier Dichter von sehr großem Geist; und wenn Sie länger bei uns bleiben, so werden Sie selbst Gelegenheit finden, die Wahrheit meines Urteils einzusehen.«
Man trug das Essen auf, und unsichtbare Hände bedienten sie. Zuerst erschienen zwei Pasteten, die eine von Tauben, die andre von Mäusen. Bei diesem Anblick verging dem Prinzen aller Appetit.
»Sie dürfen sich nicht scheuen«, sagte die Katze, »von dieser Pastete zu kosten. Unsere Küche ist apart, und Sie können versichert sein, daß nichts von meiner Kost unter der Ihrigen steht.«

Der Prinz ließ sich dies nicht zweimal sagen, und es gereute ihn nicht, dem Rat der schönen Katze gefolgt zu sein, die ihm gegenübersaß. Er bemerkte, wenn sie ihre kleinen Pfötchen auf den Tisch brachte, daß sie ein Porträt an einer derselben trug; dies wunderte ihn; und da er vollends sah, daß es nicht das Porträt eines Katers, sondern eines schönen jungen Mannes war, so wunderte ihn das noch weit mehr. Aber das allersonderbarste war, daß ihm dies Bildnis glich. Die Sache kam ihm sonderbar vor, da er jedoch sah, daß die Katze in Gedanken versunken war und einige Male ganz vernehmlich seufzte, so wagte er es nicht, weiter nachzuforschen. Er unterhielt sie vielmehr mit allen möglichen Neuigkeiten, die er kannte, und fand, daß sie über alles, was in der Welt vorging, sehr genau unterrichtet war.

Nach dem Essen bat die weiße Katze ihren Gast, sich mit ihr in einen Saal zu begeben, wo er ein Theater vorfand, auf welchem ein Dutzend Katzen und Affen ein Ballett tanzten. Einige von ihnen trugen maurische, andre chinesische Kleidung, alle aber vollführten die wunderlichsten Sprünge, mit einem sichtbaren Bestreben, ihre Gebieterin aufzuheitern. Als auch dies vorbei war, wünschte die weiße Katze dem Prinzen gute Nacht, und die schönen Hände führten ihn in ein Appartement, welches dem ersten gerade gegenüberlag. Es war nicht so prächtig, aber sehr elegant. Die Tapeten bestanden aus Schmetterlingsflügeln, welche die niedlichsten Figuren bildeten. Die Betten waren von Flor mit schönen Bändern geschmückt, und große Spiegel hingen ihnen gegenüber, in denen man sich vom Kopf bis Fuß besehen konnte.

Der Prinz legte sich nieder, ohne ein Wort zu reden, denn mit den Händen, die ihn bedienten, war wenig anzufangen. Man ließ ihn nicht lange schlafen. Ein dumpfes Geräusch weckte ihn auf, und als er die Augen öffnete, hoben ihn die Hände aus dem Bett und zogen ihm Jagdkleider an. Nun sah er zum Fenster hinaus auf den Schloßhof, wo er eine Menge Katzen erblickte, welche zum Teil ins Horn stießen, zum Teil Jagdhunde an der Leine führten. Die weiße Katze wollte auf die Jagd gehn und den Prinzen zur Gesellschaft haben. Man präsentierte ihm ein hölzernes Pferd, das mit unglaublicher Schnelligkeit lief. Er machte zwar einige Umstände, es zu besteigen, aber es half alles nichts; er wurde hinaufgehoben. Die weiße Katze ritt einen schönen Affen von ungemeiner Größe. Diesmal hatte sie ihren Schleier abgelegt und einen Hut aufgesetzt, der ihr ein sehr entschlossenes Ansehn gab. Die Jagd fiel reichlich aus. Die Katzen fingen die Hasen mit einer Geschicklichkeit, die ihresgleichen suchte, und selbst die Vögel waren nicht sicher vor ihnen. Der Affe trug die weiße Katze bis hinauf zu den Horsten der Adler, die sie ausnahm. Die andern Katzen machten es ebenso. Der Prinz hatte sich selten auf einer Jagd so vergnügt.

Als sie zu Ende war, nahm die weiße Katze ein kleines Waldhorn und stieß hinein. Es gab einen durchdringenden Schall von sich, den man auf zehn Stunden im Umkreise hörte. Die Wirkung davon fiel bald in die Augen. Alle Katzen aus dem ganzen Lande eilten herbei; die einen kamen auf Wagen durch die Luft, die andern auf kleinen Barken zu Wasser. Sie waren alle verschieden gekleidet und machten der weißen Katze ihre Verbeugung. Diese kehrte mit der ganzen ansehnlichen Gesellschaft nach ihrem Schlosse zurück und bat den Prinzen, auch mit ihr umzukehren.

Sowie sie in ihr Zimmer trat, hing man ihr den schwarzen Schleier wieder um. Sie speiste mit dem Prinzen, und dieser vergaß in ihrer Gesellschaft den Zweck seiner Reise so ganz und gar, daß er kein größeres Vergnügen kannte, als der weißen Katze Gesellschaft zu leisten. Alle Tage fanden neue Festlichkeiten statt. Aber nichts ergötzte ihn so sehr als die Unterhaltung seiner Wirtin, mit der er ganze Tage lang plauderte. »Ach!« sagte er bisweilen, »wie werde ich mich entschließen können, Sie zu verlassen? Ich liebe Sie so zärtlich. Sie haben mir so angenehme Tage verschafft. Oh, wenn ich

Sie zum Weibe hätte oder ich zur Katze würde, um mein ganzes Leben mit Ihnen zu verbringen!« Auf diese Reden antwortete sie nie anders als in dunklen Ausdrücken, deren Sinn er nie ganz begriff.

Ein Jahr vergeht geschwind, wenn man weder Kummer noch Sorgen hat und sich so gut amüsiert. Die weiße Katze wußte die Zeit, in der er zurückkehren sollte, und da er selbst nicht daran dachte, nahm sie es auf sich, ihn daran zu erinnern. »Weißt du wohl«, sagte sie eines Tages, »daß du nur noch drei Tage übrig hast, um den Hund zu suchen, den dein Vater zu haben wünscht? Und weißt du auch, daß deine Brüder sehr schöne Hunde gefunden haben?«

Bei diesen Worten kam der Prinz wieder zu sich selbst. »Mein Gott«, sagte er, »wie ist es möglich, daß ich eine Sache habe vergessen können, die mir so unendlich wichtig ist! Mein Glück und meine Ehre hängen davon ab. Wo soll ich nun einen solchen Hund herbekommen? Und wo soll ich ein Pferd hernehmen, das einen so weiten Weg in drei Tagen zurücklegt?«

»Ich will mich deiner Sache annehmen«, sagte die Katze. »Du kannst noch einen Tag hierbleiben, und das hölzerne Pferd wird dich doch zu rechter Zeit an Ort und Stelle bringen.«

»Das ist recht gut«, antwortete der Prinz; »aber was hilft es mir, wenn ich mit leeren Händen ankomme?«

»Auch dafür habe ich gesorgt«, versetzte jene. »In dieser Eichel steckt ein so niedlicher Hund, daß deine Brüder schwerlich einen ähnlichen aufzeigen werden.«

»Sie scherzen«, erwiderte der Prinz.

»Ich scherze nicht«, war die Antwort; »halte nur die Eichel ans Ohr, und du wirst ihn bellen hören.«

Der Prinz hielt die Eichel ans Ohr, und der Hund bellte. Wie freute sich der Prinz. Er wollte die Eichel öffnen; aber die Katze hielt ihn zurück. »Erwarte die Zeit«, sagte sie, »bis du zu deinem Vater kommst. Das Hündchen könnte sich unterwegs erkälten.«

Die Zeit des Abschieds kam herbei. Er war von beiden Seiten sehr zärtlich; und die arme Katze war sehr betrübt. Der Prinz dankte ihr für die Güte, mit der sie ihn bewirtet hatte. »Ich versichere Ihnen«, sagte er, »daß mir die Zeit nie schneller als in Ihrer Gesellschaft vergangen ist. Es tut mir leid, Sie hier zurücklassen zu müssen, und gleichwohl wage ich es nicht, Sie zu bitten, dieses Schloß zu verlassen, in welchem Sie als Königin herrschen und wo Sie freilich mehr Unterhaltung finden, als ich Ihnen in irgendeiner Gegend der Welt versprechen könnte.«

Die Katze antwortete auf diesen Vorschlag mit einem tiefen Seufzer.

Der Prinz reiste ab und war der erste von seinen Brüdern, der auf dem bestimmten Schlosse ankam. Die andern kamen kurz darauf auch und wunderten sich nicht wenig, ein hölzernes Pferd auf dem Hofe vorzufinden, das an Leichtigkeit und Geschicklichkeit dem besten Schulpferde nichts nachgab.

Die drei Brüder umarmten sich mit großer Herzlichkeit und erzählten sich die Abenteuer, die ihnen unterwegs zugestoßen waren; aber der jüngste verschwieg die Wahrheit und zeigte ihnen einen häßlichen Hund, den man zum Bratenwender brauchte, indem er versicherte, er habe keinen niedlicheren Hund auftreiben können. So groß nun auch die Liebe der beiden älteren für den jüngsten Bruder war, so empfanden sie doch eine heimliche Freude über seine schlechte Wahl, durch die sie sich eines Teils ihrer Furcht entledigt sahen.

Am anderen Tag reisten sie zusammen in einem Wagen ab und kamen bald in dem Palaste ihres Vaters an, wo alles sie umringte, um sich über ihre Ankunft zu freuen. Sie traten in das Zimmer des Königs. Die beiden ältesten zeigten ihm ihre Hunde, und diese waren beide so klein und niedlich, daß er nicht wußte, für welchen er sich entscheiden sollte. Der jüngste half ihm aus dieser Verlegenheit. Er zog die Eichel aus der

Tasche, die ihm die weiße Katze gegeben hatte, öffnete sie schnell und ließ ein Hündchen heraus, das ohne Anstoß durch einen Ring ging. Dann setzte er ihn auf die Erde, wo er eine Sarabande tanzte. Es hatte alle nur mögliche Farben; sein Fell und seine Ohren hingen bis auf den Boden. Der König war betroffen; denn es war unmöglich, etwas an diesem niedlichen Geschöpfe auszusetzen. Gleichwohl hatte er noch keine Lust, sich von seiner Krone zu trennen, deren kleinster Zierat ihm lieber war als alle Hunde auf der Welt.

Er dankte daher seinen Söhnen für die Mühe, die sie sich seinetwegen gegeben hätten, und setzte hinzu, da ihnen das erstemal ihre Nachforschungen so gut gelungen wären, so wünschte er ihre Geschicklichkeit noch einmal auf die Probe zu stellen, ehe er sein Wort hielte. Er trüge ihnen also auf, im Verlauf eines Jahres ein Stück feine Leinwand zu suchen, die durch das Öhr einer englischen Nähnadel ginge. Die beiden ältesten Prinzen waren dies ganz wohl zufrieden; und der jüngste mußte wohl einwilligen. Sie reisten also wieder ab, ohne so herzlichen Abschied voneinander zu nehmen wie das erstemal; denn der Scherz mit dem Bratenwender hatte ihrer Freundschaft einen kleinen Stoß gegeben.

Unser Prinz bestieg seinen hölzernen Gaul und kehrte, im festen Vertrauen auf den Beistand der weißen Katze, geradewegs nach ihrem Schlosse zurück. Alle Tore standen offen; das Dach, die Fenster, die Türen, alles war auf das schönste erleuchtet. Die luftigen Hände erschienen wieder, ergriffen das hölzerne Pferd beim Zaume und führten es in den Stall, während der Prinz sich in das Zimmer der weißen Katze begab.

Sie lag in einem Körbchen auf einem Kissen von weißem Atlas und schien etwas niedergeschlagen und matt zu sein. Kaum aber erblickte sie den Prinzen, als sie aufsprang, ihm entgegenging und ihm ihre Freude über seine Rückkehr bezeigte. »Ich muß dir gestehen«, sagte sie unter andern, »daß ich es kaum wagte, auf deine Rückkehr zu hoffen, soviel Ursache ich auch dazu haben mochte. Ich bin immer in meinen Wünschen so unglücklich gewesen, daß es mich überrascht, diesen erfüllt zu sehen.«

Der Prinz erzählte ihr nun vom Ausgang seiner Reise und dem neuen Auftrag seines Vaters, dessen Erfüllung er für unmöglich halten würde, wenn er nicht auf ihre Freundschaft und ihren Beistand rechnete. Die weiße Katze antwortete mit großer Ernsthaftigkeit, daß sie daran denken wollte, seinen Wunsch zu erfüllen; »wenigstens«, sagte sie, »wird es schwer sein, solche Leinwand, wie dein Vater sie verlangt, irgendwo anders als in meinem Schlosse aufzutreiben. Ich habe Katzen, welche sehr fein spinnen, und ich werde im Notfall selbst Hand anlegen. Du brauchst also nicht weiterzugehen, sondern du kannst hier mit der größten Ruhe den Ablauf des Jahres erwarten.«

Dieses Jahr verstrich wie das vorhergehende. Der Prinz hatte alles, was er wünschte, und die Unterhaltung mit der Katze riß niemals ab. Seine glücklichsten Augenblicke genoß er aber in ihrem Umgange, den sie durch die mannigfaltigsten Kenntnisse, den großen Verstand, die treffendsten Urteile immer neu zu beleben wußte. Schließlich kam die Zeit der Abreise. Die weiße Katze, auf alles aufmerksam, was den Prinzen betraf, erinnerte ihn selbst, daß es Zeit wäre, sich auf den Weg zu machen, und daß ein Stück Leinwand bereitläge, welches die erforderlichen Eigenschaften besäße. Sie sagte ihm auch, daß sie diesmal für eine bessere Equipage gesorgt habe. Bei diesen Worten führte sie ihn an ein Fenster, das in den Hof ging, und zeigte ihm einen schönen offenen Wagen, der auf das schönste lackiert war und in den Strahlen der Sonne funkelte. Zwölf Pferde, weiß wie der Schnee, mit dem prächtigsten Zeuge bedeckt, zogen ihn. Außerdem standen hundert achtspännige Wagen bereit, welche das Gefolge des Prinzen aufnehmen sollten; und tausend Gardisten erwarteten den Befehl zum Aufbruch. Alle waren auf das reichste gekleidet. Das sonderbarste dabei war aber, daß man überall, in den Devisen, auf der Stickerei, an dem Pferdezeug, das Bildnis der weißen Katze erblickte.

»Geh«, sagte sie zu dem Prinzen, »geh und zeige dich in dieser Pracht am Hofe deines Vaters, damit er dir nicht länger die Krone versage, die du so sehr verdienst. Nimm diese Nuß; in ihr ist die verlangte Leinwand enthalten; aber öffne sie nicht eher, als bis du vor dem Könige erscheinst.«

Der Prinz dankte ihr auf das verbindlichste; er bezeigte ihr seinen Verdruß über seine Abreise und versicherte, daß er ihr Zusammensein allen Kronen der Erde vorzöge. Mit einem Worte: der Abschied war noch zärtlicher und rührender als das erstemal. Der Prinz legte den weiten Weg bis zu seinem Vater in kurzer Zeit zurück; denn diese neue Equipage gab an Schnelligkeit dem hölzernen Pferde nichts nach. Die beiden älteren Brüder waren schon eingetroffen und schmeichelten sich, daß ihr Bruder vielleicht gar nicht wiederkommen würde. Sie hatten schon ihre Leinwand aufgezeigt, die in der Tat so fein war, daß sie durch ein großes Nadelöhr ging. Aber der König hatte mehr verlangt. Die Nadel, welche er ihnen vor ihrer Abreise gezeigt hatte, war viel kleiner; und da der Versuch mit dieser durchaus nicht angestellt werden konnte, so hatte ihr Vater einen guten Vorwand, die Erfüllung seines Versprechens aufzuschieben.

Die Prinzen und ihre Anhänger waren voll Unmut über die Ausflucht des Königs, und es waren schon einige unangenehme Auftritte vorgekommen, als der jüngste Prinz mit seinem prächtigen Gefolge erschien. Er begab sich sogleich zu seinem Vater, grüßte ihn auf das ehrerbietigste, umarmte seine Brüder und zog die Nuß heraus. Er zerbrach sie und glaubte hier die versprochene Leinwand zu finden, aber statt dessen fand er eine Haselnuß; auch diese zerbrach er, und ein Kirschkern fiel ihm in die Hände. Jedermann sah sich an, und der König lächelte über die Leichtgläubigkeit seines Sohns. Dieser verlor den Mut noch nicht. Er zerbrach den Kirschkern, und in ihm lag, was in allen Kirschkernen liegt. Jetzt erhob sich ein großes Geräusch im Saale; die meisten lachten und gaben die Sache des Prinzen verspielt. Der Prinz antwortete keine Silbe, suchte weiter und fand ein Gerstenkorn, und in diesem ein Hirsenkorn. Jetzt ging ihm selbst die Geduld aus. »Du hast mich betrogen«, murmelte er; und in dem Augenblick fühlte er eine Katzenpfote auf seiner Hand, die ihn bis aufs Blut kratzte. Nun öffnete er auch das Hirsenkorn, und wie groß war das Erstaunen der ganzen Versammlung, als er ein Stück Leinwand von vierhundert Ellen herauszog, auf welchem alle Tiere, Vögel und Insekten; alle Pflanzen und Muscheln; Sonne, Mond und Sterne; alle Könige und Fürsten mit ihrer ganzen Familie abgebildet waren. Als der König diese wundervolle Leinwand sah, ward er ebenso blaß, wie sein Sohn während des Suchens rot geworden war. Man holte die Nadel, und das ganze Stück ging ohne Anstoß durch. Alles war voll Bewunderung und Erstaunen; und so verdrießlich auch dem Könige und den älteren Prinzen der Anblick dieser Leinwand war, so konnten sie sich dennoch nicht enthalten, von Zeit zu Zeit auszurufen, daß alle Wunder der Welt diesem nicht gleich kämen.

Der König stieß einen tiefen Seufzer aus, wandte sich zu seinen Söhnen und sagte: »Meine Söhne, nichts kann mir in meinem hohen Alter zu größerem Troste gereichen als Euer Gehorsam und Eure Ergebenheit gegen mich. Ich wünsche daher, daß ihr euch noch einer, und zwar der letzten Probe unterwerfen möget. Geht, reist noch ein Jahr, und wer nach Verlauf desselben das schönste Mädchen nach Hause bringt, soll sie heiraten und an seinem Hochzeitstage meine Krone empfangen. Ich schwöre euch, die Erfüllung meines Versprechens dann nicht länger aufzuschieben.«

Die beiden älteren Brüder hatten gegen diesen Vorschlag nichts einzuwenden; nur der jüngste hatte Ursache, über die Ungerechtigkeit seines Vaters Klage zu führen. Aber er hatte Grundsätze und Charakter, und so stieg er ohne Verzug in seinen Wagen und kehrte zu seiner geliebten Katze zurück.

Diese hatte den Augenblick seiner Rückkehr gewußt und alles im Hause darauf zugerichtet. Sie selbst saß auf einem Balkon unter einem goldenen Zelte und sah ihm entgegen. Er zögerte keinen Augenblick, sich ihr vorzustellen. »Nun«, sagte sie zu ihm, »du kommst also auch diesmal ohne Krone zurück?«

»Ach!« antwortete er, »Sie haben mich nun schon zweimal in den Stand gesetzt, darauf Anspruch zu machen; aber es scheint, daß es meinem Vater mehr Kummer bereitet, sich davon zu trennen, als es mir Freude machen würde, sie zu besitzen.«

»Laß dich das nicht verdrießen«, antwortete sie. »Ich will dir auch das nächstemal dienen und für ein schönes Mädchen sorgen, das ganz sicher den Preis gewinnen soll. Sei indessen unbesorgt; bleibe dieses Jahr noch bei uns und genieße dein Leben im Schoße der Ruhe und Zufriedenheit.«

Der Prinz wünschte nichts Besseres, und dies Jahr verstrich wiederum wie das vorhergehende: ebenso angenehm, ebenso schnell. In der Bewunderung über den Verstand und die Kenntnisse seiner Gastgeberin konnte er sich bisweilen nicht enthalten, neugierige Fragen zu stellen. Er bat sie, ihm zu sagen, ob sie vielleicht eine Fee wäre oder ob sie durch die Gewalt des Zaubers in eine Katze verwandelt worden; aber niemals gab sie bestimmte Antwort auf diese Fragen. Und da sie diese Art von Gesprächen immer plötzlich abzubrechen pflegte, so schloß er hieraus, daß sie keine Lust habe, ihm ihr Geheimnis anzuvertrauen.

Nach Ablauf eines Jahres erinnerte die Katze den Prinzen wiederum, daß es Zeit sei, an den Hof seines Vaters zurückzukehren. »Es wird nur von dir abhängen«, sagte sie, »eine der schönsten Prinzessinnen mit dir zu nehmen. Die Zeit ist endlich gekommen, wo der Zauber der Feen zerstört werden kann, wenn du dich entschließt, mir Kopf und Schwanz abzuhauen und beides auf der Stelle ins Feuer zu werfen.«

Der Prinz zitterte bei diesem Vorschlag. »Wie?« sagte er, »ich sollte so grausam sein, dich zu töten, dich, meine einzige Freundin; dich, die Freude und das Glück meines Lebens? Ganz gewiß willst du mein Herz auf die Probe stellen, um zu versuchen, ob ich des schändlichsten Undanks fähig bin.«

»Nein, nein«, antwortete sie, »ich kenne dein Herz, und ich weiß, daß es frei von allem Undank ist. Ich kenne deine Vorzüge. Aber weder du noch ich können den Willen des Schicksals hemmen. Tue, was ich wünsche, und wir werden glücklich sein. Du wirst sehen, daß ich deine wahre Freundin bin.«

Dem Prinzen traten die Tränen in die Augen. Schon der Gedanke, seine geliebte Katze zu töten, war ihm unerträglich. Er tat alles, um sie von der Idee abzubringen. Sie aber war unerbittlich. Sie stellte ihm vor, daß ihr Glück, daß sein Glück einzig und allein von dieser Handlung abhinge. Schließlich entschloß sich der Prinz dazu. Mit zitternder Hand verrichtete er die Operation, und in dem Augenblicke sah er seinen Entschluß belohnt. Der Rumpf der Katze verwandelte sich, und ein reizendes Mädchen stand vor ihm, von dem schönsten Wuchse, den edelsten Mienen und den sanftesten Augen. Aus jedem ihrer Züge, aus allen ihren Bewegungen leuchtete der Geist und die Herzensgüte hervor, die der Prinz so oft an ihr unter der Gestalt der Katze bewundert hatte. Man wird leicht glauben, daß sie durch diese Verwandlung nichts bei ihm verlor. Er war wie verzaubert. Seine Zunge war wie gelähmt; er war nicht imstande, die Fülle seines Entzückens und seiner Bewunderung in Worte zu fassen. Sein Erstaunen ward noch vermehrt, als er eine große Zahl Herrn und Damen in das Zimmer treten sah, von denen jeder ein Katzenfell auf der Schulter trug. Alle näherten sich ihrer Königin mit ehrfurchtsvollen Mienen und wünschten ihr zu ihrer Verwandlung Glück. Sie empfing sie mit allen Zeichen der Güte und Teilnahme. Hierauf entließ sie diese Gesellschaft und blieb mit dem Prinzen allein.

»Glauben Sie nicht etwa, liebster Prinz«, sagte sie zu ihm,

»daß ich zeit meines Lebens die Gestalt gehabt habe, von der Sie mich vor wenig Augenblicken befreit haben. Mein Vater war König von sieben Reichen. Er liebte meine Mutter auf das zärtlichste und ließ ihr die vollkommenste Freiheit in allen ihren Handlungen. Ihre vorwiegende Neigung war zu reisen. Als sie mit mir schwanger war, fiel ihr ein, einen Berg zu besehen, von dem man ihr die sonderbarsten Dinge erzählt hatte. Sie machte sich also auf den Weg, und unterwegs erfuhr sie, daß sich in der Nähe ein wunderschönes Feenschloß befände, in welches niemand hineingehen dürfte, und daß bei demselben ein Garten läge, in dem die schönsten und wohlschmeckendsten Früchte gezüchtet würden. Nun bekam meine Mutter ein so heftiges Verlangen nach diesen Früchten, daß sie von ihrem Wege nach dem Feenschlosse ablenkte. Sie kam an das Tor dieses unvergleichlichen Palastes, der auf allen Seiten von Gold und Azur glänzte; aber sie klopfte vergebens an. Niemand erschien, das ganze Haus war wie ausgestorben. Diese Schwierigkeiten vermehrten ihre Begierde noch mehr. Sie befahl, Leitern zu holen, um über die Mauern in den Garten zu steigen; aber diese Mauern wurden zusehends höher, und wiewohl man eine Leiter an die andere band und ein halbes Dutzend Menschen sich bei diesem Aufstieg die Hälse brachen, so war es doch unmöglich, zum Ziel zu gelangen.
Die Königin war vor Verdruß außer sich. Sie sah die herrlichsten Bäume mit den schönsten Früchten über die Mauer ragen; ihre Begierde wuchs mit jedem Augenblicke, und gleichwohl war sie nicht imstande, sie zu befriedigen. Sie ließ Zelte vor dem Schlosse aufschlagen und blieb sechs Wochen mit ihrem ganzen Hofstaate hier. Sie verlor Schlaf und Appetit; sie seufzte ohne Unterlaß; sie sprach von nichts anderem als von den Früchten des unzugänglichen Gartens. Schließlich wurde sie tödlich krank, ohne daß ihr jemand helfen konnte; denn die grausamen Feen, denen das Schloß gehörte, hatten sich während der ganzen Zeit nicht einmal sehen las-

sen. Jedermann war in der größten Unruhe; man hörte nichts als Seufzer und Klagen, währenddem die Königin ohne Unterlaß Früchte verlangte, und zwar keine andern, als die sie nicht bekommen konnte.

Als sie einmal während dieser Krankheit des Nachts aufwachte, sah sie eine kleine, häßliche, abgelebte Frau am Kopfende ihres Bettes in einem Lehnstuhl sitzen, und sie war schon im Begriffe, mit ihren Leuten zu schimpfen, daß sie eine Fremde ihr so nahe hatten kommen lassen, als diese den Mund öffnete und sagte: »Du bist sehr unbescheiden, Königin, mit solcher Hartnäckigkeit eine Wohltat von uns zu fordern. Weil indes dein kostbares Leben dabei auf dem Spiele steht, so bin ich und meine Schwestern zufrieden, daß du soviel von diesen Früchten bekommst, wie du fortbringen kannst; vorausgesetzt, daß du uns ein angemessenes Geschenk dafür machst.«

»Ach, meine gute Mutter«, rief die Königin, »ich gebe Euch mein Königreich, meine Seele, mein Leben, alles in der Welt, wenn ich nur von Euern Früchten bekomme.«

»Gib uns«, antwortete die Fee, »gib uns die Tochter, die du unter deinem Herzen trägst; wir wollen sie abholen, sobald sie das Licht der Welt erblickt hat. Wir wollen sie erziehen und sie mit allen Tugenden, Kenntnissen und Vollkommenheiten begaben; mit einem Worte, wir wollen sie als unser Kind ansehen und sie glücklich machen. Hiermit aber ist noch dieses verbunden, daß du sie nicht eher zu sehen bekommst, als bis sie verheiratet ist. Wenn dir diese Vorschläge gefallen«, setzte sie hinzu, »so will ich dich auf der Stelle gesund machen und dich in unseren Garten führen. Hast du keine Lust, sie anzunehmen, so schlafe wohl und siehe zu, wer dir hilft.«

»So hart die Bedingungen sind, die Sie mir auferlegen«, antwortete die Königin, »so muß ich mich doch dareinfügen, wenn ich nicht sterben will. Mit meinem Leben errette ich zugleich das Leben meines Kindes. Geben Sie mir also meine

Gesundheit wieder, weise Fee, und säumen Sie nicht, die Versprechung zu erfüllen, die Sie mir gegeben haben.«

Die Fee berührte sie mit einem goldenen Stäbchen, und in dem Augenblicke war es der Königin, als wenn ihr eine schwere Last von der Seele fiele; und ihre Krankheit war verschwunden. Sie ließ sogleich alle ihre Damen rufen; sie sagte ihnen, daß sie sich außerordentlich wohl befände und daß die verriegelten Tore des Palastes und die Gärten mitsamt ihren Früchten sich ihr öffnen würden.

Die Damen waren anfänglich alle bei sich überzeugt, daß die Königin im Wahnsinn spräche, und fingen bitterlich an zu weinen. Jeder Augenblick Verzugs machte die Königin ungeduldiger. Sie verlangte ihre Kleider; man gab sie ihr nicht; sie ward rot vor Zorn; man hielt dieses für eine Wirkung der Fieberhitze. Unterdessen kamen auch die Ärzte, fühlten ihr den Puls und fanden, daß sie vollkommen gesund sei. Die Damen suchten nun ihren Fehler gutzumachen; sie kleideten die Königin in aller Eile an, baten sie tausendmal um Verzeihung, und in wenigen Augenblicken war sie imstande, der alten Fee zu folgen, die sie bis dahin erwartet hatte.

Sie trat in den Palast, und ihre Überraschung beim Anblick seiner Pracht war nicht geringer als die, da sie ihn zum erstenmal sah. Zwei Feen, weniger alt als die Führerin meiner Mutter, empfingen sie am Eingang und führten sie sogleich in den Garten zu den besten Bäumen. Sie waren mit Früchten aller Art beladen, und jede Gattung drängte sich hier hervor, ohne die Jahreszeit zu erwarten, die sie in andern Gegenden zur Reife bringt. Meine Mutter war unersättlich. »Erinnere dich aber auch deines Versprechens«, sagten die Feen. »Es ist dir nun nicht mehr vergönnt, dein Wort zurückzunehmen.«

»Ich bin überzeugt«, antwortete die Königin, »daß man nirgends besser aufgehoben sein kann als bei Ihnen, und dieser Palast scheint mir so schön, daß ich Sie bitten würde, mich hierzubehalten, wenn ich meinen Gemahl nicht allzusehr liebte. Ich werde mir also gewiß nicht einfallen lassen, mein Wort zurückzunehmen.«

Die Feen waren mit dieser Antwort sehr wohl zufrieden. Meine Mutter blieb drei Tage und drei Nächte in ihrem Palaste, dann sammelte sie sich einen Vorrat von Früchten, und da sie die Eigenschaft haben, niemals zu faulen, so ließ sie viertausend Maultiere mit denselben beladen und reiste ab. Die Feen schenkten ihr zum Abschied noch einen goldenen Korb von ungemeiner Arbeit und mehrere Kostbarkeiten, deren Wert unschätzbar war. Sie versprachen ihr, mich als Prinzessin zu erziehen, mich mit allen Vollkommenheiten auszustatten und mir einen Gemahl auszusuchen. Vor der Hochzeit sollte sie Nachricht erhalten, und sie hofften, daß sie sich dabei einfinden würde.

Der König freute sich außerordentlich über die Rückkehr seiner Gemahlin und stellte eine Menge Feierlichkeiten an, wo jederzeit die Früchte der Königin, als etwas ganz Vorzügliches, aufgetischt wurden. Der König zog sie allen anderen Speisen vor; aber er wußte nicht eigentlich, woher sie waren und unter welcher Bedingung seine Gemahlin sie bekommen hatte. Wenn er danach fragte, antwortete sie ihm bald dies, bald das, so daß er niemals hinter das Geheimnis kommen konnte. Als aber die Königin die Zeit ihrer Niederkunft herannahen sah, wurde sie ganz schwermütig, seufzte ohne Unterlaß und veränderte ihre Gestalt sichtbarlich. Der König wurde hierüber unruhig und drang in seine Gemahlin, ihm die Ursache ihres Kummers zu entdecken; und da sie seinen Bitten nicht länger widerstehen konnte, eröffnete sie ihm das ganze Abenteuer mit den Feen und das Versprechen, das sie ihnen gegeben hatte.

»Wie?« rief der König, »Sie haben für ein paar elende Äpfel Ihre Tochter aufopfern können, ohnerachtet Sie meinen Wunsch kennen, Kinder zu besitzen? Sie müssen auch nicht die mindeste Liebe für mich haben.« Hierauf überhäufte er sie mit Vorwürfen, so daß meine arme Mutter vor Schmerz zu sterben meinte. Aber damit begnügte er sich noch nicht, sondern ließ sie in einen Turm sperren und umgab diesen mit Wachen, die niemanden einließen, als wem der König vollkommen traute.

Der ganze Hof geriet über diesen Vorfall in Bestürzung. Die Königin war sehr beliebt, und so legte jedermann aus Betrübnis über ihr Schicksal Trauer an. Der König aber schien unerbittlich. Er besuchte seine Gemahlin nicht ein einziges Mal, und sobald ich geboren war, ließ er mich von ihr nehmen und in seinen Palast bringen. Die Feen waren von allem wohlunterrichtet. Sie sahen mich als ihr Eigentum an, das man ihnen nicht vorenthalten durfte. Das Betragen meines Vaters forderte sie zur Rache auf. Vorher aber wollten sie den Weg der Güte einschlagen. Sie schickten eine Gesandtschaft an ihn ab, welche ihn zur Befreiung der Königin und zur Auslieferung ihres Kindes auffordern sollte. Unglücklicherweise waren die Gesandten so häßlich und verwachsen – denn es waren alles Zwerge –, daß ihre Vorstellungen wenig Eindruck auf den König machten. Er schlug ihnen ihr Gesuch mit harten Worten ab, und vielleicht wäre noch etwas Schlimmeres erfolgt, wenn sie sich nicht bald auf den Weg gemacht hätten.

Die Feen gerieten über das Betragen meines Vaters in den heftigsten Unwillen. Sie streuten in seinen sechs Königreichen den Samen des Unglücks aus und schickten noch zum Überflusse einen ungeheuren Drachen ab, welcher alles auffraß, was ihm in den Weg kam, und die ganze Luft mit seinem schädlichen Atem vergiftete.

Mein Vater wußte sich gar nicht mehr zu raten, als eine unglückliche Botschaft nach der andern aus seinen Reichen kam. Er berief die Weisesten seiner Nation und beratschlagte sich mit ihnen über die Mittel, die man zur Abwendung dieses Unglücks wählen könnte. Alle Vorschläge, die man tat, alle Maßnahmen, die man traf, wurden unwirksam gefunden; die Sterblichkeit dauerte fort, und wer sich an den Drachen

wagte, wurde ohne Barmherzigkeit verschlungen. Nun nahm der König seine Zuflucht zu einer Fee, die ihm seit seiner zartesten Jugend ihren Schutz hatte angedeihen lassen. Er begab sich zu ihr und machte ihr Vorwürfe über die Sorglosigkeit, mit der sie seine Staaten zugrunde gehen sähe.
»Was hätte ich denn für Sie tun können?« antwortete die Fee. »Sie haben meine Schwester beleidigt; meine Macht ist zu gering, um mich dieser entgegenzustellen. Außerdem haben Sie auch das Recht nicht auf Ihrer Seite. Liefern Sie ihnen die Prinzessin aus; sie ist das Eigentum der Feen. Lassen Sie die Königin frei und entschließen Sie sich zur Erfüllung ihrer Versprechungen. Sie werden sehen, daß mein Rat Ihnen nützlich werden wird.«
Mein Vater liebte mich zwar auf das zärtlichste; da er aber sah, daß es kein anderes Mittel gab, seine Staaten zu retten und sie von den Verwüstungen des häßlichen Drachens zu befreien, so versprach er der Fee, sich von mir zu trennen, wenn er nur überzeugt wäre, daß ich meinem Stande gemäß behandelt und erzogen würde. Sie möchte ihm nur sagen, wie er es anzufangen habe, mich den Feen in die Hände zu liefern.
»Sie brauchen nichts weiter zu tun«, antwortete die Fee, »als die Prinzessin in ihrer Wiege auf den Blumenberg zu setzen. Sie können sich in der Nähe aufhalten, um Zeuge der Festlichkeit zu sein, die sich dann zeigen wird. Wegen der Erziehung Ihrer Tochter können Sie ganz ohne Sorge sein.«
Sobald mein Vater nach Hause kam, ließ er die Königin sogleich mit großem Pomp aus dem Gefängnis holen und empfing sie mit der größten Zärtlichkeit. Sie selbst war außerordentlich verändert, so daß man Mühe hatte, sie zu erkennen. Er bat sie mit Tränen in den Augen, die Schmach zu vergessen, die er ihr angetan hätte, und versicherte ihr, daß dies das erste und letzte Mal gewesen sein sollte. Sie nahm seine Entschuldigungen mit der größten Herzlichkeit an und gab sich selbst einen Teil der Schuld. Ihrer beider

Versöhnung war vollkommen. Jetzt war die Königin selbst der Meinung, mich den Feen nicht auszuliefern; aber auf die Bitten und Vorstellungen des Königs, der die schrecklichen Folgen einer nochmaligen Weigerung im voraus sah, willigte sie ein, und die Anstalten zu der Zeremonie wurden sogleich gemacht.

Man legte mich in eine Wiege von Perlmutt, die auf das kostbarste verziert war. Rundum hingen Girlanden von Blumen und Kränzen; und diese Blumen waren von herrlichen Steinen, die mit allen Farben des Regenbogens spielten. Die Pracht meines Anzugs übertraf noch die Pracht der Wiege, die von vierundzwanzig Prinzessinnen von Geblüt getragen wurde. Der ganze Hofstaat begleitete mich.

Während unser Zug den Berg hinaufging, hörte man die Annäherung einer melodischen Musik. Bald darauf erschienen auch die Feen, sechsunddreißig an der Zahl; jede in einer Perlenmuschel, die von Seepferden gezogen wurde. Sie waren alle alt und häßlich. Ein Ölzweig in ihren Händen war das Zeichen der Aussöhnung mit meinen Eltern; und mich umarmten sie mit einer so außerordentlichen Zärtlichkeit, daß es schien, sie würden alles für mich tun, um mich so glücklich wie möglich zu machen.

Der Drache, welcher die Reiche meines Vaters verheert hatte, war mitten unter ihnen, an eine diamantene Kette gefesselt. Die Feen begabten mich der Reihe nach und fingen hierauf den Feentanz an. Mitten in diesem Tanze sprangen die drei Schwestern, denen mich meine Mutter eigentlich versprochen hatte, auf den Drachen, nahmen die Wiege vor sich und traten die Reise nach dem Schlosse durch die Wolken an. Meine Mutter erschrak, als sie mich auf dem Rücken des schrecklichen Drachen in der Luft sah, und stieß einen lauten Schrei aus; aber mein Vater sprach ihr Mut zu und erinnerte sie an die Versprechungen der Feen, für mich Sorge zu tragen. Traurig kehrte sie nach Hause zurück; sie warf sich die Unbesonnenheit vor, eine Tochter für einige Früchte hingegeben

zu haben; und es verging eine geraume Zeit, ehe sie sich wieder etwas beruhigen konnte.
Meine Beschützerinnen hatten nur für mich einen Turm gebaut, in welchem die herrlichsten Zimmer für alle Jahreszeiten waren. Nichts fehlte diesem Gebäude als eine Tür, denn man mußte durch die Fenster hineingehen, die zu dieser Absicht sehr hoch waren. Auf dem Dache befand sich ein schöner Garten, in welchem jahraus, jahrein die schönsten Blumen blühten und Lauben und Springbrunnen in Menge angebracht waren. Hier erzogen mich die Feen mit unglaublicher Sorgfalt. Sie lehrten mich alles, was meinem Alter angemessen war; und ich kostete ihnen hierin keine große Mühe, da ich sehr schnell begriff. Ich war sanft und meine Lehrerinnen gefällig, und da ich nichts von der Welt kannte als diesen Winkel derselben, so würde ich vielleicht mein ganzes Leben hindurch sehr vergnügt in diesem Turm zugebracht haben.
Die Feen besuchten mich nie anders als auf dem ungeheuren Drachen, von dem ich Ihnen schon berichtet habe. Sie erzählten mir nie etwas von meinen Eltern, sondern nannten mich ihre Tochter, und ich glaubte es zu sein. Außerdem hatte ich in meinem Turm keine andere Gesellschaft als einen Papagei und einen kleinen Hund, welche beide Vernunft besaßen und vortrefflich sprachen.
Der Turm war auf der einen Seite an einen Hohlweg gebaut, der mit Büschen und Dornen so verwachsen war, daß ich noch niemals ein menschliches Wesen in demselben gesehen hatte. Eines Tags aber, da ich mit meinem Papagei und meinem Hunde am Fenster plauderte, hörte ich ein Geräusch; ich sah hinaus und bemerkte einen jungen Ritter, der hier gehalten hatte, um mein Gespräch anzuhören. Noch hatte ich keinen Mann gesehen, und ich freute mich, eine Gelegenheit zu finden, meine Neugierde zu befriedigen. Ich betrachtete ihn in aller Ruhe, und je länger ich ihn ansah, um so mehr gefiel er mir. Er machte mir eine tiefe Verbeugung, schien aber sehr in Verlegenheit, wie er mich unterhalten sollte.

Denn mein Fenster war sehr hoch, und er wollte nicht gehört sein, denn er wußte wohl, daß dieser Turm verzaubert war. Indessen kam die Nacht heran, ehe wir es vermutet hatten. Der Ritter stieß dreimal ins Horn und ritt davon, ohne daß ich sehen konnte, nach welcher Seite zu er seinen Weg nahm, so dunkel war es schon. Ich blieb noch lange gedankenvoll am Fenster und hatte gar keine Lust, mir die Zeit mit meinem Papagei und meinem Hunde zu verplaudern, wie ich sonst zu tun gewohnt war. Sie sagten mir zwar die schönsten und sinnreichsten Dinge, aber ich war viel zu beschäftigt, um sie anzuhören. Der Papagei war fein; er sah, was mir fehlte, aber er ließ sich nichts anmerken.
Ich stand mit Anbruch des Tages auf und trat an das Fenster. Mit Freude sah ich meinen Ritter schon auf seinem Posten; sehr schön angezogen, was mich ebenfalls freute, denn ich schrieb seine Sorgfalt im Anzug auf meine Rechnung. Er unterhielt mich mittels eines Sprachrohrs und sagte mir, daß er bisher gegen die Reize aller Schönen unempfindlich gewesen wäre; aber seitdem er mich gesehen, hätte die heftigste Leidenschaft die Stelle seiner bisherigen Gleichgültigkeit eingenommen. Ich war mit dieser Erklärung sehr wohl zufrieden, aber ich konnte ihm nicht antworten, ohne von den Feen gehört zu werden. Ich hatte einige Blumen in der Hand, die ich ihm zuwarf. Er nahm sie mit Entzücken auf und drückte sie an seinen Mund. Hierauf fragte er mich, ob ich ihm erlaubte, mich alle Tage zu derselben Stunde unter meinem Fenster zu besuchen; und wenn ich ihm diese Erlaubnis gäbe, möchte ich etwas herabwerfen. Ich trug einen Ring mit einem Türkis; den zog ich eilig vom Finger und warf ihn hinab, indem ich ihm zu gleicher Zeit ein Zeichen gab, sich zu entfernen; denn ich hörte, daß die Fee Ungestüm von der andern Seite her auf ihrem Drachen kam, um mir das Frühstück zu bringen.
Diese hatte kaum den Fuß zum Fenster hineingesetzt, als sie sich forschend umsah und sagte: »Ich wittere die Stimme eines Mannes. Geh, Drache, suche!«

Ich glaubte vor Schrecken zu Boden sinken zu müssen; indessen nahm ich mich zusammen, so sehr ich konnte, um die Verfolgung des Ritters zu hindern, für den ich mich nicht wenig interessierte. »Sie scherzen, liebe Mutter«, sagte ich zu der Fee; »wie kann man die Stimme eines Menschen wittern? Und wenn auch, wer würde so tollkühn sein, in diesen Turm zu steigen?«

»Du hast recht, mein Kind«, antwortete die Fee, »und ich freue mich, dich so verständig reden zu hören. Ich glaube fast selbst, daß mein großer Haß gegen die Männer macht, daß ich bisweilen einen in der Nähe glaube.« Mit diesen Worten gab sie mir mein Frühstück und meinen Spinnrocken. »Wenn du gegessen hast«, sagte sie, »so vergiß nicht zu spinnen. Meine Schwestern würden sonst böse werden.«

In der Tat hatte ich den Tag vorher meinen Rocken nicht angerührt.

Doch sie war kaum zum Fenster hinaus, als ich meinen Rokken hinwarf und auf das Dach in den Garten ging, um mich besser umzusehen. Ich hatte ein vortreffliches Fernrohr, mit welchem ich die entferntesten Gegenstände genau erkennen konnte. Ich sah mich allenthalben um, und bald erblickte ich meinen Ritter auf der Höhe eines Berges. Er ging eben in ein kostbares Zelt von Goldstoff, wo ihn ein zahlreicher Hofstaat umgab. ›Ganz gewiß‹, dachte ich, ›ist er der Sohn eines benachbarten Königs. Ach, wenn ihn der schreckliche Drache entdeckte!‹ – Dieser Gedanke war mir unerträglich. Ich nahm also meinen Papagei und befahl ihm, auf den Berg zu fliegen und dem Ritter, der mit mir gesprochen hatte, zu sagen, er möchte ja nicht wieder zurückkommen, weil ihm sonst ein großes Unglück bevorstünde.

Der Papagei richtete seinen Auftrag getreulich aus, flog auf den Berg, suchte meinen Verehrer auf und sagte ihm meine Worte ins Ohr. Der Ritter hörte ihn zugleich mit Freude und mit Betrübnis an. Die Sorge, die ich für ihn trug, schmeichelte seinem Herzen; aber die Schwierigkeiten, die er fand, mich zu sprechen, machten ihn niedergeschlagen, ohne daß er gleichwohl den Entschluß fassen konnte, mich nicht wiederzusehen. Er stellte hundert Fragen an den Papagei, der ihm die Antwort nicht schuldig blieb. Schließlich gab er ihm einen Ring für mich mit, welcher ebenfalls ein Türkis, aber viel schöner als der meinige war. »Auch dir, schöner Vogel, gebührt ein Geschenk«, setzte er hinzu. »Hier hast du mein Bildnis; laß es niemand anderen sehn als deiner Gebieterin.« Er band ihm das Bildnis an die Flügel, und den Ring gab er ihm in den Schnabel.

Ich erwartete die Rückkehr meines Abgesandten mit der größten Ungeduld. Er erzählte mir, daß der Ritter, zu dem ich ihn geschickt hätte, ein großer König wäre, welcher nichts mehr wünschte, als für mich zu leben; und daß alle Gefahren diesen nicht abhalten würden, am Fuße des Turms zu erscheinen. Diese Nachricht bereitete mir große Unruhe. Ich fing an zu weinen; und der Papagei und mein Hündchen Tutu taten alles Mögliche, um mich zu trösten. Schließlich gab mir der Papagei auch den Ring und das Porträt des Königs. Ich muß gestehen, daß ich mich nicht wenig freute, sein Gesicht in der Nähe betrachten zu können; und wenn ich ihn schon vorher hübsch gefunden hatte, so kam er mir nun noch tausendmal liebenswürdiger vor. Tausenderlei Gedanken gingen mir durch den Kopf und beunruhigten mich. Die Feen fanden mich verändert. »Sie wird wahrscheinlich Langeweile haben«, sagten sie untereinander, »und das Beste wird sein, sie an einen Mann aus dem Geschlecht der Feen zu verheiraten.« Hierauf musterten sie einige und einigten sich schließlich auf den kleinen König Migonnet, dessen Reich fünfmalhunderttausend Meilen von ihrem Palaste lag. Für Feen war diese Entfernung eine Kleinigkeit. Der Papagei hörte ihre Beratschlagung und teilte mir das Resultat davon mit. »Ich beklage Sie«, setzte er hinzu, »wenn Sie den König Migonnet heiraten müssen; er ist der häßlichste Zwerg, den ich weit und breit gesehen habe; und um die Wahrheit zu sagen, er ist nicht

wert, dem Könige, der Sie liebt, die Schuhriemen zu lösen.«
»Kennst du ihn denn?« fragte ich den Papagei.
»Das will ich meinen«, antwortete dieser, »ich bin mit ihm auf einem Zweige groß geworden.«
»Wieso auf einem Zweige?«
»Je nun, weil er Adlerklauen hat.«
Sie können sich leicht vorstellen, welchen Eindruck diese Erzählung auf mich machen mußte. Ich betrachtete das reizende Bild meines Liebhabers, und wenn ich ihn mit Migonnet verglich, so war es mir, als wenn ich in die Erde sinken müßte. Ich war fest entschlossen, eher zu sterben, als ihm meine Hand zu geben.
Die ganze Nacht über tat ich kein Auge zu. Tutu und mein Papagei vertrieben mir die Zeit durch ihr Plaudern, und erst gegen Morgen schlief ich ein. Tutu, der eine sehr feine Nase hatte, roch, daß der König am Fuße des Turmes war. Er weckte den Papagei auf und sagte zu ihm: »Was willst du wetten, der König ist unten?«
»Sei still«, antwortete der Papagei, »du kannst einen auch keinen Augenblick schlafen lassen. Wer weiß, was du dir einbildest.«
»Nun, was wettest du?« fuhr jener fort. »Ich weiß gewiß, daß er da ist.«
»Und ich weiß gewiß, daß er nicht da ist«, antwortete der Papagei. »Hat ihm denn seine Schöne nicht verboten, hierherzukommen?«
»Schöner Grund!« rief Tutu; »ein Verliebter fragt nur sein Herz und kümmert sich nicht um die Gefahr, die ihn bedroht.«
Das Plaudern meiner Tiere weckte mich auf; und ich hatte kaum den Gegenstand ihres Gesprächs erfahren, als ich an das Fenster flog. Ich erblickte den König, der die Arme nach mir ausstreckte und mir durch sein Sprachrohr zurief, er könne nicht länger ohne mich leben; ich möchte ein Mittel

ausfindig machen, aus meinem Turm zu entkommen oder ihn hineinzulassen; und zugleich schwor er mir bei allen Göttern und allen Elementen, daß er mich auf der Stelle heiraten und mich zu einer der größten Königinnen der Erde machen wollte.

Ich befahl hierauf dem Papagei, ihm zu sagen, daß mir die Erfüllung seiner Wünsche unmöglich schien; daß ich jedoch, auf sein gegebenes Wort und seine Schwüre hin, über Mittel nachdenken wollte. »Aber vor allen Dingen«, setzte ich hinzu, »kommen Sie nicht mehr alle Tage hierher. Sie sind verloren, wenn die Feen Sie bemerken.«

Der König entfernte sich mit einem Herzen voll Hoffnung und Freude; ich aber befand mich in der größten Verlegenheit, wenn ich überlegte, wozu ich mich verpflichtet hatte. ›Wie ist es möglich, aus diesem Turm zu entkommen?‹ sagte ich zu mir selbst. ›Wer soll mir denn beistehen als Tutu und der Papagei? Nein, nein, ich darf nicht daran denken! Ich muß ihm das Herz brechen, ich muß mein Wort zurücknehmen.‹ Ich schickte den Papagei zu dem König, um ihm meinen Entschluß zu melden. Er geriet in die heftigste Verzweiflung, wie ich es vorausgesehen hatte, und wollte Hand an sein Leben legen. Der Papagei hielt ihn ab. »Seien Sie versichert«, sagte er zu ihm, »daß meine Gebieterin alles für Sie tun würde, wenn es ihr nicht an Mitteln fehlte, ihren Vorsatz auszuführen.«

Als mir der Papagei den ganzen Verlauf seiner Gesandtschaft erzählte, fiel ich in eine noch tiefere Betrübnis als vorher. Die Fee Ungestüm kam und sah, daß ich geweint hatte. Sie fragte nach der Ursache meiner Tränen und drohte mir, wenn ich ihr nicht die Wahrheit sagte. »Ach«, antwortete ich zitternd, »ich habe das Spinnen so satt, wünschte mir ein Netz, um die kleinen Vögel zu fangen, die die Früchte in meinem Garten fressen.«

»Wenn du sonst nichts willst«, antwortete die Fee, »so brauchst du nicht zu weinen. Du sollst Schnüre bekommen, soviel du verlangst. Vor allen Dingen aber«, setzte sie hinzu, »denke daran, deine Schönheit zu erhalten, denn in Kürze wird der König Migonnet hierherkommen, der dich heiraten soll.«

Bei dieser Nachricht überlief mich ein kalter Schauer, und ich antwortete nichts.

Sobald ich die Schnüre bekam, fing ich in der Tat an zwei oder drei Netzen zu stricken an; aber meine Hauptbeschäftigung war eine Strickleiter, die mir sehr gut geriet, unerachtet ich noch niemals eine gesehen hatte. Ich brauchte aber so viel Schnüre dazu, daß die Fee mehr als einmal zu mir sagte: »Aber mein Kind, es geht dir wie der Penelope, du arbeitest ohne Unterlaß, und deine Arbeit kommt nie zu Ende.«

»Ach, liebe Mutter«, antwortete ich dann, »Sie haben gut reden. Sehen Sie denn nicht, daß ich noch sehr ungeschickt in dieser Art von Arbeit bin und immer mehr verbrennen muß, als ich behalten kann? Es ist Ihnen gewiß bange, daß ich Sie arm an Schnüren mache?« Der Ton der Einfalt, den ich dabei annahm, täuschte sie, und sie gab mir Schnüre, soviel ich verlangte.

Sobald mein Werk fertig war, gab ich dem König Nachricht davon. Er erschien; ich machte die Strickleiter fest und war im Begriffe hinabzusteigen, als er eilfertig heraufkam, in mein Zimmer trat und mich umarmte.

Seine Gegenwart verursachte mir soviel Freude, daß ich alle Gefahr vergaß, die damit verbunden war. Er erneuerte seine Schwüre und bat mich, sein Glück nicht länger aufzuschieben, sondern ihn auf der Stelle zum Gemahl anzunehmen. Ich war es zufrieden. Tutu und der Papagei waren unsere Zeugen; und nie ist eine Hochzeit unter Personen von so hohem Range unter so wenigem Aufwand und Zeremonien begangen worden als die unsrige.

Der Tag war noch nicht angebrochen, als mich der König verließ. Und kaum war er fort, als mich die entsetzlichste Langeweile ergriff. Ich lief an das Fenster; ich verfolgte ihn mit meinen Augen; und ich stand noch in tiefe Gedanken versunken da, als ich in der Luft einen feurigen Wagen erblickte, von Salamandern gezogen, die sich mit einer solchen Schnelligkeit bewegten, daß ihnen das Auge kaum folgen konnte. Dieser Wagen war von Garden umgeben, die auf Straußenvögeln ritten; aber wer in dem Wagen saß, konnte ich nicht recht sehen; wiewohl ich nicht zweifelte, es müßte eine Fee oder ein Zauberer sein.

Wenige Augenblicke darauf trat die Fee Ungestüm in mein Zimmer. »Ich habe dir gute Nachricht mitzuteilen«, sagte sie; »dein dir Versprochener ist angekommen; setze dich an deine Toilette und mache dich zurecht, um ihn gehörig zu empfangen! Hier hast du Kleider und Schmuck.«

»Aber mein Gott«, hub ich an, »wer hat Ihnen denn gesagt, daß ich Lust hätte, mich zu verheiraten? Schicken Sie Ihren König Migonnet nur wieder nach Hause! Ob er mich schön oder häßlich findet, das finde ich nicht dieser Stecknadel wert. Ich will und mag ihn nicht...«

»Aber, aber«, sagte die Fee, »was fehlt dir denn? Ich rate dir, dem Scherz ein Ende zu machen, sonst weißt du...«

»Nun, was wollen Sie mir denn tun?« antwortete ich. »Kann man denn noch ein elenderes Leben führen, als ich es jetzt schon führe? Machen Sie mit mir, was Sie wollen; aber Ihren König heirate ich nicht!«

Die Fee verließ mich im heftigsten Zorne und ging auf der Stelle zu ihren Schwestern, um ihnen mein Betragen zu erzählen und sich über meine Undankbarkeit zu beklagen.

Als sie fort war, machten mir Tutu und der Papagei ernsthafte Vorwürfe über meinen Trotz und ließen mir die unangenehmen Folgen im voraus sehen, die er haben könnte. Mir war alles gleichgültig; ich war so stolz, das Herz meines Königs zu besitzen, daß ich die Anschläge der Feen und den Rat meiner Gesellschafter mißachtete. Ich zog mich nicht an und putzte mich so ungeschickt auf, damit auch der König Migonnet mich häßlich finden möchte. Er ließ nicht lange auf sich warten. Einen kleineren und häßlicheren Zwerg hat es wohl nie gegeben. Er konnte nicht auf seinen Adlerfüßen stehn, sondern schleppte sich mühselig auf zwei diamantenen Krücken einher. Sein königlicher Mantel war zwar nur eine halbe Elle lang, schleppte ihm aber doch um ein Drittel nach. Sein Kopf war so groß wie ein Scheffel; er hatte einen ungeheuren Bart, und seine Ohren gingen eine halbe Elle über seinen Kopf hinaus. Er kam mit offnen Armen auf mich zu. Da ich aber ganz gerade stehenblieb, so mußte ihn sein erster Stallmeister in die Höhe heben, um mich zu erreichen. Sowie er mir aber nahe kam, lief ich davon, schloß mich in meine Kammer ein und riegelte Tür und Fenster zu, so daß er unverrichteterdinge wieder zu den Feen zurückkehren mußte.

Die Feen suchten seinen Zorn zu besänftigen und versprachen ihm, daß sie ihn des Nachts in mein Zimmer lassen, mir Hände und Füße binden und mich so mit Gewalt in einen Wagen setzen wollten. Sie waren hierbei ihrer Sache so gewiß, daß sie sich gar nicht die Mühe nahmen, mit mir zu schimpfen, sondern mir nur ganz kurz sagten, ich müßte daran denken, meinen Fehler wiedergutzumachen. Tutu und der Papagei konnten diese Nachsichtigkeit nicht begreifen. »Nehmen Sie sich wohl in acht«, sagten sie zu mir, »diese Stille verkündigt Sturm.«

Ich lachte über ihre Furcht, denn ich dachte nur an das Vergnügen, meinen Gemahl wiederzusehen, der nicht lange zögerte, sich am Fuße des Turms einzustellen. Ich ließ die Leiter hinab; und in einigen Augenblicken lag er in meinen Armen und sagte mir soviel Schönes und Zärtliches, daß ich noch jetzt mit einigem Wohlgefallen daran denke.

Während wir uns so mit der größten Gemütsruhe unterhielten, fuhren die Fenster auf, und die Feen erschienen auf ihrem fürchterlichen Drachen. Migonnet folgte ihnen auf seinem feurigen Wagen nach. Der König griff nach dem Degen und dachte nur daran, mich zu verteidigen. Aber ach, was half

ihm sein Mut? Die Feen hetzten den Drachen auf ihn, und in demselben Augenblicke war er verschlungen.
Ich war meiner Sinne nicht mehr mächtig; ich stürzte mich meinem Gemahl nach in den Rachen des Ungeheuers; aber die grausamen Feen wollten mich zu längeren Qualen aufbewahren. Sie berührten mich mit ihrem Zauberstabe und gaben mir die Gestalt einer Katze, von der Sie mich vor wenigen Augenblicken befreit haben. Hierauf führten sie mich in diesen Palast, der meinem Vater gehört, und verwandelten den ganzen Hof in Kater und Katzen; nur einige ließen sie übrig, von denen man aber nichts als die Hände sah. Dies war ihnen aber noch nicht genug. Um meine Schmerzen zu vermehren, entdeckten sie mir das Geheimnis meiner Geburt und gaben mir Kunde vom Tode meiner Eltern. Sie sagten mir schließlich, daß ich meine Gestalt nicht eher wiederbekommen würde, als bis ich einen Mann gefunden hätte, der mich liebte und der meinem Gemahl vollkommen ähnlich sähe. Sie, mein Herr, besitzen diese Ähnlichkeit im höchsten Grade; dieselben Züge, derselbe Anstand, derselbe Ton der Stimme. Dem Himmel sei Dank, daß ich von meinen Leiden befreit bin und nun einer glücklichen Zukunft entgegensehen kann.«
»Und werden Sie auch mich bald von meinen Leiden befreien?« sagte der Prinz, indem er sich ihr zu Füßen warf.
»Ich liebe Sie schon mehr als mein Leben«, antwortete die Königin. »Jetzt lassen Sie uns zu Ihrem Vater reisen, um sein Urteil über mich zu vernehmen und zu sehen, ob er in Ihre Wünsche einwilligt.«
Der Prinz küßte ihr dankbar die Hand und hob sie in den Wagen, der auf dem Hofe bereitstand. Diesmal war der Aufzug noch kostbarer und reicher als vorher. Die Reise dauerte nicht lange; die Verliebten wenigstens glaubten nur einige Minuten miteinander zugebracht zu haben.
Als sie sich dem Schlosse näherten, das den drei Brüdern zum Treffpunkt diente, setzte sich die Königin in eine Sänfte, die aus einem einzigen Kristall verfertigt und rundum mit Vor-

hängen umgeben war. Der Prinz blieb in seinem Wagen und sah schon von weitem seine Brüder, die mit zwei Prinzessinnen von außerordentlicher Schönheit spazierengingen. Als sie ihn erblickten, kamen sie ihm entgegen und fragten ihn, wo er seine Braut hätte. »Ich bin so unglücklich gewesen«, sagte er, »auf meiner ganzen Reise nichts als häßliche Damen anzutreffen; und das Schönste, was ich meinem Vater mitbringen kann, ist eine niedliche weiße Katze.«

Die Brüder lachten über seine Einfalt; und der Prinz lachte selbst mit. Hierauf setzte sich jeder in seinen Wagen und fuhr nach der Stadt.

Der Ruf von ihrer Ankunft war schon bis zum Hofe gelangt; und man hatte dem Könige versichert, daß die Schönheit der Prinzessinnen, welche seine Söhne begleiteten, alles überträfe, was man hier im Lande jemals gesehen hätte. Die beiden ältesten Prinzen kamen zuerst. Der König empfing sie sehr gut; aber als es darauf ankam, zu entscheiden, welchem der Preis gebühre, geriet er in große Verlegenheit. Er richtete den Blick auf seinen jüngsten Sohn: »Kommst du denn diesmal mit leeren Händen zurück?« fragte er ihn.

»Ich bringe nichts anderes mit«, antwortete er, »als eine schöne weiße Katze, die so allerliebst miaut, daß sie Ihnen gefallen wird. Sie können sie in diesem Kristalle sehen.«

Der König lächelte und ging auf den Kristall zu; in dem Augenblick aber, da er ihn öffnen wollte, fiel er in Stücke, und die Prinzessin trat hervor, gleich der Sonne, die sich hinter einer Wolke versteckt hatte. Ihre blonden Haare fielen in reichen Locken auf ihren Busen, den schönsten Busen von der Welt, und flossen über den Rücken bis auf den Boden herab. Ein Rosenkranz schmückte ihren Scheitel; und durch die leichte Hülle eines taftenen Gewands zeigte sich die schönste Figur, die je die Einbildungskraft eines Bildhauers geschaffen hat.

Der König war wie vom Blitze getroffen. »Dieser«, rief er aus, »nur dieser gebührt meine Krone.«

»Nein, mein König«, antwortete sie mit himmlischer Bescheidenheit, »ich bin nicht gekommen, Ihnen eine Krone zu entreißen, die kein würdigeres Haupt tragen kann als das Ihrige. Sechs Reiche sind meinem Zepter untertan. Erlauben Sie mir, Ihnen und Ihren beiden ältesten Söhnen drei derselben abzutreten. Als Dank begehre ich nichts anderes als Ihre Freundschaft und die Hand Ihres jüngsten Sohnes. Drei Königreiche werden uns hinreichend genug sein.«
Der ganze Saal schallte bei diesen Worten von Ausrufen der Freude und Bewunderung wider. Die Hochzeiten der drei königlichen Prinzen wurden noch am selben Tag gefeiert. Nach Ende der Festlichkeiten reiste jeder in sein Königreich ab; und die weiße Katze wurde durch ihre Schönheit, ihre Güte und Freigebigkeit in der ganzen Welt berühmt.

Schönchen oder Der Ritter Fortunat

Es war einmal ein sehr liebenswürdiger, gnädiger und mächtiger König; aber sein Nachbar, der Kaiser Matapa, war noch mächtiger. Sie hatten ohne Unterlaß Händel miteinander, und in dem letzten Feldzuge gewann der Kaiser eine so entscheidende Schlacht, daß er sogleich bis vor die feindliche Hauptstadt dringen konnte. Sie wurde belagert und erobert; der Kaiser bemächtigte sich aller darinnen befindlicher Schätze, und der König hatte kaum so viel Zeit, durch die Flucht der Gefangenschaft zu entgehen. Seine Schwester, eine junge Witwe, begleitete ihn. Diese Witwe war schön und geistreich; aber sie war zugleich stolz, heftig und nicht leicht zu behandeln.
Der Kaiser nahm allen Schmuck und alle Möbel des Königs mit in seinen Palast, in den er mit einer großen Begleitung von gefangenen Soldaten, Frauen und Kindern triumphierend einzog. Seine Gemahlin und seine Tochter kamen ihm entgegen, wünschten ihm Glück und bezeigten ihm ihre Freude auf tausendfache Weise.

Der König gab indes die Hoffnung nicht auf, sich wieder in den Besitz seines Reichs zu setzen. Er zog eine kleine Armee zusammen und ließ einen Befehl ausgehen, daß jeder seiner Vasallen in eigner Person gerüstet bei ihm erscheine oder eines von seinen Kindern schicken solle.
An der Grenze des Reichs lebte ein achtzigjähriger Edelmann, dem der Himmel Verstand und Weisheit in großem Maße zugeteilt, aber alle Glücksgüter versagt hatte. Er für seine Person würde seine Armut mit Gleichmütigkeit ertragen haben, wenn er sie nicht mit drei Töchtern hätte teilen müssen, deren Schicksal ihm den Rest seiner Tage verbitterte. Sie selbst aber klagten niemals und erwähnten ihre Armut mit keinem Worte, wenn sie nicht etwa ihren bekümmerten Vater aufrichten und trösten wollten.
So lebten sie unter ihrem Strohdache ein stilles und einförmiges Leben, als der Befehl des Königs dem Alten zu Ohren kam. Er teilte ihn seinen Töchtern mit. »Was ist hier anzufangen?« fragte er. »Der König befiehlt bei hoher Strafe, bei seiner Armee zu erscheinen. Ich bin alt und kraftlos; ihr habt keinen anderen Schutz als mich; die Strafe bin ich nicht zu bezahlen imstande. Wir sind verloren, meine Kinder, wenn der Himmel kein Wunder tut.«
Die armen Mädchen weinten mit ihm; zugleich aber baten sie ihn, sich nicht so zu grämen; es wäre noch nicht alles verloren; es könnte noch alles gut gehen.
Als der Alte am anderen Morgen ganz betrübt in seinem Garten auf und ab ging, kam ihm seine älteste Tochter vergnügt entgegengelaufen. »Lieber Vater«, sagte sie, »das Mittel ist gefunden; wenn Sie es nur erlauben wollen. Schicken Sie mich zur Armee! Ich bin groß genug zum Soldaten; an Kräften fehlt es mir auch nicht. Ich ziehe Mannskleider an und gebe mich für Ihren Sohn aus. Wenn ich auch keine Heldentaten vollbringe, so erspare ich Ihnen doch die Strafe, und das ist schon Gewinn genug.«
Der Alte umarmte sie, und seine Tränen flossen über ihre

Wangen. Er lobte ihren Entschluß; er widersetzte sich ihm und willigte schließlich doch ein. Sie rüstete sich nun eilig zum Kriege. Sie rüstete sich mit den Waffen ihres Vaters aus, nahm sein bestes Ackerpferd und ritt nach einem zärtlichen Abschiede davon. Als sie einige Tagreisen zurückgelegt hatte, kam sie an eine Wiese, welche mit Hecken umzäunt war. Hier fand sie eine Schäferin, die ein Schaf aus einem Graben ziehen wollte, in den es gefallen war, und es sich sehr sauer dabei werden ließ. »Was macht Ihr da?« fragte sie die Schäferin.
»Ach«, antwortete jene, »da will ich ein Schaf retten, das beinahe schon ertrunken ist, aber ich bin nicht imstande, es herauszuziehn.«
»Es tut mir leid«, sagte sie und ritt davon.
»Adieu, schöne Ritterin«, rief ihr die Schäferin nach.
»Wie?« sagte unsere Heldin zu sich selbst, »schöne Ritterin? Die Alte hat mich kaum einen Augenblick gesehen und erkennt mich gleichwohl für das, was ich bin! Wenn es mir bei der Armee ebenso ginge? Würde der König meinen Vater nicht für einen feigherzigen Mann halten, der sich nicht in den Krieg wagt? Nein, nein, es ist besser, daß ich geradewegs wieder umkehre.«
Der Alte und seine Töchter sprachen eben von ihr, als sie angeritten kam. Sie erzählte ihr Abenteuer und was sie bewogen habe, ihren Vorsatz fahrenzulassen. Ihr Vater fand das sehr natürlich. »Wenn du mir gefolgt hättest, so würdest du es gar nicht übernommen haben. Ein verkleidetes Mädchen bleibt immer kenntlich.«
Indes befanden sie sich nun alle wieder in der vorigen Verlegenheit, als die zweite Tochter zu ihrem Vater kam und ihn um die Erlaubnis bat, an die Stelle ihrer Schwester zu treten. »Meine Schwester«, sagte sie, »hat noch niemals zu Pferde gesessen; also ist es sehr natürlich, daß man sie erkannt hat. Ich bin des Reitens mehr gewohnt. Und wenn Sie mir erlauben, zur Armee zu gehen, so verspreche ich Ihnen, daß Sie mit mir zufrieden sein sollen.«

Der Alte gab sich alle Mühe, ihr diese Idee auszureden; es war umsonst. Sie nahm andere Kleider, andere Waffen, ein anderes Pferd; umarmte ihren Vater und ihre Schwestern und ritt davon. Als sie an die Wiese kam, fand sie die nämliche Szene: ein Schaf im Graben, und eine Schäferin, die es herausziehn wollte. »Ich Unglückliche«, sagte die Schäferin, »meine halbe Herde ist mir so zugrunde gegangen. Und wenn mir nur noch jemand Beistand leistete, so könnte ich das arme Tier hier retten; aber alle Welt geht an mir vorbei...«
»Warum sorgt Ihr auch so wenig für Eure Herde«, sagte unsere Heldin, »daß Ihr Eure Schafe ins Wasser fallen laßt...« Und mit diesen Worten gab sie ihrem Pferd die Sporen und ritt davon.
»Adieu, schöne Ritterin!« rief ihr die Schäferin nach. Die Amazone erschrak. ›Da wäre ich also auch erkannt‹, dachte sie. ›Es geht mir nicht besser als meiner Schwester. Ich müßte eine Torin sein, wenn ich zur Armee ginge. Die ganze Welt würde mich erkennen.‹ Traurig lenkte sie ihr Pferd um und kehrte wieder nach Hause zurück.
Ihr Vater empfing sie mit großer Zärtlichkeit und lobte sie wegen ihrer Klugheit. Aber er war nun wieder auf dem vorigen Flecke und hatte die Kosten für die Equipage seiner Töchter vergeblich aufgewendet. Der gute Alte grämte sich heimlich darüber; aber wiewohl er seine Töchter nicht mit seinem Kummer betrüben wollte, so merkten sie es doch, und die jüngste kam zu ihm und bat ihn nun auch um die Erlaubnis, an seiner Stelle zur Armee zu gehen. »Ich hoffe«, sagte sie, »es soll mir besser glücken als meinen Schwestern. Ich bin größer als sie, und Sie wissen, daß ich im Reiten und Jagen nicht ungeschickt bin. Das Verlangen, Sie aus Ihrer Verlegenheit zu ziehen, gibt mir ungewöhnlichen Mut und Zuversicht.«
Der Alte liebte dieses Kind mehr als die andern; sie trug auch die meiste Sorge für ihn; sie pflegte ihn am fleißigsten, wenn er krank war; sie las ihm vor; sie machte ihm die besten Spei-

sen und schoß ihm das beste Wildbret. Er führte daher alle nur möglichen Gründe an, um sie von ihrem Vorsatz abzubringen. Aber umsonst. Sie ließ sich ein sehr schlechtes Kleid machen; nahm ein schlechtes Pferd, denn ihre Schwestern hatten die guten Pferde lahm geritten, umarmte ihren Vater und ihre Schwestern und ritt davon.

Als sie an die Wiese kam, fand sie die alte Schäferin noch immer in voller Arbeit mit ihrem Schafe. »Was macht Ihr da, Schäferin?« fragte Schönchen (so hieß sie).

»Ach, mein Herr«, antwortete die Schäferin, »schon den ganzen Tag plage ich mich mit diesem Schafe und kann es nicht aus dem Graben herausbringen. Ich bin so müde, daß ich kein Glied mehr regen kann. Fast alle Tage begegnet mir so ein Unfall und niemand hilft mir.«

»In der Tat, Ihr tut mir leid«, sagte Schönchen, »aber ich will sehen, ob ich Euch helfen kann.« Sie stieg vom Pferde, sprang über die Hecke und trat in den Graben. Nach einiger Mühe zog sie das Schaf heraus. »Da habt Ihr Euer Schaf!« sagte sie. »Dafür daß es den ganzen Tag im Wasser gelegen hat, ist es noch ziemlich munter.«

»Sie haben mir einen großen Dienst erwiesen«, antwortete die Schäferin, »und ich will dankbar dafür sein. Ich kenne Sie; ich weiß, wohin Sie gehen wollen; und alle Ihre Pläne sind mir bekannt. Ihre Schwestern sind an eben dieser Wiese vorbeigekommen; ich kannte sie recht gut; aber sie waren nicht hilfreich gegen mich, und so fand ich für gut, sie wieder nach Hause zu schicken. Ihre Güte verdient eine Belohnung. Ich bin eine Fee, und es ist meine Eigenart, denen Gutes zu tun, die es verdienen. Sie haben hier ein schlechtes Pferd; ich will Ihnen ein besseres geben.« Bei diesen Worten berührte sie den Boden mit ihrem Schäferstab. Schönchen hörte wiehern, sah sich um und erblickte einen kostbaren Hengst, der über die Wiese galoppierte. Die Fee rief ihn herbei: »Komm, komm«, sagte sie, »und rüste dich schöner als das beste Pferd des Kaisers Matapa.« In dem Augenblicke war der Hengst über und über auf das kostbarste gerüstet; nie hatte Schönchen ein so herrliches Zeug gesehen, denn die silbernen Buckeln und die Brillanten, mit denen es verziert war, blendeten ihr beinahe die Augen.

»Die Schönheit dieses Pferdes«, sagte die Fee, »ist sein kleinster Vorzug; denn an Charakter und Geschicklichkeit findet es seinesgleichen nicht. Es frißt alle acht Tage nur einmal; es ist immer glatt, ohne daß man es zu striegeln braucht; es weiß das Vergangene, das Gegenwärtige und das Zukünftige; es ist seit langer Zeit in meinem Dienste, und ich habe es eigentlich für mich zugeritten. Wenn Sie also eine Nachricht oder meinen guten Rat nötig haben, so fragen Sie nur dieses Pferd, und es wird Ihnen in allen Fällen die beste Auskunft geben. Sie können es als Ihren Freund betrachten, denn mancher Fürst würde glücklich sein, einen solchen Minister zu haben. Aber Sie haben auch noch Kleider nötig; ich will Sie damit versorgen.« Sie schlug wieder mit dem Schäferstab auf den Boden, und sogleich erschien aus ihm ein Koffer, mit Saffian überzogen und mit goldenen Nägeln beschlagen. Die Fee holte einen goldenen Schlüssel unter dem Grase hervor und schloß den Koffer auf. Da lagen zwölf gestickte Anzüge, einer schöner als der andere, ein Dutzend Hemden, ein Dutzend Halstücher und so noch mehrerlei im Dutzend. »Wählen Sie sich einen von den Anzügen«, sagte die Fee, »die übrigen werden Ihnen allenthalben folgen. Wenn Sie irgend etwas brauchen, stoßen Sie nur mit dem Fuße auf die Erde und sagen: ›Koffer, Koffer komm hervor, mit Kleidern, mit Wäsche, mit Spitzen, mit Gold und Edelsteinen!‹ Er wird sogleich kommen: er mag sein, wo er will. Nun müssen Sie aber auch vor allen Dingen einen Namen haben; denn Schönchen geht für einen Kriegsmann nicht. Ich meine, Sie nennen sich Ritter Fortunat. Schließlich ist es auch nur recht und billig, daß Sie mich kennenlernen.« Damit ließ sie ihre alte Haut zur Erde fallen und erschien Schönchens Augen so jung und blühend wie ein Mädchen von achtzehn Jahren. Sie trug eine Robe von blauem Samt, mit Hermelin aufgeschlagen, ihre Haare waren mit Perlen durchflochten, und auf dem Kopfe trug sie eine kostbare Krone.

Schönchen warf sich ihr vor Bewunderung und Dankbarkeit zu Füßen. Die Fee hob sie auf, umarmte sie und versicherte sie ihres ferneren Schutzes. Hierauf stieg Schönchen aufs Pferd und setzte ihre Reise fort, voll von dem, was ihr begegnet war, und mit tausend Plänen beschäftigt, wie sie ihren armen Vater glücklich machen und ihm sein Alter erleichtern könnte.

So war sie nicht lange geritten, als sie in eine volkreiche Stadt kam. Sie zog aller Augen auf sich; man folgte ihr nach, man umringte sie; man fragte sich, wer das wohl sein könnte; denn noch nie hatte man einen so schönen, wohlgewachsenen und reichgekleideten Ritter gesehen; nie ein schöneres Pferd, nie ein prächtigeres Zeug.

Schönchen wollte in einem Gasthofe absteigen, aber der Stadtkommandant, der sie hatte kommen sehen, ließ ihr ein Zimmer in seinem Schlosse anbieten. Sie schlug es auf eine höfliche Art aus, versprach ihm, ihre Aufwartung zu machen, und ließ ihn um einen von seinen Bedienten bitten, dem sie eine Sache von Wichtigkeit an ihren Vater anvertrauen könnte. Der Kommandant schickte ihr unverzüglich einen zuverlässigen Mann; worauf sich unser Ritter in ein Zimmer einschloß und den Koffer mit Gold und Diamanten zu sich kommen hieß.

Der Koffer erschien, aber ohne Schlüssel. Sie probierte einige, die sie bei sich trug; keiner wollte passen. Sie dachte daran, das Schloß aufbrechen zu lassen, aber der Schlosser konnte sie verraten, wenn er diese Reichtümer bei ihr entdeckte. Sie suchte überall, aber sie fand nichts. »Wie unglücklich bin ich!« sagte sie. »Was helfen mir die Geschenke der Fee, wenn sie in diesem Koffer verschlossen bleiben?« Jetzt fiel ihr ein, daß sie ihr Pferd um Rat fragen könnte. Sie eilte sogleich in den Stall. »Liebes Pferdchen«, sagte sie ganz leise

zu ihm, »weißt du vielleicht, wo ich den Schlüssel zu meinem Koffer finde?«
»In meinem Ohr«, antwortete das Pferd. Fortunat sah in das Ohr und erblickte ein grünes Band. Er zog daran, und es kam der Schlüssel heraus. Der Koffer öffnete sich und zeigte seine Schätze. Der Ritter füllte drei Kästchen mit Diamanten und Goldstücken an, eines für den Alten und zwei für die Schwestern; gab sie dann dem Bedienten und bat ihn, sich weder Tag noch Nacht aufzuhalten, bis er das Haus des alten Grafen erreicht hätte.
Der Bote verweilte keinen Augenblick. Als er zu dem guten Alten kam und ihm sagte, sein Sohn habe ihn abgeschickt, und er lasse ihm einen schweren Kasten bringen, kam es dem Alten ganz unbegreiflich vor, daß ihm seine Tochter etwas schicken sollte, da sie mit einer so kleinen Barschaft abgereist war, daß sie kaum den Boten hätte bezahlen können. Aber er erstaunte noch weit mehr, als er das Kästchen selbst öffnete und die Reichtümer sah, die es enthielt. Das sonderbarste dabei war, daß, als seine Töchter die ihrigen aufmachten, sie nichts darinnen fanden als bunte Glassteine und Spielpfennige. Sie glaubten nicht anders, als daß ihre Schwester sie zum besten haben wollte, und schimpften auf sie; der Graf suchte sie zu beruhigen und gab ihnen eine große Menge Diamanten von den seinigen; aber sowie sie dieselben anrührten, verwandelten sie sich in Glas. Sie schlossen hieraus, daß eine unbekannte Macht sie anfeinde, und baten ihren Vater, das übrige für sich allein zu behalten.
Der schöne Fortunat erwartete die Rückkehr des Boten nicht, sondern reiste ab, um eher in das Lager des Königs zu kommen. Unterwegs sprach er mit seinem Pferde, und dieses erzählte ihm so vielerlei, daß ihm die Zeit nicht einen Augenblick lang wurde. Sie kamen in einen Wald. »Hier wirst du einen Holzhacker finden«, sagte das Pferd, »der uns von großen Nutzen sein kann. Er ist begabt.«

»Was meinst du damit?« fragte Fortunat.
»Die Feen«, antwortete das Pferd, »haben ihn mit mancherlei Talenten versehen. Suche ihn zu bereden, daß er mit uns geht.«
Es währte nicht lange, so kamen sie an den Ort, wo der Holzhauer arbeitete. Der Ritter näherte sich ihm auf bescheidene Art und stellte ihm verschiedene Fragen, die dieser mit Verstand und Klugheit beantwortete. »Wohin sind denn Eure Gehilfen gegangen«, fragte Fortunat unter anderem, »ich sehe ja hier eine Menge gefällte Bäume?«
Der Holzhauer antwortete, er hätte sie alle allein in wenigen Stunden gefällt, und es wären ihrer noch nicht genug für eine Fuhre.
»Wie«, sagte der Ritter, »Ihr wollt doch nicht etwa all das Holz auf einmal aufhocken?«
»Warum nicht?« antwortete der Holzhauer. »Dies und noch mehr dazu. Darum heiß ich auch Mark-im-Buckel.«
»Wenn Ihr so stark seid«, sagte Fortunat, »so müßt Ihr wohl sehr viel verdienen?«
»Das eben nicht«, versetzte jener. »Die Leute sind hierzulande sehr arm; jeder tut seine Arbeit, und man braucht nicht leicht den Arm eines andern anzusprechen.«
»Da dem so ist«, erwiderte Fortunat, »so meine ich, Ihr suchtet Euer Glück andernorts zu machen. Geht mit mir, und es soll Euch an nichts fehlen. Wenn Ihr aber Lust bekommt, wieder nach Hause zurückzukehren, so verspreche ich, Euch soviel Geld zu geben, als Ihr dazu nötig habt.«
Der Holzhauer besann sich nicht lange, verließ seine Axt und folgte seinem neuen Herrn.
Kaum hatten sie das Ende des Waldes erreicht, als sie auf der Ebene einen Menschen fanden, der sich die Füße zusammenband und nur etwa soviel Raum ließ, daß er notdürftig gehen konnte. Das Pferd blieb stehen und sagte zu seinem Herrn: »Dieser Mensch hier ist ebenfalls begabt. Du kannst ihn brauchen, also nimm ihn mit!« Fortunat näherte sich ihm und

fragte mit seine gewöhnlichen Leutseligkeit, warum er sich die Beine zusammenschnüre. »Ich rüste mich zur Jagd«, antwortete jener.

»Wie«, versetzte der Ritter, »glaubt Ihr denn, besser laufen zu können, wenn Ihr Euch einschnürt?«

»Das eben nicht«, antwortete jener; »ich laufe weniger schnell, aber das ist auch meine Absicht. Wenn ich das nicht täte, so liefe ich über alle Hasen und Hirsche hinweg und bekäme keinen.«

»Ihr scheint mir ein außerordentlicher Mensch zu sein«, sagte Fortunat. »Wie heißt Ihr?«

»Windesschnell«, antwortete der Jäger; »unter diesem Namen bin ich hierzulande bekannt.«

»Wenn Ihr Lust habt, auch andere Länder zu sehen, so folgt mir; es soll Euch an nichts fehlen, und viel zu tun werdet Ihr auch nicht haben.«

Windesschnell hatte in seinem Vaterlande wenig zu verlieren und trug also kein Bedenken, Fortunats Vorschlag anzunehmen, welcher dann seine Reise mit seinen Begleitern weiter fortsetzte.

Am folgenden Tag fand er am Ufer eines Sees einen Menschen, der sich die Augen verband. Und das Pferd sagte zu seinem Herrn: »Ich rate dir, diesen Menschen in deine Dienste zu nehmen.«

Fortunat fragte ihn sogleich, warum er sich die Augen verbände. »Weil ich sonst gar zu hell sehe«, antwortete dieser. »Ich entdecke alles Wildbret in einer Strecke von vier Stunden, und ich tue keinen Schuß, ohne mehr zu erlegen, als ich brauchen kann. Ich muß mir also die Augen verbinden, und gleichwohl ist kein Vogelnest vor mir sicher. Es ist mir ein leichtes, in weniger als zwei Stunden ein ganzes Land davon zu entledigen.«

»Ihr seid ein geschickter Mann«, sagte Fortunat. »Wie heißt Ihr denn?«

»Sie heißen mich den Guten Jäger«, antwortete er, »und Jagen ist mein Leben; ich möchte um alles in der Welt willen nichts anderes treiben.«

»Gleichwohl habe ich große Lust, Euch vorzuschlagen, in meine Dienste zu treten«, sagte Fortunat. »Ihr könnt dabei immer Gelegenheit finden, Eure Kunst zu üben.«

Der Gute Jäger machte anfänglich Schwierigkeiten, und der Ritter hatte Mühe, ihn zu bereden. Schließlich gelangte er zu seinem Ziel und entfernte sich vom Ufer des Sees.

Als er eines Tages an einer Wiese hinritt, bemerkte er einen Menschen, der auf einem Ohre lag und auf etwas zu lauern schien. »Herr«, hub das Pferd an, »dieser Mensch da ist ebenfalls begabt. Nimm ihn in deine Dienste; er wird dir von großem Nutzen sein!«

Fortunat ritt auf die Wiese und fragte den Menschen, was er hier mache. »Ich brauche einige Kräuter«, antwortete er, »und da horche ich, ob das, was wächst, zu meiner Absicht dienlich ist.«

»Habt Ihr denn ein so feines Gehör, daß Ihr das Gras wachsen hört?«

»Allerdings«, antwortete der Mann; »darum heiße ich auch Feinohr.«

»Nun gut, Feinohr«, fuhr der Ritter fort, »hättest du wohl Lust, in meine Dienste zu treten? Ich will dir einen Lohn geben, mit dem du zufrieden sein sollst.«

Feinohr nahm diesen Vorschlag auf der Stelle an und folgte seinem liebenswürdigen Herrn.

Dieser setzte seinen Weg weiter fort und sah einen Mann mit aufgeblasenen Backen an der Straße stehen. Vor ihm, in einer Entfernung von zwei Meilen, lag ein Berg, auf welchem fünfzig bis sechzig Windmühlen standen. Das Pferd blieb stehen und sagte zu seinem Herrn: »Dieser Mensch ist begabt; nimm ihn in deine Dienste.«

Fortunat näherte sich ihm und fragte ihn, was er mache.

»Ich blase ein wenig«, antwortete dieser, »um die Windmühlen dort in Bewegung zu setzen.«

»Seid Ihr denn nicht zu weit davon entfernt?« fuhr der Ritter fort.

»Im Gegenteil«, war die Antwort, »wenn ich nicht die Hälfte meines Atems zurückhielte, so hätte ich längst die Windmühlen mitsamt dem Berge umgeworfen. Ich bin auf diese Weise an manchem Unglück schuld, ohne es zu wollen. Neulich hatte mich mein Herr geschlagen, und da ich darüber seufzte und stöhnte, stürzte ich einen ganzen Wald über den Haufen. Darum haben sie mir in der ganzen Gegend den Namen Sturmwind gegeben.«

»Wenn es Euch hier nicht gefällt und Ihr den Leuten nicht ansteht, so kommt mit mir! Ihr habt gute Gesellschaft. Meine Begleiter sind gleichfalls mit außerordentlichen Talenten begabt.«

»Ich bin ein Freund vom Außerordentlichen«, antwortete Sturmwind, »und ich trage kein Bedenken, Ihren Vorschlag anzunehmen.«

Fortunat verließ diese Gegend mit seinen Begleitern und war wieder eine ziemliche Strecke gereist, als er einen großen Teich erblickte, in den sich mehrere Quellen ergossen. Am Ufer desselben stand ein Mensch, der sehr aufmerksam hineinsah. »Herr«, sagte das Pferd zu dem Ritter, »dieser Mensch da fehlte noch zu deiner Equipage; und wenn du ihn bereden könntest, mit uns zu gehen, so hättest du dir Glück zu wünschen.«

Der Ritter näherte sich diesem zugleich und fragte ihn, was er hier mache.

»Das sollen Sie gleich sehen«, bekam er zur Antwort. »Sobald der Teich voll ist, trink ich ihn gleich mit einem Zuge aus. Ich habe ihn zwar schon zweimal ausgetrunken, aber gleichwohl habe ich noch entsetzlichen Durst.«

Während der Zeit hatte sich der Teich gefüllt, und jener trank ihn völlig aus. Fortunat und alle seine Begleiter sahen ihm mit Erstaunen zu.

»Habt Ihr immer so argen Durst?« fragte ihn der Ritter.

»Nicht immer«, antwortete jener, »nur wenn ich zuviel Eingesalzenes gegessen habe oder wenn es auf eine Wette ankommt. Um dieses Talentes willen nennt man mich auch Glu-Glu.«

»Wißt Ihr was, Glu-Glu«, versetzte der Ritter, »kommt mit mir, ich will Euch Wein zu trinken geben, der Euch besser schmecken soll als das trübe Wasser.«

»Mit Freuden«, antwortete Glu-Glu, und auf der Stelle folgte er seinem neuen Herrn.

Schon erblickten sie in der Ferne das Lager des Königs, als sie einem Menschen begegneten, der von einer unzähligen Menge von Broten umgeben war und mit einem solchen Heißhunger aß, als wenn er entschlossen wäre, kein einziges von allen diesen Broten übrigzulassen.

»Herr«, sagte das Pferd zu Fortunat, »suche diesen Menschen zu gewinnen, er fehlt uns noch.«

Der Ritter näherte sich diesem und sagte lächelnd: »Wollt Ihr all das Brot zu Eurem Frühstück essen?«

»Natürlich«, antwortete jener. »Mein einziger Kummer ist nur, daß ich nicht mehr habe. Aber die Bäcker sind so faule Kerle, daß sie sich den Henker darum scheren, ob unsereins Hunger hat oder nicht.«

»Wenn Ihr aber alle Tage so viel braucht«, sagte Fortunat, »so müßt Ihr in kurzer Zeit ein ganzes Land aushungern können.«

»Das wäre mir nicht lieb«, antwortete Schluck-Schluck (so hieß er), »wenn ich alle Tage solchen Appetit hätte. Das kommt nur so von Zeit zu Zeit.«

»Freund Schluck-Schluck«, fuhr der Ritter fort, »komm mit mir, und es soll dir nie an etwas fehlen. Essen genug, einen leichten Dienst – mit einem Wort, es soll dich nicht gereuen, in meine Dienste getreten zu sein.«

Es bedurfte wenig Überredung, und Schluck-Schluck ging mit. Das Pferd hatte nun die Vorsicht, seinem Herrn zu sagen, er möchte allen seinen Leuten verbieten, sich ihrer außerordentlichen Gaben zu rühmen. Er rief sie also zusammen und legte ihnen ein unverbrüchliches Stillschweigen auf, indem er ihnen seinerseits versprach, sie alle glücklich zu machen. Jeder schwur ihm, seinen Befehlen gemäß zu handeln; und kurz darauf kamen sie in die Stadt, wo der König sein Hoflager hielt. Fortunats Schönheit und die Pracht seines Aufzugs machte auch hier großes Aufsehn, und der König, der sogleich von dem schönen Ritter Nachricht bekommen hatte, konnte kaum die Zeit erwarten, da er ihn sehen sollte.

Endlich erschien der Tag der Parade, die auf einer großen Ebene vor der Stadt abgehalten wurde. Bei Aufgang der Sonne begab sich der König mit seiner Schwester und mit seinem ganzen prächtigen Hofstaate dahin. Fortunat war nicht der letzte, welcher erschien. Jedermann warf den Blick auf ihn; jedermann fragte, wer er wäre; und als der König bei ihm vorüberkam, gab er ihm ein Zeichen, sich zu nähern.

Fortunat stieg sogleich vom Pferde und trat vor den König. Eine lebhafte Röte überzog seine Wangen, als er merkte, wie aufmerksam er betrachtet wurde, und diese Röte erhöhte den Glanz seiner Schönheit noch mehr. »Ich freue mich«, sprach der König ihn an, »von Ihnen selbst zu erfahren, wer Sie sind und wie Sie sich nennen.«

»Sire«, antwortete der Ritter, »ich heiße Fortunat, und in diesem Augenblick führe ich diesen Namen zum erstenmal in der Tat. Denn mein Vater, der Graf von O..., ist ebenso arm, wie er edel und vornehm ist.«

»Nun«, antwortete der König, »Madame Fortuna, die Sie Ihre Patin nennen, hat es nicht übel mit Ihnen gemeint, Sie hierherzubringen. Ich erinnere mich, daß Ihr Vater dem meinigen wichtige Dienste geleistet hat, und ich werde sie ihm an Ihnen zu vergelten suchen.«

»Das ist nicht mehr als billig«, setzte die Königinwitwe hinzu. »Ich erinnere mich des Grafen von O... sehr genau,

und Sie können mir ohne Bedenken die Sorge überlassen, an die Belohnung seines Sohnes zu denken.«
Fortunat war über diese Aufnahme entzückt, dankte dem König und seiner Schwester mit wenigen Worten, aber mit der besten Manier von der Welt. Er bestieg hierauf sein Pferd und mischte sich unter den Adel, der den König begleitete. Die Königin sah sich nach ihm um; und die Hofdamen folgten dem Beispiel ihrer Gebieterin.
Fortunat konnte sich seinerseits nicht enthalten, seine Augen auf den König zu heften, der der schönste und liebenswürdigste Mann seiner Zeit war. Schönchen hatte mit dem Unterrocke ihr Geschlecht nicht abgelegt, und sie fühlte ihr Herz unruhig schlagen, wenn der König seine Augen von ungefähr auf sie warf. Nach der Parade ernannte ihn dieser zu seinem Stallmeister.
Fast täglich rief Fortunat seinen Koffer und nahm einen neuen Anzug heraus. Er war immer viel prächtiger gekleidet als die Prinzen, die sich am Hofe aufhielten, so daß ihn die Königin einige Male fragte, wie er bei den geringen Mitteln seines Vaters diesen Aufwand bestreiten könne. »Gestehen Sie nur die Wahrheit«, sagte sie bisweilen zu ihm. »Sie haben eine Geliebte, die Sie mit allen den schönen Sachen versieht, die wir an Ihnen sehen.«
Dann errötete Fortunat und antwortete immer ehrfurchtsvoll, aber unbestimmt auf die Fragen der Königin.
Seinen Dienst versah Fortunat auf das pünktlichste, denn er tat ihn mit Freuden und seinem Herrn zuliebe, zu dem er sich von Tag zu Tag stärker hingezogen fühlte. Bisweilen erschrak der arme Ritter, wenn er an seine Lage dachte. »Was soll mein Schicksal sein?« sagte er dann zu sich selbst. »Ich liebe einen mächtigen König, ohne jemals auf Gegenliebe rechnen zu dürfen. Ach, er wird mir meine Leidenschaft nicht einmal danken.«
Der König überhäufte ihn seinerseits mit Gunstbezeigungen, und die Königin dachte in allem Ernste daran, sich heimlich

mit ihm zu verheiraten. Aber sie war nicht die einzige, welche Neigung und Liebe für ihn fühlte. Die schönsten Damen ihres Hofes waren ebenso gesinnt wie sie; alle wetteiferten, ihm zu gefallen; jede suchte seine Gunst zu erringen und ihre Nebenbuhlerin auszustechen. Fortunat jedoch blieb bei allen ihren Schmeicheleien, ihren Liebesbriefchen, ihren Geschenken kalt und gleichgültig. Sie schmollten; aber auch das half nichts. Sie schmachteten; er schien es nicht zu bemerken. Mit einem Worte: Fortunat tat alles, um die Damen zur Verzweiflung zu bringen, die vor Verlangen brannten, sich ihm auf Gnade und Ungnade zu ergeben.

Die Königin war am allerübelsten dran. Sie wollte sich gern die Verlegenheit ersparen, ihm ihre Neigung zu gestehen; aber Fortunat kam ihr keinen Schritt entgegen, sondern hielt sich immer in einer ehrfurchtsvollen Entfernung. Schließlich trug sie ihrer vertrauten Florinde auf, ihm zu verstehen zu geben, daß so viele Zeichen der Gewogenheit, die ihm eine junge und schöne Königin gäbe, wohl etwas mehr als bloße Gnade zum Grunde haben möchten. Florinde war bei diesem Auftrage in großer Verlegenheit. Sie war dem Schicksal der übrigen Damen nicht entgangen, und Fortunat schien ihr selbst viel zu liebenswürdig, als daß sie die Pläne der Königin hätte befördern wollen. Statt also die Aufträge ihrer Gebieterin auszurichten, unterhielt sie den Ritter mit Erzählungen von der üblen Laune und dem Eigensinn der Königin, von ihren Ungerechtigkeiten und dem Mißbrauch, den sie mit der Gunst des Königs trieb. »Ich sollte Königin sein«, sagte sie dann. »Ich würde anders handeln, denn die Großmut ist meine Leidenschaft. Wie wollte ich dann den schönen Fortunat glücklich machen! Er würde mich aus Dankbarkeit lieben, wenn er mich nicht aus Neigung liebte.«

Dem Ritter mißfiel diese Art von Unterhaltung, denn sie setzte ihn in Verlegenheit; und er mied Florinde, so gut er konnte. Diese brachte der Königin keine tröstlichen Nachrichten. »Der Ritter ist so furchtsam«, sagte sie, »daß er kein

Wort von all dem glauben will, was ich ihm von Ihrer Neigung gesagt habe; wenigstens stellte er sich so, denn ich kann mich nicht enthalten zu glauben, daß er irgendeine geheime Leidenschaft in seinem Herzen hegt.«

»Ich vermute selbst so etwas«, sagte die Königin. »Könnten wir denn aber nicht seinen Ehrgeiz wecken und so seine Leidenschaft einschläfern?«

»Wie?« antwortete Florinde. »Wollen Sie sein Herz Ihrer Krone danken? Wenn man so jung und schön ist wie Sie, wenn man sich so vieler herrlicher Eigenschaften und Talente rühmen kann, sollte man da seine Zuflucht zu einem Diadem nehmen?«

»Man nimmt seine Zuflucht zu allem«, antwortete die Königin, »wenn man verliebt ist und ein widerspenstiges Herz zu bezwingen trachtet.«

Florinde wagte nicht, ihr zu antworten, und die Königin suchte nun selbst ein Mittel, sich mit Fortunat zu unterhalten und ihn auf bessere Wege zu bringen. Sie wußte, daß er jeden Morgen ganz früh in einem kleinen Wäldchen spazierenging, das unter ihrem Fenster lag. Sie stand also mit der Morgenröte auf und stellte sich an das Fenster, ihre Augen nach der Gegend gerichtet, in welcher er erscheinen mußte. Es währte auch gar nicht lange, so kam er niedergeschlagen und langsam einher. Die Königin rief Florinde: »Du hast ganz recht«, sagte sie zu ihr, »Fortunat muß verliebt sein; sieh nur, wie traurig er aussieht! Laß uns hinabsteigen und ihm folgen, vielleicht, daß wir eine Entdeckung machen.«

Florinde wollte ihr nicht widersprechen, so große Lust sie auch hatte. Sie gingen hinunter, und kaum hatten sie den Fuß in das Wäldchen gesetzt, als sie den Ritter folgende Worte singen hörten:

Wo Amor wohnt, flieht die Zufriedenheit;
Zwar scheint das Glück mich lächelnd liebzukosen;
Doch ach, wie bald verwelken doch die Rosen,
Die seine Hand auf unsre Pfade streut!

Die Königin gab diesen Worten einen ganz anderen Sinn, als der Ritter hineingelegt hatte. »Wie«, sagte sie, »dieser Undankbare fürchtet die Liebe und zittert vor dem Glück, das ich ihm zubereite! Er prahlt mit seiner Eroberung zu stolz, sich selbst besiegen zu lassen, und zu übermütig, meine leisen Wünsche zu hören!«
»Er ist noch zu jung«, sagte Florinde, »um der Vernunft Gehör zu geben. Wenn ich es wagen dürfte, Ihnen zu raten, so suchen Sie einen Menschen zu vergessen, der Ihre Gnade so wenig zu schätzen weiß.«
Die Königin schoß einen zornigen Blick auf ihre Vertraute, eilte nach der Laube zu, in welcher sich der Ritter befand, und stellte sich betroffen, ihn an einem Orte zu sehen, wo sie sich ganz allein geglaubt hätte.
Der Ritter verbeugte sich ehrerbietigst und war im Begriffe, sich zu entfernen, als die Königin ihm befahl, ihr Gesellschaft zu leisten. »Der Gesang der Vögel«, sagte sie, »hat mich heute morgen so angenehm geweckt; und das heitre Wetter lud mich ein, hinauszugehen, um sie einmal in der Nähe zu hören. Wie glücklich sind sie! Wie sorgenfrei! Ihre Fröhlichkeit tönt in ihren Liedern, und der Kummer naht sich ihrem Herzen nicht!«
»Und doch«, versetzte Fortunat, »sind sie nicht so ganz von Sorgen frei, wie Ihre Majestät zu glauben scheinen. Sie haben die Nachstellungen der Jäger, die Netze und Raubvögel zu fürchten; wenn der rauhe Winter hereinbricht und die Erde mit Schnee bedeckt, so sterben sie oft vor Hunger; und alle Jahre sind sie wenigstens in der Verlegenheit, sich ein Weibchen zu suchen.«
»Halten Sie denn das für eine große Verlegenheit?« fiel die Königin lächelnd ein. »Es gibt Männer, die alle Monate wechseln. Oder haben Sie noch nie eine solche Erfahrung gemacht? Sollten Sie unter allen Männern vielleicht die einzige Ausnahme sein?«
»Ich weiß nicht, wozu ich fähig bin«, antwortete der Ritter,

»denn ich habe noch niemals geliebt. Ich glaube aber, daß, wenn sich mein Herz einmal in die Fesseln der Liebe begäbe, ich nicht die Kräfte haben würde, sie jemals zu brechen.«
»Sie haben noch niemals geliebt?« rief die Königin aus und sah den Ritter starr an, der bald rot, bald blaß wurde. »Sie haben noch niemals geliebt? Ritter, können Sie Ihrer Königin eine Unwahrheit sagen? Ihre Augen und die Verse, die Sie vorhin sangen, beweisen, dünkt mich, das Gegenteil.«
»Ich kann nicht leugnen, diese Verse gesungen zu haben«, antwortete Fortunat, »aber das war ganz ohne Absicht; ich versichere Ihnen, ganz ohne Absicht.«
»Ich will Ihnen glauben«, versetzte die Königin, in deren Herzen ein Strahl der Hoffnung zu schimmern begann; »aber es ist mir unbegreiflich, daß Sie bis jetzt an unserem Hofe noch keine Dame gefunden haben sollten, die Ihrer Liebe würdig wäre.«
»Die Erfüllung meiner Pflichten«, antwortete Fortunat, »liegt mir so sehr am Herzen, daß ich keine Zeit übrig habe zu seufzen.«
»Sie lieben also niemanden?« sagte die Königin mit sichtbarer Lebhaftigkeit.
»Nein, Madame. Ich bin nicht für die Damen gemacht; ich liebe die Freiheit, und ich möchte sie um keinen Preis in der Welt verlieren, selbst um die Liebe nicht.«
Die Königin sah ihn zärtlich an und sagte: »Es gibt so schöne und glorreiche Ketten, daß man sich glücklich schätzen muß, sie zu tragen. Hätte Ihnen das Schicksal solche Ketten bestimmt, ich würde Ihnen raten, der trügerischen Freiheit zu entsagen, auf die Sie soviel halten.«
Fortunat verstand den Sinn ihrer Worte nur allzu gut; aber nach ihren Wünschen konnte er ihr nun einmal nicht antworten, und er mußte ein Gespräch abbrechen, das ihn in die größte Verlegenheit setzte. Er bat also um die Erlaubnis, sich entfernen zu dürfen, weil er beim Aufstehen des Königs anwesend sein mußte.

Die Königin verfolgte ihn mit ihren Augen, so weit sie konnte; als sie ihn aber nicht mehr sah und Zeit bekam, das Geschehene zu überlegen, fühlte sie ihr Herz mit Verdruß, Scham und Unwillen erfüllt. Florinde, welche bei der ganzen Unterredung anwesend gewesen war, spielte ihre Rolle, so gut es ihr möglich war. Sie tröstete die Königin, suchte ihr Hoffnung zu machen und den Ritter mit seiner Einfalt zu entschuldigen; denn Florinde war fest überzeugt, daß der Ritter eine unüberwindliche Abneigung gegen die Königin hegte. Sie wünschte aber, sie zu noch deutlicheren Erklärungen zu bewegen und ihrem Ritter Veranlassung zu noch bestimmteren Antworten zu geben.
Fortunat befand sich in einer sehr heiklen Lage, und er würde den Hof ohne Bedenken verlassen haben, wenn ihn nicht seine Neigung für den König zurückgehalten hätte. Indes mied er die Königin überall, und dieses absichtliche Ausweichen blieb nicht unbemerkt. Sie beschloß indes, noch einen Sturm zu wagen, und ergriff die Gelegenheit, da sie ihn im Garten fand. Sie rief ihn, und da er fürchtete, sich ihren Zorn zuzuziehen, wenn er sich stellte, als hätte er es nicht gehört, so näherte er sich ihr furchtsam und ehrerbietig.
»Erinnern Sie sich noch der Unterredung«, sagte sie zu ihm, »die wir neulich in der Laube zusammen hatten? Die Fragen, die ich an Sie richtete, müssen Ihnen sehr unangenehm gewesen sein, da Sie mich seit dem Tage nicht wieder in die Lage gesetzt haben, ähnliche Fragen an Sie zu richten.«
»Es würde Kühnheit gewesen sein«, antwortete der Ritter, »das geflissentlich zu suchen, was mir damals der Zufall verschaffte.«
»Sagen Sie lieber«, versetzte die Königin, »daß Sie meine Gegenwart gemieden haben. Sie kennen meine Gesinnungen nur allzu gut.«
Fortunat schlug die Augen mit sichtbarer Verlegenheit nieder, und da er ihr nicht antwortete, fuhr sie fort: »Geben Sie

sich nicht die Mühe, auf eine Antwort zu sinnen. Ihr Stillschweigen sagt mir am deutlichsten, was Sie denken.«
In diesem Augenblick bemerkte sie den König. Er ging traurig auf und ab; irgendein wichtiger Gegenstand schien ihn zu beschäftigen. Die Königin eilte auf ihn zu und beschwor ihn, ihr die Ursache seiner Unruhe nicht zu verbergen.
»Du weißt, liebe Schwester«, antwortete der König, »daß ich vor einigen Wochen die Nachricht erhielt, wie ein ungeheurer Drache das ganze Land verwüste. Ich hoffte, daß man Mittel finden würde, ihn zu töten. Ich gab alle nötigen Befehle, aber man hat alles vergeblich versucht. Er verschlingt Menschen und Tiere; er vergiftet Flüsse und Quellen, und auf seinem Wege vertrocknet Gras und Kraut.«
Während der König so sprach, faßte die Königin den Entschluß, den Ritter ihrer Rache aufzuopfern.
»Diese traurigen Nachrichten sind mir nicht unbekannt«, antwortete sie. »Fortunat, den du bei mir gesehen haben wirst, hat mir sie eben hinterbracht; und – was dich vielleicht wundern wird – er hat mich auf das dringendste gebeten, ihm die Erlaubnis zu erwirken, den Drachen zu bekämpfen. Ich glaube auch, daß er der Mann ist, der noch am ehesten mit ihm fertigwerden könnte; denn an Geschicklichkeit und Mut kommt ihm nicht leicht jemand gleich. Er hat mir noch überdies gesagt, daß er ein Mittel hat, die wildesten Drachen einzuschläfern. Doch muß man davon nicht reden, um seinen Ruhm nicht zu schmälern, wenn er den Kampf besteht.«
»Er mag den Kampf bestehen, auf welche Weise er will, so wird es ruhmvoll für ihn und nützlich für uns sein«, sagte der König. »Aber ich fürchte, sein Eifer, uns zu dienen, führt ihn zu weit. Ich mag ihn nicht gern verlieren, am wenigsten um einer Donquichotterie willen.«
»Ich glaube nicht, lieber Bruder, daß du deswegen besorgt zu sein brauchst«, antwortete die Königin. »Er hat mir Wunderdinge erzählt, und du weißt, daß er nicht prahlt. Ich habe ihm auch wirklich versprochen, ihm die Erlaubnis bei dir zu er-

wirken; und ich glaube, daß es ihn sehr kränken würde, wenn er eine abschlägige Antwort bekäme.«

»Nun so sei es!« versetzte der König. »Ich gebe sie ihm zwar ungern, aber ich will seinem Mut keine Schranken setzen. Wir wollen ihn rufen.«

Fortunat erschien; und der König sagte auf eine sehr verbindliche Weise zu ihm: »Die Königin hat mir von dem Verlangen berichtet, das Ihr hegt, den Drachen zu bekämpfen, der mein Königreich verwüstet; und ich habe eine so hohe Meinung von Euerm Mut, daß ich Euch nicht abhalten will, Ruhm und Ehre einzuernten. Aber ich hoffe, daß Ihr die Gefahr wohl überlegt habt, in die Ihr Euch begebt.«

»Ich habe sie ihm so lebhaft wie möglich vor Augen zu stellen gesucht«, fiel die Königin ein, »aber sein Eifer, dir zu dienen, und seine Begierde, sich auszuzeichnen, ist so groß, daß er keinen Einwänden Gehör schenken will.«

Fortunat war wie aus den Wolken gefallen. Er erriet die boshafte Absicht der Königin, aber er antwortete nichts; und der König glaubte in seinem Stillschweigen die Unveränderlichkeit seines Vorsatzes zu lesen. »So geht denn«, fuhr er mit einem tiefen Seufzer fort; ich kenne Eure Geschicklichkeit und Euren Mut, und ich hoffe, daß Ihr siegreich zurückkehren werdet.«

»Sire«, antwortete der Ritter, »der Kampf mag ausfallen, wie er will, ich werde mit meinem Schicksal zufrieden sein. Ich befreie Sie entweder von einer verheerenden Landplage, oder ich sterbe für Sie. Beides wird für mich süß und glorreich sein. Aber ich wage es, vorher um eine Gnade zu bitten.«

»Bittet, um was Ihr wollt«, antwortete der König.

»Ich wage es, um Ihr Bildnis zu bitten.«

»Eure Bitte soll Euch gewährt sein«, versetzte der König.

Fortunat befand sich wegen seines gegebenen Versprechens in keiner geringen Verlegenheit. Er begab sich sogleich in den Stall zu seinem Pferde, es um Rat zu fragen. »Ich weiß schon, was du willst«, sagte das Pferd, als er zu ihm trat.

»Sag, was fangen wir an?«
»Wir reisen so geschwind wie möglich ab«, war die Antwort. »Laß dir vom Könige eine Ordre ausstellen, den Drachen zu töten; wir wollen dann schon unsere Schuldigkeit tun.«
Diese wenigen Worte flößten dem jungen Ritter Mut ein. Er begab sich am anderen Morgen zum Könige und bat um die Erlaubnis zur Abreise.
Als ihn der König sah, rief er aus: »Wie, Ihr wollt schon fort?«
»Man kann nicht eilfertig genug sein, Ihre Befehle zu vollstrecken«, antwortete Fortunat. Der König war gerührt. Er sah ihn ungern reisen, aber er wollte ihn nicht hindern, seinen Mut zu zeigen und Lorbeern zu ernten. Er umarmte ihn also, schenkte ihm sein Bildnis und stellte ihm einen Befehl aus, in welchem alle seine Untertanen ermahnt wurden, dem Ritter alle Hilfe zu leisten, deren er etwa benötigen dürfte. Fortunat nahm hierauf Abschied vom König und ging auch zur Königin, die, von Damen umgeben, an ihrem Nachttische saß. Sie verfärbte sich, als sie ihn sah; er aber grüßte sie ehrfurchtsvoll und bat um ihre Befehle, weil er im Begriffe sei, seine Reise anzutreten. Florinde fiel bei dieser Nachricht beinahe in Ohnmacht. Auch die Königin war bestürzt, aber sie faßte sich: »Ich bitte den Himmel«, sagte sie, »Euch siegreich zurückzubringen.«
»Ich hoffe es«, antwortete Fortunat. »Sie kennen die Gefahr, die mit meinem Unternehmen verbunden ist; mir ist sie auch nicht unbekannt; gleichwohl bin ich voll Mut und Zuversicht. Vielleicht bin ich jetzt an Ihrem Hofe der einzige, der so gute Hoffnungen hegt.«
Die Königin verstand, was er damit sagen wollte; aber sie fand nicht für gut, darauf zu antworten.
Endlich kehrte Fortunat nach Hause zurück und befahl seinen sieben Bedienten, sich zu Pferde zu setzen und ihm zu folgen, weil sich jetzt eine Gelegenheit biete, wo er ihre Talente nutzen könne. Alle waren vergnügt, ihrem Herrn einen

Dienst leisten zu können, machten ihre Pferde zurecht, und in weniger als einer Stunde saß der Ritter mit seiner ganzen Dienerschaft auf.

Sie waren noch nicht weit geritten, als sie das Gekreische einiger Menschen hörten, die dem Drachen in die Klauen gefallen waren. Bald darauf kamen einige andere ihnen in den Weg gerannt, die dem Ungeheuer entflohen und von denen sie erfuhren, daß es nicht weit entfernt wäre. Sie erzählten ihm unter anderem, daß, da das Wasser in ihrem Lande selten wäre, sie einen Teich gemacht hätten, um den Regen aufzufangen. An diesem Teiche ließe sich der Drache bisweilen nieder, und wenn er käme, erhöbe er ein solches Geschrei, daß man ihn eine Stunde weit hören könnte.

Als der Ritter diese Nachrichten vernommen hatte, begab er sich in ein Wirtshaus, um mit seinem getreuen Pferde Rat zu halten. »Nun«, sagte er zu ihm, »was hätten wir wohl anzufangen, um über den Drachen Herr zu werden.«

»Ich will diese Nacht darüber nachdenken«, antwortete das Pferd, »und morgen früh sollst du meinen Rat hören.«

Als der Ritter am anderen Morgen wieder in den Stall kam, um die Meinung seines Meisters zu hören, sagte das Pferd zu ihm: »Mein Rat ist, daß Feinohr horche, wenn sich der Drache nähert.« Feinohr legte sich sogleich auf die Erde und horchte. Es währte gar nicht lange, so hörte er das Brüllen des Drachen, der noch sieben Meilen entfernt war. »Nun«, sagte das Pferd, »muß Glu-Glu den Teich austrinken und Mark-im-Buckel muß eine Ladung Wein hineintragen. Um das Ufer herum legt Rosinen, Pfeffer und andere dursterregende Dinge. Alle Einwohner der Gegend sollen sich in ihren Häusern verborgen halten, und auch du, mein Herr, darfst das deinige nicht verlassen. Du wirst sehen, daß du den Drachen in deine Gewalt bekommst.«

Diese Anstalten waren in kurzer Zeit gemacht. Fortunat schloß sich mit seinen Leuten in ein Haus ein, das die Aussicht auf den Teich hatte; und kurz darauf ließ sich der Drache an seinem Ufer nieder. Er fraß und trank, und trank so lange, bis er betrunken war. Er sank auf die Seite, und die Augen fielen ihm zu. Fortunat versäumte diesen glücklichen Augenblick nicht. Er verließ seine Wohnung mit dem Degen in der Faust und durchbohrte den Drachen. Dieser stieß ein schreckliches Geschrei aus und drang auf den Ritter ein; aber das Blut floß schon in Strömen aus seiner Wunde, die Kräfte verließen ihn, und er sank tot darnieder. Fortunat rief seine Leute herbei, um ihn zu binden und ihn nach der Stadt zu schleppen. Alle machten sich auf den Weg, um dem Könige das Schauspiel des besiegten Ungeheuers so bald als möglich zu verschaffen.

Windesschnell hatte die Nachricht von dem Sieg lange vorher gebracht, ehe der Ritter selbst ankam. Der König ging ihm entgegen, umarmte ihn und beglückwünschte ihn. Der ganze Hof und die ganze Stadt versammelte sich um den tapferen Mann, der das Land von dem verderblichen Ungeheuer befreit hatte. Jedermann dankte ihm; alle waren von der lebhaftesten Freude erfüllt. Nur die Königin, in deren Herzen noch immer Liebe und Rachsucht kämpften, war ungewiß, ob sie sich mehr zu freuen oder zu betrüben habe.

Sie lag noch mit sich selbst im Streit, als der König mit dem Ritter in ihr Zimmer trat: »Hier bringe ich dir den Besieger des Drachen«, sagte er zu ihr. »Er hat mir den größten und herrlichsten Dienst geleistet, den ich von einem getreuen Untertanen erwarten konnte. Da du ihm die Erlaubnis dazu erwirkt hast, so ist es auch deine Pflicht, ihn für die Gefahr zu belohnen, welcher er sich ausgesetzt hat.«

Die Königin suchte ihre Verlegenheit so gut als möglich zu verbergen, empfing den Ritter mit sehr gnädigen Ausdrükken, überhäufte ihn mit Lob und fühlte jeden Augenblick lebhafter, daß sie sich selbst betrogen hatte, als sie den Ritter zu hassen glaubte.

Je öfter sie ihn sah, desto heftiger wurde ihre Leidenschaft. Eines Tags befand sie sich mit ihm auf der Jagd, und sie glaubte, diese Gelegenheit nicht vorüberlassen zu dürfen, sich mit Fortunat auszusöhnen. Sie stellte sich unpäßlich, blieb zurück und bat den Ritter, ihr Gesellschaft zu leisten. Er gehorchte. Die Königin, Florinde und Fortunat stiegen vom Pferde und setzten sich an den Rand eines Bachs, ohne daß einer von allen dreien den Mund zum Reden geöffnet hätte.

Endlich brach die Königin das Stillschweigen und blickte den Ritter an. »Die besten Absichten«, begann sie, »werden am leichtesten verkannt. Ich habe Ursache zu glauben, daß auch Sie meinen Handlungen eine ganz falsche Deutung gegeben haben. Als ich in den König drang, Sie gegen den Drachen zu schicken, sagte mir eine untrügliche Ahnung, daß Sie siegreich aus diesem Kampfe zurückkehren würden. Ich muß Ihnen sagen, daß Ihre Neider bisweilen übel von Ihrem Mute gesprochen haben, weil Sie nicht mit zur Armee gegangen sind. Dies tat mir weh, und ich glaubte ein Mittel gefunden zu haben, ihnen den Mund zu stopfen. Es sollte mir leid tun, wenn Sie mich anders verstanden hätten.«

»Der Abstand, welcher uns voneinander trennt, gnädige Königin«, antwortete der Ritter, »ist so groß, daß ich diese Erklärung so wenig als die Sorgfalt verdiene, die Sie für meine Ehre getragen haben. Der Himmel hat sich meiner besser angenommen, als meine Feinde wünschten; und ich werde es immer für ein Glück erachten, mein Leben für meinen König und meine Königin aufs Spiel setzen zu können.«

Glücklicherweise wurde das Gespräch durch den Ruf der Hörner unterbrochen, welche die Ankunft des Königs verkündigten. Fortunat ging ihm entgegen, um ihn zu seiner Schwester zu bringen und – um ihren weiteren Zudringlichkeiten auszuweichen. Sie hatte den Vorwurf gar wohl verstanden, den der Ritter ihr machte, und sie bemerkte nur allzugut, daß sie seine Gleichgültigkeit ihr gegenüber nie würde besiegen können. Als der König zu ihr kam und ihr seine Unruhe über ihre Unpäßlichkeit an den Tag legte, antwortete sie ihm: »Es ist wahr, ich befand mich nicht wohl; aber Fortunat besitzt vortreffliche Mittel, einen Kranken auf der Stelle zu kurieren. Er hat die lustigsten Einfälle von der Welt. Solltest du wohl glauben, daß er wieder auf ein neues Abenteuer sinnt?«

»Doch nicht einen Drachen zu bekämpfen?« sagte der König.

»Zehn auf einmal«, antwortete die Königin. »Soll ich es dir sagen? Er will den Kaiser Matapa zwingen, uns alle unsre Schätze herauszugeben; und zwar ganz allein, ohne die Hilfe einer Armee, und er bittet mich inständig, ihm die Erlaubnis dazu zu erwirken. Er hat den Drachen besiegt; vielleicht besiegt er auch den Kaiser. Ich meine, du gibst ihm die Erlaubnis. Was wagst du viel dabei?«

»Ich wage sein Leben«, antwortete der König, »und sein Leben ist mir sehr viel wert. Es sollte mir leid tun, ihn zu verlieren.«

»Du magst es nun machen, wie du willst«, versetzte die Königin, »so ist er verloren. Denn seine Begierde nach diesem Abenteuer ist so unglaublich, daß er vor Kummer sterben wird, wenn er die Erlaubnis dazu nicht bekommt. Ich habe ihm schon alles mögliche entgegengehalten, aber er ist so hartnäckig, daß ich fest überzeugt bin, er ist von dieser tollen Idee auf keine Weise abzubringen.«

»Nun, meinethalben mag er reisen«, sagte der König endlich.

Die Königin ließ ihrem Bruder keine Zeit, sich eines andern zu besinnen, sondern rief den Ritter auf der Stelle zu sich. »Fortunat«, sagte sie, »danken Sie dem Könige; er willigt in Ihr Verlangen, dem Kaiser Matapa unsere Schätze mit Gewalt oder Güte abzunehmen. Gehen Sie und rüsten Sie sich zu diesem Abenteuer, und kommen Sie bald siegreich zurück!«

Fortunat war betroffen; aber dieser Streich kam ihm weder unerwartet noch unerwünscht. Er freute sich, eine neue Gelegenheit zu finden, sein Leben für seinen König zu wagen, vor den er sich auf die Knie warf, um ihm für seine Gnade zu danken. Der König war gerührt, und selbst die Königin fühlte eine Art von Scham, als sie den Mut und die Entschlossenheit sah, mit welcher der Ritter dem Tode entgegenging.

Als der Ritter nach Hause kam, hielt er Rat mit seinem getreuen Rosse, das ihm die besten Hoffnungen wegen des Ausgangs seiner Unternehmung machte. Er ordnete alles zur Abreise an und verlangte Befehle und Beglaubigungsscheine von dem Könige, seinem Herrn. »Sagt dem Kaiser«, antwortete ihm der König, »daß ich meine Untertanen und Soldaten, die er zu Sklaven gemacht hat, meine Pferde und alle erbeuteten Schätze zurückverlange.«

»Und was soll ich ihm zur Entschädigung anbieten?« fragte Fortunat.

»Meine Freundschaft!« versetzte der König.

Mit dieser Instruktion begab sich der Ritter hinweg, nahm aus seinem Koffer für sich und seine Bedienten die kostbarsten Kleider, kaufte ihnen die schnellsten und schönsten Pferde und reiste ab, ohne vorher von der Königin Abschied zu nehmen.

Die Reise ging sehr schnell, und sie kamen daher in kurzer Zeit zur Residenz des Kaisers Matapa, welche größer war als Paris, Rom und Konstantinopel zusammengenommen, und so volkreich, daß jeder Keller und jeder Winkel bewohnt war.

Fortunat bat um Audienz und erhielt sie. Der Kaiser bezeigte sich sehr gnädig gegen ihn; als er aber seinen Vortrag getan hatte, konnte er sich nicht enthalten zu lächeln. »Es möchte noch hingehen«, antwortete er, »wenn Ihr diese Forderung an der Spitze von fünf mal hunderttausend Mann machtet; aber wie man mir sagt, so besteht Eure Armee nur aus sieben Mann.«

»Meine Absicht ist nicht gewesen«, antwortete Fortunat mit

dem ihm eigenen Anstande, »Euer Majestät durch Gewalt, sondern durch meine untertänigsten Vorstellungen zur Herausgabe dieser Schätze zu bewegen.«
»Dies wird Euch wohl schwerlich gelingen«, antwortete der Kaiser, »weder auf dem einen noch auf dem andern Wege; es müßte denn sein, daß Ihr einen Menschen fändet, der zu seinem Frühstück alles Brot aufäße, das an einem Tage für alle Einwohner meiner Residenz gebacken wird.«
Man stelle sich die Freude vor, welche der Ritter bei diesem Vorschlage empfand. Er nahm ihn auf der Stelle an. »Befehlen Eure Majestät«, sagte er, »daß morgen alles frischgebackene Brot auf dem Markte zusammengebracht wird, und Sie sollen das Vergnügen haben zu sehen, daß nichts davon übrigbleibt.«
Der Kaiser hielt sich die Seiten vor Lachen; und den ganzen Rest des Tages sprach man bei Hofe und in der Stadt von nichts anderem als von der Torheit des Abgesandten und dem morgigen Schauspiele, das wahrscheinlich mit der Exekution des Abgesandten endigen werde.
Der Tag brach an; eine ungeheure Menge Volks versammelte sich auf dem Markte, wo man sieben Berge von Brot aufgetürmt hatte. Der Kaiser, seine Gemahlin und seine Tochter nahmen Platz auf einem Balkon, von wo aus sie den Markt übersehen konnten. Fortunat erschien mit einem kleinen Gefolge und erblaßte, als er den unübersehbaren Vorrat von Brot vor Augen sah. Bei Schluck-Schluck aber erregte dieser Anblick ganz andere Gefühle; er schlug sich mit Zuversicht und Freude auf den Bauch und bat um Befehl, sein Frühstück anzufangen. Trompeten und Pauken erklangen; Schluck-Schluck fiel über das Brot her, und in wenigen Stunden war der ganze Vorrat von Brot aufgezehrt.
Fortunat näherte sich nun dem Kaiser, der sich, so wie das ganze Volk, gar nicht von seinem Erstaunen erholen konnte, und bat ihn mit der größten Ehrerbietung, sein gegebenes Versprechen zu erfüllen. Der Kaiser gab verdrießlich zur

Antwort: »Es ist nicht genug, zu essen, man muß auch trinken können. Also Herr Botschafter, Sie oder einer von Ihren Leuten müssen sich entschließen, alles Wasser aus den Fontänen und Zisternen der Stadt und allen Wein, der in unsern Kellern liegt, auszutrinken.«

»Eure Majestät«, antwortete Fortunat, »scheinen mich nötigen zu wollen, Ihren Befehlen ungehorsam zu sein; indes will ich mein möglichstes tun, Ihren Willen auch hierin zu erfüllen, sobald ich nur überzeugt bin, daß Sie geneigt sind, dem Könige, meinem Herrn, seine Schätze herauszugeben.«

»Ich verspreche es Euch«, antwortete der Kaiser.

Der Ritter begab sich nun mit der kaiserlichen Familie und einer unzählbaren Menge von Zuschauern zu der Löwen-Fontäne. Sieben marmorne Löwen spien hier Ströme von Wasser aus ihrem Rachen und versahen alle Brunnen der Stadt. Ein breiter Strom ergoß sich aus dem Bassin mitten durch die Stadt, den man mit kleinen Gondeln befuhr.

Glu-Glu näherte sich dem Bassin und trank es aus, ohne Atem zu schöpfen. Mit ebender Leichtigkeit trank er auch die übrigen Brunnen und Zisternen aus und bat nun um den Wein, weil er sich den Magen etwas erkältet hätte. Er wurde auch damit fertig. Und nun näherte sich Fortunat dem Kaiser, um ihn an die Erfüllung seines Versprechens zu erinnern.

»Ich will die Sache in Erwägung ziehen«, antwortete der Kaiser.

In der Tat versammelte er seine geheimen Räte, um ihnen seinen Kummer mitzuteilen, und fragte sie, ob sie nicht irgendein Mittel wüßten, die Auslieferung der Schätze auf eine anständige Weise abzuschlagen. Aber die geheimen Räte wußten nichts zu sagen, und der Kaiser blieb in seiner Verlegenheit. Da seine Tochter dies sah, nahm sie das Wort und sagte: »Lieber Vater, Sie wissen, daß mir bis jetzt noch niemand im Laufen hat gleichkommen können. Wie wär es, wenn Sie dem Abgesandten auflegten, jemanden zu stellen, der mich im Wettlauf besiegte; und ihm versprächen, in diesem Falle die Schätze seines Königs auszuliefern.«

Der Kaiser umarmte seine Tochter, pries ihre Klugheit und ließ den Ritter auf den folgenden Tag vor sich fordern.

Als der Ritter erschien, sagte der Kaiser: »Ihr habt bisher gezeigt, daß Ihr imstande seid, alles zu leisten, was Ihr versprecht. Ich habe also noch einen Wunsch, den Ihr ohne Zweifel zu erfüllen imstande seid. Ich möchte nämlich wissen, ob es irgendeinen Menschen auf der Welt gibt, der meine Tochter im Laufen besiegen könnte. Schafft Ihr mir einen solchen Läufer, so schwöre ich Euch bei allen Elementen, daß ich die Erfüllung meines Versprechens nicht länger aufschieben will.«

Fortunat besann sich nicht, diesen Vorschlag anzunehmen, und verlangte, daß der Wettlauf noch denselben Morgen vor sich gehen sollte. Die kaiserliche Familie begab sich in eine Allee von Orangenbäumen, welche drei Meilen lang und zu einer Rennbahn eingerichtet war. Die Prinzessin erschien in einem leichten Gewande von rosenfarbenem Taft, mit silbernen Sternen bestreut; ihre Haare flossen lang über ihre Schultern herab; ein silberner Gürtel schlang sich um ihre Hüften; und in diesem Aufzuge schien sie der Atalante oder der Diana ähnlich.

Fortunat erschien gleich darauf, von seinem getreuen Windesschnell und seinen übrigen Bedienten begleitet, und stellte dem Kaiser den Läufer vor, der in seiner leichten weißen Jacke und seinem Federhut eine sehr gute Figur spielte. Ehe der Wettstreit begann, nahm die Prinzessin einen Likör, der sie behender und stärker machte. Windesschnell wollte ihr keinen Vorteil über sich lassen und trank ebenfalls. Aber nicht an dieses starke Getränk gewohnt, fühlte er sogleich die nachteilige Wirkung davon. Es stieg ihm zu Kopfe, er taumelte, sank an den Stamm eines großen Orangenbaums nieder und fiel in einen tiefen Schlaf.

Unterdessen gab man das Zeichen zum Beginn des Wettlaufs.

Die Prinzessin erwartete, daß Windesschnell aufwachen sollte; aber umsonst. Schließlich lief sie allein. Fortunat, welcher sich an das Zelt gestellt hatte und von alledem nichts wußte, was in den Schranken vorgefallen war, erschrak nicht wenig, als er die Prinzessin ungefähr eine Minute vom Ziele allein kommen sah. »Um Gottes willen«, rief er, »wir sind verloren. Ich sehe nichts von Windesschnell.«
»Mein Herr«, sprach das Pferd, »laßt doch Feinohr horchen, was Windesschnell macht.«
Feinohr horchte und hörte ihn schnarchen. »Nun wahrlich«, sagte er, »der nimmt sich Zeit, er schläft wie ein Murmeltier.«
»Was ist nun anzufangen?« rief Fortunat ängstlich aus.
»Laß ihm den Guten Jäger einen Pfeil in das rechte Ohrläppchen schießen«, sagte das Pferd, »da wird er schon aufwachen.«
Der Gute Jäger nahm seinen Bogen und traf ihn gerade ins Ohrläppchen. Windesschnell sprang auf, rieb sich die Augen und sah die Prinzessin nah am Ziele. Man wird glauben, er sei nun darüber wer weiß wie sehr erschrocken; nichts dergleichen. Er setzte sich sogleich in Bewegung; die Winde schienen ihn zu tragen; und in wenigen Minuten war er vor der Prinzessin voraus am Ziele.
Der Kaiser war durch das dreifache Wunder, das der Gesandte ihm gezeigt hatte, in solches Erstaunen gesetzt, daß er nicht mehr zweifelte, Fortunat stehe unter dem ganz besonderen Schutze des Himmels, und es sei ihm nichts zu schwer, was er nicht ausführen könnte. Er glaubte also, die Erfüllung seines Versprechens nicht länger aufschieben zu können, rief den Ritter herbei und sagte zu ihm: »Ihr habt Wort gehalten, es ist billig, daß ich dasselbe tue. Nehmt von den Schätzen Eures Herrn soviel mit Euch, als Ihr oder einer von Euren Leuten forttragen kann; ich bin fest entschlossen, nicht mehr herzugeben als soviel.«
Der Gesandte machte eine tiefe Verbeugung, dankte dem

Kaiser und bat ihn, die nötigen Befehle deswegen zu geben.
Matapa sprach mit seinem Schatzmeister und reiste voll Verdruß auf das Land. Kaum war er weg, so verlangten Fortunat und seine Leute, in den Palast eingelassen zu werden; man schloß ihnen alles auf, erinnerte ihn aber noch einmal an die Bedingung, daß er nicht mehr mitnehmen dürfe, als ein einziger Mensch tragen könne. Er stellte dem Haushofmeister den wackeren Mark-im-Buckel als seinen Träger vor; und mit seiner Hilfe wurde bald der ganze Palast von Möbeln, Statuen, Karossen, mit einem Worte, von allem, was darin war, leergemacht.
Die Minister des Kaisers sahen nicht gleichgültig zu, wie man den Palast ihres Herrn ausräumte, sondern begaben sich auf das Landhaus und meldeten ihm dieses neue Wunder. Der Kaiser geriet außer sich vor Verwunderung und Zorn. Er schrie, daß er einen solchen Raub nimmermehr geschehen lassen würde, und ließ sogleich einen Teil seiner Armee ausrücken, um dem Gesandten nachzusetzen.
Fortunat war schon eine gute Strecke von der Residenz entfernt, als ihm Feinohr sagte, er höre das Galoppieren von Pferden, und der Gute Jäger wurde sie bald in weiter Entfernung gewahr. Sie befanden sich eben an dem Ufer eines Flusses, und da sie keine Fahrzeuge hatten, sagte Fortunat zu Glu-Glu: »Jetzt könntest du uns großen Vorteil schaffen, wenn du das Wasser ein wenig abtränkest, damit wir übersetzen könnten.«
Glu-Glu tat sogleich seine Schuldigkeit. Die Feinde erschienen nicht lange darauf ebenfalls an dem Ufer des Flusses, und da sie wußten, wo die Fischer ihre Kähne zu haben pflegten, schifften sie sich mit der größten Eilfertigkeit ein und ruderten aus Leibeskräften. Jetzt kam auch die Reihe an Sturmwind, seinem Herrn einen Dienst zu leisten. Er fing an zu blasen, und es entstand ein solcher Orkan, daß die Fahrzeuge untergingen und von der ganzen Armee des Kaisers Matapa

kein einziger übrigblieb, welcher Botschaft hätte bringen können.
Fortunats ganze Dienerschaft betrachtete den Ausgang dieses Abenteuers als den Zeitpunkt, wo sie mit Recht eine ihren Diensten angemessene Belohnung fordern könnten. Sie fingen schon an, sich über die Teilung der Schätze zu streiten, die sie dem Kaiser entführt hatten. »Wenn ich nicht den Preis davongetragen hätte«, sagte Windesschnell, »so hättet ihr alle nichts.«
»Und was wäre denn aus dir geworden, wenn ich dich nicht hätte schnarchen hören?« sagte Feinohr.
»Und wer hätte dich denn aufwecken sollen, wenn ich nicht gewesen wäre?« setzte der Gute Jäger hinzu.
»Ich weiß nicht, wie ihr euch streiten könnt«, fiel Mark-im-Buckel ein, »da ich doch den ganzen Plunder davongetragen habe! Ohne mich würdet ihr wenig zu teilen haben.«
»Sagt vielmehr ohne mich!« unterbrach ihn Glu-Glu. »Ich möchte wissen, was aus der ganzen Geschichte geworden wäre, wenn ich den Fluß nicht ausgetrunken hätte.«
»Oder vielmehr, wenn ich die Schiffe nicht umgeblasen hätte«, fiel Sturmwind ein.
»Ich habe euch streiten lassen«, fing Schluck-Schluck jetzt an, »denn ihr habt alle unrecht; mir gebührt der Preis; denn ich habe die Szene eröffnet, und es wäre aus der ganzen Botschaft wenig herausgekommen, wenn ich nur ein Krümchen übriggelassen hätte.«
Fortunat fand für gut, diesem Streit ein Ende zu machen, welcher leicht eine unangenehme Wendung nehmen konnte. »Ihr habt euch alle tapfer gehalten«, sagte er mit einem Tone, in welchem sich Ernst und Güte mischten; »aber dem Könige allein steht das Recht zu, euch zu belohnen. Laßt uns alles seinem Willen anheimstellen und ihm die Schätze, die er uns zu holen gesandt hat, unverletzt überliefern.«
Die Bedienten des Ritters kamen durch diesen Einwand wieder zu sich, warfen sich ihm zu Füßen und versprachen ihm,

in allen Dingen seinen Willen zu tun. Sie setzten ihre Reise fort und sahen schon bald die Stadt vor ihren Augen liegen. Mannigfaltige Empfindungen bestürmten das Herz des zärtlichen Ritters. Die Freude, seinem geliebten König einen so wichtigen Dienst erwiesen zu haben; die Hoffnung, ihn wiederzusehen; die Erwartung einer günstigen Aufnahme – alles dies wechselte mit der Furcht und Bekümmernis ab, die ihm die Leidenschaft der Königin verursachte. In dieser Stimmung kam er an und wurde von dem erstaunten Volke begrüßt, dessen Freudengeschrei bis zum Palaste des Königs drang.

Der König und seine Schwester konnten sich noch nicht von der Wahrheit der Nachricht überzeugen, daß Fortunat glücklich zurückgekommen sei, als er selbst in das Zimmer trat, um sie vom glücklichen Ausgang seines Unternehmens zu benachrichtigen und ihnen zu sagen, daß er die mitgebrachten Schätze in den Park habe schaffen lassen, weil sie an keinem anderen Orte Raum hatten. Die Freude des Königs, sein Erstaunen und seine Dankbarkeit, ist leichter zu begreifen als zu schildern.

Die Gegenwart des Ritters riß die Wunden der Königin wieder auf; sie fand ihn liebenswürdiger als je. Sie entdeckte Florinde, daß sie entschlossen sei, ihn heimlich zu heiraten.

»Ihn zu heiraten?« rief Florinde. »Ist es möglich? Habe ich auch recht gehört?«

»Ja, ja«, antwortete die Königin, »und du mußt mir helfen, mein Vorhaben auszuführen. Bringe den Ritter diesen Abend in mein Kabinett; da will ich ihm meine Gesinnungen und meine Absichten kundtun.«

Florinde bot alles auf, um die Königin von diesem Vorhaben abzubringen; sie stellte ihr den Zorn des Königs und die Gefahr des Ritters vor. Es war alles umsonst. Die Königin blieb hartnäckig und befahl, ihr zu gehorchen.

Florinde fand den Ritter auf einer Galerie des Palastes, wo er die goldenen Bildsäulen aufstellen ließ, die er von Matapa mitgebracht hatte. Sie richtete den Befehl der Königin aus; und er versprach zu gehorchen. Am Abend stellte er sich ein; höchst nachlässig gekleidet, aber nur um so reizender und liebenswürdiger.

Die Königin hatte alles getan, um ihre Reize durch die Pracht ihres Anzugs in das hellste Licht zu setzen. Sie bemerkte mit Vergnügen, daß Fortunat darüber betroffen war. »Der Schein trügt«, sprach sie ihn an, »und ich bin Ihnen wegen meines Verfahrens eine Rechtfertigung schuldig. Als ich den König beredete, Ihnen eine Gesandtschaft an den Kaiser Matapa aufzutragen, konnten Sie vielleicht glauben, daß ich Sie aufopfern wollte. Urteilen Sie bitte über mein Herz! Ich sah den glücklichen Ausgang gar wohl vorher, und so ergriff ich diese Gelegenheit, Ihnen einen unsterblichen Ruhm zu verschaffen.«

»Ich finde mein Glück in der Erfüllung meiner Pflichten«, antwortete der Ritter. »Und was auch Ihre Bewegungsgründe gewesen sein mögen, so bin ich zufrieden, meinem Könige gehorcht zu haben.«

»Ihre Gleichgültigkeit, lieber Ritter«, antwortete die Königin, »geht bis zur Beleidigung. Aber die Zeit ist gekommen, Sie von der Aufrichtigkeit meiner Gesinnungen zu überzeugen. Kommen Sie und empfangen Sie meine Hand zum Zeichen meiner ewigen Treue.«

Der arme Ritter war wie vom Blitze getroffen. Zehnmal war er im Begriffe, der Königin sein Geheimnis zu offenbaren; aber jedesmal schloß ihm Scham und Furcht den Mund. Er antwortete auf alle ihre Beweise von Freundschaft mit Trokkenheit und Kälte; er stellte ihr den Zorn des Königs vor, wenn er erführe, daß einer seiner Untertanen es gewagt hätte, sich in seine Familie einzudrängen.

Nachdem die Königin es lange umsonst versucht hatte, seine Gründe zu widerlegen und ihn von seiner Furcht abzubringen, nahm sie die Stimme und die Gebärden einer Furie an.

Sie überhäufte ihn mit Drohungen; sie fiel über ihn her, sie zerkratzte ihm das Gesicht; dann kehrte sie ihre Wut gegen sich selbst, zerraufte ihre Haare und ihren Schleier, schlug sich auf Gesicht und Brust und rief die Wache, den Verräter in ein unterirdisches Gefängnis in Ketten und Banden zu werfen.

Nun eilte sie auch zum König, den unglücklichen Fortunat bei ihm anzuklagen. Sie erzählte ihm, daß er schon seit langer Zeit die Kühnheit gehabt hätte, ihr seine Liebe zu erklären; daß sie in der Meinung, ihn zu schonen und seine Leidenschaft durch die Abwesenheit zu heilen, keine Gelegenheit versäumt hätte, ihn zu entfernen; alles aber wäre umsonst gewesen; er sei in ihr Zimmer eingedrungen und habe sie behandelt wie eine gemeine Buhlerin. Sie verlange, daß man ihm den Prozeß mache.

Der König war über diese Anklage nicht wenig erstaunt. Er kannte die Heftigkeit seiner Schwester; und er hatte Ursache, sie zu schonen. Fortunats Unverschämtheit forderte eine exemplarische Strafe. Der Vorfall war schon überall bekannt, und es mußte dem Könige selbst daran gelegen sein, die Ehre seiner Schwester zu retten und sie zu rächen. Aber an wem sollte er diese Rache ausüben? An einem Ritter, der sich für ihn den größten Gefahren ausgesetzt, der ihm noch heute einen Beweis seiner uneingeschränkten Ergebenheit gegeben hatte; an einem Ritter, den er liebte, für dessen Leben er selbst die Hälfte des seinigen gegeben hätte? Er stellte dies auch der Königin vor; er suchte sie zu erweichen; aber sie war unerbittlich, und er war gezwungen, der Gerechtigkeit ihren Lauf zu lassen.

Die Richter wurden vom König ernannt und von der Königin bestochen. Sie verdammten den armen Fortunat, ohne seine Verteidigung anzuhören. Drei Dolchstiche ins Herz sollten seinem unglücklichen Leben ein Ende machen. Der Tag der Exekution erschien, und Fortunat, der noch gar nicht wußte, weswegen er angeklagt war, wurde aus dem Gefängnis herausgeführt; und das erste, was ihm in die Augen fiel, war die Königin, die auf den Richtplatz gefahren war, um das Schlachtopfer ihrer Leidenschaft unter den Händen des Henkers bluten zu sehen. Man band ihn an einen Pfahl, riß ihm die Kleider herunter und sah – zum Erstaunen der ganzen zahlreichen Versammlung – den bebenden Busen eines Mädchens. Die Falschheit der Anklage war mit einem Mal offenbar; das Volk drängte sich hinzu, schnitt die Stricke los und befreite den weiblichen Ritter unter einem lauten Freudengeschrei. Die Königin hielt diesen Anblick nicht aus. Wut, Scham und Rachsucht wirkten so gewaltsam auf ihr Herz, daß sie tot darniedersank. Die Nachricht von Fortunats Rettung und dem Tode der Königin kam zu gleicher Zeit zu den Ohren des Königs.

Freude und Schmerz kämpften nicht lange in seinem Herzen; die erste bekam bald die Oberhand. Er beschloß, Schönchen zu heiraten und durch seine Krone die Dienste zu belohnen, die sie ihm erwiesen hatte. Sein Antrag krönte die Wünsche dieses schönen und tugendhaften Mädchens, nicht weil sie sich durch einen Thron glücklicher glaubte, sondern weil sie den König liebte.

Als der Tag der Hochzeit festgesetzt war, zog Schönchen wieder Frauenkleider an und schien in dieser Tracht noch tausendmal reizender. Sie fragte das Pferd über ihr folgendes Schicksal, und dieses verkündigte ihr nichts als frohe Tage. Aber dies war auch das letzte, was sie von ihrem getreuen Rosse erfuhr. Denn kurz darauf war es fort, und niemand wußte zu sagen wohin.

Da Schönchen diesen Verlust erfuhr, war sie sehr betrübt und lief allenthalben umher und rief das Pferd. Sie ging auch in den Garten und rief und bekümmerte sich, als sie plötzlich einen Meteor am Himmel erblickte, der sich ihr langsam zu nähern schien. Wie groß war ihre Freude, als sie ihr Pferd erkannte, das mit Perlen und Edelsteinen bedeckt vor einem Wagen hergaloppierte, den vierundzwanzig Schafe zogen, deren Wolle zarter als Seide und weißer als Schnee war. In dem Wagen saß die Fee und neben ihr Schönchens Vater und ihre beiden Schwestern, die in die Hände klatschten und ihr zuriefen und ihre Freude auf tausenderlei Weise an den Tag legten. Endlich kamen sie auf die Erde herab. Das war eine Freude und eine Zärtlichkeit! Der gute Alte weinte, seine Töchter weinten, und Tränen netzten selbst das Auge der wohltätigen Fee. Sie gingen nun alle zusammen in den Palast, wo die Zurüstungen zu Schönchens Vermählung schon gemacht waren; und noch an diesem Tage wurde das schönste und zärtlichste Paar verbunden, das nun ununterbrochen des reinsten Glückes genoß.

Charlotte-Rose de La Force

Grün und Blau

Es war einmal eine Königin, welche in ihrer Schwangerschaft ihre Schwester, eine sehr weise Fee mit Namen Sublime, zu sich kommen ließ, damit sie ihr bei der Entbindung beistehen, auch ihres Kindes bevorstehendes Schicksal vorhersagen möchte. Sie brachte eine Tochter zur Welt. Die Fee nahm sie auf ihren Arm, betrachtete sie mit großer Aufmerksamkeit und fand in ihren Gesichtszügen etwas sehr Erhabenes und einen edlen Stolz, der ihrer Geburt würdig war. Aber sie sah auch, daß ihr ein unvermeidliches Unglück bevorstand, wenn sie einen gewöhnlichen Mann, der keine außerordentliche Gaben besäße, lieben würde; kurz, sie sah, daß diese Prinzessin vollkommen glücklich leben würde, wenn sie einen höchst liebenswürdigen Gemahl bekäme, der aber ganz anders als sie wäre, auch nicht eher als nach viel ausgestandener Not.

Die wunderlichen Umstände, die sie vorhersah, bereiteten ihr viel Kummer und machten sie unentschlossen, denn sie wußte nicht, wie diese Bedingungen erfüllt werden könnten. Er sollte ganz anders als die Prinzessin beschaffen sein, und gleichwohl sollte er auch der liebenswürdigste Prinz von der Welt sein. Die Natur brachte schon damals, so wie sie es jetzt tut, nicht viel außerordentlich vollkommene Menschen hervor. Die Fee überlegte also bei sich, was sie mit der neugebornen Prinzessin anfangen sollte. Sie beschloß schließlich, diese vor den Augen der Mannspersonen gänzlich zu verbergen. Deswegen versteckte sie sie mit ihrer Amme und vier kleinen Prinzessinnen, die nicht älter als sie waren, in eine Wolke. Allda sollte sie weit über der Erdkugel, und entfernt von den Verführungen der Welt, ihre Wohnung haben; und so hoffte sie, mit der Zeit eine vollkommene Prinzessin aus ihr zu machen. Diese junge Prinzessin hatte die schönsten blauen Augen, die jemals gesehen worden sind; sie waren dermaßen lebhaft und glänzend, daß ihre durchdringenden Blicke die ganze Wolke blau machten. Weil nun die Fee nicht wußte, was für einen Namen sie ihr geben sollte, so nannte sie sie die Prinzessin Blau.

Sublime wandte alle mögliche Sorgfalt an, das Gemüt der kleinen Prinzessin ebenso schön zu machen, als ihr Leib war. Sie hatte das Vergnügen zu sehen, daß ihre Hoffnung eintraf. Das Mädchen besaß einen so feinen Verstand und soviel Esprit, als man nur finden kann, und die Fee vervollkommnete ihn mit allen Wissenschaften, die schwarze Kunst ausgenommen. Die Fee sagte ihr im Vertrauen, vor welchem Unglück sie sich zu hüten hätte. Der edle Stolz der Prinzessin trieb sie auch schon von Natur aus an, dasjenige zu meiden, was sie bedrohte; denn ihre Gesinnungen zeigten deutlich, daß sie keinen mittelmäßigen Prinzen, wie sie es zumeist gab, würde lieben wollen.

Es gefiel der Fee Sublime, daß die junge Prinzessin einen solchen Geschmack besaß. Sie war es nicht allein, die der Prinzessin Blau eine so seltsame Wohnung gegeben hatte. Es war auch ein gewisser Zauberer, ihr vertrauter Freund; und es ging sogar die Rede, daß er noch etwas mehr wäre und daß Tiphis, so hieß jener, schon längst eine Galanterie mit ihr gehabt habe. Aber wer kann sich um alles bekümmern? Soviel ist gewiß, daß sie einander ihre geheimsten Anschläge mitteilten und sehr vertraut miteinander lebten. Tiphis hatte einen Sohn, mit Namen Zelindor, welchen er mit einer gewissen Königin, die zärtlich gegen ihn gesinnt gewesen war, gezeugt hatte. Dieser Prinz war so schön von Person und besaß soviel vortreffliche Eigenschaften, ließ auch schon soviel Liebe zur Prinzessin Blau erkennen, daß die Fee glaubte, er werde der außerordentliche Gemahl sein, den das Schicksal für ihre Nichte bestimmt habe. Jedoch zweifelte sie noch daran, weil sie nicht wußte, worin er ganz anders als die Prin-

zessin beschaffen wäre, oder auch, was für Schwierigkeiten vorfallen könnten, wenn sie ein Paar werden sollten.
Jetzt wollen wir die Prinzessin in ihrer Wolke wohnen lassen und ein wenig hören, was damals auf der Erde vorging. Zwei Jahre vor der Geburt der Prinzessin Blau lebte ein junger Monarch, welcher die ganze Welt beherrschte, und dieses nicht allein durch seine Macht, sondern auch durch seine Sanftmut und durch seine Liebenswürdigkeit. Selbst seine Schönheit machte, daß er immer mehr Untertanen bekam. Sein Name war Frühling. Die ganze Erde erfreute sich unter seiner Regierung; es lachte und lebte alles unter ihm auf, und man betete ihn wie einen Gott an. Aber das Verhängnis raubte der Welt diesen angenehmen Frühling bald wieder, und alle Menschen trauerten um ihn. Seine Gemahlin war schwanger, als er starb. Weil eben damals die Philosophen das Jahr in Ordnung brachten und es in Jahrszeiten und Monate unterschieden, so legte man der angenehmsten Jahreszeit den Namen dieses liebenswürdigen Königs zu; und man nennt sie noch bis zum heutigen Tag den Frühling. Die Königin gebar einen Sohn, der schon in seiner zarten Jugend alle Vorzüge seines Vaters an sich erkennen ließ, weshalb man ihn den Prinzen Grün nannte. Die Anmut und Lebhaftigkeit seiner Kindheit waren größer, als man sich es vorstellen kann, und so auch seine erste Jugend. Man liebte ihn so sehr, wie man seinen Vater geliebt hatte, welcher in ihm gleichsam wieder auflebte; und in der Tat war er seines Vaters würdig.
Sein Hof war schön und galant; aber unter all den vielen Schönheiten, welche ihn in Liebe zu fesseln suchten, hatte keine einzige die Ehre, sein stolzes Herz zu besiegen, das gleichwohl Amor sich unterwürfig machen wollte. Er hatte kurz zuvor einen großen Sieg über einen alten tyrannischen König erlangt, der nichts als Unglück in der Welt gestiftet hatte; aber nachdem er von diesem holden Gott besiegt worden war, tat er nichts anderes, als galante Lustbarkeiten zu veranstalten.

Der Ruhm des Prinzen Grün breitete sich in allen Ländern aus; auch Tiphis und Sublime bewunderten ihn. Zelindor fühlte eine kleine Mißgunst, daß er so außerordentlich gerühmt wurde; und die Prinzessin Blau wünschte heimlich, auch wenn es ihr viel Leiden verursachen sollte, daß er der für sie bestimmte Gemahl sein möchte. Sie hing stets diesen Gedanken nach. Sie sah wohl, daß sie niemals einen Prinzen von gemeinen Gaben lieben würde; und wie liebenswürdig und verliebt auch Zelindor sein konnte, so erkannte sie doch, wenn sie ihn mit dem, was sie vom Prinzen Grün hörte, verglich, daß er nichts Außerordentliches besaß. Die Fee Sublime erriet, was in ihrem Herzen vorging, und freute sich sehr darüber. Und weil sie sich auf ihren Mut und ihre edlen Gesinnungen verließ, so erlaubte sie ihr zuweilen, auf die Berge und in die Täler zu gehen und mit ihren vier Prinzessinnen zu jagen. Sie hatte auch in einem angenehmen Tale eine schöne Wasserstelle angelegt, worin sie sich, wenn sie ermüdet war, baden konnte.
Die Prinzessin Blau ging zuweilen noch weiter. Sie begab sich nicht selten in die Städte, wo sie allerlei Schauspiele und Lustbarkeiten besuchte. Weil aber die Fee Sublime diese wunderschöne Person niemand sehen lassen wollte, so machte sie dieselbe mittels eines verzauberten Schleiers unsichtbar. Es war der Schleier des Blendwerks, welches die Sachen, die wirklich sind, verbirgt und Sachen, die nicht sind, sichtbar werden läßt. Wenn sich nun die Prinzessin Blau eine Freude machen wollte, so hing sie diesen Schleier über den Kopf, und ihre vier Prinzessinnen hielten ihn. Sogleich wurde aus ihr etwas, was sie selbst wollte: Bald erschien sie wie ein schöner Palast, bald wie eine Schäferhütte, bald wie ein dichter Busch, bald wie eine Prachtsäule und dergleichen mehr. Und so war sie allerlei, ohne erkannt zu werden.
Als sie einst ein schönes Wildgehege besuchte, so hörte sie den Lärm einer Jagd. Sie breitete geschwind ihren verzauberten Schleier über sich und wollte sich unter der Gestalt

einer weiblichen Statue von Opal, die auf vier Pfeilern von Saphir stünde, sehen lassen. Unter dieser Gestalt sah sie die Jagd etliche Male bei sich vorbeireiten, und jedermann war erstaunt über dieses vortreffliche Kunstwerk. Schließlich sah sie einen Jüngling zu Pferde, welchen die Natur so vollkommen als möglich gemacht hatte. Sobald er diese Bildsäule erblickte, sprang er vom Pferde und betrachtete die steinerne Schöne, welche der Prinzessin völlig ähnlich sah. Er ließ sich auf ein Knie nieder und rief mit Entzücken: »O Gott, warum ist ein solch vortreffliches Bild nur ein Werk der Menschen?«

Auch die Prinzessin betrachtete diesen Jüngling mit nie gefühlten Regungen, denn sie hatte in ihrem Leben jemanden von solchem Reiz noch nie gesehen. Er war ziemlich groß, aber dabei so schön und anmutig als möglich. Sein Gesicht war munter und freundlich, und es schien, als hätten die Grazien ihre ganze Anmut über ihn ausgebreitet. Die Prinzessin Blau war, als sie diesen vollkommenen Prinzen sah, fast außer sich, und ihr Herz ward wie von einem Pfeil getroffen.

»Ach«, sprach sie, »ist er vielleicht derjenige, dessen gemeine Eigenschaften, wie die persönlichen Schönheiten sind, mich so unglücklich machen sollten? Denn was sind diese ohne die Zierden des Geistes und die guten Eigenschaften des Herzens?« Sie kam bald wieder auf andere Gedanken und hoffte, daß seine Geistesgaben ebenso schön wie die äußeren Vorzüge sein würden; und alsdann konnte er als ein außerordentlich vollkommener Prinz gelten.

Unterdessen betrachtete der Prinz die schöne Statue noch immer mit solcher Aufmerksamkeit, daß er alles andere darüber vergaß. Eine von den Gesellschaftsprinzessinnen sagte heimlich zu der Prinzessin Blau, sie möchte ihnen erlauben, daß sie ein kleines Konzert anfangen dürften, damit der Prinz noch mehr in Verwunderung käme. Sie antwortete lächelnd, es würde ihr solches nicht zuwider sein. Sogleich sangen die vier Prinzessinnen folgende Worte:

Sieh hier, was würdig ist, auf dieser weiten Erde,
Daß es von dir, o Prinz, stets angebetet werde!
Nur dir hat Amors Macht
Dies Glücke zugedacht.
Hoff' und erinnre dich: Nach vielem Leide
Kommt oft erwünschte Freude.

Der Prinz erschrak anfangs dermaßen, da er diesen Gesang aus den saphirnen Säulen hörte, durch welchen seine Zärtlichkeit noch mehr erregt wurde, daß er meinte, er wäre bezaubert und würde es stets bleiben. Die Prinzessinnen wiederholten diese Worte noch etliche Male, so daß er Zeit hatte, über sie recht nachzudenken und sich die angenehmste Hoffnung zu machen. Endlich rief er: »Was soll ich tun, um mich dieser Schönsten würdig zu machen und Gegenliebe zu erhoffen? Herkules tat und erlitt viel, aber ich wollte noch mehr tun und leiden.«

Hierauf gab ihm eine Stimme zur Antwort:

Bemüh dich, suche sie vor andern allen!

Eine zweite Stimme sang:

Und wie sie dir gefiel, so such' auch zu gefallen!

Eine dritte Stimme fuhr fort:

Nur daß auch Treu in deinem Herzen wohne!

Und die vierte Stimme beschloß mit diesen Worten:

Damit sie dich mit ihrer Gunst belohne.

Sobald dieses gesungen war, verschwand die Prinzessin Blau mit ihren Gespielinnen. Der Prinz stand wie betäubt vor großem Erstaunen. »Wohin fliehest du?« rief er. »Wo bist du geblieben, o himmlische Gestalt, deren Bild so tief in mein Herz gepräget worden ist? Aber«, sagte er wieder, »was nützt es mir? Es war nur ein bezauberndes Blendwerk, was ich gesehen habe. Soll ich eine Bildsäule lieben? Und darf ich hoffen, so glückselig zu werden, wie Pygmalion es vor Zeiten wurde?«

Der arme Prinz rief seine Vernunft zu Hilfe. Aber vergebens! Das Herz war stärker (wie es allzeit ist). Er glaubte, es wäre alles nur ein Trugbild, und dennoch liebte er es und hatte keine Ruhe davon. Unterdessen befand sich die schöne Prinzessin Blau in einem ebenso unruhigen Zustande wie er. Sie hatte ihn bloß deswegen so schnell verlassen, weil sie eingesehen hatte, daß, wenn sie länger bei ihm bliebe, sie nicht würde unterlassen können, sich ihm in ihrer wahren Gestalt sehen zu lassen. Sie wußte also ihre Ehrbegier nur durch die Flucht zu retten, weil ihr ganzer Mut und aller edler Stolz ihre Schwäche schwerlich geschützt haben würden.

Sie begab sich wieder in ihre Wohnung, hoch in die Luft, aber das Herz schlug ihr heftig, und sie wußte auch warum. ›So gehe ich also meinem Schicksale nach?‹ sprach sie bei sich. ›Ist es aber gut oder böse? Ich liebe einen Unbekannten, der vielleicht von geringem Stande ist und dessen Gemütsart, wenn ich sie kennte, mich vielleicht schamrot machen würde. Aber nein!‹ dachte sie wieder, ›mein Herz sagte mir, daß sein Gemüt ebenso schön als seine Person ist und daß ich nichts lieben kann, was nicht wert ist, geliebt zu werden.‹

Unterdessen kam der Prinz Zelindor, so oft als er konnte, zu ihr; aber seine Gegenwart wurde ihr je länger je mehr unerträglich. Sie war dermaßen kaltsinnig gegen ihn, daß er sich unaussprechlich darüber grämte. Da sie von Natur überaus sanftmütig war, so wußte er nicht, woher eine so große Veränderung bei ihr kam: Denn sie wurde tiefsinnig, folglich auch zur Einsamkeit geneigt. Er befürchtete schließlich, daß sie jemand lieben müßte, und deswegen nahm er sich vor, genau auf sie achtzugeben und ihr überall heimlich zu folgen.

Als sie einst einen ganzen Tag lang auf der Jagd war, begab sie sich abends nach dem schönen Brunnen, welchen die Fee Sublime für sie angelegt hatte. Dieser Brunnen hatte ein klares fließendes Wasser und war mit Opalen eingefaßt. Es schien, als wollten die letzten Sonnenstrahlen, welche hineindrangen, ihre Nachtherberge darinnen suchen. Das Feuer aus den Augen der Prinzessin Blau tat ebenfalls eine erstaunliche

Wirkung, denn es schien, als ob es das Wasser und die ganze Gegend in Flammen setzen wollte. Sie badete sich, und ihr schöner Leib war nur mit einem durchsichtigen Stoff bedeckt. Ihre vier Prinzessinnen waren auch bei ihr; aber sie mochten lachen und scherzen, wie sie wollten, die schöne Blau dachte nur an ihren Unbekannten.
Aber wie erstaunt und erfreut war sie, als sie ihn plötzlich erblickte, da er nicht weit von ihr an einem Baum gelehnt stand und sie mit begierigen Blicken betrachtete. Es war der Prinz Grün. Denn welcher andere konnte so sein, wie ich ihn beschrieben habe! Er war zufällig an diesen Ort gekommen, oder vielmehr hatte ihn Amor, wie er oft tut, unsichtbar dahin geleitet. Sein Erstaunen war unaussprechlich, da er das lebendige Original zu der schönen Statue, die ihm nicht aus dem Sinn kam, erblickte. Nachdem er sah, daß eine solche Person mit Fleisch und Blut in der Welt wäre, so hoffte er auch schon, daß sie nicht aus Stein für ihn sein würde und daß alles eintreffen könnte, was er zuletzt hatte singen hören.
In solchen Gedanken betrachtete er dieses Naturwunder mit unbeschreiblicher Lust, als die Prinzessin, welche tief im Wasser stand, ihn erblickte. Sie richtete sich, ohne zu wissen, was sie tat, aus dem Wasser empor und zeigte dadurch dem verliebten Prinzen noch mehr Schönheiten. Ihre übermenschlich schöne Gestalt bewog ihn, ihr alles zu sagen, was er dachte. Die arme Prinzessin konnte sich jetzt nicht unsichtbar machen, denn sie hatte den Schleier des Blendwerks mit ihren Kleidern beiseite gelegt; und um die Wahrheit zu sagen, vielleicht hätte sie auch nicht begehrt, sich unsichtbar zu machen, da sie sah, welche Wirkung ihre Schönheit tat; und dieses ist insgemein den Schönen nicht zuwider. Und überdies war alles, was der Prinz ihr sagte, so geistreich, so edel und so natürlich, daß sie, nach einem Instinkte, der fast allzeit untrüglich ist, schon gewiß glaubte, daß er derjenige wäre, den der Himmel für ihre Glückseligkeit bestimmt hatte. Sie wollte ihm trotzig antworten, aber sie antwortete

nur mit bescheidener Art. Sie bat ihn mit dem Munde, er möchte fortgehen; aber mit ihren Blicken nötigte sie ihn dazubleiben. Sie gebot ihm, nicht von Liebe zu reden; aber ihre Augen sagten ihm, daß die Liebe sich schon ihres Herzens zu bemächtigen anfing. Schließlich gehorchte er ihr; hingegen bekam er zum Lohne für seinen Gehorsam die Erlaubnis, daß er am folgenden Abend wieder an diesen Brunnen kommen dürfte.

Sobald er fortgegangen war, zog die schöne Prinzessin Blau geschwind ihre Kleider an und legte sich am Rande des Brunnens ins Gras, um zu warten, bis ihre Gespielinnen sich auch angezogen hätten. Indessen kam Zelindor und sagte ihr, daß er alles gesehen und gehört hätte. Sie verwies es ihm, daß er sich diese Freiheit genommen habe, anstatt daß er gemeint hatte, als ob sie sich sehr zu entschuldigen suchen würde. »Ach«, sprach er, »soll ich Sie denn verlieren?« Wie nun ein jeder Liebender alles leichtlich errät, so erriet auch er, wer sein Rivale war. »Es ist der Prinz Grün!« sagte er, »daran ist kein Zweifel.« ›Ich habe es selbst gedacht‹, sagte sie bei sich selbst. »Diesen lieben Sie!« fuhr er fort. »Es wird sich zeigen, ob mein Vater nichts mehr vermag, denn ein anderer soll Sie mir gewiß nicht nehmen.«

Unter diesen Drohungen ging er fort. Die Prinzessin begab sich auch weg. Sie beschloß bei sich, ihre Zuflucht zu der Fee Sublime zu nehmen, sobald sie versichert sein würde, daß ihr Geliebter der Prinz Grün wäre. Sie sah voraus, daß Zelindor am folgenden Tage sie wieder überwachen würde. Sie hatte einen Pelikan, welcher überaus verständig war: diesem hing sie ihren Schleier des Blendwerks an die Öffnung in der Brust, wodurch er seine Jungen ernährt, und schickte dem Prinzen Grün diesen Schleier, damit er vor seinem Rivalen unsichtbar sein sollte.

Der Prinz hatte sie – nach Gewohnheit wahrer Liebhaber – schon längst am Brunnen erwartet. Der Pelikan gab ihm den Schleier und unterwies ihn, wie er ihn anlegen müßte. Hernach begab sich die Prinzessin Blau an den Brunnen. Der Prinz Grün lief ihr, sobald er sie sah, entgegen und sprach sie mit den zärtlichsten Ausdrücken an. Die Prinzessin setzte sich, und der Prinz lag ihr, aber in Gestalt eines blühenden Dornbusches, zu Füßen. Er gestand ihr, daß er der Prinz Grün war. Sie sagte ihm dagegen, wer sie war, auch alles, was ihr von ihrer Geburt an begegnet war, sonderlich was für eine seltsame Wohnung man ihr gegeben hatte, um sie vor einer Liebe, welche, wofern sie nicht auf den vollkommensten Prinzen fiele, unglücklich für sie werden sollte, in Sicherheit zu setzen; und daß hierbei auch dieser besondere Umstand sein sollte, daß er in etwas ganz anders als sie beschaffen sein müßte. Weil nun dieses schöne Paar keine widersprechende Eigenschaften an sich hatte, so blieb die Sache ein schweres Rätsel: denn, wie es schien, sollten sie sich eben deswegen recht wohl füreinander schicken. Die Prinzessin sagte schließlich zu ihrem Geliebten, daß sie mit der Fee Sublime von ihren Angelegenheiten reden wollte und daß sie versichert sei, sie werde sich ihrer aufs beste annehmen. Sie schwuren einander eine ewige Treu zu, und hernach schied der Prinz von ihr.

Zelindor war unterdessen auch bei dem Brunnen gewesen; und weil er seinen Rivalen nicht gesehen hatte, so vermutete er, daß ein Geheimnis dahinter steckte. Er wollte wachsam nicht der Prinzessin nachgehen, sondern er ging nach einer anderen Seite, und gerade dahin, wo der Prinz Grün war. Weil nun dieser den Schleier nicht mehr an sich hatte, so sah ihn Zelindor. Er ward hierüber schrecklich aufgebracht, weil er von seinem Unglück immer mehr überzeugt wurde. Er lief sogleich zu seinem Vater, dem Zauberer Tiphis, und entdeckte ihm seine Not. Dieser hörte seine Klagen wie ein zärtlich gesinnter Vater an, aber auch zugleich wie ein Mann, der alles, was er wollte, tun konnte. Und das war das Schlimmste! Tiphis ging geschwind zur Fee Sublime, welche durch die Prinzessin Blau schon von der Sache Nachricht bekommen hatte. Er brachte seine Klage bei ihr vor, aber sie wollte ihm nicht recht geben. Sie kamen darüber in einen so hitzigen Wortwechsel, daß sie die ärgsten Feinde wurden. Tiphis hatte sie ersucht, daß sie die Prinzessin Blau seinem Sohne zur Gemahlin geben möchte, aber die Fee hatte ihm trotzig geantwortet, daß sein Sohn einer so vollkommenen Person nicht würdig wäre.

So gingen sie als Todfeinde auseinander. Hernach schickte die Prinzessin ihren treuen Pelikan wieder zum Prinzen Grün, um ihm von allem Nachricht zu geben und auch zu melden, an welchem Orte sie ihn erwarten wollte. Ihre Zusammenkunft geschah in einem Lustwäldchen, wo zwischen allen Bäumen Rosen und Jasmine standen. Ein so angenehmer Ort schien recht für Liebende gemacht zu sein. An beiden Enden einer sehr langen Allee sahen sie einander und liefen, so schnell sie konnten, um desto eher zusammenzukommen. Plötzlich fühlten sie, daß sie an den Füßen gehalten wurden. Es kamen Netze aus der Erde, worinnen sie sich so sehr verwickelten, daß sie nicht fort konnten. Sie waren noch so weit voneinander, daß sie sich nur sehen, aber nicht sprechen konnten. Diese unglücklichen Liebenden wandten alle Kräfte an, um sich loszureißen, aber es war alles vergebens. Sie konnten weiter nichts tun, als einander durch Gebärden und Stellungen zu zeigen, wie betrübt sie darüber wären.

Die vier Gespielinnen der Prinzessin wurden ebenfalls in Netzen gefangen und konnten nichts anderes tun, als ihr Schicksal zu beklagen. Schließlich brach die Nacht ein. Obgleich es unerhört war, daß eine Prinzessin von solchem Rang die Nacht unter freiem Himmel zubringen mußte, so war doch kein anderer Rat, und sie mußte sich in Geduld üben. Als es Tag wurde, erschien in der Luft eine Strickschaukel, welche von vier geflügelten Kindern getragen wurde. Die Sitze in dieser Schaukel waren sehr prächtig und weich, und die Stricke bestanden aus blauen seidenen, mit Gold unterwundenen Schnuren. Der Prinz Zelindor kam zur Erde nie-

der, zerschnitt die Netze und bat die Prinzessin Blau, daß sie sich aufsetzen möchte. Sie wollte nicht, aber er ergriff sie sanft, setzte sie hinein, und sich neben ihr. Ihre Betrübnis war unbeschreiblich, daß sie ihren Geliebten verlassen und einem Menschen, den sie haßte, folgen mußte. Sie war auch nicht geringer bei dem Prinzen Grün, da er sah, wie ihm ein anderer seine Geliebte entführte.
Sie wurde zum erstenmal in ihrem Leben von ihren vier Gespielinnen getrennet: auch dieses schmerzte sie sehr. Sie nahm zärtlichen Abschied von ihnen, und sie erhoben ein klägliches Geschrei. Die Schaukel erhob sich allmählich, senkte sich aber bei dem Prinzen Grün wieder nieder, um ihn noch mehr zu kränken. Zelindor sang ihm folgende Verse vor:

So sieg' ich mit erfreutem Sinn,
Weil ich im Lieben glücklich bin:
So kann mein Glück auf Erden
Durch nichts gestöret werden.

Die Prinzessin Blau fühlte selbst den Schmerz, den solches dem Prinzen Grün machte. Um ihn ein wenig zu trösten, sang sie mit weinender Stimme:

Dir will ich allzeit treu verbleiben,
Auch selbst der Tod soll mich nicht von dir treiben.
Laß uns in aller Pein
Wie jetzt verbunden sein!
Zwei Herzen, die sich lieben,
Kann nichts zu sehr betrüben.

Weil sie diese Worte weinend sang, so ist es nach der Zeit in der Opera Mode geworden, daß man während des Singens weint.
Zelindor erzürnte sich schrecklich, daß die Prinzessin seinem Rivalen einen so starken Beweis von ihrer Liebe gab. Er ließ seine Schaukel schnellstens abreisen und hielt nicht eher innen, als bis er im Schlosse seines Vaters ankam.
Dieses war außerordentlich prächtig, sonderlich die Gärten. Nach diesem Modell sind die Gärten zu Versailles angelegt

worden. Es wurden der Prinzessin alle Tage Lustbarkeiten veranstaltet. Eine leichtsinnige Schöne würde dort ihre Zeit höchst vergnügt zugebracht haben; aber unsere treue Prinzessin fand an nichts Lust, und es kam ihr ein jeder Tag, den sie bei Zelindor und ohne ihren lieben Prinzen Grün zubringen mußte, so lang als ein Jahr vor. Tiphis selbst gab sich die größte Mühe, ihr Herz für seinen Sohn zu gewinnen, und suchte sie zu überreden, daß er derjenige wäre, den ihr der Himmel zugedacht habe. Er sagte ihr, weil es ihr geweissagt worden sei, daß zwischen ihr und dem, den sie lieben würde, eine Widerwärtigkeit sein sollte, dieses bei ihnen schon vollkommen einträfe, weil Zelindor sie liebte, sie ihn hingegen hassete.

»Ach«, antwortete sie darauf, »das ist ein elender Schluß! Der Himmel will mich glückselig machen, und es soll nur etwas ganz anders an dem sein, den ich lieben werde, als an mir ist; aber wie reimet sich Liebe und Haß zusammen? Wie könnte ich dabei glückselig werden?«

Sie lebte also an diesem schönen Orte beständig traurig. Unterdessen wußte die Fee Sublime nicht, wo die Prinzessin geblieben war, und schickte ihren treuen Pelikan aus, um sie zu suchen. Er flog allerwegen herum und kam auch in das Lustwäldchen, wo der Prinz Grün und die vier Prinzessinnen gefangengehalten wurden. Er zerriß die Netze und machte sie frei. Der Prinz bedankte sich sehr höflich bei dem treuen Pelikan. Dieser flog fort und führte die vier Prinzessinnen zu der Fee Sublime. Er wäre gern mitgegangen; aber er mußte dableiben. Er ging aus diesem Wäldchen und sah nichts als eine weitläufige Wüstenei ohne Gras und Bäume vor sich. Er war noch nicht weit darinnen gegangen, so belastete ihn die große Sonnenhitze schrecklich. Und weil er auch seit drei Tagen nichts gegessen hatte, so verschmachtete er beinahe. Er wollte zurück in das Lustwäldchen gehen, aber er konnte es nicht wiederfinden, sondern kam immer tiefer in die Wüstenei. Er stand hier sehr viel aus. Bloß seine zärtlichen Gedanken gegen die Prinzessin, die er liebte, hielten ihn ab, daß er nicht in Verzweiflung geriet, denn widrigenfalls hätte er sich gewiß seinen Degen durch die Brust gebohrt. Als er einmal in die Höhe sah, so bemerkte er, daß die Luft finster wurde, ohne daß es deswegen kühler werden wollte. Endlich sah er eine unzählige Menge Vögel von allerlei Art und Gestalt, vom Phönix an bis auf den Zaunkönig. Sein lieber Pelikan flog als Heerführer voran und blieb bei dem Prinzen stehen. Hernach setzten sich eine Menge Vögel auch auf die Erde; die übrigen blieben in der Luft, und alle zusammen machten geschwind einen vortrefflichen Palast, der aus den Vögeln selbst bestand.

Der Prinz erstaunte darüber. Er ging durch ein prächtiges Portal hinein. Die Zimmer waren alle von verschiedenen Farben; die Fußböden bestanden aus den Eierschalen von mancherlei Vögeln und die Decken aus allerlei Materialien, welche gewisse Vögel für ihre Nester brauchen. An diesem wunderbaren Orte zeigte ihm die Fee Sublime, daß sie große Macht im Luftrevier hatte, gleichwie sie vorher die Prinzessin darinnen erhalten hatte.

Der Pelikan bediente ihn, und er bekam die köstlichsten Speisen. Indessen dachte er unaufhörlich an seine liebe Prinzessin und war willens, den Pelikan zu bitten, daß er sie suchen möchte, als auf einmal eine Dame von großem Ansehen in den Saal trat, welche die vier Prinzessinnen begleiteten. Er schloß hieraus, daß es die Fee Sublime wäre, und fiel ihr zu Füßen. Sie aber empfing ihn mit freundlichem Gesicht.

»Ich hoffte beinahe nicht mehr«, sprach sie, »daß ich Ihr und der Prinzessin Unglück würde beenden können, weil Tiphis so stark wie ich in den geheimen Künsten ist. Aber ich habe ihr Schicksal so lange ausstudiert, bis ich endlich gefunden, daß, sobald ich wußte, was an Ihnen beiden einander entgegengesetzt wäre, die Zaubereien des Tiphis aufhören würden und daß ich alsdann nur meinem Pelikane folgen dürfte, um die Prinzessin zu finden, da ich sie dann ohne alle Schwierigkeiten wiederbekommen würde. Ich habe mir viele Mühe gegeben, dieses einander Entgegenstehende zu finden, aber ich muß bekennen, daß ich es nicht habe finden können. Vor kurzer Zeit ging ich mißvergnügt im Garten spazieren und blieb bei einem Ameisenhaufen stehen, deren vortreffliche Wirtschaft ich betrachtete. Ich sah ihren Fleiß mit großer Lust; und indem ich so stand und nachdachte, ordneten sie sich in gewissen Reihen und Figuren; es wurden daraus Buchstaben, und ich las folgende Worte:

Wie läßt sich Grün mit Blau vergleichen?
Die Namen könnten dir es zeigen.

Ich schlug die Hände zusammen, da ich dieses las, lachte laut und sagte: Was ist es doch für eine elende Sache um die menschliche Klugheit! Das Leichte bereitet uns oft das größte Kopfzerbrechen. Ich konnte nicht begreifen, wie mir dieses nicht hatte einfallen können, da doch bekannt ist, daß man im alltäglichen Leben Grün und Blau für Farben hält, die sich nicht zusammen schicken; und ich hoffte sogleich, daß ich sie, durch Verbindung zweier Personen, die diese Namen führen, aufs beste würde vereinigen können. Ich habe mich also ungesäumt zu Ihnen hierher begeben, um Sie zu bitten, daß Sie ohne Verzug mit mir zum Tiphis gehen, wo wir Ihre liebe Prinzessin antreffen werden.«

Der Prinz fragte sie: »Wird sie mir aber auch treu geblieben sein?«

»Dafür stehe ich Ihnen!« antwortete ihm die Fee. In dem Augenblicke flog der kluge Pelikan voran, das ganze Federvolk in der Gestalt eines Palasts hinter ihm her; und so trat man eine angenehme Luftreise an.

Dieser fliegende Palast setzte sich neben dem Schlosse des Tiphis nieder, wo die Pforten von selber aufgingen. Die Fee Sublime ging ohne Hindernis hinein und führte den Prinzen Grün an der Hand. Die vier Prinzessinnen folgten ihnen.

Tiphis entsetzte sich, da er sie kommen sah, und konnte kein

Wort reden. Die Prinzessin Blau saß am Rande eines Brunnens in traurigen Gedanken. Als sie ein Geräusch hörte, sah sie sich geschwind um. Da sie diejenigen Personen erblickte, die sie in der Welt am meisten liebte, sprang sie auf und lief ihnen mit großer Freude entgegen.

»So sehe ich Sie endlich wieder!« rief der Prinz.

»Ja«, sagte sie, »und so treu, wie ich es Ihnen versprochen hatte.«

Die Fee wollte hier keine Zeit mit unnützen Reden verlieren, begehrte auch nicht, sich über Zelindors Herzleid zu erfreuen; sondern ging sogleich mit dem schönen verliebten Paare wieder in den lebendigen Palast, welcher sie zu der Königin, der Mutter der Prinzessin, trug. Die Freude dieser Königin war unaussprechlich groß, aber die des verliebten Paares nicht kleiner. Man stellte Lustbarkeiten an, welche lange Zeit währten. Am Vermählungstage gab ihnen die Fee Kleider, dergleichen man in der Welt noch nicht gesehen hat. Sie bestanden aus einem Gewebe von dem feinsten Grase, mit blauen Hyazinthen besetzt. Ihre Mäntel, von gleicher Art, waren mit einem sehr feinen grünen Moos, das sich wie Samt fühlen ließ, gefüttert.

Sie sahen in dieser zwar einfachen, aber schönen Tracht, die sich so hübsch zu ihren Namen schickte, dermaßen angenehm aus, daß man sie nicht genug bewundern konnte. Jedermann rief den Himmel an, daß er sie möchte glückselig leben lassen. Sie liebten einander bis in das höchste Alter; und hierin bestand ihre größte Glückseligkeit.

Verliebte müssen sich oft trennen,
Bloß weil sie sich nicht gnugsam kennen:
Und dann ists die Beständigkeit,
Was beider Herz erfreut.

Henriette-Julie de Murat

Immerschön

Es war einmal eine gelehrte Fee, die der Liebe widerstehen wollte; aber der kleine Cupido war noch gelehrter als sie; er machte sie verliebt, und brauchte noch lange nicht seine ganze Macht dazu. Es kam einst ein schöner Ritter an ihren Hof, welcher auf Abenteuer ausgegangen war. Er war überaus liebenswürdig, eines Königs Sohn, und wegen vieler herrlichen Taten ungemein berühmt. Die Fee hatte schon vieles von seinen hohen Vorzügen durch das Gerücht vernommen. Die Person dieses jungen Prinzen bestätigte den hohen Ruf, in dem er stand, so gut, daß die junge Fee den verliebten Anträgen des schönen Prinzen, ohne sich lange zu bedenken, Gehör gab. Sie war schön, der Prinz war wirklich verliebt in sie; sie heiratete ihn und machte ihn zum reichsten und mächtigsten Könige auf Erden. Sie lebten auch viele Jahre in der Ehe glückselig miteinander.

Die Fee wurde schließlich alt; der König war zwar um ebensoviel älter geworden, aber er fand doch für gut, sie nicht mehr zu lieben, sobald sie nicht mehr schön war. Er ließ sich mit jüngeren Schönen am Hofe ein. Die Fee ertrug solches nicht ohne Eifersucht, und es wurden etliche ihrer Nebenbuhlerinnen dadurch unglücklich.

Sie hatte nur eine Tochter mit ihrem schönen Gemahl gezeugt. Diese liebte sie ungemein zärtlich; und die Tochter war wert, daß sie sie liebte. Etliche Feen von ihren Verwandten verliehen ihr schon, da sie zur Welt kam, einen bezaubernden Geist, große Schönheit und dabei Anmut, die noch viel rührender als Geist ist. Sie tanzte so schön als nur möglich, und ihre Stimme, wenn sie sang, entzückte alle Herzen. Sie war überaus wohl gewachsen, obgleich nicht gar groß. Sie hatte eine edle Miene, pechschwarze Haare, einen kleinen holden Mund, Zähne, so weiß wie Elfenbein, lebhafte und rührende Augen, aus welchen so durchdringende und zärtliche Blicke kamen, dergleichen kaum jemals zu sehen gewesen sind.

Die Fee wollte ihr nicht sogleich in ihrer ersten Kindheit eine Wundergabe verleihen. Sie verschob solches, um in der Folge der Zeit erst besser beurteilen zu können, welche Art von Glückseligkeit ihrer geliebten Tochter am allerzuträglichsten sein möchte.

Die Untreue des Königs bereitete der Fee großes Herzeleid; und weil sie die Größe des Unglücks, nicht mehr geliebt zu werden, erkannte, so zog sie daraus den Schluß, das allersüßeste Glück sei dieses, stets liebenswürdig zu sein. Nachdem sie alles lange und wohl überlegt hatte, so beschenkte sie ihre liebe Tochter mit der Gabe, immer schön und jung zu sein, und gab ihr den Namen Immerschön. Sie war damals sechzehn Jahre; und ihre Mutter wandte alle ihre Kunst an, daß die Tochter, dem Aussehen nach, niemals älter wurde.

Was konnte sie ihr in der Tat Kostbareres schenken als die Glückseligkeit, immer so zu bleiben, wie sie damals war?

Der König starb schließlich; und wiewohl er seiner Gemahlin schon längst untreu gewesen war, so empfand sie doch eine so große Betrübnis über seinen Tod, daß sie den Entschluß faßte, ihr Königreich zu verlassen und ihre übrige Lebenszeit in einem Schlosse, so sie sich in einer einsamen Provinz hatte bauen lassen, zuzubringen. Es lag in einem so großen Walde, daß niemand anderes als die Fee den Weg dorthin finden konnte.

Die junge Prinzessin Immerschön war traurig über diesen Entschluß und wollte dort bei ihr wohnen, aber die Mutter befahl ihr, in ihrem Reiche zu bleiben. Ehe sie sich in ihre Einöde begab, berief sie wieder in ihren vortrefflichen Palast alle diejenigen Lustbarkeiten und Schauspiele, die sie schon längst daraus verbannet hatte, und richtete damit der Tochter Hofstaat ein, welche sich in so angenehmer Gesellschaft, einige Zeit hernach, über ihrer Abwesenheit zu trösten wußte. Alle Prinzen und Könige, die von sich glaubten, daß sie gefallen könnten – aber damals schmeichelte man sich nicht so sehr wie jetzt –, kamen in großer Zahl an den Hof der jungen Immerschön und suchten diese liebenswürdige Prinzessin durch verliebte Bemühungen für sich zu gewinnen.

Nirgends ist vielleicht jemals mehr Pracht und Herrlichkeit als an diesem Hofe gesehen worden. Alle Tage waren wegen neuer Lustbarkeiten unterhaltsam, und jedermann war hier glücklich, nur nicht die Anbeter der Prinzessin Immerschön, die keine Hoffnung für sich sahen. Aber sie sahen doch wenigstens sie selbst; und ihre Blicke, auch die gleichgültigsten, waren wert, daß sie beständig an ihrem Hofe blieben.

Einmal spazierte Immerschön, innigst vergnügt über ihr Glück und die Herrlichkeit ihres Reiches, mit etlichen wenigen Nymphen in einem lustigen Gehölze, um das Vergnügen der Einsamkeit besser zu genießen. Sie hing mit Lust tiefen Gedanken nach. Und was für Gedanken konnte sie haben, die ihr nicht angenehm hätten sein müssen? Unvermerkt kam sie aus dem Walde und ging nach einer Wiese, die mit unzähligen bunten Blumen geschmückt war.

Als sie hier die Augen an unzähligen anmutigen Gegenständen ergötzte, erblickte sie eine Herde Schafe, die auf der Wiese am Bache weidete. Sein Wasser lief über eine Menge Kiesel, welches ein sanftes Murmeln verursachte, und er war von dicht aneinander gewachsenen Bäumen überschattet. Im Grase, am Ufer dieses Baches, lag ein junger Schäfer im ruhigsten Schlafe ausgestreckt. Sein Stab lehnte an einem Baume, und ein hübscher Hund, der mehr wie ein Liebling seines Herrn als ein Hüter der Herde aussah, lag neben ihm. Immerschön ging näher hinzu und schaute auf den Schäfer. Welch ein Anblick für sie! Kaum hat Cupido, wenn er in Psychens Armen schlief, so reizend ausgesehen wie dieser Schäfer. Die junge Fee blieb stehen. Sie konnte sich der Bewunderung nicht enthalten; aber bald darauf folgten noch

zärtlichere Triebe. Der schöne Schäfer mochte etwa achtzehn Jahre alt sein; er war ziemlich groß, und seine braunen, von Natur krausen Haare verschönerten sein liebliches Gesicht noch mehr.
Seine vom Schlaf geschlossenen Augen verbargen der jungen Fee ein neues Feuer, mit welchem Amor ihre zärtliche Liebe zu dem Schäfer verdoppeln wollte. Immerschön fühlte Erregungen in sich, die ihr gänzlich unbekannt waren; es war ihr unmöglich, wieder fortzugehen.
Die Feen genießen eben der Freiheiten wie die Göttinnen: sie lieben einen Schäfer, wenn er liebenswürdig ist, so gut und so zärtlich, als wenn er der Erbprinz des mächtigsten Königs auf Erden wäre. In Ansehung ihrer ist alles gewöhnlich.
Immerschön ergötzte sich viel zu sehr an dem, was sie empfand, als daß sie diesen Empfindungen zu widerstehen gesucht hätte. Sie war nun zärtlich verliebt und dachte weiter an nichts, als auch geliebt zu werden. Sie wollte es nicht wagen, den Schäfer zu wecken, weil sie befürchtete, daß er ihre unruhige Liebe bemerken könnte. Sie wollte sich vielmehr die Lust machen, ihm ihre Liebe auf eine recht galante und anmutige Art zu entdecken. In dieser Absicht machte sie sich unsichtbar, um ihre Freude an ihm zu haben, wenn sie ihn in großes Erstaunen setzte.
In dem Augenblicke hörte man eine vortreffliche Musik und Stimmen, die bis ins Herz drangen. Diese lieblichen Töne weckten den Alidor, so hieß der schöne Schäfer. Erst dachte er, er träumte noch; aber wie groß war sein Erstaunen, da er vom Grase aufstand und sah, daß er überaus galant und prächtig, gelb, lichtgrau und in Silber gekleidet war. Seine Schäfertasche war mit dem Namenszug der jungen Fee in Gold gestickt und hing an einem Blumengewinde. Sein Stab war gar vortrefflich gearbeitet und mit galanten Sinnsprüchen geziert, welche in buntfarbige Edelsteine gesetzt waren. Der Hut war von Binsenblumen und blauen Hyazinthen sehr künstlich geflochten.

Aus großer Freude und Verwunderung über seinen Putz, von dem er selbst nichts wußte, lief er geschwind an den Bach und besah sich darinnen. Immerschön zitterte und bebte, daß es ihm etwa wie dem Narcissus ergehen möchte.

Noch viel mehr wunderte sich Alidor, da er sah, daß seine Schafe so weiß wie der Schnee aussahen, da sie doch kurz zuvor, wie gewöhnlich, gar beschmutzt ausgesehen hatten, und daß sie mit schönen bunten Bändern umwunden waren.

Sein Lieblingsschäfchen war auch noch viel mehr als die übrigen geputzt. Es kam zu ihm und sprang lustig vor ihm herum, nicht anders als ob es sich auf seinen Putz was zugute täte. Sein braver Hund hatte ein Halsband von purem Golde, und es standen darauf diese vier Verse, in kleine Smaragden gesetzt:

Sucht man sein Glück in Amors Trieben,
Wie sorget dann ein zärtlich Herz!
Die Schönheit ist genug zum Lieben;
Die Treue nur wehrt bitterm Schmerz.

Der schöne Schäfer sah klar aus diesen Versen, daß er all das, was sich so Schönes ereignet hatte, nur der Liebe zu danken hatte. Die Sonne war bereits untergegangen, und Alidor trieb, einer süßen Melancholie hingegeben, seine Herde heim und begab sich in seine Hütte. Äußerlich sah er keine Veränderung an ihr; aber sobald er hineinkam, so kündigte ihm ein überaus lieblicher Geruch schon wieder etwas Neues an. Seine kleine Hütte war mit einem Geflecht von Jasmin, Zitronen und Pomeranzenblüten austapeziert, und ebenso auch sein Bette, an welchem auch Kränze von Nelken und Rosen hingen, die wegen der angenehmen Kühlung in schönster Blüte standen.

Der Fußboden war mit Porzellan gepflastert, und es waren darauf alle Liebesgeschichten der Göttinnen, die jemals Schäfer geliebt haben, in den schönsten Gemälden abgebildet. Alidor verstand sie sehr wohl, denn er war nicht ungebildet,

denn die Schäfer in diesen Fluren waren keine gewöhnlichen Schäfer. Etliche derselben stammten von Königen und Fürsten ab; und Alidor selber war der Abkömmling eines Herrn, der diesen Strich Landes lange Zeit beherrscht hatte, ehe er unter die Botmäßigkeit der Feen gekommen war.
Bis dahin war der schöne Schäfer noch unempfindlich zur Liebe geblieben, aber nunmehr fühlte er erst, daß sein junges Herz sich gern ergeben wollte, und doch kannte er seine Überwinderin noch nicht. Er konnte es kaum erwarten, diejenige Göttin oder Fee kennenzulernen, die ihm auf eine so galante und huldreiche Art ihre Liebe zu erkennen gab.
Alidor ging mit nie empfundener süßer Unruhe in seiner Hütte herum. Da die Nacht einbrach, war alles um ihn herum illuminiert, so daß es in seiner Hütte aufs neue Tag wurde. Indem Alidor seinen Gedanken mit Lust nachhing, wurde eine delikate und prächtige Mahlzeit vor ihm aufgetragen. »Ei«, sagte er lächelnd, »alle Augenblicke ein neues Vergnügen! Und doch habe ich niemand, mit dem ich es teilen könnte!« Sein braver Hund wollte von ihm liebkost werden, aber der Schäfer war viel zu sehr in Gedanken, als daß er ihn hätte streicheln wollen. Er setzte sich zu Tische. Ein kleiner Amor reichte ihm den Wein in einer Schale, die aus einem einzigen Edelstein geschnitten war; und Alidor aß, für einen Verliebten, mit ziemlichem Appetit. Er wollte den kleinen Amor ein wenig ausfragen; aber anstatt der Antwort beschoß ihn der lose Schalk mit seinen Pfeilen, welche sich, sobald sie ihn trafen, in ein ungemein wohlriechendes Wasser verwandelten. Der Schäfer sah also wohl, daß der Kleine nicht Befehl hatte, ihm das Geheimnis zu entdecken. Nachdem Alidor satt war, verschwand sogleich die Tafel, und der kleine Amor flog fort.
Hernach ließ sich eine liebliche Musik hören, welche dem schönen Schäfer tausend zärtliche Gedanken eingab. Er wurde immer begieriger zu wissen, wer seine Wohltäterin wäre. Mit großem Vergnügen hörte er auch folgende Verse singen:

Welche Gestalt, o Cupido, willst du empfinden,
Meinen geliebtesten Schäfer recht zu entzünden?
Zeichen der Liebe haben ihn jetzt verführt:
Wenn nur auch meine wenige Schönheit ihn rührt!

Daß ich ihn liebe, das sieht der Schönste vor allen;
Aber das sichert mich doch nicht, ihm zu gefallen:
Mächtiger Amor, lege mir Götterreiz bei!
Aber, mein Schönstes bleib unverlöschliche Treu!

»Oh, so komm doch nur endlich einmal, du Göttliche!« rief Alidor mit größter Ungeduld. »Komm doch und mache mich vollends zum glückseligsten Menschen auf der Welt! Ich glaube, daß du so schön als möglich bist; ich will dir nimmermehr untreu werden.«
Der Schäfer bekam hierauf keine Antwort, und die Musik hörte bald hernach auf. Es ward eine so große Stille in seiner Hütte, daß sie ihn zur Süßigkeit des Schlafs einlud. Er legte sich auf sein Bett; aber sein ungeduldiges Erwarten, das seine neue Liebe noch stärker machte, ließ ihn nicht sogleich einschlafen.
Er erwachte schon mit anbrechendem Morgen vom Gesang der Vögel. Er trat aus seiner Hütte und trieb seine artige Herde an eben den Ort, wo sein Liebesglück angefangen hatte. Kaum hatte er sich am Bache niedergesetzt, so hing an den nächsten Bäumen ein großer glänzender Sonnenschirm, feuerfarbig, grün und mit Golde, welcher ihm Schatten gab. Bald hernach kamen junge Schäfer und Schäferinnen aus der Nachbarschaft, um ihn zu besuchen. Sie machten große Augen, da sie den Sonnenschirm, seine Kleidung und seine Schafe sahen, und gingen mit schnellen Schritten zu ihm.
Nun ging es an ein Fragen, woher alle diese Wunderwerke kämen. Alidor lächelte, da er sah, wie sie sich so sehr wunderten, und erzählte ihnen alles, was ihm begegnet war. Mehr als ein Schäfer fühlte Eifersucht darüber in sich, und mehr als

eine Schäferin wurde vor Unwillen rot. Unter den letztern waren nicht wenige, die verliebte Anschläge auf Alidorn gemacht hätten; und es mochte nun eine Göttin oder eine Fee sein, so war die Mitwerberin allerdings gefährlich für sie. Immerschön, welche ihren Geliebten fast nicht aus den Augen ließ, stand viel bei sich aus, solange diese Schäfergesellschaft währte. Es waren ein paar allerliebste Schäferinnen dabei; und es kann eine recht hübsche Schäferin selbst einer Göttin viel Eintrag tun und gefährlich für sie werden.

Die Gleichgültigkeit, mit der ihnen Alidor begegnete, machte der jungen Fee wieder Mut. Die Schäferinnen gingen endlich, wiewohl ungern, wieder fort und trieben ihre Schäfchen weiter in der Flur hin.

Wenig Augenblicke hernach, als nur noch eine kleine Anzahl Schäfer beim Alidor waren, stand plötzlich auf einer Tafel von weißem Marmor eine köstliche Mahlzeit da, und rings herum wuchsen Rasenbänke. Alidor bat sogleich seine guten Freunde zu Gaste; und indem sie sich setzten, hatte ein jeder ein galantes Kleid an, aber nicht so prächtig wie das Alidors, denn dieses blitzte von Edelsteinen.

Eine bäurische Musik, die aber sehr anmutig zu hören war, gab weit und breit einen Wiederschall; und es wurden auch folgende Verse gesungen:

Bewundert Alidor! Er hat von Glück zu sagen.
Durch ihn läßt Amor mich verliebte Fessel tragen.
Ehrt, Schäfer, die ihr seine Schönheit wißt,
Ein Herz, das ihm mit Lieb ergeben ist!

Das Erstaunen der Schäfer ward immer größer. Nicht lange hernach kam auch eine Gesellschaft junger Schäferinnen ans Ufer des Baches; wie es scheinen sollte, um der Musik willen, aber in der Tat nur, um Alidor einmal zu sehen. Und nunmehr fing man einen angenehmen Schäfertanz an.

Diese junge Fee, welche beständig, obwohl unsichtbar, zugegen war, bekleidete den Augenblick sich und sechs ihrer Nymphen mit der artigsten Schäferinnentracht, die man nur sehen konnte. Sie waren mit nichts als Blumenkränzen geschmückt, und auch ihre Stäbe waren mit Blumen umwunden. Immerschön hatte zum Kopfputz lauter Binsenblumen, welche zu ihren schönen schwarzen Haaren gar vortrefflich standen und ihr das schönste Aussehen von der Welt gaben.

Die ganze Gesellschaft erstaunte, da man diese schönen Schäferinnen kommen sah. Alle Schönen aus dieser Flur empfanden einen heimlichen Unwillen darüber; denn ein jeder Schäfer dachte nur, wie er ihnen einen ehrenvollen Vorzug erweisen könnte.

Immerschön, die von niemand für eine Fee angesehen wurde, genoß darum nicht weniger Ehre und zog dennoch aller Schäfer Herzen an sich.

Die Schönheit ist es, was am aufrichtigsten verehrt wird; und Immerschön ergötzte sich nicht wenig an dieser Wirkung ihrer Schönheit, an welcher ihre Hoheit nicht den mindesten Anteil hatte.

Alidor, sobald er sie sah, vergaß den Augenblick, was er der Liebe, die eine Göttin oder eine Fee zu ihm trug, aus Achtung gegen sie, um ihr nicht mißfällig zu werden, schuldig gewesen wäre. Er lief, als ob er flöge, zur jungen Fee und sagte mit aller möglichen Anmut: »Komm, schönste Schäferin, komm und nimm einen Platz ein, der deiner würdiger ist. Eine so wunderschöne Person, wie du bist, geht allen Schönheiten viel zu viel vor, als daß sie nicht unterschieden werden sollte.« Hierauf nahm er sie bei der Hand; und die junge Fee, aus Freude, daß ihr erster Anblick ihren Schäfer so mächtig rührte, ließ sich willig von ihm führen. Alidor führte sie unter den glänzenden Sonnenschirm, der seit diesen Morgen an den Bäumen ausgespannt war. Etliche junge Schäfer holten, auf Alidors Befehl, große Sträuße von Blumen und grünen Reisern und machten daraus gleichsam einen Thron für die junge Immerschön, auf den sie sich niederließ. Der schöne Schäfer setzte sich ihr zu Füßen, und ihre Nymphen dane-

ben; die übrige Gesellschaft bildete einen Kreis um sie herum, und jede Person nahm Platz, wo es ihr am besten gefiel.
Welch angenehmes Schauspiel in der Welt ging wohl über den Anblick so vieler Schönheiten, die hier im Grünen beisammen saßen? Ein sanftes Rauschen des Wassers mischte sich in die Symphonie; und alle Vögel der ganzen Flur versammelten sich, wie gerufen, bei dieser Lustbarkeit. Die Schäfer kamen haufenweis, alle nacheinander zu Immerschön, ihr ihre Aufwartung zu machen. Einer von ihnen, mit Namen Iphis, sagte unter andern zu ihr: »Der Platz, du schönste Schäferin, an den dich Alidor gesetzt hat, ist schön, aber es ist, wie mir deucht, gefährlich, da zu sitzen.«
»Das glaube ich wohl«, sagte Immerschön mit einem entzükkenden Lächeln: »Die Schäferinnen aus diesem Dorfe werden mir's schwerlich vergeben, daß ich hier einen Vorzug angenommen, den mir Alidor, wie es scheint, über so viele Schönheiten, die ihn besser als ich verdienten, zu geben gesucht hat.«
»O nein!« sagte Iphis, »unsere Schäferinnen werden sich besser kennen. Aber du weißt wohl nicht, schönste Schäferin, daß Alidor von einer Göttin geliebt wird?« Hierauf erzählte er ihr die ganze Wundergeschichte, die sich mit dem schönen Schäfer zugetragen hatte.
Da er zu Ende war, sagte Immerschön mit holder Miene zu Alidor: »Ich wünsche mir keine so furchtbare Feindin, wie deine verliebte Göttin es ist. Aller Wahrscheinlichkeit nach hatte sie mir den Ort, wo ich sitze, nicht zugedacht; aber ich will ihr ihn wieder einräumen«; und bei diesen Worten stand sie auf.
Alidor sah sie zärtlich an und sagte: »Bleib! Bleib, du schönste Schäferin! Im ganzen Himmel ist keine Göttin, deren Liebe ich nicht dem Vergnügen, dich zu verehren, mit Freuden aufopfern wollte. Es muß auch die Göttin, die Iphis meint, nicht die größte Einsicht haben, wenigstens nicht in

die Liebe, weil sie hat zulassen können, daß ich dich habe sehen dürfen.«

Immerschön konnte Alidors Kompliment nicht beantworten, weil sie in dem Augenblick zum Tanze aufgefordert wurde. Eine schönere Tänzerin ist in der Welt noch niemals gesehen worden. Hernach bot sie dem Alidor die Hand zum Tanze an; und dieser schien diesmal sich selber zu übertreffen. Die prächtigsten Freudenfeste am Hofe hatten die junge Fee nicht so ergötzt wie diese Landlustbarkeit. Die Liebe verschönert einen jeden Ort, wo man sein Liebstes sieht.

Alidors Liebe ward mit jedem Augenblicke stärker; er schwur tausendmal, seine zärtlich geliebte Schäferin allen Göttinnen und Feen im Himmel und auf Erden vorzuziehen. Immerschön war wohl recht sehr mit seinen Gesinnungen zufrieden, aber sie wollte auch seine Liebe ein wenig auf die Probe stellen. Iphis war ein liebenswürdiger Schäfer und wunderschön, wenn Alidor nicht zugegen war. Die junge Fee sprach etlichemal ziemlich freundlich, tanzte auch sehr oft mit ihm.

Alidor ward hierüber so eifersüchtig, als er verliebt war. Immerschön bemerkte es sofort; und weil sie sah, daß sie sich seines Herzens dadurch noch mehr bemächtigt hatte, so quälte sie ihn nicht länger. Sie sprach den ganzen Tag nicht mehr mit Iphis, und Alidor bekam alle ihre Blicke. O welche Blicke! Sie waren so bezaubernd süß, daß sie die unempfindlichsten Herzen zu rühren vermochten.

Der Abend kam, und unsere schöne Gesellschaft ging wider Willen auseinander. Unzählige Seufzer eilten Immerschön nach. Sie verbot es allen Schäfern, sie zu begleiten, versprach aber Alidor mit ein paar Worten, daß er sie den folgenden Tag wieder auf der Wiese sehen sollte. Hierauf nahm sie Abschied von der Gesellschaft und ging mit ihren Nymphen fort. Die Schäfer ließen sie gehen und dachten, sie wollten ihnen wohl vom weiten nachgehen, ohne daß sie gesehen würden, um zu erfahren, in welchem Dorfe diese schönen Personen wohnten. Allein, sobald Immerschön in ein kleines Gebüsch kam, wo die Schäfer sie einen Augenblick aus dem Gesicht verloren, verschwand sie, und ihre Nymphen auch. Sie belustigten sich einige Zeit daran, daß sie zusahen, wie die Schäfer sich bemühten, ihre Spur wiederzufinden, sonderlich Immerschön. Sie hatte eine innige Freude, daß Alidor mehr als alle anderen sich darum bemühte. Iphis konnte sich kaum zufriedenstellen, daß er nicht hurtiger hinter ihr her gewesen war; und etliche andere Schäfer, die sich ihren Nymphen mit Leib und Seele ergeben hatten, brachten ein Teil der Nacht mit Suchen im Walde und in der Gegend zu.

Einige Erzähler dieser Begebenheit haben versichert, es hätten die Nymphen, nach dem Beispiele ihrer gebietenden Fee, etliche von diesen Schäfern liebenswürdiger gefunden als alle Könige und Prinzen, die sie jemals gesehen hatten.

Immerschön kehrte in ihren Palast zurück; und wiewohl eine Fee, ohne großes Aufsehen zu machen, abwesend sein kann, weil sie tausenderlei zu besorgen hat, so sah sie es doch ihren Liebhabern, den fremden Prinzen, an den Gesichtern an, wie unruhig sie darüber waren, daß sie sie den vorigen ganzen Tag nicht gesehen hatten. Aber kein einziger unterstand sich, ihr deswegen Vorwürfe zu machen. Bei dieser Schönen mußte ein Liebhaber recht demütig und ehrerbietig sein, oder er mußte alle Tage den Befehl erwarten, sich von ihrem Hofe zu entfernen. Sie erkühnten sich sogar nicht, ihr nur ein Wörtchen von ihrer Liebe zu sagen. Bloß durch ihre Bemühungen, durch Zeichen der Ehrerbietigkeit und durch ihre Beständigkeit hofften sie sie endlich einmal zu rühren.

Immerschön war zu allem, was ihr vor Augen kam, sehr gleichgültig. Sie aß abends wenig; sie saß oft in tiefen Gedanken; und es schien sogar ihren Verehrern, die auf die geringsten Bewegungen der schönen Fee achtgaben, als hätten sie sie ein paarmal seufzen gehöret. Sie beurlaubte den ganzen Hof sehr frühzeitig und begab sich in ihre Zimmer.

Wenn man sein Liebstes bald wiedersehen soll, so ist alles,

was uns unterdessen vor Augen kommt, gleichgültig und langweilig für uns.

Immerschön verhüllte sich mit ihren sechs Nymphen in eine Wolke und war in einem Augenblick in Alidors Schäferhütte. Er selbst war gar betrübt wieder da angekommen, weil er nicht hatte sehen können, welchen Weg seine schönste Schäferin gegangen war. Er fand in der Hütte noch alles so schön, wie er es verlassen hatte. Da er aber, in Gedanken herumgehend, einige Blicke auf den Fußboden warf, so bemerkte er, daß er ein wenig anders aussah: Denn statt der Liebesgeschichte von Göttinnen, welche Schäfer geliebt hatten, sah er die schrecklichen Exempel unglücklich gewordener Liebhaber, die sich der Liebe der Göttinnen unwürdig erwiesen hatten.

Alidor sah die Bilder starr an und sagte endlich: »Du hast recht, o Göttin; ja, du hast recht; ich verdiene deinen Zorn. Aber, wie hast du es auch zulassen können, daß eine so allerliebste Schäferin mir vor Augen gekommen ist? Wer kann sich da der Liebe wehren, selbst gegen eine Göttin?«

Immerschön war schon in Alidors Hütte, da er das sagte. Sie schmeckte die ganze Süßigkeit dieser Worte, und ihre Zärtlichkeit zum schönen Schäfer bekam hierdurch einen nicht geringen Zuwachs.

Nunmehr erschien wieder ein kostbares Abendessen; aber Alidor ließ sich's nicht so gut wie den vorigen Abend schmekken. Er war jetzt sehr verliebt und sogar ein bißchen eifersüchtig; denn es wollte ihm nicht aus dem Sinne, daß seine Schäferin ein wenig zu freundlich mit Iphis gesprochen hatte. Alles, was ihn noch ein wenig tröstete, war, daß sie ihm versprochen hatte, sich den folgenden Tag wieder auf seiner Wiese einzustellen.

Der kleine Amor bediente ihn wiederum beim Essen; aber Alidor, dem jetzt nichts als sein neuer Kummer im Sinne lag, sprach kein Wort mit ihm. Die Tafel verschwand wieder; der Knabe gab dem Schäfer zwei schöne Dosen, kostbar bemalt, und flog davon.

Alidor öffnete geschwind eine Dose. Da sah er das Bildnis einer jungen Person, die so außerordentlich schön war, daß es über alle Vorstellung ging. Unter diesem wunderschönen Bilde standen mit goldenen Buchstaben diese Worte:

Dein Glück beruht auf ihrer Liebe.

Alidor betrachtete es eine gute Weile und sagte endlich: »Ja, wer meine Schäferin nicht gesehen hat, der muß von ihr bezaubert werden.« Er machte die Dose ganz sachte wieder zu und legte sie nachlässig auf den Tisch.

Hierauf öffnete er auch die andere Dose; aber ach, wie erstaunte er, da er das leibhafte Ebenbild seiner Schäferin sah, so schön und reizend, als sie ihm ihr Bild ins Herz gedrückt hatte.

Sie war ebenso gemalt, wie er sie diesen Tag über gesehen hatte: mit Blumen geschmückt, und das wenige, was von ihrer Kleidung zu sehen war, zeigte eine Schäfertracht an. Alidor war so entzückt vor Liebe, daß er lange nicht gewahr wurde, daß darunter diese Worte standen.

Vergiß ihre Liebe, oder du wirst unglücklich.

»Oh«, rief er, da er es endlich las; »wie könnte ich glückselig ohne meine Schäferin sein?«

Immerschön ergötzte sich sehr an diesem Ausbruche seines Entzückens. Das Bildnis, das Alidor verachtet hatte, war nur ein erdichtetes. Die junge Fee wollte nur sehen, ob Alidor eine so schöne Person, die er notwendig für eine Göttin oder eine Fee halten mußte, der Schäferin, die er kannte, vorziehen würde. Vergnügt über Alidors Liebe, begab sie sich in ihren Palast zurück, nachdem sie ihre Nymphen durch ein abgesprochenes Zeichen zusammengerufen hatte.

Dieses Zeichen bestand darin, daß sie etliche Blitze in der Luft leuchten ließ; und daher kommen noch jetzt die Blitze, auf welche kein Donner folgt.

Geschwind waren alle ihre Nymphen beisammen. Sie hatten unterdessen auch ein wenig sehen wollen, was ihre lieben

Schäfer machten. Einige waren überaus zufrieden mit ihnen: sie hatten sie angetroffen, indem sie an nichts als an sie dachten und von nichts als von ihnen sprachen. Aber andere waren nicht so vergnügt über die Wirkung, die ihre Schönheit getan hatte, denn sie hatten ihre Schäfer im tiefen Schlafe gefunden. Zuweilen scheint man den Tag lang sehr verliebt; und man ist's doch nicht so sehr, daß man darum des Nachts wachen wollte.

Die junge Fee ging schlafen, da sie in ihren Palast kam. Sie freute sich über ihres Schäfers Liebe und fühlte keine andere Unruhe, als daß sie ihn nicht schon bald wiedersehen konnte.

Alidor hingegen schlief wenig. Er machte sich nicht das geringste aus allen Drohungen, die unter dem Bildnisse standen; er dichtete und trachtete auf nichts, als bald wieder auf seine Wiese zu kommen. Dort hoffte er, seine Schäferin bei Tage wiederzusehen, und dachte, er könnte nicht zeitig genug dort sein.

Er trieb seine Schafe auf die herrliche Flur, wo er seine Schäferin gesehen hatte. Sein aufmerksamer Hund mochte sie bewachen; er verließ sich gänzlich auf ihn. Er selber dachte nur auf seine Schäferin.

Die junge Fee mußte an diesem Tag zu ihrem größten Verdruß etliche Abgesandte benachbarter Könige empfangen. Kürzere Audienzen sind kaum abgehalten worden; und gleichwohl verstrich ihr der größte Teil des Tages unter so verdrießlichen Zeremonien. Sie stand Angst und Ungeduld dabei aus, und Alidor gewiß nicht weniger; für ihn war ihr Erwarten eine Marter.

Die Sonne war schon untergegangen. Er hoffte nicht mehr, seine himmlische Schäferin an diesem Tag wiederzusehen. Das war betrüblich für ihn!

Er beklagte sich, er stieß Seufzer aus; er machte auch folgende Verse auf ihre Abwesenheit und grub sie mit den Eisen seines Schäferstabes in eine junge Ulme:

Du, welche Venus selbst nicht ohne Mißgunst sieht!
Du, deren Götterreiz die Herzen an sich zieht!
    Du schönste Schäferin, mit deren sanften Blicken
    Der kleine Liebesgott den Pfeil weiß abzudrücken!

Einen ganzen Tag seufzt mein Herz nach dir,
Dich nur such ich, dich nur wünsch ich mir.
    Aber sieh; ich bin, wie im Lieben,
    Meiner Traurigkeit treu geblieben.

Als er mit dem Schreiben fertig war, ließ sich Immerschön von weiten mit ihren Nymphen sehen; und alle waren wieder in Schäferinnen verkleidet. Alidor erkannte sie schon aus weiter Entfernung. Er lief, als ob er flöge, zu seiner Schäferin, und sie empfing ihn mit einem Lächeln, das wert war, selbst Götter zu beglücken.

Er sprach mit ihr von seiner Liebe, mit einem Feuer, das ein viel kälteres Herz als Immerschön ihres hätte entzünden können. Nunmehr wollte sie sehen, was er in die Ulme eingeschnitten hatte; und es gefiel ihr sowohl sein Geist als seine Zärtlichkeit. Hierauf erzählte er ihr, was ihm den Abend zuvor mit seiner unsichtbaren Verliebten begegnet war, und erbot sich mehr als einmal, ihr bis ans Ende der Welt zu folgen, um eine Göttin oder Fee zu fliehen, welche ihn zu seinem größten Verdruß liebte.

»Nein, Schäfer«, sagte Immerschön mit holdem Lächeln, »dabei verlöre ich selber gar zu viel. Ich darf mich dir nicht länger verbergen, weil ich mit dir zufrieden bin. Ich selbst bin deine bisher Unsichtbare, mein lieber Alidor! Ich selbst gab dir soviel Zeichen meiner zärtlichen Neigung, die dich und mich glücklich machen wird, wenn du mich recht treu und beständig liebst.«

Der schöne Schäfer, der jetzt vor Freude und Liebe ganz außer sich war, warf sich der jungen Fee zu Füßen. Er sagte kein Wort, und doch sagte er ihr mit seinem Schweigen weit mehr, als er mit der schönsten Rede getan haben würde. Immerschön hob ihn selbst auf; und in dem Augenblick hatte er ein prächtiges Gewand an. Hernach schlug sie mit ihrem Schäferstab auf die Erde. Sogleich erschien ein kostbarer Wagen mit zwölf schönen weißen Pferden, vier und vier nebeneinander. Die junge Fee setzte sich hinein und nahm ihren Schäfer zu sich. Auch ihre Nymphen fanden alle Platz darinnen; und sobald sie sich gesetzt hatten, galoppierten die Pferde, die ohne Zügel und ohne Kutscher schon wußten, wohin ihre Fee wollte, mit unglaublicher Geschwindigkeit nach einem Schlosse, das Immerschön vor allen andern liebte. Sie hatte ihre ganze Zauberkunst angewandt, es zu verschönern und es zum schönsten Orte der Welt gemacht. Es hieß das Blumenschloß.

Die junge Fee kam mit ihrem glücklichen Liebsten und den Nymphen zuerst in einen großen Schloßhof, der statt der Mauern mit niedrigen verschnittenen Hecken von lauter Jasmin und Pomeranzenbäumen umgeben war. Ringsherum floß ein klarer Bach. Weiter hinaus lag auf einer Seite ein kleiner hübscher Wald und auf der andern eine Flur schöner Wiesen, deren Ende man nicht absehen konnte und in welcher der Bach sich fast unendlich schlängelte, so daß es schien, als verließ er eine so anmutige Gegend wider Willen.

Das Schloß selbst war mehr wegen der Baukunst als wegen der Weitläufigkeit zu bewundern. Es gab darinnen zwölf Wohnungen, jede mit etlichen Zimmern und auf unterschiedliche Art ausgeschmückt. Wiewohl sie viel Raum hatten, so waren sie doch für den ganzen Hofstaat der Fee viel zu klein. Denn ihr Hof war so zahlreich und prächtig wie sonst keiner in der Welt.

Die junge Fee wohnte hier nur zuweilen, gleichsam in einer Einöde, und nahm nur ihre liebsten Nymphen und ihre Hausbedienten mit sich dahin.

Immerschön führte ihren Schäfer in die Gemächer mit Myrten. Alle Hausgeräte in denselben bestanden bloß aus Myrten, die immer grünten, und waren dermaßen künstlich ineinander geflochten, daß man den guten Geschmack der Fee, der sich auch auf die kleinsten Dinge erstreckte, nicht genug bewundern konnte. Alle übrige Gemächer im Schlosse waren auf eben diese Art mit Blumen versehen, so daß man darinnen die reinste Luft atmete.

Die Fee hatte durch ihre Künste aus dieser ganzen Gegend den Winter verbannt. Zwar ließ sie zuweilen auch die Sommerhitze hier hinein, aber bloß, damit man sich der vortrefflichen Bäder, die hier angeleget waren, mit größerer Lust bedienen konnte.

Die Badezimmer waren aus blauem und weißem Porphyr vortrefflich gearbeitet, und die Badwannen stellten mancherlei angenehme Figuren vor. Die, in welcher sich die junge Fee zu baden pflegte, war aus einem einzigen Topas geschnitten und stand auf einem Podest von Porzellan. Vier zur Seite stehende gar vortreffliche Säulen von Amethyst stützten einen Thronhimmel von gelbem Stoffe, mit Silber und mit Perlen gestickt. Alidor, dem nur sein Glück, Immerschön zu sehen und sie verliebt in sich zu sehen, in den Gedanken schwebte, bemerkte alle diese wunderschönen Sachen fast gar nicht.

Das schöne verliebte Paar ergötzte sich eine lange Zeit in den Myrtengemächern mit süßen und zärtlichen Gesprächen. Das Abendessen nahmen sie in einem Saale, tapeziert und möbliert mit lauter Binsenblumen, ein. Hernach folgte ein galantes Schauspiel. Die Nymphen stellten die Liebesgeschichte der Diana und des Endymion in Musik vor.

Immerschön vergaß diesmal, die Nacht wieder in ihre Residenz zu kommen, und schlief in dem Gemache, das mit Narzissen ausgeschmückt war.

Alidor, welchen die Nymphen nach der Musik ins Myrtengemach geführet hatten, konnte vor großer Liebe lange nicht einschlafen. Und Immerschön, welche ihre Zauberkunst nicht gebrauchen wollte, um ihre angenehme Erregung zu

beruhigen, schlief auch erst ein, da es bald Tag werden wollte.
Alidor erwartete im Saale der Binsenblumen mit großem Verlangen den glücklichen Augenblick, seine schönste Fee wiederzusehen. In seinem Anzug vergaß er nichts von allem, womit die Kunst eine natürliche Schönheit vermehren kann. Immerschön erschien noch reizender als Venus selbst. Sie blieb einen Teil des Tages mit ihrem Schäfer und den Nymphen im Garten beim Schlosse. Die Schönheit dieses Gartens zu beschreiben, will ich mir keine vergebliche Mühe machen: er war wunderschön.
In einem hübschen Wäldchen wurde eine Lustbarkeit angestellt; und bei dieser Gelegenheit fand Alidor etliche erwünschte Minuten, mit der schönsten Fee von seiner brennenden Liebe zu reden.
In der folgenden Nacht hielt sie es für nötig, wieder einmal in ihre Residenz zurückzukehren, versprach aber ihrem Geliebten, am folgenden Tage wieder bei ihm zu sein. Noch niemals ist vielleicht eine Abwesenheit von etlichen Stunden mit so vielen Seufzern und Wünschen zugebracht worden. Der schöne Schäfer wünschte sehnlich, seiner liebsten Fee folgen zu dürfen; aber er mußte ihrem Befehle gehorchen und im Blumenschlosse bleiben. Ihr ganzer Hof sollte nichts von ihrer Liebe wissen. Es durfte ohne ihre ausdrückliche Erlaubnis kein Mensch in dieses Schloß; daß aber ihre Nymphen das Geheimnis hätten verraten wollen, dieses brauchte sie nicht zu befürchten. Die Geheimnisse der Feen sind allezeit heilig; man plaudert sie niemals aus; denn die Strafe folgt allemal sogleich auf dem Fuße.
Immerschön bat sich von Alidor, da sie abreiste, seinen artigen Hund aus, welcher ihm nicht von der Seite gegangen war. Alles, was dem Geliebten gefällt, ist uns lieb.
Als sie fort war, begab sich Alidor, mehr um seiner verliebten Schwermut nachzuhangen, als sie etwa zu zerstreuen, tief in einen Wald, damit er recht ungestört an seine Schönste den-

ken könnte. Mitten in diesem Walde lag eine Wiese voller Blumen, die ein schöner Brunnen wässerte. Hier sah er auf einmal seine ganze Herde lustig im Grase springen. Sechs hübsche junge Sklavinnen, welche blaue Kleider mit Golde, auch goldene Halsbänder und Ketten trugen, hüteten seine Schafe. Sein liebstes Schäfchen erkannte sogleich seinen Herrn und lief auf ihn zu. Alidor streichelte es mit innigstem Vergnügen und freute sich sehr über die Fürsorge, so seine Geliebte für alles, was sein war, hatte.

Hernach zeigten ihm die jungen Sklavinnen ihre Schäferhütte, welche nicht weit davon, am Ende einer dicht bewachsenen Allee, lag. Sie war von Zedernholz; und die ineinander geschlungenen Namenszüge des verliebten Paars standen daran überall, geschnitten aus dem kostbarsten Holz. Auf einem großen Türkis stand folgende Überschrift in goldenen Buchstaben:

Hier soll immer, zu des Schäfers Freuden,
Den mein Herz liebt, seine Herde weiden.
Er liebt auch mich, der schönste Alidor:
Dies Glück zieh ich dem Glück der Götter vor.

Der schöne Schäfer ging endlich wieder in das Blumenschloß und freute sich herzlich über die große Güte seiner geliebten Fee. Diesen Abend wollte er keine Festlichkeit haben. Und wie kann man sich auch in Abwesenheit dessen, den man liebt, nach Ergötzungen sehnen? Den folgenden Tag kam Immerschön, wie versprochen, wieder. Welche Freude, als sie einander wiedersahen! Eine süßere Glückseligkeit hatte ihm die ganze Zaubermacht der jungen Fee noch niemals verschafft. Sie war von dieser Zeit an fast jeden Tag einmal im Blumenschlosse und ließ sich nur wenig an ihrem Hofe sehen. Ihre Liebhaber, die vielen Prinzen, die sich dort aufhielten, grämten sich darüber fast zu Tode, aber es half ihnen nichts: Dem glücklichen Alidor mußte alles weichen.

Aber ach! Kann wohl eine so große Glückseligkeit lange Zeit

ungestört bleiben? Eine andere Fee hatte den schönen Schäfer zu sehen bekommen und sich in ihn verliebt.
Da einmal abends die junge Immerschön ihrer Geschäfte halber etliche Stunden an ihrem Hofe war, saß Alidor im Saale der Binsenblumen ganz vertieft in verliebten Gedanken. Plötzlich hörte er ein kleines Geräusch an einem Fenster. Er sah hin und bemerkte von dieser Seite her einen hellen Glanz. Einen Augenblick darauf saß an eben dem Tische, den er selbst vor sich hatte, eine kleine Person, etwa eine Elle groß; sie war sehr alt, hatte Haare weißer als Schnee und trug einen Halskragen und einen Reifrock, beides nach sehr altfränkischer Art.
»Ich bin«, sprach sie, »die Fee Mordicante und biete dir ein Glück an, das viel größer ist als deines, von Immerschön geliebt zu werden.«
»Dieses Glück möchte ich wohl sehen«, antwortete Alidor mit einer verächtlichen Gebärde: »Die Götter selbst können nicht beglückter als ich sein!«
»Nein«, sagte die alte Fee mit stolzer Art, »dein höchstes Glück ist, daß du mir gefällest. Ich liebe dich, und meine Macht ist viel größer als die von Immerschön, ja beinahe so groß wie die Macht der Götter. Verlaß, mir zu Gefallen, deine junge Fee, so will ich dich an deinen Feinden rächen und dir in allem beistehen, wenn du jemand Schaden tun willst.«
»Oh«, sagte Alidor höhnisch lächelnd, »deine hohen Wohltaten sind alle an mir verloren. Ich habe keine Feinde; ich suche keinem Menschen zu schaden; ich bin mit meinem Glück ungemein zufrieden. Und gesetzt den Fall, es wäre die allerschönste Fee, die ich liebe, nur eine Schäferin, so wäre ich mit ihr in der elendesten Hütte ganz gewiß ebenso glücklich, als ich es jetzt im schönsten Palaste von der Welt bin.«
Nachdem er dieses gesagt hatte, machte sich die böse Fee so groß und dick, als sie erst klein und dünn gewesen war, und verschwand mit grausamem Getöse.
Den folgenden Tag kam Immerschön wieder ins Blumen-

schloß. Alidor erzählte ihr sein Abenteuer. Sie kannten schon beide die Fee Mordicante. Sie war schon alt und jederzeit sehr häßlich, aber dabei sehr verliebt gewesen. Sie scherzten viel über ihre verliebte Unternehmung und machten sich wegen deren Rache nicht den mindesten Kummer.

Wie kann man glücklich in der Liebe sein und zugleich auf künftiges Unglück denken?

Acht Tage hernach machte das verliebte Paar in einer vergoldeten Barke eine Fahrt auf dem zauberhaften Flusse, welcher rings um das Blumenschloß floß, im Gefolge ihres kleinen Hofstaates, der ebenfalls auf schönen Barken fuhr. Die der jungen Fee war mit einem Thronhimmel von leichtem blauem Stoffe mit Silber bedeckt; und so waren auch die Ruderknechte bekleidet. Auf andern kleinen Fahrzeugen befanden sich vortreffliche Musikanten, welche lieblich spielten. Alidor war diesen Tag verliebter denn je: er sah nur Immerschön an, denn sie schien diesmal schöner, als man sich es vorstellen kann.

Indem sie so fuhren, kamen zwölf Sirenen aus dem Wasser, bald hernach auch ebensoviel Tritonen, und sie schlossen einen Kreis um die Barke, in welcher sich die jungen Verliebten befanden. Die Tritonen machten außerordentlich schöne Musik mit ihren Hörnern, und die Sirenen sangen so liebliche Stückchen dazu, daß sich Immerschön und ihr Schäfer ungemein daran ergötzten. Die junge Fee, weil ihr solche Wunderdinge nichts Neues waren, glaubte, es wäre dieses Vergnügen von denjenigen angestellt, die dazu bestellt waren, immer etwas Neues zu ihrer Lust zu erfinden. Aber plötzlich hingen sich die schelmischen Tritonen und Sirenen alle an eine Seite des Schiffes und stürzten es mit den jungen Verliebten um.

Das einzige, wovor Alidor sich fürchtete, war die Gefahr, in welcher Immerschön schwebte. Er wollte zu ihr schwimmen, aber die Tritonen bemächtigten sich seiner und trugen ihn fort. Die Sirenen ergriffen Immerschön und brachten sie geschwind wieder in ihr Schloß.

Weil eine Fee keine Gewalt über die Person einer andern Fee

hat, so bestand Mordicantens Rache nur darin, daß sie Immerschön die Qual der Abwesenheit des Geliebten wollte fühlen lassen. Unterdessen brachten die Tritonen den schönen Schäfer in ein fürchterliches Schloß, welches von Drachen bewacht wurde. Hier wollte Mordicante den Schäfer entweder zu ihrer Liebe bewegen oder sich wegen seiner Verachtung an ihm rächen. Er wurde in ein sehr düsteres Zimmer gebracht. Mordicante kam, mit den kostbarsten Brillanten von Kopf bis Fuß bedeckt, zu ihm und wollte ihm ihren Liebesantrag abermals tun. Aber Alidor, der schon fast in Verzweiflung war, daß er sich von seiner Liebsten getrennet sehen mußte, begegnete der alten bösen Fee so verächtlich, als er wußte und konnte.

Mordicante wurde fast rasend vor Zorn. Doch war ihre Liebe zu ihm viel zu groß, als daß sie ihn hätte ums Leben bringen wollen. Sie entschloß sich, nachdem sie ihn etliche Tage in einem abscheulichen Kerker hatte stecken lassen, ihn durch andere Künste zu besiegen. Sie brachte ihn plötzlich in ein anderes prächtiges Schloß; und hier bediente man ihn mit einer Pracht, welche der, die er im Blumenschlosse gesehen hatte, nichts nachgab. Man stellte unzählige Lustbarkeiten an, um seine Traurigkeit zu zerstreuen; die schönsten Nymphen von der Welt, die seinen Hofstaat bildeten, bemühten sich um die Wette, ihm zu gefallen; und man erwähnte kein Wort mehr von Mordicantens Liebe zu ihm. Aber der treue Schäfer blieb traurig bei aller Lust, die er um sich sah. Die Abwesenheit seiner einzig Geliebten war ihm hier, mitten unter den galantesten Freudenfesten, ebenso unerträglich, als sie es im abscheulichen Gefängnisse gewesen war. Mordicante hoffte unterdessen, es sollte die Abwesenheit von Immerschön, die Freude, so man ihm unaufhörlich zu machen suchte, und sonderlich der Anblick so vieler Schönen Alidors Herz endlich zur Untreue bewegen. Hierbei spielte sie noch die besondere List aus, daß sie alle diese schönen Nymphen ihm nur deswegen beständig vor Augen ließ, da-

mit, sobald ihm eine gefallen würde, sie ihre Gestalt annehmen könnte. Sie war auch selbst in anderer Gestalt unter ihnen: bald als eine reizende Brünette, bald wieder als die lieblichste Blondine von der Welt.
Amor, der alles über die Herzen vermag, hielt ihre natürliche Grausamkeit lange im Zaume. Aber aus Bosheit, daß sie Alidors Treue nicht wankend machen konnte, wurde sie endlich so grimmig, daß sie bei sich selbst beschloß, ihn ums Leben zu bringen und ihn zum Schlachtopfer seiner treuen Liebe zu Immerschön zu machen.
Einmal, da sie unsichtbar um ihn war, beobachtete sie ihn auf einer Galerie, welche die Aussicht nach dem Meere hatte. Hier lehnte Alidor an einem Geländer und war in tiefen Gedanken, ohne lange Zeit ein Wort zu sagen. Endlich aber seufzte er so bange und beklagte sich in so zärtlichen und rührenden Ausdrücken, daß sie daraus seine unmäßige Liebe zu Immerschön klar ersehen konnte.
Mordicante geriet in Wut und ließ sich ihm in ihrer rechten Gestalt sehen. Sie machte ihm erst die schrecklichsten Vorwürfe; hernach ließ sie ihn wieder ins vorige Gefängnis führen und kündigte ihm an, daß sie ihn drei Tage später ihrem Hasse aufopfern und sich mit der entsetzlichsten Marter wegen seiner Verachtung an ihm rächen wollte.
Alidor, dem ohnedies sein Leben, durch die Trennung von seiner zärtlich Geliebten, zur Last wurde, erschrak nicht im geringsten darüber. Er war vergnügt, daß Immerschön für ihre Person nichts von Mordicantens Zorne zu fürchten hatte, weil sie ebenso mächtig war, und erwartete also seinen Tod standhaft.
Unterdessen grämte sich Immerschön, die ihrem Schäfer ebenso treu war wie er ihr, unaussprechlich über seinen Verlust. Die Sirenen, die sie ins Blumenschloß zurückgebracht hatten, waren augenblicklich verschwunden; und Immerschön hielt es für mehr als gewiß, daß Mordicante ihr ihren Geliebten hatte entführen lassen.

Ihre unmäßige Traurigkeit verriet dem ganzen Hofe ihre Liebe zu dem schönen Schäfer, und zugleich, daß sie ihn nicht mehr hatte.
So mancher König beneidete Alidor, selbst wegen des Unglücks, in das jenen die böse Fee stürzte. Wie verdroß es die vielen verliebten Prinzen, da sie hören mußten, daß sie einen glücklichen Rivalen hatten und daß Immerschön unaufhörlich um einen Schäfer weinte. Inzwischen gab ihnen Alidors Entführung neue Hoffnung. Sie sahen endlich wohl, daß Immerschön nicht schlechter zu lieben als zu gefallen wußte. Sie verdoppelten also ihre verliebten Bemühungen, und es machte sich ein jeglicher die süße Hoffnung, des schönen Schäfers Stelle einzunehmen. Aber Immerschön, weil ihre Betrübnis über die Trennung von Alidor gleich stark blieb und weil sie der Liebe seiner Rivalen überdrüssig wurde, begab sich schließlich gar von Hofe weg und zog in ihr Blumenschloß.
Der Anblick dieses reizenden Ortes, wo sie alles an ihren Liebsten erinnerte, vermehrte sehr ihre Sehnsucht und Zärtlichkeit. Da sie einmal in den schönen Gärten am Schlosse spazierenging und deren Anmut betrachtete, sagte sie: »Ach, vormals wart ihr mein Vergnügen, aber jetzt bin ich viel zu sehr von meiner Betrübnis gefangen, als daß ich darauf dächte, euch zu verschönern.«
Kaum hatte sie diese Worte gesprochen, so hörte sie einen angenehmen Westwind, welcher alle Blumen auf einer Flur bewegte und sie in einem Augenblicke in mancherlei Ordnung stellte. Erst bildeten sie den Namenszug der jungen Immerschön, hernach andere Züge, die sie nicht verstand, und bald wieder ordentliche Buchstaben. Die Fee erstaunte über diese Neuheit und las deutlich folgende Verse:

Gebeut nur dem Zephyr, o himmlische Fee!
Die Blumen, sie wachsen, sobald ich nur weh.
  Ich habe der Flora viel Dienste getan:
  Dir trag' ich sie, Schönste, noch williger an!

Indem die schöne Fee diese Verse las, erschien ihr schon Zephyr in der Luft, nachdem er ihr diese Liebeserklärung getan hatte. Er saß in einem kleinen Wagen von Rosen, der von hundert weißen Zeisigen gezogen wurde, zehn und zehn in einer Reihe mit Perlenschnuren zusammengespannet. Er ließ sich nieder und stieg bei Immerschön ab. Er sprach mit aller Anmut eines sehr liebenswürdigen und galanten Gottes, aber die junge Fee, anstatt sich eines herrlichen Sieges zu freuen, antwortete ihm, wie eine treue Liebste antworten muß. Zephyr ließ sich durch ihre Sprödigkeit nicht abschrecken; er hoffte, sie durch viele Bemühungen zu erweichen. In dieser Absicht machte er ihr fleißig seine Aufwartung und tat alles, was möglich war, ihr zu gefallen.
Dies war wohl der höchste Punkt von Alidors Ruhme: Er hatte einen Gott zum Rivalen, und dieser mußte ihm doch nachstehen.
Unterdessen mußte dieser halb glückliche, halb unglückliche Schäfer alle Augenblicke gewärtig sein, ein Schlachtopfer von Mordicantens Wut zu werden. Es war fast ein ganzes Jahr, da das schöne verliebte Paar voneinander getrennt lebte. Da Zephyr endlich sah, daß er nichts gegen die Treue von Immerschön ausrichten würde, und da er von ihren Tränen, die sie ohne Unterlaß über ihren Schäfer vergoß, gerührt wurde, so sprach er sie eines Tages an, da sie noch trauriger als sonst war, und sagte: »Weil ich mir nicht länger schmeicheln kann, dich zu meiner Liebe zu bewegen, so will ich wenigstens etwas zu deiner Glückseligkeit beizutragen suchen. Sage, was soll ich tun, dich wieder glücklich zu machen?«
Sie antwortete mit einem so holden Lächeln, daß er beinahe verliebter als jemals geworden wäre: »Nichts in der Welt, du guter Zephyr, als mir meinen Alidor wiedergeben! Ich selbst vermag nichts gegen eine andere Fee, aber du, o Zephyr, du bist ein Gott und könntest alles tun, wenn du wolltest.«
»Ich will mich bemühen«, sagte Zephyr, »meine Liebe zu dir in einem so hohen Grade zu überwinden, daß ich dir meinen

glücklichen Rivalen wiedergebe, bloß um dir zu dienen.« Hierauf flog er fort, und Immerschön schmeichelte sich mit der süßesten Hoffnung.
Zephyr betrog sie nicht. Es war ohnedies seine Art nicht, lange unbelohnt zu lieben; und er sah wohl, daß Immerschön viel zu beständig war, als daß sie um seinetwillen dem schönen Schäfer hätte untreu werden wollen.
Zephyr flog nach dem abscheulichen Gefängnis, wo der gute Alidor nichts als den Tod erwartete. Ein heftiger Wind von sechs Aquilonen, welche den Zephyr begleitet hatten, riß im Augenblick die Tür im Gefängnis auf und führte den schönen Schäfer ins Blumenschloß. Da Zephyr den Alidor sah, wunderte er sich nicht mehr, warum diesem die junge Fee so treu war. Er wollte sich ihm auch nicht eher sehen lassen, als bis er ihn seiner Liebsten wiedergegeben hätte.
Ich unterstehe mich nicht, des verliebten Paares Freude zu beschreiben, als sie einander wiedersahen. O wie bezaubernd schön schien einer dem andern! Wie zärtlich liebten sie sich! Oh, wie viele Male, wie herzlich dankten sie Zephyr, dem Urheber ihrer Glückseligkeit! Dieser hielt sich nicht lange bei ihnen auf und flog wieder zu seiner Flora.
Immerschön wollte, daß der ganze Hof teil an ihrem Glücke nehmen sollte. Es wurden an allen Enden des Reiches unzählige Lustbarkeiten deswegen veranstaltet. Ihre vielen Liebhaber, die fremden Prinzen am Hofe, mochten sich grämen, wie sie wollten, sie mußten des schönen Schäfers Sieg über sie mit ansehen.
Damit sie sich aber nicht mehr vor Mordicantens Zorn fürchten brauchten, lehrte Immerschön ihren Liebsten alle Feenkünste und schenkte ihm eine immerwährende Jugend. Nachdem sie Alidor dies große Glück verliehen hatte, war sie auch auf ihre und seine Ehre bedacht. Sie schenkte ihm das Blumenschloß und machte ihn zum Fürsten dieses schönen Landes, das schon seine Voreltern beherrscht hatten. Alidor wurde hernach der größte König auf Erden, und in eben der

Gegend, wo er der schönste Schäfer von der Welt gewesen war. Er überschüttete alle, die seine Freunde gewesen waren, mit Wohltaten. Und weil er, wie Immerschön, beständig schön blieb, so versichert man, daß sie einander unverändert liebten, weil sie allezeit liebenswürdig waren; und der Ehestand beendete bei ihnen nicht eine Liebe, die das Glück ihres Lebens war.

Antoine Galland

Die Geschichte von dem Prinzen Ahmed und der Fee Perî Banû[1]

In alten Zeiten und längst entschwundenen Vergangenheiten lebte einmal ein Sultan von Indien. Der hatte drei Söhne; der älteste hieß Prinz Husain, der zweite Prinz 'Alî, der dritte Prinz Ahmed. Er hatte auch eine Nichte, des Namens Prinzessin Nûr en-Nahâr[2], die Tochter seines jüngeren Bruders, der früh gestorben war und sein einziges Kind unter der Obhut des Onkels hinterlassen hatte. Der König widmete sich ihrer Erziehung mit großer Sorgfalt, und er verwandte alle Mühe darauf, daß sie im Lesen und Schreiben, im Nähen und Sticken, im Singen und im kunstvollen Spielen der Instrumente, die Lust und Freude schaffen, unterrichtet wurde. Diese Prinzessin übertraf auch an Schönheit und Lieblichkeit und an Verstand und Weisheit bei weitem alle Mädchen ihrer Zeit in allen Landen. Sie wuchs mit den Prinzen, ihren Vettern, in lauterer Freude auf; sie aßen gemeinsam und spielten miteinander und schliefen zusammen. Der König hatte in seinem Sinne beschlossen, wenn sie das Alter der Mannbarkeit erreicht hätte, so wolle er sie einem der benachbarten Fürsten vermählen; aber als sie zur Jungfrau herangereift war, bemerkte ihr Oheim, daß die drei Prinzen, seine Söhne, alle von tiefer Liebe zu ihr ergriffen waren und daß ein jeder von ihnen sehnlichst wünschte, ihr Herz und ihre Hand zu gewinnen. Darum war der König tief innerlich betrübt, und er sprach bei sich selber: ›Wenn ich die Herrin Nûr en-Nahâr einem ihrer Vettern vermähle, werden die andern beiden mißvergnügt sein und wider meinen Entscheid murren; doch

1. Perî heißt im Persischen ›Fee, Dämon(in)‹; Banû ›Herrin‹ ist ein Titel vornehmer Frauen.
2. Das Licht des Tages.

mein Herz kann es nicht ertragen, sie traurig und enttäuscht zu sehen. Würde ich sie aber einem Fremden zur Frau geben, so käme über alle drei Prinzen, meine eigenen Söhne, tiefer Gram und schweres Herzeleid; ja, wer weiß, ob sie sich nicht selbst das Leben nehmen oder fortziehen und sich in ein fernes, fremdes Land begeben? Die Sache ist schwierig und birgt Gefahren; so geziemt es sich denn für mich, ihren Vater, derart zu handeln, daß, wenn einer von ihnen sie zur Gemahlin erhält, die andern beiden darüber nicht grollen.‹
Lange Zeit überlegte der Sultan die Sache in seinem Herzen; und schließlich ersann er einen Plan. Er ließ die drei Prinzen zu sich kommen und redete mit ihnen, indem er sprach: »Liebe Söhne, ihr seid mir alle gleich lieb und wert, einer wie der andere; ich kann darum weder einem von euch den Vorzug geben und ihn mit der Prinzessin Nûr en-Nahâr vermählen, noch auch steht es in meiner Macht, sie allen dreien zur Frau zu geben. Aber ich habe einen Plan erdacht, durch den sie einem von euch zuteil werden soll, ohne daß seine Brüder sich gekränkt zu fühlen brauchen oder Grund zum Neide haben; möge dann eure gegenseitige Liebe und Zuneigung unvermindert bleiben, und keiner soll je eifersüchtig auf das Glück des andern sein! Kurz, mein Plan ist dieser: Gehet hin und ziehet in ferne Länder, indem ihr euch voneinander trennt; dann bringt mir das wunderbarste und seltsamste Ding von allem, was ihr auf euren Reisen seht; und wer mit dem seltensten Kleinod heimkehrt, der soll der Gemahl der Prinzessin Nûr en-Nahâr werden! Stimmet nun diesem Vorschlage zu; und was ihr nur immer an Geld für die Reise und für den Erwerb seltener und einzigartiger Dinge gebraucht, das nehmet aus dem königlichen Schatze, so viel, wie ihr wünschet!« Die drei Prinzen, die stets ihrem Vater gehorsam waren, fügten sich einstimmig diesem Vorschlage; ein jeder war zufrieden und hegte die Zuversicht, daß er dem König die wundersamste Gabe bringen und so die Prinzessin zur Gemahlin gewinnen würde. Da befahl der Sultan, man solle

einem jeden so viel Geld geben, wie er gebrauchte, ohne Beschränkung und ohne Berechnung; und dann sprach er zu ihnen: »Rüstet euch für die Reise ohne Zögern und Zaudern und ziehet dahin unter dem Schutze Allahs!«

Alsbald machten die drei Prinzen sich für Reise und Fahrt bereit. Sie verkleideten sich, indem sie die Gewandung von reisenden Kaufleuten anlegten, kauften alles ein, was sie nötig hatten, bestiegen Rosse von reinstem Blut und ritten, ein jeder von seinem Gefolge umgeben, mitsammen zum Palaste hinaus. Mehrere Tagereisen weit zogen sie auf derselben Straße dahin, bis sie eine Stätte erreichten, wo sich der Weg nach drei Richtungen hin teilte; dort kehrten sie in einem Chân ein und verzehrten ihr Nachtmahl. Dann verabredeten und vereinbarten sie, daß sie von jetzt an, nachdem sie bis dorthin gemeinsam gereist waren, bei Tagesanbruch getrennte Wege wählen wollten; ein jeder von ihnen sollte seine eigene Straße ziehen, und alle drei sollten verschiedene Länder in der Ferne aufsuchen. Dabei kamen sie überein, nur ein Jahr lang zu reisen und dann, wenn sie noch im Lande der Lebenden weilten, alle drei wieder bei derselben Herberge zusammenzutreffen und gemeinsam zu ihrem Vater, dem Könige, heimzukehren. Ferner bestimmten sie, daß der erste, der zu dem Chân zurückkäme, bis zur Ankunft des nächsten warten sollte und daß dann die beiden dort verweilen sollten, bis der dritte käme. Nachdem nun dies alles bündig verabredet war, begaben sie sich zur Ruhe; und als der Morgen graute, umarmten sie einander und sagten sich Lebewohl. Darauf bestiegen sie ihre Rosse und ritten von dannen, ein jeder in seiner Richtung.

Nun hatte Prinz Husain, der älteste Bruder, oftmals von den Wundern des Landes von Bischangarh[1] erzählen hören, und er hatte es schon seit langer Zeit einmal besuchen wollen; darum wählte er den Weg, der dorthin führte, schloß sich

1. Nach Burton entstellt aus Bidschnagar = Widschâjanagara: ›Siegesstadt‹, einer früher berühmten Hauptstadt im südlichen Indien.

einer Karawane an, deren Ziel jenes Land war, und zog mit ihr zu Wasser und zu Lande durch viele Gebiete, wüste Wildnisse und steinige Steppen, dichte Dschungeln und fruchtbare Landstriche, mit Feldern und Weilern, mit Gärten und Städten. Nachdem er drei Monate lang unterwegs gewesen war, erreichte er endlich Bischangarh, ein Land, das so ausgedehnt war und dessen Macht so weit reichte, daß es von vielen Fürsten beherrscht ward. Er kehrte in einer Karawanserei ein, die für Kaufleute aus den fernsten Ländern eigens erbaut war; und von den Leuten, die dort weilten, hörte er, daß die Hauptstadt einen großen Basar besaß, in dem man alle Arten von Seltsamkeiten und wunderbaren Dingen kaufte und verkaufte. Am nächsten Tage also begab Prinz Husain sich zu dem Basar, und wie er ihn erblickte, blieb er stehen und staunte über seine Länge und Breite. Denn er teilte sich in viele Straßen, die alle von Gewölben überdacht und durch Oberlichtfenster erleuchtet waren, und die Läden auf beiden Seiten waren von fester Bauart, alle nach demselben Muster und fast von gleicher Größe; und vor einem jeden war ein Schirmsegel ausgespannt, das den Sonnenglanz abhielt und kühlen Schatten spendete. In diesen Läden waren verschiedenerlei Arten von Waren in Reihen aufgespeichert. Da waren Ballen indischer Gaze, Leinenstoffe von feinstem Gewebe, einfarbig weiß oder gefärbt oder mit lebenswahren Mustern verziert, aus denen Tiere, Bäume und Blumen so deutlich hervortraten, daß man sie für wirkliche Tiere, Büsche und Gärten hätte halten können. Da waren ferner Seidenstoffe, Brokate und die feinsten Satins aus Persien und Ägypten in unerschöpflicher Fülle; und in den Porzellanläden standen gläserne Gefäße von jeglicher Art. Hier und da waren auch Läden, in denen Wandteppiche und Tausende von Fußteppichen zum Verkaufe auslagen.
Prinz Husain schritt von Laden zu Laden dahin und war voll Staunen darüber, daß er so wunderbare Dinge sah, von denen er sich nie hatte träumen lassen. Schließlich kam er zur Gold-

schmiedegasse, und dort erblickte er Edelsteine und Juwelen, goldene und silberne Gefäße, übersät mit Diamanten, Rubinen, Smaragden, Perlen und noch anderen kostbaren Steinen, die alle so hell glänzten und blitzten, daß die Läden von ihrem wundersamen Scheine erleuchtet waren. Da sagte er sich: ›Wenn in einer einzigen Straße solche Schätze und so seltene Juwelen zu finden sind, so weiß niemand als allein Allah der Allmächtige, wieviel Reichtum in dieser ganzen Stadt geborgen sein mag!‹ Nicht weniger staunte er, als er sah, wie die Frauen der Brahmanen im Übermaße ihres Reichtums mit den schönsten Edelsteinen geziert und von Kopf bis zu Fuß mit den reichsten Gewändern geschmückt waren; sogar ihre Diener und Dienerinnen trugen goldene Halsbänder und Armbänder und Spangen, die mit kostbaren Steinen besetzt waren. In der einen Basarstraße standen der Länge nach Scharen von Blumenverkäufern; denn alles Volk, hoch und niedrig, trug Kränze und Blumenschmuck. Einige hielten Sträuße in den Händen, andere wanden sich Kränze um ihre Häupter, wieder andere trugen lang herabhängende Blumengewinde und Girlanden um den Hals. Die ganze Straße sah aus wie eine einzige große Blumenterrasse; selbst die Kaufleute setzten Sträuße in jeden Laden und Verkaufsstand, und die ganze Luft war von schwülem Blütenduft erfüllt.

Wie Prinz Husain so hin und her schlenderte, ward er schließlich müde, und er hätte sich gern irgendwo niedergesetzt, um etwas auszuruhen. Da bemerkte einer der Kaufleute, daß er müde aussah, und er bat ihn freundlich und höflich, er möchte sich in seinem Laden niedersetzen. Der Fremdling sprach die Grußformel und setzte sich; gleich darauf sah er einen Makler des Weges kommen, der einen Teppich, vier Ellen im Geviert, zum Verkaufe feilbot, indem er ausrief: »Ein Teppich zu verkaufen! Wer zahlt mir seinen Preis? Das sind dreißigtausend Goldstücke!« Da war der Prinz höchlichst erstaunt über den Preis; er winkte den Händler heran, und nachdem er dessen Ware genau besichtigt hatte, sprach er: »Ein Teppich wie dieser wird um wenige Silbermünzen verkauft! Was für eine besondere Eigenschaft hat er denn, daß du die Summe von dreißigtausend Goldstücken dafür verlangst?« Der Makler glaubte, Husain sei ein Kaufmann, der vor kurzem in Bischangarh angekommen sei, und gab ihm zur Antwort: »Werter Herr, glaubst du, ich setze den Preis dieses Teppichs zu hoch an? Mein Herr hat mir befohlen, ihn nicht für weniger als vierzigtausend Zechinen zu verkaufen!« Da fuhr der Prinz fort: »Er muß doch irgendeine wunderbare Eigenschaft besitzen; sonst würdest du nicht eine so ungeheure Summe verlangen!« – »Es ist wahr, werter Herr«, erwiderte der Makler, »seine Eigenschaften sind einzigartig und wundersam. Wer auf diesem Teppich sitzt und in Gedanken den Wunsch ausspricht, in die Höhe gehoben und an anderer Stätte niedergesetzt zu werden, der wird im Augenblicke dorthin getragen, mag die Stätte in der Nähe sein oder auch viele Tagereisen entfernt und schwer zu erreichen.« Als der Prinz diese Worte vernahm, sprach er bei sich selber: ›Ich kann meinem Vater, dem Sultan, nichts als Gabe heimbringen, das so wunderbar seltsam wie dieser Teppich wäre, nichts auch, das ihm größeres Vergnügen und Entzücken bereiten würde. Allah der Erhabene sei gepriesen, das Ziel meiner Fahrt ist erreicht, und hierdurch werde ich, so Gott will, meinen Wunsch erfüllt sehen! Wenn irgend etwas, so wird dieser Teppich ihm ein ewiger Quell der Freude sein.‹ So wandte sich denn der Prinz, in der Absicht, den fliegenden Teppich zu kaufen, an den Makler und sprach zu ihm: »Wenn er wirklich solche Kräfte hat, wie du sie beschreibst, dann ist der Preis, den du für ihn verlangst, in der Tat nicht zu hoch, und ich bin bereit, dir die verlangte Summe zu zahlen.« Jener gab ihm zur Antwort: »Wenn du meine Worte bezweifelst, so bitte ich dich, stelle sie auf die Probe und behebe dadurch deinen Verdacht! Setze dich auf dies Geviert von gewirktem Stoffe, und es wird uns auf deinen bloßen Wunsch und Willen hin nach der Karawanserei tragen, in der du wohnst; auf diese Weise wirst du dich vergewissern, daß meine Worte wahr sind; und erst wenn du dich von ihrer Wahrheit überzeugt hast, brauchst du mir den Preis meiner Ware zu zahlen, an jenem Orte und zu jener Zeit, nicht eher!« Darauf breitete der Mann den Teppich hinter dem Laden auf den Boden und ließ den Prinz darauf Platz nehmen, während er sich selbst neben ihn setzte. Dann plötzlich, auf den bloßen Willen und Wunsch des Prinzen Husain hin, wurden die beiden zum Chân getragen, als ob sie sich auf dem Throne Salomos befänden.

So freute sich denn der älteste von den drei Brüdern gar sehr in dem Gedanken, daß er ein solch seltenes Kleinod, dessengleichen nirgends in allen Landen, auch nicht bei den Königen, gefunden werden konnte, nunmehr gewonnen hatte; Herz und Seele frohlockten in ihm, weil er nach Bischangarh gekommen war und dort solch ein Wunderding getroffen hatte. Er zahlte daher die vierzigtausend Zechinen als Preis für den Teppich und schenkte obendrein dem Makler noch zwanzigtausend als Zugabe. Und immerfort sagte er sich, der König werde ihn, sobald er den Teppich sähe, mit der Prinzessin Nûr en-Nahâr vermählen; denn das wäre doch ganz und gar unmöglich, daß einer von seinen Brüdern, wenn sie auch die ganze Welt nach allen Richtungen durchsuchten, ein Kleinod finden könnte, das sich mit diesem vergleichen ließe. Es verlangte ihn, sich sofort auf den Teppich zu setzen und in sein Land zu fliegen oder doch wenigstens seine Brüder in der Herberge zu erwarten, bei der sie sich getrennt hatten mit dem feierlich beschworenen Versprechen, nach einem Jahre sich wieder zu treffen. Doch alsbald kam ihm der Gedanke, daß ihm die Zeit, die er dort würde warten müssen, zu lang werden könnte, und er fürchtete sehr, er möchte in Versuchung geraten, einen übereilten Schritt zu tun. Deshalb beschloß er, in dem Lande zu bleiben, dessen König und Einwohner er schon seit so langer Zeit sehnsüchtig hatte ken-

nenlernen wollen, und er faßte den Plan, die Zeit damit zu verbringen, daß er sich das Land ansah und Lustfahrten in die benachbarten Länder machte.
So verweilte denn Prinz Husain einige Monate in Bischangarh. Nun hatte der König jenes Landes die Gewohnheit, einmal in jeder Woche einen Gerichtstag abzuhalten, um Streitigkeiten anzuhören und Rechtsfälle zu schlichten, die fremde Kaufleute betrafen; auf diese Weise sah der Prinz den König des öfteren, aber er erzählte nie einem Menschen etwas von seinem Erlebnis. Doch da er ein schönes Antlitz und einen anmutigen Gang hatte, höflich in seiner Rede war, dazu beherzt und stark, verständig, vorsichtig und voll Geist, so wurde er vom Volke in höheren Ehren gehalten als der Sultan, von den Kaufleuten, seinen Genossen, ganz zu schweigen; und mit der Zeit wurde er bei Hofe beliebt, und er erfuhr aus des Herrschers eigenem Munde alles, was sein Reich und seine Macht und seine Größe betraf. Auch besuchte der Prinz die berühmtesten Pagoden jenes Landes. Die erste, die er sah, war aus Kupfer und Messing von allerfeinster Arbeit; die innere Zelle maß drei Ellen im Geviert und barg in ihrer Mitte ein goldenes Bild, das an Größe und Gestalt einem Mann von wunderbarer Schönheit glich; und so kunstvoll war die Arbeit, daß sein Gesicht die Augen, zwei große Rubine von ungeheurem Werte, auf jeden Beschauer zu heften schien, mochte er stehen, wo er wollte. Ferner sah der Prinz einen Götzentempel, der nicht weniger wunderbar und selten war als der erste; der war inmitten eines Dorfes erbaut, auf einer ebenen Fläche, die etwa einen halben Morgen lang und breit war und auf der liebliche Rosen, Jasmin, Basilienkraut und mancherlei andere süß duftende Pflanzen blühten, deren Wohlgerüche die ganze Luft dort erfüllten. Rings um den Tempelhof aber lief eine Mauer, drei Fuß hoch, so daß sich kein Tier hineinverirren konnte; und in der Mitte befand sich eine Terrasse, fast in Manneshöhe, ganz aus weißem Marmor und welligem Alabaster erbaut; in ihr war jede einzelne Platte

so fein behauen und so genau eingefügt, daß der ganze Flur, obgleich er eine große Fläche bedeckte, aussah, als ob er nur aus einem einzigen Steine bestände. In der Mitte der Terrasse stand der heilige Kuppelbau, der sich etwa fünfzig Ellen hoch emporhob und auf viele Meilen hin sichtbar war; er war dreißig Ellen lang und zwanzig breit, und die roten Marmorsteine in der Mauerverkleidung waren blank poliert wie ein Spiegel, so daß ein jedes Ding sich darin naturgetreu widerspiegelte. Die Kuppel war kunstvoll gemeißelt und auf der Außenseite prächtig verziert; drinnen waren nach Rang und Würden Reihen und Reihen von Götzenbildern aufgestellt. Hierher, zu diesem Allerheiligsten, strömten von früh bis spät Tausende von Brahmanen, Männer und Frauen, zum täglichen Gottesdienste herbei. Die fanden Spiele und Lustbarkeiten dort ebensowohl wie Riten und Zeremonien; die einen schmausten, andere tanzten, die einen sangen, andere spielten Instrumente der Freude und Fröhlichkeit, und so fanden an mancherlei Orten Spiele und Gelage und unschuldige Lustbarkeiten statt. Hierher strömten auch zu jeder Jahreszeit Scharen von Pilgern aus fernen Ländern, um ihre Gelübde zu erfüllen und ihre Gebete zu verrichten; alle brachten Gaben an Gold und Silbermünzen und seltene und kostbare Geschenke, die sie in Gegenwart der königlichen Beamten opferten.

Ferner sah Prinz Husain ein Fest, das nur einmal im Jahre in der Stadt Bischangarh gefeiert wurde. Da kamen alle Lehnspächter, große und kleine, zusammen und zogen um die Pagoden herum, vor allem aber um eine, die alle anderen an Größe und Pracht übertraf. Große und gelehrte Pandits[1], die in den Schâstras[2] bewandert waren, machten Reisen von vier und fünf Monaten und begrüßten einander bei diesem Feste; aus allen Gegenden Indiens pilgerte das Volk in solchen Mengen dorthin, daß Prinz Husain über diesen Anblick erstaunt

1. Gelehrte.

2. Lehrbücher, heilige Schriften.

war; und weil sich solche Volksmassen bei den Tempeln zusammendrängten, konnte er nicht einmal sehen, in welcher Weise die Götter verehrt wurden.
Auf der einen Seite der benachbarten Ebene, die sich weit und breit erstreckte, stand ein neu errichteter Bau von gewaltiger Größe und hoher Pracht, neun Stockwerke hoch, der auf einem Unterbau aus vierzig Pfeilern ruhte; dort versammelte der König einmal in jeder Woche seine Wesire, um allen Fremden im Lande Recht zu sprechen. Das Innere des Palastes war reich verziert und mit kostbarer Einrichtung ausgestattet; auf der Außenseite waren die Wandflächen bemalt mit Darstellungen von heimischen Landschaften und Szenerien aus fernen Gegenden, vor allem auch von allerlei vierfüßigen Tieren, Vögeln und Insekten, sogar auch von Mücken und Fliegen, die mit solchem Kunstsinn und mit so geschickter Hand abgebildet waren, daß sie wirklich lebendig schienen und daß das Landvolk und die Bauern, wenn sie von ferne die Bilder von Löwen, Tigern und anderen reißenden Tieren sahen, mit Furcht und Schrecken erfüllt wurden. Auf den anderen Seiten der Ebene befanden sich Pavillons, gleichfalls aus Holz, für den Gebrauch des Volkes hergerichtet; die waren im Innern und auf den Außenseiten schön ausgestattet und bemalt wie jener erste Bau, doch so kunstvoll gebaut, daß man sie mit allem Volke darin umdrehen und nach jeder Stelle, wohin man nur wollte, fortbewegen konnte. So schaffte man diese gewaltigen Bauten mit Hilfe von Maschinen hin und her, und das Volk darin konnte nacheinander verschiedenen Lustbarkeiten und Spielen zuschauen. Ferner standen auf jeder Seite des Vierecks Elefanten in Reihen, wohl tausend an der Zahl; deren Rüssel und Ohren und Hinterseiten waren mit Zinnober bemalt und mit allerlei gefälligen Zeichnungen geschmückt; ihre Schabracken waren aus Goldbrokat, die Sänften auf ihren Rücken mit Silber bestickt. Sie trugen Bänkelsänger, die mancherlei Instrumente spielten, während Spaßmacher die Menge mit ihren Scherzen

belustigten und Schauspieler ihre unterhaltsamsten Rollen spielten. Von all den Sehenswürdigkeiten aber, die der Prinz erblickte, gefiel ihm die Elefantenschau am meisten, und die erfüllte ihn mit der größten Verwunderung. Ein mächtiges Tier, das hin und her gefahren werden konnte, wohin die Wärter nur wollten, da seine Füße auf einem Gestelle ruhten, das auf Rollen lief, hielt in seinem Rüssel eine Flöte, auf der es so schön spielte, daß alles Volk mit Freuden Beifall rief. Da war auch noch ein kleineres Tier, das auf der einen Seite eines Balkens stand; dieser Balken lag quer über einem acht Ellen hohen Holzblock und war mit Angeln daran befestigt, und auf dem anderen Ende lag ein eisernes Gewicht, das ebenso schwer war wie der Elefant. Der drückte dann so lange auf den Balken, bis sein Ende den Boden berührte, und dann hob ihn das Gewicht am anderen Ende wieder hoch. So schwang der Balken wie eine Schaukel auf und nieder, und wenn er sich bewegte, so wiegte der Elefant sich hin und her, im gleichen Takte wie die Musik der spielenden Kapellen, wobei er laut trompetete. Das Volk konnte sich um diesen Elefanten, während er sich auf dem Balken wiegte, von Ort zu Ort herumfahren lassen. Solche Vorführungen von gelehrigen Elefanten geschahen meist in Gegenwart des Königs.

Prinz Husain verbrachte fast ein Jahr damit, sich die Sehenswürdigkeiten auf den Märkten und bei den Festen von Bischangarh anzuschauen. Als dann aber die Zeit der Verabredung mit seinen Brüdern kam, breitete er seinen Teppich im Hofe hinter dem Chân, in dem er wohnte, auf die Erde, schaffte sein Gefolge, die Rosse und alles, was er mitgebracht hatte, hinauf, setzte sich und sprach in Gedanken den Wunsch aus, er wolle nach der Karawanserei versetzt werden, in der die drei Brüder sich zu treffen verabredet hatten. Kaum hatte er den Gedanken gefaßt, da erhob sich schon im selben Augenblicke der Teppich hoch in die Luft, sauste dahin durch den Raum und trug alle zu der bestimmten Stätte; und dort blieb der Prinz, immer noch im Gewande eines Kaufmanns, um seine Brüder zu erwarten.

Vernehmt nun, was Prinz 'Alî, der ältere von den beiden Brüdern des Prinzen Husain, erlebte! Der hatte sich am dritten Tage nach seiner Trennung von den beiden anderen auch einer Karawane angeschlossen und war gen Persien gereist. Als er nach einem Marsche von vier Monaten in Schiras, der Hauptstadt des Landes Iran, angekommen war, kehrte er mit seinen Reisegefährten, die ihm fast wie Freunde geworden waren, in einem Chân ein; und er bezog dort seine Wohnung mit ihnen, indem er als Juwelier galt. Am nächsten Tage gingen die Händler fort, um Waren zu kaufen und ihre eigenen Güter zu verkaufen; Prinz 'Alî jedoch, der nichts mitgebracht hatte, was er verkaufen konnte, sondern nur die Sachen, die er für sich brauchte, legte alsbald sein Reisekleid ab und begab sich mit einem Gefährten von der Karawane zu dem Hauptbasar, der als Bazistân, oder Tuchmarkt, bekannt war. 'Alî wanderte umher auf jenem Markte, der aus Ziegelsteinen erbaut war und an dem alle Läden gewölbte Dächer hatten, die auf schönen Säulen ruhten; und er wunderte sich sehr, wie er die prächtigen Lagerhäuser sah, in denen alle Arten von unendlich wertvollen Waren zum Verkaufe auslagen. Erstaunt fragte er sich, wie reich die ganze Stadt sein müsse, wenn eine einzige Marktstraße schon dergleichen Schätze barg. Während nun die Makler einhergingen und die Waren zum Verkaufe ausriefen, sah er unter ihnen einen, der ein etwa ellenlanges Elfenbeinrohr in der Hand hielt, das er zum Preise von dreißigtausend Zechinen zum Verkaufe ausbot. Als Prinz 'Alî diesen Preis hörte, dachte er bei sich: ›Der Bursche da ist sicher ein Narr, daß er einen solchen Preis für ein so armseliges Ding verlangt!‹ Dann fragte er einen der Ladenbesitzer, mit dem er bekannt geworden war, indem er sprach: »Mein Freund, ist der Mann dort ein Irrsinniger, daß er die Summe von dreißigtausend Zechinen für diese kleine Elfenbeinröhre verlangt? Doch nur ein Dummkopf würde ihm einen so hohen Preis zahlen und für das Ding einen solchen Schatz Goldes verschwenden!« – »Werter Herr«, erwiderte der Ladenbesitzer, »dieser Makler ist klüger und verständiger als alle die anderen seines Standes, und durch ihn habe ich Waren im Werte von Tausenden von Zechinen verkaufen lassen. Bis gestern war er noch bei klarem Verstande; aber ich weiß nicht, in welcher Verfassung er sich heute befindet und ob er seinen Verstand verloren hat oder nicht. Doch das weiß ich sicher, wenn er dreißigtausend für ein Elfenbeinrohr verlangt, dann ist es soviel wert oder noch mehr. Immerhin, wir werden es ja mit eigenen Augen sehen. Setz dich hier nieder und warte im Laden, bis er bei uns vorbeikommt!« Da setzte Prinz 'Alî sich nieder auf den Platz, den jener ihm anbot, und alsbald sah man auch den Makler des Weges kommen. Nun rief der Besitzer des Ladens ihn heran und sprach zu ihm: »Mann, deine kleine Röhre da muß eine seltsame Kraft besitzen; alle Leute hören mit Staunen, daß du einen so hohen Preis dafür verlangst; ja, mein Freund hier glaubt sogar, du seiest von Sinnen.« Der Makler, ein verständiger Mann, zeigte keinerlei Ärger über diese Worte, sondern antwortete in höflicher Rede: »Hoher Herr, ich zweifle gar nicht daran, daß du mich für einen Irren halten mußt, da ich einen so hohen Preis verlange und einem so geringen Gegenstand so hohen Wert beilege; aber wenn ich dir seine Eigenschaften und Kräfte gezeigt haben werde, so wirst du gern bereit sein, ihn für den Preis zu erwerben. Nicht nur du allein, sondern alle Leute, die mich meinen Ruf haben ausrufen hören, lachen und nennen mich einen Narren.« Mit diesen Worten zeigte der Makler dem Prinzen 'Alî das Fernrohr und reichte es ihm, indem er hinzufügte: »Schau dir dies Elfenbein gut an; ich will dir seine Eigenschaften erklären! Du siehst, daß es an beiden Enden mit einem Stück Glas versehen ist; wenn du nun das eine Ende davon an dein Auge legst, so kannst du alles sehen, was du nur wünschest, und es wird nah bei dir erscheinen, mag es auch viele hundert Meilen von dir entfernt sein.« Der Prinz gab zur Antwort: »Das geht über alles Verständnis hinaus; ich kann es auch noch nicht für wahr halten, bis ich es erprobt und mich davon überzeugt habe, daß es sich so verhält, wie du sagst.« Darauf legte der Makler das kleine Rohr in Prinz 'Alîs Hand, und indem er ihm zeigte, wie er es handhaben müsse, sprach er: »Was du nur immer wahrzunehmen wünschest, wird sich dir zeigen, wenn du durch dies Elfenbein schaust.« Prinz 'Alî wünschte stillschweigend seinen Vater zu sehen, und sowie er das Rohr dicht vor sein Auge hielt, sah er ihn frisch und froh auf seinem Throne sitzen, wie er dem Volke seines Landes Recht sprach. Dann verlangte er sehnsüchtig sein Herzlieb, die Prinzessin Nûr en-Nahâr, zu sehen; und sofort sah er auch sie, wie sie gesund und munter auf ihrem Ruhelager saß, plauderte und lachte, während eine Schar von Dienerinnen ihrer Befehle gewärtig umherstand. Der Prinz war über die Maßen erstaunt, wie er dies seltsame und wunderbare Schauspiel sah, und er sprach bei sich selber: ›Wenn ich auch die ganze Welt zehn Jahre lang oder noch länger in all ihren Ecken und Winkeln durchsuche, werde ich doch nie ein so selten und kostbar Ding wie dies Elfenbeinrohr finden.‹ Darauf sagte er zu dem Makler: »Die Eigenschaften deines Rohres sind, wie ich sehe, wirklich von der Art, die du beschrieben hast, und ich will dir sehr gern dreißigtausend Zechinen als Preis dafür bezahlen.« »Hoher Herr«, erwiderte der Makler, »mein Gebieter hat einen Eid geschworen, daß er sich nicht für weniger als vierzigtausend Goldstücke davon trennen will.« Der Prinz nun, der einsah, daß der Makler ein gerechter und ehrlicher Mann war, wog ihm die vierzigtausend Zechinen ab und wurde so der Besitzer des Fernrohres, selig in dem Gedanken, daß es seinen Vater voll erfreuen und ihm die Hand der Prinzessin Nûr en-Nahâr gewinnen würde. So zog denn 'Alî mit frohem Sinne durch Schiras und weiter auf mancherlei Straßen Persiens dahin; und schließlich, als das Jahr fast vorüber war, schloß er sich einer Karawane an und erreichte auf seiner

Rückreise nach Indien gesund und wohlbehalten die verabredete Karawanserei, in der Prinz Husain schon vor ihm eingetroffen war. Dort warteten die beiden, bis ihr dritter Bruder wohlbehalten zurückkehrte.

Dies ist die Geschichte der beiden Brüder; und nun höret auf das, was dem jüngsten von ihnen, dem Prinzen Ahmed, widerfuhr; denn sein Erlebnis war das merkwürdigste und seltsamste von allen. Als er sich von seinen Brüdern getrennt hatte, wählte er den Weg, der nach Samarkand führte; und wie er dort nach einer langen Reise eintraf, kehrte er, ebenso wie seine Brüder, in einem Chân ein. Am nächsten Tage ging er fort, um sich den Markt anzuschauen, den das Volk dort Bazistân nennt, und er sah, daß er schön angelegt war; die Läden waren kunstvoll gebaut und mit seltenen Stoffen, wertvollen Gütern und kostbaren Waren gefüllt. Wie er nun so hin und her schritt, traf er auf einen Makler, der einen Zauberapfel feilbot mit dem Rufe: »Wer kauft diese Frucht? Sie ist fünfunddreißigtausend Goldstücke wert!« Da sprach Prinz Ahmed zu dem Manne: »Bitte, laß mich doch einmal die Frucht sehen, die du in der Hand hast, und erkläre mir, welche geheime Kraft sie besitzt, daß du einen so hohen Preis für sie verlangst!« Der Makler lächelte, reichte ihm den Apfel und sprach: »Wundere dich nicht hierüber, mein guter Herr! Fürwahr, ich bin gewiß, wenn ich dir seine Eigenschaft erklärt habe und wenn du siehst, welch eine Wohltat für die Menschheit sie ist, so wirst du meinen Preis nicht für übertrieben halten; nein, du wirst vielmehr gern einen Schatz Goldes dafür hingeben, falls du den besitzest.« Dann fuhr er fort: »Jetzt höre mich an, mein Gebieter, ich will dir erzählen, welche Kraft in diesem kunstvollen Apfel verborgen liegt! Wenn irgendein Mensch an einer Krankheit leidet, mag sie auch noch so schwer sein, ja noch mehr, wenn er schon dem Tode nahe ist und wenn er dann nur an diesem Apfel riecht, so wird er sich alsbald erholen, er wird gesund und geheilt von jeglicher Krankheit, die ihn plagte, sei es Pest oder Brustseuche, Fieber oder irgendein anderes bösartiges Leiden, gleich als ob er niemals krank gewesen wäre; seine Kraft wird ihm sofort zurückkehren, und nachdem er einmal an dieser Frucht gerochen hat, wird er aller Krankheit und alles Leidens frei und ledig sein, solange die Lebensgeister in ihm weilen.« Doch Prinz Ahmed entgegnete: »Wie kann ich sicher sein, daß deine Worte wahr sind? Wenn die Sache sich so verhält, wie du sagst, dann will ich dir mit der größten Freude die Summe geben, die du verlangst!« – »Mein Gebieter«, erwiderte der Makler, »alle Menschen, die hier in der Gegend von Samarkand wohnen, wissen recht wohl, daß früher in dieser Stadt ein weiser Mann wohnte, der eine wundersame Geschicklichkeit besaß und der nach vielen Jahren mühsamer Arbeit diesen Apfel hergestellt hat, durch Mischung von unendlich vielen Arzneien aus Kräutern und Mineralien. All sein Gut, das sehr beträchtlich war, gab er dafür aus, und nachdem er den Apfel hergestellt hatte, machte er Tausende von kranken Menschen wieder gesund, indem er sie nur an dieser Frucht riechen ließ. Doch ach, sein Leben fand ein plötzliches Ende, und der Tod überraschte ihn unversehens, ehe er sich selbst durch den wunderbaren Duft retten konnte; und da er keinen Reichtum gesammelt, sondern nur eine trauernde Witwe, eine große Schar kleiner Kinder und viele Angehörige hinterlassen hat, so konnte seine Witwe sich nicht anders helfen als dadurch, daß sie sich von diesem Wunderkleinod trennte, um Mittel für den Unterhalt der Ihrigen zu gewinnen.« Während der Verkäufer dem Prinzen diesen seinen Bericht erstattete, sammelte sich eine große Schar von Bürgern um sie; und einer aus der Menge, der dem Makler wohlbekannt war, trat hervor und sprach: »Einer meiner Freunde liegt sterbenskrank zu Hause; die Ärzte und Männer der Heilkunde verzweifeln alle an seinem Leben; darum flehe ich dich an, laß ihn an dieser Frucht riechen, damit er am Leben bleibt!« Wie Prinz Ahmed diese Worte vernahm, wandte er sich dem Verkäufer zu und sprach:

»Mein Freund, wenn dieser Kranke, von dem du da hörst, durch den Geruch des Apfels wieder zu Kräften kommt, will ich ihn dir sofort abkaufen zum Preise von vierzigtausend Zechinen.« Der Mann hatte Vollmacht, ihn für den Betrag von fünfunddreißigtausend Goldstücken zu verkaufen; und da er nun mit einer Maklergebühr von fünftausend zufrieden war, sagte er: »Es ist gut, mein Herr! Jetzt magst du die Kräfte dieses Apfels erproben und dich selbst davon überzeugen; Hunderte von Kranken habe ich mit seiner Hilfe gesund gemacht.« Somit begleitete der Prinz die Leute zum Hause des Kranken und fand ihn in den letzten Atemzügen auf seinem Bette liegen; kaum hatte jedoch der Sterbende an der Frucht gerochen, da erholte er sich sofort und erhob sich, vollkommen geheilt, gesund und munter. Darauf erwarb Ahmed den Wunderapfel von dem Makler und zahlte ihm die vierzigtausend Zechinen aus. Nachdem er so das Ziel seiner Reise erreicht hatte, dachte er alsbald daran, sich einer Karawane, die nach Indien zog, anzuschließen und zu seines Vaters Heimstatt zurückzukehren; bis zu dieser Zeit wollte er sich mit den Sehenswürdigkeiten und Wunderdingen Samarkands die Zeit vertreiben. Eine besondere Freude war es ihm, auf die herrliche Ebene, die da Soghd heißt und die eines von den Wundern der Welt ist, hinauszuschauen; dies Gelände war auf allen Seiten eine Augenweide, in smaragdgrünem, lichtem Kleide, mit kristallenen Bächen wie das Paradieses-land; die Gärten brachten alle Arten von Blumen und Früchten hervor, und die Städte und Paläste erfreuten das Auge der Fremden. Nach einer Weile schloß sich dann Prinz Ahmed einer Karawane von Kaufleuten an, die gen Indien zog; und als seine lange und mühsame Reise zu Ende war, erreichte er schließlich die Karawanserei, wo seine beiden Brüder Husain und 'Alî ungeduldig auf sein Kommen warteten. Da wurden die drei Brüder von herzlicher Freude erfüllt, als sie wieder vereint waren, und sie umarmten einander; und sie dankten Allah, der sie nach so langer und banger

Trennung nunmehr gesund und munter, frisch und froh heimgeführt hatte.
Nun wandte Prinz Husain, als der Älteste, sich zu den anderen und sprach: »Jetzt geziemt es uns, daß ein jeder berichte, wie es ihm ergangen ist, und zu wissen tue, was für ein selten Ding er mitgebracht hat und welche Kräfte es besitzt. Ich, als der Erstgeborene, will auch zuerst meine Erlebnisse berichten. Ich bringe aus Bischangarh einen Teppich mit, der zwar nur unansehnlich ist, der aber solch wunderbare Kräfte besitzt, daß jemand, der auf ihm sitzt und dann im Geiste den Wunsch ausspricht, ein Land oder eine Stadt zu besuchen, sogleich dorthin versetzt wird, ohne Beschwer und unversehrt, mag die Reise dorthin auch sonst Monate oder gar Jahre dauern. Ich habe vierzigtausend Goldstücke dafür bezahlt; und nachdem ich dann alle Wunderdinge im Lande Bischangarh angeschaut hatte, setzte ich mich auf mein erworbenes Kleinod und wünschte mich nach dieser Stätte. Sofort befand ich mich hier, wie ich es mir wünschte, und jetzt habe ich in dieser Karawanserei drei Monate auf euer Kommen gewartet. Der fliegende Teppich ist hier bei mir; wer will, mag ihn versuchen!«
Nachdem der älteste Prinz seine Geschichte zu Ende erzählt hatte, sprach als nächster Prinz 'Alî, und er hub an: »Lieber Bruder, dieser Teppich, den du mitgebracht hast, ist wunderseltsam, und der besitzt ganz außergewöhnliche Kräfte; und nach dem, was du berichtest, hat noch nie jemand in aller Welt etwas gesehen, das ihm zu vergleichen wäre.« Dann aber zog er das Fernrohr hervor und fuhr fort: »Seht hier, auch ich habe für vierzigtausend Zechinen etwas gekauft, dessen Kräfte ich euch jetzt zeigen werde! Seht ihr dies Elfenbeinrohr? Mit seiner Hilfe kann man Dinge schauen, die dem Blicke verborgen und viele Meilen weit entfernt sind. Es ist wahrlich ein ganz wundersames Ding und wert, daß ihr es prüft; ihr beide mögt es erproben, wenn ihr wollt. Legt nur ein Auge an das kleinere Glas und sprecht in Gedanken den

Wunsch aus, irgend etwas, das euer Herz zu sehen begehrt, zu schauen; und ob es nun in der Nähe oder viele hundert Meilen weit entfernt ist, dies Elfenbein wird es deutlich und ganz nah vor euer Auge rücken.« Bei diesen Worten nahm Prinz Husain das Rohr von Prinz 'Alî entgegen, und indem er sein Auge an das eine Ende legte, wie ihm gesagt war, wünschte er in seinem Herzen Prinzessin Nûr en-Nahâr zu erblicken; seine beiden Brüder aber beobachteten ihn, um zu sehen, was er sagen würde. Doch plötzlich bemerkten sie, wie sein Angesicht sich verfärbte und gleich einer welken Blume zusammensank und wie ihm in seiner Erregung und Seelenpein ein Tränenstrom aus den Augen rann; und ehe noch seine Brüder sich von ihrem Erstaunen erholt hatten und ihn nach der Ursache dieses seltsamen Verhaltens fragen konnten, rief er laut: »Wehe! Wehe! Wir haben Mühe und Beschwer ertragen, und wir sind so weit in die Ferne gezogen, da wir hofften, die Prinzessin Nûr en-Nahâr zu gewinnen. Doch es war alles vergebens: ich sah sie todkrank auf ihrem Lager liegen, gleich als ob sie zum letzten Male atmen wolle, und rings um sie standen ihre Frauen, die alle in tiefster Trauer weinten und klagten. Ach, meine Brüder, wenn ihr sie noch ein letztes Mal sehen wollt, so werfet einen Blick des Abschiedes durch das Glas, bevor sie nicht mehr ist!« Da ergriff Prinz 'Alî das Fernrohr und schaute hindurch und erblickte die Prinzessin in dem Zustande, den sein Bruder Husain geschildert hatte; der gab es alsbald an Prinz Ahmed weiter, und auch er sah hindurch und überzeugte sich, daß die Herrin Nûr en-Nahâr im Begriffe war, den Geist aufzugeben. So sprach er denn zu seinen älteren Brüdern: »Wir alle drei leiden die gleiche Liebesqual um die Prinzessin, und ein jeder von uns hat den herzlichsten Wunsch, sie zu gewinnen. Ihr Leben schwindet jetzt dahin, aber ich kann sie retten und wieder gesunden lassen, wenn wir sofort ohne Zaudern und Zögern zu ihr eilen.« Mit diesen Worten nahm er den Wunderapfel aus seiner Tasche, zeigte ihn den Brüdern und rief:

»Dieser hier ist nicht weniger wertvoll denn der fliegende Teppich und das Fernrohr! Ich habe ihn für vierzigtausend Goldstücke in Samarkand gekauft, und nun haben wir die beste Gelegenheit, seine Kräfte zu erproben. Man sagte mir, daß ein Kranker, wenn er diesen Apfel an die Nase hält, sofort wieder geheilt und gesund wird, mag er auch dem Tode nahe sein; ich habe ihn selbst erprobt, und jetzt werdet ihr selbst seine Wunderheilkraft sehen, wenn ich ihn gegen das Leiden Nûr en-Nahârs anwende. Nur laßt uns bei ihr sein, ehe sie stirbt!« – »Das ist ein leichtes Ding«, rief Prinz Husain, »mein Teppich wird uns im Augenblick an das Lager unserer Herzliebsten tragen. Setzt euch sofort mit mir auf ihn nieder, denn er hat Raum genug für uns drei; wir werden unverzüglich dorthin getragen werden, unsere Diener aber mögen uns folgen!« Da setzten die drei Prinzen sich auf den fliegenden Teppich, jeder sprach in Gedanken den Wunsch aus, bei dem Lager der Prinzessin Nûr en-Nahâr zu sein, und im Augenblick befanden sie sich in ihrem Gemache. Die Sklavinnen und Eunuchen, die sie pflegten, waren über diesen Anblick erschrocken und staunten, wie diese fremden Männer in das Zimmer hatten kommen können; und gerade, als die Eunuchen schon mit dem Schwerte in der Hand über sie herfallen wollten, erkannten sie die Prinzen und wichen zurück, noch immer über deren Eindringen verwundert. Die Brüder aber standen sofort von dem fliegenden Teppich auf, und Prinz Ahmed trat vor und legte den Wunderapfel an die Nase der Herrin, die bewußtlos auf ihrem Lager dahingestreckt lag; doch sobald der Duft ihr ins Hirn drang, verließ die Krankheit sie, und sie war vollkommen geheilt. Sie öffnete ihre Augen weit, richtete sich in den Kissen empor und blickte ringsumher, zumal auf die Prinzen, die vor ihr standen; denn sie fühlte, daß sie frisch und froh geworden war, als ob sie gerade aus dem erquickendsten Schlafe erwache. Alsbald stand sie von ihrem Lager auf und befahl ihren Kammerfrauen, sie anzukleiden; und während sie das taten, erzählten

sie, wie die drei Prinzen, die Söhne ihres Oheims, plötzlich erschienen seien und wie Prinz Ahmed ihr etwas zu riechen gegeben hätte, durch das sie von ihrer Krankheit geheilt sei. Nachdem sie dann auch noch die Waschung nach der Genesung vollzogen hatte, kehrte sie zurück und zeigte ihre herzliche Freude über das Wiedersehen mit den Prinzen, und sie dankte ihnen, besonders dem Prinzen Ahmed, da er ihr doch Leben und Gesundheit wiedergegeben hatte. Auch die Prinzen waren hoch erfreut, wie sie sahen, daß Prinzessin Nûr en-Nahâr so rasch von ihrer tödlichen Krankheit genesen war; aber bald nahmen sie wieder Abschied von ihr und gingen fort, um ihren Vater zu begrüßen.
Inzwischen hatten die Eunuchen das ganze Begebnis dem Sultan berichtet, und als nun die Prinzen zu ihm kamen, erhob er sich, umarmte sie zärtlich und küßte sie auf die Stirn, glückselig, daß er sie wiedersah und von ihnen die Genesung der Prinzessin erfuhr, die ihm so teuer war, als ob sie seine eigene Tochter wäre. Darauf holten die drei Brüder die Wunderdinge herbei, die ein jeder von seiner Reise mitgebracht hatte. Zuerst zeigte Prinz Husain den fliegenden Teppich, der sie im Augenblick aus weiter Ferne heimgetragen hatte, und sprach: »Nach scinem Aussehen hat dieser Teppich keinerlei Wert, aber sintemalen er eine so wundersame Kraft besitzt, deucht mich: es ist unmöglich, in der ganzen Welt etwas zu finden, das ihm an Seltenheit gleichkäme.« Darauf bot Prinz 'Alî dem König sein Fernrohr dar, indem er sprach: »Der Spiegel des Dschamschêd[1] ist gar nichts wert gegen dies Rohr, durch das alle Dinge vom Osten zum Westen und vom Norden zum Süden dem Blicke des Menschen klar erkennbar werden.« Zuletzt nahm Prinz Ahmed den Wunderapfel hervor, der in so seltsamer Weise das teure Leben Nûr en-Nahârs gerettet hatte, und er sagte: »Mit Hilfe dieser Frucht werden alle Krankheiten und schweren Leiden

1. Ein mythischer König der alten Perser, um den sich ein Sagenkranz gebildet hat wie um Salomo.

sofort geheilt.« Und ein jeder überreichte sein Kleinod dem Sultan mit den Worten: »Gebieter, geruhe diese Gaben, die wir gebracht haben, wohl zu prüfen, und entscheide dann, welche von ihnen die wertvollste und wunderbarste ist; darauf soll, nach deinem Versprechen, der unter uns, den deine Wahl trifft, sich mit der Prinzessin Nûr en-Nahâr vermählen!« Nachdem der König mit Bedacht ihre Ansprüche angehört und auch erkannt hatte, wie eine jede Gabe zu der Genesung seiner Nichte beigetragen hatte, versank er eine Weile tief in das Meer der Gedanken; dann gab er zur Antwort: »Erkennte ich das höchste Verdienst dem Prinzen Ahmed zu, dessen Wunderapfel die Prinzessin geheilt hat, so würde ich doch ungerecht gegen die andern beiden handeln. Mag immerhin sein Kleinod sie aus tödlicher Krankheit dem Leben und der Gesundheit zurückgegeben haben, so sagt mir doch: wie hätte er von ihrer Krankheit etwas erfahren ohne die Kraft des Fernrohres des Prinzen 'Alî? Und ebenso auch wäre ohne den fliegenden Teppich des Prinzen Husain, der euch drei in einem Augenblicke hierher brachte, der Zauberapfel nutzlos gewesen. Deshalb lautet mein Entscheid dahin, daß alle drei gleichen Anteil hatten und daher das gleiche Verdienst an ihrer Genesung beanspruchen können; denn es wäre unmöglich gewesen, sie zu heilen, wenn irgendeins von den drei Wunderdingen gefehlt hätte; ferner sind ja auch alle drei gleich selten und wunderbar, ohne daß eines das andere überträfe, und ich kann nicht mit dem geringsten Recht einem vor den anderen Vorzug oder Vorrang zuerkennen. Ich versprach, die Herrin Nûr en-Nahâr mit dem zu vermählen, der die allergrößte Seltenheit bringen würde; aber so sonderbar es ist, es bleibt darum nicht minder wahr, daß sie alle in der einen wesentlichen Eigenschaft einander gleich sind. Die Schwierigkeit besteht noch immer, und die Frage ist noch nicht gelöst; dennoch möchte ich gern die Sache noch vor Tagesschluß entschieden sehen, und zwar so, daß keinem unrecht geschieht. So muß ich mich denn unbedingt für einen

Plan entscheiden, durch den ich einen von euch zum Sieger erklären und ihm die Hand der Prinzessin Nûr en-Nahâr gemäß meinem verpfändeten Worte verleihen kann, damit ich mich so von aller Verantwortung befreie. Ich habe also folgendes beschlossen: ein jeder von euch soll sein Roß besteigen und sich mit Pfeil und Bogen versehen; dann reitet hin zum Turnierfelde, und ich werde euch mit den Staatsministern, den Großen des Reiches und den Vornehmen des Landes folgen. Dann sollt ihr, einer nach dem andern, in meiner Gegenwart mit all eurer Kraft und Macht einen Pfeil abschießen; und der unter euch, dessen Pfeil am weitesten fliegt, wird von mir als der Würdigste erklärt werden, die Prinzessin Nûr en-Nahâr zur Frau zu gewinnen.« Die drei Prinzen nun, die dem Entscheid ihres Vaters nicht widersprechen noch auch seine Weisheit und Gerechtigkeit anzweifeln konnten, bestiegen ihre Renner und eilten mit Pfeil und Bogen geradeswegs zur bestimmten Stätte. Auch der König traf dort mit seinen Wesiren und den Würdenträgern seines Reiches ein, nachdem er die Kleinode im königlichen Schatzhause geborgen hatte. Sobald alles bereit war, versuchte der älteste Sohn und Erbe, Prinz Husain, seine Stärke und Geschicklichkeit, und er schoß einen Pfeil weit über die flache Ebene hin. Nach ihm griff Prinz 'Alî zu seinem Bogen, entsandte einen Pfeil in der gleichen Richtung und schoß ihn über den ersten hinaus. Zuletzt kam Prinz Ahmed an die Reihe. Auch er zielte in die gleiche Richtung; aber es war also vom Schicksal bestimmt, daß die Ritter und Höflinge, obgleich sie ihre Rosse vorwärts jagten, um zu sehen, wo sein Pfeil zu Boden fallen würde, doch keine Spur von ihm entdeckten, und keiner von ihnen wußte, ob der Pfeil in die Tiefen der Erde gesunken oder bis zu den Enden des Himmelsraumes emporgeflogen war. Ja, es waren ihrer, die in böser Absicht der Meinung waren, Prinz Ahmed hätte gar keinen Schuß getan und sein Pfeil hätte die Sehne überhaupt nicht verlassen. Schließlich gab der König den Befehl, man solle nicht mehr danach suchen, er sprach sich für Prinz 'Alî aus und entschied, daß der sich mit der Prinzessin Nûr en-Nahâr vermählen solle, da sein Pfeil ja den des Prinzen Husain hinter sich gelassen hatte. So wurden denn die Feierlichkeiten und Zeremonien der Hochzeit nach Gesetz und Sitte des Landes mit großer Pracht und vielem Prunk vollzogen. Prinz Husain aber wollte bei dem Hochzeitsfeste nicht zugegen sein, da er enttäuscht und von Eifersucht erfüllt war; denn er war der Herrin Nûr en-Nahâr mit einer viel heißeren Liebe zugetan als seine beiden Brüder. Darum legte er seine fürstlichen Kleider ab und zog im Gewande eines Fakirs von dannen, um als Einsiedler zu leben. Auch Prinz Ahmed war von Eifersucht verzehrt und weigerte sich, am Vermählungsfeste teilzunehmen; aber er zog sich nicht wie Prinz Husain in die Einsamkeit zurück, sondern er verbrachte alle seine Tage auf der Suche nach dem Pfeile, um festzustellen, wo er niedergefallen sei.

Nun traf es sich, daß er eines Morgens, als er wieder, allein wie gewöhnlich, auf die Suche auszog und von dem Platze ausging, an dem die Pfeile abgeschossen worden waren, die beiden Stellen erreichte, an denen man die Pfeile der Prinzen Husain und 'Alî gefunden hatte. Dann ging er weiter, immer geradeaus, und warf seine Blicke nach allen Seiten über Hügel und Tal, nach rechts und nach links. Wie er so überall suchte, sah er plötzlich, nachdem er schon etwa drei Parasangen weit gegangen war, den Pfeil flach auf einem Felsen liegen. Darüber war er sehr erstaunt; denn er wunderte sich, wie der Pfeil so weit hatte fliegen können, noch mehr aber, als er hinaufging und erkannte, daß der Pfeil nicht im Boden stak, sondern offenbar abgeprallt und flach auf eine Steinplatte gefallen war. Da sprach er bei sich selber: ›Mit dieser Sache hat es sicherlich eine geheimnisvolle Bewandtnis! Wie könnte jemand sonst einen Pfeil so weit schießen und ihn dann in einer so seltsamen Weise daliegen sehen?‹ Darauf bahnte er sich einen Weg zwischen den spitzen Klippen und den großen

Blöcken und kam alsbald zu einer Höhle im Boden, die in einen unterirdischen Gang auslief; wie er einige Schritte darin vorgedrungen war, erblickte er eine eiserne Tür. Die stieß er mit Leichtigkeit auf, da sie nicht verriegelt war, und nachdem er mit dem Pfeile in der Hand eingetreten war, kam er auf einen abfallenden Weg, auf dem er hinabstieg. Aber während er gefürchtet hatte, alles ganz dunkel zu finden, entdeckte er in einiger Entfernung, wo die Höhle sich erweiterte, einen großen Raum, der auf allen Seiten durch Lampen und Leuchter erhellt war. Wie er dann noch etwa fünfzig Ellen weitergegangen war, fiel sein Blick auf einen mächtigen und schönen Palast. Und alsbald trat aus dessen Innerem heraus in die Säulenhalle eine liebliche Maid, schön und voll Liebreiz, eine Feengestalt in fürstlichen Gewändern und über und über mit den kostbarsten Juwelen geschmückt. Sie schritt langsam und majestätisch dahin, und doch anmutig und bezaubernd, umgeben von ihren Dienerinnen wie der volle Mond von den Sternen. Als Prinz Ahmed dies Bild der Schönheit sah, eilte er sich, ihr den Friedensgruß darzubringen, und sie erwiderte den Gruß; dann trat sie heran und hieß ihn huldvoll willkommen, indem sie mit lieblicher Stimme sprach: »Herzlich willkommen, Prinz Ahmed! Ich bin erfreut, dich zu sehen. Wie ergeht es deiner Hoheit, und weshalb bist du so lange mir ferngeblieben?« Der Königssohn staunte sehr, als er hörte, daß sie ihn bei Namen nannte; denn er wußte nicht, wer sie war, da sie einander nie zuvor gesehen hatten. Wie hatte sie also seinen Titel und seinen Rang erfahren können? Darauf küßte er den Boden vor ihr und sprach zu ihr: »Hohe Herrin, ich bin dir zu herzlichem Danke verpflichtet, daß du so gütig warst, mich an dieser seltsamen Stätte mit so freundlichen Worten willkommen zu heißen, hier, wo ich, ein einsamer Fremdling, nur mit Zögern und Zaudern einzutreten wage. Doch es ist mir ein ganz rätselhafter Gedanke, wie du den Namen deines Sklaven hast erfahren können!« Lächelnd erwiderte sie: »Mein Gebieter, tritt herzu und laß uns dort in jenem Lustschlosse geruhsam sitzen! Dort will ich dir deine Fragen beantworten.« Nun gingen sie dorthin, indem Prinz Ahmed ihren Fußspuren folgte; und als er eintrat, sah er voll Staunen auf das gewölbte Dach, das von herrlicher Arbeit war, mit Gold und Lapislazuli, mit Gemälden und Verzierungen so schön geschmückt, daß es in der ganzen Welt nicht seinesgleichen hatte. Als die Herrin seine Verwunderung bemerkte, sprach sie zu dem Prinzen: »Dies Haus ist nichts im Vergleich zu all meinen anderen, die ich jetzt aus freiem Willen dir zu eigen gebe; wenn du die siehst, dann wirst du mit Recht erstaunt sein.« Darauf setzte sich jenes feenhafte Wesen auf eine erhöhte Estrade und bat den Prinzen Ahmed unter vielen Zeichen ihrer Zuneigung, sich an ihrer Seite niederzusetzen. Dann fuhr sie fort: »Ob du mich gleich nicht kennst, so kenne ich dich doch gut, wie du mit Verwunderung sehen wirst, wenn ich dir meine ganze Geschichte erzähle. Aber zuerst geziemt es sich, daß ich dir sage, wer ich bin. Du hast wohl in der Heiligen Schrift gelesen, daß diese Welt nicht nur eine Wohnstätte von Menschen ist, sondern auch von einem Geschlechte, das man Geisterwesen nennt, die an Gestalt den Sterblichen ganz ähnlich sind. Ich bin die einzige Tochter eines Geisterfürsten von vornehmster Abkunft, und mein Name ist Perî Banû. Drum sei nicht überrascht, wenn du mich sagen hörst, wer du bist und wer dein Vater, der König, ist und wer Nûr en-Nahâr, die Tochter deines Oheims, ist. Ich habe volle Kenntnis von allem, was dich, deinen Stamm und deine Sippe angeht; du bist einer von drei Brüdern, die alle drei von Liebe zur Prinzessin Nûr en-Nahâr berückt waren und einander den Besitz ihrer Hand streitig machten. Ferner hielt es dein Vater für das beste, euch alle weit fort in fremde Länder zu schicken, und du zogst nach dem fernen Samarkand, von wo du einen Zauberapfel heimbrachtest, der mit seltener und geheimnisvoller Kunst gefertigt ist und für den du vierzigtausend Zechinen bezahlt hast; mit seiner Hilfe heiltest du deine Herzliebste von einer schweren Krankheit. Prinz Husain aber, dein ältester Bruder, kaufte für denselben Preis einen fliegenden Teppich in Bischangarh, und Prinz 'Alî brachte ein Fernrohr heim aus der Stadt Schiras. Dies möge dir genügen, um dir zu zeigen, daß nichts von allem, was dich betrifft, mir verborgen ist. Doch nun sage mir die volle Wahrheit, wen bewunderst du mehr ob Schönheit und Anmut, mich oder die Herrin Nûr en-Nahâr, die Gemahlin deines Bruders? Mein Herz sehnt sich nach dir mit heißem Verlangen und wünscht, daß wir uns vermählen und die Freuden des Lebens und Wonnen der Liebe genießen. Drum sag an, bist auch du gewillt, dich mir zu vermählen, oder verzehrt dich stärkere Sehnsucht nach der Tochter deines Oheims? In der Fülle meiner Liebe stand ich unsichtbar an deiner Seite während des Bogenwettkampfes auf dem Turnierfelde, und als du deinen Pfeil abschossest, wußte ich, daß er weit hinter dem des Prinzen 'Alî zurückbleiben würde. Deshalb griff ich ihn auf, ehe er den Boden berührte, und trug ihn aus dem Bereich der Augen davon; und indem ich ihn auf die eiserne Tür treffen ließ, bewirkte ich, daß er abprallte und flach auf den Felsen fiel, auf dem du ihn fandest. Und seit jenem Tage habe ich immer dagesessen und auf dich geharrt, da ich wohl wußte, daß du nach ihm suchen würdest, bis du ihn fändest, und so war ich sicher, daß ich dich hierher zu mir führen würde.« Also sprach die schöne Maid Perî Banû, indem sie mit dem Blicke sehnender Liebe zu Prinz Ahmed aufschaute; dann aber senkte sie die Stirn in züchtiger Scham und wandte ihren Blick ab.

Als Prinz Ahmed diese Worte aus dem Munde der Perî Banû vernahm, war er hoch erfreut, und er sprach bei sich selber: ›Es steht nicht mehr in meiner Macht, die Prinzessin Nûr en-Nahâr zu gewinnen; und Perî Banû übertrifft sie noch an Liebreiz des Antlitzes und Schönheit der Gestalt und Anmut des Ganges.‹ Kurz, er war so entzückt und hingerissen, daß er die Liebe zu seiner Base ganz vergaß; und da er ja erkannte, daß das Herz seiner neuen Zauberin sich ihm zuneigte, sprach er: »Hohe Herrin, du Schönste der Schönen, ich begehre nichts, als dir zu dienen und deinem Gebot zu gehorchen, solange ich lebe. Doch ich bin von menschlicher Geburt, und du bist von übermenschlicher Herkunft. Deine Freunde und Anverwandten, dein Stamm und deine Sippe werden es dir vielleicht verargen, wenn du dich zu einem solchen Bunde mit mir verbindest.« Sie aber gab zur Antwort: »Ich habe volle Freiheit von meinen Eltern, mich zu vermählen, wem ich will und wem ich meine Liebe schenke. Du sagst, du wollest mein Diener sein, doch nein, du sollst mein Herr und Gebieter sein; denn ich bin dein, und mein Leben und all mein Gut gehört dir, ich will auf ewig deine Magd sein. Willige ein, ich bitte dich, mich zur Gemahlin zu nehmen; mein Herz sagt mir, daß du mir meine Bitte nicht versagen wirst!« Und weiter fügte Perî Banû hinzu: »Ich habe dir bereits gesagt, daß ich hierüber mit vollster Willensfreiheit entscheiden kann. Zudem ist es bei uns Geistervolk Sitte und uralter Brauch, daß wir Mädchen, wenn wir das mannbare Alter und die Jahre des Verstandes erreichen, nach dem Gebote des Herzens uns vermählen dürfen, eine jede mit dem Manne, der ihr am meisten gefällt und von dem sie glaubt, er werde ihr Leben am glücklichsten machen. So leben denn Mann und Frau ihr ganzes Leben lang in Eintracht und Glück. Wenn aber eine Jungfrau von ihren Eltern nach deren Wahl, nicht nach ihrer eignen, vermählt wird und sie so an einen Gefährten gekettet wird, der nicht der rechte für sie ist, weil er eine häßliche Gestalt oder ein häßliches Wesen hat und ihre Zuneigung nicht zu gewinnen vermag, dann werden die beiden wohl gar ihr ganzes Leben lang miteinander streiten; und Not ohne Ende wird für sie aus einer solchen unglücklichen Verbindung entstehen. Wir sind auch nicht durch das andere Gesetz gebunden, das die sittsamen Jungfrauen aus Adams Geschlecht bindet; denn wir tun offen unsere Neigung dem Manne kund, den wir lieben, und wir brauchen nicht zu warten und zu schmachten, bis wir umworben und gewonnen werden.« Als Prinz Ahmed diese Antwort vernahm, ward er von herzlicher Freude erfüllt, und er beugte sich nieder, um den Saum ihres Gewandes zu küssen; doch sie hinderte ihn und reichte ihm ihre Hand, nicht ihr Gewand. Der Prinz ergriff die Hand voll Entzücken, und nach der Landessitte küßte er sie und legte sie auf seine Brust und auf seine Augen. Darauf sprach die Fee mit einem bezaubernden Lächeln: »Mit meiner Hand fest in der deinen, so gelobe du mir Treue, wie ich dir feierlich verspreche: ich will unwandelbar treu sein allezeit, will mich nie des Wortbruches schuldig machen noch der Unbeständigkeit!« Und der Prinz gab ihr zur Antwort: »Holdseligstes Wesen, Geliebte meiner Seele, glaubst du, daß ich jemals zum Verräter an meinem eigenen Herzen werden könnte, ich, der ich dich bis zur Raserei liebe und dir Leib und Seele darbringe, dir, die du meines Herzens königliche Herrscherin bist? Ganz weihe ich mich dir: tu du mit mir, was du willst!« Dann sagte Perî Banû zu Prinz Ahmed: »Du bist mein Gemahl, und ich bin dein Weib. Dies feierliche Versprechen, das wir beide einander geben, steht an Stelle einer Eheurkunde. Wir brauchen keinen Kadi; denn bei uns sind alle andern Förmlichkeiten und Zeremonien überflüssig und nutzlos. Bald will ich dir das Gemach zeigen, in dem wir unsere Hochzeitsnacht feiern wollen, und ich glaube, du wirst es bewundern und gestehen, daß es in der ganzen Welt der Menschen keines gibt, das ihm gleich wäre.« Sogleich breiteten ihre Mägde den Tisch aus und trugen Speisen von mancherlei Art auf, dazu die köstlichsten Weine in Karaffen und in goldenen Bechern, die mit Juwelen besetzt waren. So setzten sich denn die beiden nieder zum Mahle und aßen und tranken, bis sie gesättigt waren. Darauf nahm Perî Banû den Prinzen Ahmed bei der Hand und führte ihn zu ihrem Gemache, in dem sie schlief; doch er blieb auf der Schwelle stehen, überwältigt von der Pracht, die er dort sah, und der Fülle von Juwelen und Edelsteinen, die seine Augen blendeten; und als er schließlich wieder zu sich kam, rief er:

»Mich dünkt, im ganzen Weltall gibt es keinen so prächtigen Raum, der mit solch kostbarem Gerät und solchem Edelsteinschmuck übersät ist.« Da hub Perî Banû an: »Wenn du schon diesen Palast so voll Bewunderung preisest, was wirst du erst sagen beim Anblick der Schlösser und Burgen meines Vaters, des Geisterkönigs? Und wenn du meinen Garten siehst, so wirst du wohl auch von Staunen und Entzücken erfüllt werden; doch jetzt ist es zu spät, dich dorthin zu führen, denn die Nacht ist nahe.« Dann geleitete sie den Prinzen Ahmed in ein anderes Gemach, wo das Nachtmahl gerüstet war; und der Glanz dieses Saales stand dem der anderen in nichts nach, ja, er war sogar noch herrlicher und blendender. Hunderte von Wachskerzen in Leuchtern aus feinstem Bernstein und reinstem Kristall, die auf allen Seiten aufgereiht waren, ergossen Ströme von Licht überallhin, während goldene Blumengefäße und Schalen von feinster Arbeit und unermeßlichem Werte, von lieblichen Formen und wunderbarer Kunst die Nischen und die Wände schmückten. Keine menschliche Zunge vermöchte je die Pracht dieses Gemaches zu beschreiben; darin waren auch Scharen jungfräulicher Peris, von lieblicher Gestalt und holdem Angesicht, in die auserlesensten Gewänder gekleidet, die Instrumente der Freude und Fröhlichkeit spielten und Lieder der Liebe zu herzbetörenden Weisen sangen.

Die beiden nun, der junge Gatte und seine Gattin, setzten sich nieder zum Mahle; doch immer und immer wieder hielten sie inne, um zu tändeln und sich verschämtem Liebesspiel und keuschen Liebkosungen hinzugeben. Perî Banû reichte dem Prinzen Ahmed die erlesensten Bissen mit eigener Hand und ließ ihn von jeder Schüssel und jedem Naschwerk kosten, indem sie ihm deren Namen nannte und ihm erzählte, wie sie zubereitet waren. Als nun die beiden ihr Nachtmahl beendet hatten, tranken sie die köstlichsten Weine und erquickten sich an Süßigkeiten, trockenen Früchten und einer Zukost von mancherlei Leckerbissen. Dann, als sie genug gegessen und getrunken hatten, begaben sie sich in ein anderes Gemach, in dem sich eine prächtige erhöhte Estrade befand, bedeckt mit goldgewirkten Polstern und mit Kissen, die aus Stickperlen und altpersischen Geweben gearbeitet waren; dort setzten sie sich Seite an Seite nieder, um zu plaudern und sich der Heiterkeit hinzugeben. Dann trat eine Schar von Geisterwesen und Feen herein, die vor ihnen mit wunderbarer Anmut und Kunst tanzten und sangen; dies schöne Schauspiel erfreute Perî Banû und den Prinzen Ahmed, und sie schauten und hörten dem Spiel und dem Reigen mit immer neuem Entzücken zu. Schließlich erhob sich das neuvermählte Paar und zog sich, müde der Festlichkeiten, in ein anderes Gemach zurück; dort fanden sie das Geisterlager, das von den Sklaven gebreitet war. Dessen Rahmen war aus Gold und mit Edelsteinen besetzt, während die Decken und Kissen aus Satin und Zindeltaft mit den seltensten Blumenstickereien bestanden. Hier stellten sich die Gäste, die bei der Hochzeitsfeier zugegen waren, und die Sklavinnen des Palastes in zwei Reihen auf und jubelten dem jungen Paare zu, als es hineinging; dann baten sie, fortgehen zu dürfen, schritten alle von dannen und überließen die beiden ihren Hochzeitsfreuden. So wurden das Vermählungsfest und die hochzeitlichen Lustbarkeiten Tag für Tag gefeiert, mit immer neuen Speisen und Spielen, neuen Tänzen und Weisen; und hätte Prinz Ahmed auch tausend Jahre lang unter dem Geschlecht der Sterblichen gelebt, er hätte doch nie solche Festlichkeiten gesehen, solche Weisen gehört, solches Liebesglück genossen.

Sechs Monate flossen ihm so im Feenlande dahin, neben Perî Banû, der er in so zärtlicher Liebe zugetan war, daß er es auch nicht einen Augenblick ertragen konnte, sie nicht zu sehen; ja, wenn er sie einmal nicht schaute, so ward er unruhig und rastlos. Und in gleicher Weise war Perî Banû ganz von Liebe zu ihm erfüllt, und sie suchte ihrem Gemahl zu jeder Zeit immer mehr und mehr durch neue Künste der Tändelei und

Erfindungen der Lust zu gefallen, bis seine Leidenschaft für sie so verzehrend ward, daß der Gedanke an Haus und Heim, an Sippe und Stamm seinem Sinn entschwand und aus seiner Seele entfloh. Doch nach einer Weile erwachte sein Gedächtnis aus dem Schlummer, und bisweilen ertappte er sich dabei, wie er sich danach sehnte, seinen Vater wiederzusehen, ob er gleichwohl wußte, daß es ihm unmöglich war, zu erfahren, wie es dem Fernen erging, wenn er nicht selbst auszog, ihn zu besuchen. So sprach er denn eines Tages zu Perî Banû: »Wenn es dein Wille ist, so bitte ich dich, befiehl mir, dich auf wenige Tage zu verlassen, damit ich meinen Vater sehe, der sicherlich über mein langes Fernbleiben betrübt ist und all die Qualen der Trennung von seinem Sohne leidet!« Wie Perî Banû diese Worte vernahm, erschrak sie heftig; denn sie dachte in ihrem Herzen, dies sei nur eine Ausrede, durch die er ihr entrinnen und entfliehen wolle, nachdem Genuß und Besitz seinen Sinn ihrer Liebe überdrüssig gemacht hätte. Drum gab sie ihm zur Antwort: »Hast du dein Gelübde und dein gegebenes Wort vergessen, daß du mich jetzt zu verlassen wünschest? Haben Liebe und Verlangen aufgehört, dein Herz zu erregen, während doch mein ganzes Innere allzeit von Freuden erbebt, wie es immer getan hat, wenn es nur an dich denkt?« – »O du Geliebte meiner Seele«, erwiderte der Prinz, »du meines Herzens königliche Herrscherin, was sind das für Zweifel, die deinen Sinn heimsuchen? Weshalb solche bangen Besorgnisse und traurigen Worte? Ich weiß recht wohl, daß deine Liebe und deine Neigung zu mir der Art sind, wie du sagst; und wenn ich diese Wahrheit nicht anerkennte oder mich undankbar zeigte oder dich nicht mit einer ebenso warmen und tiefen, zarten und echten Liebe ansähe wie du mich, so wäre ich in der Tat undankbar und der schwärzeste Verräter. Es sei ferne von mir, daß ich mich von dir zu trennen wünschte; niemals ist mir der Gedanke in den Sinn gekommen, dich zu verlassen und nicht wieder zurückzukehren! Aber mein Vater ist jetzt ein alter Mann, er ist hochbetagt, und sein Herz ist betrübt ob der langen Trennung von seinem jüngsten Sohne. Wenn du mir gestatten willst, so würde ich gern hingehen, um ihn zu besuchen, und dann mit aller Eile in deine Arme heimkehren; und doch, ich möchte hierin nichts gegen deinen Willen tun. Meine herzliche Liebe zu dir ist derart, daß ich gern zu allen Stunden des Tages und der Nacht an deiner Seite weilen und dich niemals auch nur einen Augenblick verlassen möchte.« Perî Banû schöpfte ein wenig Trost aus diesen Worten; und an seinen Blicken, seinen Worten und seinen Gebärden erkannte sie sicher, daß Prinz Ahmed ihr wirklich mit herzlicher Liebe zugetan war und daß sein Herz, wie seine Zunge, ihr treu wie Gold war. Darauf gewährte sie ihm Urlaub und gestattete ihm, fortzugehen und seinen Vater zu besuchen; doch zugleich schärfte sie ihm dringend ein, nicht zu lange bei seiner Sippe und seinem Stamm zu verweilen.

Jetzt vernehmt, was dem Sultan von Indien widerfuhr und wie es ihm erging, nachdem Prinz 'Alî sich mit der Prinzessin Nûr en-Nahâr vermählt hatte! Als er den Prinzen Husain und den Prinzen Ahmed viele Tage lang schon nicht mehr gesehen hatte, ward er sehr traurig und schweren Herzens, und eines Morgens nach der Staatsversammlung fragte er seine Wesire und Minister, was mit jenen geschehen sei und wo sie wären. Darauf erwiderten ihm seine Minister mit den Worten: »Hoher Herr, Schatten Allahs auf Erden, dein ältester Sohn, die Frucht deines Leibes und der Erbe deines Reiches, Prinz Husain, hat in seiner Enttäuschung und Eifersucht und tiefen Trauer seine königlichen Gewänder abgelegt, um ein Einsiedler zu werden, der als Mann Gottes auf alles Verlangen und Hangen der Welt verzichtet. Prinz Ahmed, dein dritter Sohn, hat auch in tiefem Groll die Stadt verlassen; doch von ihm weiß niemand etwas, wohin er geflohen ist oder was ihm widerfahren sein mag.« Der König ward schwer bekümmert und gebot ihnen, ohne Zaudern und Zögern zu schreiben und sogleich Firmane und Befehle an alle

Statthalter und Verwalter der Provinzen zu senden, mit der eindringlichen Vorschrift, sie sollten unverzüglich nach Prinz Ahmed suchen und ihn zu seinem Vater heimsenden, sobald er gefunden wäre. Aber obwohl die Befehle genau ausgeführt wurden und alle, die da suchten, die größte Sorgfalt aufwandten, so fand doch niemand eine Spur von ihm. Darauf ward das Herz des Sultans noch betrübter, und er hieß seinen Großwesir nach dem Flüchtling suchen; und der Minister erwiderte: »Zu Befehl und zu Diensten! Dein Diener hat schon in allen Gegenden auf das sorgfältigste suchen lassen, aber nicht die geringste Spur von ihm ist bisher zutage getreten; und dies quält mich um so mehr, als er mir so lieb wie mein eigener Sohn war.« Nun bemerkten der Wesir und die Großen, daß der König von Schmerzen überwältigt war, daß seine Augen voll Tränen standen und das Herz ihm schwer war ob des Verlustes des Prinzen Ahmed; darauf dachte der Großwesir an eine Hexe, die wegen ihrer schwarzen Kunst berühmt war, die selbst die Sterne vom Himmel herunterzaubern konnte und die in der Hauptstadt eine bekannte Person war. Er ging also zum Sultan, sprach hoch von ihrem Geschick in der Erkenntnis der geheimen Dinge und fügte hinzu: »Möge der König, ich bitte untertänigst, nach dieser Zauberin senden und sie über seinen verlorenen Sohn befragen!« – »Dein Rat ist gut«, erwiderte der Sultan, »man soll sie hierher bringen, vielleicht wird sie mir Kunde von dem Prinzen und seinem Ergehen geben können.« Da holte man die Zauberin und führte sie zum Sultan; der sprach zu ihr: »Gute Frau, ich tue dir zu wissen, daß seit der Vermählung des Prinzen 'Alî mit der Herrin Nûr en-Nahâr mein jüngster Sohn, der Prinz Ahmed, der sich in seiner Liebe zu ihr enttäuscht sah, unseren Augen entschwunden ist und daß niemand etwas von ihm weiß. Gebrauche du nun sogleich deine Zauberkunst und sag mir nur dies eine: ist er noch am Leben oder ist er tot? Wenn er lebt, so möchte ich auch wissen, wo er ist und wie es ihm ergeht; und ferner frage ich noch: steht es

im Buche meines Schicksals geschrieben, daß ich ihn je wiedersehen werde?« Hierauf antwortete die Hexe: »O größter König unserer Zeit und mächtigster Herrscher aller Zeiten, es ist mir nicht möglich, alle diese Fragen sogleich zu beantworten, da sie zur Wissenschaft von den verborgenen Dingen gehören; aber wenn deine Hoheit geruhen will, mir einen Tag Frist zu gewähren, so will ich meine Zauberbücher befragen und dich morgen durch eine ausreichende Antwort zufriedenstellen.« Der Sultan war damit einverstanden und fügte noch hinzu: »Wenn du mir eine genaue und vollständige Antwort geben kannst und meinem Herzen nach all diesen Sorgen die Ruhe wiederbringst, so sollst du eine sehr hohe Belohnung haben, und ich werde dich mit den höchsten Ehren auszeichnen.« Am nächsten Morgen bat die Zauberin, begleitet vom Großwesir, um Erlaubnis, vor dem König erscheinen zu dürfen; und nachdem sie ihr gewährt war, trat sie vor und sprach: »Ich habe mit Hilfe meiner geheimen Kunst eifrig nachgeforscht, und ich habe sicher erkundet, daß Prinz Ahmed noch im Lande der Lebenden weilt. Drum sei um seinetwillen nicht unruhig in deinem Herzen! Aber jetzt kann ich außer diesem noch nichts anderes über ihn erfahren, ich kann auch noch nicht sicher sagen, wo er ist und wie man ihn finden kann.« Durch diese Worte fand der Sultan Trost, und in seiner Brust keimte die Hoffnung, daß er seinen Sohn noch wiedersehen würde, ehe er sterben müßte.
Kehren wir nun zu Prinz Ahmed zurück! Als Perî Banû einsah, daß er gewillt war, seinen Vater zu besuchen, und als sie überzeugt war, daß seine Liebe zu ihr fest und treu blieb wie zuvor, da sann sie nach und entschied, daß es ihr übel anstehen würde, wenn sie ihm zu solchem Zwecke Urlaub und Freiheit versagte; dann dachte sie wiederum in ihrem Geiste darüber nach, und manche Stunde lang kämpfte sie mit sich selber, bis sie schließlich eines schönen Tages sich an ihren Gatten mit den Worten wandte: »Obgleich mein Herz sich nicht darein finden kann, daß ich mich auch nur einen Au-

genblick von dir trenne oder ein kleines Weilchen dich aus den Augen verliere, so will ich doch deinem Wunsche nicht länger hinderlich sein, da du mich so oft gebeten und dich so besorgt gezeigt hast, deinen Vater zu sehen. Aber diese meine Gunst hängt von einer Bedingung ab; sonst werde ich dir deine Bitte nie gewähren noch dir die Erlaubnis dazu geben. Schwöre mir den feierlichsten Eid, daß du mit aller erdenklichen Eile hierher zurückkehren willst und daß du mir nicht durch langes Fernsein schmerzliche Sehnsucht und banges Warten auf deine sichere Heimkehr verursachen wirst!« Prinz Ahmed nun, hoch erfreut über die Erfüllung seines Wunsches, dankte ihr und sprach: »Mein Herzlieb, hab keinerlei Furcht um mich und sei versichert, daß ich in aller Eile zu dir zurückkommen werde, sobald ich meinen Vater gesehen habe; das Leben hat keinen Wert für mich, wenn ich fern von dir bin! Obgleich ich also einige wenige Tage von dir getrennt bleiben muß, so wird mein Herz doch immer deiner, nur deiner gedenken.« Diese Worte des Prinzen Ahmed erfreuten das Herz der Perî Banû und verscheuchten die zagenden Zweifel und die bange Besorgnis, die sie in ihren Träumen bei Nacht und ihren Gedanken bei Tage verfolgt hatten. Dann sprach sie zu ihrem Gatten, beruhigt durch sein Gelöbnis: »So geh denn hin, wie dein Herz begehrt, und besuche deinen Vater; doch ehe du von dannen ziehst, will ich dir eine Mahnung mit auf den Weg geben, und hüte du dich, meinen Rat und meine Weisung je zu vergessen! Sage niemandem ein einziges Wort von dieser deiner Heirat noch auch von den seltsamen Dingen, die du gesehen hast, oder den Wundern die du geschaut hast; halte sie vor allem vor deinem Vater und deinen Brüdern, vor deiner Sippe und deinem Stamme sorgfältig verborgen! Nur dies eine sollst du deinem Vater, auf daß seine Seele Ruhe finde, berichten, daß du heiter und glücklich bist; auch daß du nur auf eine Weile in deine Heimat zurückgekehrt bist, um ihn zu sehen und dich von seinem Wohlergehen zu überzeugen.« Darauf gab sie ihren Leuten Befehl und hieß sie alles für die Reise unverzüglich rüsten; und wie nun alles bereit war, bestimmte sie zwanzig Ritter, die von Kopf bis zu Fuß bewaffnet und voll gerüstet waren, zur Begleitung für ihren Gemahl; und ihm selber gab sie ein Roß von vollkommenem Bau und Wuchs, schnell wie der blendende Blitz oder die stürmende Windsbraut, dessen Geschirr und Dekken mit kostbarem Metall und edlen Steinen besetzt waren. Dann fiel sie ihm um den Hals, und sie umarmten einander in herzlichster Liebe; und als die beiden einander Lebewohl sagten, wiederholte Prinz Ahmed, um ihren Sinn zu beruhigen, seine Beteuerungen und schwor ihr von neuem seinen feierlichen Eid. Dann bestieg er sein Roß, und begleitet von seinem Gefolge, lauter Rittern aus dem Geisterstamme, zog er mit großer Prachtentfaltung dahin und erreichte in eiligem Ritte bald die Hauptstadt seines Vaters. Dort ward er mit so lautem Jubel empfangen, wie man ihn noch nie zuvor im Lande vernommen hatte. Die Minister und Staatsbeamten, die Bürger und die Lehnsleute, sie waren alle aufs höchste erfreut, daß sie ihn wiedersahen; das Volk ließ ab von der Arbeit, folgte dem Reiterzuge unter Segensrufen und tiefen Verbeugungen, und indem es sich von allen Seiten um ihn drängte, geleitete es ihn bis zu den Toren des Palastes. Als der Prinz die Schwelle erreichte, stieg er ab, trat in die Regierungshalle und fiel seinem Vater zu Füßen und küßte sie im Übermaße kindlicher Liebe. Der Sultan, der fast von Sinnen war vor Freuden über den unerwarteten Anblick des Prinzen Ahmed, sprang von seinem Throne auf, fiel seinem Sohne um den Hals, mit Freudentränen im Auge, küßte seine Stirn und sprach: »Mein lieber Sohn, du bist in deiner Verzweiflung über den Verlust der Herrin Nûr en-Nahâr plötzlich aus deinem Hause geflohen, und trotz allem Suchen konnten wir keine Spur, kein Zeichen von dir entdecken, so emsig wir auch nach dir forschten; ich aber war ganz verstört durch dein Verschwinden und geriet in diese Verfassung, in der du mich siehst. Wo bist du nur diese lange Zeit hindurch gewesen, und wie hast du während all dieser Tage gelebt?« – »Es ist wahr, mein Herr und König«, antwortete Prinz Ahmed, »ich ward niedergeschlagen und tief betrübt, als ich sah, daß Prinz 'Alî die Hand meiner Base gewann; aber das ist nicht der alleinige Grund meines Fernseins. Du erinnerst dich wohl, wie damals, als wir drei Brüder auf dein Geheiß in jene Ebene zum Bogenkampfe ritten, mein Pfeil, obwohl die Fläche weit und eben war, dennoch den Blicken entschwand und wie niemand die Stätte finden konnte, an der er niedergefallen war. So geschah es denn, daß ich eines Tages in schwerer Betrübnis allein und ohne Geleit auszog, um den Boden dort ringsum zu erforschen und zu versuchen, ob ich meinen Pfeil nicht doch noch finden könnte. Als ich dann die Stelle erreichte, an der die Pfeile meiner Brüder, der Prinzen Husain und 'Alî, aufgelesen worden, suchte ich nach allen Richtungen hin, rechts und links, vorwärts und rückwärts; denn ich glaubte, daß auch meiner dort zutage treten müsse. Doch all meine Mühe war vergeblich: ich fand weder den Pfeil noch sonst etwas. So schritt ich denn weiter, hartnäckig auf der Suche, und ich zog noch eine lange Strecke dahin. Schließlich wollte ich in Verzweiflung das Suchen aufgeben; denn ich wußte recht wohl, daß mein Bogen nicht so weit hatte schießen können. In der Tat, es wäre keinem Schützen möglich gewesen, Pfeil oder Bolzen in solche Ferne zu entsenden. Dennoch erblickte ich ihn plötzlich, wie er flach auf einem Felsen lag, etwa vier Parasangen weit von jener Stelle.« Der Sultan war über seine Worte höchlichst erstaunt; doch der Prinz fuhr sogleich fort: »Als ich den Pfeil auflas, mein Gebieter, und ihn genau betrachtete, erkannte ich, daß es wirklich derselbe war, den ich abgeschossen hatte; ich wunderte mich in meinem Sinne, daß er so weit hatte fliegen können, und ich zweifelte nicht, daß es mit ihm eine geheimnisvolle Bewandtnis haben müsse. Während ich so meinen Gedanken nachhing, kam ich zu der Stätte, an der ich seit jenem Tage in reiner Freude und Glückseligkeit gelebt habe. Mehr als dies darf ich dir von meiner Geschichte nicht erzählen; ich bin nur gekommen, um dein Herz über mich zu beruhigen, und jetzt bitte ich dich, geruhe mir deine allerhöchste Erlaubnis zu gewähren, daß ich alsbald zu meinem Hause der Freuden zurückkehre. Von Zeit zu Zeit werde ich nicht versäumen, dich zu besuchen und mich nach deinem Wohlergehen mit aller kindlichen Liebe zu erkundigen.« – »Lieber Sohn«, erwiderte der König, »dein Anblick hat meine Augen erfreut, und jetzt bin ich beruhigt. Nicht ungern gebe ich dir Erlaubnis fortzugehen, da du ja an einer so nahen Stätte glücklich bist; doch solltest du irgendeinmal länger ausbleiben, sag an, wie werde ich dann von deinem Wohlsein und Ergehen Nachricht erhalten können?« Darauf gab Prinz Ahmed zur Antwort: »Mein Herr und König, das, nach dem du mich fragst, ist ein Teil meines Geheimnisses, und dies muß tief in meiner Brust verborgen bleiben; wie ich schon zuvor gesagt habe, ich darf es dir nicht enthüllen, noch darf ich irgend etwas sagen, das zu seiner Entdeckung führen könnte. Doch sei unbesorgt in deinem Herzen; denn ich werde gar manches Mal vor dir erscheinen, ja, vielleicht könnte ich dir sogar lästig fallen durch mein allzu häufiges Kommen!« – »Lieber Sohn«, hub der König wieder an, »ich will nicht in dein Geheimnis eindringen, wenn du es vor mir verbergen willst; aber einen Wunsch habe ich an dich, der ist, daß ich stets von Zeit zu Zeit mich von deinem dauernden Wohlergehen und Glück überzeugen kann. Du hast volle Freiheit, heimzueilen; aber vergiß nie, wenigstens einmal im Monat zu kommen und mich zu besuchen, wie du es jetzt getan hast, damit nicht dein Ausbleiben mir Angst und Not, Sorgen und Schmerzen bereite!« Nun blieb Prinz Ahmed noch volle drei Tage bei seinem Vater; aber der Gedanke an die Herrin Perî Banû schwand nicht für einen einzigen Augenblick aus seinem Herzen. Und am vierten Tage stieg er zu Roß und zog mit derselben Prachtentfaltung zurück, wie er gekommen war.

Als Perî Banû den Prinzen Ahmed heimkehren sah, war sie

aufs höchste erfreut, und es schien ihr, als ob sie beide dreihundert Jahre lang getrennt gewesen wären; denn also ist die Liebe: Augenblicke der Trennung erscheinen ihr so lang und endlos wie Jahre. Der Prinz entschuldigte sich sehr wegen seines kurzen Fernseins, und seine Worte entzückten Perî Banû um so mehr. Und beide, Liebender und Geliebte, verbrachten die Tage in vollkommenem Glück und hatten ihre Freude aneinander. So ging ein Monat dahin, und Prinz Ahmed erwähnte nie den Namen seines Vaters, noch sprach er je den Wunsch aus, ihn seinem Versprechen gemäß zu besuchen. Da die Herrin Perî Banû diese Wandlung bemerkte, sprach sie eines Tages zu ihm: »Du hast mir doch einst gesagt, du wolltest jedesmal zu Anfang des Monats fortziehen und zu deines Vaters Hof reisen, um zu erfahren, wie es ihm gehe; warum denkst du denn nicht daran, das zu tun, da du doch weißt, daß er traurig sein und ängstlich auf dich harren wird?« – »Es ist, wie du sagst«, erwiderte Prinz Ahmed, »aber ich warte auf dein Geheiß und deine Erlaubnis, und darum habe ich es unterlassen, von der Reise mit dir zu sprechen.« Darauf gab sie zur Antwort: »Laß dein Gehen und Kommen nicht davon abhängig sein, daß ich es dir freistelle, fortzureisen! Zu Anfang eines jeden Monats, sobald er wiederkehrt, reite von dannen, von jetzt an brauchst du mich nie mehr um Erlaubnis zu bitten. Bleib drei volle Tage bei deinem Vater und komm dann stets am vierten zu mir zurück!« So machte Prinz Ahmed sich denn am nächsten Tage frühmorgens auf und ritt wie zuvor mit großem Gepränge und Prunk dahin, begab sich zu dem Palaste seines Vaters, des Sultans, und machte ihm seine Aufwartung. In gleicher Weise fuhr er fort, jeden Monat auszureiten, doch stets mit einem größeren und glänzenderen Gefolge von Reitern als zuvor, und auch er selbst war immer prächtiger beritten und ausgerüstet. Jedesmal, wenn der Neumond am westlichen Himmel erschien, nahm er zärtlichen Abschied von seiner Gemahlin und stattete dem König einen Besuch ab; drei Tage lang blieb er bei ihm, und am vierten kehrte er zurück, um bei Perî Banû zu weilen. Doch da jedesmal, wenn er kam, sein Geleit größer und prächtiger war als das Mal zuvor, so ward schließlich einer von den Wesiren, ein Günstling und Tischgenosse des Königs, von Staunen und Neid erfüllt, weil er den Prinzen Ahmed mit solchem Reichtum und Prunk im Palaste erscheinen sah. Da sprach er bei sich selbst: ›Niemand vermag zu sagen, woher dieser Prinz kommt und auf welche Art er sich solch ein prächtiges Gefolge verschafft hat!‹ Und dann begann er in seinem boshaften Neid, dem König trügerische Worte einzuflüstern, indem er sprach: »Hoher Herr und allmächtiger Gebieter, es steht dir nicht gut an, daß du auf das Tun des Prinzen Ahmed so wenig achtgibst. Siehst du nicht, wie sein Gefolge sich von Tag zu Tag an Zahl und Macht vermehrt? Wie, wenn er sich gegen dich verschwüre und dich ins Gefängnis würfe, um dir die Zügel der Herrschaft zu entreißen? Du weißt doch recht wohl, daß du den Zorn der Prinzen Husain und Ahmed herausgefordert hast, als du den Prinzen 'Alî mit der Herrin Nûr en-Nahâr vermähltest! Damals hat der eine von ihnen in seiner Verbitterung auf die Pracht und die Nichtigkeiten dieser Welt verzichtet und ist ein Fakir geworden, während der andere, gerade dieser Prinz Ahmed, in deiner Gegenwart mit so maßloser Macht und Majestät auftritt. Ohne Zweifel sinnen die beiden auf Rache; und wenn sie dich in ihre Gewalt bekommen haben, so werden sie alle beide Verrat an dir üben. Drum rate ich dir, hüte dich, und wiederum sage ich, hüte dich, ergreife die Gelegenheit beim Schopfe, ehe es zu spät ist! Denn die Weisen haben gesagt:

Mit einem Stücke Ton kannst du die Quelle dämmen!
Doch wird sie, wenn sie schwillt, ein Heer von dannen schwemmen!«

Also sprach der boshafte Wesir; und alsbald fuhr er fort: »Du weißt auch, daß Prinz Ahmed, wenn er seinen Besuch von drei Tagen bei dir beendet, dich nie um Erlaubnis bittet, nie dir Lebewohl sagt, nie auch von einem einzigen der Seinen

Abschied nimmt. Solches Gebaren ist der Beginn der Empörung, und es beweist, daß er im Herzen Groll hegt. Doch es ist an dir, in deiner Weisheit zu entscheiden!« Diese Worte drangen dem arglosen Sultan tief ins Herz und ließen dort eine Saat des ärgsten Argwohns reifen. Bald dachte er bei sich: ›Wer weiß um die Gedanken und die Absichten des Prinzen Ahmed, ob sie mir freundlich oder feindlich sind? Vielleicht sinnt er doch auf Rache. Darum geziemt es mir, über ihn nachzuforschen und zu erfahren, wo er wohnt und auf welche Art er sich solche Macht und Pracht verschafft hat.‹ Von diesem Gedanken des Argwohns erfüllt, sandte er eines Tages heimlich, ohne Wissen des Großwesirs, der dem Prinzen Ahmed immerdar freundlich gesinnt war, nach der Hexe, und nachdem er sie durch eine geheime Tür in sein eigenes Gemach eingelassen hatte, forschte er sie aus, indem er sprach: »Du hast früher durch deine Zauberkunst in Erfahrung gebracht, daß Prinz Ahmed noch am Leben ist, und hast mir so Nachricht über ihn gegeben. Ich bin dir für diesen guten Dienst verpflichtet, und jetzt wünsche ich von dir, daß du weiter nach ihm forschest und mein Herz, das sehr in Sorgen ist, beruhigst. Obgleich mein Sohn noch lebt und mir jeden Monat einen Besuch abstattet, so weiß ich doch gar nichts von dem Orte, an dem er weilt und von dem er kommt, wenn er mich aufsucht; denn das hält er vor seinem Vater streng verborgen. Mache du dich sofort insgeheim auf den Weg, ohne daß irgend jemand es weiß, weder meine Wesire noch meine Statthalter, noch auch einer von meinen Höflingen und Dienern, forsche eifrig nach und bringe mir in aller Eile Kunde von der Stätte, an der er lebt! Augenblicklich weilt er bei mir zu seinem gewohnten Besuche; am vierten Tage wird er sein Gefolge berufen und sein Roß besteigen, ohne mir oder einem der Wesire und Würdenträger Lebewohl oder ein Wort von seiner Abreise zu sagen; dann reitet er eine kurze Strecke von hier fort und verschwindet plötzlich. Geh du ihm ohne Zaudern und Zögern auf dem Wege vorauf und

lege dich in irgendeinem geeigneten Versteck dicht an der Straße auf die Lauer, um von dort aus zu beobachten, wohin er geht. Darauf bringe mir schleunigst Nachricht!«
Die Zauberin verließ nun den König, und als sie die vier Parasangen zurückgelegt hatte, verbarg sie sich in einem Versteck zwischen den Felsen dicht bei der Stätte, an der Prinz Ahmed seinen Pfeil gefunden hatte, und wartete dort auf sein Kommen. Früh am Morgen, wie er es gewohnt war, machte der Prinz sich auf den Weg, ohne seinem Vater Lebewohl zu sagen oder sich von einem der Minister zu verabschieden. Wie er in die Nähe kam, erblickte die Zauberin ihn und das Gefolge, das vor ihm und auf seiner Seite ritt; und sie sah, wie sie alle in einen Hohlweg ritten, der sich in viele Nebenpfade gabelte; doch die Klippen und Blöcke am Wege waren so steil und gefährlich, daß kaum ein Fußgänger mit Sicherheit dort gehen konnte. Als die Zauberin das sah, dachte sie, daß der Pfad sicher zu einer Höhle führe oder vielleicht zu einem unterirdischen Gange oder einer Stätte von Geistern und Feen unter der Erde; da plötzlich war der Prinz mit seinem ganzen Gefolge ihren Blicken entschwunden. Nun kroch sie aus ihrem Verstecke hervor und ging weit und breit umher und suchte so sorgfältig, wie sie nur konnte, aber sie fand den unterirdischen Gang nicht; denn sie konnte die eiserne Tür, die Prinz Ahmed geschaut hatte, nicht erkennen, da kein Wesen von menschlichem Fleisch und Blut sie sehen konnte, sondern nur der, dem sie von der Fee Perî Banû sichtbar gemacht worden war; außerdem war sie stets allen spähenden Augen des Geschlechts der Frauen verborgen. Nun sprach die Zauberin bei sich selber: ›All diese Mühen und Plagen hab ich vergeblich ertragen; ja, wahrlich, ich habe das, was ich suchte, nicht gefunden.‹ So ging sie denn schnurstracks zum Sultan zurück und berichtete ihm alles, was ihr begegnet war: wie sie mitten zwischen den Klippen und Blöcken auf der Lauer gelegen und wie sie den Prinzen und sein Gefolge gesehen hatte, die auf einem der gefährlichsten Wege ritten und,

nachdem sie in einen Hohlweg eingebogen waren, plötzlich im Nu ihren Blicken entschwanden. Und sie schloß mit den Worten: »Obgleich ich mir die allergrößte Mühe gab, den Ort, an dem der Prinz weilt, zu finden, so wollte es mir doch ganz und gar nicht gelingen. So bitte ich denn, deine Hoheit möge mir eine Frist gewähren, auf daß ich weiterforschen und dies Geheimnis enthüllen kann, das nicht lange verborgen bleiben soll, wenn ich mit Geschick und Umsicht verfahre.« Der Sultan antwortete ihr: »Es sei, wie du wünschest; ich gewähre dir Muße, um nachzuforschen, und nach einer Weile will ich hier auf deine Rückkehr warten!« Darauf gab der König jener Hexe einen großen Diamanten von hohem Werte, indem er sprach: »Nimm diesen Stein als Lohn für deine Mühe und Beschwer und als Angeld auf künftige Gnadenbeweise! Du sollst, wenn du mit der Nachricht zu mir kommst, daß du das Geheimnis erforscht und aufgedeckt hast, eine Gabe von noch viel höherem Wert erhalten, ja, ich werde dein Herz mit frohester Freude erfüllen und dir die höchsten Ehren erweisen.«

Nun wartete die Zauberin wieder auf das Kommen des Prinzen; denn sie wußte wohl, daß er beim Aufgang jedes Neumondes in seine Heimat ritt, um seinen Vater zu besuchen, und daß er drei Tage lang bei ihm bleiben würde, wie die Herrin Perî Banû es ihm erlaubt und eingeschärft hatte. Als dann der Mond zugenommen und wieder abgenommen hatte, begab die Hexe sich einen Tag, bevor der Prinz seine Wohnstätte für den monatlichen Besuch verließ, in die Felsen und setzte sich neben der Stelle nieder, an der er nach ihrer Berechnung herauskommen mußte; und früh am nächsten Morgen ritten er und sein Gefolge, viele Ritter zu Roß, deren jeder seinen Fußknappen bei sich hatte, in immer größerer Zahl, stolz zum eisernen Tor hinaus und kamen dicht bei der Stelle vorbei, an der sie auf ihn lauerte. Die Zauberin kauerte in ihren zerfetzten Lumpen am Boden; und als der Prinz dort einen Klumpen erblickte, meinte er, ein Felsstück wäre von der Berghöhe auf den Weg heruntergefallen. Doch als er ganz nahe herankam, begann sie zu weinen und zu wimmern mit lautem Lärmen, als ob Schmerzen und Sorgen sie quälten, und sie flehte unter immer heftigeren Tränen und Klagen unaufhörlich um seine Hilfe und seinen Schutz. Wie der Prinz ihren grimmen Schmerz sah, hatte er Mitleid mit ihr; er hielt sein Roß an und fragte sie, was sie von ihm begehre und was der Grund ihres Weinens und Schreiens sei. Da fing die arglistige Alte nur noch mehr an zu schreien, und der Prinz ward noch mehr zum Mitleid gerührt, als er ihre Tränen sah und ihre schwachen, gebrochenen Worte vernahm. Sobald die Zauberin bemerkte, daß der Prinz Erbarmen mit ihr hatte und ihr gern eine Gnade erweisen wollte, stieß sie einen tiefen Seufzer aus, und in kläglichen Tönen, unter Gestöhn und Geächze, richtete sie diese erlogenen Worte an ihn, indem sie sich an den Saum seines Gewandes klammerte und von Zeit zu Zeit innehielt, als ob sie sich vor Schmerzen zusammenkrampfe: »Hoher Herr, du Herr aller Herrlichkeit, wie ich von meinem Hause in jener Stadt dort nach dem und dem Orte ging, um einen Auftrag auszurichten, siehe, da wurde ich plötzlich, gerade als ich bis hierher gekommen war, von einem heftigen Fieberanfall ergriffen, ich begann zu zittern und zu beben, so daß ich alle Kraft verlor und hilflos zu Boden sank, so wie du mich nun siehst; und auch jetzt habe ich keine Kraft in Händen und Füßen, um von der Erde aufzustehen und nach Hause zurückzukehren.« – »Ach, du gute Frau«, erwiderte der Prinz, »hier ist kein Haus in der Nähe, in das du gehen könntest, um rechte Pflege und Fürsorge zu finden. Doch ich weiß einen Ort, an den ich dich, wenn du es wünschest, bringen kann und wo du, so Gott will, durch freundliche Pflege bald von deinem Leid genesen wirst. Folge mir nun, so gut du es vermagst!« Mit lautem Ächzen und Krächzen gab ihm die Hexe zur Antwort: »Ich bin so schwach in allen Gliedern, ich bin so hilflos, daß ich mich nur mit Hilfe einer freundlichen Hand vom Boden erheben und bewegen kann.« Darauf befahl der Prinz einem der Ritter, die schwache und kranke Alte aufzuheben und auf sein Roß zu setzen; der Reitersmann erfüllte den Befehl seines Herrn sofort und setzte sie rittlings hinter ihm auf sein Pferd. Dann ritt Prinz Ahmed mit ihr zurück, kam durch das eiserne Tor, brachte sie in sein Gemach und sandte nach Perî Banû. Sofort eilte seine Gemahlin herbei und fragte in großer Erregung: »Steht alles wohl? Weshalb bist du zurückgekommen? Was wünschest du, daß du nach mir gesandt hast?« Prinz Ahmed erzählte ihr von der kranken und hilflosen Alten, indem er sprach: »Kaum hatte ich mich auf den Weg gemacht, da erblickte ich diese alte Frau, die dicht am Wege lag, in Schmerzen und schwerer Not. Mein Herz hatte Mitleid mit ihr, als ich sie so daliegen sah, und trieb mich, sie hierher zu bringen, da ich sie doch nicht in den Felsen dem Tode überlassen konnte. Nun bitte ich dich, nimm sie in deiner Güte auf und gib ihr Arzneien, auf daß sie bald von ihrer Krankheit genese! Wenn du ein so gutes Werk tust, werde ich dir immerdar zu Danke verpflichtet sein.« Da blickte Perî Banû die Alte an und befahl zweien ihrer Sklavinnen, sie in ein anderes Gemach zu tragen und sie mit zärtlichster Fürsorge und eifrigstem Bemühen zu pflegen. Die Mägde führten den Befehl aus und brachten die Zauberin in das genannte Gemach. Darauf hub Perî Banû an und sprach zu Prinz Ahmed: »Mein Gebieter, ich freue mich zu sehen, daß du so mitleidig und freundlich gegen diese alte Frau bist, und ich will mich gern ihrer annehmen, so wie du es mir aufgetragen hast; doch mein Herz bangt, und ich fürchte sehr, daß deine Güte ein Unheil zur Folge haben wird. Diese Frau ist nicht so krank, wie sie sich stellt, nein, sie übt Betrug an dir, und mir ahnt, daß irgendein Feind oder Neider gegen dich und mich Arges im Schilde führt. Indessen, mach dich jetzt in Frieden auf den Weg!« Der Prinz, dem die Worte seiner Gemahlin gar nicht zu Herzen gingen, erwiderte ihr: »Meine Gebieterin, Allah der Allmächtige schütze dich vor allem Schaden! Wenn du mir

hilfst und mich hütest, so fürchte ich kein Unheil; ich weiß von keinem Feinde, der nach meinem Verderben trachten könnte; denn ich hege keinen Groll gegen irgendein lebendes Wesen, und ich befürchte nichts Arges, weder von den Menschen noch von den Geistern.« Darauf verabschiedete Prinz Ahmed sich wiederum von Perî Banû und begab sich mit seinem Gefolge zum Palaste seines Vaters, der infolge der Bosheit seines arglistigen Ministers dem Kommen seines Sohnes mit bangem Herzen entgegensah; doch nichtsdestoweniger hieß er ihn mit vielen äußeren Zeichen von Liebe und Neigung willkommen.
Inzwischen trugen die beiden Feenmägde, denen Perî Banû die Pflege der Zauberin anvertraut hatte, die Kranke in ein großes und prächtig eingerichtetes Gemach und legten sie dort auf ein Bett, das ein Polster aus Satin und eine Decke aus Brokat hatte. Dann setzte sich eine von ihnen neben sie, während die andere eiligst in einem Becher aus Porzellan eine Essenz holte, die gegen jedes hitzige Fieber ein sicheres Heilmittel war. Darauf richteten sie die Alte empor, ließen sie auf dem Lager sitzen und sprachen: »Trink diesen Trank! Es ist das Wasser vom Löwenquell, und jeder Kranke, der es kostet, wird alsbald von seinem Leiden geheilt, es mag sein, was es will!« Die Zauberin nahm den Becher mit großer Mühe hin, und nachdem sie den Inhalt getrunken hatte, legte sie sich aufs Bett nieder; die Mägde breiteten die Decke über sie hin und sprachen: »Jetzt ruhe eine Weile, und bald wirst du die Heilkraft dieser Arznei verspüren!« Dann gingen sie fort, um sie etwa eine Stunde lang dem Schlafe zu überlassen. Die Hexe aber, die sich ja nur deshalb krank gestellt hatte, weil sie erfahren wollte, wo Prinz Ahmed lebte, und dies dem Sultan kundtun wollte, war nun sicher, daß sie ihr Ziel erreicht hatte, und so erhob sie sich bald wieder, rief die Mägde und sprach zu ihnen: »Der Trank von dieser Arznei hat mir meine ganze Gesundheit und Kraft wiedergegeben; jetzt fühle ich mich wieder frisch und froh, und alle meine Glieder sind von

neuem Leben und neuer Kraft erfüllt. Drum meldet es sogleich eurer Herrin, auf daß ich den Saum ihres Kleides küssen und ihr für ihre Güte gegen mich danken kann; dann will ich von dannen gehen und mich wieder nach Hause begeben!« Da nahmen die beiden Mägde die Zauberin mit sich und zeigten ihr, während sie dahingingen, die verschiedenen Gemächer, von denen eines noch immer prächtiger und fürstlicher als das andere war. Schließlich kamen sie in die große Halle, den herrlichsten Saal von allen, der ganz mit dem kostbarsten und seltensten Gerät ausgestattet war. Dort saß Perî Banû auf einem Throne, der mit Diamanten und Rubinen, Smaragden, Perlen und anderen edlen Steinen von seltener Größe und Klarheit verziert war, und rings um sie standen Feen von lieblichstem Wuchs und Antlitz, die in die prächtigsten Gewänder gekleidet waren und mit gekreuzten Armen ihrer Befehle harrten. Die Zauberin war über die Maßen erstaunt, als sie die Pracht der Gemächer und ihrer Geräte sah, vor allem aber, als sie die Herrin Perî Banû auf dem Edelsteinthrone sitzen sah; und sie vermochte vor Verwirrung und Ehrfurcht kein Wort zu sprechen, sondern sie verneigte sich tief und legte ihr Haupt auf die Füße der Perî Banû. Da sprach die Prinzessin mit sanften Worten, um die Alte zu ermutigen: »Gute Frau, es freut mich sehr, dich als Gast hier in meinem Palaste zu sehen; doch noch mehr bin ich darüber erfreut, daß ich höre, du seiest von deiner Krankheit ganz genesen. Nun erquicke deinen Geist, indem du hier überall lustwandelst; meine Dienerinnen werden dich begleiten und dir zeigen, was für dich sehenswert ist!« Da verneigte die Hexe sich wiederum tief, küßte den Teppich unter den Füßen der Perî Banû und verabschiedete sich von der Prinzessin in schöngefügter Rede und unter Bezeigung tiefster Dankbarkeit für die empfangenen Wohltaten. Dann führten die Mägde sie im Palaste umher und zeigten ihr alle die Gemächer, die ihren Blick so blendeten und bezauberten, daß sie keine Worte finden konnte, um sie genugsam zu preisen.

Darauf ging sie ihrer Wege, und die Feen begleiteten sie bis jenseits des eisernen Tores, durch das Prinz Ahmed sie hereingeführt hatte, und verließen sie, indem sie ihr Lebewohl sagten und alles Gute wünschten; die verworfene Alte aber schlug den Weg nach Hause ein. Doch sie war kaum eine kurze Strecke gegangen, da kam es ihr in den Sinn, noch einmal nach der eisernen Tür zu blicken, um sie leichter wiederfinden zu können; so kehrte sie um, aber siehe da, der Eingang war verschwunden und war unsichtbar für sie wie für jede andere Frau. Und nachdem sie überall gesucht hatte und hin und her gegangen war, ohne ein Zeichen oder eine Spur von Palast und Portal gefunden zu haben, begab sie sich voll Verzweiflung zur Stadt und schlich dort eine einsame Gasse entlang; dann trat sie nach ihrer Gewohnheit durch die Geheimpforte in den Palast. Als sie wohlbehalten drinnen war, ließ sie sofort dem Sultan durch einen Eunuchen Meldung bringen, und der befahl, daß sie zu ihm geführt werden solle. Sie nahte ihm mit trüber Miene, und wie er daraus entnahm, daß es ihr nicht gelungen war, ihr Ziel zu erreichen, fragte er: »Was gibt es? Hast du deinen Plan ausgeführt oder ist er fehlgeschlagen?« Da erwiderte die Zauberin, die ja nur ein Geschöpf des boshaften Wesirs war: »O König der Könige, alles habe ich genau erforscht, geradeso, wie du es mir befohlen hast, und ich will dir sogleich alles erzählen, was mir begegnet ist. Die Spuren der Sorge und die Kennzeichen des Kummers, die du auf meinem Gesichte wahrnimmst, haben einen anderen Grund, und der geht deine Wohlfahrt nahe an.« Dann fuhr sie fort und erzählte ihr Erlebnis mit diesen Worten: »Als ich die Felsen erreicht hatte, setzte ich mich nieder und stellte mich krank; wie dann Prinz Ahmed des Weges kam und mich klagen hörte und meinen elenden Zustand sah, hatte er Mitleid mit mir. Und nachdem wir einige Worte gewechselt hatten, nahm er mich mit sich durch einen unterirdischen Gang und durch ein eisernes Tor zu einem prächtigen Palast; dort übergab er mich einer Fee, Perî Banû geheißen, von unvergleichlicher Schönheit und Anmut, dergleichen eines Menschen Auge noch nie gesehen hat. Prinz Ahmed trug ihr auf, mich auf einige Tage als Gast zu behalten und mir eine Arznei zu geben, die mich ganz heilen würde, und ihm zu Gefallen bestimmte sie sofort zwei Mägde zu meiner Pflege. Bald war ich dessen sicher, daß die beiden als Mann und Weib unlöslich miteinander verbunden sind. Ich stellte mich völlig ermüdet und ermattet und tat so, als hätte ich nicht einmal die Kraft, zu gehen oder auch nur zu stehen; darauf stützten die beiden Mädchen mich auf beiden Seiten, und so wurde ich in ein Gemach geführt, in dem sie mir etwas zu trinken gaben und mich auf ein Lager betteten, damit ich ruhen und schlafen könnte. Nun dachte ich bei mir selbst: Fürwahr, ich habe das Ziel erreicht, um dessentwillen ich mich krank gestellt habe. Und da ich überzeugt war, daß es keinen Nutzen mehr hatte, mich noch länger zu verstellen, so erhob ich mich nach einer kurzen Weile und sagte zu den Dienerinnen, der Trank, den sie mir gereicht, hätte das Fieber vertrieben und meinen Gliedern die Gesundheit, meinem Leibe das Leben zurückgegeben. Da führten sie mich zu der Herrin Perî Banû, die sich sehr erfreut zeigte, daß sie mich frisch und froh wiedersah, und ihren Mägden gebot, mich überall im Palaste umherzuführen und mir jedes Gemach in seiner Schönheit und Pracht zu zeigen; darauf bat ich, fortgehen zu dürfen, um meines Weges zu wandern, und hier stehe ich nun, deines Willens gewärtig.« Als sie so dem König alles berichtet hatte, was ihr begegnet war, hub sie wieder an: »Es mag sein, daß du, nachdem du von der Macht und Pracht, dem Reichtum und dem Glanze der Herrin Perî Banû gehört hast, dich freuest und bei dir selber sprichst: Es ist gut, daß Prinz Ahmed mit dieser Fee vermählt ist und daß er so viel Reichtum und Macht gewonnen hat! Aber den Augen dieser deiner Sklavin erscheinen die Dinge doch in einem ganz anderen Lichte. Es ist nicht gut, also wage ich zu behaupten, daß dein Sohn solche Gewalt und solche Schätze sein eigen nennt; denn wer weiß, ob er nicht mit Hilfe von Perî Banû Zwiespalt und Zwietracht im Reiche hervorrufen wird? Hüte dich vor den Listen und der Tücke der Frauen! Der Prinz ist von der Liebe zu ihr betört, und vielleicht wird er auf ihren Antrieb ganz anders als recht an dir handeln; dann könnte er die Hand auf deine Schätze legen, deine Untertanen verleiten und sich zum Herrn deines Königreiches machen. Und wenn er auch aus freien Stücken nichts tun mag, als was Ehrfurcht und Ehrerbietung gegenüber seinem Vater und seinen Ahnen ihm gebieten, so könnten doch die Reize seiner Prinzessin allmählich immer stärker auf ihn einwirken und ihn schließlich zum Aufrührer machen, ja zu etwas noch Schlimmerem, was ich nicht sagen mag. Jetzt wirst du einsehen, daß die Sache sehr ernst ist; drum sei nicht unvorsichtig, sondern überlege sie sorgsam!« Darauf schickte die Zauberin sich an, ihres Weges zu wandern; aber der König hub an und sprach: »Ich bin dir für zweierlei verpflichtet. Erstlich hast du viel Mühe und Beschwer auf dich genommen und sogar um meinetwillen dein Leben aufs Spiel gesetzt, um die Wahrheit über meinen Sohn, den Prinzen Ahmed, in Erfahrung zu bringen. Und zweitens bin ich dir dankbar, daß du mir einen so trefflichen Rat und eine so kluge Mahnung gegeben hast.« Nach diesen Worten entließ er sie mit den höchsten Ehren; aber kaum hatte sie den Palast verlassen, so berief er in heftiger Unruhe seinen zweiten Wesir, jenen boshaften Minister, der ihn zuerst gegen Prinz Ahmed aufgereizt hatte, und als er mit seinen Freunden vor dem König erschien, legte der ihnen die ganze Sache vor und fragte sie, indem er sprach: »Was ratet ihr? Was soll ich tun, um mich und mein Reich gegen die Listen dieser Fee zu schützen?« Einer von den Ratgebern erwiderte: »Das ist eine leichte Sache, und das Mittel ist einfach und nah zur Hand. Gib den Befehl, daß Prinz Ahmed, der jetzt in der Stadt weilt, wenn nicht gar hier im Palaste, als Gefangener festgehalten werde! Laß ihn jedoch nicht hinrichten, sonst könnte sein Tod einen Aufruhr hervorrufen;

aber auf jeden Fall nimm ihn fest, und wenn er sich widersetzen sollte, so lege ihn in Eisen!« Dieser grausige Rat gefiel dem boshaften Minister, und alle seine Gönner und Günstlinge billigten ihn von Herzen. Doch der Sultan schwieg und gab keine Antwort. Am nächsten Morgen aber sandte er aus und ließ die Zauberin kommen, und mit ihr überlegte er, ob er den Prinzen Ahmed ins Gefängnis werfen solle oder nicht. Da sagte sie: »O König der Könige, dieser Rat ist ganz gegen gesunden Sinn und Verstand. Wenn du Prinz Ahmed ins Gefängnis werfen willst, so mußt du das gleiche mit all seinen Rittern und ihren Knappen tun; doch da sie Geister und dämonische Wesen sind, so weiß niemand, wie sie sich rächen würden! Keine Kerkerzellen noch Tore von Stahl können sie bannen, sie werden sofort entweichen und der Fee von solcher Gewalttat berichten. Sie aber wird von grimmem Zorn entbrennen, wenn sie hört, daß ihr Gemahl wie ein gewöhnlicher Verbrecher in gemeiner Haft gehalten wird, und das alles nicht um eines Verschuldens oder Vergehens willen, sondern durch eine hinterhältige Gefangennahme, und sie wird sicher die ärgste Rache über dein Haupt bringen und uns einen Schaden antun, den wir nicht abzuwehren vermögen. Wenn du mir vertrauen willst, so werde ich dir raten, wie du handeln sollst, so daß du gewinnst, was du wünschest, ohne daß ein Unheil dir oder deinem Reiche naht. Du weißt gar wohl, daß Geister und Feen die Kraft haben, in ganz kurzer Zeit wunderbare und erstaunliche Dinge zu tun, die ein Sterblicher nicht nach langen Jahren mühsamer Arbeit zustande bringen kann. Nun also, wenn du auf die Jagd ziehst oder zu irgendeinem Streifzuge, so brauchst du ein Prunkzelt für dich selbst und viele Zelte für dein Gefolge, deine Diener und Krieger; und um ein solches Lager herzurichten und fortzuschaffen wird viel Zeit und Geld unnütz vergeudet. Ich rate dir also, o König der Könige, stelle den Prinzen Ahmed auf folgende Probe: befiehl ihm, dir ein Königszelt zu bringen, so breit und so lang, daß es deinen ganzen Hof, all deine Krieger, den Lagertroß und auch die Lasttiere aufnehmen und bedecken kann; und dennoch soll es so leicht sein, daß ein einziger Mann es in der hohlen Hand halten und überallhin tragen kann, wohin er nur will!« Darauf schwieg sie eine Weile; aber dann redete sie den König wieder an: »Sobald Prinz Ahmed sich dieser Aufgabe entledigt hat, verlange du von ihm etwas noch Größeres und Wunderbareres! Das will ich dir kundtun, und er wird schwere Mühe haben, es auszuführen. Auf diese Weise wirst du dein Schatzhaus mit seltenen und wunderbaren Dingen, den Werken der Geister, anfüllen, und dies wird so lange dauern, bis dein Sohn schließlich am Ende seiner Kraft ist und deine Befehle nicht mehr ausführen kann. Dann wird er, gedemütigt und beschämt, nicht mehr wagen, in deine Hauptstadt zu kommen noch vor dich zu treten; und du wirst dann frei von Furcht vor Schaden durch seine Hand sein, du brauchst ihn nicht ins Gefängnis zu werfen oder, was noch schlimmer wäre, töten zu lassen.« Als der Sultan diese weisen Worte vernommen hatte, teilte er den Plan der Hexe seinen Ratgebern mit und fragte sie, wie sie darüber dächten. Doch sie schwiegen still und erwiderten kein Wort der Zustimmung oder Mißbilligung; er selbst aber war ganz damit einverstanden und sagte nichts weiter. Am nächsten Tage kam Prinz Ahmed, um den König zu besuchen; der hieß ihn mit überströmender Zärtlichkeit willkommen, drückte ihn an seinen Busen und küßte ihn auf Stirn und Augen. Eine lange Weile saßen sie beisammen und plauderten über mancherlei Dinge, bis schließlich der Sultan eine Gelegenheit fand und also zu sprechen begann: »Mein teurer Sohn, mein Ahmed, viele Tage lang trug ich Trauer im Herzen und Sorgen in der Seele, weil ich von dir getrennt war, und als du dann zurückkehrtest, erfüllte mich große Freude bei deinem Anblick; und obgleich du mich von dem Orte, da du lebst, nichts wissen ließest noch jetzt wissen lässest, habe ich es doch nicht über mich gebracht, dich zu fragen oder dein Geheimnis zu ergründen, weil es nicht nach deinem Sinne war, mir von deiner Wohnstätte zu erzählen. Aber jetzt habe ich vernommen, daß du mit einer mächtigen Dämonin von unvergleichlicher Schönheit vermählt bist; und diese Nachricht hat mir die allergrößte Freude bereitet. Ich wünsche nun nicht irgend etwas von dir über deine Feengemahlin zu erfahren, wenn du es mir nicht aus eigenem freien Willen mitteilen willst; doch sage mir, sollte ich irgendwann einmal etwas von dir erbitten, kannst du es dann von ihr erreichen? Hält sie dich so lieb und wert, daß sie dir nichts versagt, was du von ihr erbittest?« »Mein Gebieter«, erwiderte der Prinz, »was verlangst du von mir? Meine Gemahlin ist ihrem Gatten mit Herz und Seele ergeben; so bitte ich dich, laß mich wissen, was du von ihr und mir begehrst!« Darauf gab der Sultan zur Antwort: »Du weißt, daß ich oftmals zur Jagd ausziehe oder zu Kampf und Krieg; dann habe ich Zelte und Pavillons und Zeltschuppen nötig, und große Herden und Scharen von Kamelen, Mauleseln und anderen Lasttieren müssen das Lager von einem Orte zum anderen schaffen. Darum möchte ich, daß du mir ein Zelt brächtest, so leicht, daß ein einziger Mann es in seiner hohlen Hand tragen kann, und doch auch groß genug, daß es meinen Hof, mein ganzes Heer und Lager, den Troß und die Packtiere aufzunehmen vermag. Wenn du die Herrin um dies Geschenk bitten würdest, so weiß ich recht wohl, daß sie es dir geben kann; und du würdest mir dann viel Mühe abnehmen, die ich sonst auf das Fortschaffen der Zelte verwenden muß, und mir manch unnützen Verlust von Menschen und Vieh ersparen.« – »Lieber Vater und Sultan«, entgegnete der Prinz, »mach dir keine sorgenvollen Gedanken! Ich will alsbald deinen Wunsch meiner Gemahlin, der Herrin Perî Banû, kundtun; und wenn ich auch nicht weiß, ob Feen die Macht besitzen, ein solches Zelt zu schaffen, wie du es beschreibst, und ob sie, wenn die Feen wirklich solche Macht haben, mir ihre Hilfe leihen wird oder nicht, so will ich doch, obwohl ich dir ein solches Geschenk nicht versprechen kann, alles, was nur immer im Bereiche meiner Kräfte liegt, mit Freuden für dich tun.« Darauf sprach der König zu Prinz Ahmed: »Sollte es dir etwa nicht gelingen und solltest du mir die gewünschte Gabe nicht bringen, mein Sohn, so möchte ich dein Antlitz niemals wiedersehen. Dann wärest du fürwahr ein trauriger Gatte, wenn deine Gemahlin dir ein so geringfügig Ding abschlagen würde und nicht vielmehr alles, was du ihr aufträgst, eilends täte; denn dadurch gäbe sie dir zu verstehen, daß du in ihren Augen nur wenig Wert und Bedeutung besäßest und daß Liebe zu dir bei ihr so gut wie gar nicht vorhanden wäre. Doch nun, mein Sohn, geh hin und bitte sie sofort um das Zelt! Gibt sie es dir, so wisse, sie liebt dich, und du bist ihr das liebste Wesen in der Welt. Mir ist auch berichtet worden, daß sie dich von ganzem Herzen und von ganzer Seele liebt und daß sie dir niemals irgend etwas, um das du bittest, verweigern würde, wäre es auch ihr eigener Augapfel.«

Prinz Ahmed pflegte ja sonst immer drei Tage in jedem Monate bei seinem Vater, dem Sultan, zu verweilen; aber diesmal blieb er nur zwei Tage und sagte schon am dritten Tage seinem Vater Lebewohl. Als er in seinen Palast einzog, konnte es nicht ausbleiben, daß Perî Banû bemerkte, wie er innerlich betrübt war und niedergeschlagen aussah; darum fragte sie ihn: »Steht alles gut mit dir? Warum bist du nicht morgen, sondern schon heute von deinem Vater, dem König, gekommen, und warum trägst du eine so traurige Miene zur Schau?« Er aber küßte sie auf die Stirn, umarmte sie zärtlich und erzählte ihr dann alles von Anfang bis zu Ende. Da gab sie ihm zur Antwort: »Ich will dein Herz bald beruhigen; denn ich möchte dich nicht noch einen Augenblick länger betrübt sehen. Dennoch, mein Lieb, durch diese Bitte deines Vaters, des Sultans, weiß ich sicher, daß sein Ende nahe ist; er wird bald aus dieser Welt zur Barmherzigkeit Allahs des Erhabenen eingehen. Irgendein Feind hat dies angezettelt, und schweres Ungemach droht dir; und die Folge davon ist, daß dein Vater, der von dem kommenden Unheil nichts ahnt, eifrig seinen eigenen Untergang betreibt.« Erschrocken und ängstlich erwiderte der Prinz seiner Gemahlin: »Preis sei Allah dem Erhabenen! Der König, mein allerhöchster Herr, ist bei bester Gesundheit, und an ihm ist kein Zeichen von Unwohlsein oder Altersschwäche zu sehen; noch heute früh verließ ich ihn, wie er frisch und froh war, ja wahrlich, ich habe ihn nie bei besserem Befinden gesehen. Seltsam, fürwahr, daß du wissen solltest, was ihm bevorsteht, ehe ich dir irgend etwas über ihn berichtet habe, und zumal, daß du ahnst, wie er von unserer Vermählung und unserer Stätte erfahren hat!« – »Mein Prinz«, erwiderte Perî Banû, »du weißt, was ich dir sagte, als ich die alte Frau sah, die du hierherbrachtest, da sie an hitzigem Fieber litte. Jenes Weib ist eine Hexe aus Satans Brut; die hat deinem Vater alles hinterbracht, was er über diese unsere Wohnstätte zu wissen wünschte. Obgleich ich deutlich sah, daß sie weder siech noch schwach war, sondern sich nur fieberkrank stellte, gab ich ihr eine Arznei zu trinken, die Leiden von jeglicher Art heilt, und sie gab fälschlich vor, daß sie durch deren Wirkung wieder zu Gesundheit und Kraft gekommen sei. Als sie dann zu mir kam, um Abschied von mir zu nehmen, sandte ich zwei meiner Mägde mit ihr und befahl ihnen, ihr jedes Gemach im Palaste mit seiner Einrichtung und seinem Schmuck zu zeigen, auf daß sie besser erkenne, wie es mit dir und mit mir steht. All das tat ich nur um deinetwillen; denn du hattest mir aufgetragen, der alten Frau Mitleid zu erweisen, und ich war froh, als ich sie gesund und munter und frischen Mutes davongehen sah. Außer ihr allein hat kein menschliches Wesen jemals irgend etwas von dieser Stätte zu erfahren oder gar hierherzukommen vermocht.« Als Prinz Ahmed diese Worte vernommen hatte, dankte er ihr von Herzen und sprach: »O sonnengleiches Antlitz der Schönheit, ich möchte dich doch um die Gnade bitten, den Wunsch meines Vaters zu erfüllen; er verlangt ein Königszelt so groß, daß es ihn und sein groß

Volk, seinen Troß und seine Packtiere aufnehmen kann; und trotzdem soll es in der hohlen Hand getragen werden können. Ob solch ein Wunderding existiert, weiß ich nicht; aber ich möchte doch alles tun, um es zu beschaffen, und es ihm getreulich bringen.« Da rief sie: »Was beunruhigst du dich wegen einer solchen Kleinigkeit? Ich will sofort danach senden und es dir geben.« Darauf ließ sie eine ihrer Mägde kommen, die ihre Schatzmeisterin war, und sprach: »Nûr Dschehân[1], geh sogleich hin und bringe mir einen Zeltbau von der und der Art!« Die Magd ging eilends hin und kam ebenso rasch mit dem Zelte zurück; das legte sie dem Prinzen Ahmed in die flache Hand. Als er es aber in der Hand hielt, dachte er bei sich: ›Was ist dies, das Perî Banû mir da gibt? Sie macht sich wohl einen Scherz mit mir!‹ Seine Gemahlin aber, die ihm die Gedanken vom Gesicht ablas, begann laut zu lachen und rief: »Was ist denn das, mein geliebter Prinz? Glaubst du wirklich, ich treibe Scherz und Spott mit dir?« Dann fuhr sie, zur Schatzmeisterin Nûr Dschehân gewendet, fort: »Nimm jetzt das Zelt dort aus der Hand des Prinzen Ahmed und stelle es im Felde auf, damit er sieht, wie gewaltig groß es ist, und schaut, ob es von der Art ist, wie sein Vater, der Sultan, es wünscht.« Die Magd nahm das Zelt und schlug es fern vom Palaste auf; und doch reichte es vom äußersten Ende der Ebene bis an den Palast heran, und es war so unendlich groß, daß es, wie Prinz Ahmed sah, Raum genug für den ganzen Hofhalt des Königs hatte; ja, hätten sich auch zwei ganze Heere mit allem Lagertroß und Saumvieh darunter aufgestellt, so hätte eines das andere durchaus nicht beengt oder bedrängt. Da bat er Perî Banû um Verzeihung, indem er sprach: »Ich wußte nicht, daß es ein so unendlich großer und wunderbarer Zeltbau war; und darum zweifelte ich, als ich es zuerst sah.« Alsbald brach die Schatzmeisterin das Zelt wieder ab und gab es dem Prinzen wieder in die Hand. Der stieg

1. So nach indischer Aussprache; im Persischen bedeutet *nûr-i dschehân* ›Licht der Welt‹.

ohne Zögern und Zaudern zu Roß, ritt, von seinem Gefolge begleitet, zum König zurück und überreichte ihm das Zelt, nachdem er ihm gehuldigt und die schuldige Reverenz dargebracht hatte. Auch der Sultan meinte, als er das Geschenk zuerst sah, es sei nur ein kleines Ding; aber als es aufgeschlagen war, staunte er gewaltig beim Anblick seiner Größe; denn es hätte seine Hauptstadt mit allen Vororten überdecken können. Er war jedoch nicht ganz zufrieden, da das Zelt ihm nun zu groß erschien; aber sein Sohn versicherte ihm, daß es sich jederzeit dem anpassen würde, was es bergen solle. Darauf dankte er dem Prinzen, daß er ihm ein so seltenes Geschenk gebracht hatte, und sprach: »Lieber Sohn, tu deiner Gemahlin kund, daß ich ihr sehr verpflichtet bin, und sprich ihr meinen herzlichen Dank für diese ihre gütige Gabe aus. Jetzt weiß ich in der Tat sicher, daß sie dich von ganzem Herzen und von ganzer Seele liebt, und all meine Zweifel und Befürchtungen sind nunmehr vertrieben.« Dann befahl der König, man solle das Zelt zusammenlegen und sorgfältig im königlichen Schatzhause aufbewahren.

Es ist seltsam, aber wahr, daß im Herzen des Sultans, als er dies seltene Geschenk von dem Prinzen erhalten hatte, Furcht und Zweifel, Neid und Eifersucht auf seinen Sohn, die von der Hexe und dem boshaften Wesir und seinen anderen üblen Beratern in ihm erregt waren, nur noch größer und lebhafter wurden als zuvor. Denn jetzt war er gewiß, daß die Dämonin über alle Maßen ihrem Gatten hold war und daß sie ihm, dem König, trotz seinem großen Reichtum und seiner Macht an gewaltigen Taten überlegen wäre, wenn sie ihrem Gatten helfen wollte. Daher ward er von banger Furcht erfüllt, sie könnte etwa danach trachten, ihn zu töten, und an seiner Statt den Prinzen auf den Thron setzen. So ließ er denn die Hexe kommen, die ihn schon früher beraten hatte und auf deren List und Tücke er sich jetzt am meisten verließ. Als er ihr berichtete, welchen Erfolg ihr Rat gehabt hatte, besann sie sich eine Weile; dann hob sie ihr Haupt und sprach: »König der Könige, du bist ohne Grund besorgt; du brauchst dem Prinzen Ahmed nur zu befehlen, dir Wasser aus dem Löwenquell zu bringen. Er muß notgedrungen um seiner Ehre willen deinen Wunsch erfüllen; und wenn er es nicht vermag, so wird er vor lauter Scham nicht wagen, sein Antlitz wieder bei Hofe zu zeigen. Du kannst keinen besseren Plan anwenden als diesen; drum sorge dafür und säume nicht, ihn auszuführen!« Am nächsten Tage gegen Abend, als der König in voller Staatsversammlung, umgeben von seinen Wesiren und Ministern, dasaß, trat Prinz Ahmed vor, brachte die schuldige Huldigung dar und setzte sich an seine Seite auf einen niedrigeren Sitz. Darauf redete der König ihn nach seiner Gewohnheit mit hoher Gunstbezeigung an und sprach zu ihm: »Es ist mir eine sehr große Freude, daß du mir jenes Zelt gebracht hast, um das ich dich bat; denn in meinem Schatzhause gibt es wahrlich nichts, das so selten und wundersam wäre. Doch fehlt mir noch eines, und wenn du mir das bringst, so werde ich mich über alle Maßen freuen. Ich habe gehört, daß die Fee, deine Gemahlin, beständig ein Wasser gebraucht, das aus dem Löwenquell fließt und von dem ein Trunk jegliches Fieber und alle anderen tödlichen Krankheiten heilt. Ich weiß, daß du ängstlich um meine Gesundheit besorgt bist; so wirst du mich auch gern dadurch erfreuen, daß du mir etwas von jenem Wasser bringst, damit ich davon trinke, wenn es nötig ist. Ich weiß auch, daß du meine Liebe und Neigung zu dir wert hältst und daß du dich darum nicht weigern wirst, meine Bitte zu erfüllen.« Als Prinz Ahmed dies Verlangen hörte, war er sehr überrascht, daß sein Vater schon so bald eine neue Bitte aussprach. Er schwieg eine Weile, indem er bei sich dachte: ›Ich habe es ja irgendwie zuwege gebracht, daß ich das Zelt von der Herrin Perî Banû erhielt; doch Gott allein weiß, was sie nun tun wird und ob diese neue Bitte ihren Zorn erregen wird oder nicht. Aber wie es auch sei, ich weiß, daß sie mir nie eine Gnade versagen wird, um die ich sie bitte.‹ Nach langem Zögern also erwiderte Prinz Ahmed: »Hoher Herr und König, ich habe keine Macht, in dieser Sache irgend etwas zu tun, denn sie steht einzig bei meiner Gattin, der Prinzessin; doch will ich sie bitten, mir das Wasser zu geben, und wenn sie geruht, es mir zu gewähren, so will ich es dir alsbald bringen. Freilich kann ich dir eine solche Gabe nicht mit aller Sicherheit versprechen: ich will gern in allem und jedem, das dir von Nutzen sein kann, mein möglichstes tun; aber wenn ich dies Wasser von ihr erbitte, so ist das ein gewichtigeres Werk als die Bitte um das Zelt.«

Am nächsten Tage nahm der Prinz Abschied und kehrte zu Perî Banû zurück; und nachdem er sie zärtlich umarmt und begrüßt hatte, sprach er: »Meine Gebieterin, du Licht meiner Augen, mein Vater, der Sultan, läßt dir seinen herzlichen Dank sagen für die Erfüllung seines Wunsches, die Übersendung des Zeltes; doch jetzt erkühnt er sich noch einmal, und deiner Güte und Gnade gewiß, erbittet er von dir, du möchtest ihm ein wenig Wasser vom Löwenquell gewähren. Ich aber möchte dir sagen: wenn es dir nicht gefällt, dies Wasser zu geben, so laß die Sache ganz vergessen sein; denn mein einziger und alleiniger Wunsch ist es, alles zu tun, was du wünschest.« Perî Banû erwiderte darauf: »Mich deucht, dein Vater, der Sultan, will mich sowohl wie dich auf die Probe stellen, indem er derartige Gaben verlangt, die ihm die Zauberin vorgeschlagen hat!« Dann fuhr sie fort: »Ich will aber dennoch auch dies Geschenk gewähren, da der Sultan sein Herz daran gehängt hat; und weder dir noch mir soll daraus ein Leid erwachsen, obwohl dies ein Wagnis von großer Gefährlichkeit ist, das von arger Tücke und Bosheit erdacht wurde. Achte du nun genau auf meine Worte, vergiß keines von ihnen, sonst bist du ganz sicher des Todes! In der Halle jenes Schlosses, das auf dem Berge dort emporragt, ist ein Springbrunnen, verteidigt von vier wilden, reißenden Löwen; die bewachen und behüten den Weg, der zu ihm führt; sie wechseln ab, zwei stehen stets auf Wache, während die anderen beiden schlafen, und so ist kein lebendes Wesen jemals imstande, an ihnen vorüberzukommen. Doch ich will dir einen Weg kundtun, wie du gewinnen kannst, was du wünschest, ohne daß dir von den grimmigen Tieren ein Leid oder Schaden geschieht.« Mit diesen Worten zog sie ein Knäuel Garn aus einem Elfenbeinkästchen hervor und machte mit Hilfe einer von den Nadeln, mit denen sie gearbeitet hatte, einen Ball daraus. Diesen gab sie ihrem Gemahl in die Hand, indem sie sprach: »Erstlich, gib sorgfältig acht, daß du diesen Ball bei dir behältst; ich will dir alsbald seinen Zweck erklären! Zweitens, wähle dir zwei sehr schnelle Rosse aus, eins, um selbst darauf zu reiten, und ein anderes, um darauf den Leib eines frisch geschlachteten Schafes zu laden, das in vier Teile zerlegt ist! Drittens, nimm mit dir eine Phiole, die ich dir geben will; sie soll das Wasser enthalten, das du, so Gott will, heimbringen wirst! Sobald der Morgen dämmert, erhebe dich mit dem Tageslicht und reite auf deinem erwählten Rosse hinaus, indem du das andere am Zügel neben dir herführst. Wenn du das eiserne Tor erreichst, das zum Schloßhofe führt, so wirf, nahe dem Tore, diesen Ball vor dich hin auf den Boden. Er wird alsbald aus eigener Kraft zu rollen beginnen, und zwar auf das Schloßtor zu; folge du ihm durch den offenen Eingang hindurch, bis er zu rollen aufhört. In dem Augenblicke wirst du die vier Löwen sehen; die beiden, die wach und auf der Hut sind, werden die anderen zwei, die da ruhen und schlafen, aufwecken. Alle vier werden ihre Rachen aufsperren und brüllen und röhren, grausig anzuhören, als ob sie über dich herfallen und dich in Stücke reißen wollten. Du aber fürchte dich nicht, erschrick nicht, sondern reite kühn vorwärts, doch wirf die vier Teile des Schafes vom Leitpferde auf den Boden, für jeden Löwen ein Stück! Hüte dich, vom Pferde zu steigen; bohre ihm vielmehr die Steigbügel[1] in die Flanken und reite schnurstracks

1. Der orientalische Steigbügel hat unten eine leichtgewölbte Fläche mit scharfen Kanten, die als Sporen verwendet werden.

so schnell wie möglich auf das Becken zu, in dem sich das Wasser ansammelt! Dort steig ab und fülle die Phiole, während die Löwen sich mit ihrem Fraße befassen! Zuletzt kehre eilends wieder um; die Tiere werden dich nicht am Vorbeireiten hindern!« Am nächsten Tage, als der Morgen graute, tat Prinz Ahmed alles, was Perî Banû ihm befohlen hatte, und ritt zum Schlosse dahin. Nachdem er dann das eiserne Tor hinter sich gelassen, den Hof durchquert hatte und die Tür zur Halle aufgesprungen war, ritt er dort hinein, warf die vier Viertel des Schafes den Löwen vor, jedem ein Stück, und erreichte rasch den Quell. Er füllte seine Phiole mit Wasser aus dem Becken und eilte in aller Hast zurück. Doch als er eine kurze Strecke weit geritten war, wandte er sich um und sah, wie zwei von den Wächterlöwen ihm folgten; aber er fürchtete sich nicht, sondern zog sein Schwert aus der Scheide, um sich zur Verteidigung zu rüsten. Als der eine von den beiden sah, wie er seinen Säbel zur Verteidigung zog, ging er ein wenig vom Wege abseits, blieb stehen und schaute ihn an, nickte mit dem Kopfe und wedelte mit dem Schweife, als wollte er den Prinzen bitten, seinen Degen wieder einzustecken, und ihm versichern, daß er in Frieden reiten könnte, ohne Gefahr zu befürchten. Darauf sprang der andere Löwe ihm vorauf und hielt sich dicht vor ihm; und beide liefen vor ihm her, immer weiter, bis sie die Stadt, ja sogar das Tor des Palastes erreichten. Die andern beiden Löwen aber bildeten den Nachtrab, bis Prinz Ahmed in das Tor des Palastes eintritt; und als sie das gesehen hatten, kehrten alle vier auf demselben Wege zurück, auf dem sie gekommen waren. Doch wie das Volk der Stadt solch ein wunderbares Schauspiel erblickte, flohen alle in grimmem Grausen, obgleich die Zaubertiere keinem Lebewesen ein Leid antaten. Da nun einige berittene Mannen ihren Fürsten allein und ohne Gefolge reiten sahen, eilten sie zu ihm und halfen ihm absitzen. Der Sultan saß gerade in seinem Staatssaale und sprach mit seinen Wesiren und Ministern, als sein Sohn vor ihm erschien. Der

Prinz begrüßte ihn, flehte Segen auf sein Haupt herab und betete, wie es sich geziemte, für lange Dauer seines Lebens, Glückes und Reichtums, und dann setzte er die Phiole mit dem Wasser vom Löwenquell vor seine Füße hin, indem er sprach: »Sieh, ich habe dir die Gabe gebracht, um die du mich batest! Dies Wasser ist sehr selten und schwer zu erlangen; und in deinem ganzen Schatzhause ist nichts so kostbar und wertvoll wie dies. Wenn du je von einer Krankheit befallen werden solltest – Allah der Erhabene verhüte, daß solches dir vom Schicksale bestimmt wäre! –, so trink einen Trunk davon, und du wirst sogleich von jeglichem Leiden, was es auch sei, geheilt werden!« Als Prinz Ahmed seine Worte beendet hatte, umarmte der Sultan ihn mit aller Liebe und Herzlichkeit, Huld und Auszeichnung und küßte ihn auf die Stirn; dann ließ er ihn zu seiner Rechten sitzen und sprach zu ihm: »Lieber Sohn, ich bin dir über alle Maßen verpflichtet; denn du hast dein Leben aufs Spiel gesetzt und mir dies Wasser unter großer Mühsal und Gefahr von einer so schaurigen Stätte gebracht.« Die Hexe hatte nämlich schon vorher von dem Löwenquell erzählt und von den Todesgefahren, die dort lauerten, so daß er wohl wußte, wie tapfer seines Sohnes verwegene Tat war; und alsbald fügte er hinzu: »Sag an, mein Sohn, wie konntest du dich dorthin wagen? Wie bist du den Löwen entronnen, so daß du unversehrt und unverletzt das Wasser heimgebracht hast?« – »Bei deiner Huld, o Herr und Sultan«, erwiderte der Prinz, »ich bin vor allem deshalb sicher von jener Stätte heimgekehrt, weil ich gemäß dem Gebote meiner Gattin, der Herrin Perî Banû, gehandelt habe, und ich habe das Wasser vom Löwenquell nur, weil ich ihr gehorchte, bringen können.« Dann berichtete er seinem Vater alles, was ihm auf seinem Wege und Rückwege widerfahren war.
Der Sultan aber ward, als er die allüberwindende Tapferkeit und Kühnheit seines Sohnes erkannte, nur noch mehr von Furcht befangen, und die boshafte Tücke und der eifersüchtige Neid, die sein Herz erfüllten, wurden noch zehnmal

stärker als zuvor. Doch indem er seine wahren Empfindungen verbarg, entließ er den Prinzen Ahmed, begab sich in sein eigenes Gemach und ließ sofort die Hexe zu sich kommen; und als die vor ihn trat, erzählte er ihr, daß der Prinz ihn besucht und ihm das Wasser aus dem Löwenquell gebracht habe. Sie hatte bereits etwas davon gehört, weil die Ankunft der Löwen solchen Aufruhr in der Stadt verursacht hatte; aber sobald sie den ganzen Bericht vernommen hatte, erstaunte sie gewaltig, und nachdem sie ihren neuen Plan dem Sultan ins Ohr geflüstert hatte, sprach sie triumphierend: »O König der Könige, diesmal wirst du dem Prinzen einen Auftrag erteilen, der ihm, wie mich deucht, Mühe machen wird, ja, es wird ihm schwerfallen, auch nur etwas davon auszuführen.« – »Du hast wohlgesprochen«, erwiderte der Herrscher, »ich will fürwahr nunmehr diesen Plan versuchen, den du für mich ersonnen hast.« Am nächsten Tage also, wie Prinz Ahmed vor seinem Vater erschien, sprach der König zu ihm: »Mein teurer Sohn, es ist mir eine sehr große Freude, deine Mannhaftigkeit und Tapferkeit und die kindliche Liebe, die dich erfüllt, zu sehen; diese Eigenschaften hast du bewiesen, indem du für mich die beiden seltenen Dinge, um die ich dich bat, herbeischafftest. Jetzt habe ich noch eine Bitte an dich, und das ist die letzte; wenn es dir gelingt, meinen Wunsch zu erfüllen, so will ich wahrlich an meinem geliebten Sohne Wohlgefallen haben und ihm mein Leben lang danken.« Da fragte Prinz Ahmed: »Was ist das für ein Geschenk, das du begehrst? Ich will für mein Teil dein Gebot erfüllen, soweit es in meinen Kräften liegt.« Nun gab der König dem Prinzen zur Antwort: »Ich möchte, daß du mir einen Mann bringst, der an Wuchs nicht mehr als drei Fuß mißt, aber einen Bart von zwanzig Ellen Länge hat; der soll auf seiner Schulter einen kurzen stählernen Stab, zweihundertundsechzig Pfund schwer, tragen, den er mit Leichtigkeit hebt und, ohne die Stirne kraus zu ziehen, um seinen Kopf wirbelt, so wie die Menschen sonst hölzerne Keulen schwingen.« So bat der Sultan, irregeführt nach dem Spruche des Schicksals und ohne auf Gut und Böse zu achten, gerade um das, was ihm selbst den sicheren Tod bringen sollte. Und auch Prinz Ahmed, der aus reiner Liebe zu seinem Vater ihm blind gehorchte, war bereit, ihm alles, was er verlangte, zu bringen; denn er wußte nicht, was im verborgenen Ratschlusse des Geschicks für ihn bestimmt war. So sprach er denn: »Mein Vater und Sultan, ich glaube zwar, es wird schwer sein, in der ganzen Welt einen solchen Menschen zu finden, wie du ihn verlangst; doch ich will mein Bestes tun, um deinen Befehl auszuführen.« Darauf zog der Prinz sich zurück und kehrte wie gewöhnlich zu seinem Palaste heim, wo er Perî Banû in Liebe und Freude begrüßte; doch sein Antlitz war betrübt, und das Herz war ihm schwer, da er an den letzten Befehl des Königs dachte. Als die Prinzessin bemerkte, wie er so nachdenklich aussah, fragte sie ihn, indem sie sprach: »Mein teurer Gebieter, was für Kunde bringst du mir heute?« Darauf gab er zur Antwort: »Der Sultan verlangt bei jedem Besuche etwas Neues von mir, und er fällt mir mit seinen Bitten zur Last; heute will er mich auf die Probe stellen, und in der Hoffnung, mich zuschanden zu machen, fordert er etwas, das ich vergeblich in der ganzen Welt suchen würde.«

Darauf erzählte er ihr alles, was der König zu ihm gesagt hatte. Als aber Perî Banû diese Worte vernommen hatte, sprach sie zu dem Prinzen: »Mach dir darüber keinerlei Sorge! Du hast es unter großer Gefahr gewagt, für deinen Vater Wasser aus dem Löwenquell zu holen, und es ist dir gelungen, deine Absicht auszuführen. Diese neue Aufgabe nun ist durchaus nicht schwerer oder gefährlicher, als jene es war; nein, sie ist vielmehr leichter, da der Mann, den du beschreibst, mein leiblicher Bruder Schabbar[1] ist. Obwohl wir

1. Schabbar ist sonst ein künstlich gebildeter mystischer Name für einen Glaubenshelden des Islams, Hasan, den Sohn des Kalifen 'Alî. Der Name eignet sich also wohl für ein dämonisches Wesen, wenngleich die Bedeutung ›der Schöne‹ wenig zu der Schilderung dieses Schabbar paßt.

beide die gleichen Eltern haben, so hat es doch Allah dem Erhabenen gefallen, uns in verschiedenen Gestalten zu bilden und ihn seiner Schwester so unähnlich zu machen, wie es in sterblicher Form nur geschehen kann. Überdies ist er tapfer und tatendurstig, und immer sucht er etwas zu unternehmen und auszuführen, durch das er mir dienen kann; und was er nur immer beginnt, das führt er mit großer Freude aus. Er hat eine solche Gestalt und Form, wie der Sultan, dein Vater, sie beschrieben hat, und er gebraucht als einzige Waffe nur die Keule aus Stahl. Sieh, ich will jetzt sogleich nach ihm senden, aber erschrick nicht, wenn du ihn schaust!« Prinz Ahmed gab zur Antwort: »Wenn er in Wahrheit dein Bruder ist, was tut es dann, wie er aussieht? Ich werde mich so freuen, ihn zu sehen, wie wenn man einen werten Freund oder lieben Verwandten willkommen heißt. Warum sollte ich mich fürchten, ihn anzuschauen?« Wie Perî Banû diese Worte hörte, sandte sie eine ihrer Dienerinnen fort, die ihr dann aus ihrem geheimen Schatze eine goldene Räucherpfanne brachte; darauf befahl sie, ein Feuer in ihr anzuzünden, und nachdem sie ein Kästchen aus Edelmetall, das mit Juwelen besetzt war, eine Gabe ihrer Sippe, hatte kommen lassen, nahm sie etwas Weihrauch daraus hervor und warf es in die Flammen. Alsbald entstand ein dichter Rauch, der hoch in die Luft stieg und sich im ganzen Palaste verbreitete; wenige Augenblicke danach hielt Perî Banû mit ihren Beschwörungen inne und rief: »Sieh da, mein Bruder Schabbar kommt! Kannst du seine Gestalt erkennen?« Der Prinz schaute hin und erblickte ein Männlein von Zwerggestalt, das nur drei Fuß hoch war, mit einem Höcker auf der Brust und einem Buckel auf dem Rücken; doch trotzdem trug er eine stolze Miene und ein hoheitsvolles Aussehen zur Schau. Auf seiner rechten Schulter lag eine Keule aus Stahl, die zweihundertundsechzig Pfund wog. Sein Bart war dicht und zwanzig Ellen lang, aber so kunstvoll geflochten, daß er den Boden nicht berührte; auch trug er einen langen gedrehten Schnauzbart, der sich bis zu seinen Ohren hinaufkräuselte, und sein ganzes Gesicht war mit langen Haaren bedeckt. Seine Augen sahen ähnlich wie Schweinsaugen aus; sein Kopf, auf dem er einen kronenartigen Haarwulst trug, war ungeheuer groß und hob sich gewaltig gegen den winzigen Leib ab.

Prinz Ahmed saß ruhig neben seiner Gemahlin, der Fee, und fühlte keine Furcht, als die Gestalt herannahte; Schabbar trat alsbald herzu und fragte Perî Banû mit einem Blicke auf den Prinzen, indem er sprach: »Wer ist der Sterbliche, der dir zur Seite sitzt?« – »Lieber Bruder«, erwiderte sie, »dies ist mein geliebter Gatte, Prinz Ahmed, der Sohn des Sultans von Indien. Ich sandte dir damals keine Einladung zur Hochzeit, weil du mit einem großen Feldzug beschäftigt warst; jetzt aber bist du, durch die Gnade Allahs des Erhabenen, siegreich und im Triumph über deine Feinde heimgekehrt, und darum habe ich dich zu mir gebeten in einer Sache, die mich nahe angeht.« Als Schabbar diese Worte vernahm, blickte er huldvoll auf Prinz Ahmed und sprach: »Meine geliebte Schwester, kann ich ihm irgendeinen Dienst erweisen?« Da antwortete sie: »Der Sultan, sein Vater, hat den glühenden Wunsch, dich zu sehen, und ich bitte dich, geh bald hin zu ihm und nimm den Prinzen als Führer mit dir.« Er sagte nur: »Ich bin in diesem Augenblicke bereit, mich aufzumachen.« Doch sie entgegnete: » Noch nicht, mein Bruder! Du bist von der Reise müde, drum verschieb deinen Besuch beim König bis morgen; heute abend will ich dir zuvor noch alles berichten, was den Prinzen Ahmed betrifft!« Als es Abend geworden war, tat Perî Banû ihrem Bruder alles über den König und seine bösen Ratgeber kund; vor allem aber hob sie die Übeltaten der alten Vettel, der Hexe, hervor: wie sie den Plan ersonnen hätte, dem Prinzen Ahmed ein Leids zu tun und heimtückisch seine Besuche in der Stadt und bei Hofe zu verhindern, und wie sie solchen Einfluß über den Sultan gewonnen hätte, daß er seinen Willen ganz dem ihren füge und immer nur tue, was sie ihm befehle.

Am nächsten Morgen früh brachen Schabbar, der Dämon, und Prinz Ahmed gemeinsam auf, um den Sultan zu besuchen. Und als sie das Stadttor erreicht hatten, wurden alle Einwohner, vornehm und gering, von Entsetzen über die grausige Gestalt des Zwerges ergriffen; sie flohen voller Schrecken nach allen Seiten, rannten in Läden und Häuser, verriegelten die Türen und schlossen die Fenster und verbargen sich dort. Ja, ihre Flucht geschah in solch wilder Eile, daß viele Füße ihre Schuhe und Sandalen beim Laufen verloren und daß manch ein Kopf den losen Turban zur Erde fallen ließ. Und als nun die beiden durch Straßen und über Plätze und Märkte, die so verlassen waren wie die Wüste von Samâwa[1], weiterzogen bis zum Palaste, gaben alle Torwächter beim Anblick Schabbars Fersengeld und stoben auseinander, so daß niemand da war, ihnen den Eintritt zu verwehren. Sie gingen geradeswegs zur Regierungshalle, wo der Sultan Staatsversammlung hielt; und sie fanden in seiner Umgebung eine Schar von Ministern und Räten, großen und kleinen, die alle nach Rang und Würden dastanden. Und auch die machten sich, sobald sie Schabbar erblickten, eiligst auf die Flucht im grimmen Grausen und versteckten sich; sogar die Leibwachen hatten ihre Posten verlassen, und keiner dachte daran, ob die beiden durchgelassen oder angehalten werden sollten. Doch der Herrscher saß noch regungslos auf seinem Throne, als Schabbar mit stolzer Miene und königlicher Würde zu ihm trat und rief: »O König, du hast den Wunsch ausgesprochen, mich zu sehen. Sieh da, hier bin ich! Sag an jetzt, was willst du von mir?« Der König gab ihm keine Antwort, sondern hielt sich nur die Hände vor die Augen, um die grause Gestalt nicht zu sehen, und er wandte sein Haupt ab und wäre in seinem Schrecken gern davongelaufen. Über dies unhöfliche Benehmen des Sultans ward Schabbar wild vor Wut, und er grollte in übermäßigem Grimm, als er bedachte,

1. Die Wüste von Samâwa liegt westlich vom unteren Euphrat, zwischen Mesopotamien, Syrien und Arabien.

daß er sich die Mühe gemacht hatte, auf den Wunsch eines solchen Feiglings zu kommen, der jetzt, als er ihn sah, am liebsten fortlaufen wollte. Und so hob der Dämon, ohne einen Augenblick zu zögern, seine stählerne Keule, schwang sie zweimal durch die Luft und traf, ehe Prinz Ahmed den Thron erreichen oder irgendwie dazwischentreten konnte, den Sultan so gewaltig auf den Kopf, daß sein Schädel zerschlagen und das Hirn über den Boden hingespritzt ward. Nachdem Schabbar diesem Widersacher den Garaus gemacht hatte, wandte er sich wild wider den Großwesir, der zur Rechten des Sultans stand, und er hätte ihn auf der Stelle erschlagen, wenn der Prinz nicht um sein Leben gebeten und gerufen hätte: »Töte ihn nicht! Er ist mein Freund, er hat niemals ein böses Wort wider mich gesagt. Das haben nur die anderen, seine Genossen, getan.« Wie Schabbar dies hörte, fiel er in seiner Wut über die Minister und bösen Berater, alle jene, die gegen Prinz Ahmed Arges im Sinne gehabt hatten, zu beiden Seiten her und erschlug sie samt und sonders und ließ keinen entkommen außer denen, die schon vorher geflohen waren und sich versteckt hatten. Dann ging der Zwerg aus der Halle des Gerichtes auf den Hof und sprach zu dem Wesir, dem der Prinz das Leben gerettet hatte: »Höre du, hier gibt es eine Hexe, die meinem Bruder, dem Gatten meiner Schwester, feindlich gesinnt ist. Schau, daß du sie alsbald herbeischaffest; desgleichen auch den Schurken, der das Herz seines Vaters mit bösem Haß und eifersüchtigem Neid gegen ihn erfüllt hat, auf daß ich ihnen ihre Missetaten in vollem Maße vergelten kann!« Der Großwesir brachte sie alle herbei, zuerst die Zauberin und dann den boshaften Minister, mit seiner Schar von Gönnern und Günstlingen; da schlug Schabbar sie alle, einen nach dem andern, mit seiner stählernen Keule nieder und tötete sie ohne Erbarmen, wobei er der Hexe zurief: »Dies ist das Ende all deiner Ränke beim König, dies ist die Frucht deiner List und Tücke; daraus kannst du lernen, dich nicht krank zu stellen!« In seiner blinden Leidenschaft hätte er beinahe alle Einwohner der Stadt erschlagen; doch Prinz Ahmed hielt ihn zurück und beruhigte ihn mit sanften und milden Worten. Darauf kleidete Schabbar seinen Schwager in das königliche Gewand, setzte ihn auf den Thron und rief ihn zum Sultan von Indien aus. Und alles Volk, hoch und niedrig, war hoch erfreut über diese Kunde; denn Prinz Ahmed war bei allen beliebt. Sie eilten herbei, um den Treueid zu leisten und Geschenke und Huldigungsgaben darzubringen, und sie riefen mit lautem Jubel: »Lang lebe König Ahmed!« Nachdem all dies geschehen war, sandte Schabbar nach seiner Schwester Perî Banû und machte sie zur Königin mit dem Namen Schahr Banû. Nach einer Weile aber nahm er Abschied von ihr und König Ahmed und kehrte in seine Heimat zurück.

Danach berief König Ahmed seinen Bruder Prinz 'Alî und Nûr en-Nahâr, machte ihn zum Statthalter einer großen Stadt, die nahe bei der Hauptstadt war, und sandte ihn mit großem Prunk und großer Pracht dorthin. Auch ordnete er einen hohen Beamten ab, um dem Prinzen Husain seine Aufwartung zu machen und ihm alles zu berichten; und er ließ ihm sagen: »Ich möchte dich zum Herrscher über jegliche Stadt oder Statthalterschaft machen, die dein Herz begehrt; und wenn du einwilligst, so werde ich dir die Briefe der Bestellung senden.« Der Prinz aber war in seinem Derwischleben völlig zufrieden und ganz glücklich, und darum fragte er nichts nach Macht und Herrschaft und weltlichem Tand; so sandte er denn den Boten mit seiner Huldigung und seinem herzlichen Danke zurück, indem er bat, man möge ihn seinem Leben in der Einsamkeit und seinem Verzicht auf die Dinge der Welt überlassen.

Claude-Philippe de Caylus

Der Palast der Gedanken

Es war einmal ein König und eine Königin, die einen Sohn und ein Reich unter der Vormundschaft der Fee Minatine hinterließen. Diese war gut und wohltätig, folglich wurde das Reich gut verwaltet und der Prinz, mit Namen Constant, sehr wohl erzogen.

Nachdem er ein gewisses Alter erreicht hatte, gab die Fee seiner Lust zu reisen nach. Diese Schule, wo alle Welt sich durch Erfahrungen und Erlebnisse entwickelt, ist vielleicht die nützlichste unter allen. So vorteilhaft sie auch allen Prinzen sein würde, so wenig Gebrauch machen sie davon. An dem zur Abreise des Prinzen bestimmten Tage trennte sich Minatine mit größtem Schmerz von ihm. Sie empfahl ihm nichts so sehr, als die Reize der Rosania zu fliehen. Constant versprach es seiner guten Fee und reiste in der festen Überzeugung ab, daß ihn nichts in der Welt von seinem gegebenen Worte abhalten sollte. In allen Ländern, die er durchreiste, zog ihm der Name Constant, aber noch mehr seine angenehme Gestalt, die Gefälligkeiten vieler schöner Mädchen zu. Er hatte geglaubt, die Liebe zu kennen, aber er kannte nur den Mißbrauch, den man damit treibt, und die Eitelkeit, für die man in einem gewissen Alter anfällig ist. Mit den gemachten Eroberungen zufrieden, von ihren Folgen aufgeblasen, vergaß er unvermerkt das der Minatine gegebene Wort. All das Wunderbare und Schöne, das er von Rosania hörte, reizte ihn, sich persönlich von der Wahrheit der darüber ausgebreiteten Erzählungen, die er für übertrieben hielt, zu überzeugen.

Einige Tagereisen von der Hauptstadt, wo Rosania Hof hielt, verließ er sein zahlreiches Gefolge. Er ging inkognito dahin. Er kam just an dem Tage daselbst an, als man das Blumenfest feierte. Nach Landessitte mußte bei diesem Frühlingsfeste die Erbprinzessin oder sonst die erste Prinzessin von Geblüt den Vorsitz nehmen und an der Spitze aller im Königreich mit Sorgfalt zusammengesuchten Schönen erscheinen. Denn in diesem Lande (die einige königliche Familie ausgenommen) machten die Geschicklichkeit und die Tapferkeit den Adel des männlichen Geschlechts, Annehmlichkeit und Schönheit den Titel und die Mitgift des weiblichen Geschlechts aus. Es durfte keine aus dem Gefolge der Prinzessin über sechzehn oder unter zwölf Jahre alt sein. Eine ganze Woche war zu diesem Feste bestimmt, und man wählte zu dessen feierlichen Begehung den schönsten Tag. Aus der Morgenröte beurteilte man die Heiterkeit der Luft. Oboen, Flöten und andere Instrumente kündigten durch liebliche und fröhliche Töne der Stadt diese Zeremonie an. Constant kam also dahin, als die ganze Stadt aus den Toren lief, eines der schönsten Schauspiele in der Welt zu sehen; denn dieses hatte alle Frühlinge der Natur zum Gegenstande. Der Prinz folgte der Menge und blieb mit ihr auf einer sanft ansteigenden Wiese stehen. Die höchste Stelle dieser Ebene war mit einer Dekoration von Blumen geschmückt, in deren Mitte ein Thron von ähnlicher Arbeit hervorragte, welchen, wie Constant erfuhr, Rosania eingenommen hatte.

Die Mädchen saßen je nach ihrer Schönheit um die Prinzessin herum. Die übrigen, mehr als zweitausend an der Zahl, die diesem lieblichen Feste beiwohnten, formierten auf mit Blumen bestreuten Bänken ein Amphitheater, in dessen Mitte noch Platz genug übrigblieb. All diese wohlfrisierten, mit Gaze und anderen einfachen Dingen, die sie lieblich erscheinen ließen, bekleidete Personen, waren mit Blumen geschmückt; so daß der Geruch von diesem natürlichen Dufte als auch der Anblick so vieler angenehmer Gegenstände die Blicke bezauberte und in dem Herzen jene unter dem Namen der himmlischen Tochter erkannte Wollust, um welche sich die Menschen mit einer so großen Sorgfalt bemühen sollen, ausstreute. Constant durchlief mit seinen Augen diese Versammlung, die viel glänzender als je eine auf dem Olymp gewesen sein mag. Er ging durch das Innere der Schranken, und als er Rosania zu Gesicht bekam, war er von ihr wie geblendet. Sie verband mit den übrigen Annehmlichkeiten ihrer Gestalt jene Zufriedenheit, die von der Gewißheit, durch keine andere Schönheit in den Schatten gestellt zu werden, herrührt, und jene Seelenruhe, die dem Angesicht so wohl ansteht. Sie bemerkte den auf den jungen Fremden gemachten Eindruck. Auch den am wenigsten koketten Schönen ist niemals die Wirkung ihrer Schönheit unbemerkt geblieben. Der Ausruf eines Herolds zog den Prinzen aus der Verwunderung, worin ihn das Anschauen so vieler Reize gleichsam gefangenhielt.

Der Herold proklamierte die Übungen der Jugend und machte dabei bekannt, daß diejenige Schöne, der man zugetan wäre, oder die, so für die Schönste erachtet würde, der Lohn der Stärke oder der Geschicklichkeit sein sollte, welche man in Gegenwart der Versammlung zeigen würde, jedoch daß man sich hierin den Landessitten und der Entscheidung der Prinzessin, die nur allein darin verfügen könnte, unterwerfen müsse. Aus einer Bewegung, wovon er sich selbst Rechenschaft zu geben sich nicht die Zeit nahm, zeigte sich Constant als der Erste an den Schranken, mit jener Lebhaftigkeit, die bloß aus der Liebe und der Jugend entspringt. Er errang alle Preise, aber mit einer so außergewöhnlichen Überlegenheit, daß alle Zuschauer, ja selbst die erschrockenen Überwundenen, darüber ins größte Erstaunen gesetzt wurden.

Er warf sich zu Füßen der Rosania, um die auf eine so entscheidende Art eroberten Preise zu empfangen. Da er sie nun so nahe sah, ließ ihm seine Bewunderung nichts als den Gebrauch der Augen. Rosania sagte ihm, daß er unter allen Schönheiten, die sie umringten, wählen möchte. Constant antwortete ihr mit Ungeduld: »Ich schätze mich bloß darum glücklich, Überwinder zu sein, weil ich von Eurer Hand gekrönet werden soll, und mich rühret der Sieg nur insoweit, als der erhaltene Vorteil mich zu Eurem Sklaven machen kann.«

»Die Landessitten sind Euch unbekannt«, antwortete ihm die unvergleichliche Rosania. »Die Prinzessinnen wählen hier bei uns so wenig als an anderen Orten, sie können nur ihresgleichen vorgezogen werden. Ihr vergesset Euren Stand und den meinigen.« Diese letzten Worte drückte sie mit ebensoviel Stolz als Hoheit aus.

Diese Bitterkeit, womit ihre erste Unterredung begann, ist öfters der erste Schritt zu der größten Zuneigung gewesen. Der Prinz errötete über den niedrigen Stand, in welchem er in den Augen seines Abgotts erschien, und hätte bald aus Eigenliebe seinen wahren Stand entdeckt. Rosania hingegen war von der Schnelligkeit seiner Siege sehr betroffen, und weil der Zeremonienmeister in den alten Registern weder das Beispiel eines so uneigennützigen oder vielmehr so verwegenen Siegers, noch daß ein einziger Mensch alle Siege zugleich erhalten, gefunden hatte und ein halb Dutzend Kronen das Haupt des Überwinders zu sehr beschwert haben würden, so setzte sie ihm ihre eigne Blumenkrone auf und sagte zu ihm: »Wählet unter diesen Schönheiten, es ist keine darunter, die nunmehr Euch nicht zugehören sollte.«

»Dieses Anerbieten ist schimpflich«, rief der Prinz. »Oh, was für Bitterkeiten wißt Ihr unter Eure Gütigkeit zu mischen! Ich würde niemandem den Preis streitig gemacht haben, wenn ich ihn nicht als ein Mittel, Euch zu erhalten, angesehen hätte, und wahrlich, ich würde ohne den Beistand dieses Gedankens nicht gesiegt haben! Streitet unter euch über die Ehre, diese Schönheiten zu besitzen«, sagte er zu der Versammlung, »ich habe bloß der Ehre wegen gefochten.« Bei diesen Worten, die er mit dem Unwillen einer unzufriednen und aufgebrachten Liebe ausgestoßen hatte, zog er sich zurück.

Nachdem durch sein Abstehen die Übungen wieder ihren Lauf genommen hatten, so konnte er sich doch nicht enthalten, sich wieder unter die Menge zu mischen, noch der Begierde widerstehen, sich am Anblick Rosanias aufs neue zu ergötzen. Nach geendigter Zeremonie und nachdem die Heiraten, dem gewöhnlichen Gebrauch gemäß, waren vollzogen worden, entfernte sich der Prinz und nahm seinen Aufenthalt in einer der unbewohntesten Vorstädte. Sein einziger Begleiter, der Stallmeister, mußte seine Sachen und Leute herbeiholen.

Es ist leicht zu glauben, daß der schöne Fremde das Gespräch der ganzen Stadt war. Man unterhielt sich bloß von seiner Geschicklichkeit und Stärke. Die von ihm verachteten Schönheiten hatten alle Ursache, sein frostiges Benehmen zu tadeln; man war gegen ihn aufgebracht. Es ist wahr, daß man ihn mehr lobte, als man wollte. Man sagte zwar beständig, daß man ihn nicht mehr zu sehen verlangte, aber das Gespräch fiel immer wieder auf ihn. Man fragte ohne Unterlaß: »Aber wo ist er her? Wann ist er angekommen? Und ihr, kennet ihr ihn nicht?« Man wiederholte diese und mehrere Fragen, obgleich man sich erst darauf geantwortet hatte. Man tat endlich alle nur möglichen Fragen, die von allen nur möglichen Vorstellungen begleitet waren und wozu bald der Verdruß, bald die Bewunderung Anlaß gab. Alle diese Reden, so wie sie auch sein mochten, waren natürliche Lobreden für ihn. Indessen, alles Nachforschen war umsonst.

In großen Städten sind die Reden lebhaft, aber nicht von Dauer. Man hörte allmählich auf, von dem Prinzen zu reden, als man ihn nach drei Tagen auf der öffentlichen Promenade in einer Equipage erscheinen sah, die seiner und der Fee, die solche veranstaltet hatte, würdig war. Seine Liebe hatte alles, was die Galanterie nur Angenehmes hat, mit dem verbunden, was die Fee Minatine ihm Prächtiges und Herrliches gegeben hatte. Man erkannte ihn in dem galantesten Wagen als den Überwinder der Jugend und als den Gegenstand der Betrübnis aller Schönen im Lande.

Putz verschönt noch die schönste Gestalt. Wie mußte er nicht in den Augen des ganzen Hofes erscheinen? Er stieg in dem Palast der Rosania ab und ließ bei dem König, der Königin und der Prinzessin um Audienz ersuchen. Sie wurde ihm sogleich bewilligt; und hier war es, wo er, es sei nun durch die Bescheidenheit, womit er die Lobreden, die seine Stärke und seine Geschicklichkeit verdienten, erwiderte, oder durch die Annehmlichkeiten, womit er, aus Begierde zu gefallen, seine Reden ausschmückte, den ganzen Hof bezauberte, und man freute sich durchgängig, daß er Lust bezeigte, einige Zeit im Lande zu bleiben. Er tat es auch wirklich, aber wenn er auch zuweilen das Gemüt der Rosania rührte, so vermochte er doch nichts über ihr Herz. Constant diente Rosania mit aller möglichen Geschicklichkeit in ihren auswärtigen Kriegen. Ebenso nützlich war er ihr bei den inneren Unruhen des Reichs, weil er unzählige Male die rebellischen und übelgesinnten Gemüter, womit ihre Hauptstadt angefüllt war, beruhigte.
Im Verlauf von einigen Jahren vergaß er bei Rosania, daß er ein Königreich hatte, und vor allen Dingen fürchtete er sich wegen seiner unglücklichen Leidenschaft vor der Minatine. Die verblendete Liebe hat zu allen Zeiten die Ratschläge einer aufrichtigen Freundschaft in den Wind geschlagen. Was hätte er wohl nicht vergessen, da er sich selbst vergaß. Eines Tages, als ihn seine Widerwärtigkeiten aufs äußerste gebracht und er über seiner hoffnungslosen Liebe außerordentlich schwermütig war, wünschte er sich die Fee, seine wahre Freundin, zu sehen. Sie wünschen und sehen war eins. Sie erschien ihm also.
»Mein liebster Prinz«, sagte sie ganz gelassen zu ihm, »Ihr seid genug gestraft, daß Ihr meinem Rat nicht gefolgt seid, ohne daß ich Euch noch mit wohlverdienten Vorwürfen überhäufe. Wenn die ganze Natur und meine Kunst Euch Rosania gleichgültig machen könnten, so ist ausgemacht, daß der Umsturz der Natur die Wirkung meiner Kunst sein

würde. Wenn man einmal Rosania liebt, so gibt es nichts als den Tod, der den Hang zu ihr benehmen kann. Was Ihr leidet, mein lieber Prinz, das habe ich Euch vorhergesagt. Die Liebe allein, wie Ihr sehr wohl wißt, kann nur Liebe vergelten, und kein Wunder vermag die Empfindung zu befriedigen. Ich kann also weiter nichts tun, als Euch beklagen. Alles, was ich aus Freundschaft hierbei tun kann, ist, daß ich Euch einen Trost gebe, den Eure Liebe nicht verschmähen wird.« Alsdann berührte sie ihn mit einer ihrer Ruten und erlaubte ihm den freien Zutritt in den Palast der Gedanken, mit dem Zusatz, daß er denselben aller Orten und zu allen Zeiten, wo und wann er es verlangte, aufschlagen könnte.

Dieser Palast unterhält und nährt die Beständigkeit, aber ihn bestimmt zu beschreiben ist unmöglich. Bald zeigt er alles, was die Kunst und der Geschmack nur Vollkommenes bilden kann, und in demselben Augenblick wird er zu einer so elenden wie einsamen Bauernhütte. Er liegt sowohl in einem angenehmen Tale als auf einem rauhen Felsen. Das Meer, die Flüsse, Wälder und Wiesen sind in seinem Bezirk, einsame und dunkle Höhlen lösen augenblicklich den volkreichen und erleuchteten Ball ab. Traurige Vorstellungen wechseln in einem Augenblick mit den angenehmsten. Der Prinz Constant war beständig mit diesem Palast beschäftigt, weil er ohne Unterlaß Rosania in ihrem ganzen Reize darinnen erblickte. Tausend belebte und vollkommen ähnliche Bilder stellten sie unaufhörlich in allen möglichen Gestalten dar. Er unterhielt sich mit ihr und sagte ihr alles, was er ihr zu sagen immer vergessen hatte. Aber wenn er, nachdem er sie höflich, zärtlich und einnehmend gesehen hatte, aus dem Palaste ging, so wurde ihm die grausame Wirklichkeit wieder zur Qual seines Herzens.

Indessen bemerkte Rosania im Betragen des Prinzen einige Gleichgültigkeit. Es geschieht öfters, daß man die Zärtlichkeit des Liebhabers nicht erwidern will, obgleich man nicht gesonnen ist, ihn ganz und gar abzuweisen. Es sei nun, daß sich die Prinzessin in dem Zustande dieser kleinen Eitelkeit befand oder daß sie von einem anderen Gedanken gerührt worden war; denn es ist sehr schwer, genau zu wissen, was eine junge Person denkt. So reizte doch dieser Gedanke ihre Neugier, die Mutter so vieler Ungemächlichkeiten. Sie gab dem Constant auf eine merkliche Art zu verstehen, daß sie ihn einer Zerstreuung wegen im Verdacht hätte und daß er wohl nicht so sehr zu beklagen wäre, als er vorgäbe. Der alleinige Schein des Argwohns machte den unglücklichen Constant unruhig. Niemals hat man vor dem, den man aufrichtig liebt, etwas geheimgehalten. Er offenbarte also Rosania das Geschenk der Fee und beschrieb dasselbe mit der Lebhaftigkeit einer befriedigten Liebe.

»Ich sehe Euch«, sagte er zu ihr, »ohne Unterlaß darin, wenn mich das Unglück von Euch trennt. Meine lebhafte Einbildung schildert Euch immer so, wie Ihr seid, und mein Herz sagt Euch vor, was Ihr antworten sollt; urteilt also von meinem vergnügten Zustand in diesen glücklichen Augenblikken. Ich veranstalte Euch zu Gefallen Feste, und alles, was meiner Zärtlichkeit schmeicheln und Euch meine Gesinnungen zeigen kann, ist meinen Befehlen unterwürfig. Die gleichgültigsten Worte, welche Ihr mir auf alles, was ich Euch nur immer Zärtliches und Verliebtes sagen kann, mit kaltem Blut zur Antwort gebt, suche ich auf das zärtlichste auszulegen. Mit einem Worte, die ganze Natur steht in dieser glückseligen Einsamkeit meiner Liebe zu Gebote.«

»Ihr seid verliebt«, erwiderte ihm Rosania, »folglich stellt Euch Euer Palast nichts als Liebe vor. Aber wenn ich, die ich die Zärtlichkeit nicht kenne, einen solchen Palast hätte, so dünkt mir, würde ich mich der angenehmen und verführerischen Bilder, die ich vor mir sähe, zum Vergnügen bedienen.«

»Ich glaube«, antwortete ihr Constant, »daß solche Paläste nicht nur ihre Annehmlichkeiten, sondern auch ihr Dasein der Liebe zu danken haben. Aber dem sei, wie ihm wolle, Ihr verlangt einen, und wiewohl mich alles, was Euch angeht, beunruhigt, und ich mit Grund befürchte, daß Ihr Euch eines solchen Geschenks dazu bedienen möchtet, mich leichter, als bisher geschehen, entbehren zu können, so ist doch Euer Wunsch mein einziges Gesetz. Ich will also die Fee bitten, daß sie Euch zufriedenstelle.« Bei diesen Worten erschien Minatine mitten unter ihnen. Sie berührte Rosania mit ihrer Zauberrute, so wie sie vorher mit dem Prinzen getan, und alsdann verschwand sie.

Sobald nun die Prinzessin der Muße pflegen konnte, machte sie einen Versuch mit dem ihr verliehenen Geschenk. Aber bei all ihrem Verstande war nichts, was sie sich vorstellen wollte, von Bestand, denn kaum zeigten sich ihr die Gegenstände, als alles schon wieder verschwand. So wahr ist es, daß nur das Herz die Gedanken befestigen kann. Meines Erachtens ist es ein günstiges Vorzeichen für die Liebe, wenn man eine gleichgültige Person tiefsinnig werden sieht. Ein Liebhaber, der nicht darüber eifersüchtig ist, muß sich darüber freuen.

Die Gegenstände, die sich Rosania darstellten, waren von keinem Nachdruck. Es fehlte ihnen jenes angenehme Wesen und jenes Feuer, welches allen Bildern das Leben geben muß. Nach einiger Zeit, als die Prinzessin ihren Palast mit so weniger Zufriedenheit gebraucht hatte, erblickte sie einstmals Constant, aber nur an dem äußersten Ende einer sehr langen und sehr weit von ihr entfernten Galerie. Seine Aufmerksamkeit, seine Treue, seine völlige Ergebenheit gaben seinem Bildnis unvermerkt einen lebhafteren Anstrich, und folglich ihrem Palaste längere Dauer. Endlich trafen alle diese Betrachtungen das Herz von Rosania. Sie wurde davon gerührt. Gemeiniglich geht dieses zärtliche Erbarmen dem Sieg der Liebe vorher.

Die Tugend allein vermag einer ersten Gefühlsregung weder zuvorzukommen noch sie zu verbannen. Sie rührt mit solcher Einfalt, daß es nicht möglich ist, sich darüber Vorwürfe zu machen, noch weniger sich davor zu hüten. Sie schmeichelt sich gemeiniglich durch sehr wenig fühlbare Wege ein, und alsdann erst, wenn sie einen hinlänglich starken Eindruck gemacht hat, um von der Gleichgültigkeit nicht gestört zu werden. Dieses ist ungefähr der Abriß von den Gesinnungen der Rosania und deren Fortgange. Sie war von ihrer Niederlage bei sich überzeugt, und dennoch fragte sie Constant noch öfters, auf welche Art er sie in seinem Palaste sähe. Die Übereinstimmung seiner Erzählung mit ihren eigenen Gesinnungen verursachten ihr zuweilen Kummer und sehr oft üble Laune. Wenn sie auch ganz allein war, so errötete sie doch über die Eindrücke, welche die Liebe auf ihr Herz machte, und der Kampf ihres Stolzes ließ Constant den Anfang seines Sieges sehr teuer bezahlen. Wenn die Liebe einem Verliebten die Freiheit zu denken ließe, so würde er voller Begeisterung eine Laune wahrnehmen, welche allezeit dem Geständnisse der Gesinnungen und der Ergebung des Herzens einer jungen Person vorhergeht. Öfters nach vorhererwähnten Fragen verließ Rosania voller Stolz einen Prinzen, der zu viel Liebe empfand, um nicht mit all der Blindheit und Torheit, worin diese Leidenschaft auch die klügsten Menschen versetzt, geschlagen zu sein. Er betrübte sich also über das, was ihn zum Ziel seiner Wünsche führte. Sobald Rosania Constant verlassen hatte, fand sie ihn in ihrem Palaste und sah, wie sehr ihr letztes Betragen ihn betrübte. Sie wollte einigemal darüber frohlocken, aber zuletzt machte sie sich Vorwürfe darüber und war sogar unruhig.

Endlich erreichten alle diese Verwirrungen ihr Ende. Eines Tages begegneten sie einander, eben als ein jedes aus seinem Palaste kam. Ihre Unterredung begann durch jenes glückliche Stillschweigen, wo außer der Stimme alles in uns redet. Dieser schmeichelhafte Zustand, wo die Seele aufmerksam ist, wurde endlich unterbrochen; die Erzählung dessen, was sie beide beschäftigte, und die Entzückung ihres Herzens wurden zu einer wechselseitigen Erklärung. Nichts als die

Gleichgültigkeit Rosanias hatte sich bisher dem Glücke Constants widersetzt. Sie gestand ihm ihre Zuneigung, gab ihm die Hand, und die Hochzeit wurde sehr bald zu ihrer größten Zufriedenheit vollzogen.

Unsere Verliebten wollten, obgleich sie Eheleute waren, sich wie gewöhnlich ihrer Paläste bedienen, allein sie waren nicht mehr da. Minatine, die keine von den gewöhnlichen Feen war und das menschliche Herz sehr gut kannte, hatte dieses Geschenk, welches ihnen beiden so großen Beistand geleistet, wieder von ihnen zurückgenommen. Aber diese Vorsicht war mit größtem Bedacht geschehen. Sie befürchtete, daß die Einbildungen ihrem jetzigen glücklichen Zustand zuwider sein könnten, denn Einbildungen gebären leicht Eifersucht. Umsonst wird man sie mit dem schönen Namen Zartgefühl belegen. Das Zartgefühl eines Ehemannes läuft fast immer auf eine grausame Eifersucht hinaus, und gewiß ist es allezeit wenigstens etwas Abgeschmacktes. Minatine wählte also den klugen Schritt, beider Einbildungen zu unterdrücken; woran sie nach meiner Meinung sehr wohl getan hat.

Dagegen ersetzte sie diesen Verlust durch das Geschenk des Palasts der liebenswürdigsten Wirklichkeit. Dieses ist ein Palast voller Annehmlichkeit, welcher zwar zuweilen von sich selbst über den Haufen fällt, aber ein solches Unglück entsteht nur aus einer schlechten Grundlage. Wenn aber die Übereinstimmung der Gemüter, der Geschmack und die zärtliche Freundschaft dieses schöne Gebäude errichtet haben, so übersteigt es an Dauerhaftigkeit alles, was wir nur in der Welt kennen. Dieses um so mehr, als der Schaden, welchen die Zeit oder die verschiedenen Umstände verursachen können, durch das unendliche Vergnügen des Herzens und des Geistes täglich wieder ausgebessert werden. Nach solchen so angenehmen als zuverlässigen Grundsätzen lebten Constant und Rosania tausendmal glücklicher in Ansehung ihrer Gesinnungen als wegen des Besitzes zweier großen Königreiche und alles dessen, was die Menschen für Glück halten. Denn das wahre Glück liegt in aller Betrachtung in unsern Herzen.

Jeanne-Marie Le Prince de Beaumont

Die Schöne und das Tier

Es war einmal ein Kaufmann, ein schwerreicher Mann. Er hatte sechs Kinder, drei Knaben und drei Mädchen. Als verständiger Vater sparte er nicht an ihrer Erziehung und gab ihnen Hauslehrer für die verschiedensten Fächer und Fertigkeiten. Seine Töchter waren sehr schön, die jüngste vornehmlich; sie wurde allenthalben bewundert, von früh auf hatte man sie nur die kleine Schöne genannt. Der Name war ihr geblieben und erweckte den Neid ihrer Schwestern. Die Jüngste war aber nicht nur schöner, sondern auch freundlicher als die Schwestern. Die beiden älteren bildeten sich auf ihren Reichtum viel ein, sie spielten die Damen, wollten die anderen Kaufmannstöchter nicht bei sich empfangen, sondern nur mit Edelleuten verkehren. Tagtäglich besuchten sie Tanzereien und Theateraufführungen; sie ergingen sich auf der Promenade und spotteten über ihre jüngste Schwester, weil sie die meiste Zeit damit verbrachte, gute Bücher zu lesen. Da der Reichtum der Mädchen allgemein bekannt war, machten mehrere wohlhabende Kaufleute ihnen Heiratsanträge. Die beiden älteren antworteten jedoch, sie dächten nicht daran, sich zu verheiraten, es sei denn mit einem Herzog oder allermindestens einem Grafen. Die Schöne (denn ich sagte euch ja, daß dies der Name der Jüngsten war), die Schöne also dankte ihren Freiern recht artig, sagte ihnen aber, sie sei noch zu jung und wolle ihrem Vater noch ein paar Jahre Gesellschaft leisten.

Plötzlich verlor der Kaufmann all sein Hab und Gut, und es blieb ihm nichts als ein kleines, fern der Stadt gelegenes Landhaus. Weinend teilte er seinen Kindern mit, daß sie künftig in diesem Häuschen wohnen und, um leben zu können, wie Bauern arbeiten müßten. Seine beiden älteren Töchter entgegneten hierauf, sie wollten die Stadt nicht verlassen, sie hätten zahlreiche Verehrer, die sich nur zu glücklich schätzen würden, sie auch ohne Mitgift zu heiraten. Die guten Fräulein täuschten sich jedoch; ihre Anbeter schenkten ihnen keinen Blick mehr, seitdem sie arm waren. Da wegen ihres Hochmuts sie niemand hatte leiden mögen, hieß es jetzt: »Sie verdienen kein Mitgefühl; es geschieht ihnen ganz recht, daß ihr Stolz gedemütigt wird; sollen sie doch von nun an vor Ziegen und Schafen die Damen spielen.« Gleichzeitig aber sagte jedermann: »Um die Schöne tut es uns wirklich leid, so ein braves Mädchen, immer gut zu den Armen und so sanft und lauter.« Einige Edelleute wollten sie sogar heiraten, obwohl sie keinen Heller mehr hatte. Sie sagte aber, sie bringe es nicht übers Herz, ihren armen Vater im Unglück allein zu lassen, und wolle mit ihm aufs Land ziehen, um ihn zu trösten und ihm bei der Arbeit zu helfen. Zuerst war die arme Schöne über den Verlust ihrer Güter sehr niedergeschlagen, dann aber sagte sie sich: »Was nützt alles Weinen, meinen Besitz erhalte ich dadurch nicht zurück! Ich will lieber versuchen, ohne Geld glücklich zu sein.«

Nachdem die Familie aufs Land gezogen war, machten sich der Kaufmann und seine Söhne daran, die Äcker zu bestellen. Die Schöne stand um vier in der Frühe auf, säuberte rasch das Haus und kochte allen das Frühstück. Anfänglich fiel es ihr schwer, denn sie war es nicht gewohnt, wie eine Magd zu arbeiten. Doch nach zwei Monaten hatte sie sich gekräftigt, die Ermüdung machte sie kerngesund. Wenn sie mit dem Tagewerk fertig war, las sie oder spielte auf dem Clavichord oder sang beim Spinnen. Ihre Schwestern dagegen langweilten sich zu Tode, sie blieben bis um zehn Uhr in den Betten, gingen den ganzen Tag spazieren und unterhielten sich damit, ihren feinen Kleidern und ihren Bekannten nachzutrauern. »Unsere Jüngste hat eine niedrige Seele«, sagten sie untereinander, »und sie ist so dumm, daß sie mit diesem Hundeleben wahrhaftig noch zufrieden ist.« Der Kaufmann dachte anders als seine Töchter. Er wußte, daß die Schöne besser als ihre Schwestern in der Gesellschaft zu bestehen und zu glänzen verstand. Er bewunderte die Seelenstärke des jungen Mädchens, vor allem ihre Geduld. Denn nicht genug damit, daß sie ihr die ganze Hausarbeit überließen, beschimpften die beiden älteren sie bei jeder Gelegenheit.

Ein Jahr lebte die Familie in der Einsamkeit, als der Kaufmann ein Schreiben erhielt, in dem ihm mitgeteilt wurde, ein Schiff mit seinen Waren, das er verloren geglaubt hatte, sei glücklich im Hafen eingelaufen. Über diese Nachricht verloren die beiden ältesten fast den Verstand; sie glaubten, sie könnten nun endlich das langweilige Landleben verlassen. Als ihr Vater reisefertig war, baten sie ihn, er möchte ihnen Kleider, Pelzkragen, Hauben und alle möglichen Kinkerlitzchen mitbringen. Die Schöne bat um nichts, denn sie dachte bei sich, all der Erlös aus den Waren würde nicht ausreichen, um zu kaufen, was die Schwestern begehrten. »Und du, wünschst du dir nicht, daß ich dir etwas mitbringe?« fragte der Vater sie. »Da Ihr so gütig seid, an mich zu denken«, antwortete sie, »bitte ich Euch, mir eine Rose mitzubringen, denn wir haben hier keine.« In Wirklichkeit war der Schönen die Rose nicht wichtig, aber sie wollte vermeiden, durch ihr Verhalten ihre Schwestern bloßzustellen. Die beiden hätten sonst gesagt, sie wolle sich vor ihnen auszeichnen, nur deshalb wünsche sie sich nichts.

Der gute Kaufmann ritt davon. Doch als er angekommen war, fingen die Leute wegen der Ladung einen Rechtsstreit an. Und nach vielen nutzlosen Anstrengungen machte er sich ebenso arm wie zuvor auf den Rückweg. Bis zum Haus waren nur noch dreißig Meilen zurückzulegen, und er freute sich schon auf das Wiedersehen mit seinen Kindern. Doch da verirrte er sich in dem großen Wald, den er durchqueren mußte. Dichter Schnee fiel, der Wind blies so heftig, daß er ihn zweimal vom Pferd warf, und da die Nacht einbrach, fürchtete er, vor Hunger oder vor Kälte umzukommen oder von den Wöl-

fen, die ihn heulend umkreisten, zerrissen zu werden. Plötzlich fiel sein Blick auf eine lange, von Bäumen gesäumte Straße. An ihrem Ende gewahrte er ein großes Licht; es schien jedoch weit entfernt zu sein. Er ging darauf zu und sah nun, daß das Licht von einem riesigen erleuchteten Palast kam. Der Kaufmann dankte Gott für die Hilfe, die er ihm gesandt hatte, und suchte so schnell wie möglich hinzugelangen. Zu seinem Staunen aber war in den Höfen kein Mensch. Sein Pferd, das hinter ihm hergetrottet war, ging geradeswegs in einen großen offenstehenden Stall, und weil es dort Heu und Hafer fand, machte sich das arme ausgehungerte Tier sofort darüber her. Der Kaufmann band es im Stall an, schritt zum Haus, traf aber auch darinnen keine Seele. In einem Saal prasselte ein Kaminfeuer, und eine Tafel stand da mit Fleischspeisen und nur einem Gedeck. Da Regen und Schnee ihn bis auf die Haut durchnäßt hatten, ging er zum Feuer, um sich zu trocknen. Der Herr des Hauses oder seine Bediensteten werden mir wohl verzeihen, daß ich mir diese Freiheiten nahm, sagte er sich, und sicherlich werde ich sie gleich zu Gesicht bekommen. Er wartete eine Zeitlang, aber als die Uhr elf schlug und sich noch immer niemand zeigte, konnte er seinen Hunger nicht mehr bezähmen. Er nahm ein gebratenes Hähnchen, aß es hastig und unter Zittern und trank auch einige Becher Wein. Dadurch kühner geworden, verließ er den Saal und durchquerte mehrere große, prachtvoll eingerichtete Gemächer. Am Ende ihrer Flucht gelangte er in ein Zimmer, in dem ein schönes Bett stand. Und da Mitternacht geschlagen hatte und er sehr müde war, schloß er die Tür hinter sich und schlüpfte unter die Decke.
Es war schon zehn Uhr, als er am nächsten Morgen aufstand. Zu seiner Überraschung fand er einen schmucken Anzug anstelle seiner alten Kleider, die ganz verschmutzt und zerrissen gewesen waren. »Ganz gewiß«, sagte er sich, »gehört dieser Palast einer guten Fee, die sich meiner elenden Lage erbarmt hat.« Er schaute aus dem Fenster und sah keinen Schnee

mehr, sondern blühende Laubengänge und Blumenbeete, die das Auge entzückten. Er ging in den großen Saal zurück, in dem er am Vorabend gegessen hatte. Auf einem Tischchen stand heiße Schokolade. »Ich danke Euch, gnädige Frau Fee«, sagte er laut, »dafür, daß Ihr die Güte hattet, auch an mein Frühstück zu denken.« Nachdem er die Schokolade getrunken hatte, trat der gute Mann hinaus, um sein Pferd zu holen, und als er an einer Rosenhecke vorbeiging, erinnerte er sich an die Bitte der Schönen und brach einen Zweig mit mehreren Blüten ab. Im selben Augenblick hörte er ein mächtiges Getöse und sah ein Ungetüm auf sich zukommen, so fürchterlich anzuschauen, daß ihm fast die Sinne schwanden. »Undankbarer Mensch«, sprach das Ungetüm mit schrecklicher Stimme, »ich habe Euch in meinem Schloß aufgenommen und Euch so das Leben gerettet, und Ihr vergeltet mir meine Mühe, indem Ihr mir meine Rosen raubt, die mir das Liebste auf Erden sind. Ihr müßt Euren Frevel mit dem Tode sühnen, ich gebe Euch eine Viertelstunde für ein letztes Gebet.« Der Kaufmann warf sich auf die Knie, faltete die Hände und bat das Ungeheuer: »Mein gnädigster Herr, verzeiht mir; ich ahnte nicht, daß ich Euch kränken würde, als ich diese Rose pflückte, um einer meiner Töchter einen Wunsch zu erfüllen.« – »Ich heiße nicht ›gnädigster Herr‹«, entgegnete das Ungeheuer, »ich heiße das Tier. Ich mag keine Ehrenbezeigungen hören; ich will, daß man sagt, was man denkt. Glaubt also nicht, Ihr könntet mich durch Schmeichelreden besänftigen. Aber Ihr sagt, daß Ihr Töchter habt; ich will Euch verzeihen, unter der Bedingung, daß eine von ihnen freiwillig kommt, um an Eurer Statt zu sterben. Keine Widerrede! Geht, aber schwört mir zuvor, daß Ihr in drei Monaten zurückkehren werdet, falls Eure Töchter sich weigern, für Euch zu sterben.« Der gute Mann hatte nicht die Absicht, dem scheußlichen Ungetüm eine seiner Töchter zu opfern. Aber er dachte, wenigstens bleibt mir die Freude, sie noch einmal zu umarmen. Er schwor deshalb zurückzukeh-

ren, und das Scheusal bedeutete ihm, er dürfe gehen, sobald er wolle. »Aber«, setzte es hinzu, »ich will Euch nicht mit leeren Händen entlassen. Geht in das Zimmer, in dem Ihr geschlafen habt. Dort werdet Ihr eine große leere Truhe finden. Ihr könnt hineinlegen, was Euch gefällt. Ich werde sie Euch nach Hause tragen lassen.« Mit diesen Worten entfernte sich das Ungeheuer. Der gute Mann aber sprach bei sich, wenn ich denn sterben muß, so habe ich doch den Trost, meine armen Kinder nicht brotlos zurückzulassen.
Er ging in das Zimmer, in dem er übernachtet hatte, fand dort einen Haufen Goldstücke und füllte damit die große Truhe, von der das Tier gesprochen hatte. Nachdem er sie geschlossen und sein Pferd aus dem Stall geholt hatte, ritt er aus dem Schloßhof so traurig, wie er ihn freudig betreten hatte. Sein Pferd schlug wie von selbst einen Waldweg ein, und nach wenigen Stunden gelangte der gute Mann zu seinem kleinen Haus. Seine Kinder liefen herbei und umringten ihn, doch statt sich bei ihrem Anblick über ihre Zärtlichkeiten zu freuen, fing der Kaufmann zu weinen an. Er gab der Schönen den Rosenzweig, den er ihr mitgebracht hatte, und sagte: »Nimm diese Rosen, Schöne, sie werden deinem unglücklichen Vater teuer zu stehen kommen!« Darauf erzählte er seinen Kindern, welch unseliges Abenteuer ihm zugestoßen war. Die beiden ältesten brachen in ein lautes Geschrei aus und beschuldigten die Schöne, die keine Träne vergoß. »Da sieht man, wohin der Stolz der kleinen Person führt!« sagten sie. »Was hat sie nicht um Putz gebeten wie wir? Aber nein, das Fräulein wollte etwas Besonderes haben. Und jetzt, da sie unserem Vater den Tod bringt, weint sie nicht einmal.« – »Das wäre auch sinnlos«, antwortete die Schöne. »Warum sollte ich um den Tod meines Vaters weinen; er wird ja nicht sterben. Da das Ungetüm mit einer seiner Töchter vorlieb nehmen will, werde ich mich ihm ausliefern. Und ich schätze mich glücklich, denn durch meinen Tod kann ich meinen Vater retten und ihm meine Liebe beweisen.« – »Nein,

Schwester«, widersprachen da ihre drei Brüder, »das lassen wir nicht zu. Wir wollen zu dem Ungeheuer gehen und unter seinen Prankenhieben sterben, wenn wir es nicht erledigen können.« – »Hofft dies nicht, meine Kinder«, sagte der Kaufmann, »die Macht dieses Tieres ist so groß, daß keine Aussicht besteht, es zu töten. Das liebevolle Herz meines Kindes rührt mich, aber nimmer werde ich sie der Gefahr aussetzen. Ich bin alt und habe ohnehin nicht mehr lange zu leben; ich verliere also nur ein paar Jahre, um die es mir nur euretwegen, meine lieben Kinder, leid ist.« – »Seid versichert, mein Vater«, entgegnete die Schöne, »daß Ihr nicht ohne mich zum Palast gehen werdet; Ihr könnt mich nicht hindern, Euch zu folgen. Obwohl ich noch jung bin, hänge ich doch nicht sehr am Leben. Und lieber laß ich mich von dem Ungeheuer verschlingen, als daß ich vor Kummer über Euren Verlust sterbe.« Alles Reden fruchtete nichts, die Schöne bestand darauf, sich zu dem Palast zu begeben, und ihre Schwestern freuten sich insgeheim, denn die Tugenden der Jüngsten erfüllten sie schon lange mit Neid. Der Gedanke, sein Kind zu verlieren, bewegte den Kaufmann so sehr, daß er die Truhe mit dem Gold ganz vergaß. Als er abends sein Zimmer verriegelte, um sich schlafen zu legen, sah er sie zu seinem Erstaunen am Fußende seines Bettes stehen. Er beschloß, seinen Kindern kein Wort davon zu verraten, daß er so reich geworden war. Denn seine Töchter hätten unverzüglich in die Stadt zurückkehren wollen; er aber wollte seine Tage auf dem Land beschließen. Der Schönen jedoch verriet er das Geheimnis; und sie berichtete ihm, daß während seiner Abwesenheit einige Herren gekommen und daß zwei darunter seien, die ihre Schwestern verehrten. Und sie bat den Vater, die Schwestern zu verheiraten, denn sie war so gut, daß sie die beiden älteren liebte und von ganzem Herzen verzieh, was sie ihr Arges getan hatten. Als die Schöne und der Vater sich zum Aufbruch rüsteten, rieben sich die beiden bösen Mädchen die Augen mit einer Zwiebel ein, damit sie tränten; die Brüder aber weinten in echter Trauer, und auch der Kaufmann weinte. Allein die Schöne weinte nicht; sie wollte den Schmerz der anderen nicht noch größer machen. Das Pferd schlug den Weg zum Palast ein, und gegen Abend sahen sie ihn wie beim ersten Mal hellerleuchtet vor sich liegen. Das Pferd fand allein in den Stall, und der gute Mann trat mit seiner Tochter in den großen Saal, wo eine reichbeladene Tafel bereitstand, doch diesmal waren zwei Gedecke aufgelegt. Der Kaufmann mochte nichts essen; die Schöne aber zwang sich, ruhig zu erscheinen, begab sich zu Tisch und bediente ihn. Bei sich aber dachte sie, das Ungetüm will mich gewiß erst mästen, bevor es mich frißt, da es mir so gute Dinge auftischen läßt. Als sie mit Essen fertig waren, hörten sie einen großen Lärm, und weinend nahm der Kaufmann Abschied von seiner Tochter, denn er wußte, daß das Untier sein Kommen ankündigte. Die Schöne bebte unwillkürlich, als sie die grauenvolle Gestalt erblickte; aber sie faßte sich, so gut sie konnte, und als das Ungeheuer sie fragte, ob sie aus freien Stücken gekommen sei, sagte sie zitternd ja. »Dann seid Ihr ein gutes Mädchen«, sagte das Tier, »und ich bin Euch sehr verbunden. Ihr, guter Mann, reist morgen früh ab, und laßt Euch geraten sein, nie zurückzukehren. Lebt wohl, Schöne.« »Lebt wohl, Tier«, sagte sie, und sogleich zog sich das Ungeheuer zurück. »Ach, mein Kind«, sagte der Kaufmann und küßte die Schöne, »ich bin halbtot vor Entsetzen. Glaube mir, ich bin es, der hierbleiben muß.« – »Nein, Vater«, sagte die Schöne mit Festigkeit, »Ihr werdet morgen früh abreisen und mich dem Schutz des Himmels überlassen; vielleicht wird er sich meiner erbarmen.« Sie begaben sich zur Ruhe und glaubten, sie würden die ganze Nacht keinen Schlaf finden können. Aber kaum lagen sie in ihren Betten, da fielen ihnen die Augen zu. Im Schlaf sah die Schöne eine Dame, die zu ihr sprach: »Ich freue mich über dein gutes Herz, Schöne. Daß du dein Leben für das deines Vaters opfern willst, diese gute Tat soll nicht ohne Lohn bleiben.« Als die Schöne aufge-

wacht war, erzählte sie den Traum ihrem Vater, und obgleich dies ihn ein wenig tröstete, lamentierte und weinte er doch gewaltig, als er sich von seiner Tochter trennen mußte.
Als er fort war, setzte sich die Schöne in den großen Saal und fing gleichfalls bitterlich an zu weinen. Da sie aber ein tapferes Mädchen war, überantwortete sie sich dem lieben Gott und beschloß, die wenigen Stunden, die ihr verblieben, nicht zu vertrauern. Denn sie glaubte fest, daß das Tier sie am Abend fressen würde. Sie beschloß, in der Zwischenzeit umherzugehen und das schöne Schloß zu besichtigen. Trotz aller Angst konnte sie nicht umhin, seine Pracht zu bewundern. Wie überrascht aber war sie, als sie an eine Tür gelangte mit der Aufschrift: Die Gemächer der Schönen. Rasch drückte sie die Klinke hinunter und war geblendet von der Herrlichkeit der Einrichtung. Am meisten aber staunte sie über einen großen Schrank voller Bücher, über ein Spinett und mehrere Notenhefte. »Ich soll mich nicht langweilen«, sprach sie ganz leise vor sich hin und überlegte dann weiter: »Wenn ich nur einen Tag hierbleiben sollte, hätte man mir nicht solch einen Vorrat besorgt.« Bei diesem Gedanken schöpfte sie neuen Mut. Sie öffnete den Bücherschrank, und ihr Blick fiel auf ein Buch, auf dem in goldenen Lettern geschrieben stand:

Scheucht den Schmerz aus Eurer Brust,
Wünscht, befehlt nach Herzenslust.
Ihr seid jetzt und künftighin
Herrin hier und Königin.

»Ach«, seufzte sie, »ich wünschte mir nichts weiter, als meinen armen Vater wiederzusehen und zu wissen, was er jetzt tut.« Sie hatte die Worte nur innerlich gesprochen und dabei zufällig auf einen großen Wandspiegel geschaut. Zu ihrem Erstaunen sah sie darin ihr Haus und ihren Vater, der gerade mit kummervoller Miene in den Hof einritt. Ihre Schwestern liefen ihm entgegen, und trotz der Grimassen, die sie schnitten, um traurig zu erscheinen, war die Freude über den Verlust der Jüngsten in ihren Gesichtern doch deutlich. Einen

Augenblick später war das Bild verschwunden. Die Schöne aber dachte unwillkürlich, daß das Tier doch recht zuvorkommend sei und sie wohl nichts von ihm zu fürchten habe. Mittags fand sie die Tafel gedeckt, und während des Essens ertönte ein schönes Konzert, obwohl keine Menschenseele zu sehen war. Als sie sich abends zu Tisch setzen wollte, vernahm sie das Geräusch des Tiers und begann zu beben. »Schöne«, sprach das Ungeheuer zu ihr, »ist es Euch gefällig, daß ich Euch beim Abendessen zusehe?« – »Ihr seid der Herr hier«, antwortete die Schöne zitternd. »Nein«, sagte das Tier, »die alleinige Herrin hier seid Ihr. Befehlt, daß ich gehe, wenn ich Euch lästig bin, und ich gehe auf der Stelle. Sagt, findet Ihr, daß ich sehr häßlich bin?« – »Es ist wahr«, sagte die Schöne, »denn ich kann Euch nicht belügen, aber ich glaube, Ihr seid sehr gut.« – »Ihr mögt recht haben«, sagte das Ungetüm, »aber ich bin nicht nur häßlich, ich bin auch dumm; ich weiß wohl, daß ich bloß ein Tier bin.« – »Man ist nicht dumm«, erwiderte die Schöne, »wenn man glaubt, man sei nicht klug. Ein Dummkopf käme nie auf den Gedanken.« – »Greift zu, Schöne«, sagte das Tier, »und versucht, Euch in Eurem Hause nicht zu langweilen. Denn alles hier gehört Euch. Ich wäre untröstlich, wenn es Euch hier an etwas fehlte.« – »Ihr seid sehr gütig«, sagte die Schöne. »Wenn ich an Euer gutes Herz denke, scheint Ihr mir gar nicht mehr so häßlich zu sein.« – »Sapristi, was Ihr nicht sagt«, antwortete das Tier, »ein gutes Herz habe ich ja wohl, aber ich bin doch ein Scheusal.« »Es gibt manche Menschen, die sind ärgere Scheusale als Ihr«, sagte die Schöne, »und Ihr mit Eurer Gestalt seid mir lieber als jene, die hinter ihrer Menschengestalt ein falsches, verdorbenes, undankbares Herz verbergen.« – »Wenn ich geistreich wäre«, sagte darauf das Tier, »so würde ich Euch mit artigen Komplimenten danken, aber ich bin ein Dummkopf, und alles, was ich Euch sagen kann, ist, ich danke Euch sehr.«
Die Schöne aß mit gutem Appetit. Sie fürchtete sich fast gar

nicht mehr vor dem Ungeheuer. Aber dann starb sie beinahe vor Entsetzen, als es unvermittelt fragte: »Schöne, wollt Ihr meine Frau werden?« Zuerst verschlug es ihr die Sprache, sie hatte Angst, durch eine Ablehnung den Zorn des Ungetüms zu erregen. Dennoch antwortete sie ihm zitternd: »Nein, Tier.« Das arme Ungeheuer seufzte schwer, und sein Gebrüll war so gewaltig, daß es im ganzen Palast klirrte. Aber die Schöne beruhigte sich bald wieder, denn nachdem es trübselig »dann lebt wohl, Schöne« gesagt hatte, trottete es aus dem Saal, wobei es sich nur von Zeit zu Zeit umdrehte, um sie noch einmal zu betrachten. Als die Schöne sich wieder allein sah, erfaßte sie tiefes Mitleid mit dem armen Tier. »Ach«, sagte sie, »wie schade doch, daß es so abscheulich aussieht, denn es ist so gut.«
Drei Monate lang führte die Schöne im Palast ein geruhsames Leben. Jeden Abend stattete das Tier ihr seinen Besuch ab, unterhielt sie während des Essens mit recht verständigen Worten, zeigte jedoch nie, was man in der feinen Welt ›Geist‹ nennt. Jeden Tag entdeckte die Schöne neue gute Eigenschaften an dem Ungeheuer. Da sie es häufig sah, wurde ihr seine Häßlichkeit zum gewohnten Anblick und statt seinen Besuch zu fürchten, schaute sie oft auf die Uhr, um zu sehen, ob es bald neun sei, die Stunde, zu der es unfehlbar kam. Nur eines machte der Schönen Kummer: daß das Tier, bevor es sich zurückzog, sie jedesmal fragte, ob sie seine Frau werden wolle, und zutiefst verletzt schien, wenn sie nein antwortete. Und so sagte sie ihm eines Abends: »Ihr kränkt mich, Tier, ich wollte, ich könnte Euch heiraten. Aber ich bin zu offen, um Euch im Glauben zu wiegen, es käme je dazu. Ich werde Euch immer eine gute Freundin sein, versucht, Euch damit zufriedenzugeben.« – »Das muß ich denn wohl, ich sehe es ja ein«, entgegnete das Tier. »Ich weiß, daß ich recht garstig bin, aber ich liebe Euch von Herzen und ich bin überglücklich, daß Ihr hierbleiben wollt. Versprecht mir, daß Ihr mich nie verlassen werdet.« Bei diesen Worten errötete die Schöne. Sie

hatte im Spiegel gesehen, daß ihr Vater vor Kummer über ihren Verlust dahinsiechte, und sie wünschte ihn wiederzusehen. »Ich würde Euch gern versprechen, daß ich Euch nie endgültig verlassen werde; aber ich sehne mich so sehr danach, meinen Vater wiederzusehen, daß ich vor Leid sterben werde, wenn Ihr mir diese Freude verwehrt.« – »Lieber möchte ich selbst sterben, als Euch Kummer bereiten«, sagte das Tier. »Ich lasse Euch zu Eurem Vater zurückkehren. Ihr werdet dortbleiben, und Euer armes Tier wird vor Kummer darüber sterben.« – »Nein«, widersprach die Schöne weinend, »Ihr seid mir zu lieb, als daß ich die Ursache Eures Tods sein wollte. Ich gelobe Euch, nach acht Tagen zurückzukommen. Ihr habt mir im Zauberspiegel gezeigt, daß meine Schwestern geheiratet haben und meine Brüder unter die Soldaten gegangen sind. Mein Vater ist ganz allein; erlaubt, daß ich eine Woche bei ihm bleibe.« – »Morgen früh werdet Ihr dort sein«, sagte das Tier, »aber denkt an Euer Versprechen. Wenn Ihr wiederkommen wollt, braucht Ihr nur abends beim Zubettgehen Euren Ring auf einen Tisch zu legen. Lebt wohl, Schöne!« Das Tier seufzte bei diesen Worten wie immer, und die Schöne legte sich schlafen, ganz traurig, es so bekümmert zu sehen. Als sie am nächsten Morgen erwachte, befand sie sich im Haus ihres Vaters. Sie läutete die Glocke, die neben ihrem Bett stand, die Magd trat ein und stieß bei ihrem Anblick einen lauten Schrei aus. Der Vater lief herbei und starb fast vor Freude, als er die liebe Tochter wiedersah; sie fielen einander in die Arme und herzten und küßten sich wohl eine Viertelstunde. Als sie sich ein wenig gefaßt hatten, fiel der Schönen ein, daß sie keine Kleider dabei hatte. Aber die Magd sagte, sie habe im Nebenzimmer gerade eine große Truhe entdeckt, bis oben voll mit goldbestickten und mit Diamanten verzierten Kleidern. Die Schöne dankte dem guten Tier für seine Aufmerksamkeiten, zog das unauffälligste der Prunkgewänder an und befahl der Magd, die anderen zusammenzupacken, sie wolle sie ihren Schwestern schenken. Doch kaum hatte sie diese Worte ausgesprochen, da verschwand die Truhe. »Das Tier möchte wohl, daß du all dies für dich selbst behältst«, sagte der Vater, und sogleich stand die Truhe mit den Kleidern wieder am alten Platz. Die Schöne zog sich an, und währenddessen benachrichtigte man ihre Schwestern, die mit ihren Ehemännern herbeieilten. Die Älteste hatte einen stattlichen Edelmann geheiratet, der aber so sehr in sein eigenes Aussehen verliebt war, daß er sich von morgens bis abends nur damit beschäftigte und für die Schönheit seiner Frau keinen Blick hatte. Die zweite hatte einen höchst geistvollen Mann geheiratet, der sich seiner Gaben aber nur bediente, um alle Welt und als erste seine Frau zu erbittern. Den Schwestern drehte der Ärger das Herz um, als sie die Schöne liebreizender denn je und wie eine Prinzessin angetan sahen. Sie mochte ihnen noch so freundlich begegnen, es änderte nichts. Und als sie ihnen erzählte, wie glücklich sie war, wurden die beiden nur noch eifersüchtiger. Die Neidischen gingen in den Garten hinunter, um sich dort auszuweinen und zu zetern: »Warum geht es der Gans besser als uns? Sind wir etwa nicht viel liebenswürdiger als sie?« »Schwester«, sagte die Älteste, »ich habe einen Gedanken. Wir müssen versuchen, sie länger als acht Tage hier zu halten. Dann gerät ihr dummes Tier in Wut, weil sie nicht Wort gehalten hat, und wird sie vielleicht auffressen.« – »Du hast recht, Schwester«, sagte die andere, »aber um das zu erreichen, müssen wir ihr schöntun.« Und nachdem sie diesen Entschluß gefaßt hatten, kehrten sie ins Haus zurück und erwiesen ihrer Schwester so viele Zärtlichkeiten, daß die Schöne vor Freude weinte. Als die acht Tage verstrichen waren, rissen sich die Schwestern die Haare aus und stellten sich über die bevorstehende Abreise so verzweifelt, daß die Schöne versprach, noch acht Tage länger zu bleiben.

Sie machte sich jedoch Vorwürfe, ihrem armen Tier Kummer zu bereiten. Sie hatte es von Herzen gern und vermißte seine Gesellschaft. In der zehnten Nacht, die sie zu Hause verbrachte, hatte sie einen Traum. Sie träumte, sie sei im Schloßgarten und im Gras liege das Tier im Sterben und gebe ihr die Schuld an seinem Tode. Die Schöne fuhr aus dem Schlaf und vergoß heiße Tränen. »Wie schlecht bin ich doch«, sagte sie, »ein Tier, das mir so viel Gutes getan hat, zu betrüben. Was kann es dafür, daß es häßlich ist und wenig Geist hat? Es ist gütig, und das ist mehr wert als alles andere. Warum habe ich es nicht heiraten wollen? Mit ihm würde ich gewiß besser leben als meine Schwestern mit ihren Männern. Weder die Schönheit noch der Geist eines Mannes bürgen für das Glück einer Frau. Der Charakter, die Tugend, die Zuvorkommenheit bürgen dafür, und das Ungeheuer hat alle diese guten Eigenschaften. Ich empfinde zwar keine Liebe, aber Achtung, Freundschaft und Dankbarkeit. Wohlan denn, ich will ihm nicht wehetun, mein ganzes Leben lang müßte ich mir sonst Vorwürfe machen.« Mit diesen Worten stand die Schöne auf, legte ihren Ring auf den Tisch und ging wieder zu Bett. Sie schlief sofort ein, und als sie am nächsten Morgen erwachte, sah sie zu ihrer Freude, daß sie wieder im Palast des Tieres war. Ihm zu gefallen, zog sie prächtige Kleider an und langweilte sich den ganzen Tag in Erwartung der neunten Abendstunde. Aber die Uhr schlug, und das Ungeheuer zeigte sich nicht. Da fürchtete die Schöne, seinen Tod verursacht zu haben. Sie hastete durch alle Säle des Schlosses und rief verzweifelt nach dem Tier. Als sie überall vergeblich gesucht hatte, erinnerte sie sich an die Bilder ihres Traumes und eilte in den Garten zu dem Wasserlauf, wo sie es im Schlaf gesehen hatte. Und dort lag das arme Tier bewußtlos im Grase ausgestreckt, so daß die Schöne nicht anders dachte, als daß es tot sei. Sie warf sich über es, ohne sich vor ihm zu entsetzen, und da sie spürte, daß sein Herz noch schlug, schöpfte sie Wasser aus dem Fluß und goß es ihm über den Kopf. Das Tier schlug die Augen auf und sprach: »Ihr habt Euer Versprechen nicht eingehalten. Aus Kummer über Euren Verlust habe ich beschlossen, Hungers zu sterben, aber ich sterbe zufrieden, weil ich die Freude habe, Euch noch einmal zu sehen.« – »Nein, mein liebes Tier, Ihr dürft nicht sterben«, sagte die Schöne, »Ihr sollt leben und mein Gemahl sein; in diesem Augenblick gebe ich Euch meine Hand und schwöre, daß ich nur noch Euch gehören werde. Ich glaubte bisher, ich empfände nur Freundschaft für Euch, aber mein Schmerz zeigt mir, daß ich ohne Euch nicht leben kann.« Kaum hatte die Schöne diese Worte ausgesprochen, als sie das Schloß in hellem Glanz erstrahlen sah: Feuerwerk, Musik, alles deutete auf ein Fest. Doch sie achtete nicht darauf, sie wandte sich gleich wieder ihrem lieben Tier zu, um dessen Leben sie bangte. Doch welche Überraschung! Das Tier war verschwunden, und zu ihren Füßen erblickte sie einen Prinzen, schön wie Amor, der ihr dafür dankte, daß sie ihn aus seiner Verzauberung erlöst habe. Obwohl dieser Prinz ihre ganze Aufmerksamkeit wohl verdiente, fragte sie ihn, wo das Tier sei. »Seht es zu Euren Füßen«, sagte er. »Eine böse Fee hatte mich dazu verflucht, in ein Tier verwandelt zu bleiben, bis ein schönes Mädchen einwilligen würde, mich zu heiraten. Sie hatte mir auch verboten, Geist und Witz zu verraten. Ihr allein auf der ganzen Welt wart gütig genug, Euch von meiner Güte rühren zu lassen, nehmt zum Dank dafür meine Krone!« Aufs angenehmste überrascht, gab die Schöne dem schönen Prinzen die Hand, damit er aufstehe. Zusammen gingen sie zum Schloß, wo zur Freude der Schönen im großen Saal schon ihr Vater und ihre ganze Familie warteten. Die Dame, die ihr im Traum erschienen war, hatte sie hierher versetzt. »Schöne«, sprach diese Dame, die eine mächtige Fee war, zu ihr, »empfange nun die Belohnung für deine gute Wahl: du hast die Tugend der Schönheit und dem Geist vorgezogen, du verdienst es, alle diese Eigenschaften in einer Person vereint zu finden. Du sollst über ein großes Reich herrschen. Was aber euch betrifft, meine Damen«, sprach die Fee zu den beiden Schwestern der Schönen, »so kenne ich eure Herzen und all ihre Bosheit. Ihr sollt von nun an zwei

Statuen sein, aber unter dem Stein, der euch umhüllt, euren Verstand bewahren. Vor dem Portal des Schlosses eurer Schwester sollt ihr künftig stehen, und keine andere Strafe verhänge ich über euch als die, eure Schwester glücklich zu sehen. Erst wenn ihr eure Fehler erkennt, dürft ihr in eure ursprüngliche Gestalt zurückkehren. Aber ich fürchte, ihr werdet immer versteinert bleiben. Stolz, Zorn, Genußsucht und Faulheit lassen sich überwinden, aber nur durch ein Wunder wandelt sich ein arges und mißgünstiges Herz.«
Im selben Augenblick bewegte die Fee ihren Zauberstab, und alle Anwesenden wurden in das Reich des Prinzen versetzt. Seine Untertanen jubelten, und er heiratete die Schöne, und sie lebten viele Jahre immerdar glücklich miteinander.

Märchen von dem Prinzen Fatal und dem Prinzen Glückhaft

Es war einmal eine Königin, die bekam zwei Knäblein, so schön wie der Tag. Man hatte eine Fee, die mit der Königin gut befreundet war, gebeten, Patin dieser beiden Prinzen zu sein und ihnen etwas zu schenken.
»Ich wünsche dem Ältesten«, sagte sie, »allerlei Unglück bis ins fünfundzwanzigste Jahr und nenne ihn Fatal.«
Bei diesen Worten erhob die Königin ein großes Geschrei und beschwor die Fee, sie möchte doch dieses Geschenk verändern.
»Sie wissen nicht, was Sie verlangen«, sagte sie zu der Königin. »Wenn er nicht unglücklich ist, so wird er böse sein.«
Die Königin wagte nicht, darüber noch etwas zu sagen; sie bat aber die Fee, sie möchte sie selbst ein Geschenk für ihren zweiten Sohn wählen lassen.
»Vielleicht werden Sie ganz verkehrt wählen«, antwortete die Fee, »doch es soll mir gleich sein; ich will ihm das gern zugestehen, was Sie von mir verlangen werden.«

»Ich wünsche«, sagte die Königin, »daß ihm alles, was er sich wird vornehmen wollen, allezeit gelingt. Dies ist das Mittel, ihn vollkommen zu machen.«
»Sie könnten sich wohl irren«, erwiderte die Fee; »ich bewillige ihm dies Geschenk nur bis in das fünfundzwanzigste Jahr.«
Man gab beiden neugeborenen Prinzen Ammen. Am dritten Tag aber bekam die Amme des ältesten Prinzen das Fieber. Darauf gab man ihm eine andere, doch die fiel und brach sich das Bein. Eine dritte verlor die Milch, sobald Prinz Fatal anfing, bei ihr zu saugen. Da sich nun das Gerücht ausgebreitet hatte, der Prinz brächte allen seinen Ammen Unglück, so wollte ihn niemand mehr säugen, sich ihm auch nicht nähern. Dieses arme Kind hungerte, schrie, es erbarmte sich seiner aber niemand. Eine grobe Bäuerin, die eine große Anzahl Kinder hatte, welche sie mit vieler Mühe schwerlich ernähren konnte, sagte, sie wolle für ihn sorgen, wenn man ihr eine große Summe Geldes geben wollte. Weil nun der König und die Königin den Prinzen Fatal nicht liebten, so gaben sie der Amme, was sie forderte, und sagten zu ihr, sie sollte ihn mit in ihr Dorf nehmen.
Der zweite Prinz, welchen man Glückhaft genannt hatte, wuchs hingegen so auf, daß es ein Wunder war. Seine Eltern liebten ihn ausnehmend und dachten gar nicht mehr an den ältesten. Das böse Weib, welchem man ihn gegeben hatte, war kaum nach Hause gekommen, so nahm sie ihm die schönen Windeln weg, worin er eingewickelt war, und gab sie einem von ihren Söhnen, der von Fatals Alter war. Und nachdem sie den armen Prinzen in eine schlechte Jacke gehüllt hatte, trug sie ihn in einen Wald, wo viele wilde Tiere waren, und legte ihn in eine Höhle zu drei jungen Löwen, damit er gefressen würde. Die Mutter dieser Löwen aber tat ihm kein Leid an, sondern gab ihm vielmehr zu saugen, welches ihn so stark machte, daß er nach sechs Monaten ganz allein laufen konnte.

Indessen starb der Sohn der Amme, den sie für den Prinzen ausgab, und der König und die Königin waren froh, daß sie seiner also losgeworden. Fatal blieb in dem Wald bis ins zweite Jahr; und ein Herr vom Hofe, welcher auf die Jagd gegangen war, wunderte sich sehr, als er ihn mitten unter den wilden Tieren antraf. Er erbarmte sich seiner und nahm ihn mit sich in sein Haus. Nachdem er gehört hatte, daß man einen Knaben suchte, welcher Prinz Glückhaft Gesellschaft leisten sollte, so stellte er Fatal der Königin vor.
Man gab Prinz Glückhaft einen Lehrer, welcher ihn Schreiben und Lesen lehren sollte; man empfahl dem Lehrer aber, er solle ihn nicht weinen lassen. Der junge Prinz, welcher das gehört hatte, weinte, sooft er sein Buch nahm, so daß er im fünften Jahre noch keinen Buchstaben kannte; Fatal hingegen las vollkommen und konnte bereits schreiben. Damit man dem Prinzen Furcht einjagte, so befahl man dem Lehrer, Fatal allzeit zu züchtigen, wenn Glückhaft nicht täte, was er tun sollte. Fatal mochte also noch so fleißig und ordentlich sein, er bekam doch immer Schläge. Überdies ließ man Glückhaft immer seinen Willen, und er war so boshaft, daß er seinem Bruder, den er nicht kannte, beständig übel mitspielte. Gab man Fatal einen Apfel oder ein Spielzeug, so riß es ihm Glückhaft gleich aus den Händen; er ließ ihn schweigen, wenn er reden wollte; und er mußte reden, wenn er schweigen wollte; kurz, er war ein kleiner Märtyrer, dessen sich niemand erbarmte.
Auf diese Weise lebten sie bis in das zehnte Jahr; und die Königin war über die Unwissenheit ihres Sohnes sehr erstaunt. »Die Fee hat mich hintergangen«, sagte sie, »ich glaubte, mein Sohn würde der gelehrteste unter allen Prinzen werden, weil ich gewünscht, daß ihm alles gelingen möchte, was er nur unternehmen wolle.«
Sie befragte sich bei der Fee deswegen, welche zu ihr sagte: »Madame, Sie hätten Ihrem Sohne lieber guten Willen als Geschicklichkeiten wünschen sollen! Er will nur recht bos-

haft sein; und es gelingt ihm, wie Sie sehen.« Nachdem sie der Königin diese Worte gesagt hatte, so wandte sie ihr den Rükken zu. Die arme Königin ging sehr niedergeschlagen wieder nach ihrem Palaste. Sie wollte mit Glückhaft schimpfen, damit er es besser machen möchte, allein anstatt ihr zu versprechen, sich zu bessern, sagte er vielmehr zu ihr, er wollte sich zu Tode hungern, wenn man ihm Verdruß bereitete. Die Königin erschrak hierüber, nahm ihn auf ihren Schoß, küßte ihn, gab ihm Zuckerwerk und sagte zu ihm, er brauche acht Tage nicht zu lernen, wenn er nur wie sonst recht essen wollte.

Der Prinz Fatal war indessen ein rechtes Wunder an Klugheit und Sanftmut. Er war es dergestalt gewohnt, widersprochen zu werden, daß er gar keinen Willen hatte und sich nur bemühte, Glückhafts Eigensinnigkeiten zuvorzukommen. Dieses böse Kind aber, welches darüber ergrimmte, daß es ihn weit geschickter sah, als er selbst war, konnte ihn nicht leiden; und die Hofmeister schlugen, um ihrem jungen Herrn zu gefallen, Fatal bei jeder Gelegenheit. Schließlich sagte dieser böse Prinz zur Königin, er wolle Fatal nicht mehr sehen; und er wollte nicht mehr essen, wenn man ihn nicht aus dem Palast jagte.

Fatal wurde also hinaus auf die Gasse gestoßen; und weil jedermann sich fürchtete, dem Prinzen zu mißfallen, so wollte sich niemand seiner annehmen. Er brachte die Nacht unter einem Baum zu und wäre fast erfroren, denn es war Winter, wobei er zu seinem Abendessen auch nur ein Stückchen Brot hatte, welches man ihm als Almosen gegeben. Am anderen Morgen sagte er bei sich selbst: ›Ich will nicht hierbleiben und müßig gehen, sondern ich will arbeiten, mein Brot zu verdienen, bis ich groß genug bin und in den Krieg ziehen kann. Ich erinnere mich, in der Historie gelesen zu haben, wie oftmals aus schlechten Soldaten große Feldherrn geworden sind. Vielleicht habe ich auch eben das Glück, wenn ich tugendhaft bin. Ich habe weder Vater noch Mutter,

aber Gott ist der Waisen Vater. Er hat mir eine Löwin zur Amme gegeben; er wird mich nicht verlassen.‹
Nachdem Fatal dieses zu sich gesagt hatte, stand er auf und verrichtete sein Gebet; denn er unterließ es niemals, morgens und abends Gott anzurufen; und wenn er betete, so hatte er hübsch die Augen niedergeschlagen, die Hände gefaltet und drehte den Kopf nicht von einer Seite zur anderen. Ein Bauer, welcher vorbeiging und Fatal von ganzem Herzen zu Gott beten sah, sagte bei sich selbst: ›Ich weiß gewiß, dieses Kind wird ein ehrlicher Junge sein! Ich hätte wohl Lust, ihn mitzunehmen, daß er meine Schafe hütet. Gott wird mich seinetwegen segnen.‹
Der Bauer wartete, bis Fatal gebetet hatte, und sagte darauf zu ihm: »Kleiner, willst du wohl meine Schafe hüten? Ich will dir Kost geben und auch sonst für dich sorgen.«
»Das will ich wohl tun«, antwortete Fatal, »und ich will mir alle nur mögliche Mühe geben, daß ich Euch gut diene.«
Dieser Bauer war ein reicher Pächter, welcher vieles Gesinde hatte, das ihn sehr oft bestahl. Seine Frau und seine Kinder bestahlen ihn auch. Als sie Fatal sahen, waren sie sehr vergnügt. »Er ist noch ein Kind«, sagten sie, »er wird alles tun, was wir haben wollen.«
Eines Tages sagte die Frau zu ihm: »Lieber Kleiner, mein Mann ist geizig; er gibt mir kein Geld, laß mich ein Schaf wegnehmen! Du brauchst nur zu sagen, der Wolf hätte es gestohlen.«
»Herrin«, gab ihr Fatal zur Antwort, »ich möchte Ihnen vom Grunde meines Herzens gern dienen, allein, ich wollte lieber sterben, als eine Lüge sagen und einen Diebstahl begehen.«
»Du bist ein Narr«, sagte die Frau zu ihm, »wer wird es denn wissen, was du getan hast?«
»Gott wird es wissen, Herrin«, erwiderte Fatal. »Er sieht alles, was wir tun, und straft die Lügner und Diebe.«
Als die Pächterin diese Worte hörte, so fiel sie über ihn her, gab ihm Maulschellen und riß ihm die Haare aus. Fatal weinte

daraufhin, und da ihn der Pächter gehört hatte, so fragte er seine Ehefrau, warum sie den Jungen schlüge.

»Wahrhaftig«, sagte sie zu ihm, »er ist so gefräßig, ich habe gesehen, daß er heute morgen einen Topf Sahne ausgefressen, den ich zu Markte tragen wollte.«

»Pfui, das ist garstig«, sagte der Pächter, »wenn man so gefräßig ist!« Er rief auch sogleich einen Knecht und befahl ihm, er sollte Fatal deswegen auspeitschen. Der arme Junge mochte sagen, was er wollte, er hätte die Sahne nicht gegessen, so glaubte man der Frau doch mehr als ihm. Danach ging er mit seinen Schafen auf das Feld, und die Pächterin sagte zu ihm: »Nun, willst du mir jetzt ein Schaf geben?«

»Das würde ich nicht tun«, meinte Fatal. »Sie kann alles, was Sie will, gegen mich vornehmen; Sie wird mich aber nicht zum Lügen verleiten.«

Das böse Weib brachte aus Rache alles andere Gesinde im Haus dahin, daß es Fatal lauter Herzeleid antat. Er blieb Tag und Nacht auf dem Feld; und statt daß sie ihm solche Kost wie den anderen Knechten gegeben hätte, schickte sie ihm nur Wasser und Brot. Und wenn er vom Felde kam, so beschuldigte sie ihn alles Schlechten, welches im Hause geschah. Er brachte bei diesem Pächter ein Jahr zu. Und obgleich er auf der Erde schlief und so schlecht ernährt wurde, wurde er doch so stark, daß man glaubte, er wäre fünfzehn Jahre alt, wiewohl er erst dreizehn war. Überdies war er so geduldig geworden, daß es ihn nicht mehr verdroß, wenn man ohne Schuld und Ursache mit ihm schimpfte.

Eines Tages, da er auf dem Gute war, hörte er sagen, ein benachbarter König führe einen großen Krieg. Er forderte von seinem Herrn den Abschied und lief zu Fuß nach dem Königreich, wo er Soldat werden wollte. Er warb sich bei einem Hauptmann an, welcher ein vornehmer Herr war, in seinen Sitten aber einem Sänftenträger glich, so wild und ungezogen war er. Er fluchte, er prügelte seine Soldaten, er stahl ihnen die Hälfte von dem Gelde, welches ihnen der König zu ihrem Solde und zu ihrer Ausrüstung gab. Unter diesem bösartigen Hauptmann war Fatal noch unglücklicher als bei dem Pächter. Er hatte sich auf zehn Jahre anwerben lassen, und obgleich er die größte Anzahl seiner Kameraden weglaufen sah, so wollte er doch niemals ihrem Beispiel folgen. Denn er sagte: »Ich habe Handgeld genommen, zehn Jahre zu dienen; ich würde den König bestehlen, wenn ich nicht mein Wort hielte.«

Obgleich der Hauptmann ein boshafter Mensch war und Fatal ebenso übel mitspielte als anderen, so konnte er sich doch nicht enthalten, ihn hochzuschätzen, weil er sah, daß er stets seine Pflicht tat. Er gab ihm Geld, damit er für ihn einkaufte und seine Sachen besorgte. Fatal hatte den Schlüssel zu seinem Zimmer, wenn er aufs Land ging oder bei seinen Freunden spielte. Dieser Hauptmann war kein Liebhaber vom Lesen; er hatte aber eine große Bibliothek, damit diejenigen, welche zu ihm kamen, glauben möchten, er wäre ein Mensch, der Verstand hätte. Denn in diesem Lande dachte man, ein Offizier, welcher nicht läse, wäre nur ein dummer und unwissender Mensch. Wenn Fatal seinen Soldatendienst getan hatte, so ging er nicht weg, um mit seinen Kameraden zu saufen und zu spielen, sondern schloß sich in des Hauptmanns Stube ein und bemühte sich, sein Handwerk zu lernen, indem er das Leben großer Männer las, wodurch er tüchtig wurde, ein Heer zu führen.

Er war schon sieben Jahre Soldat, als er in den Krieg zog. Eines Tages nahm sein Hauptmann sechs Mann mit sich, einen kleinen Wald zu durchsuchen. Als sie in diesem Walde waren, so sagten diese Soldaten ganz leise zueinander: »Wir wollen diesen bösen Menschen erschlagen, der uns so prügelt und uns unser Brot stiehlt.« Fatal sagte zu ihnen, man dürfe eine so böse Tat nicht tun. Sie wollten aber nicht auf ihn hören, sondern erwiderten, sie wollten ihn zugleich mit dem Hauptmann umbringen, und legten alle fünf die Hand an den Degen. Fatal stellte sich an die Seite seines Hauptmanns und focht mit solcher Tapferkeit, daß er allein vier von diesen Soldaten tötete. Als sein Hauptmann sah, daß er ihm sein Leben zu danken hatte, so bat er ihn wegen all des Übels, das er ihm zugefügt hatte, um Verzeihung. Und nachdem er dem König dasjenige erzählt hatte, was ihm begegnet war, so wurde Fatal zum Hauptmann gemacht, und der König gab ihm ein großes Jahrgeld. O wahrhaftig, seine Soldaten würden Fatal gewiß nicht haben töten wollen, denn er liebte sie wie seine Kinder. Er stahl ihnen nicht das, was ihnen gehörte, sondern gab ihnen vielmehr noch von seinem eigenen Gelde, wenn sie ihre Pflicht taten. Er trug Sorge für sie, wenn sie verwundet waren, und schalt sie niemals, bloß weil er übel gelaunt war.

Indessen lieferte man eine große Schlacht; und da derjenige, welcher das Heer anführte, gefallen war, so nahmen alle Offiziere und Soldaten die Flucht. Fatal aber rief laut, er wolle lieber mit den Waffen in der Hand sterben, als wie ein Verzagter fliehen. Seine Soldaten riefen ihm zu, sie wollten ihn nicht verlassen. Ihr gutes Beispiel beschämte die anderen. Sie stellten sich um Fatal und fochten so tapfer, daß sie den Sohn des feindlichen Königs gefangen bekamen.

Der König war sehr erfreut, als er erfuhr, daß er die Schlacht gewonnen hatte, und machte Fatal zum obersten Feldhauptmann über alle seine Kriegsheere. Er stellte ihn hierauf der Königin und der Prinzessin, seiner Tochter, vor, welchen er die Hand küßte. Als Fatal die Prinzessin sah, war er starr vor Staunen. Sie war so schön, daß er sich in sie verliebte. Und nunmehr war er recht unglücklich, denn er dachte, ein Mensch wie er wäre nicht gemacht, eine große Prinzessin zu heiraten. Er entschloß sich also, seine Liebe sorgfältig zu verbergen, und stand alle Tage die größten Martern deswegen aus.

Es wurde aber noch ärger, als er erfuhr, daß Glückhaft, der ein Bildnis der Prinzessin, welche Huldreich hieß, gesehen hatte, sich in sie verliebt hatte und eine Gesandtschaft abschickte, sie zur Gemahlin zu begehren. Fatal wollte vor Bekümmernis darüber fast sterben. Die Prinzessin Huldreich aber, welche wußte, daß Glückhaft ein feiger und boshafter Prinz war, bat den König, ihren Vater, so sehr, er möchte sie nicht zwingen, sich mit ihm zu vermählen, daß man dem Gesandten antwortete, die Prinzessin wolle sich noch nicht verheiraten.

Glückhaft, dem es ständig nach seinem Willen gegangen war, geriet darüber in Grimm, als man ihm die Antwort der Prinzessin überbrachte. Und sein Vater, welcher ihm nichts abschlagen konnte, kündigte dem Vater der Prinzessin Huldreich den Krieg deswegen an. Dieser beunruhigte sich darüber eben nicht sehr. »Denn«, sagte er, »solange ich Fatal an der Spitze meines Heeres habe, so fürchte ich nicht, daß ich geschlagen werde.« Er ließ also seinen Heerführer holen und befahl ihm, er sollte sich zum Kriege rüsten. Fatal warf sich ihm zu Füßen und sagte, er wäre in dem Königreich des Vaters des Prinzen Glückhaft geboren und könnte also nicht gegen seinen eigenen König zu Felde ziehen. Der Vater der Prinzessin Huldreich geriet darüber sehr in Zorn und sagte zu Fatal, er wolle ihn hinrichten lassen, wenn er sich weigerte, ihm zu gehorchen; hingegen solle er seine Tochter zur Gemahlin haben, wenn er den Sieg über Prinz Glückhaft davontrüge.

Der arme Fatal, welcher die Prinzessin Huldreich über die Maßen liebte, kam in große Versuchung. Schließlich aber entschloß er sich doch, seine Pflicht zu tun, ohne dem König etwas zu sagen. Er ging von Hofe und verließ all seinen Reichtum. Indessen hatte sich Glückhaft an die Spitze seines Heeres gestellt und wollte in den Krieg ziehen. Nach Verlauf von vier Tagen aber wurde er krank, denn er war sehr schwächlich und hatte niemals Leibesübungen tun wollen. Hitze und Kälte machten ihn krank. Inzwischen sagte der Gesandte, welcher sich bei ihm beliebt machen wollte, zu ihm, er hätte am Hofe des Vaters der Prinzessin Huldreich den kleinen Jungen gesehen, den er einst aus seinem Palast weggejagt hatte, und man habe gehört, der Vater der Prinzessin Huldreich hätte ihm seine Tochter zur Gemahlin versprochen. Glückhaft geriet über diese Nachricht in Zorn und ging, sobald er nur wieder gesund war, ab, um diesen Herrn vom Throne zu stoßen; er versprach auch demjenigen eine große Summe Geldes, welcher ihm Fatal ausliefern würde. Glückhaft errang viele Siege, obgleich er nicht selbst focht, denn er fürchtete sich, erschlagen zu werden. Schließlich belagerte er die Hauptstadt seines Feindes und entschloß sich, diese zu stürmen. Am Abend vor dem dazu angesetzten Tage brachte man ihm Fatal, mit starken Ketten gefesselt, denn es hatte sich eine große Anzahl von Leuten auf den Weg gemacht, ihn zu suchen. Glückhaft, welcher erfreut war, daß er sich rächen konnte, entschloß sich, Fatal im Angesicht der Feinde den Kopf abschlagen zu lassen, bevor er die Stadt stürmte. Er gab auch an eben dem Tage seinen Befehlshabern ein großes Festessen, weil er seinen Geburtstag beging und gerade fünfundzwanzig Jahre alt war.

Als die Soldaten in der Stadt erfuhren, daß Fatal gefangen wäre und daß man ihm in einer Stunde den Kopf abschlagen wollte, so entschlossen sie sich, entweder zu sterben oder ihn zu retten. Denn sie erinnerten sich des vielen Guten, das er ihnen getan hatte, da er Heerführer gewesen. Sie baten also den König um die Erlaubnis, einen Ausfall tun zu dürfen; und dieses Mal siegten sie. Glückhafts Geschenk war aufgebraucht, und er wurde getötet, als er entfliehen wollte. Die siegreichen Soldaten eilten herbei, Fatal die Ketten abzunehmen, und in dem Augenblick sah man zwei von Lichte glänzende Wagen in der Luft erscheinen. In dem einen saß die Fee, und in dem anderen waren Fatals Eltern, aber schlafend. Sie wachten nicht eher auf als in dem Augenblick, da ihre Wagen die Erde berührten, und sie staunten sehr, daß sie sich mitten in einem Kriegsheer sahen.

Die Fee wandte sich darauf zur Königin und stellte ihr Fatal vor. »Madame«, sagte sie zu ihr, »erkennen Sie in diesem Helden Ihren ältesten Sohn! Die Widerwärtigkeiten, die er erfahren hat, haben die Fehler seiner Gemütsart gebessert, welche heftig und hitzig war. Glückhaft hingegen, welcher mit guten Neigungen geboren war, ist durch die Schmeichelei gänzlich verderbt worden, und Gott hat nicht erlaubt, daß er länger am Leben bleibt, weil er alle Tage boshafter geworden wäre. Er ist erschlagen worden. Damit Sie sich aber wegen seines Todes trösten, so sollen Sie wissen, daß er im Begriff war, seinen Vater vom Thron zu stoßen, weil es ihm zu lange dauerte, bis er König würde.«

Der König und die Königin waren sehr erstaunt und umarmten Fatal mit gutem Herzen, von dem sie sehr vorteilhaft hatten reden hören. Die Prinzessin Huldreich und ihr Vater vernahmen Fatals Begebenheit mit Freuden. Dieser vermählte sich mit der Prinzessin Huldreich und lebte mit ihr sehr lange vollkommen glücklich und sehr tugendhaft.

Jean-Jacques Rousseau

Königin Grille

»Es war einmal ein König, der liebte sein Volk ...« – »Das fängt ja an wie ein Feenmärchen«, unterbrach der Druide. »Es ist auch eins«, erwiderte Jalamir. »Es war also ein König, der liebte sein Volk und wurde darum auch von diesem ehrerbietigst geliebt. Er hatte sich alle Mühe gegeben, Minister zu finden, die seine Ansichten teilten. Als er aber schließlich die Torheit einer solchen Suche eingesehen, war er zu dem Entschluß gelangt, alle Dinge, die er ihrer hitzigen Geschäftigkeit abspenstig machen konnte, selbst in die Hand zu nehmen. Da er sich nun einmal den absonderlichen Wunsch in den Kopf gesetzt, seine Untertanen glücklich zu machen, handelte er nach seiner Idee, und ein so einzigartiges Betragen gab ihm in den Augen der Großen etwas unauslöschlich Lächerliches. Das Volk pries seinen König, doch am Hofe galt er als ein Narr. Diese Wunderlichkeit ausgenommen, mangelte es ihm nicht an vortrefflichen Eigenschaften, weshalb er auch Feuervogel genannt wurde.

War dieser Fürst nun ungewöhnlich, so war die Frau, die er besaß, es weniger. Lebhaft, unbesonnen, wankelmütig, närrischen Sinnes, tugendhaft im Herzen, gut aus Temperament, böse aus Laune: Damit hätte man in wenigen Worten das Bildnis der Königin. Grille war ihr Name, ein berühmter Name, den sie von ihren Vorfahren in weiblicher Linie geerbt und dem sie rechtschaffen Ehre machte. Diese illustre und verständige Person war das Entzücken und die Qual ihres lieben Gemahls, liebte sie ihn doch so aufrichtig, vielleicht, weil es ihr ein leichtes war, ihn zu plagen. Trotz der gegenseitigen Liebe, die unter ihnen herrschte, verbrachten sie mehrere Jahre, ohne daß ihre Verbindung Früchte getragen hätte. Der König war darüber zutiefst betrübt, und die Königin geriet in eine solche Ungeduld, daß nicht allein der gute Fürst es zu fühlen bekam. Sie gab aller Welt die Schuld, daß sie ohne Kinder war, und es gab keinen einzigen Höfling, den sie nicht leichtfertig gefragt hätte, ob er wohl ein geheimes Mittel wisse, mit dessen Hilfe man solche bekommen könnte, und den sie nicht für den schlechten Erfolg seines Rats verantwortlich gemacht hätte.

Die Ärzte wurden dabei keineswegs vergessen, bezeigte doch die Königin ihnen gegenüber eine sonst nicht geübte Folgsamkeit, und sie verschrieben ihr keine Arznei, die sie nicht sofort aufs sorgfältigste hätte zubereiten lassen, um des Vergnügens willen, sie ihnen an den Kopf zu werfen, sobald sie sie einnehmen sollte. Auch die Derwische kamen an die Reihe; man nahm Zuflucht zu tagelangen Gebeten, zu Gelübden und vornehmlich zu Spenden; und wehe den Dienern der Tempel, zu denen Ihre Majestät wallfahrtete: Sie durchwühlte alles, und unter dem Vorwand, eine fruchtbare Luft atmen zu wollen, versäumte sie nie, die Zellen der Mönche auf den Kopf zu stellen. Sie trug auch deren Reliquien und putzte sich abwechselnd mit all ihren verschiedenen Habiten heraus; bald war es eine weiße Kordel, bald ein lederner Gürtel, bald eine lange Kapuze, bald ein Skapulier – da gab es keine mönchische Maskerade, auf die ihr frommer Eifer nicht verfallen wäre. Und weil sie etwas Munteres an sich hatte, das sie in all diesen Verkleidungen allerliebst erscheinen ließ, legte sie keine davon ab, ohne dafür Sorge zu tragen, daß man sie zuvor darin malte.

Dank so trefflich verrichteter frommer Übungen, dank der so umsichtig verwendeten Arzneien erhörten endlich Himmel und Erde die Wünsche der Königin. Sie wurde schwanger, als man schon darüber verzweifeln wollte. Man mag erraten, wie groß die Freude des Königs und die des Volkes war. Die der Königin ging, wie alle ihre Leidenschaften, bis zur Narrheit: In ihrem Überschwang zerschlug und zerbrach sie alles; sie umarmte ohne Unterschied alles, was ihr begegnete, Männer,

Frauen, Höflinge, Diener. Ihr über den Weg zu laufen hieß sich in die Gefahr des Erstickens zu begeben. Sie kenne, sagte sie, kein größeres Entzücken als dies, ein Kind zu haben, dem sie in Augenblicken schlechter Laune nach Herzenslust die Peitsche geben könnte. Da man die Schwangerschaft der Königin so lange vergebens erwartet hatte, wurde sie für eines jener außergewöhnlichen Ereignisse angesehen, die sich gemeinhin jedermann als sein eigenes Verdienst anrechnen möchte. Die Ärzte schrieben sie ihren Arzneien zu, die Mönche ihren Reliquien, das Volk seinen Gebeten, der König seiner Liebe. Jedermann interessierte sich für das Kind, das zur Welt kommen sollte, als wäre es sein eigenes gewesen, und alle legten tiefempfundene Gelübde ab für eine glückliche Geburt des Prinzen: Denn das sollte es werden, und das Volk, die Großen und der König waren sich in diesem Punkte einig. Die Königin war darüber reichlich ungehalten, daß man sich unterstand, ihr vorzuschreiben, wen sie gebären sollte, und erklärte, daß es ihr Wille sei, eine Tochter zu haben; dem fügte sie hinzu, daß es ihr recht sonderbar erscheine, wenn jemand es wagen sollte, ihr das Recht an einem Gute streitig zu machen, das unbestreitbar nur ihr allein gehöre.

Vergebens wollte Feuervogel sie zur Räson bringen; sie antwortete ihm rundheraus, daß dies durchaus nicht seine Angelegenheiten seien, und schloß sich in ihrem Gemach ein, um zu schmollen – eine Beschäftigung, die ihr lieb war und der sie sich regelmäßig mindestens sechs Monate im Jahr widmete.

Der König begriff sehr wohl, daß die Launen der Mutter das Geschlecht des Kindes nicht bestimmen würden. Aber es verdroß ihn, daß sie ihren Eigensinn dem ganzen Hofe so zum Schauspiel bot. Er hätte alles in der Welt geopfert, wenn die allgemeine Achtung die Liebe, die er ihr entgegenbrachte, gerechtfertigt hätte, und das Aufsehen, das er jetzt zu so unpassender Gelegenheit machte, war nicht die einzige Torheit,

die ihn die lächerliche Hoffnung, seine Frau zur Vernunft zu bringen, begehen ließ.
Da er nicht mehr wußte, welchem Heiligen er sich noch angeloben könnte, wandte er sich an die Fee Verschwiegenheit, seine Freundin und die Beschützerin seines Reiches. Die Fee riet ihm, den Weg der Milde einzuschlagen, das heißt, die Königin um Vergebung zu bitten. ›Das einzige Ziel aller weiblichen Narrheiten‹, so sprach sie zu ihm, ›ist es, den männlichen Übermut ein wenig aus der Fassung zu bringen und die Männer an den Gehorsam zu gewöhnen, der sich für sie geziemt. Das beste Mittel, das Euch zu Gebote steht, um Eure Gemahlin von ihren Schrullen zu kurieren, ist dies, gemeinsam mit ihr schrullig zu sein. Sobald Ihr aufhören werdet, Euch ihren Launen entgegenzustellen, wird sie – dessen seid gewiß – auch aufhören, launisch zu sein; und sie wartet nur darauf, bis sie Euch vollkommen närrisch gemacht, um selbst alsbald vernünftig zu werden. Tut Eure Sache also mit gutem Willen und gebt diesmal nach, um ein andermal zu erlangen, was Ihr wollt!‹ Der König glaubte der Fee, und um ihrem Rat zu folgen, begab er sich in die Gemächer der Königin, traf sie im Kreise ihrer Hofdamen an, nahm sie beiseite und flüsterte ihr leise zu, er sei betrübt darüber, daß er ihr zu Unrecht widersprochen und daß er sich bemühen wolle, sie in Zukunft durch seine Willfährigkeit für den Unmut zu entschädigen, der in seine Reden eingegangen sein mochte, als er so gröblich mit ihr gesprochen.
Königin Grille, die nun fürchtete, die Sanftmut des Königs könnte sie allein mit der Lächerlichkeit dieser Geschichte beladen, beeilte sich, ihm zu erwidern, sie sehe in dieser ironischen Entschuldigung noch größern Hochmut als in den voraufgegangenen Disputen. Da aber das Unrecht eines Gatten das der Gattin durchaus nicht rechtfertige, so wolle sie nicht zögern, in dieser Sache nachzugeben, wie sie es stets getan. ›Mein Fürst und Gemahl‹, fügte sie dann mit erhobner Stimme hinzu, ›gebietet mir, mit einem Sohne niederzukom-

men, und ich kenne meine Pflicht zu gut, um nicht zu gehorchen. Ich weiß sehr wohl, daß es weniger aus Liebe zu mir als für Sein Volk geschieht, dessen Wohl ihn bei Nacht nicht minder als bei Tage beschäftigt, wenn Seine Majestät mich mit Beweisen Seiner Zärtlichkeit ehrt. Eine so edle Selbstlosigkeit muß ich nachahmen, und ich will beim Divan um eine Denkschrift nachsuchen, die mich über Zahl und Geschlecht der Kinder unterrichtet, die der königlichen Familie geziemen, eine für das Glück des Staates höchst bedeutungsvolle Schrift, aus der jede Königin lernen soll, wie sie sich nächtens aufzuführen habe.‹

Dieser schöne Monolog wurde von der versammelten Schar der Hofdamen mit großer Aufmerksamkeit angehört, und ich will es Euch überlassen, Euch vorzustellen, wie viele Ausbrüche schallenden Gelächters mehr schlecht als recht unterdrückt wurden. ›Ach!‹ sprach beim Hinausgehn traurig der König und zuckte die Achseln, ›ich sehe wohl, wenn man eine närrische Frau hat, kann man nicht verhindern, selbst zum Narren zu werden.‹

Die Fee Verschwiegenheit, deren Geschlecht und Namen bisweilen ihrer Wesensart aufs lustigste widersprachen, fand diesen Streit so ergötzlich, daß sie beschloß, bis zum Schluß ihr Vergnügen daran zu haben. Vor dem ganzen Hofe teilte sie dem König mit, sie habe die Kometen befragt, welche die Geburt der Fürsten lenken, und sie könne ihm die Antwort geben, das Kind, das ihm geboren würde, sei ein Knabe; im geheimen aber versicherte sie der Königin, sie werde ein Mädchen haben.

Diese Nachricht machte Königin Grille mit einem Mal so vernünftig, wie sie zuvor launisch gewesen war. Mit unendlicher Sanftmut und Gefälligkeit ergriff sie alle nur möglichen Mittel, um den König und den ganzen Hof zur Verzweiflung zu bringen. Sie beeilte sich, die prächtigste Kinderwäsche anfertigen zu lassen, und bestand darauf, sie so sehr für einen Knaben passend zu machen, daß sie einem Mädchen lächerlich angestanden hätte. Dieser Vorsatz zwang dazu, mehrfach die Entwürfe abzuändern, doch dies alles war ihr gleichviel. Sie ließ ein schönes Ordensband vorbereiten, das von Edelsteinen erstrahlte, und wollte durchaus, daß der König im voraus schon den Hofmeister und den Schulmeister des jungen Prinzen ernenne.

Sobald sie dessen gewiß war, daß sie eine Tochter zur Welt bringen würde, sprach sie nur noch von ihrem Sohn und unterließ keine der unnützen Vorsichtsmaßnahmen, die jene vergessen machen konnten, die man hätte ergreifen müssen. Sie lachte lauthals, wenn sie sich die Verblüffung und das dumme Gebaren der Großen und der Magistratsherrn ausmalte, welchen es oblag, ihr am Wochenbett ihre Aufwartung zu machen. ›Mir scheint‹, sprach sie zur Fee, ›ich sehe schon, wie auf der einen Seite unser verehrungswürdiger Kanzler seine großen Augengläser zückt, um das Geschlecht des Kindes zu bestimmen; und auf der andern Seite sehe ich Seine Heilige Majestät die Augen niederschlagen und stammeln: ‚Ich glaubte . . . die Fee hatte mir doch gesagt . . . meine Herren, es ist nicht meine Schuld . . .' und ähnliche geistreiche Redensarten, welche die Weisen des Hofes begierig aufnehmen, um sie alsbald bis in die fernsten Provinzen Indiens zu tragen.‹

Mit boshaftem Vergnügen stellte sie sich die Verblüffung und die Verwirrung vor, die dies wundersame Ereignis in der Versammlung stiften würde. Sie malte sich im voraus die Zänkereien und die Aufregung unter all den Palastdamen aus, die in diesem unvorhergesehenen Augenblick auf die Rechte ihrer hochbedeutsamen Ämter Anspruch erheben würden, sie in Einklang zu bringen suchten – den ganzen Hof in Aufruhr wegen einer Kinderhaube.

Bei dieser Gelegenheit erfand sie auch den edlen und geistreichen Brauch, den neugebornen Prinzen durch die Magistratsherrn in ihren Amtsroben mit einer wohlgesetzten Rede zu beehren. König Feuervogel hielt ihr vor, daß dies doch hieße, den Magistrat grundlos zu demütigen und das ganze Hofzeremoniell mit Komik zu überziehen, wolle man mit großem Pomp einen Knirps lobpreisen, ehe er zu verstehen oder wenigstens zu antworten imstande wäre.

›Dann um so besser‹, entgegnete lebhaft die Königin, ›um so besser für Euren Sohn! Wäre er nicht allzu glücklich zu preisen, wenn all die Dummheiten, die sie ihm zu sagen haben, aufgebraucht wären, noch ehe er sie verstünde, und wollt Ihr denn, daß man ihm für das Alter der Vernunft Reden aufbewahrt, die geeignet sind, ihn um den Verstand zu bringen? Laßt sie um Gottes willen nach Herzenslust ihr hochtrabendes Gewäsche vortragen, solange man sicher ist, daß er nichts davon versteht und ihm somit einiges an Langeweile erspart bleibt. Im übrigen solltet Ihr wissen, daß man nicht immer so billig davonkommt.‹ Es führte also kein Weg daran vorüber Auf ausdrücklichen Befehl Seiner Majestät begannen die Präsidenten des Senats und die Mitglieder der Akademie ihren Vaumorière und ihren Demosthenes durchzunehmen, zu studieren, darin herumzustreichen und zu blättern, um zu lernen, wie eine Rede an einen Embryo zu halten sei.

Endlich kam der kritische Moment heran. Die Königin spürte die ersten Wehen mit Ausbrüchen der Freude, wie man sie bei solcher Gelegenheit selten sich einfallen läßt. Sie klagte so artig und weinte mit so strahlender Miene, daß man hätte meinen können, ihr größtes Vergnügen bestehe darin, niederzukommen.

Alsbald erhob sich im ganzen Palast ein entsetzlicher Lärm. Die einen liefen, den König zu holen, die andern holten die Prinzen, wieder andere die Minister, noch andere den Senat; der größte Teil und die Eiligsten liefen, um zu laufen: Sie rollten ihr Faß wie Diogenes, und ihre ganze Beschäftigung bestand darin, den Eindruck zu erwecken, sie seien ganz außer sich. In dem Eifer, mit dem man so viele Personen, deren man bedurfte, versammeln wollte, war der letzte, an den man dachte, der Geburtshelfer; und als der König, der in seiner

Verwirrung ganz außer sich geraten war, versehentlich eine Hebamme für sich verlangte, da erregte diese Unachtsamkeit bei den Damen unbändiges Gelächter, das, im Verein mit der guten Laune der Königin, die Niederkunft zur lustigsten machte, von der man jemals erzählen gehört.

Wenngleich Königin Grille das Geheimnis der Fee nach bestem Vermögen gehütet hatte, so war es doch bei den Frauen, die ihr zu Diensten waren, nach und nach bekannt geworden, und diese hüteten es ihrerseits so getreulich, daß das Gerücht mehr als drei Tage benötigte, um sich in der ganzen Stadt zu verbreiten, so daß es seit geraumer Zeit alle Welt wußte, nur der König nicht. Jedermann wartete nun gespannt auf die Szene, die sich anbahnte; das öffentliche Interesse lieferte allen Neugierigen den Vorwand, sich auf Kosten der königlichen Familie zu belustigen, und man machte sich ein Fest daraus, die Mienen Ihrer Majestäten zu erforschen und zu sehen, wie sich die Fee mit ihren zwei zuwiderlaufenden Versprechungen aus der Affäre ziehen könnte, ohne ihr Ansehen zu verlieren.

Nicht wahr, Hochwürden«, sprach nun Jalamir zum Druiden und unterbrach seine Erzählung; »Ihr müßt zugeben, daß es nur an mir läge, Euch regelrecht auf die Folter zu spannen, denn Ihr merkt wohl, daß nun der Moment der Abschweifungen, der Personenschilderungen und all der vielen schönen Dinge gekommen ist, die kein Autor von Geist an der interessantesten Stelle jemals einzuflechten versäumt, um seine Leser damit zu überschwemmen.« – »Gott bewahre«, sprach der Druide, »bildest du dir ein, daß es genug solcher Dummköpfe gäbe, die all diese klugen Ergüsse läsen? So wisse denn: Man hat immer Verstands genug, sie zu überspringen, und dem Herrn Autor zum Trotz wird seine Prahlerei bald mit den Blättern seines Buchs zugedeckt. Und du, der du hier den Neunmalklugen spielst, glaubst du denn, du würdest verhindern, einer Dummheit geziehen zu werden, solange du nur sagtest, daß es allein an dir läge, sie zu begehen? Fürwahr, man muß sie nur aussprechen, um sie unter Beweis zu stellen; und leider habe ich hier nicht einmal die Möglichkeit umzublättern.« – »Tröstet Euch«, sprach Jalamir sanft, »andere werden es für Euch tun, sollte diese Geschichte jemals aufgeschrieben werden. Unterdes bedenkt, daß nun eben, da der ganze Hof im Gemach der Königin versammelt ist, dies die schönste Gelegenheit ist, die ich jemals haben werde, um Euch so viele illustre wunderliche Menschen zu schildern, die einzige vielleicht, die Ihr habt, sie kennenzulernen.« – »Dein Wort in Gottes Ohr«, erwiderte vergnügt der Druide, »ich werde sie nur zu gut aus ihren Handlungen erkennen: Laß sie doch handeln, wenn deine Geschichte ihrer bedarf, und sage kein Wort, wenn sie unnütz sind; ich will keine anderen Beschreibungen als die Tatsachen.« – »Wenn es denn keinen Weg gibt, meinen Bericht durch ein wenig Metaphysik zu beleben, so werde ich in aller Tumbheit den Faden wieder aufnehmen. Doch erzählen, bloß um zu erzählen, ist so einfältig... Ihr wißt nicht, wie viele schöne Dinge Euch entgehen! Helft mir, ich bitt' Euch, mich wieder zu fangen, denn die Philosophie hat mich so sehr mitgerissen, daß ich nicht mehr weiß, an welcher Stelle der Geschichte ich stehengeblieben war.«

»Bei dieser Königin«, antwortete ungeduldig der Druide, »die du mit so viel Mühe niederkommen läßt und mit der du mich seit einer Stunde in Wehen hinhältst.« – »Oh, oh«, erwiderte Jalamir, »glaubt Ihr, daß man Königskinder wie Drosseleier legt? Ihr werdet sehen, ob meine Rede nicht der Mühe wohl wert war. Die Königin nun befreite nach vielem Schreien und vielem Lachen die Neugierigen aus der Qual der Ungewißheit und die Fee aus der Verlegenheit, indem sie einem Mädchen und einem Knaben das Leben gab, welche schöner waren als die Sonne und der Mond und einander so sehr ähnlich, daß man sie kaum zu unterscheiden vermochte; darum fand man Gefallen daran, sie in ihrer Kindheit gleich zu kleiden.

In diesem so ersehnten Augenblick vergaß der König seine Majestät, um sich ganz der Natur zu überlassen; er trieb Narrenpossen, die er zu andern Zeiten nicht einmal der Königin erlaubt hätte, die Freude, Kinder zu haben, machte ihn selbst so sehr zum Kind, daß er auf seinen Balkon eilte, um dem Volk aus voller Kehle zuzurufen: ›Meine Freunde, freut euch alle, mir ist ein Sohn geboren, euch ein Vater, meiner Frau eine Tochter.‹ Die Königin, zum erstenmal in ihrem Leben auf solchem Feste, gewahrte nicht, welch wackre Arbeit sie vollbracht; und die Fee, die ihren grillenhaften Geist kannte, begnügte sich damit, ihr, ihrem Wunsch entsprechend, zunächst die Tochter anzukündigen. Die Königin befahl, daß man diese zu ihr bringe, und küßte sie zum großen Erstaunen der Zuschauer zwar zärtlich, doch mit Tränen in den Augen und mit einem Zug von Traurigkeit, der schlecht zu der Miene paßte, die sie bis dahin zur Schau getragen. Ich habe schon gesagt, daß sie ihren Gemahl von Herzen liebte; so war sie von der Unruhe und der Ergriffenheit gerührt, die sie während ihrer Leiden in seinen Blicken gelesen. Sie hatte zu einem in der Tat merkwürdig gewählten Zeitpunkt Überlegungen angestellt über die Grausamkeit, die darin lag, einen so guten Gatten zu betrüben, und als man ihr die Tochter vorführte, dachte sie nur an den Schmerz, der den König ergreifen würde, weil er ohne Sohn geblieben. Die Fee Verschwiegenheit, die der Geist ihres Geschlechts und die Gabe der Zauberkunst mit Leichtigkeit in den Herzen lesen ließen, erkannte auf der Stelle, was im Herzen der Königin vorging. Und da sie keinen Grund mehr hatte, ihr die Wahrheit noch länger zu verbergen, ließ sie den jungen Prinzen herbeibringen. Nachdem sie sich von ihrer Überraschung erholt hatte, fand Königin Grille diesen Ausweg so erheiternd, daß sie in ein Gelächter ausbrach, das in ihrem Zustand geradezu gefährlich war. Sie fiel in Ohnmacht, und man hatte große Mühe, sie wieder zu Bewußtsein zu bringen, und hätte die Fee sich nicht für ihr Leben verbürgt, so wäre dem Freudentaumel die tiefste Trauer im Herzen des Königs und auf den Gesichtern der Höflinge gefolgt.

Dies aber war das Allermerkwürdigste an der ganzen Geschichte: Die aufrichtige Reue der Königin, ihren Gemahl geplagt zu haben, ließ sie für den jungen Prinzen eine lebhaftere Zuneigung als für seine Schwester fassen. Der König wiederum, der die Königin anbetete, zeigte die gleiche Vorliebe für die Tochter, die sie sich gewünscht. Die über Umwege ausgetauschten Zärtlichkeiten, die sich diese einzigartigen Gatten so erwiesen, wurden bald zu einer innigen Neigung, und die Königin konnte so wenig von ihrem Sohne lassen wie der König von seiner Tochter.

Dies doppelte Ereignis bereitete dem ganzen Volke große Freude und bewahrte es, zumindest für lange Zeit, vor der Angst, ohne Herrscher zu sein. Die Freidenker, die sich über die Versprechungen der Fee mokiert hatten, wurden nun ihrerseits verspottet. Doch sie gaben sich nicht geschlagen, sagten, daß sie der Fee nicht einmal die Unfehlbarkeit der Lüge zugestehen wollten, noch ihren Weissagungen die Kraft, Dinge, die sie prophezeit, unmöglich zu machen. Andere wiesen auf die Vorlieben hin, die bei König und Königin offenbar wurden, und erdreisteten sich gar, zu behaupten, das Geschehnis habe, indem es der Königin einen Sohn und dem König eine Tochter gegeben, die Weissagung in allen Punkten Lügen gestraft.

Während sich alles zur Taufe der beiden Neugeborenen bereit machte, und menschliche Hoffart sich anschickte, demütig vor den Altären der Götter zu glänzen ...« – »Einen Augenblick«, unterbrach der Druide, »du bringst mich schrecklich durcheinander. Sage mir doch, ich bitte dich, an welchem Ort wir uns befinden. Zuerst führst du die Königin, um sie fruchtbar zu machen, unter Reliquien und Kapuzen spazieren. Dann versetzt du uns mit einem Mal ins fernste Indien. Nun sprachst du von Taufe und gleich darauf von Altären der Götter. Beim großen Tharamis, ich weiß nun gar nicht, ob

wir bei der Zeremonie, zu der du rüstest, Jupiter, die heilige Jungfrau oder Mohammed anbeten werden! Es ist nicht so, daß mir als Druiden viel dran läge, ob deine beiden Bälger getauft oder beschnitten werden, aber man muß doch immerhin das Kostüm beachten und mich nicht der Gefahr aussetzen, einen Bischof für einen Mufti und das Missale für den Koran zu halten.« – »O großes Unglück!« sprach da Jalamir zu ihm, »selbst scharfsinnige Köpfe wie Ihr können sich darin täuschen. Gott schütze vor Unbill all die Prälaten, die einen Harem haben und das Latein des Breviers für Arabisch halten. Gott erhalte seinen Frieden allen braven Heuchlern, die der Intoleranz des Propheten von Mekka huldigen und stets bereit sind, zum Ruhme des Schöpfers das Menschengeschlecht auf heilige Weise hinzuschlachten. Doch Ihr müßt Euch wieder darauf besinnen, daß wir in einem Land der Feen sind, wo man keinen um seines Seelenheils willen in die Hölle schickt, wo man es sich nicht einfallen läßt, den Leuten auf die Vorhaut zu schauen, um sie zu verdammen oder freizusprechen, und wo die Mitra und der grüne Turban in gleicher Weise die heiligen Köpfe bedecken, um den Weisen als Zeichen, den Narren als Putz zu erscheinen.
Ich weiß wohl: Die Gesetze der Geographie, die alle Religionen der Welt bestimmen, wollen, daß die beiden Neugeborenen Muselmanen seien; doch man beschneidet nur die Knaben, und ich muß darauf bestehen, daß meine Zwillinge alle beide auf gleiche Weise behandelt werden. Also seid's zufrieden, wenn ich sie taufe.« – »Nur zu«, sprach der Druide, »das ist, bei meinem Priesterwort, die bestgegründete Wahl, von der ich zeit meines Lebens vernommen.« Und Jalamir fuhr fort:
»Die Königin, die sich darin gefiel, jede Etikette umzuwerfen, wollte sich nach sechs Tagen schon wieder erheben und am siebten ausgehen, indem sie vorgab, daß sie sich wohlfühle; und in der Tat stillte sie ihre Kinder selbst – ein widerwärtiges Beispiel, dessen schlimme Folgen alle Frauen

ihr lebhaft zu Gemüte führten. Doch Königin Grille, welche die Verunstaltung durch das Absaugen der Milch fürchtete, versicherte, es gebe keine Zeit, die für die Freuden des Lebens mehr verloren sei, als die, welche dem Tode folgt, und die Brust einer Toten welke noch schneller dahin als die einer Amme; und im Tone einer Anstandsdame fügte sie hinzu, in den Augen eines Gatten gebe es keinen schöneren Busen als den der Gattin, die ihre Kinder nährt. Dies Hinzuziehen von Ehemännern bei Aufgaben, die sie so wenig angehen, brachte die Damen sehr zum Lachen, und die Königin, zu schön, um es ungestraft zu sein, erschien ihnen von nun an trotz ihrer majestätischen Launen beinah so lächerlich wie ihr Gemahl, den sie zum Spott den Bürger von Vaugirard nannten.«

»Ich sehe, worauf du hinauswillst«, sagte alsbald der Druide, »du möchtest mir unversehens die Rolle des Schah-bahan zuteilen und mich fragen lassen, ob es auch ein Vaugirard in Indien gebe, wie es ein Madrid im Bois de Boulogne gibt, eine Oper in Paris und einen Philosophen am Hofe. Doch fahre fort in deiner Rhapsodie und lege mir nicht länger solche Fallstricke. Denn bin ich auch weder verheiratet noch Sultan, so brauche ich darum noch kein Narr zu sein.«

»Endlich«, fuhr Jalamir fort, ohne dem Druiden zu antworten, »war alles bereit und der Tag bestimmt, an dem die Pforten des Himmels den beiden Neugeborenen geöffnet werden sollten. Am frühen Morgen begab sich die Fee in den Palast und erklärte dem erlauchten Paar, daß sie jedem seiner Kinder ein Geschenk machen wolle, das deren hoher Geburt und ihrer eignen Macht würdig sei. ›Ich will‹, sprach sie, ›bevor das geweihte Wasser sie meinem Schutz entzieht, sie mit meinen Gaben bereichern und ihnen Namen geben, die wirksamer sind als die Namen aller Plattfüße des Kalenders, da sie Vollkommenheiten ausdrücken sollen, mit denen ich sie im selben Augenblick ausstatten will; da Ihr aber die Eigenschaften, die dem Glücke Eurer Familie und Eurer Völker dienlich sind, besser kennen müßt als ich, so wählt selbst und vollbringt in einem einzigen Willensakt bei jedem Eurer beiden Kinder, was zwanzig Jahre der Erziehung in der Jugend selten zuwege bringen und die Vernunft in vorgerücktem Alter nicht mehr.‹

Sogleich entbrannte ein heftiger Streit zwischen den beiden Eheleuten. Die Königin erhob Anspruch darauf, das Wesen der ganzen Familie so, wie es ihr beliebte, zu bestimmen, und der gute Fürst, der die ganze Wichtigkeit einer solchen Wahl erkannte, hütete sich wohl, sie den Launen einer Frau zu überlassen, deren Narreteien er anbetete, ohne sie zu teilen. König Feuervogel wünschte sich Kinder, die eines Tages vernünftige Menschen würden; Königin Grille wollte lieber hübsche Kinder, und wenn sie nur mit sechs Jahren glänzten, so würde es sie herzlich wenig stören, wenn sie mit dreißig Dummköpfe sein würden. Die Fee mühte sich vergeblich, Ihre Majestäten zu einer Einigung zu bringen; bald war der Charakter der Neugeborenen nur noch der Vorwand zum Streit, und es ging nicht länger um die Frage, recht zu behalten, sondern darum, einander ins Unrecht zu setzen.

Schließlich fand die Fee Verschwiegenheit ein Mittel, alles ins Lot zu bringen, ohne einem von beiden die Schuld zu geben: Ein jeder sollte nach seinem Gutdünken über das Kind des eigenen Geschlechts verfügen. Der König hieß diesen Vorschlag gut, der das Wichtigste vorsah: den Thronerben vor den absonderlichen Wünschen der Königin zu schützen. Und da er die beiden Kinder auf den Knien ihrer Hofmeisterin erblickte, eilte er, des Prinzen habhaft zu werden, nicht ohne dessen Schwester mit einem mitleidsvollen Blick anzusehen. Doch Königin Grille, die um so aufsässiger wurde, je weniger Grund sie hatte, es zu sein, warf sich wie eine wild Gewordene auf die kleine Prinzessin und nahm sie gleichfalls in die Arme. ›Ihr vereint euch alle‹, sprach sie, ›um mich in Harnisch zu bringen; damit aber die Launen des Königs ihm zum Trotz sich zum Vorteil eines seiner Kinder verwandeln, erkläre ich, daß ich für das Kind in meinem Arme gerade das

Gegenteil dessen wünsche, was er für das andere fordern wird. Wählt nun‹, sprach sie zum König mit einer Miene des Triumphes, ›und da Ihr es so überaus reizvoll findet, alles zu lenken, so entscheidet mit einem einzigen Wort über das Los Eurer ganzen Familie.‹ Die Fee und der König versuchten vergebens, sie von einem Entschluß abzubringen, der diesen Fürsten in eine so befremdliche Verlegenheit brachte; sie beharrte fest darauf und sagte überdies, daß sie sich zu einem Mittel sehr beglückwünsche, das auf ihre Tochter all die Tugenden zurückfallen lasse, welche der König seinem Sohn doch nicht zu verleihen vermöge. ›Ah!‹ rief da dieser Fürst außer sich vor Unmut, ›Ihr habt für Eure Tochter niemals etwas anderes als Abneigung gehegt, und Ihr bezeugt dies nun im wichtigsten Augenblick ihres Lebens; aber‹, so fügte er in einer Zornesaufwallung hinzu, die er nicht mehr zu unterdrücken vermochte, ›um sie Euch zum Trotz vollkommen zu machen, will ich, daß dies Kind hier Euch gleiche.‹ ›Um so besser für Euch und für ihn‹, entgegnete lebhaft die Königin, ›doch ich werde gerächt sein, und Eure Tochter wird Euch gleichen.‹ Kaum waren diese Worte mit einem Ungestüm sondergleichen auf beiden Seiten gefallen, als der König, verzweifelt über seine Unbesonnenheit, sie herzlich gern sogleich zurückgenommen hätte. Doch es war geschehen, und die beiden Kinder waren unwiderruflich mit den gewünschten Eigenschaften begabt. Der Knabe erhielt den Namen Prinz Wunderlich, die Tochter wurde Prinzessin Logica genannt, ein sonderbarer Name, dem sie so sehr gerecht wurde, daß seither keine Frau mehr gewagt hat, ihn zu tragen.

So war denn nun der künftige Nachfolger auf dem Thron mit allen Vollkommenheiten einer schönen Frau geziert, und seiner Schwester, der Prinzessin, bestimmt, eines Tages alle Tugenden eines Ehrenmannes zu besitzen und die Eigenschaften eines guten Königs obendrein – eine Verteilung, die nicht zu den besten gehören mochte, die je bekannt geworden, die aber unwiderruflich feststand. Lustig daran war, daß die gegenseitige Liebe der beiden Gatten in diesem Augenblick sich mit all der Kraft regte, die ihr stets – doch oft zu spät – entscheidende Ereignisse einflößten, und da die Vorlieben der beiden unvermindert fortbestanden, so fand jeder, das Kind, das ihm gleichen sollte, habe das schlechtere Teil getroffen; und jeder dachte weniger daran, es zu beglückwünschen, als daran, es zu beklagen. Der König nahm seine Tochter in die Arme, drückte sie zärtlich an sich und sprach: ›Ach, was würde dir die Schönheit deiner Mutter nützen ohne ihr Talent, um sie zur Geltung zu bringen? Du wirst zu vernünftig sein, um jemand den Kopf zu verdrehen!‹ Königin Grille, etwas behutsamer, was ihre eigenen Wahrheiten betraf, sagte nicht alles, was sie von der Weisheit des künftigen Königs dachte. Aber es war, wenn man die traurige Miene sah, mit der sie ihn liebkoste, nicht schwer zu erraten, daß sie im Grunde ihres Herzens eine allzu hohe Meinung von ihrer Wahl hegte. Dennoch betrachtete der König sie mit einer gewissen Verwirrung und machte ihr manchen Vorwurf wegen dem, was sich zugetragen. ›Ich erkenne mein Unrecht‹, sprach er zu ihr, ›doch es ist Euer Werk; unsere Kinder hätten uns an Wert um vieles übertroffen, Schuld habt Ihr, daß sie uns nur gleichen werden.‹ – ›Ich aber bin sicher‹, sagte darauf rasch die Königin und sprang auf, ihren Gemahl zu umhalsen, ›daß sie sich wenigstens so sehr lieben werden wie nur möglich.‹ König Feuervogel, gerührt von der Zärtlichkeit ihres Ungestüms, tröstete sich mit dem Gedanken, der ihm bei so mancher Gelegenheit durch den Sinn ging, daß in der Tat angeborene Güte und ein empfindsames Herz genügen, um alles wieder ins Lot zu bringen.«

»Ich errate so leicht den Rest«, unterbrach der Druide die Erzählung Jalamirs, »daß ich das Märchen für dich beenden kann. Dein Prinz Wunderlich wird aller Welt den Kopf verdrehen und seine Mutter so gut nachahmen, will er nicht ihr zur Plage werden. Er wird das Königreich auf den Kopf stellen, um es zu reformieren. Um seine Untertanen glücklich zu machen, wird er sie in Verzweiflung stürzen und wird die Fehler, die er selbst begeht, anderen zuschieben. Er wird ungerecht sein, weil er unklug gewesen; er wird neue Fehler begehen, um alte wiedergutzumachen. Da niemals Weisheit ihn führen wird, muß das Gute, das er tun will, das Übel, das er getan haben wird, noch vergrößern. Mit einem Wort: Obwohl er im Grunde gut, großmütig und empfindsam ist, werden gerade seine Tugenden ihm zum Nachteil gereichen, und einzig seine Unbesonnenheit wird, im Verein mit all seiner Macht, ihn noch verhaßter machen, als dies eine wohlbedachte Böswilligkeit getan hätte. Auf der andern Seite wird deine Prinzessin Logica, die neue Heldin des Feenlands, sich als ein Wunder an Weisheit und Umsicht erweisen, und ohne Anbeter zu haben, wird sie so sehr vom Volk verehrt werden, daß jedermann innigst wünschen wird, von ihr regiert zu werden. Ihre guten Sitten, die aller Welt und ihr selbst zum Vorteil gereichen, werden ihren Bruder nur noch mehr ins Unrecht setzen; seine Grillen wird man unablässig mit ihren Tugenden vergleichen, und ihm wird das allgemeine Vorurteil alle Laster zumessen, die sie nicht hat, auch wenn er selbst frei von ihnen sein sollte. Die Frage wird sich erheben, wie man die Thronfolge umkehren könnte, ob das Narrenzepter der Spindel zu unterwerfen sei und das Glück der Vernunft. Die Doktoren werden mit großen Worten die Folgen eines solchen Beispiels vor Augen führen und beweisen, daß es besser sei, wenn das Volk blindlings den toll Gewordenen gehorche, die ihm das Schicksal als Herren geben kann, als daß es sich selbst vernünftige Häupter wähle. Denn untersagt man auch einem Narren die Verwaltung seines Eigentums, so ist es doch gut, ihm die oberste Gewalt über unser Gut und unser Leben zu überlassen, denn noch der närrischste der Männer ist – so werden sie befinden – der klügsten aller Frauen vorzuziehen, und dem männlichen Geschlecht oder dem Erstgeborenen, sei es ein Affe oder ein Wolf, müsse nach guter Staatsräson auch eine Heldin oder ein Engel, sofern sie Zweitgeborene sind, sich nach des Herrn Lust und Laune fügen. Einwände und Widerreden von seiten der Aufbegehrenden werden nun folgen, in denen – Gott weiß wie – man deine spitzfindige Beredsamkeit wird leuchten sehen; denn ich kenne dich: Wenn es gilt, das Bestehende zu schmähen, verströmt deine Galle sich mit Wollust, und dein bittrer Freimut scheint an der Bosheit der Menschen sich zu ergötzen, durch das Vergnügen, das du daran findest, ihr diese vorzuwerfen.«

»Alle Wetter, Vater Druide, wie Ihr Euch doch ereifert!« sprach Jalamir baß erstaunt, »welch ein Wortschwall! Wo zum Teufel habt Ihr so schöne Tiraden hergeholt? Gewiß habt Ihr zeitlebens in Eurem heiligen Walde nicht so gut gepredigt, obgleich Ihr dort nicht wahrer gesprochen habt. Wenn ich Euch gewähren ließe, so würdet Ihr im Nu ein Feenmärchen in ein politisches Traktat verwandeln, und eines Tages fände man in den Gemächern der Fürsten ›Blaubart‹ oder ›Eselshaut‹ statt des Machiavell. Doch strengt Euch nicht zu sehr an, um das Ende meines Märchens zu erraten.

Um Euch zu zeigen, daß es mir notfalls nicht an Lösungen mangelt, will ich in kurzen Worten zu einem, wenn auch nicht so weisen Schluß wie dem Euren kommen, doch einem, der wenigstens ebenso natürlich und ganz gewiß überraschender ist.

Ihr müßt also wissen, daß die Zwillingskinder, wie ich schon bemerkte, sich an Gestalt sehr ähnlich waren, und man sie überdies gleich kleidete; so glaubte der König, der seine Tochter auf dem Arm trug, im Banne des Geschehens, er halte seinen Sohn; und die Königin, von der Wahl ihres Gatten irregeführt, hielt gleichfalls ihren Sohn für die Tochter. Die Fee nutzte diesen Irrtum und begabte die beiden Kinder in der Weise, die ihnen am besten anstand. Wunderlich wurde also der Name der Prinzessin, Logica der des Prinzen, ihres

Bruders; und trotz der Grillen der Königin fand alles sich in seiner natürlichen Ordnung wieder. Nach dem Tode des Königs auf den Thron gelangt, tat Logica viel Gutes und machte wenig Aufsehen. Eher suchte er seine Pflichten zu erfüllen, als sich Ruhm zu erwerben; er führte keine Kriege gegen fremde Völker, noch tat er seinen Untertanen Gewalt an, und er empfing mehr Segenswünsche als Lobreden. Alle Vorhaben, die unter der alten Regentschaft gefaßt worden waren, wurden unter der seinen ausgeführt, und indem die Völker von der Herrschaft des Vaters unter die des Sohnes gelangten, vermeinten die zweifach Glücklichen, keinen andern Herrn erhalten zu haben. Nachdem Prinzessin Wunderlich Heerscharen zärtlicher und liebenswerter Anbeter um ihr Leben oder ihren Verstand gebracht, wurde sie schließlich mit einem Nachbarkönig vermählt, dem sie den Vorzug gab, weil er den längsten Schnurrbart trug und am besten auf einem Beine hüpfen konnte. Was Königin Grille anlangt, so starb sie an einer Magenverstimmung, die sie sich zugezogen hatte, als sie vor dem Zubettgehen noch einen Hühnerbeinragoût verzehren wollte, während der König im Schlafgemach ihrer ungeduldig harrte, hatte sie ihn diesen Abend doch durch mannigfache Schäkereien dazu ermuntert, die Nacht an ihrer Seite zuzubringen.«

Jacques Cazotte

Die Schöne durch Zufall

Ein König von Astrachan starb und hinterließ zum Thronerben einen minderjährigen Prinzen, der unter die Vormundschaft seiner Mutter kam. Diese Königin hatte alle nur mögliche Zärtlichkeit für ihren Sohn. Sie ließ ihn niemals aus den Augen: er mußte sogar nah an ihrem Bette schlafen.
Da sie viel unter Schlaflosigkeit zu leiden hatte, so sorgte sie dafür, immer eine beträchtliche Anzahl Schlafmacherinnen von Profession an ihrem Hof zu haben. Diese besaßen die Kunst, den Schlaf dadurch zu erregen, daß sie alle Teile des Körpers durch ein sanftes Reiben in eine angenehme Behaglichkeit versetzten, wodurch es ihnen desto leichter ward, auch den Geist durch die Erzählung aller Arten von Märchen, vorzüglich durch Feenmärchen, erst in einen Mittelzustand zwischen Wachen und Schlafen und dann in den süßesten Schlummer zu bringen.
Der kleine Prinz, in seine weichen Kissen versenkt, horchte aufmerksam zu und gewann diesen wunderbaren Geschichten soviel Geschmack ab, daß er sich den Tag über alles nacherzählen ließ, was er des Nachts, solang er schlief, versäumt hatte. Seine Begierde danach ward immer heftiger, so daß die Schlafmacherinnen endlich selbst kaum einen Augenblick des Schlafs genießen konnten und daß man auf allen Märkten Asiens sich beständig nach neuen Sklavinnen umsehen mußte, die einen frischen Vorrat von dieser Ware mit an den Hof bringen könnten. Kurz, er vergaß Essen und Trinken darüber.
Die Königin, die anfing, über die Folgen eines so entschiedenen Geschmacks an Fabeln dieser Art besorgt zu werden, und einsah, daß ihr Sohn einen ganz anderen Unterricht bedurfte, bemühte sich, aber nur vergeblich, eine Leidenschaft,

die ihm sozusagen mit der Muttermilch eingeflößt worden war, zu unterdrücken oder ihr wenigstens dadurch die Nahrung zu rauben, daß sie die Schlafmacherinnen vom Hof entfernte.

Aber was half es? Die jungen Hofleute vertraten bald deren Stelle. Der Oberhofmeister selbst fing an, Feenmärchen zu erzählen, um sein Ansehen nicht zu verlieren. Und da alles beitrug, den jungen Prinzen auf seinen falschen Vorstellungen beharren zu lassen, so ward endlich die Natur selbst in seinen Augen ein Zauberspiel.

Ein Mäuschen, das er laufen sah, hielt er für die ›kleine gute Maus‹; einen Papagei oder auch nur einen Grünspecht für den ›blauen Vogel‹; eine Schlange, auf die er stieß, für die Fee Manto; ein altes triefäugiges Mütterchen oder einen schmutzigen Derwisch für ›Urgante die Unerkannte‹ oder den Zauberer Pandragon. Als er zum erstenmal das Springwasser einer Fontäne, die in einem seiner Gärten zur Zierde angebracht war, bemerkte, wollte er seinem Hofmeister einreden, sie hätten ›das tanzende Wasser‹ gefunden.

Die ersten derartigen Verirrungen hatten die Königin belustigt; als er aber in diesen Träumereien immer weiter ging, ward sie ernsthaft unruhig. Es hatte ganz den Anschein, als würde er sich das Zeug so fest in den Kopf setzen, daß nichts es wieder daraus vertreiben könnte, und bald sah man nur zu deutlich, daß das Übel ohne Rettung sei.

Die Königin wollte ihren Sohn vermählen. Mit Zuziehung des Staatsrats hatte sie ihm die vorteilhafteste Partie ausgesucht und alles vereinbart. Er sollte Bellasire, die einzige Tochter und alleinige Erbin des Königs von Kandahar, heiraten. Diese Prinzessin verband alle Gaben des Geistes, der Seele und des Herzens mit den Vorzügen der auserlesensten Schönheit. Beide Familien waren bereits durch die Bande des Bluts vereinigt; beide Reiche grenzten aneinander. Natur, Politik und Liebe schienen mit vereinigten Kräften diese Wahl getroffen zu haben. Wie groß mußte also die Überraschung der Königin sein, als ihr Sohn hartnäckig die Hand seiner reizenden Cousine ausschlug! Er hege, sagte er, die zärtlichste Freundschaft für sie; allein sie habe einen großen Fehler in seinen Augen. Sie sei keine Fee, und er habe nun einmal das Gelübde getan, keine andere als eine Fee zu heiraten.

»Prinz«, erwiderte die Königin hierauf, »ich wage es nicht, die Existenz der Feen überhaupt zu leugnen; allein ich bin doch von der Unwahrheit der Märchen, die man Euch erzählt hat, fest überzeugt. Ich behaupte aus Erfahrung, daß noch kein Monarch auf der Erde je eine von ihnen hatte dahin bewegen können, seinen Thron und sein Bett mit ihm zu teilen. Euer Stammbaum leitet den Ursprung Euers Geschlechts in das entfernteste Altertum zurück, und doch hat keiner von Euern Vorfahren eine Göttin oder Fee, sondern alle haben gemeine Sterbliche zu Gemahlinnen gehabt. Laßt also Eure Träumereien fahren, erfüllt die Hoffnung Eurer Untertanen und schenkt ihnen einen zukünftigen Herrn und Euerm Geschlecht einen Stammhalter! Überlegt, daß Ihr Euch notwendig einen mächtigen und gefährlichen Feind auf den Hals ziehen werdet, wenn Ihr die Anträge des Königs von Kandahar von der Hand weist. Ihr habt furchtbare Nebenbuhler. Ich sage Euch das zur Warnung.«

Der Prinz schlug die Augen nieder. Die Königin überließ ihn seinen Betrachtungen und befahl dem Hofmeister ihres Sohnes, seinen Zögling dahin zu bestimmen, daß er die Heirat annähme, die sich ihm anbiete.

Der Hofmeister hielt es für das wirksamste, wenn er alle Gemeinplätze der Politik auskramte; allein der wortreiche Fluß seiner Rede ward bald gehemmt.

»Ich habe gar nicht nötig«, fiel ihm der Prinz ins Wort, »meine Staaten zu vergrößern! Weit vorteilhafter ist's, diejenigen, die ich schon besitze, in einen blühenderen Zustand zu setzen. Macht auch die Unfruchtbarkeit vieler Gegenden meines Reichs eine größere Bevölkerung auf natürlichem

Wege unmöglich, so kann doch durch einen Schlag mit der Zauberrute allen diesen Mängeln abgeholfen werden. In einem Augenblick werden Quellen mitten aus Sandwüsten hervorbrechen, und die kahlen Berge, deren unangenehmer Anblick jetzt die traurigsten Vorstellungen erweckt, werden von prächtigen Wäldern geschmückt sein. Verzauberte Paläste werden mir, ohne meine Schätze zu erschöpfen, allenthalben nachfolgen, wo es mir gefallen wird, meinen Wohnsitz aufzuschlagen. Stählerne Mauern können im Notfall die Grenzen meiner Länder verteidigen. Und welcher Feind wird es wagen, mich anzugreifen, wenn ich ihn mit Ungeheuern umringen und alle Elemente zum Streit gegen ihn aufrufen kann?«

»Alles gut und schön«, antwortete der Hofmeister, »aber gesetzt den Fall, es wäre möglich, daß Ihr eine Fee zur Gemahlin bekämt – übertreibt Ihr nicht ihre Gewalt viel zu sehr? Schon die Geschichte übertreibt die Begebenheiten, die sie erzählt, und gegen Märchen muß man noch mißtrauischer sein.«

»Nein, Herr«, erwiderte der Prinz, »es hat seine vollkommne Richtigkeit, daß die Feen tun können, was sie wollen, und daß ich eine von ihnen heirate. Denn ich bestehe nun einmal darauf, und Ihr wißt, was das heißt: Ich will! Überdies habe ich Euch ja sonst meine Gedanken über diesen Gegenstand mitgeteilt, und Ihr fandet sie ebenso richtig und zuverlässig als außerordentlich. Mit einem Wort, meine Partie ist ergriffen; meine Cousine mag die ihrige ergreifen. Ich erwarte in diesem Palast die Erscheinung der Feenprinzessin, die meinen Thron teilen soll. Läßt man mich nicht in Ruhe, so fliehe ich aus meinen Staaten und wandere durch die Welt, bis ich sie finde. Überhaupt befremdet mich es sehr, daß Ihr Euch jetzt meinen Plänen widersetzt, da Ihr sie sonst doch ganz vortrefflich fandet.«

Der Hofmeister wußte sich in seinem Gewissen nicht rein. Dieser kleine Vorwurf brachte ihn zur Einsicht, daß das Gewerbe eines Schmeichlers früher oder später seine großen Unbequemlichkeiten habe. Beschämt, durch seine Einwände nichts ausrichten zu können, ging er zur Königin und unterrichtete sie von den Gesinnungen des Prinzen. Was für Vorwürfe machte sie sich nun selbst über die ausschweifende Erziehung, die sie ihm gegeben hatte, und die phantastischen Grillen, durch die sie ihm hatte den Verstand verrücken lassen. Leider war das Übel nun einmal geschehen.

Wie sehr maß sie sich die Schuld allein zu, und der Kummer, den sie darüber empfand, untergrub ihre Gesundheit und verkürzte ihr Leben. Sie starb. Ihr Sohn beweinte sie, doch war sein Schmerz nicht groß genug, um ihm seine Torheit aus dem Kopfe zu bringen. Kurz darauf nahm er, unter dem Namen Kalilbad-Chan, das Ruder der Regierung in seine Hände.

Der neue Monarch gab seine Thronbesteigung allen seinen Nachbarn und Bundesgenossen, vorzüglich aber Bellasirs Vater, kund. Die Briefe an den König von Kandahar und seine liebenswürdige Tochter erwähnten die vorgesehene Eheverbindung mit keinem Wort. Kalilbad schien darin ganz voll von seinem Schmerz, und das konnte ihm zur Entschuldigung dienen. Doch weit entfernt, diese äußerst vorteilhaften, in seinem Namen angefangenen Unterhandlungen zu Ende zu bringen, hing er jetzt, da er keine Einwände und Widersprüche mehr zu fürchten hatte, dem Gedanken an seine phantastische Verbindung mehr als je zuvor nach. Indes, ehe er eine Fee heiraten konnte, mußte sie erst gefunden sein, und diese erste Schwierigkeit war gleich nicht leicht zu überwinden.

Er verirrte sich vorsätzlich auf der Jagd; Müdigkeit und Unbequemlichkeit war der ganze Gewinn, den er davontrug. In tiefen Höhlen suchte er giftige, kriechende und wilde Tiere. Alle diese kleinen Abenteuer hatten seine Geduld geübt und seinen Mut und seine Kräfte gestählt, ohne ihm den beabsichtigten Vorteil zu verschaffen.

Endlich ward er es überdrüssig, so aufs Geratewohl herumzuschwärmen und sein Leben ohne Gewinn aufs Spiel zu setzen. Dafür fiel ihm ein, daß man ihm erzählt hatte, die Gegenstände seiner Wünsche wären sehr lüstern nach Wohlgerüchen. Auf der Stelle ließ er in einem entlegenen Saal seines Palastes einen Blumenaltar errichten, der täglich mit frischen Blumen und Kräutern geschmückt ward und auf welchem unaufhörlich der köstlichste Weihrauch aus Arabien und Indien brannte.
Der Duft dieser geopferten Spezereien war alles, was in dieser Art von Einsamkeit um ihn her war. Die Stärke desselben griff sein Gehirn an, ohne ihn nur einen Fingerbreit weiter zu bringen. Auf einmal aber belebte eine Szene, die sich unter den Fenstern seines magischen Laboratoriums abspielte und ihm der äußersten Aufmerksamkeit würdig dünkte, seine Hoffnung von neuem.
Die gewölbten Fenster des Saals gingen auf eine entlegene Straße. Ihnen gegenüber hatten sich ein paar alte Weiber, mit Lumpen bedeckt, unter ein hervorstehendes Dach begeben, in der Absicht, sich gegen einen einfallenden Regen zu schützen. Sie saßen da auf zwei großen Steinen, hülsten Bohnen aus und vertrieben sich, wie Damen von Stande, die Zeit mit Verleumdungen. Sie erkannten ihren Monarchen hinter dem Fenster und bemerkten die sichtbare Aufmerksamkeit, mit der er sie beehrte.
Sie kannten, wie das ganze Volk übrigens auch, seine Lieblingstorheit. »Sieh«, sagte Cancrelade zu Mophetuse (so hießen die beiden Weiber), »sieh einmal, wie der König auf uns sieht. Wenn er uns nun für Feen hielte? Das wäre spaßig. Komm, hilf mir, wir wollen ihm einen Schnickschnack vormachen, der ihm den Kopf wenigstens auf acht Tage verdrehen soll. Biege die beiden letzten Finger der linken Hand unter den Daumen! Richte die beiden andern in die Höhe und lege sie auf den Mund! Schließ die Augen! Strecke in der Entfernung, in der du von mir bist, die geballte Faust deiner

rechten Hand gegen mich aus! Wenn ich dir ein Zeichen gebe, indem ich einen Daumen in die Höhe halte, so stehst du auf und läßt die Hände gerade herunterfallen. Wenn ich aufstehe, mußt du dich niederbücken. Dann reichst du mir beide Hände ineinander verschlungen hin, und ich binde sie mit einer Flechte, die ich aus dem Korbe ziehe. Du bläst dreimal auf das Band, und ich laß es fallen. Weiter wirfst du mitten in die Straße drei Hände voll Hülsen, eine zur Rechten, eine zur Linken, eine gerade vor dir hin. Eben das tu ich mit drei Händen voll Bohnen. Du drehst dich einmal rechts, dann links. Ich mach es ebenso. Ich zertrete mit meinen Füßen deine Hülsen, du meine Bohnen. Hierauf umarmen wir uns, gehen zusammen fort und tragen, jede mit einer Hand, den Korb weg. Das alles muß hurtig ohne Anstoß geschehen, und ohne einen einzigen Blick nach dem Fenster zu werfen. Hat unser Herr die Gnade, dem Treiben zuzusehen, wer weiß, was es uns noch für die Zukunft helfen kann.«
Die beiden alten Weiber führten diese Szene wie Leute aus, die von Jugend auf zu Taschenspielerkünsten abgerichtet worden sind. Kalilbad sah ihnen mit so angestrengter Aufmerksamkeit und mit solchem Erstaunen zu, daß ihm beinahe das Atemholen verging.
Die Gauklerinnen waren schon lange verschwunden, als er noch immer, in Betrachtungen und Vermutungen vertieft, am Fenster stand und starr auf den Platz hinblickte, wo er sie gesehen hatte.
»Glücklicher Kalilbad«, rief er endlich aus, »endlich sind die Feen so gütig gewesen, sich dir zu zeigen. Ihre Häßlichkeit und die elenden Lumpen, in die sie gehüllt waren, darf dich nicht auf falsche Gedanken bringen. Alles, was sie hier vor dir, in dieser schmutzigen Verkleidung, vornahmen, schließt tiefe Geheimnisse in sich. Warum hast du ihnen nicht nachgeschickt? Doch, hätten sie nicht erkannt sein wollen, so wären sie ja verschwunden, und du hättest dein und ihr Geheimnis verraten können. Verdiene durch Bescheidenheit und Zu-

rückhaltung ihr ganzes Zutrauen. Ohne Zweifel werden sie sich schon wieder sehen lassen. Sie machten Zeichen. Diese mußt du studieren. Ganz gewiß enthalten sie Winke über die Art und Weise, wie du mit ihnen umgehen sollst, und stellen ein Gemälde der schmeichelhaften Hoffnungen vor, die man deiner Leidenschaft zur Nahrung erlaubt.

Ich will doch über die Sache ein wenig nachdenken ... Zwei Finger auf dem Munde können nichts anders bedeuten als: Ich soll verschwiegen sein. Die vorgestreckte Hand bedeutet Vorsicht, Zurückhaltung. Das Band aus einer Flechte trocknen Schilfs bedeutet ein leichtes Band. Wenn man dreimal darauf bläst, zerreißt es. Das gibt viel Stoff zum Nachdenken. Da die eine aufstand, bückte sich die andere. Man muß einander wechselsweise nachgeben. Das erklärt sich ganz natürlich. Aber was bedeuten die Hülsen, die zertretnen Bohnen? ... Halt, da glaub ich's zu haben! Überlaßt mir Eure Feinde, ich übergebe Euch die meinigen. Wir wollen sie nicht schonen. Doch vielleicht liegt ein tieferer, edlerer Sinn dahinter verborgen. Ich muß weiter darüber nachdenken. Sich rechts drehen, links drehen, dann wiederkommen, sich umarmen. Ich müßte mich sehr irren, wenn es nicht soviel hieße wie: ›Eine Fee hat ihre Geschäfte, ich habe die meinigen. Jedes geht seinen eigenen Weg. Man liegt einander nicht immer auf dem Halse; mit um so größerem Vergnügen sieht man sich wieder. Indes trägt man mit zwei Händen den Korb mit zwei Griffen. Das Bild einer vollkommnen Ehe, in der man die Beschwerden zu gleichen Teilen trägt.‹ Es müßte wunderlich zugehen, wenn ich nicht die rechte Bedeutung der Zeichen getroffen haben sollte, und hab ich's getroffen, so hab ich zugleich die Auflösung des ganzen Rätsels.«

Drei ganze Tage brachte Kalilbad mit solchen Träumen zu und fing schon an, ungeduldig zu werden, daß nichts Neues vorfiel, als die alten Weiber wieder, nur in einem noch seltsameren Aufzug, den Schauplatz betraten.

Eine von ihnen, und zwar Cancrelade, stützte sich auf einen

gabelförmigen Stock. Die andere spielte ihr mit einer Zimbel um die Ohren. So kamen sie und ließen sich auf denselben Steinen nieder.

Cancrelade steckt ihren Stab, die Gabel nach unten gekehrt, in die Erde. Mophetuse will ihn herausziehen. Cancrelade zieht ein Pfeifchen aus ihrer Tasche, lockt dreimal einen schneidenden Ton hervor, und der Stab bleibt an seiner Stelle. Dieses läppische Possenspiel wird dreimal wiederholt. – Die Reihe würde nunmehr an eine andere zigeunermäßige Zeremonie gekommen sein; allein Kalilbad riß die Geduld. Der Kopf ist ihm drehend vor Nachsinnen; die Mysterien bringen ihn zur Verzweiflung. Das Abenteuer, verlangt er, soll sich nunmehr auflösen und erklären.

Er geht eilig aus dem Saal der Wohlgerüche und befiehlt einem Pagen, die beiden Weiber von dem Platz, den er ihm beschreibt, herzubringen. Der Page geht. Er wirft unterdessen mit verschwenderischer Hand neuen Weihrauch in die Flamme und bringt die Blumen, die den Altar schmücken, in die schönste Ordnung.

Der Page hat seinen Auftrag ausgerichtet. Die Weiber folgten ihm ohne Weigerung und werden nun in den geheimnisvollen Saal geführt und die Türen hinter ihnen verschlossen.

»Ich weiß, wer Ihr seid, meine Damen«, redete sie Kalilbad nach einer tiefen Verbeugung an. »Diese angenommene Verkleidung kann Euch nicht unkenntlich machen. Was bewegt Euch, Eure himmlische Schönheit, Eure ewige Jugend unter die ekelhafte Maske der Häßlichkeit und des hinfälligen Alters zu verstecken? Seht hier den Altar, dessen Schmuck täglich zu Eurer Ehre erneuert wird, wo ich mit einem gänzlich ergebenen Herzen Euch die Macht und die Schätze anbiete, die nach dem Willen des Schicksals in meine Hände gefallen sind. Sind meine Wünsche nun nicht allzu kühn, schließen sie nichts in sich, was Euch beleidigen könnte, so geruht, statt mir Euern Willen nur dunkel durch Zeichen zu verstehen zu geben, dem glücklichen Kalilbad kundzutun, welchen Preis Ihr auf die Verbindung mit Euch und die besondere Gunst setzt, die er von Euch erwartet.«

Cancrelade nahm das Wort: »Hört, König! Euer Kabinett ist sehr schön und riecht recht gut. Eure Absichten sind ehrenhaft und uns sehr angenehm. Gern wollten wir uns Euch auf der Stelle so zeigen, wie wir sind – es wäre nichts dabei zu verlieren, weder für uns noch für Euch –, allein wir können uns den Menschen nicht anders als mit außerordentlicher Vorsicht auf eine gewisse Art mitteilen. Ich hoffe, Ihr werdet verstehen, was ich unter Mitteilung verstehe. Ehe sie die höchsten Vollkommenheiten, die wir in uns vereinigen, genießen können, müssen sie vorher die Gegenstände des Ekels ertragen haben, mit denen der Wille des Schicksals unsere erste Erscheinung für sie verschleiert hat. Mit einem Worte, Majestät, Ihr müßt es Euch so vorstellen wie eine Rose, deren Duft Ihr ohne Lebensgefahr nicht eher einatmen dürft, als bis Ihr die Dornen, die sie schützen, hinweggeräumt habt. Merkt wohl auf das, was ich Euch sage! Bis jetzt haben wir nur das Gesicht, den am wenigsten eklen Sinn von allen, beleidigt. Wie würde Euch zumute sein, wenn die übrigen völlig empört würden? Und doch würdet Ihr dabei immer noch von Glück zu sagen haben, daß wir uns Euch nicht in Gestalt von Klapperschlangen, Krokodilen, Drachen oder Hydern näherten. Wißt es Euerm Eifer, unserer Güte und der Gunst des Schicksals Dank. Allein, bereitet Euch auch darauf vor, allen möglichen Ekel zu ertragen, wenn Ihr zu jenem Genuß gelangen wollt, dessen ein Sterblicher nie satt und überdrüssig werden kann.«

»Ach, Madame«, rief Kalilbad, bezaubert von einer Rede, die so vollkommen mit den Ideen, die ihm den Kopf eingenommen hatten, übereinstimmte; »ich blicke durch den Nebel hindurch, unter dem es Euch gefallen hat, meinen Augen zu erscheinen. Ich ahnte die wundernswürdigen Schönheiten Eures Körpers, die mit nichts als mit dem Geist vergleichbar

sind, der die herrliche Rede eingeben konnte, die ich eben vernommen habe und aus der soviel Weisheit hervorleuchtet. Fürchtet nichts von der Empörung meiner Sinne gegen die Stärke meiner Überzeugung. Sie wird sie gewiß zu dämpfen wissen.«
»Wir müssen Euch gestehen, Majestät«, antwortete Cancrelade, »wenn wir jetzt so selten unter den Menschen erscheinen, so liegt der Grund einzig in ihrem Mangel an Mut und Beharrlichkeit. Der geringste Ekel, das leichteste Hindernis hält sie auf ihrem Wege zurück, und – so sonderbar ist ihr Geschmack – oft macht der Mangel an Schwierigkeit, daß sie eine schöne Unternehmung, die sie angefangen hatten, wieder aufgeben. Eure Gesinnung und Anlage verdienen von unserer Seite mehr Zutrauen. Indes will ich Euch nicht verheimlichen, daß wir uns dadurch, daß wir Euch auf die Probe stellen, einer großen Gefahr aussetzen. Verließe Euch der Mut auf halbem Wege, so würden Eure Hoffnungen auf ewig verschwinden; Ihr würdet Euch eine harte Strafe und wir uns das Gelächter und den Spott des Feenlandes zuziehen. Wir wären dann überführt, daß wir uns Euch unvorsichtigerweise überlassen hätten, und es wäre uns auf immer verboten, uns je wieder einer Mannsperson zu nähern. Ihr wißt, wie unerträglich jedes Verbot einer Person von unserm Geschlecht ist. Demungeachtet, Majestät, wollen wir uns der Gefahr unterziehen. Unsere Neigung, vielleicht unser Stern zwingen uns, das Abenteuer zu bestehen. Nach drei Tagen bei Anbruch der Nacht wird der Page, der uns geholt hat, uns beide an der Türe Eures Palastes finden, die auf die Straße führt, wo wir Euch die beiden Male erschienen sind. Bereitet hier in diesem Zimmer, wo wir jetzt sind, das Hochzeitsbett. Wir verachten alles, was nur den Schein von Pracht hat. Euer Altar, mit frischen Blumen geschmückt, Eure Wohlgerüche, dies sind diejenigen von Euren Gaben, die uns angenehm gewesen sind. Ihr könnt sie verdoppeln, ohne befürchten zu müssen, des Guten zuviel zu tun. Wir sind in Wohlgerüchen geboren.

Ganz unten in die Türe Eures Kabinetts laßt ein Loch, aber höchstens nur so groß wie eine Haselnuß, bohren; wir werden dann beide, eine nach der andern, Euch den kleinen Finger durchstecken. Untersucht sie genau, und wenn Eure Wahl getroffen ist, so wird dann auch Hand und Herz dem Finger folgen, dem Ihr den Vorzug erteilt habt. Es versteht sich, daß der Trauring fertig und bei der Hand sein muß. Ein kleines Kästchen von Ebenholz enthalte die Geschenke, die Galanterien, die Ihr Eurer künftigen Gemahlin bestimmt; nicht zu vergessen die Krone. Sie muß klein und ganz aus Diamanten sein; wir können keine andere tragen. Legt das alles auf das Kopfkissen. Das Licht darf nicht länger brennen, als bis Ihr mit Euch selbst über die Wahl werdet einig worden sein. Sobald das geschehen ist, so blast schnell dreimal, damit Euch's ja nicht versagt, denn die Zauberer sind sehr boshaft und eifersüchtig. Wenn Ihr uns nicht in der allerdichtesten Finsternis empfangt, so setzt Ihr Euch selbst der größten Gefahr aus.«

Der König von Astrachan verspricht, alles auf das genaueste zu erfüllen. Die Zigeunerinnen entfernen sich. Der Page, der am Eingang des Kabinetts stehengeblieben ist, erstaunt über den achtungsvollen Ton, in dem sein Gebieter mit ihnen spricht, und führt sie durch die Tür des Palastes, durch welche er sie hereingebracht hat, wieder hinaus, wobei er nicht versäumt, die Augen fest zuzumachen, die Schultern einzuziehen und die Nase mit dem Schnupftuch fest zu versperren.

»Das hast du herrlich gemacht!« sagte Mophetuse zu Cancrelade, sobald sie glaubten reden zu können, ohne gehört zu werden.

»Närrchen«, erwiderte Cancrelade, »merktest du nicht, wie er alles so begierig verschlang? Ich konnte nicht zuviel sagen, wenn ich das kleine Kästchen von Ebenholz recht fest packen wollte. Doch wir müssen immer noch sehr vorsichtig dabei zu Werke gehen. Was mir am meisten Mut macht, ist, daß der

König keine so feine Nase zu haben scheint wie sein Page. Überdies hat er soviel Parfüms an und um sich, daß wir von der Seite wirklich nicht viel zu fürchten haben. Da wir aber, wie die böse Welt spricht, nicht wie Balsam riechen sollen, so müssen wir unsre Zuflucht zur Kunst nehmen. Und wirklich liegt das Übel wenigstens halb in unsern Kleidern. Am besten ist's also, wir gehen gewaschen, gebadet und nackt ins Kabinett, das Hemd ausgenommen, das aber vorher gereinigt und parfümiert werden muß, wozu wir wenigstens einen Scheffel Wacholder brauchen werden.«

»Ja aber, wo ist denn das Hemd?« fragte Mophetuse. »Wir haben ja beide zusammengenommen nur zwei Hemden, und die sind obendrein zerrissen.«

»O schweig«, fuhr Cancrelade fort, »du hast auch gar keinen erfinderischen Kopf. Aus zwei alten Hemden macht man ein neues; das dürfte unser kleinster Kummer sein. Aber wo nehmen wir den Finger her, der sich mit Ehren durch das Loch zeigen kann? Meinst du etwa deinen? Ja, wenn er nicht räudig und schuppig wäre wie der ganze Arm. Da, sieh meinen! Ich hab ihn immer geschont, weil ich die Zither mit spiele. Wir schaben ihn, hobeln den Nagel ab; ein bißchen Rot, ein bißchen Weiß aufgetragen, und es muß ein Fingerchen werden, nach dem ein Kaiser lüstern werden könnte. Sobald Kalilbad das reizende Kleinod zu Gesicht bekommt, wird er gewiß keinen zweiten sehen wollen. Das schlimmste angenommen, kann man ja mit der Spitze der Zunge leicht eine kleine Änderung vornehmen und ihm denselben Finger noch einmal zeigen. Übrigens neide mir mein Glück nicht: ich schwebe in keiner geringen Gefahr. Habe ich aber nur das kleine Kästchen in den Händen, so gehört es uns beiden, und wir teilen die Krone redlich.«

Mophetuse überließ die erste Rolle ihrer Kameradin, deren Überlegenheit des Talents sie anerkannte, und beide arbeiteten gemeinschaftlich an den Vorbereitungen.

Die drei Tage schlichen für den ungeduldigen König von Astrachan sehr langsam vorüber. Ihm kamen sie länger vor als drei Jahre. Endlich näherte sich die erwünschte Stunde. Blumen und Wohlgerüche sind auf seinen Befehl verdoppelt worden. Die Nacht hatte bereits ihren schwärzesten Schleier ausgebreitet, und der Page kommt und meldet, die Weiber, die er bestellt habe, wahrscheinlich um sich von ihnen wahrsagen zu lassen, wären da.

»Mir wahrsagen zu lassen, Yanqua!« rief der König aus. »Du irrst dich. Sie verkündigen mir mein Glück nicht, sie selbst machen mich glücklich; führe sie zu dieser Türe und entferne dich, ohne einen Blick zurückzuwerfen. Dein Glück, dein Leben hängt davon ab, ob du gehorchst oder nicht.«

Der Page richtete ohne Widerrede den Befehl aus, den er erhalten hatte.

Die Weiber sind an der Türe und pochen dreimal leise an, ihre Ankunft zu melden.

Kalilbad antwortet durch drei gleiche leise Schläge.

»Seid Ihr da, Majestät?« fragte eine leise, gedämpfte Stimme.

»Ja, ich bin hier, schöne Feen«, antwortet Kalilbad mit einer zärtlichen Stimme, die sein Entzücken vollkommen ausdrückte.

»Gebt wohl acht, König«, sagt die Stimme von außen. »Der kleine Finger wird sich zeigen. Fort! Durch, durch, kleiner Finger!« Und so kam der kleine Finger nach dreimaligem Absetzen herein.

Der König von Astrachan legte sich mit dem Bauch auf die Erde, um genauer beobachten zu können, was durch das kleine, in der Tür angebrachte Loch sich sehen lassen würde. Er bewundert die herrliche Weiße des Fingers und an der Spitze desselben die wunderschön gemalte Rosenfarbe. So schön war's, so schön, daß man es für beseeltes Porzellan hätte halten sollen. In seinem Entzücken, im ersten Taumel hätte er das kleine Meisterstück gern mit Küssen bedeckt und verschlungen, zum Unglück aber konnte er nur mit der Nase an den Ort kommen, wo es sich befand.

»Seid Ihr zufrieden?« fragte die Stimme von außen mit einem zärtlichen Ton.
»Bezaubert!« antwortete die Stimme von innen.
»Nun wohl, Majestät, wollt Ihr glücklich sein, so löscht auf der Stelle das Licht.«
»Lisch ... lisch ... lisch aus, Licht!« rief Kalilbad, indem er die Wachskerze ausblies. Sehr zufrieden mit sich selbst, daß er durch den Beweis seines Gehorsams gleich bei seiner ersten Unterhaltung bewiesen habe, wie er imstande sei, die Sprache der Feen zu sprechen.
»Macht die Tür auf!« sagte die zärtliche Stimme von außen.

Seid unverzagt!
Rollon verjagt!
Er flieht, wenn Ihr schlagt!

Kalilbad öffnet die Tür, ergreift ein weibliches Geschöpf im Hemde, das ihm in die Arme läuft. Er trägt sie an den Ort der Bestimmung, und wirklich war die dürre Alte so leicht, daß er einen Geist zu tragen glaubte.
Der höchste Grad von günstigem Vorurteil kann die Stelle von Zauberei vertreten – die große Jugend das Spiel unbegreiflicher Täuschung werden; allein der Augenblick des ruhigen Bewußtseins folgt immer nach. Kalilbad kam bald in den Fall, Betrachtungen anstellen zu können; und sosehr er sich nach dem Gegenteil bemühte, so unangenehm war sie durchaus. ›An was für einer Hand mag wohl der reizende Finger sitzen, dessen Anblick mich in einen so süßen Taumel versetzte?‹ So dachte er und ergriff eine Hand, die sich eben auf das Kopfkissen verirrte, das Kästchen in Sicherheit zu bringen.
»Was macht Ihr da?«
»Ich untersuche«, antwortet eine etwas verstörte, ängstliche Stimme, »ob die Bedingungen erfüllt sind.«
»Ich müßte lügen«, brummte Kalilbad zwischen den Zähnen, »wenn ich sagen wollte, daß mir diese Untersuchung um ein Haar besser behagte als alles übrige.«

Hier fing die Alte an, vor der Entdeckung zu zittern. Es verbreitete sich ein Geruch, den der Wacholdergeruch nicht ersticken konnte.
»Beim T…, was für ein abscheulicher Gestank ist das!« rief er aus. »Das mag ein anderer aushalten. Entweder halten mich die Feen zum besten, oder ich lasse mich von mir selbst und den beiden alten Vetteln anführen. Laßt uns sehn!«
Er springt aus dem Bett. Er hatte sein Wort gegeben, die Damen in der Dunkelheit zu empfangen, und es auch wirklich gehalten. Aus Vorsicht aber, bloß für sich selbst und ohne im geringsten die Absicht zu haben, sein Vergnügen beleuchten zu wollen, hatte er eine Lampe mit drei Dochten unter einer großen chinesischen Vase verborgen. Er hebt den Dekkel auf und erblickt das häßlichste Schauspiel der Natur. Die Alte, unbeweglich und halb des Todes, den kleinen geschminkten Finger am Ende des knöchernen Arms, hatte sich des Kästchens bemächtigen wollen. Der ekelhafte Geruch ward immer stärker um dieses scheußliche, fast entseelte Geschöpf.
»Fürchterliches Ungeheuer!« rief er mit Entsetzen aus. »Du bist keine Fee, du bist die Mätresse des verworfenen Deggial.« Mit diesen Worten eilt er nach einem Fenster, reißt es hastig auf, ergreift die Alte und wirft sie mit so leichter Mühe, als wäre sie eine Feder, zum Fenster hinaus. Kaum hatte sie Zeit und Kräfte genug, ein paarmal laut aufzuschreien.
Sowie er sich diese eklige Person aus den Augen geschafft hatte, verließ er auch den Saal, der ihm durch den Geruch und die Erinnerung an sein verdrießliches Abenteuer auf einmal unerträglich geworden war. Er legt sich in einem benachbarten Zimmer auf eine Ottomane und versucht, einige Ruhe zu finden. Glücklicherweise hatte er die vorigen Nächte so wenig geschlafen und sich durch die Vorbereitungen auf diese Nacht, die er niemand hatte anvertrauen wollen, so ungewöhnlich stark erregt, daß die Müdigkeit über den Verdruß siegte und ihn auf der Stelle in den tiefsten Schlaf versetzte.

Die Alte verdiente ihr böses Schicksal. Der Natur der Sache nach hätte sie von einer Höhe von dreißig Fuß auf einen sehr harten Boden fallen müssen; allein, wie es scheint, findet der Zufall ein Vergnügen daran, Personen dieser Art in der Luft aufzufangen, damit sie den Hals nicht brechen. Sie war kaum sechzehn Fuß von der Erde, auf der sie zerschmettert worden wäre, als der Ast eines Baumes sie am Hemde aufhielt. Da schwebte sie, und zwar in einem solchen Gleichgewichte, daß man hätte glauben sollen, sie schwimme in der Luft. Es wehte gerade ein starker Wind, der den ganzen Baum erschütterte, und das ächzende Skelett, das jedem Windstoß nachgab, stellte die fürchterlichste Vogelscheuche dar, die man nur in irgendeinem Garten zur Verteidigung des Obstes hätte aufstellen können.

Die anscheinende Unordnung in der Natur hat sehr oft eine Art von Nutzen, den aber unsere schwachen Augen nicht immer aufzufinden vermögen. Der reißende Wind, der die Alte schaukelte, führte in größter Geschwindigkeit aus dem Innern von Persien nach Astrachan zwei Feen, die eben den einzigen Sohn eines Fürsten von Georgien und Imirette dem Schwert der Meuchelmörder entrissen hatten, unter welchem sein Vater und der Rest der Familie unglücklicherweise gefallen waren. Das kleine Kind hatte die Reise ohne Frühstück antreten müssen, und die Damen hatten nicht einmal eine Tüte mit Zuckerwerk bei sich.

Cheridiane, die vornehmste von beiden, sagte zu ihrer Schwester: »Wir wollen hier etwas verweilen. In dem Baumgarten am Palast des Königs von Astrachan ist ein Apfelbaum, der herrliche Früchte trägt. Sie müssen jetzt reif und unserm Kind eine angenehme Erfrischung sein.« So sprach sie, und auf ihren Befehl hin senkte sich die Wolke und schwebte um die Mauern des Gartens.

Bei Tag und Nacht sehen die Feen, und zwar ohne Brille, sehr weit. »Was sehe ich da!« sagte Cheridiane. »Ein Gespenst, das um den Apfelbaum schleicht. Will es ihn verderben? Will es ihn berauben? Aber nein, es schleicht nicht umher; es kommt, es geht; es steigt nicht, es sinkt nicht. Hier ist etwas Außerordentliches im Spiel. Wir wollen halten und unser Buch zu Rate ziehen.«

Die Damen fingen an, darin zu lesen, und erfuhren die ganze Geschichte des Königs von Astrachan. Schon seit langer Zeit hatten sie von seiner Torheit reden hören und ihn immer bedauert.

»Hier können wir«, sagten sie, »mit einem Steine zwei oder drei gute Würfe tun. Ohne seine Einbildung würde dieser Fürst gewiß sein ganzes Volk beglücken. Wir wollen ihm eine gute Lehre geben und ihn warnen, nicht allen abgeschmackten Märchen zu glauben, die man ihm erzählt. Um eine von uns zu heiraten, die nicht wissen würde, was sie mit ihm machen sollte, schlägt er die Hand einer reizenden Prinzessin aus, die ihn liebt. Erst wollen wir diese Verbindung zustande bringen und dann unseren kleinen Prinzen von Georgien in die Hände dieses neuen Paars geben, das so trefflich zusammenpaßt. Auf diese Weise verschaffen wir ihm eine gute Erziehung und eine sichere Stütze. Unterdessen wollen wir uns ein wenig auf Kosten des Königs und dieser alten Vettel belustigen. Wir werden freilich eine Reise nach Kandahar tun müssen; doch das ist eine Kleinigkeit.«

Sowie die Damen diesen Entschluß gefaßt hatten, machten sie sich sogleich ans Werk und beschäftigten sich die ganze Nacht damit.

Der Tag brach an, und die aufgehende Sonne schickte ihre Strahlen dem Kalilbad geradewegs ins Gesicht, daß er davon erwachte. Der Ekel an den demütigenden Auftritt mit der Alten erwachte mit ihm. Er ist aufgebracht, das Blut kocht in seinen Adern – da fällt ihm ein, daß der Handel mit einem Mord geendigt habe, denn er zweifelt nicht, daß die Alte zerschmettert worden sei. Kann er auch den Gewissensbissen über diese seine so unwürdige Tat nicht entgehen, so muß er doch wenigstens alle Spuren derselben beseitigen. Sie könn-

ten das Volk über ein Abenteuer in Kenntnis setzen, dessen Auflösung ihn mit Scham und Schande bedeckt.
Zitternd naht er sich dem Fenster, durch welches er die Alte geworfen hat, und sieht sich im Garten nach ihr um. Man stelle sich sein Erstaunen vor, als er statt einer Leiche einen prächtigen Pavillon von weißem Samt erblickte, der an den Zweigen des Apfelbaums befestigt war. Eine Krone von prächtigen Straußenfedern krönt die Spitze des Pavillons, goldene Quasten, aus glänzenden Catrisanen verfertigt, hängen unter jedem Bogen, und selbst die Wände des Zeltes sind reichlich mit Gold und Silber bestickt. Jedes Stück dieses schimmernden Werks verrät, daß es nicht von Menschenhänden verfertigt ist.
Kalilbad stürzt in den Garten hinab. Hinter den Vorhängen, die an Reichtum und Eleganz die Pracht der äußeren Wände weit übertrafen, sieht er eine schlafende Schöne, gegen deren Reiz nichts von dem, was er bis jetzt gesehen, in Vergleich zu stellen war. Eine unwillkürliche Bewegung wirft ihn zu Füßen dieses Wunders. Nun fällt ihm wieder ein, was ihm die Alte zu wiederholten Malen gesagt und eingeschärft hatte, um ihn gegen den untreuen Bericht seiner sämtlichen Sinne mißtrauisch zu machen.
»Unglücklicher Kalilbad!« rief er aus, »man wollte dich glücklich machen, allein du warst es nicht wert, nicht einen Augenblick den Ekel überwinden zu können! So abscheulich er war, so war er doch nur vorübergehend. Sie ließ den Rest ihrer sterblichen Hülle in deinem Bette, um sie gegen ihre himmlische Gestalt zu vertauschen. Und du, Unglücklicher, wirfst in deiner Wut, deiner Narrheit, dieses schönste Meisterstück des Himmels, dessen Genuß dir vorbehalten war, zum Fenster hinaus! Öffne die Augen, schöne Beleidigte!« sagte er, indem er sich an die Schläferin wandte. »Sieh die Tränen, die Verzweiflung eines unglücklichen Königs, der bereit ist, den letzten Blutstropfen zur Büßung der Beleidigung, die dir von ihm widerfahren ist, zu opfern.«

Auf dieses Geschrei Kalilbads liefen die Gärtner aus allen Teilen des Gartens, wohin ihre Geschäfte sie gerufen hatten, zusammen. Sie begreifen nicht, zu welchem Nutzen und wie ihr Monarch im Verlauf einer Nacht einen so prächtigen Pavillon habe können aufrichten lassen, was er für Gründe haben mag, so bittere Klagen auszustoßen, wer die schöne Dame, an die sie gerichtet sind, ist und woher sie gekommen sein mag.

Doch keine von allen diesen Verwunderungen und Bestürzungen reichte an die von Cancrelade, denn sie selbst war es, die die Feen mit diesem Staat und dieser Pracht umgeben und mit dem glänzendsten Firnis überzogen hatten, der jemals aus den Schätzen der Schönheit und aus den Quellen des Brunnens der Jugend gekommen war.

Mit Erstaunen betrachtete die Alte ihre Hände, legte sie auf ihre Brust, wo sie Locken von dem schönsten blonden Haar fand, dessen Glanz mit dem Schimmer der Perlen um den Vorzug stritt. Als sie sich weiter umsah, erblickt sie an ihrem Gürtel einen Spiegel, mit Saphirn besetzt, sieht hinein und sieht eine – entzückende Schönheit.

Ihre erste Bewegung ist, den Spiegel umzuwenden und die wunderbare Gestalt zu suchen, den er ihr darstellt. Einen Augenblick darauf nimmt sie ihn wieder und erblickt dieselbe Gestalt, die genau jede Miene ausdrückt, die sie mit Mund und Augen zu machen sucht. Die Größe der Überraschung macht sie ebenso dumm als schön, so daß sie noch nicht imstande ist, etwas von dem zu hören, was ihr Kalilbad sagt, der sich zu ihren Füßen in Beteuerungen und Entschuldigungen erschöpft.

Der Palast des Monarchen ist schon gedrängt voll von ganzen Haufen seiner Untertanen, die die Neuigkeit des Tages bereits vernommen haben. Der Page hatte jedermann, der ihn anhören wollte, die Geschichte von den beiden Alten erzählt, von denen die eine vergangene Nacht in der ekelhaftesten Gestalt der Welt in den Palast gekommen und diesen Morgen

in einem seidnen und goldnen Pavillon schöner als Aurora erwacht ist.
Mophetuse war die ganze Nacht um den Palast geschlichen, nicht ohne Furcht, ihre Kameradin noch vor Tagesanbruch herausjagen zu sehen, und immer auf dem Sprung, im Fall eines schlimmen Ausgangs, sich sogleich auf und davon zu machen.
»Ho, ho!« sagte diese Zigeunerin, »hat der Teufel das für Cancrelade getan, warum sollte er es nicht auch für mich tun, die ich gerade ebensoviel wert bin wie sie. Es ist mir niemals eingefallen, eine schöne Dame zu werden; wenn einem aber das Glück in die Tasche fällt, warum sollte man es nicht annehmen? Wir wollen doch sehen, wie Cancrelade ihr Glück benutzt und ob sie nicht das Kästchen wird vergessen haben.« So murmelnd, näherte sie sich dem Garten.
Ohne etwas von ihrem seltsamen Abenteuer zu begreifen, fing Cancrelade indes nach und nach an, sich in ihr Glück zu finden, und entschloß sich, es recht zu genießen. Sie gibt dem Kalilbad die Hand, der sie ihr auf die demütigste Art darbot, um sie in den großen Saal des Palastes zu einem herrlichen Fest und von da auf den Thron zu führen. Grazien, die in ihrem Leben nicht in ihrer Nähe gewesen waren, begleiteten ihre kleinste Bewegung. Fast alles, ja sie selbst war sich fremd, als sie Mophetuse bemerkte, die sich mit Gewalt durch die Menge drängte und durch Zeichen, die sie untereinander zu verwenden pflegten, zu erkennen gab, daß sie sie durchaus sprechen müsse. Der Page erblickte sie auch und rief: »Fort hier, Platz gemacht, beiseite getreten! Dort seht ihr eine, hier ist die andere!«
Auf einmal wich jedermann aus. Der Respekt tat mehr als Gewalt und Befehl. An diesem Morgen machte ein von Motten zerfressener Friesmantel mehr Eindruck auf den ganzen Hof und die ganze Stadt von Astrachan als selbst der königliche Mantel.
Sowie Cancrelade Mophetuse erblickte, blieb sie aus einer

ganz natürlichen Regung stehen. Und bald gesellte sich eine Überlegung dazu. Mophetuse stand, obwohl zu großem Unrecht, in dem Ruf, eine gewaltige Hexe zu sein. Niemals hatte sie sich unterstanden, ein Wort davon ihr gegenüber fallenzulassen, aus Furcht, sie möchte ihr einen Schimpf antun. Indes ist sie es, die, da sie vielleicht eben den Mond bei guter Laune gefunden, ihr das Glück verschafft hat, das sie genießt; so hat sie alles von ihr zu fürchten, wenn sie nicht mit ihr sprechen wollte. Läßt sie sich aber auf eine Erklärung ein, so muß alles um so besser gehen. Auf alle Fälle muß sie sie kommen lassen. Findet es sich, daß sie ihr ihr Glück nicht zu danken hat, so wird sich leicht ein Mittel finden lassen, sie loszuwerden.
So überlegte die verjüngte Alte die Sache reiflich, ließ die Hand des Königs fahren und ergriff die ihrer Kameradin. »Sire«, sagte sie, »ich muß in den Pavillon zurück und mich dort einen Augenblick allein mit meiner Freundin besprechen.«
»Ihr und Eure Freundin, Madame, seid unumschränkte Gebieterinnen bei mir«, erwiderte Kalilbad, griff zugleich nach dem Saum von Mophetusens schmutzigem Mantel, küßte ihn mit der tiefsten Ehrerbietung und entfernte sich.
Sobald Cancrelade und Mophetuse allein zusammen im Pavillon waren, tief die letztere aus: »Bist du's wirklich, oder bist du's nicht? Das nenn ich mir doch ein Glück!«
»Ei nun, ja!« versetzte Cancrelade; »aber gönnst du mir's nicht? War's nicht so dein Wille? So rede doch.«
»Nun, was soll ich denn sagen?« erwiderte Mophetuse. »Wenn's der Teufel gewollt hat, so muß ich's wohl auch wollen. Aber sag mir nur, wie's zugegangen ist!«
»Wie«, sagte die schlaue Cancrelade, »du hast also nichts erfahren? Ich dachte, du würdest wenigstens einen Teil von meiner Geschichte gehört haben. So merke denn wohl auf! Anfangs, als ich in das Zimmer des Königs kam, war er ganz Feuer, und alles ging vortrefflich. Ich tappte mit der Hand herum nach dem Kästchen, um es wegzunehmen und mich

damit fortzumachen, denn aus Vorsicht wollte ich meine Visite nicht zu lang werden lassen. Er überraschte mich aber dabei und ward sehr mürrisch. Mir fing an, nicht wohl zumute zu werden. Du weißt, was ich für ein Mißgeschick habe, sobald ich anfange, mich zu fürchten. Der König springt aus dem Bett und holt ein Licht, das er unter einem großen Topf versteckt hatte. Nun war ich verraten und verkauft. Er ward toll, packte mich und warf mich wie einen Federball zum Fenster hinaus. Zum Glück falle ich in den Garten auf einen Haufen, der zu Mistbeeten bestimmt war. Ich war nackt, der Wind blies sehr kalt, ich versteckte mich bis an den Hals in dem Haufen, legte auch über den Kopf das Stroh einen guten Fuß hoch und rief nach Balabacra.« – »Wer ist Balabacra?« fiel ihr Mophetuse in die Rede.

»Es ist ein guter Geist«, antwortete Cancrelade, »an den ich mich allemal wende, wenn ich mich in großer Bedrängnis befinde. Meine selige Mutter hat mir den Rat gegeben. Ich rief also nach Balabacra. Er kam und fragte: ›Was willst du von mir?‹ Ich antwortete: ›Schönheit, Jugend, Reichtum!‹ Und er: ›Wie? Nichts weiter als das! Ei nun, das ist gut, du steckst eben in der Form, worin man diese Dinge gießt. Du sollst alles haben, nur verhalte dich fein still in deinem Misthaufen. Du sollst von neuem wachsen, grünen und blühen wie ein Rosenstock.‹

›Daran soll's nicht fehlen‹, antwortete ich. Und so kroch ich immer tiefer in den Haufen und drängte mich mit allen Kräften hinein. Balabacra türmte alles über mich, was er in der Nähe fand, wobei er immer seine Zauberformeln zwischen den Zähnen brummte. ›Geduld! Geduld!‹ rief er mir von Zeit zu Zeit zu und:

›Alles, was stinkt,
Verschönert und düngt!‹

Und baute unterdessen, mich für meine Gefälligkeit zu belohnen, an diesem schönen Pavillon, der noch die geringste von seinen Galanterien ist. Von Viertel- zu Viertelstunde kam er und sah nach, wie die Verjüngung fortschritt, und warf mir eine Schaufel Mist mehr über den Kopf. Man verwöhnt sich nur, wenn man bei Königen schläft. Auf einmal fielen mir alle die Blumen und Wohlgerüche ein, die ich die Nacht über bei Kalilbad eingeatmet hatte. Ich ward ungeduldig und sprang hastig aus dem Haufen. Balabacra eilte wie wütend herzu: ›O die Närrin‹, schrie er, ›die wieder zwölf Jahre hätte werden können! Geh, da hast du dich nun durch deine Ungeduld um sechs schöne Jahre gebracht! Lieber hättest du ersticken als das tun sollen. Doch komm nun und suche dich an dem übrigen zu entschädigen. Die Weiber sind doch gar nicht imstande, ein kleines Übel zu ertragen.‹ Mit diesen Worten faßte er mich bei der Hand und führte mich nach der Ottomane, auf der wir sitzen. ›Schlaf, schlaf, Liebchen‹, sagte er, ›und warte, bis dein Geliebter erwacht.‹«

»Wie«, sagte Mophetuse, »du bist also jetzt nicht älter als zwanzig Jahre? Und was hast du mit den sechzig anderen gemacht?«

»Balabacra«, erwiderte Cancrelade, »hat sie auf seine Rechnung genommen. Er verhandelt sie an Leute, die ihres Lebens satt und müde sind.«

»Das mögen mir rechte Narren sein«, fuhr Mophetuse fort, »die ihm die Ware abnehmen. Aber das ist ja eine wahre Wundergeschichte, die du mir da erzählst! Und zu dem allen war nichts anderes nötig als ein Misthaufen! Wir haben einen so schönen in unserm Hof!«

»Ach«, versetzte Cancrelade, »ich mußte erst zum Fenster hinausgeworfen werden, ehe ich den ganzen Wert eines solchen Dings schätzenlernte. Im Grunde, meine Liebe, lassen wir uns auf der Welt immer von unsern Nasen und Augen zum besten halten. Ohne Mist würde die ganze Erde längst ebenso ausgemergelt sein, als ich noch gestern war. Jedermann liefert täglich seinen Beitrag, und das ist das ganze Geheimnis, das ohne Unterlaß von neuem Blätter, Blumen und Früchte hervorbringt. Geh, liebe Mophetuse, geh, folge

mir, vergrabe dich in den unsrigen, aber so tief, daß dich niemand anderes als Balabacra wieder herausziehen kann.«
»Aber«, wandte Mophetuse ein, »ich kenne ja deinen Balabacra nicht.«
»Nimm eins von meinen Haaren«, sagte Cancrelade, »und binde dir's um den Hals. Sie kommen von ihm, und durch sie kann man ihn durchaus zwingen zu erscheinen. Der Geruch des Mistes mag dir noch so sehr nach dem Kopf oder nach dem Herzen gehn, halt wacker aus und rufe mit lauter Stimme: Ba-la-ba-cra. Das wiederholst du dreimal, dazwischen aber hältst du jedesmal ein Weilchen inne. Kommt er noch nicht, so wartest du wieder eine Viertelstunde und rufst dann von neuem, und so dreimal. Und nun muß er unbedingt kommen, mag er wollen oder nicht. Sowie er erscheint, wird er dich fragen: ›Was willst du von mir?‹ Da mußt du ihm nun ebenso antworten wie ich: ›Jugend, Schönheit, Reichtum!‹ Hierauf wird er dir ohne Zweifel zur Antwort geben: ›Und was ist mein Lohn dafür?‹ Nun mußt du, und wenn du kannst, so knapp als möglich, den Nagel am kleinen Zeh deines linken Fußes abschneiden. Dieses Geschenk wird ihn entzücken, und er wird alles für dich tun. Doch mußt du ihm in allem freie Hand lassen. Wer unter seinen Händen wieder zum Kinde werden will, muß sich nicht wie ein Kind zieren. Bitte ihn, es so einzurichten, daß du ungefähr dreizehn oder vierzehn Jahr alt herauskommst. Ich nehme dich dann als meine Nichte an den Hof und vermähle dich an den Groß-Tartarchan. Fort, tummle dich! Ich werde heute gekrönt. Morgen stelle ich dich dem Hofe als meine Nichte Elmazine vor. Wir dürfen den Leuten nicht Zeit lassen, unseren Stammbaum auszuforschen. Da wir nun wieder mit der Zeit ausgesöhnt sind, so müssen wir auch die Zeit zu benutzen suchen. Auf, meine liebe Mophetuse, mach dich hurtig auf die Beine und vergrabe dich kühn und entschlossen bis über den Kopf in unserem schönen Misthaufen. Was du den Tag über tust, brauchst du die Nacht nicht zu tun.«

Die Alte ward durch diese unverschämte Beredsamkeit vollkommen überzeugt und eilte mit schnellen Schritten nach ihrer Hütte.
»Lauf nur, lauf nur!« sagte Cancrelade und sah ihr spöttisch nach. »Du wirst schön ankommen. Hätte ich gewußt, daß du gar so dumm wärst, ich hätte getan, als kenne ich dich nicht, und dich so behandelt, wie du es verdienst. Indes, was geschehen ist, ist geschehen. Geh und begrabe mit dir in deinen Misthaufen alles, was du von meinen wirklichen Geheimnissen weißt, und vorzüglich das unserer zu alten Bekanntschaft! Bei deiner halben Lunge kannst du keine Viertelstunde überleben.«
Mophetuse war nun fort, und Cancrelade, so ziemlich gegen alles gesichert, was sie von der Unverschämtheit, Unbesonnenheit oder Bosheit ihrer Kameradin vielleicht hätte befürchten müssen, erschien wieder am Eingang des Pavillons, reichte mit majestätischer Gebärde Kalilbad die Hand, und so ging man nach dem Saal, wo das Fest gegeben werden sollte.
Die Musik des Königs führte den Zug an. Ein zahlreiches Gefolge vermehrte die Pracht desselben. Ein großer Haufe des höchst neugierigen, schwer im Zaum zu haltenden Volks störte mitunter die Ordnung etwas. Indes dieser feierliche Zug durch die Höfe und Gemächer des Palastes geht, kann man auf den viel freiern Weg der Alten, die dem Jugendquell entgegenzueilen glaubte, einen Blick werfen.
Das Verlangen, mit Balabacra zusammenzukommen, gibt ihr Flügel. Es müßte ganz lustig anzuhören sein, wenn jemand die Geduld hätte, ihr nachzugehen. Sie spricht überlaut und bricht ihre Reden auf eine ganz originelle Art ab.
»Über die Cancrelade! Sie hat mehr Ränke im Kopfe als der böse Feind. – Das ist hübsch, die Hexerei von Mutter auf Tochter vererbt. – Aber so viele Jahre mit den Leuten zu leben und kein Wörtchen zu sagen, und nun ganz auf einmal Balabacra! – – Hätte sie weniger gestunken, sie wär noch ein armes, altes Weib. – Da seht mir nur das Glück: Man wirft sie

zum Fenster hinaus, sie fällt auf einen Misthaufen, und da fällt ihr Balabacra ein... Balabacra! Ich will deinen Namen nicht vergessen, mein liebes, schönes Geistchen! Aber du mußt mich auch nicht erschrecken! – Du mußt mir fein Schönheit, Jugend, Reichtum geben – und ist dir's um nichts zu tun als um ein Stückchen Nagel – den sollst du haben, ein recht ansehnliches Stück. – Da sieht man, wozu es gut ist, wenn man sich die Nägel nicht abschneidet. Nimmst du den Leuten die Jahre ab? Von mir kannst du haben, soviel du willst. – Magst du doch sehen, wie du sie loswirst, ich nehme keine Minute wieder. – Lustig, ordentlich wieder in den Mutterleib zurückzukehren... Hurtig, Mophetuse, tummle dich – was das für ein Leben sein muß, jung und schön zu sein! – Das letzte bin ich leider niemals gewesen, und das erste ist so undenklich lange her – hurtig, hurtig in den Mist, und zu Balabacran!«

Unterdessen war die erlauchte Gesellschaft in den Saal gekommen, wo sie sich eben an die Tafel setzen wollte. Eine Estrade, mit einem prächtigen Baldachin bedeckt, erwartete Cancrelade und den König. Noch hatten sie die wenigen Stufen nicht erstiegen, als ein unerwarteter Besuch, den die Wache des Palastes anmeldete, den König nötigte, zurückzugehn und ihn zu empfangen.

Es erschienen drei verschleierte Damen. Zwei von ihnen waren sehr prächtig gekleidet und führten eine dritte an der Hand. Der Putz von dieser war ganz schlicht, ihr Gewand fließend und weiß. Die Blumen, mit denen sie gekrönt ist, fallen in Girlanden auf ihre Schultern und den Busen herab. Eine von den Damen hält ein Kind von sechs Jahren an der Hand, dessen unverschleiertes Gesicht schön wie der Kopf eines Liebesgottes ist. Die Hofpoeten meinten, die Grazien und der Gott von Cythere kämen, das Fest zu verschönern. Der König sah nach seiner Gewohnheit in diesem Besuch ein neues Abenteuer. Cancrelade sieht sie, ohne selbst zu wissen warum, mit scheelen Augen an.

»Wir wollen uns geschwind zu Tafel setzen, Sire«, sagte sie: »Ich sterbe vor Hunger. Da können die Damen uns erzählen, was sie herführt.«
»Nein, Madame«, antwortet Kalilbad. »Das hieße meine Schuldigkeit gegen Euch und gegen Eure Schwestern, die Feen, zu verletzen, die ohne Zweifel kommen, um unsere Vermählung mit ihrer Gegenwart zu beehren. Ich gehe, sie zu empfangen, und sie sollen mit uns unter dem Baldachin speisen.« Mit diesen Worten ging er seinen neuen Gästen entgegen, die er mit einem sehr verlegenen Kompliment, und doch das gerechteste und beste, das er vielleicht je in seinem Leben gemacht hatte, empfing.
»Majestät«, sagte die größte der drei Damen, »wir kommen, einem Feste beizuwohnen, das sehr angenehm für uns sein wird, sobald nur die Königin desselben einer anderen und besseren Platz gemacht haben wird. Ich bin überzeugt, sobald wir uns zu erkennen gegeben haben, so werdet Ihr uns unseren Besuch, der so recht zu gelegener Zeit kommt, Dank wissen.«
»Und was kann Euch abhalten, meine Damen? Seid Ihr nicht sicher, mit unverschleiertem Gesicht hier über alle Herzen zu siegen? Gibt es eine Art von Huldigung, auf die Ihr hier nicht Ansprüche zu machen habt?«
»Wir spielen nicht gern ein ungleiches Spiel, Sire«, versetzte die verschleierte Dame. »Ehe wir uns für das zu erkennen geben, was wir sind, wird eine gewisse Person, die sich hier für etwas ausgibt, was sie nicht ist, sich gefallen lassen, ihre Maske abzulegen. Das ist die beste Partie, die sie ergreifen kann.«
Jedermann sah sich neugierig nach der angegebenen Maske um; niemand konnte sie entdecken. Cancrelade allein schien etwas mehr von dem Zusammenhang der Sache zu wissen und machte, ohne zu überlegen, eine Bewegung, als ob sie sich entfernen wollte.
»Oh, bleibt hier, Madame«, sagte die verschleierte Dame, die bereits das Wort geführt hatte. »Eure Gegenwart ist zu not-

wendig. Man kennt Euch hier nicht, wo Ihr Anstalten macht, eine so große Rolle zu spielen. Sagt, wer Ihr seid, ohne Umschweife, ohne Ausflüchte. Stoßt Ihr in Euerm Abenteuer auf einen Umstand, der Euch unbegreiflich ist, so wird man ihn Euch erklären; allein bedenkt Euch nicht...«

In gewissen verwickelten Situationen sind List und Verschlagenheit nicht imstande, den Mangel an Klugheit zu ersetzen, die allein den besten Ausweg zeigen kann. Überdies war Cancrelade die Sklavin eines hitzigen Naturells, das durch die Länge der Zeit nicht milder worden war. Ungestüm und Unverschämtheit waren die beiden Haupteigenschaften ihres Charakters. Auch hier konnte sie ihn nicht verleugnen. Ihre Wangen färbten sich hochrot, ihre Blicke blitzten zornig und ihr Mund verzerrte sich. Die schönen Locken ihres Haars erhoben sich und flogen umher wie die Schlangen, die um das Haupt einer Furie zischen.

»Ich weiß nicht«, sagte sie zu der verschleierten Dame, »was Ihr mit Eurer Maske sagen wollt. Es sind keine andern Masken hier, als die Ihr tragt; und da ich hier Gebieterin bin, so befehle ich Euch, auf der Stelle den Saal zu verlassen, oder ich lasse Euch hinauswerfen.«

»Seht da«, versetzte die verschleierte Dame, »das ist ein sehr gebieterischer Ton für eine Königin, die keiner kennt; eine sehr harte und grobe Rede in dem Munde eines Frauenzimmers, das so jung und artig scheint. Kommt, setzt Euch hier nieder, dreiviertelstündige Majestät! Wir wollen doch untersuchen, was für einen Kern die schöne Schale hat!«

Auf diesen Befehl hin setzte sich Cancrelade, wie versteinert, wider ihren Willen auf ein Bänkchen. Es war ihr, als zöge sie eine unsichtbare Gewalt.

Die verschleierte Dame zog ein Stäbchen aus ihrem Ärmel, schlug dreimal damit auf die Erde und sagte ganz laut:

»Eins – zwei – drei – mal!
Gehorcht dem Ruf, versammelt euch all!
Der schlimmste von euch erschein hier im Saal!«

In demselben Augenblick riß sich eine weiße und karmesine gestickte Rose mitten auf dem türkischen Teppich, mit dem der Fußboden des Saals unter dem Baldachin bedeckt war, mit einem Geräusch los, als wenn eine Falltür gewaltsam zugeworfen würde. Aus der Öffnung, die daraus entstand, kam nach dreimaligem Ansetzen ein kleiner gehörnter, triefäugiger, grauer, krummbeiniger Zwerg zum Vorschein. Er war nackt, ein schmutziges Tuch diente ihm als Gürtel.

»Ah, bist du es, Rudugu?« sagte die Dame im Schleier. »Woher kommst du? Antworte! Ich befehle es dir!«

»Ich komme tief aus dem dunklen Schacht;
Wo alles schwarz ist, der Tag wie die Nacht.«

»Was macht dein Herr?«

»Mein Herr stellte gern einen Löwen vor,
Allein sein langes, langes Ohr
Schaut stets durch die falsche
Haut hervor.«

»Und was ist dein Gewerbe, Herr Spaßvogel?«

»Ich treib's wie die Herren Philosophi
Und modischen Theologi:
Ich schwatze, weiß selber nicht was und wie!
Zerstöre immer und baue nie.«

»Wenn das so ist, bist du heute mein Mann. Entkleide mir einmal diese Prinzessin hier von ihrem Staate, damit sie sich nicht weigert, ihr Nachtlager woanders als hier aufzuschlagen.«

Rudugu breitete sein Tuch auf dem Boden aus und machte sich nun mit allen Kräften über die unbewegliche Cancrelade her.

»Hurtig, hurtig, ohne Frist,
Zur Kameradin auf den Mist!«

Und nun sah man, wie er schneller als der Blitz Haare, Zähne, Busen, Hüften, alles durcheinander mit der einen Hand von ihrem Leibe riß und mit der andern säuberlich in das Tuch packte. Die Haut schuppte sich unter seinen Klauen

ab, wie eine Fischhaut unter dem Messer eines Holländers, und rollte sich so schnell zusammen, als wenn sie geröstet würde.
So ward Cancrelade im Nu ausgezogen und bot in ihrer alten wahren Gestalt den Augen ein ebenso widerwärtiges Schauspiel dar, wie ihr Anblick unter dem Pavillon entzückend gewesen war. Nun hörte auch ihre Unbeweglichkeit auf. Der Wille der Fee, der sie fest auf ihrem Platz hielt, wirkte nicht mehr, sie stand eilig auf, floh beschämt und zitternd durch die Zimmer und Höfe des Palastes, verfolgt von Zischen und Gelächter und auf der Straße von Hunden geneckt, die irgendein böser Geist auf sie loszuhetzen schien. Dies war ihre Begleitung zu dem Misthaufen, wo ihre würdige Kameradin von dem abscheulichen Geruch betäubt und fast im Begriff war, den Geist aufzugeben.
Mophetuse, die das außerordentliche Geräusch bei ihrer Ankunft täuschte, glaubte, der Geist, den sie so lange vergeblich gerufen hatte, käme ihr endlich zu Hilfe. Sie steckte den Kopf aus dem Unrat, in den sie vergraben war, und rief: »Ei, so komm doch, Balabacra, ich ersticke ja!«
Wir müssen nun die beiden Alten sich auf ihrem Misthaufen zusammen verständigen lassen. Sie sind hier nicht in fremdem Lande. Interessantere Personen als diese elenden, falschen Geschöpfe rufen uns zurück nach dem Palast des Königs von Astrachan.
Rudugu ist bereits, beladen mit seinem Paket, durch die Öffnung, aus der man ihn hervorkommen sah, wieder verschwunden. Die Rose heftete sich, gleichsam von selbst, an den Teppich, und zwar so genau, daß man nicht den geringsten Riß entdecken konnte.
Die verschleierte Dame richtete ihre Rede an Kalilbad, der von der ungewöhnlichen Szene, von der er Zeuge gewesen war, noch ganz betäubt dastand. »Ihr seht, Majestät«, sagte sie, »mit was für einer abscheulichen Kreatur Ihr Euch hättet verbinden können. Doch darf ich Euch nicht verschweigen,

daß sie an dem letzten Blendwerk, das Euch bald so teuer hätte können zu stehen kommen, nicht schuld war.«
Und nun enthüllte sie ihm das Geheimnis dieser glänzenden Verwandlung, die sie einzig in der Absicht vorgenommen hätten, ihm die schädlichen Folgen der Begierde nach Wundern zu zeigen und ihm den unmäßigen Hang danach zu nehmen. »Sire«, fuhr sie fort, »wie leicht wäre es, bei Eurer so allgemein bekannten Sucht, keine andere als eine Fee zu heiraten, möglich gewesen, daß es einem weit listigeren und klügeren, aber auch noch schlimmeren Weibe wie Cancrelade gelungen wäre, Euch eine ebenso glänzende und nur besser eingerichtete Schlinge zu legen. Setzt Euch gegen einen solchen Betrug in Sicherheit! Verheiratet Euch! Das Interesse Eurer Staaten und Euer eigenes erfordern es. Allein, laßt ab, nach einer ungleichen Verbindung zu streben! Ich bin eine Fee und habe Euch eben die unwiderleglichsten Beweise davon gegeben. Unsere Existenz ist keinem Zweifel unterworfen; da man aber bis auf den heutigen Tag nichts als Lügen und Erdichtungen und kein wahres Wort von uns erzählt und geschrieben hat, so war es Euch freilich nicht möglich, einen richtigen Begriff von uns zu haben. Gesetzt auch, eine von uns könnte sich entschließen, Euch ihre Hand zu geben (wiewohl das durchaus unmöglich ist), was wolltet Ihr mit einer Gemahlin machen, die es nur dem Schein nach sein könnte, deren Geschmack von dem Eurigen durchaus verschieden wäre und alles, was Euern Sinnen höchst reizend und wünschenswert dünkt, verschmähte? Überdies würdet Ihr, und zwar ganz vergeblich, von ihrer Macht Wirkungen gegen die ewigen, unveränderlichen Gesetze der Natur erwartet haben. Eine unerschütterliche Ordnung kettet alle Dinge dieser Welt aneinander und erhält selbst durch die anscheinenden Widersprüche, denen sie ausgesetzt ist, neue Stärke und Festigkeit. Etwas können wir hierzu beitragen, das Wesen der Dinge selbst aber können wir nicht ändern. Unsere Macht dürft Ihr nicht nach den außerordentlichen Wirkungen, von denen Ihr

Zeuge gewesen seid, beurteilen. Es ist ein großer Unterschied zwischen einem Blendwerk und einem Wunderwerk. Alles ist wahr in dem letzteren, bloß die Mittel, durch die es wirklich wird, sind nicht natürliche Folgen der Kräfte der Natur. In dem ersten ist alles nur Schein. Die alte Cancrelade ist nicht verjüngt worden. Der prächtige Pavillon, unter welchem Ihr diese vorgebliche Schönheit fandet, ist mitsamt dem Zauber, der ihn so herrlich ausschmückte, verschwunden. Alles war nur Täuschung, und zwar sehr eingeschränkte Täuschung. Sie konnte nicht länger dauern als ein Traum, dessen Bild sie war. Der Baumeister dieses künstlichen Betrugs war um nichts besser als der Zerstörer desselben. Ich hätte, ohne soviel Umstände zu machen, durch einen bloßen Hauch diesen farbigen Dunst zerstreuen können; allein es war mir darum zu tun, Euch die wahren Urheber der gefährlichen Betrügerei, deren Ihr Euch aussetztet, kennenzulernen, um Euch für die Zukunft ein Mißtrauen gegen sie einzuflößen und an einem sprechenden Beispiel zu zeigen, was denen begegnen kann, die sich nicht vor dem Blendwerk der Illusionen in acht nehmen. Mit einem Worte, Majestät, nichts ward gemacht, nichts ward zerstört: bloß Eure Augen, die Augen Eures Hofs waren bezaubert. Unsere gewöhnlichen Beschäftigungen sind nicht von so niederer Art. Ein lebhafteres Interesse, dessen Quelle Ihr mit der Zeit einmal kennenlernen werdet, bewegt uns, den armen Sterblichen, die für uns Gegenstände des Mitleids sind, so reich und geehrt, so vornehm oder weise sie immer sein mögen, beizustehen und sie zu trösten. Wir beklagen sie sehr, denn sie sind es wirklich sehr. Wir haben den zu frühzeitigen Tod Eurer vortrefflichen Mutter von Herzen beweint. Eure Hartnäckigkeit, leeren Luftgestalten nachzujagen, beschleunigte ihn um vieles. Ach, hättet Ihr der liebenswürdigen, tugendhaften Prinzessin von Kandahar Eure Hand gegeben, hättet Ihr...«

»Ach, Madame«, sagte Kalilbad mit tränennassen Augen, »die Bitterkeit dieses Vorwurfs dringt mir ans Herz. Er erinnert mich an meine unverzeihliche Härte gegen meine Mutter, an meine Ungerechtigkeit gegen die reizendste Prinzessin der ganzen Erde.«

»Wolltet Ihr sie wohl wiedergutmachen, Majestät?« fragte die Fee.

»Ob ich sie wiedergutmachen will? Führt mich zu ihren Füßen und Ihr sollt Zeuge meiner Freude, meines Entzückens sein, wenn Eure Macht, meine Zärtlichkeit und Reue mir Verzeihung erwerben sollten.«

»Um diese zu erhalten, braucht Ihr nicht weit zu gehen«, sagte die Fee. Mit diesen Worten hob sie, zugleich mit ihrer Schwester, den Schleier auf, der das Gesicht der jungen Prinzessin von Kandahar bedeckte.

Der ganze Hof von Astrachan ward vom Anblick der Reize der schönen Bellasire geblendet. Ein ebenso lebhaftes als tiefes Gefühl, eine sanfte und naive Erschütterung gaben ihrem entzückenden Gesicht ein Leben, eine Wahrheit, einen Ausdruck, der sie äußerst rührend machte, ohne daß sie etwas von dem verlor, was ihr ein so anziehendes Ansehen gab. Kalilbad wirft sich zu ihren Füßen und steht nicht eher wieder auf, als bis er das Gelübde seiner Treue abgelegt und das ihrige dafür erhalten hat. Voller Erkenntlichkeit für die himmlischen Werkzeuge seines Glücks dringt er in sie, daß sie die Gefälligkeit haben möchten, sich zu entschleiern und sich ihm so noch näher bekannt zu machen.

»Um das zu erlangen, wählt Ihr nun gleich nicht das rechte Mittel«, erwiderte Cheridiane. »Ihr würdet uns nicht so schön finden, als Ihr uns jetzt vermutet. Wir sind ernsthafte Schönheiten und den Wahrheiten, die wir zuweilen den Menschen predigen, nur allzu ähnlich. Ihr seid noch zu jung, als daß wir uns Euch mit unbedecktem Gesichte zeigen könnten; doch haben wir kein Gelübde getan, Euch immer so fremd zu bleiben. Um Euch von unseren Gesinnungen in dieser Rücksicht zu versichern, lassen wir Euch ein Pfand unsers Zutrauens zurück: den rechtmäßigen Beherrscher von

Georgien und Irimette, dessen Geschichte Eure Gemahlin kennt. Hier lerne er aus Euerm Beispiel, wie man verdient, über seinesgleichen zu herrschen. Sobald wir Euch dieses kleine Meisterstück wirklich zu verdanken haben werden, werdet Ihr uns auch mit unverhülltem Gesicht sehen. Doch um Euch zu trösten, daß Ihr vorderhand nicht alles erfahren sollt, will ich Euch ein Geheimnis mitteilen, ehe ich von Euch scheide. Eine schöne Frau mit einer schönen Seele, in der eine reine Leidenschaft glüht, ist das entzückendste Schauspiel unter der Sonne. Hier habt Ihr es, mit diesem allein sei es Euch vergönnt, Euch zu beschäftigen.«

Zu dieser Ausgabe

Der Hauptteil der in dieser Auswahl vereinigten französischen Feenmärchen ist zeitgenössischen deutschen Ausgaben aus der zweiten Hälfte des 18. Jahrhunderts entnommen, was nicht zuletzt wegen der Authentizität der Sprache geschah. Doch wurden diese Übertragungen auf ihre Qualität und Vollständigkeit hin durchgesehen. Wo sprachliche Archaismen die Lektüre hätten erschweren können oder Textpassagen fehlten, sind behutsam Korrekturen und Ergänzungen nach den Originalausgaben vorgenommen worden. Interpunktion und Orthographie sind dem heutigen Stand angeglichen.

Quellenverzeichnis

Charles Perrault: Rotkäppchen. Die Feen. Blaubart. Die schlafende Schöne. Der gestiefelte Kater. Aschenbrödel. Riquet mit dem Haarbüschel. Der kleine Däumling.
Aus: Die Blaue Bibliothek aller Nationen, herausgegeben und übersetzt von Friedrich Justin Bertuch, Band 1, Gotha 1790.
Zuerst unter den Titeln: Le petit Chaperon rouge. Les Fées. La Barbe bleue. La Belle au bois dormant. Le Maître Chat ou le Chat Botté. Cendrillon, ou la petite pantoufle de verre. Riquet à la houppe. Le Petit Poucet.
In: Histoire ou Contes du temps passé, avec Moralitez, Paris 1697.

Marie-Jeanne L'Héritier: Die gewandte Prinzessin oder Die Begebenheiten der Finette.
Aus: Das Cabinet der Feen. Oder gesammelte Feen-Mährchen, Teil 1-2, übersetzt von Friedrich Immanuel Biering, Nürnberg 1761.
Zuerst unter dem Titel: L'Adroite Princesse ou les Aventures de Finette.
In: Œuvres mêlées, Paris 1795.

Marie-Catherine d'Aulnoy: Der gelbe Zwerg. Die weiße Katze. Schönchen oder Der Ritter Fortuné.
Aus: Die Blaue Bibliothek aller Nationen, herausgegeben und übersetzt von Friedrich Justin Bertuch, Band 9, Gotha 1791.
Zuerst unter den Titeln: Le Nain jaune. La Chatte blanche. Bellebelle ou le Chevalier fortuné.
In: Les Contes des Fées, 4 vols., Paris 1697-1698.

Charlotte Rose de la Force: Grün und Blau.
Aus: Das Cabinet der Feen. Oder gesammelte Feen-Mährchen, übersetzt von Friedrich Immanuel Biering, Nürnberg 1765.

Zuerst unter dem Titel: Vert et Bleu.
In: Les Contes des Contes, Paris 1697.

Henriette-Julie de Murat: Immerschön.
Aus: Das Cabinet der Feen. Oder gesammelte Feen-Mährchen, übersetzt von Friedrich Immanuel Biering, Nürnberg 1761.
Zuerst unter dem Titel: Jeune et Belle.
In: Les Contes des Fées, Paris 1698.

Antoine Galland: Prinz Ahmed und die Fee Pari Banou.
Aus: Die Erzählungen aus den tausendundein Nächten, übersetzt von Enno Littmann, Frankfurt am Main (Insel Verlag) 1953.
Zuerst unter dem Titel: Le Prince Ahmed et la fée Pari Banou.
In: Les Mille et une Nuits, vol. 11, Paris 1713.

Claude-Philippe de Caylus: Der Palast der Ideen.
Aus: Neue Feen- und Geister-Mährchen, übersetzt von H. v. Teubern, Leipzig 1768.
Zuerst unter dem Titel: Le Palais des Idées.
In: Féeries nouvelles, 2 vols., La Haye 1741.

Marie Le Prince de Beaumont: Die Schöne und das Tier. Märchen von dem Prinzen Fatal und dem Prinzen Glückhaft.
Aus: Madame Leprince de Beaumont, Die Schöne und das Tier, übersetzt von Maria Dessauer, Frankfurt am Main (Insel Verlag) 1977, und: Der Frau Maria le Prince de Beaumont lehrreiches Magazine für Kinder zur richtigen Bildung ihres Verstandes und Herzens für die Jugend, übersetzt von Johann Joachim Schwaben, 4 Bände, Leipzig 1761.
Zuerst unter den Titeln: La Belle et la bête. Fatal et Fortuné.
In: Le Magasin des Enfants, ou Dialogues entre une sage gouvernante et ses Elèves, Londres 1757.

Jean-Jacques Rousseau: Königin Grille.
Aus: Rousseau, Königin Grille und andere Kleinprosa, übersetzt von Anna und Dietrich Leube, Frankfurt am Main (Insel Verlag) 1978.
Zuerst unter dem Titel: La Reine Fantasque. Conte Cacouac. Par M. R. C. de G. o. O. 1758.

Jacques Cazotte: Die Schöne durch Zufall.
Aus: Moralisch-komische Erzählungen, Mährchen und Abentheuer, übersetzt von Georg Schatz, Leipzig 1789.
Zuerst unter dem Titel: La Belle par accident.
In: Œuvres badines et morales, Paris 1776.

Inhaltsverzeichnis